廣西師範大學中國語言文學一流學科建設經費資助成果
國家社科基金重大項目《歷代駢文研究文獻集成》（15ZDB068）資助成果
廣西特聘專家崗專項經費資助成果
灕江學者團隊專項經費資助成果

骈文研究

[第三辑]

莫道才 主编

广西师范大学出版社
·桂林·

駢文研究
PIANWEN YANJIU

圖書在版編目（CIP）數據

駢文研究. 第三輯 / 莫道才主編. —桂林：廣西師範大學出版社，2019.12
 ISBN 978-7-5598-2443-1

Ⅰ．①駢… Ⅱ．①莫… Ⅲ．①駢文－文學研究－中國 Ⅳ．①I207.225

中國版本圖書館 CIP 數據核字（2019）第 276828 號

廣西師範大學出版社出版發行
（廣西桂林市五里店路 9 號　郵政編碼：541004）
　網址：http://www.bbtpress.com
出版人：黄軒莊
全國新華書店經銷
廣西廣大印務有限責任公司印刷
（桂林市臨桂區秧塘工業園西城大道北側廣西師範大學出版社
集團有限公司創意產業園內　郵政編碼：541199）
開本：787 mm × 1 092 mm　1/16
印張：19　　字數：390 千字
2019 年 12 月第 1 版　2019 年 12 月第 1 次印刷
定價：80.00 元

如發現印裝質量問題，影響閱讀，請與出版社發行部門聯繫調換。

《駢文研究》編輯委員會

主　編　莫道才

顧　問　饒宗頤　孫昌武　譚家健　簡宗梧（中國臺灣）

倪豪士（William H. Nienhauser, Jr. 美國）

編　委　于景祥　曹　虹　鍾　濤　莫山洪　呂雙偉　劉　甯　李金松

林德威（David Prager Branner 美國）　道坂昭廣（日本）

朴禹勳（韓國）　黄水雲（中國臺灣）　何祥榮（中國香港）

鄭芳祥（中國臺灣）

（排名不分先後）

編輯部

廣西師範大學中國優秀傳統文化傳承發展中心（國學中心）

主　任：莫道才

目　録

駢文史研究

1　《諫逐客書》的經典特徵及其經典化歷程　　　楊穎

13　漸開四六體門徑——讀任昉《文宣竟陵王行狀》　　　楊賽

25　桐城派古文名家劉開的駢文思想與駢文創作　　　路海洋

39　從鄭獻甫駢文用典看清中葉中原文化在嶺南的傳播　　　莫山洪

域外駢文研究

47　日僧絶海中津語録中的駢文　　　譚家健

60　日僧大顛梵通《四六文章圖》考論　　　蒙顯鵬

73　漢文的文體類別
　　　　　　——以駢體文爲論述重點　　［日］古川喜哉著　鄭東君、楊勇譯

85　王巾《頭陀寺碑文》：佛教駢文一例　　［美］馬瑞志著　劉城譯

89　從中國文學看叙事的抒情化
　　　　　　——以駢儷文和變文爲中心　　［韓］張椿錫著　沈曉梅、肖大平譯

101　韓國駢文集研究　　［韓］朴禹勳著　肖大平譯

122　對《東人之文四六》所載12篇作品作者的考察
　　　　　　［韓］李鍾文著　沈曉梅、肖大平譯

135　14世紀崔瀣《東人之文四六》的編纂及其意義　　［韓］朴漢男著　肖大平譯

156　從《彌勒寺舍利記》看百濟駢儷文的發展　　［韓］朴仲煥著　肖大平譯

駢文叙錄

183　《樊南四六集》五卷叙錄　　肖悅

189　《唐駢體文鈔》叙錄　　張作棟

194　《硯雲齋遺稿·駢文》叙錄　　李昇

202　《新刻旁注四六類函》叙錄　　于堃

210　《有恒心齋駢體文》叙錄　　萬紫燕

215　《縵雅堂駢體文》叙錄　　李飛

民國駢文文獻

221　《中國文學史》第十五篇《駢散古合今分之漸》、第十六篇《駢文又分漢魏、六朝、唐、宋四體之別》　　林傳甲著　李勇整理

235　隋唐駢散文體變遷概觀　　曾了若著　莫山洪整理

駢文新視野

273　當代香港駢文研究述略　　何祥榮

292　2018年駢文研究索引　　尹華君整理

編後語　　莫道才
296

《諫逐客書》的經典特徵及其經典化歷程*

楊穎

內容摘要：《諫逐客書》是秦代文章的代表，也是被稱爲"駢體初祖"的經典駢文名篇，其經典的生成及確立經過了漫長的歷史過程。文章本身的時代背景、思想特色和藝術特點使得其自完成之時起就備受關注，奠定了其經典性的基礎；而在流傳過程中，文章所具有的重要的歷史價值、鮮明的文學特性及開創性的文體學意義等使其在不同時期都受到精英讀者的持續關注，在歷代解讀中得以經典化；近現代以來，學者的研究更對其經典性進行了不斷的重塑。同時，各時期文章選本的選入也使得該文流傳性大大增加，增强了其在普通讀者群體中的傳閱度，使得該文成爲真正意義上膾炙人口的經典篇章。

關鍵詞：諫逐客書；駢文；經典化

李斯是秦代短暫歷程中唯一閃現光芒的文學家，而李斯文章又以《諫逐客書》爲代表，這篇代表着秦代最高成就的文學名篇，不但見證了秦國强大的歷史，也以其獨特的魅力在文壇上留下了不可磨滅的印記，同時更被稱爲"駢體初祖"，作爲駢體文章的最初形態在文體學發展中占據了不可或缺的地位，成爲後世公認的經典之作。這一經典的生成在於其本身所擁有的文學特質，更在於讀者在不斷的解讀中，爲其賦予了更深層次的意義。這一解讀的過程，就是其經典化的過程。

一、經典的生成：時代造就下初現經典内涵

文學經典的生成往往是内因、外因共同作用的結果，童慶炳在論述文學經典的生成時認爲經典生成受六種要素共同影響，即文學作品的藝術價值、文學作品的可闡釋空間、意識形態和文化權利的變動、文學理論和批評的價值取向，特定時期讀者的期待視野、發

---

* 本文爲國家社科基金重大項目"歷代駢文研究文獻集成"（項目編號：15ZDB068）階段性成果。

現人的作用。① 也就是説,文學作品能够成爲經典,既取决於作品本身的魅力,也和作品的創作時代、創作背景息息相關,同時還需要讀者的欣賞和發現。《諫逐客書》之所以能够成爲經典,也正是内外因共同作用的結果。

1.切中時代脈搏,造就經典名篇

《諫逐客書》作於戰國末期秦王嬴政十年(前237),正處於諸侯割據將盡,天下走向一統的時期。此時秦王嬴政始成年親政,雄心勃發、政治欲望十分强烈;而其時六國漸衰,秦國愈强,初步具備了完成統一的條件。這一局面,企圖在亂世有所作爲的李斯看得非常清楚,故他曾游説嬴政稱:"今諸侯服秦,譬若郡縣。夫以秦之强,大王之賢,由竈上騷除,足以滅諸侯,成帝業,爲天下一統,此萬世之一時也。今怠而不急就,諸侯復强,相聚約從,雖有黄帝之賢,不能并也。"②指出其時是統一天下千載難逢的良機,若錯過了,很難再成功。這一準確判斷深得秦王贊賞,李斯因此被拜爲客卿。由此可見,李斯對時勢和君心都具備深刻的洞察力,知道何時進何言、如何進言才能讓君主接受。

在《諫逐客書》中,李斯極力羅列了秦國所擁有的衆多他國特産,如昆山之玉、隨和之寶、明月之珠、太阿之劍等,不但向秦王陳述了"物不産於秦,可寶者多"這一觀點,同時也展示了當時社會的現實狀况。雖然各國征戰不休,但社會發展已經逐漸趨於融合,商業和交通的發展使得各地區經濟上的聯繫和依賴更爲密切,正因如此,各國人民更加迫切地期盼能够天下一統,建立一個統一融合的國家。在這一現實下,秦國所謂"一切逐客"之令,實際上是人爲割裂人才流通、阻礙國家發展交流的一個逆勢之舉。而李斯所做,正是將當時的社會現實總結給秦王看,不但"物不産於秦,可寶者多",更重要的是"士不産於秦,而願忠者衆",其中展現的是時代之聲、民衆之盼,而想要國家强大,必須要順應時代要求,廣納賢才,才能抓住千載難逢的機遇,跨海内而制諸侯。正是因爲《諫逐客書》準確把握住了時代的脈搏,才使其在關鍵時刻發揮了關鍵的作用,成就了李斯等他國之客,更成就了秦國一統天下的偉業,從而也奠定了此文成爲經典的基礎。

2.爲文構思巧妙,凸顯駢體風采

對歷史走向的精準把握是《諫逐客書》成就經典的一個前提,其更重要的原因還在於,李斯在創作該文時嚴密的思維模式和恰當的行文方法,使文章具有了强大的説服力和深刻的感染力。

清人金聖嘆在《天下才子必讀書》中評價《諫逐客書》時稱李斯"初并無意爲文"③,確實如此,李斯作此文的主要目的并非爲了創作出一篇文學意義上的美文,而是爲了實

---

① 童慶炳:《文學經典建構諸因素及其關係》,《童慶炳文集》第六卷《文學創作問題六章》,北京:北京師範大學出版社,2016年,第411頁。
② 司馬遷:《史記》卷八七,北京:中華書局,1959年,第2540頁。
③ 金聖嘆:《天下才子必讀書》,合肥:安徽文藝出版社,1992年,第314頁。

現其勸諫秦王收回逐客之令的政治訴求。故在這篇上書中,李斯動用了所有手段,先回顧歷史,再切入時事,在大量例證之後,方歸入正題,以譬喻引出最終觀點"泰山不讓土壤,故能成其大;河海不擇細流,故能就其深;王者不卻衆庶,故能明其德",進而說明:逐客之令乃是"棄黔首以資敵國""卻賓客以業諸侯""藉寇兵而齎盜糧"之舉。從歷史到現實,從現象到理論,李斯以嚴密的邏輯和層次分明的論說透徹地說明了逐客之弊,最終以情動人、以理服人,說服秦王收回成命。清代余成在《古文釋義新編》卷五中對這種論辯思想作了闡釋:"李斯既亦在逐中,若開口便直斥逐客之非,寧不適以觸人主之怒,而滋之令轉甚耶?妙在不爲客謀,而通體專爲秦謀,語意由淺入深,一步緊一步,此便是游說秘訣。"①指出該文構思巧妙,以對方的立場由淺入深地論說,才能由情入理,打動人心。正因如此,這個觸逆鱗而上的命題才能被李斯論述得舉重若輕,顯示出高超的論說水準,也使得李斯此文成爲後世上書勸諫之範本。

  李斯的這種論說手法并非其獨創,而是帶着戰國時期縱橫家的深刻烙印。後人評《戰國策》中的游說之辭"辯麗橫肆,鋪張揚厲,氣勢縱橫",且認爲大量對偶排比的運用,是策士游說氣勢充沛的一大因素。《諫逐客書》正是將這種特點善加運用發揮,大量運用駢儷化的語言,增强了說理的連貫性和韻律感,使其語言更具有感染力和說服力。晚清孫德謙謂"說理,散不如駢"②,在一定程度上肯定了駢體在說理時的優勢。秦代駢文形態尚不完備,但在李斯此文中已呈現出鮮明的駢體形態。全文以駢偶句式爲主,多用後世駢文常見的四、六言,雜以三、五言,使得文章具有整飭而跳躍的韻律感;同時大量使用排比句式,層層推進,一氣呵成,使文章具有流暢的形式美,極大地提升了文章的氣勢。在營造韻律感和形式美的同時,李斯還以鋪陳的手法大量使用引證譬喻,正面歷數用客之功,側面列舉他國物産,最終反面論說逐客之害,以豐富的内容和華麗的辭采使得文章理氣充沛、炫然奪目,具有打動人心的力量。這種對駢偶、鋪陳大量運用的華麗文風,是先秦散文中不常有的,而恰是漢代辭賦、後世駢文中的常見元素,李斯正以這篇頗具辭采的上書,證實了駢體文風的獨特藝術魅力,也展現了其自身的經典特質。

  3.讀者首因效應,促使經典初步生成

  作品誕生後初次閱讀的首位讀者,往往因其首因效應,對文章的傳播起到關鍵作用;對《諫逐客書》而言,其首位讀者的閱讀反應對該文的經典生成更是至關重要。此文是上書秦始皇的,故其時尚是秦王的嬴政是其首位讀者,他讀完之後對文章有何評價已不得而知,但最終效果顯而易見。秦王收回了"逐客令",并重用李斯,在統一天下的過程中將其作爲重要的謀士任用,最終建立了統一的王朝,這一結果已充分說明了秦王對這篇上書的態度。秦王嬴政具有謀定而後動的才能,方能在剛成年就將嫪毐、吕不韋的勢力逐

---

① 余成:《重訂古文釋義新編》,武漢:武漢古籍書店,1986年,第242頁。
② 卞孝萱、唐文權:《民國人物碑傳集》,南京:鳳凰出版社,2011年,第546頁。

一拔起,實現親政;同時也具備善於納諫的雅量,才能對曾爲吕不韋舍人的李斯不計前嫌,在下令逐客之後還能接受其建議,收回成命。這也正説明秦王對李斯的上書必然十分賞識,才能使李斯在曾爲吕門之客,且在見逐之列時,能够力挽狂瀾。

秦王作爲上位者,他的賞識帶來了巨大的社會效應,衆多被逐之列的客卿得以留在秦國,因而改變了個人的命運;秦國通過重用謀士、采納謀士計謀,不斷削弱敵國强大自身,最終改變了天下的命運。在這一系列改變中,李斯的《諫逐客書》起着重要的作用,雖無更多史料記載,但也可以想見當時的士人客卿對這篇改變了自身命運的上書必然也會有一定程度的贊嘆激賞之情。這種贊嘆已經不單是對文學作品的贊賞,更多的是對自身命運的慶幸,而這種與自身利害相關的狀况更能加深當時的士階層對該文的印象,從而擴大此文的傳播力和影響力。於是,《諫逐客書》的經典性就在秦王的賞識中得以呈現,在當時士人的傳播中逐漸增强,實現了經典的初步生成。

二、經典化進程:從歷史價值到文學價值的逐步轉變

《諫逐客書》成文於戰國末期,成文不久就因其政治效果而成爲了時代名篇,實現了經典的初步生成。在其後幾千年漫長的歷史過程中,其文本價值被讀者不斷挖掘,其經典性隨着時代的變遷不斷加强,呈現出從歷史價值到文學價值逐步深化的過程。

1.《史記》載録,以史料形態初顯其意

今可見《諫逐客書》的最早版本載於漢代司馬遷的《史記·李斯列傳》中,在這篇《史記》名篇中,不單全文載録了《諫逐客書》,也記載了李斯其他重要的上書文章,包括李斯上書議焚書、《論督責書》《獄中上二世書》等,幾乎是以這些文章串連起李斯人生中的幾個重要階段。司馬遷對這些文章的載録,雖可體現出其對文學的重視態度,但出於文學層面的考量相對較少,更多地是注重其歷史價值,用以展現李斯個人的性格、心理、才華和命運。尤其是《諫逐客書》,既體現了李斯的思想智慧和雄心抱負,也直接引發了秦王所采用的李斯所提不惟國别、用人唯賢的用人方針,進而揭示了促使秦國統一天下的一個重要内在原因,在秦王朝建立的過程中起到的作用不可謂不大。太史公正是抓住了這一脈絡,才全文載録此文,用歷史發展中的關鍵細節,使歷史面貌更加清晰,其中涉及的人物形象更加完整豐滿。太史公最終評判道:"斯知六藝之歸,不務明政以補主上之缺,持爵禄之重,阿順苟合,嚴威酷刑,聽高邪説,廢嫡立庶。諸侯已畔,斯乃欲諫争,不亦末乎!人皆以斯極忠而被五刑死,察其本,乃與俗議之異。不然,斯之功且與周、召列矣。"①從中可見,當時世人對李斯的評價還比較正面,認爲其忠於君主而被陷;但司馬遷

---

① 司馬遷:《史記》卷八七,北京:中華書局,1959年,第2563頁。

在客觀記錄了其政治生涯,肯定了其輔秦之功後,對其爲人則持否定態度,認爲其後期種種選擇非良臣之所爲。

太史公的評價可以說是對李斯的蓋棺定論,在此之後,文人對李斯的評價大都遵循了《史記》中的論斷,加之李斯在焚書坑儒中所起到的關鍵作用,使得後世文人對其爲人評價普遍不高。但即使對李斯本人頗有非議,後人對《諫逐客書》中所閃現的政治智慧及其歷史價值仍充分加以肯定。明人姚舜牧在《來恩堂草》中評論李斯《諫逐客書》:

> 嘗讀李斯《諫逐客書》曰:"泰山不讓土壤,故能成其大;河海不擇細流,故能就其深;王者不卻衆庶,故能明其德。此五帝三王之所以無敵也。"斯數言者,即學于聖人之門者不過如是,何嘗有誤?……唯至于後上書論諸侯厚招游學,以古非今,請史官非秦記皆燒之,偶語詩書者,棄市,則異于前之所言矣。蓋侍幸之太過,恐無以常居其位也。故悉改其前日之言耳。至立胡亥,專擅威福,與趙高有隙,以至于腰斬赤族,則亦天理之報矣。不可以其後而廢其諫逐客之書也。①

這一觀點能夠代表後世一些文人的看法,對李斯的爲人是否定的,認爲其後期的變化是因"恐無以常居其位"的心態,而其最終結局是"天理之報",是其咎由自取的結果。但對李斯的《諫逐客書》,論者還是非常推崇的,認爲"學於聖人之門者不過如是",是極具真知灼見的,所以儘管李斯後期的種種作爲不堪名臣之稱,但"不可以其後而廢其諫逐客之書",對他的政治智慧應予以充分的肯定,對《諫逐客書》這篇上書名篇更不應否定其價值。

相較於姚舜牧對李斯政治思想的關注,清人方浚頤更注重對李斯"諫逐客"一說的反思。他在《書李斯諫逐客書後》一文中討論"用客"之道與秦王朝興衰之間的關係:

> 客不必不逐,客不必盡逐。斯之上書蓋自爲計,而善於辭令,援古證今,竟能歆動祖龍,用其謀以兼天下,顧焚書坑儒,導之殘二世而斬。是王秦者,客也;亡秦者,亦客也。秦不逐客,客乃相秦,秦不負客,客實負秦;秦既聽客之所爲,客遂陷秦於無道。斯在逐中,而反諫逐,斯之才固百倍於諸客也,諸客之行止,胥取決於斯也。斯之敢於上書,逆知其可以口舌爭也,秦之居然不逐,深信其願忠而可寶也。其人雖不足取,而其文乎可傳。特無如客之所學,誤於其師,而因以誤秦,終且自誤。始則患逐,繼則欲求其逐而不得矣;始則冀其不逐,繼則深悔其不逐而已無及矣。曩日之客,自以爲駃馬駃騠可實外廐;今日之客,則第思牽黃犬出上東門耳,能不爲諸客所

---

① 姚舜牧:《來恩堂草》,《四庫禁毁書叢刊·集部》第 107 册,北京:北京出版社,1997 年,第 164 頁。

笑哉！①

他針對李斯的觀點首先提出了"客不必不逐,客不必盡逐"的論點,并結合李斯上書之後的一系列史實,認爲"用客"之道正是影響秦王朝興亡的關鍵,"是王秦者,客也;亡秦者,亦客也",故對"客"的作爲,需辯證看待。儘管對李斯的觀點及爲人都不甚認同,方浚頤同樣指出"其人雖不足取,而其文乎可傳",表達了對《諫逐客書》一文的充分肯定。同時,在文末通過對"曩日之客"和"今日之客"的對比,對當今之客已不存往日之客的遠大志向表示慨嘆,説明了《諫逐客書》在千載之後的清代,仍具有深刻的現實意義,從而揭示了該文可以傳世的重要歷史原因。

此二人在對李斯本人的認知上,基本沿襲了太史公的觀點,但都對《諫逐客書》表現出了更深的關注和思考,在思考中表現出對其觀點的深入探究,充分肯定了該文的歷史價值,進而表達了"不應以人廢言"的觀點,認爲其文確爲傳世之作。可見至明清時期,《諫逐客書》已成文人關注秦代歷史時必讀的經典作品,文人通過此文反思李斯的命運,剖析秦王朝的興亡,甚至將用"客"之道看作是秦王朝興衰的關鍵節點,充分體現了此文在歷史進程和政治變幻中帶給後人的深刻啟示。這種在歷史價值方面的深刻影響正是該文經典進程中的第一個重要階段。

2.《文選》等選集收錄,以文學形態爲人所傳

自漢代《史記》之後,再次收錄《諫逐客書》全文的是梁蕭統的《文選》。不同於司馬遷在《李斯列傳》中將其作爲歷史材料加以引録,《文選》將該文單獨列篇,并命名爲《上書秦始皇》,列爲"上書"類的首篇。這標志着該文不再作爲一個歷史素材,而以文學作品的面貌首次出現。《文選》作爲現存最早的詩文總集,誕生於南北朝這一文學自覺逐步覺醒的時代,它以選録篇章的形式將文學作品獨立選編,打破了先秦以來文史不分的現象。蕭統在編選詩文篇目時有着明確的標準,即"以能文爲本",而"文"的特徵是"事出於沉思,義歸於翰藻"。對這一標準,清阮元在《書梁昭明太子文選序後》中解讀道:

> 昭明所選,名之曰"文"。蓋必文而後選也,非文則不選也。經也,子也,史也,皆不可專名爲文也,故《昭明文選序》後三段特明其不選之故。必沈思翰藻,始名之爲文,始以入選也。②

強調《文選》選篇的宗旨也以"文"爲要,非文則不選,經、子、史三者一概不録;在評判何爲"文"時,要求要具備"沉思""翰藻",即既要具有思想性,又要具有行文辭采,可以爲

---

① 方浚頤:《二知軒文存》,《近代中國史料叢刊》第四十九輯,臺北:文海出版社,1966年,第289—290頁。
② 阮元:《揅經室集》,北京:中華書局,1993年,第608頁。

"入耳之娱""悦目之玩",能够符合文學審美。

在錄文方式上,胡大雷在《〈文選〉編纂研究》中指出,《文選》雖不錄史類,但會以"剪裁"史書的方法摘錄史書中的文學作品,使其單獨成篇①。《諫逐客書》顯然就是通過這種方法被收錄其中的。該篇之所以能從史書記載中被蕭統所摘錄而單獨成篇,正是因爲其符合了《文選》所設立的文學標準。首先不同於戰國時期的"謀夫之話,辨士之端",雖能"語流千載",卻"事異篇章",該文具有獨立的文學體裁,是一篇完整的上書之文,故將之歸於"上書"一體。其次,它具有"文"之特徵,行文布局有着精妙的構思,思想內容能夠引人深省,議論不直述其事,而是以譬喻引出,使得言有盡而意無窮;同時爲文辭采煥然,句式駢儷整飭,在論說的同時兼具音韻美和辭藻美,充分展現出"事出於沉思,義歸乎翰藻"的特點。正因如此,蕭統將其從《史記》中剪裁出來,單獨列篇,賦予此文真正的文學形態,也爲該文成爲文學經典奠定了基礎。

自唐以降,《文選》在文人中的影響力不斷擴大,宋代更成爲士子求學應試的必讀選本,以至於逐漸形成了頗具影響的"文選學"。入選《文選》的作品,都被文人反復誦讀,成爲耳熟能詳的經典篇章,并作爲範本指導文人的詩文創作。在這一過程中,《諫逐客書》的文學價值被進一步挖掘,受到後世選家的青睞,被選入多部文章選集。其中較爲重要的選本有南宋樓昉的《崇古文訣》,南宋王霆震的《古文集成前集》,南宋真德秀的《文章正宗》,明賀復徵的《文章辨體彙選》,明梅鼎祚的《皇霸文紀》,明唐順之的《文編》,明吳國倫的《秦漢書疏》,清李兆洛的《駢體文鈔》,清嚴可均的《全上古三代秦漢三國六朝文》,清姚鼐的《古文辭類纂》,清徐乾學的《古文淵鑒》,清吳楚材、吳調侯的《古文觀止》,清金聖嘆的《天下才子必讀書》等。從中可見,自宋而後,歷代均有選本選錄該文,其中包括各代中影響力較大的重要選本。如清代的《古文觀止》,雖本爲開啓蒙學、教授初學者之書,且選篇不多,僅222篇,但因其廣收博采、繁簡適中,所選文章均爲歷代名篇,且兼顧思想性和藝術性,故編成後受到廣泛歡迎,在清代村塾坊巷中流傳極廣,此後三百年更成爲影響深遠的普及性讀物。《諫逐客書》入選《古文觀止》,充分體現了其能夠在浩如煙海的歷代文章中脫穎而出所具備的經典價值;同時更因《古文觀止》的傳播,極大地擴大了其讀者群體和流傳廣度,使其作爲學子啓蒙篇章,從精英文人的案頭進一步走進普通讀者的閱讀視野,成爲膾炙人口的經典名篇。

3.歷代文人評點,逐步成就公文經典範式

選本選入能夠體現作品的傳播廣度,而文論家的點評能夠更清晰地體現作品在文人心中的評價如何,直接展現作品的美譽度。《諫逐客書》作爲一篇歷史政治意義頗高的成功上書,在文論家中一直具有較高的美譽度,早在其被《文選》選入之前,就已經受到文論家的關注和評點。

---

① 胡大雷:《〈文選〉編纂研究》,桂林:廣西師範大學出版社,2009年。

現存最早對該文的評點來自劉勰的《文心雕龍》。在這部極具開創性的文學理論專著中，劉勰不止一次提及李斯的創作，用以說明其理論思想，其中涉及《諫逐客書》的有兩處。一是《論説篇》："夫説貴撫會，弛張相隨；不專緩頰，亦在刀筆。范雎之言事，李斯之止逐客，并煩情入機，動言中務；雖批逆鱗，而功成計合，此上書之善説也。"①以該文和范雎的《獻書昭王》爲例，説明"説"的技巧，需要找準時機、張弛有度，此二文正是因爲能够順情入理、言辭動聽、切中要務，所以能達到預想的效果。另一處是《才略篇》，以作家爲中心，評價李斯稱："李斯自奏麗而動。"②一個"麗"字，充分評論了李斯文章的辭令華采，正因其"麗"，才能最終打動秦王，這也正是《諫逐客書》的顯著特點。兩處評論分別指出了《諫逐客書》的論説技巧和行文辭采，可以説從思想到藝術對該文進行了高度評價。這一評價對後世影響深遠，後之論此文者，大都也是遵循這兩個方面進行評點，不斷深化對此文的解讀。

對"論説技巧"的關注引發了後世文人對此文寫作方法的全面評點，并有意識地對其方法技巧進行思考學習。宋李塗在其《文章精義》中論説："李斯《上秦始皇書論逐客》，起句即見事實，最妙；中間論物不出於秦而秦用之，獨人才不出於秦而秦不用，反覆議論，痛快，深得作文之法，未易以人廢言也"；"文字起句發意最好，李斯《上秦始皇逐客書》起句，至矣盡矣，不可以加矣。"③從文章結構和議論方法上點評此文"深得作文之法"，并特別點出文章起句的重要性，認爲此文起句"最妙"，開門見山，其精彩程度，達到了"至矣盡矣"的地步。其説不但是對這篇文章的點評，而且對學作文者習練創作技巧也有着指導意義。

明代歸有光在他討論文章作法的專著《文章指南》中將李斯此文歸於"用意奇巧則"，并進一步分析道："文章庸庸，易起人厭，須出人意表，方爲高手。如此篇借人揚己，以小喻大，另是一種巧思。能打破此等關竅，下筆自驚世駭俗矣。"④歸有光作爲明代的文章大家，對文章的寫作方法心得頗深，這裏從文章用意的角度討論爲文構思，指出李斯上書的構思新意，同樣也以此文爲例指出了在爲文構思用意上的具體方法。

身爲明代"後七子"之一的謝榛同樣對此文評價頗高。他在其《四溟詩話》卷三中，從文法句式的角度分析該文的寫法："凡作詩文，或有兩句一意，此文勢相貫，宜乎雙用。如李斯《上秦始皇書》：'不問可否，不論曲直，非秦者去，爲客者逐。'……秦漢以來，文法類此者多矣，自不爲病。"⑤以《諫逐客書》爲例説明句法文勢的應用，同時具體而微地指點爲文技巧，使得此文成爲文人學子的研讀模仿對象，突出了其範本價值。

---

① 劉勰：《文心雕龍》，上海：上海古籍出版社，2015年，第117—118頁。
② 劉勰：《文心雕龍》，上海：上海古籍出版社，2015年，第75、268頁。
③ 李塗：《文章精義》，北京：人民文學出版社，1960年，第60頁。
④ 歸有光：《文章指南·仁集》，臺北：廣文書局，1977年，第46頁。
⑤ 謝榛：《四溟詩話》，北京：中華書局，1985年，第50—51頁。

清人同樣對此文的創作技巧和行文方法有所關注。清初林雲銘在《古文析義》卷三中分析《諫逐客書》的寫作動因及行文方法："秦之逐客，以宗室大臣謂諸侯人來事秦者，皆爲其主游間耳。李斯既在逐中，其上書似不便作諫止語。……利害鑿鑿可覩，不必請除其令而令自除，乃不諫止之諫止也。細玩行文，落筆時胸中必有一段無因見逐不能自平之氣。故不禁其拉雜錯綜，忽而正說，忽而倒說，忽而複說，莫可端倪，如此所以爲佳。"①指出該文是李斯不得不爲之作，因而文中充斥着不平之氣，且在行文當中注重錯綜變化，正説、倒説、複説間雜，使文章有其新意，這也正是成爲佳作之因。

　　清人金聖嘆將《諫逐客書》選入其《天下才子必讀書》卷五，并點評其文："自首至尾，落落只寫大意，初并無意爲文。看他起便一直徑起，住便一直徑住，轉便徑轉，接便徑接。後來文人無數筆法，對此一毫俱用不着，然正是後來無數筆法之祖也。"②作爲著名的文學評點家，金聖嘆在分析了該文的行文思路之後，認爲此文是"後來無數筆法之祖"，這一結論印證了前代文人對該篇爲文方法有意識的分析學習，也點明了《諫逐客書》在一定意義上作爲公文範本，乃至文章範式的經典性地位，充分顯示出《諫逐客書》在當時已成爲文人公認的經典篇章。

三、經典的深化：從文體學地位到文學史意義的深度挖掘

　　文學選本的選錄將《諫逐客書》推向了更多讀者的視野，歷代文論家的贊譽進一步確立了此文的經典地位，然而該文鮮明的文體風格決定了其不單只是普通的經典篇章，更作爲一篇經典的駢文作品，在文體發展史、古代文學史中也占據了極其重要的地位。

1. "駢體初祖"：從文章經典到駢文經典的重塑

　　對《諫逐客書》文章體式的特點自明代就有文人加以關注，謝榛在其《四溟詩話》卷二中稱："李斯《上秦皇帝書》，文中之詩也；子美《北征篇》，詩中之文也。"③將此文與杜甫的名篇《北征》并提，稱其爲"文中之詩"。能夠以"文中之詩"稱之，可見謝榛認爲該文在音韻形式具備了詩歌的駢偶整飭特徵，富有詩歌的韻律和美感，呈現出與其他古文不同的鮮明特色。

　　但明人還只是從詩文美學上對《諫逐客書》進行賞析性評判，及至清代，文人始將該文辭藻句式的特點與文體發展的變革聯繫起來。《四庫全書總目·四六法海》的提要中提到：

---

① 林雲銘：《足本古文析義合編》卷三，上海：上海錦章圖書局，1932年，第6頁。
② 金聖嘆：《天下才子必讀書》，合肥：安徽文藝出版社，1992年，第314頁。
③ 謝榛：《四溟詩話》，北京：中華書局，1985年，第29頁。

秦漢以來，自李斯《諫逐客書》始點綴華詞，自鄒陽《獄中上梁王書》始疊陳故事，是駢體之漸萌也。①

"點綴華詞"不僅是對該文辭采的評判，更是對其文體風格做出了高度的概況，而此文中駢偶的頻現、辭藻的華麗、鋪陳的句式，也的確不同於先秦之文，對後世"偶句漸多""由質實而趨麗藻"的文風有諸多開創之處，故而四庫館臣稱其爲"駢體漸萌"的代表作之一，將該文與駢體的出現聯繫在了一起。

真正明確《諫逐客書》在駢體發展中地位的，是李兆洛的《駢體文鈔》。《駢體文鈔》中將此文列爲"奏事類"之首，同時贊此文"玩其華"，且尤爲稱道極盡列舉鋪排之勢的中間一段，認爲"此文若去其中間一節，則了無生趣矣"。該段以整飭的駢儷之語重重列舉所證之實，以凌厲的鋪排之勢層層推進所發之論，這種駢儷用語、鋪排風格正顯示出駢文的顯著特徵，以其辭采之華麗、音韻之流暢開啓了後世駢體的主要風範。故而譚獻在評價此文時直稱其爲"駢體初祖"②，首次鮮明地將《諫逐客書》確立爲駢體文章出現的開端之作，充分闡明了該文在駢體發展中的始創地位。

《四庫全書總目》和《駢體文鈔》的編纂時期相距不遠，幾乎同時提出了《諫逐客書》是駢體初創的觀點，可見這一觀點在當時有一定的共識基礎。加之清代經過駢散之爭後，對駢文一體出現了再度的關注和推崇，故此二者的觀點均建立在當時文人對文體流變的考察和思索上，通過對文體演變的追本溯源，將《諫逐客書》定位爲駢體的開端，充分可見此文在文風開創和文體變革中的重要作用，以及其對後世文章發展的重要影響。而譚獻在《駢體文鈔》這一清代頗有影響力的駢文選本中，明確提出的"駢體初祖"這一論斷，一舉確立了《諫逐客書》在駢文發展史上不可或缺的地位。

及至當代，"駢體初祖"這一說法仍爲學者廣泛認同。袁行霈在《中國文學史》中評價《諫逐客書》就沿用了這一觀點，稱此文"語辭泛濫，意雜詼嘲，語奇字重，兔起鶻落，可謂駢體初祖"③，對該文的行文特點做了十分切當的總結，并重申了此文在駢文文體發展中的開創之功。而在駢文學研究領域，這一觀點更成爲駢文發展史的一個重要論斷。張仁青在《中國駢文發展史》中論述這篇開創之文，認爲《諫逐客書》以其"氣勢之靈力奔放，文字之綺麗豐縟，上繼晚周縱橫之遺，下開漢賦鋪陳之漸"，并以其特有的文風在四個方面開啓了駢文創作特色，分別是"開設喻隸事之風""開兩段相偶之風""開鋪張揚厲之風""著公牘文字之先鞭"④，在駢文發展史上具有極其重要的地位。莫道才在《駢文通

---

① 永瑢等：《四庫全書總目》卷一八九《四六法海十二卷》，北京：中華書局，1965年，第1719頁。
② 李兆洛：《駢體文鈔》，長沙：岳麓書社，1994年，第172頁。
③ 袁行霈：《中國文學史》第一卷，北京：高等教育出版社，2014年，第174頁。
④ 張仁青：《中國駢文發展史》，杭州：浙江大學出版社，2009年，第125頁。

論》中分析此文邏輯嚴謹、氣勢軒昂的原因,認爲大大得力於駢偶的作用,并認爲該文中共有"四十多處對仗,且有不少與排比結合,形成排偶,增強了文章氣韻",而文中雖有散句,但散體與駢體水乳交融,使此文呈現出與先秦他文迥然有別的特色,可以說是"翻開駢文形成期的扉頁之重要篇章"①。由此可見,《諫逐客書》在駢文發展過程中的開創之功幾爲學者所公認,其對後世駢文發展的重要影響也在很大程度上確定了其經典地位,這一經典地位隨着現代文體學的發展更爲學者所肯定,實現了在文學理論上對該文經典性的重塑。

2. 秦文代表:對文學史意義及史學價值的挖掘

近現代以來,伴隨着文學史研究的逐漸深入,許多精英讀者對《諫逐客書》的關注也經歷了從文學視角向文學史視角的轉換,從而實現了對該文經典地位的進一步挖掘。

魯迅在《漢文學史綱要》中評價秦代文學時稱:"就現存者而言,秦之文章,李斯一人而已"②,認爲李斯是秦代文學的代表。秦代作爲一個強盛但短暫的朝代,加之其極端的文化專制政策,使得其文學創作及得以流傳的作品都極爲貧乏,李斯可說是秦代唯一有作品流傳下來的文人。但魯迅得出"李斯一人而已"的結論并不在於其流傳的唯一性,更重要的是其作品具有的鮮明特色:"法家大抵少文采,惟李斯奏議,尚有華辭",進而以《諫逐客書》爲例,説明這種"文采"和"華辭",從而將李斯從同類作家中區分出來。正是因爲《諫逐客書》呈現出的華美文風和強烈的個人情懷,才使得李斯文章顯示出文人創作的顯著風貌,體現了秦代文人創作的最高成就。故近現代以來各類中國古代文學史相關著作,提及秦代文學,無一例外會提及李斯及其《諫逐客書》,該文確已成爲秦代文章的代表,使人在千載以降能得見秦文風貌,爲轉瞬即逝的秦王朝留下了燦爛的文學印記,從而奠定了此文在文學史上不可或缺的經典地位。

除文學領域外,歷史學界也在不斷挖掘此文的價值。楊寬在其《戰國史》中曾先後六次引用該文,説明秦時的土特產交流情況、製鋼技術、音樂發展、各地在經濟發展中的密切聯繫、其時的少數民族分布等當時社會的實際狀況,進而指出秦統一條件的成熟有着廣泛的社會原因③。可以説該文不僅是一篇文章,更暗藏着一段歷史,其中流露出的歷史真實在學者的解讀中,最終一一呈現。也正是通過這些解讀,印證了該文在歷史學中的經典作用。

從文體學地位到文學史地位,再到歷史學意義,當代精英讀者通過不斷深入的解讀,對該文的經典地位進行了不斷的重塑,在這一重塑過程中,該文的經典性也被一次次的印證,從而得到不斷的深化。同時,大學語文教材的收錄、普及讀物的收錄也使得該文普

---

① 莫道才:《駢文通論》,濟南:齊魯書社,2010年,第233—234頁。
② 魯迅:《漢文學史綱要》,長沙:岳麓書社,2013年,第9頁。
③ 楊寬:《戰國史》,上海:上海人民出版社,2003年。

及性越來越强,成爲膾炙人口的名篇,在普通讀者中大放光彩。

　　總體而言,《諫逐客書》作爲秦代文章的代表,其經典地位是在歷史的流傳中一步步建立起來的。文章本身的時代背景、思想特色和藝術特點使得其自完成之時起就奠定了經典的基礎;而在流傳過程中,文章所具有的重要的歷史價值、鮮明的文學特性及開創性的文體學意義推動着其在不同時期都受到精英讀者的持續關注,從而不斷深化其文學價值和歷史價值;近現代以來學者的研究更對其經典性進行了不斷的重塑。同時,各時期文章選本的選入也使得該文流傳性大大增加,增强了其在普通讀者群體中的傳閱度,使得文章成爲真正意義上的經典篇章。

作者簡介:
　　楊穎(1986—),河南開封人,廣西師範大學文學院在讀博士,廣西師範大學圖書館館員,從事中國古代文學研究。

漸開四六體門徑
——讀任昉《文宣竟陵王行狀》

楊賽

內容摘要：任昉與蕭子良交往近20年，與蕭子良集團中的文士交往頻繁，其《文宣竟陵王行狀》所述與蕭子良生平基本相符；對蕭子良的評價代表了當時士林的普遍意見，應該視作評價蕭子良的主要依據。蕭子良的品行、學識、政績在藩王中十分出衆，深孚衆望。蕭子良身邊聚集了大批文士，對南朝的政治、文學都產生了重大而持久的影響。《文宣竟陵王行狀》詞麗典化，情氣俱佳，是齊梁駢文的典範之作，承上啓下，漸開四六體門徑，在駢文史上有重要地位。

關鍵詞：任昉；蕭子良；行狀；四六體

引　言

　　任昉與蕭子良生於同年，與蕭子良是從表親。他們應該從小就相識。任昉在《爲范始興作求立太宰碑表》中說"策名委質，忽焉二紀"。此文作於建武二年（495），上推24年，即泰豫元年（472），這時，范雲已經和蕭子良結識。任昉在《出郡舍哭范僕射詩》中說："結歡三十載，生死一交情。"范雲卒於天監二年（503），上推30年，即元徽元年（473），范雲和任昉已經結識。從這兩條材料可以推測，蕭子良在12歲前後就已開始與范雲、任昉等士族子弟交往。時隔8年之後，即建元元年（479），任昉被竟陵王辟爲記室參軍，成爲蕭子良幕府的正式成員。直到建武元年（494），蕭子良薨，任昉撰寫《文宣竟陵王行狀》，任昉與蕭子良集團打交道已有16年。對於任昉寫的這篇行狀，歷來存在兩種不同的評價。批判的意見說"辭多矯誕，識者病之"。稱贊的意見說"以儷辭述實事，於斯體尚稱"。一個說矯誕，一個說實事，各執一詞，究竟哪一個才算是確評呢？

　　《文宣竟陵王行狀》對蕭子良總體評價爲：

　　　　公道亞生知，照鄰幾庶，孝始人倫，忠爲令德，公實體之，非毀譽所至。天才博贍，學綜該明。至若曲臺之《禮》，九師之《易》，《樂》分龍、趙，《詩》析齊、韓，陳農所未究,河間所未輯,有一於此,罔不兼綜者與? 昔沛獻訪對於雲臺,東平齊聲於楊史,淮南取貴於食時,陳思見稱於七步,方斯蔑如也。

評價有四個方面的内容:一爲品行,二爲學識,三爲政績,四爲招士。行狀圍繞這些方面展開。我們將這篇行狀與任昉於建武二年(496)所寫的《爲范始興求立太宰碑表》對讀,參照《南齊書·蕭子良傳》《南史·蕭子良傳》以及其他相關史料,結合行狀文體的特點,進行考察。

一、忠孝好施

忠孝,《文宣竟陵王行狀》有謂:"孝始人倫,忠爲令德,公實體之,非毁譽所至。"《南齊書·裴皇后傳》:"武穆裴皇后,諱惠昭,河東聞喜人也。……升明三年,爲齊世子妃。建元元年,爲皇太子妃。三年,後薨。"①《南齊書·竟陵文宣王傳》:"穆皇后生文惠太子、竟陵文宣王子良。"②《南史·竟陵文宣王傳》:"武帝爲贛縣時,與裴后不諧,遣人船送后還都,已登路,子良時年小,在庭前不悦。帝謂曰:'汝何不讀書?'子良曰:'孃今何處? 何用讀書。'帝異之,即召后還縣。"③《竟陵王蕭子良年譜》系此事於泰始二年(466),蕭子良七歲。④ 這件事爲蕭子良贏得孝友的美名。鬱林王《追贈竟陵王詔》説道:"肇自弱齡,孝友光備。"⑤裴皇后教子媳甚嚴。《南齊書·裴皇后傳》:"性剛嚴,竟陵王子良妃袁氏布衣時有過,后加訓罰。"⑥《文宣竟陵王行狀》:"會武穆皇后崩,公星言奔波,泣血千里,水漿不入於口者,至自禹穴。逮衣裳外除,心哀内疚,禮屈於厭降,事迫於權奪,而茹戚肌膚,沉痛瘡距。"然而,《南齊書·竟陵文宣王傳》:"建元二年,穆妃薨,仍爲征虜將軍,丹陽尹。"⑦裴穆皇后過逝時,蕭子良正鎮守丹陽,從丹陽到建康奔喪,不過一百公里路程,説其"星言奔波,泣血千里",當然有些誇張。説其"逮衣裳外除,心哀内疚,禮屈於厭降,事迫於權奪,而茹戚肌膚,沉痛瘡距""非毁譽所至",是爲其服喪期間,仍然擔任公職作開脱。

救濟貧困,樂善好施,《文宣竟陵王行狀》有謂:"而廉於殖財,施人不倦。"《南齊書·

---

① [梁]蕭子顯:《南齊書》,北京:中華書局,1972年,第391頁。
② [梁]蕭子顯:《南齊書》,北京:中華書局,1972年,第691頁。
③ [唐]李延壽:《南史》,北京:中華書局,1975年,第1101頁。
④ 南江濤:《齊竟陵王蕭子良年譜》,周延良:《中國古典文獻學叢刊》,北京:國際炎黄文化出版社,2006年,第5卷。
⑤ [梁]蕭子顯:《南齊書》,北京:中華書局,1972年,第701頁。
⑥ [梁]蕭子顯:《南齊書》,北京:中華書局,1972年,第391頁。
⑦ [梁]蕭子顯:《南齊書》,北京:中華書局,1972年,第694頁。

文宣竟陵王子良傳》:"子良敦義愛古。郡民朱百年有至行,先卒,賜其妻米百斛,蠲一民,給其薪蘇。"①又:"開私倉賑屬縣貧民。"②《南史·文宣竟陵王傳》:"時有山陰人孔平詣子良訟嫂市米負錢不還。子良歎曰:'昔高文通與寡嫂訟田,義異於此。'乃賜米錢以償平。"③可見此評非虛。

二、學識兼綜

蕭子良廣泛涉及禮學、易學、樂學、詩學和文獻學,知識淵博,《文宣竟陵王行狀》有謂:"至若曲臺之《禮》,九師之《易》,《樂》分龍、趙,《詩》析齊、韓,陳農所未究,河間所未輯,有一於此,罔不兼綜者與?"

蕭子良之禮學。《南齊書·文惠太子傳》:"竟陵王子良曰:'禮者敬而已矣。自上及下,愚謂非嫌。'"④《南齊書·輿服志》:"世祖永明初,加玉輅爲重蓋,又作麒麟頭,采畫,以馬首戴之。竟陵王子良啓曰:'臣聞車旗有章,載自前史,器必依禮,服無舛法。凡蓋員象天,軫方法地,上無二天之儀,下設兩蓋之飾,求之志録,恐爲乖衷。又假爲麟首,加乎馬頭,事不師古,鮮或可施。'建武中,明帝乃省重蓋等。"⑤《南齊書·豫章文獻王傳》載蕭嶷死後,蕭子良啓曰:"臣聞《春秋》所以稱王母弟者,以尊其所重故也。是以禮秩殊品,爵命崇異,在漢則梁王備出警入蹕之儀,在晉則齊王具殊服九命之贈。江左以來,尊親是闕,故致衮章之典,廢而不傳,實由人缺其位,非禮虧省。齊王故事,與今不殊,締構王業,功跡不異。凡有變革隨時之宜者,政緣恩情有輕重,德義有厚薄。若事籌前規,禮無異則。"⑥

蕭子良之樂歌、琴藝與棋藝。《南齊書·樂志》:"永平(明)樂歌者,竟陵王子良與諸文士造奏之。人爲十曲。道人釋寶月辭頗美,上常被之管絃,而不列於樂官也。"⑦《爲范始興作求立太宰碑表》:"琴書藝業,述作之茂。"⑧《南齊書·王秀之傳》:"竟陵王子良聞僧祐善彈琴,於座取琴進之,不肯從命。"⑨《南齊書·蕭惠基傳》:"永明中,敕(王)抗品棋,竟陵王子良使惠基掌其事。"⑩

---

① [梁]蕭子顯:《南齊書》,北京:中華書局,1972年,第693頁。
② [梁]蕭子顯:《南齊書》,北京:中華書局,1972年,第693頁。
③ [唐]李延壽:《南史》,北京:中華書局,1975年,第1102頁。
④ [梁]蕭子顯:《南齊書》,北京:中華書局,1972年,第400頁。
⑤ [梁]蕭子顯:《南齊書》,北京:中華書局,1972年,第335頁。
⑥ [梁]蕭子顯:《南齊書》,北京:中華書局,1972年,第415頁。
⑦ [梁]蕭子顯:《南齊書》,北京:中華書局,1972年,第196頁。
⑧ [梁]蕭統:《文選》,上海:上海古籍出版社,1986年,第1750頁。
⑨ [梁]蕭子顯:《南齊書》,北京:中華書局,1972年,第801頁。
⑩ [梁]蕭子顯:《南齊書》,北京:中華書局,1972年,第811頁。

萧子良之易学与玄学。《南齐书·五行志》:"十一年三月,震於東齋,棟崩。左右密欲治繕,竟陵王子良曰:'此豈可治,留之志吾過,且旌天之愛我也。'明年,子良薨。"①孫昌武説:"在文宣王西邸中,講經談玄是重要的活動内容。"②《南齊書·周顒傳》:"每賓友會同,顒虚席晤語,辭韻如流,聽者忘倦。兼善《老》《易》,與張融相遇,輒以玄言相滯,彌日不解。"③《南齊書·張融傳》:"融玄義無師法,而神解過人,白黑談論,鮮能抗拒。"④任昉也接受過一些玄學思想。陸倕在《感知己賦》中説:"言追意而不逮,辭欲書而復忘。"任昉《答陸倕感知己賦》中也説:"心照情交,流言靡惑。萬類闇求,千里懸渴。言象可廢,筌蹄自默。"言意問題,言象問題,是當時玄學討論的大問題。可見,任昉也參與了討論。任昉喻之爲"沛獻訪對於雲臺"。沛獻王劉輔(26—84),爲東漢光武帝之子。《後漢書·光武十王列傳》:"輔矜嚴有法度,好經書,善説《京氏易》《孝經》《論語》《傳》及圖讖,作《五經論》,時號之曰《沛王通論》。在國謹節,終始如一,稱爲賢王。顯宗敬重,數加賞賜。"⑤《東觀漢記》:"沛獻王輔,善《京氏易》,永平五年,少雨,上御雲臺卦,自以《周易卦林》占之,其繇曰:蟻封穴户,大雨將至,以問輔,輔曰:蹇,艮下坎上,艮爲山,坎爲水,山出雲爲雨,蟻穴居,時雨將至,故以蟻爲興居,黄子發相雨。《書》曰:常戊申日,候日欲入時,日上有觀雲,不問大小,視四方黑者大雨,青者小雨。"⑥《金樓子·説蕃》:"劉輔性矜嚴,有盛名,深沈好經書,善説《京氏易》。論集經傳及圖讖文,作《五經通論》,儒者得以明事,世號之曰'沛王通論'。明帝甚敬重之,賞賜恩寵加異,數訪問以事。京師少雨,上御雲臺,召尚席取卦具自卦,以《周易卦林》占之,其繇曰:'蟻封穴户,大雨將集。'明日大雨,上即以詔書問輔,輔對深被知遇,詔報曰:'善哉,王次序之也。月爲一卦,以當游戲,稱爲聖王。'"⑦以劉輔類比蕭子良在易學方面的成就,可謂相宜。

萧之良之文獻學。《金樓子·説蕃》:"竟陵蕭子良居雞籠山西邸,集學士抄五經百家,依《皇覽》列爲《四部要略》千卷"。⑧《南齊書·竟陵文宣王傳》:"(永明)五年,正位司徒……移居雞籠山邸,集學士抄五經百家,依《皇覽》例爲《四部要略》千卷。"沈約《和竟陵王抄書詩》:"教微因弛轡,維峻屬貞期。義乖良未遠,斯文焕在兹。超河綜絶禮,冠楚綴淪詩。披縢辨蠹册,酌醴訪深疑。澄流黜往性,泛略引前滋。漢壁含遺篆,名山多逸詞。緑編方委閣,素簡日盈輜。空幸參駕鷺,比秀惡瓊芝。挹流既知廣,復道還自嗤。"⑨

---

① [梁]蕭子顯:《南齊書》,北京:中華書局,1972年,第379頁。
② 孫昌武:《中國文學中的維摩詰與觀音》,北京:高等教育出版社,1996年,第123—124頁。
③ [梁]蕭子顯:《南齊書》,北京:中華書局,1972年,第732頁。
④ [梁]蕭子顯:《南齊書》,北京:中華書局,1972年,第729頁。
⑤ [南朝宋]范曄:《後漢書》,北京:中華書局,1965年,第1427頁。
⑥ [唐]歐陽詢:《藝文類聚》,北京:中華書局,1965年,第26—27頁。
⑦ [梁]蕭繹:《金樓子》,知不足齋本,北京:中華書局,1999年,第4卷。
⑧ [梁]蕭繹:《金樓子》,知不足齋本,北京:中華書局,1999年,第3卷。
⑨ [唐]徐堅:《初學記》,北京:中華書局,1980年,第12卷。

任昉喻之爲"東平齊聲於楊史"。《東觀漢紀·東平憲王蒼》:"上以所自作《光武皇帝本紀》示東平憲王蒼,蒼因上世祖《受命中興頌》。上甚善之,以問校書郎,此與誰等,皆言類相如、揚雄,前代史岑比之。"① 東漢東平憲王劉蒼(29—83),漢光武帝子,明帝同母弟。《後漢書·東平憲王傳》:"蒼少好經書,雅有智思,爲人美須髯,腰帶八圍,顯宗甚愛重之。……是時中興三十餘年,四方無虞,蒼以天下化平,宜修禮樂,乃與公卿共議定南北郊冠冕、車服制度,及光武廟登歌、八佾舞數,語在《禮樂》《輿服志》。……薨,詔告中傅,封上蒼自建武以來章奏及所作書、記、賦、頌、七言、別字、歌詩,并集覽焉。"② 《南齊書·樂志》:"永平三年,東平王蒼造《光武廟登歌》一章二十六句,其辭稱述功德。"③《樂府詩集·郊廟歌辭》:"永平三年,東平王蒼造《光武廟登歌》一章,稱述功德,而郊祀同用漢歌。"④《金樓子·説蕃》:"劉蒼好經史,博學多識,恭肅畏敬。明帝重其器能,特愛異之。入爲相,薦郁恁、桓榮等。其後蒼數上疏,陳藩職至重,不宜久留京師。蒼爲人體貌長大,美須髯,腰八尺二寸,故帝言副是腰腹也。帝以所自作《光武本紀》示蒼,蒼因上世祖《受命中興頌》,咸言類相如、揚雄,前世史岑也。章帝時王入朝,以王觸寒涉道,使中謁者逢迎,賜王乘輿貂襲。"⑤ 以劉蒼類比蕭子良在禮方面的成就,是合適的。

蕭之良之文學。任昉僅用了兩個比喻。一爲"淮南取貴於食時"。《漢書·淮南王安》:"淮南王安爲人好書,鼓琴,不喜弋獵狗馬馳騁,亦欲以行陰德拊循百姓,流名譽。招致賓客方術之士數千人,作爲内書二十一篇,外書甚衆,又有《中篇》八卷,言神仙黃白之術,亦二十餘萬言。時武帝方好藝文,以安屬爲諸父,辯博善爲文辭,甚尊重之。每爲報書及賜,常召司馬相如等視草乃遣。初,安入朝,獻所作《内篇》,新出,上愛秘之。使爲《離騷傳》,且受詔,日食時上。又獻《頌德》及《長安都國頌》。每宴見,談説得失及方技、賦、頌,昏莫然後罷。"⑥ 二爲"陳思見稱於七步"。《三國志·陳思王植傳》:"陳思王植,字子建。年十歲餘,誦讀詩、論及辭賦數十萬言,善屬文。太祖嘗視其文,謂植曰:'汝倩人邪?'植跪曰:'言出爲論,下筆成章,顧當面試,奈何倩人?'時鄴銅爵臺新城,太祖悉將諸子登臺,使各爲賦。植援筆立成,可觀,太祖甚異之。……植既以才見異,而丁儀、丁廙、楊修等爲之羽翼。太祖狐疑,幾爲太子者數矣。……撰録植前後所著賦、頌、詩、銘、雜論凡百餘篇,副藏内外。"⑦《金樓子·説蕃》:"曹子建善屬文,魏武帝見其文,謂植曰:'汝倩人邪?'植跪曰:'臣言出爲論,下筆成章,故當面試,奈何倩人邪?'時鄴銅雀臺新

---

① [漢]劉珍等撰,吳樹平校注:《東觀漢記》,北京:中華書局,2008年,第240頁。
② [南朝宋]范曄:《後漢書》,北京:中華書局,1965年,第1433—1434頁。
③ [梁]蕭子顯:《南齊書》,北京:中華書局,1972年,第178頁。
④ [宋]郭茂倩:《樂府詩集》,北京:中華書局,1998年,第1頁。
⑤ [梁]蕭繹:《金樓子》,知不足齋本,北京:中華書局,1999年,第4卷。
⑥ [漢]班固:《漢書》,北京:中華書局,1962年,第2145頁。
⑦ [晉]陳壽:《三國志》,北京:中華書局,1959年,第557—577頁。

成,武帝悉將諸子登臺,使各爲賦。植援筆立成,文彩可觀。"①

任昉用淮南王劉安與陳思王曹植作比,來說明蕭子良文思敏捷。這兩條無法驗證。蕭子良集團的文學活動有三種:一是唱和,二是造新聲,三是文學理論研究。蕭子良集團中的唱和應答活動十分頻繁。私人間的應答很多,大規模的唱和也不在少數。任昉在竟陵王府參加的一些大型唱和活動,現在還有兩條記錄。其一爲永明三年(485),皇太子釋奠,王儉、蕭子良、王思遠、阮彦、王僧令、袁浮丘、沈約、何胤等都有釋奠詩,任昉作了《爲王嫡子侍皇太子釋奠宴詩》。其二爲永明三年,蕭衍"以皇考艱去職",②很多朋友都來給他送行,王融、蕭琛、王延、宗夬、殷芸等人都寫了送別詩,任昉寫了《別蕭咨議》。至於蕭子良本人的文學水準,還是可以略作考證的。沈約《與范述曾論竟陵王賦書》:"夫渺泛滄流,則不識涯畦;雜陳鐘石,則莫辨宮商。雖復吟誦回環,編離字滅,終無以仰酬睿旨,微表寸長。"③沈約作有《奉和竟陵王游仙詩》《奉和竟陵王經劉王獻墓》④,對蕭子良的文學水準應該比較瞭解,當然其間也不乏奉承之詞。蕭繹《金樓子·説蕃》:"竟陵蕭子良,開私倉賑貧民。少有清尚,禮才好士,居不疑之地,傾意賓客,天下才學皆游集焉。善立勝事,夏月客至,爲設瓜飲及甘果。著之文教,士子文章及朝貴辭翰皆發教撰錄。居雞籠山西邸,集學士抄五經百家,依《皇覽》列爲《四部要略》千卷;招致名僧講論佛法,造經唄新聲,道俗之盛,江左未有也。好文學,我高祖、王元長、謝元暉、張思光、何憲、任昉、孔廣、江淹、虞炎、何倕、周顒之儔,皆當時之傑,號士林也。"⑤據鍾仕倫考證,從蕭繹撰寫《金樓子》的具體情況和《金樓子》內文的年代記載以及蕭繹著書宗旨等方面考辨,得知《金樓子》全書各篇寫作時間先後不一,全書最終絕筆於承聖三年(554)。⑥任昉《竟陵文宣王行狀》寫於建武元年(494),在《金樓子·説蕃》之前。《金樓子·説蕃》叙周公至蕭子響諸蕃王事,蕭子良、劉蒼、劉輔、曹植均在其中。可見將五位蕃王類比,蕭繹也是贊同的。然而,《南齊書·竟陵文宣王子良傳》卻說:"所著內外文筆數十卷,雖無文采,多是勸戒。"⑦張溥《南齊蕭竟陵集題詞》駁斥了這一觀點:"蕭雲英著內外文筆數十卷,史謂其無文采,多勸戒,及讀任昉《行狀》,則云:天才博贍,學綜該明,沛獻、東平、淮南、陳思,方斯蔑如。予折衷群論,未得其平。比覽遺文,斥臺使,憂旱沴,獄圄泉鑄,動見規啟。仁哉言乎,何其恫瘝乃心也。"⑧張溥贊同任昉對蕭子良學識的評價。

---

① [梁] 蕭繹:《金樓子》,知不足齋本。北京:中華書局,1999年,第4卷。
② [唐] 姚思廉:《梁書》,北京:中華書局,1973年,第2頁。
③ [唐] 徐堅:《初學記》,北京:中華書局,1980年,第22卷。
④ [唐] 徐堅:《初學記》,北京:中華書局,1980年,第23卷。
⑤ [梁] 蕭繹:《金樓子》,知不足齋本,北京:中華書局,1999年,第4卷。
⑥ 鍾仕倫:《〈金樓子〉的成書時間考辨》,《北京大學學報》2005年第5期,第145—151頁。
⑦ [梁] 蕭子顯:《南齊書》,北京:中華書局,1972年,第701頁。
⑧ [明] 張溥著,殷孟倫注:《漢魏六朝百三家集題辭注》,北京:人民文學出版社,1963年,第187頁。

蕭子良之佛學,這點任昉在行狀中并没有提到。《南齊書·文惠太子傳》:"太子與竟陵王子良俱好釋氏,立六疾館以養窮民。"①《金樓子·説蕃》:"竟陵蕭子良居雞籠山西邸……招致名僧講論佛法,造經唄新聲,道俗之盛,江左未有也。"②《佛祖統紀·法運通塞志》:"五年,友州進真珠佛像。司徒竟陵王子良,居西邸招致名僧講論佛法,造經唄新聲。數營齋戒。躬爲僧倫賦食行水。嘗夢東方普光世界天王如來説净住净行法門。因著《净住子》二十卷及《三寶記》。"③張溥《南齊蕭竟陵集題詞》:"雲英敬信釋氏,撰《净住子》,《净行法門》三十一條,苦言勸諷,潸泣如雨。"④《南齊書·竟陵文宣王傳》説:"又與文惠太子同好釋氏,甚相友悌。子良敬信尤篤,數於邸園營齋戒,大集朝臣衆僧,至於賦食行水,或躬親其事,世頗以爲失宰相體。"⑤《南齊書·顧歡傳》:"文惠太子、竟陵王子良并好釋法。吴興孟景翼爲道士,太子召入玄圃園。衆僧大會,子良使景翼禮佛,景翼不肯。子良送《十地經》與之。"⑥《南齊書·徐孝嗣傳》:"子良好佛法,使孝嗣及廬江何胤掌知齋講及衆僧。"⑦沈約於永明元年(483)作《爲齊竟陵王發講疏》記竟陵王禮佛盛事曰:"竟陵王殿下,神超上地,道冠生知,樹寶業於冥津,凝正解於冲念,若夫方等之靈邃,甘露之深玄,莫有不游其塗而啓其室也。秘藏之被東國者,靡不畢集。皆繕以寶縑,文以麗篆,凝光瓊笥,炫彩瑶滕,思欲敷震微言,昭感未悟。乃以永明元年二月八日,置講席於上邸,集名僧於帝畿,皆深辨真俗,洞測名相,分微靡滯,臨疑若曉。同集於邸内之法雲精廬,演玄音於六宵,啓法門於千載。濟濟乎,實曠代之盛事也。"⑧沈約另有《竟陵王造釋迦像記》⑨《爲文惠太子禮佛願疏》⑩《爲文惠太子解講疏》⑪。這些佛學活動,對文學産生重大影響的是考定音律。

三、政績良好

　　蕭子良端在朝在守的政績,《文宣竟陵王行狀》有謂:"方於事上,好下規己。"《爲范始興作求立太宰碑表》也説:"故太宰竟陵文宣王臣某,與存與亡,則義刑社稷;嚴天配帝,

---

① [梁]蕭子顯:《南齊書》,北京:中華書局,1972年,第401頁。
② [梁]蕭繹:《金樓子》,知不足齋本,北京:中華書局,1999年,第3卷。
③ [宋]釋志磐:《佛祖統紀》,文淵閣四庫全書本,第36卷。
④ [明]張溥著,殷孟倫注:《漢魏六朝百三家集題辭注》,北京:人民文學出版社,1963年,第187頁。
⑤ [梁]蕭子顯:《南齊書》,北京:中華書局,1972年,第700頁。
⑥ [梁]蕭子顯:《南齊書》,北京:中華書局,1972年,第934頁。
⑦ [梁]蕭子顯:《南齊書》,北京:中華書局,1972年,第772頁。
⑧ [唐]釋道宣:《廣弘明集》,四部叢刊本,第19卷。
⑨ [唐]釋道宣:《廣弘明集》,四部叢刊本,第16卷。
⑩ [唐]釋道宣:《廣弘明集》,四部叢刊本,第28卷。
⑪ [唐]釋道宣:《廣弘明集》,四部叢刊本,第19卷。

則周公其人。體國端朝,出藩入守。進思必告之道,退無苟利之專。"《竟陵文宣王行狀》分別記述了蕭子良在齊高帝、齊武帝和齊明帝三朝的政績。

> 太祖受命之時,封聞喜縣開國公,進號冠軍將軍。越人之亞,睹正風而化俗;篁竹之酋,感義讓而失險。邪叟忘其西昃,龍丘狹其東皋。

齊太祖高皇帝蕭道成爲蕭子良祖父,建元元年(479)登基建國,在位四年。二十歲的蕭子良被祖父封爲聞喜公。《宋書·州郡志·荆州》:"宋初八縣,孝武孝建二年,以廣戚并聞喜,弘農、臨汾并松滋,安邑并永安。"注曰:"江左立僑郡,後并省爲縣。"①聞喜是蕭子良的父親齊武帝蕭頤的封地。《南齊書·武帝紀》:"升明二年……封聞喜縣侯,邑二千户。"②聞喜自宋孝武帝以來,公役繁重。《南齊書·竟陵文宣王傳》:"宋世元嘉中,皆責成郡縣;孝武徵求急速,以郡縣遲緩,始遣臺使,自此公役勞擾。"③《南齊書·周顒傳》:"顒言之於太守聞喜公子良曰:'竊見滂民之困,困實極矣。役命有常,祗應轉竭,蹙迫驅催,莫安其所。險者或竄避山湖,困者自經溝瀆爾。亦有摧臂斮手,苟自殘落,販傭貼子,權赴急難。每至滂使發動,遵赴常促,輒有柤杖被錄,稽顙階垂,泣涕告哀,不知所振。下官未嘗不臨食罷箸,當書偃筆,爲之久之,愴不能已。交事不濟,不得不就加捶罰,見此辛酸,時不可過。山陰邦治,事倍餘城;然略聞諸縣,亦處處皆躓。唯上虞以百户一滂,大爲優足,過此列城,不無凋罄。宜應有以普救倒懸,設流開便,則轉患爲功,得之何遠。'"④爲緩解這些窘狀,蕭子良寫了兩封《陳時政密啓》,向皇上提出九條建議:其一爲減免租賦,其二爲減輕刑獄,其三爲控制土木,其四爲停息邊戰,其五爲鑄錢興市,其六爲興農富民,其七爲公平立法,其八爲推選官員,其九爲裁減冗員。蕭道成懲宋之亡,務從儉約,減免百姓逋租宿債,寬簡刑罰。蕭子良的建議基本得到采納。

> 武皇帝嗣位,進封竟陵郡王……克徐接壤,素漸河潤,未及下車,仁聲先洽。玉關靖析,北門寢扃。朝旨以董司嶽牧,敷興邦教,方任雖重,比此爲輕。……上穆三能,下敷五典。辟玄闈以闡化,寢鳴鐘以體國。翼亮孝治,緝熙中教。奪金耻訟,蹊田自嘿。不雕其樸,用晦其明。聲化之有倫,繄公是賴。庠序肇興,儀形國胄;師氏之選,允師人范。以本官領國子祭酒,固辭不拜。八座初啓,以公補尚書令。式是敷奏,百揆時序。夫國家之道,互爲公私;君親之義,遞爲隱犯。公二極一致,愛敬同

---

① [梁]沈約:《宋書》,北京:中華書局,1974年,第1122頁。
② [梁]蕭子顯:《南齊書》,北京:中華書局,1972年,第44頁。
③ [梁]蕭子顯:《南齊書》,北京:中華書局,1972年,第192頁。
④ [梁]蕭子顯:《南齊書》,北京:中華書局,1972年,第731頁。

歸,亮誠盡規,謀猷弘遠矣。……舊惟淮海,今則神牧,編户殷阜,萌俗繁滋,不言之化,若門到户説矣。頃之,解尚書令,改授中書監,餘悉如故。獻納樞機,絲綸允緝。武皇晏駕,寄深負圖。

齊武帝在位期間,繼續推行蕭道成的治國之策,恢復禄田俸佚,勸課農商,減免賦役,賑濟窮困,從寬執法,注重學校教育,修建孔廟,使社會出現了相對安定的局面。這些舉措與蕭子良的推動密切相關。蕭子良本傳對其功績删節頗多,趙翼在《廿二史劄記》中説道:"《竟陵王子良傳》所删亦最多。如諫遣臺使督租一疏、請墾荒田一疏、諫租布折錢一疏、諫射雉二疏,共三四千字。"①

聖主嗣興,地居旦奭。有詔策授太傅,領司徒,餘悉如故。坐而論道,動以觀德;地尊禮絶,親賢莫貳。……乃下詔曰:'……(竟陵王)體睿履正,神監淵邈。道冠民宗,具瞻惟允。肇自弱齡,孝友光備。爰及贊契,協升景業。燮和臺曜,五教克宣。敷奏朝端,百揆惟穆。寄重先顧,任均負圖。諒以齊徽二南,同規往哲。方憑保祐,永翼雍熙。

張溥《南齊蕭竟陵集題詞》:"射雉二啓,奏告君父,不離福業,觀其惻隱,懇誠身行,津渡斷欲。以王公,努力建道場之幡,擊甘露之鼓。爲黔首先倡,而浮魚兆殃。外寢,大震。天年不永,其誰爲乎?"②趙翼《廿二史劄記》:"子良亡後,袁彖謂陸慧曉曰'齊氏微弱已數年矣,爪牙柱石之臣都盡,所餘惟風流名士耳,若不立長君,無以鎮四海'。王融欲立子良,實安社稷,恨其不能斷事,以至被殺。今蒼生方塗炭,正當瀝耳聽之。"③

四、結士深廣

蕭子良營造良好環境,大量延攬士人爲朝廷效力,《文宣竟陵王行狀》有謂:

任天下之重,體生民之俊,華袞與緼緒同歸,山藻與蓬茨俱逸。良田廣宅,符仲長之言;邙山洛水,協應叟之志。丘園東國,錙銖軒冕。乃依林構宇,傍岩拓架,清猿與壺人爭旦,綈幕與素瀨交輝,置之虚室,人野何辨?高人何點,躡屩於鐘阿;徵士劉虬,獻書於衡嶽,贈以古人之服,宏以度外之禮,屈以好士之風,申其趨王之意,乃知

---

① [清]趙翼:《廿二史劄記》,北京:中國書店,1987年,第10卷。
② [明]張溥著,殷孟倫注:《漢魏六朝百三家集題辭注》,北京:人民文學出版社,1963年,第187頁。
③ [清]趙翼:《廿二史劄記》,北京:中國書店,1987年,第10卷。

大春屈已於五王,君大降節於憲後,致之有由也。其卉木之奇,泉石之美,公所制《山居四時序》,言之已詳。

這一大段文字,講了兩個方面的意思。其一是西邸的地理環境,所謂"良田廣宅,符仲長之言;邙山洛水,協應叟之志。丘園東國,錙銖軒冕。乃依林構宇,傍岩拓架,清猿與壺人爭旦,緹幕與素瀨交輝,置之虛室,人野何辨?"描述得并不很詳細。《吴地記》:"雞籠山,在吴縣西三十里。以形似雞籠,因名。晋太康二年,司空陸玩,葬此山,掘地得石鳳飛去,今鳳凰墩是也。"①《嘉慶重修一統志》:"雞籠山,在長洲縣西北。《吴地記》:在吴縣西三十里,以形似名。晋司空陸玩葬此,掘地得石鳳飛去。今鳳凰墩是也。《輿地記》:鳳凰山在縣西北,蓋即雞籠也。"②《南史·建平宣簡王宏傳》:"宏少而閑素,篤好文籍,文帝寵愛殊常,爲立第於雞籠山,盡山水之美。"③《資治通鑒》説:"豫章雷次宗好學,隱居廬山,嘗徵爲散騎侍郎,不就。是歲以處士徵至建康,爲開館於雞籠山,使聚徒教授。"④雞籠山自劉宋以來,就是風景秀美的勝地,許多學者來此修學。王儉有《竟陵王山居贊》:"升堂踐室,金暉玉朗。亹亹大韶,遥遥閑賞。道以德弘,聲由業廣,義重實歸,情深虛往。濠梁在茲,安事遐想。"⑤也只能略見其鱗爪。對於邸園當時的環境,寫得較爲詳實的,是王融《棲玄寺聽講畢游邸園七韻應司徒教詩》:

道勝業茲遠,心閑地能隙。桂橑鬱初栽,蘭墀坦將闢。虛簷對長嶼,高軒臨廣液。芳草列成行,嘉樹紛如積。流風轉還迤,清煙泛喬石。日汩山照紅,松映水華碧。暢哉人外賞,遲遲眷西夕。⑥

其二是集團人員的來源廣泛,有較强的包融性。《文宣竟陵王行狀》用一句話概括了蕭子良門下衆人,"華袞與緼緒同歸,山藻與蓬茨俱逸"。沈約《授王繢、蔡約王師制》:"門下:冠軍將軍、司徒左長史、始平縣五等男繢,華宗冠冑,器質詳和;都官尚書約,清源素范,體業倫正。訓兹蕃國,僉議攸在。繢可隨郡王師,加散騎常侍男如故。約可零陵王師,加給事中,主者速施行。"⑦這裏的蕭繢即是華宗,沈約、范雲即爲素范。

行狀還特别提到蕭子良與何點、劉虯兩位隱士的交往,以説明蕭子良好士。何點

---

① [唐]陸廣微:《吴地記》,南京:江蘇古籍出版社,1986年。
② [清]穆彰阿:《嘉慶重修一統志》,四部叢刊本,第2248册。
③ [唐]李延壽:《南史》,北京:中華書局,1975年,第400頁。
④ [宋]司馬光:《資治通鑒》,四部叢刊本,第123卷。
⑤ [唐]歐陽詢:《藝文類聚》,北京:中華書局,1965年,第652頁。
⑥ 逯欽立:《先秦漢魏南北朝詩》,北京:中華書局,1983年,第1395頁。
⑦ [清]嚴可均:《全上古三代秦漢三國六朝文》,北京:中華書局,1958年,第3101頁。

(436—504),梁簡文帝《徵君何先生墓志》:"先生履玉燭之禎氣,應大賢之一期。實生而知機,撫塵斯庶。敬非習起,孝乃因心。聚徒教習,學侶成群。與沛國劉瓛、汝南周顒爲友,陸璉、賀瑒之徒,更道北面。"①《梁書·何點傳》:"容貌方雅,博通群書,善談論。家本甲族,親姻多貴仕。點雖不入城府,而遨游人世,不簪不帶,或駕柴車,躡草屩,恣心所適,致醉而歸,士大夫多慕從之,時人號爲'通隱'。宋泰始末,徵太子洗馬;齊初,累徵中書郎、太子中庶子:并不就。與陳郡謝朓、吴國張融、會稽孔稚珪爲莫逆友。……王儉聞之,欲候點,知不可見,乃止。豫章王嶷命駕造點,點從後門遁去。司徒竟陵王子良欲就見之,點時在法輪寺,子良乃往請,點角巾登席,子良欣悦無已,遺點嵇叔夜酒杯、徐景山酒鐺。"②何點曾經拒絶宋、齊、梁朝廷和王儉、蕭嶷的徵召,而參加蕭子良的宴席,任昉舉出這個例子來説明蕭子良的感召力。任昉《爲庾杲之與劉虯居士書》説:"昔東平樂善,旌君大於東閣;今(竟陵)王愛素,致吾子於西山。豈不盛歟!"王融有《爲竟陵王與隱士劉虯書》。任昉在《爲范始興作求立太宰碑表》中説:"臣里閈孤賤,才無可甄。值齊網之弘,弛賓客之禁。"這裏所謂的平民也好、素範也好、孤賤也好,都是有才華的士子自謙之詞,是一個與皇族相對的詞,概指異姓高門。③ 素族甚至還指隱士。蕭子良有《登山望雷居士精舍同沈右衛過劉先生墓下作詩》,爲悼隱士劉瓛詩。沈約有《奉和竟陵王經劉瓛墓詩》,又有《謝齊竟陵王教撰高士傳啓》,《廣弘明集》第19卷收有蕭子良《與荆州隱士劉虯書》。還有一類素族是僧侣。湯用彤《漢魏兩晋南北朝佛教史》列出名字的有玄暢、僧柔、慧次、慧基、法安、法度、寶志、法獻、僧佑、智稱、道禪、法護、法寵、僧旻、智藏等人,此外還有僧遠、僧亮、僧印、法通、智順、慧明、僧辯、慧忍等。這些名僧都與這個集團有聯繫。④ 任昉十分看重竟陵王文士集團在促進知識階層與皇權階層溝通交流的作用。任昉在《爲庾杲之與劉居士虯書》(489)中寫道:"司徒竟陵王,懋於神者,言象所絶,接乎士者,遐邇所宗,鐘石非禮樂之本,縹褐豈朝野之謂,想暗投之懷,不以形體爲阻。"時人都十分看重蕭子良的招士活動。蕭子顯在《南齊書·蕭子良傳》中將蕭子良的聲望與喜好招士放到了首位:"文宣令望,愛才悦古,仁信温良,宗英是寄,遺惠未忘。"⑤李乃龍説:"永明時期召集以八友爲核心成員的文人學士開展文化活動,是子良一生中的閃耀亮點。而《行狀》卻在縷述狀主這一段事蹟時不著一辭,這是時人在對待同一事件價值看法的錯位。在任昉眼中,子良名目繁多的職官居才是體現其體會的表徵,其西邸文化活動卻意

---

① [唐]歐陽詢:《藝文類聚》,北京:中華書局,1965年,第660—661頁。
② [唐]姚思廉:《梁書》,北京:中華書局,1973年,第732—734頁。
③ 周一良:《魏晋南北朝史劄記》,北京:中華書局,1985年,第217頁。
④ 湯用彤:《漢魏兩晋南北朝佛教史》,北京:北京大學出版社,1997年,第324—327頁。
⑤ [梁]蕭子顯:《南齊書》,北京:中華書局,1972年,第700頁。

義不大,以至於可以省略。"①這個看法并不準確。

南朝的文士集團最重要的功能,是團結士族文人的力量,協助以武力獲得政權的皇權恢復社會生產生活,實現社會的繁榮與穩定。在劉宋,文士大多分散在地方官幕府中,對社會生活的積極影響很有限。直到蕭齊,才在王儉周邊形成國家級的、大規模的文士集團。但由於沒有皇族的直接主持,很快就土崩瓦解。只有蕭子良文士集團,才真正實現皇室與士族之間的融合。任昉對蕭子良文士集團成員的概括,說明他具有強大的包容性。

結　語

任昉與蕭子良交往近 20 年,與蕭子良集團中的文士交往頻繁,《文宣竟陵王行狀》所述與蕭子良生平基本相符;《文宣竟陵王行狀》所評,代表了當時士林的普遍意見,應該作爲我們評價蕭子良的主要依據。李兆洛評《竟陵文宣王行狀》:"以儷詞述實事,於斯體尚稱。"②蕭子良的品行、學識和政績在當時諸藩王中皆爲翹楚,深孚衆望。蕭子良身邊聚集了大批文士,對南朝的政治、文學都產生了重大影響。

吕兆禧說:"彥昇發跡齊朝,逮事梁祖,勳庸翰藻,與右率并驅一時,流譽北庭,爲邢、魏宗下。雖優劣互有詆非,要之脛頸不齊、修短各適,文辭具在,可與知者。"③范文瀾認爲:"以宋顏延之爲代表的一派駢文,偏重辭采,非對偶不成句,非用事不成言,形體是很美觀的,但冗長堆砌,意少語多,也是這一派的通病。以齊梁任昉、沈約等人爲代表,所謂永明體的一派駢文,修辭更加精工,漸開四六門徑。以梁陳徐陵、庾信爲代表,所謂徐庾體的一派駢文,已形成爲原始的四六體。"④任昉少年時期以善寫文章受到長輩的稱許,青年時期又以筆劄受到王儉的看重,齊梁之際,主掌蕭衍霸府文筆,留下了大量禪代文章。任昉之筆,用詞工巧駢麗,用典圓潤,委婉周密,情與氣偕。任昉以筆著稱於世,筆是任昉的代表文體,任昉《文宣竟陵王行狀》詞麗典化,情氣俱佳,是齊梁時代駢文的典範,承上啓下,漸開四六門徑,在駢文史上有重要地位,在當時和後世都產生了重大影響。

作者簡介:

楊賽(1976—),上海音樂學院副研究員。著有《任昉與南朝士風》。

---

① 李乃龍:《〈齊竟陵文宣王行狀〉考析——兼论"行状"的文体特徵》,《廣西師範學院學報(哲學社會科學版)》2007 年第 1 期。
② [清]李兆洛:《駢體文鈔》,上海:世界書局,1936 年,第 570 頁。
③ [明]吕兆禧:《跋任彥昇集後》,《漢魏諸名家集二十一種》,萬曆天啓間汪氏刻本。
④ 范文瀾:《中國通史》第二册,北京:人民出版社,1994 年,第 826 頁。

桐城派古文名家劉開的駢文思想與駢文創作

路海洋

内容摘要：劉開是桐城派古文的代表作家之一，但他突破桐城家法、横跨駢散兩界，是保守桐城文家眼中的"另類"。他在理論上主張駢散一源、融通駢散，提倡駢文創作應廣泛吸收古代遺産；他自己的駢文則思想、情感與辭采并茂，歷落清峻、自成一格。他的駢文思想博采前人之長、突破駢散之界、自成一家之説，特別是和李兆洛一起，將清代駢散關係的論述推進到了一個前所未有的高度。他的駢文創作風格較爲獨特，成就比較卓越，在題材拓展、文體拓闢、藝術創新等多個維度推動了清代駢文的發展，允稱一代駢文名手。

關鍵詞：古文名家；劉開；《孟塗駢體文》；駢文思想；駢文創作

駢散的争衡與互融，是有清一代引人矚目的重要文學現象。隨着桐城派古文的崛起，抑駢揚散的聲調越來越清亮，而來自駢文陣營爲駢體文争地位、争名分的呼聲也越來越高昂，由此，桐城派便被不少論者貼上了駢文反對者的標記。事實上，這并不客觀。近些年來的駢、散文研究界，已經注意到桐城後學如梅曾亮、劉開、方東樹、曾國藩等人對駢文非但没有全盤否定，而且還創作了相當數量的駢文作品，在溝通駢散上做出了值得玩味的貢獻。當然，類似的研究還存在深入拓展的較大空間，比如對於劉開。

劉開被認爲是桐城派古文的代表作家之一，姚鼐曾對這位學生寄予厚望①，時人也將他與方東樹、梅曾亮、管同并稱爲"姚門四傑"②。但在正統或説保守的桐城文家眼中，劉開又是一個"另類"：他的古文"不能盡守師法"，"與姚鼐簡質之境懸絶"③；他雖然也强

---

① 劉開《劉氏支譜後序》云："年十有四，謬爲先達姚姬傳先生所知，稱爲國士。"又《孟塗文集·孟塗古文批》所附《姚姬傳先生手書》云："承寄文，命意遣詞俱善，世不可無此議論，亦不可無此文。盡力如此做去，吾鄉古文一脈，庶不至斷絶矣，豈獨鼐一人之幸也哉！"又陳方海《劉孟塗傳》有云："(劉開)年十四上書鄉先輩姚公鼐，公奇賞之。常謂人曰：此子他日當以古文名家，望溪、海峰之墜緒，賴以復振，吾鄉之幸也。"引文分別見劉開《劉孟塗集·孟塗文集》卷八、卷十及《孟塗前集》卷末，清道光六年姚氏檗山草堂刻本。(以下徵引省略版本信息。)

② 方宗誠《劉孟塗先生墓表》有云："姚先生(鼐)之門，攻詩古文者數十人，君(劉開)與吾從兄直之先生(方東樹)、上元管異之(同)、梅伯言(曾亮)名尤重，時人并稱'方、劉、梅、管'云。"見繆荃孫編：《續碑傳集》卷七六，《清代碑傳合集》(四)，揚州：廣陵書社，2016年，第627頁。

③ 劉聲木：《桐城文學淵源考》卷四，周駿富輯：《清代傳記叢刊·學林類020》，臺北：明文書局，1985年。

調古文文統,不過對駢體文并没有成見,自己還是清代著名的駢文家。如何客觀看待劉開的駢散文觀念和駢體文創作?這既是桐城派研究也是清代駢文研究必須解决的問題。一些學者已經關注到劉開的駢文思想和駢文創作,但對他駢文思想本質的揭示還有待深化,對他駢文創作特點、成就的研討則基本處於起步階段;此外,劉開駢文思想、駢文創作在桐城派作家中的獨特性及其在清代文學史上的意義,也需要進一步探討揭示。

一、劉開的駢文思想

作爲一位頗有成就的駢文家,劉開有着比較成熟的駢文思想,這集中表現在兩個方面,一是強調駢散同源、彼此融攝,二是主張駢文創作取徑須正、取材須博。

強調駢散同源、彼此融攝,是劉開最重要的駢文主張。劉氏《與王子卿太守論駢體書》中有一段被學者廣泛引用的論述:

> 夫文辭一術,體雖百變,道本同源。經緯錯以成文,玄黄合而爲采。故駢之與散,并派而争流,殊塗而合轍。千枝競秀,乃獨木之榮;九子異形,本一龍之産。故駢中無散,則氣壅而難疏;散中無駢,則辭孤而易瘠。但可相成,不能偏廢。①

這段文字可以説是劉開駢文思想的綱領性表述,它的核心觀念就是駢散同出一源。劉開指出,各種"文辭"或説文章的本質都是一樣的,即所謂"經緯錯以成文,玄黄合而爲采"。在這個意義上,駢文或散體都不過是"文辭"之一體,就像一棵大樹上長出的不同枝幹、一龍所生的不同子女,它們無所謂高低貴賤。這是説駢散兩者的本質屬性相同。

劉開所説的駢散同源還有另外兩層意思:其一,駢散兩體的歷史淵源是一致的;其二,駢散兩體的終極指向也是一致的。用《與王子卿太守論駢體書》中的話説,就是"究其要歸,終無異致;推厥所由,俱出聖經"。這裏的"聖經"顯然是指儒家經典:

> 夫經語皆樸,惟《詩》《易》獨華。《詩》之比物也雜,故辭婉而妍;《易》之造象也幽,故辭驚而創:駢語之采色於是乎出。《尚書》嚴重而體勢本方,《周官》整齊而文法多比;《戴記》工絫疊之語,《繫辭》開屬對之門;《爾雅·釋天》以下句皆連珠,《左氏》叙事之中言多綺合:駢語之體制於是乎生。是則文有駢散,如樹之有枝幹、草之有花萼,初無彼此之别。②

---

① 劉開:《劉孟塗集·孟塗駢體文》卷二。
② 劉開:《與王子卿太守論駢體書》,《劉孟塗集·孟塗駢體文》卷二。

将骈体文的历史渊源归结到儒家经典,并不是刘开的新发明,早在清初毛先舒就表达过类似观点:"或谓三古六经,气留淳樸;先秦西京,体并高古。焉用骈组,聿开浮华? 岂知'万邦''九族'之语,已见诸《虞诰》;'水湿''火燥'之句,亦载于《文言》。嚆矢權舆,引厥端矣。"①与刘开差不多同时的吴育也有相似表达:"昔史臣述尧,启四言之始,孔子赞《易》,兆偶辞之端,此上古之母音,载道之华辞,不徒以文言也。"②不过,毛、吴等人所涉及的儒家经典比较有限,他们对儒家经典与骈文关系的分析也比较直观浅显,刘开则从骈文辞采与体制渊源、生成的角度,较为深入地概括了早期儒家经典著作与骈体文的内在关系。不难发现,刘开所举诸书基本都是正统古文家所追溯的古文或说散体的源头,由此,他得出骈散两者"初无彼此之别"的结论就颇有说服力了。

值得注意的是,在历来古文家的散体文论述话语系统中,文体价值、功能指向问题通常都要涉及,不论是韩柳提倡的"文以明道"说,还是宋儒倡导的"文以载道"说,包括桐城派主张的"义法"说,这个指向很清晰,那就是阐述、发挥儒家之道。骈体文的情况则与此有异,在刘开之前,像蒋士铨那样高调倡扬"文章有俪体,六经开權舆""取材各有宜,载道无差殊"③者,实属鲜见,大都数文家在探讨骈体文时,要麽有意、无意地避开了这一问题,要麽隐而不发。刘开出身桐城门牆,对此有清晰的认识,《与王子卿太守论骈体书》有云:"夫道炳而有文章,辞立而生奇偶。""道"与"辞"是他论文的两个基本考察维度,而"奇偶"之辞的派生都基于一个"道",所谓"文之本出於道,道不明则言之无物;文之成视乎辞,辞不修则行之不远"④,因此在他看来,"明道修辞"⑤乃是包括骈散文在内的"文章"的必然归宿。

既然骈散本质属性、历史渊源、终极指向都是一致的,那麽对两者进行内在的沟通就是可能而且必要的,所谓"骈中无散,则气壅而难疏;散中无骈,则辞孤而易瘠",因此两者"但可相成,不能偏废"。不过,文坛不少"执墟曲之见"的文人学者却不这样认为,他们中"宗散者鄙俪词为俳优,宗骈者以单行为薄弱"。针对这样的情况,刘开进一步指出,骈散两者确乎没有什麽本质上的区别,如果一定要区分的话,那就只能从它们的文体特性来说,即"一以理为宗(散),一以辞为主(骈)耳",但正如刘开强调的,在具体的骈散文创作中,"理未尝不藉乎辞,辞亦未尝能外乎理",说到底还是要两相结合、彼此融摄。⑥ 刘开强调骈散同源、彼此融摄的主张,与李兆洛《骈体文钞序》宣扬的骈散一源、两者"相杂

---

① 毛先舒:《陈迦陵俪体文集序》,陈淮编:《湖海楼全集·湖海楼俪体文》卷首,清乾隆六十年浩然堂刻本。
② 吴育:《骈体文钞序》,李兆洛选辑,陈古藺、吴楚生点校:《骈体文钞》卷首,长沙:岳麓书社,1992年,第3页。(以下徵引省略出版信息。)
③ 蒋士铨:《题随园骈体文》,袁枚著、周本淳标校:《小仓山房诗集·小仓山房外集》卷首,上海:上海古籍出版社,1988年,第1944页。
④ 刘开:《复陈编修书》,《刘孟塗集·孟塗文集》卷三。
⑤ 刘开:《与阮芸臺宫保论文书》,《刘孟塗集·孟塗文集》卷四。
⑥ 刘开:《与王子卿太守论骈体书》,《刘孟塗集·孟塗骈体文》卷二。

迭用"著名理念①是内在一致的,它們代表了道光以後關於駢散關係論述的主流觀點,其文學史影響是深遠的。

主張駢文創作取徑須正、取材須博,也是劉開的重要駢文思想。駢文創作如何合理繼承古代遺産?劉開對此曾有過扼要的總結,即《與王子卿太守論駢體書》中所説的"大約宗法止於永嘉,取裁專於《文選》。假晉宋而厲氣,借齊梁以修容。下不敢濫于三唐,上不能越夫六代,如是而已。""永嘉"是西晉懷帝司馬熾的年號;《文選》所録爲先秦至梁代的詩文、辭賦;"六代"不是指習稱的"六朝",而是三國魏曹囧《六代論》所指涉的夏、殷、周、秦、漢、魏。結合這幾個時間定位以及《與王子卿太守論駢體書》中的相關論述,可知劉開主張駢文創作應廣泛學習先秦以降至於南朝的各類文學作品,并通過宗法兩漢、西晉之文來打好駢文寫作的根基,再經由取則晉、宋、齊、梁之文來確立駢文寫作的成熟風貌。劉開提倡的駢文取徑,有三個比較特立獨行的方面:其一,他突出了對兩漢至西晉準駢文(西漢之文)和成熟定型駢文(東漢、西晉之文)的學習;其二,他將先秦以至南朝的詩文、辭賦都作爲駢文取汲、效法的資源,實際上他認爲應當取法的古代遺産還遠不止詩文、辭賦;其三,他對唐代以後的駢文不置一詞,相當於完全忽略。可以説,劉開駢文取徑主張所體現出來的文學視野,既是開闊的,也是狹隘的,這也正是劉開的特立獨行之處。

對應於視野比較開闊的駢文取徑主張,劉開的駢文取材思路也頗爲開闊,先秦以至南朝的詩文、辭賦以及經史與子部著作,都是劉開强調的學習對象。《詩經》《尚書》《禮記》《易經》等儒家經典以及《文選》所録之作爲代表的古代詩文,前文已有提及,這裏再扼要介紹一些較能體現劉開駢文主張特立獨行性質的古代典籍。先説《文心雕龍》和《離騷》。劉勰的《文心雕龍》受到劉開極力推崇,《與王子卿太守論駢體書》在列舉駢體極盛期的代表作家後言道:"至於宏文雅裁,精理密意,美包衆有,華耀九光,則劉彦和之《文心雕龍》殆觀止焉。"這一觀點在《書文心雕龍後》一文中得到了進一步發揮,劉開首先將《文心雕龍》放置在駢文史演變的縱向座標中進行考查,認爲駢文"自永嘉以降,文格漸弱,體密而近縟,言麗而闘新,藻繪沸騰,朱紫誇耀……理絀于辭,文滅其質",只有《文心雕龍》"是非不謬,華實并隆,以駢儷之言,而有馳驟之勞,含飛動之彩,極瑰瑋之觀"。不僅如此,他還從駢文義理藴含、辭采運用的角度,高度贊揚《文心雕龍》的理、辭并美,認爲該書"誠曠世之宏材,軼群之奇構也"。其次,劉開又將駢、散二體并觀,認爲劉勰對於文章的基本論點與韓愈心息相通、内在一致,只不過他論文之體未取散而用駢,當然"墨子錦衣適荆,無損其儉;子路鼎食于楚,豈足爲奢?夫文亦取其是而已",在這個意義上,劉開强調"昌黎爲漢以後散體之傑出,彦和爲晉以下駢體之大宗",而《文心雕龍》正是劉勰駢體的最高代表。② 因此,習駢文者無論如何也不能繞過這部"華實并隆"的駢

---

① 李兆洛選輯,陳古藺、吴楚生點校:《駢體文鈔》卷首,第4頁。
② 劉開:《書文心雕龍後》,《劉孟塗集·孟塗駢體文》卷二。

體"奇構"。

《離騷》既是楚辭、也是中國古代抒情文學的傑出代表,對後世文學創作產生了深遠影響。但劉開指出,後人只知道"賦體之必宜宗騷,而文辭則置騷不論",這是錯誤的。他說"夫辭豈有別於古今?體亦無分於疏整。必謂西漢之彦,能工效正則之辭,東晋以還,不敢夸靈均之佩,無是理也!"又説"夫騷人情深,猶能有資於散體,豈芳草性僻,不欲助美於駢文?"亦即在劉開看來,以《離騷》爲代表的楚辭,不但是漢以後賦體之作的重要淵源,也是包括散體、駢體在内各種文辭所應取效的對象,所謂"欲招恨《九歌》,徵游四海,通辭帝子,修問夫人;造境於幽遐,攬色于古秀;煙雨致其綿渺,雲旗示以陸離;隱深意于山阿,寄遙情於木末,則《離騷》不能忽焉"①。

此外,爲了拓展"文境"、使得駢文創作臻於"絶軌",周秦以降、唐代以前的大量典籍都獲得了劉開的青睞,這包括《老子》《莊子》《列子》《關尹子》《管子》《吕氏春秋》《荀子》《韓非子》等一系列"周秦諸子"之作,以及《焦氏易林》《太玄》《法言》《淮南子》《山海經》《水經注》《抱朴子》《山海經圖讚》《三國志注》等諸多古代著述。劉開強調,上述這些著述"皆筆耕之奧區,漁獵之淵藪,知(智)能之囊橐,文藝之渠魁。儉學得之以拯其貧,高才得之以伸其慧",爲駢文者"若既熟選學,又能擇善於斯,則煮海爲鹽,本扶輿之妙産,煉雲生水,等大造之神工。恢策府之殊觀,極斯道之能事,其于前脩,庶幾能不囿矣"②。

由上可知,劉開所設定的駢文學習對象與他所提倡的駢文學習取徑是一致的,而廣宗博取是其最明顯的特點。值得注意的是,劉開開列的駢文學習對象,與他圈定的古文學習對象有大量交叉,不論是儒家經典、西漢名文,還是儒家以外的周秦以降諸子之作,都存在這樣的交叉,我們從《與王子卿太守論駢體書》和《與阮芸臺宫保論文書》中可以獲得非常直觀的認識。劉開的這一駢文思想,正是對他提倡的駢散"體雖百變,道本同源""并派而争流,殊塗而合轍"觀念在創作論層面的具體落實。

二、劉開的駢文創作

目前可見的劉開駢文創作,收録於《孟塗駢體文》中,共二卷66篇,含書啓24篇(其中書23篇、啓1篇)、序跋26篇(包括詩文序7篇、贈序12篇、壽序1篇、書後5篇、跋1篇)、記11篇(包括游記4篇、圖記1篇、其他記文6篇)、論2篇以及哀、誄、吊文各1篇。從劉開駢文所涉及的文體來看,書啓、序跋的數量最多,記文也佔相當的分量,這與清代中後期大部分中下層文士駢文創作的總體格局相似。在劉開所作各體駢文中,記體之文

---

① 劉開:《與王子卿太守論駢體書》,《劉孟塗集·孟塗駢體文》卷二。
② 劉開:《與王子卿太守論駢體書》,《劉孟塗集·孟塗駢體文》卷二。

頗受駢壇推重,如王先謙《駢文類纂》選劉開文共11篇,其中記體文就占了6篇。劉開的書信、序跋也不乏佳作,書體中《與王子卿太守論駢體書》一文是以議論擅勝的佳作,也是清代駢文理論史上影響較大的論文名篇;跋語中《書文心雕龍後》《跋郝氏山海經箋疏》《書郭璞山經圖讚後》諸篇,立論新穎、分析深刻,都是思想與文采并善的文章,它們也都被王先謙收錄在《駢文類纂》中。

  劉開序體文中的贈序一類尤值注意。"君子贈人以言"在中國古代有深厚的傳統,不過正如姚鼐所言,"唐初贈人,始以序名,作者亦衆。至於昌黎,乃得古人之意,其文冠絶前後作者"①。就是説到了唐初,贈人之言才以"序"名,創作風氣也濃厚起來,到了韓愈乃把贈序發揮到了極致。當然,韓愈大力創作的贈序是散體,後世延續此體創作者也以寫作散體爲主。但到了清代中葉,這種情況發生了改變,邵齊燾、吳錫麒、洪亮吉、彭兆蓀、楊芳燦、孔廣森等駢文名家都開始創作駢體贈序,由此,贈序以散體獨大的局面從此被打破,駢體贈序作爲一個獨立的文體得以正式確立②。劉開、王衍梅、董祐誠等都是邵、吳諸人的後繼者,不過劉開《孟塗駢體文》中所錄駢體贈序與衆人有一個明顯的不同:邵、吳等乾嘉名手所作贈序,以送行性的贈言爲主(文章標題通常表述爲"送……序"),與劉開年輩相若者所作贈序也是如此,事實上韓愈以降歷來古文家所作散體贈序同樣如此,只有劉開全部創作不爲送行而寫的贈言(文章標題表述爲"贈……序")。這是劉開贈序的一個特別之處,其在清代駢文史上是獨一無二的。

  從文章内容和藝術風貌上看,劉開駢文具有以下幾個比較明顯的特點:

  其一,多寫并擅寫貧士感懷與友朋之契。劉開以諸生終老,一生并無功名,科舉考試上"奮翼未臻九萬,刖足遂至再三"③,對他這樣一個志向高遠而謀生能力欠缺的讀書人而言,實在是一種物質與精神生活的雙重苦難,於是深沉的風塵之嘆、離居之感便在他的筆底流淌出來。《與周南卿書》:"僕自判别以後,琢玉無計,織金未成。經蠶室以告歸,過虎廬而犯險。九登十陟,馬遲回而不前;一呼三顛,鳥載鳴其未已。"④《贈陸祁生廣文序》:"開近年以來,奔命風塵,效役書史。夜對月而無興,晝御酒而寡歡,嵇中散疏懶不堪,張君嗣疲倦欲死。"⑤這是説爲生計奔忙而疲憊不堪。《贈沈閨生序》:"蓬室零霜,桑華有蠹。渴蚬爲怪,據井弗遷;貧鬼守門,破盆不去。思濟深而無楫,欲登高而乏梯。"⑥《與吳理庵先生書》:"開家居靡樂,客宴滋多。酒煮星前,琴臥花外。園竹照人以古色,

---

  ① 姚鼐:《古文辭類纂序》,吳孟復、蔣立甫主編:《古文辭類纂評注》卷首,合肥:安徽教育出版社,2004年,第16頁。
  ② 姚燮編纂《皇朝駢文類苑》,於"序類"之下專門設立"贈送之作"一目,與"著述序跋之文""題圖之作""游宴行役記序"諸目并列,正可以作爲清代駢體贈序作爲獨立文體確立、興起的佐證。
  ③ 劉開:《答韓大司寇書》,《劉孟塗集·孟塗駢體文》卷一。
  ④ 劉開:《劉孟塗集·孟塗駢體文》卷二。
  ⑤ 劉開:《劉孟塗集·孟塗駢體文》卷二。
  ⑥ 劉開:《劉孟塗集·孟塗駢體文》卷二。

山禽資我以良言。率爾擷芳,有時得句。送奔夕於去月,消薄晝於歸雲。書聲未終,雜以落葉;窗紙乍裂,飛來隙風。此時意緒,亦復淒清。雖使木奴千頭,隨人小隱,魚婢十尾,供我加餐,而言瘁孤鳴,興凋獨賞,終未釋離居之戚也。"①這是說離群獨居的困苦淒清。類似的書寫在《孟塗駢體文》的書信、贈序中還有很多。這樣的文字雖不乏修飾,但絕不是矯飾,文有辭采而飽含真情是其最大特點。

面對物質生活上的困窘,中國古代的文人通常會求取精神上的滿足,對劉開而言,除了在書史中慰托疲倦的心靈,友朋交契也是他治癒內心苦悶的重要湯劑。《贈鄭夢白明府序》:"余讀書至管鮑推心,尹班促膝,矢素交於天日,輸丹欵於晦明,金石不渝其音,霜雪莫凋其色,未嘗不撫几而嘆、揭袂以興也!"②這不是劉開一時興發的感慨之語,他的確十分看重友朋相契之樂,試看《再與光栗原書》所寫其與鄉里友朋的交遊往事:

……而開猥以固陋,盡識英賢。訪奇子雲之居,聚飲巨源之室。月采既匿,繼以燭暉。眾響合宣,群情乃暢。遂使河淮濟漯,并流於一川,球琳琅玕,萃珍於同圃。當是之時,俯仰今古,咳唾風雲,論抉文心,辯析天口。飛聲則波湧窮澤,吐氣則虹卷高霄,縱歌嘯于蕭辰,極歡情於稚節。③

這種友朋間的"眾響合宣"、同聲相應,可以使他暫忘功名未就、"涉世迍邅"④的現實苦悶,讓他的心靈獲得無所拘束的片時歡欣,對他而言是彌足珍貴的。因此,他在文章中反復回憶昔日與好友的歡聚、表達對好友的思念,下面這段文字大概最能反映他此種情感的力度:

僕自春徂夏,靡食忘君。一日相思,則晦明不語;三旬未見,則風雨縈懷。紉蕙減芳,樹蘭不茂,命駕無地,論文愆時。嗟我懷人,慨其嘆矣!天生吾輩,動乖時宜。聯之以性情,通之於夢寐,而又愁以霜露,阻以河山。處者疏星,行者零雨……片鱗之字多杳,隻雞之會不常。桃花一山,芳草寸水,舊游如昨,此情遽孤。詩會散於競辰,酒歡敗於遠役。若君與僕,豈其然乎?⑤

劉開把他與光栗原的友朋情好寫得深摯動人、感慨萬千,結合他其他詩文來看,我們相信這種情感是真實的。

---

① 劉開:《劉孟塗集‧孟塗駢體文》卷一。
② 劉開:《劉孟塗集‧孟塗駢體文》卷一。
③ 劉開:《劉孟塗集‧孟塗駢體文》卷一。
④ 劉開:《與曾賓谷方伯書》,《孟塗駢體文》卷一。
⑤ 劉開:《與光律(按:刊誤,當爲栗)原書》,《劉孟塗集‧孟塗駢體文》卷一。

其二,工于寫景,形神兼具。駢文是一種唯美取向比較明顯的文學樣式,寫景狀物是其當行本領。劉開駢文在寫景方面成就突出,其優長是不但能生動貼切地狀寫景致,而且能將內心情感、個性志趣自然地融入景物描寫當中。先看客觀寫景的精彩文字:

　　窮其底則曲洞中通,半水半地,詭譎異態,斑駁舊形。石空見心,山瘦出骨,龍鱗刻劃,虎狀崚嶒。天人陰迷,境逼危竦,碧華猶濕,紺色長寒。通八面之靈煙,鬱衆竅之奇氣。①

　　於時輕風扇暑,朱火代春。水氣昏明,結爲薄霧;日暉薰爍,鬱作晴霞。藻墅四交,綺川中合。②

　　又三十里,抵慈濟寺。崇墉峻壁,隱現林端;華宇雕簷,聲入天表。繪采紺發,赭白綺分。霜鐘傳響於紅泉之中,月池流影於蒼苔之上。③

劉開的這些寫景小品,琢辭峻整、藻采斑駁而形象生動,雕飾是從齊梁那裏取法,但文章的整體韻味卻浸透了晉宋神采。其總體風貌與洪亮吉爲代表的"常州體"小品有相似之處,但琢辭比典型的"常州體"小品更歷落一些,藻采的色澤也比"常州體"小品沉厚一些。

當劉開把鮮明的個性品味和人格志趣融入到自然景物中時,他的寫景文字就更加有"神"了。如《與光栗原書》開篇寫與友人別後不久的生活,所謂"緝茅十笏,踏月半弓,碧水淡其吟懷,清風益其韻事","把酒迎晨,鳴琴選夕,忽忽不知日月之易邁也",文章的妙處就在於用辭采斐然的文字,折射出作者詩意盎然的灑淡心境,至少在這個時候,劉開和讀者都忘記了他本人獨居生活的艱辛困苦。《小園記》的隱喻意味更加濃厚:

　　僕性耽高隱,居愛幽遐。有一小園,乃在南山之陽,大河之右。煙液中積,雲氣下交。百步以外,盡容松竹;十畝之間,半樹蘭蕙。江籬繞乎屋次,杜蘅周乎室前,牽薜荔以制帷,取芰荷而引蓋。外則有蘼蕪爲檻,內則建辛夷之楣。百卉競春,媚獨居之君子;衆芳盈列,似滿堂之美人。初見天高,忽焉晝晦。月華佼麗,照芳菲而欲虛;雲旗有無,挾回風而恍至。④

"蘭蕙""杜蘅""薜荔""芰荷""蘼蕪""美人""雲旗"等意象比較密集的運用,成功

---

① 劉開:《游石鐘山記》,《劉孟塗集·孟塗駢體文》卷一。
② 劉開:《樅江游記》,《劉孟塗集·孟塗駢體文》卷一。
③ 劉開:《孔城北游記》,《劉孟塗集·孟塗駢體文》卷二。
④ 劉開:《劉孟塗集·孟塗駢體文》卷二。

構建出一種主要源自《離騷》的精神世界,它雖是寫客觀景物,但更在於要傳達作者的精神追求,客觀景物與主觀精神在此是完美交融的。陳方海説劉開"不讀唐以後書,不作宋以下語",駢文"托體未嘗不尊",又説劉文"引芳草而契古歡,托微波而展孤笑,其情有深焉"①,此論用於評判劉文總體特點固然不錯,但用之評判劉氏的寫景文字則更加契合。

其三,刻意好奇,徵引廣博。在清代駢文史上,"好奇"的駢文家不在少數,洪亮吉、王曇是比較引人矚目的兩位,洪、王而外,劉開應當是在數的爲文"好奇"的駢文家。陳方海評價劉文有"才雄氣盛,力變奇境,擘山贔屭,鑿空趠趭"②之語,論文才的雄卓和文氣的壯盛,劉開不如洪、王,但他的駢文確實有"才雄氣盛"的特點;從"力變奇境"的角度而言,劉開大體能在洪、王以外自樹一幟。

劉文的"力變奇境"體現在諸多方面,但主要體現在立意新穎和徵引典實駁雜而時涉生僻這兩點。《書司馬遷貨殖列傳後》有云:"夫先王所以鼓勸人者,不過爵禄。使陵處有材木之用,水居有魚陂之饒,何必禄也!千金則家比都君,巨萬則樂同王者,何必爵也!"③劉開用功利主義的"爵禄"之説,解構了歷來具有敦厚積極品性的先王之教,我們看得出他言辭中飽含了源於自身苦難生活體驗的憤懣,但所論確實新人耳目、不無道理。此外,《與王子卿太守論駢體書》將《文心雕龍》視爲六朝駢文的極則,《跋郝氏山海經箋疏》將《山海經》視爲"三代以降辟宇宙壯偉之觀,開文章奇麗之始,破華夷外内之限,復古初帝天之通"的倡導者,這些都是新穎獨特的見解。

劉開主張駢文創作應當廣宗博取,這在他的駢文中有切實的反映。結合《孟塗駢體文》所收作品來看,經史典籍、諸子百家都是劉開徵引的對象,其中不少篇章典實徵引的密度很大,如《書司馬遷貨殖列傳後》《與萬香海書》等,部分章節的文意已經被衆多典故織就的"帷幕"所遮蔽,閱讀起來比較吃力;還有一些篇章引典比較冷僻,如《張辛田詩鈔序》"壑修之國,緝鳳羽以飾車"④典出《拾遺記》,《與張鶴舫書》"瓦不問石,石不問瓦"⑤典出《關尹子》,類似典故的較多運用對文意表達也産生了較大的消極影響。劉開曾説自己"嗜奇有癖,食古過貪"⑥,這是寫實之語。劉文徵引典實上的駁雜、生僻,固然使其具有新奇的特點,但整體上的得與失恐怕是各占其半的,這與王曇駢文之徵引奇僻倒是比較相似。

劉開駢文具備的特色、優長,不止以上三點,如劉文在融合駢散上有引人矚目的造詣,一方面其文句以四字聯句所占比例最大,其次爲六字聯句,再次爲四六聯句,間用散

---

① 陳方海:《孟塗駢體文書後》,《劉孟塗集·孟塗駢體文》卷末。
② 劉開:《劉孟塗集·孟塗駢體文》卷末。
③ 劉開:《劉孟塗集·孟塗駢體文》卷一。
④ 劉開:《劉孟塗集·孟塗駢體文》卷二。
⑤ 劉開:《劉孟塗集·孟塗駢體文》卷二。
⑥ 劉開:《書郭璞山經圖讚後》,《劉孟塗集·孟塗駢體文》卷二。

句,長聯的"出場率"很低,"頗似魏晋及南朝前期文,精明爽快,不拖泥带水,兼得駢散之長"①;另一方面,劉開擅長以散行之氣運駢儷之辭,甚或用駢文句式來寫散體,《與周伯恬書》"夫雲屋之構,須柏桂以爲梁,匠氏不才,用蓬蒿而代柱"②,《與王子卿太守論駢體書》"大約宗法止於永嘉,取裁專於《文選》,假晋宋而厲氣,借齊梁以修容,下不敢濫于三唐,上不能越夫六代""夫騷人情深,猶能有資於散體,豈芳草性僻,不欲助美於駢文?"等等,就非常典型,這就使得他的駢文不但在外在的語句形式上,而且在内在的行文氣勢上具駢散相容之美,這是對他自己駢文主張的有力印證。此外,劉文還長於議論,前已引述的《與王子卿太守論駢體書》《書文心雕龍後》《書司馬遷貨殖列傳後》《跋郝氏山海經箋疏》諸篇以及《與方彦聞書》《與陳伯游論世習書》等都比較有代表性。當然,劉文也存在不足,一些篇章用典過密、過僻,部分書信、贈序誇飾和虛譽太多,有些議論或涉迂闊、或過求新奇,都是比較明顯的瑕疵,我們需要一分爲二地看待。

要之,劉開駢文的數量不是很多,但特色鮮明、功力深湛,允稱一時駢文能手。陳方海《孟塗駢體文書後》將劉開與汪中、洪亮吉、孔廣森相提并論,所謂"以角諸家,難分勝負",其後易宗夔《新世説》、徐珂《清稗類鈔》也持類似觀點③,事實上這些評斷過於拔高劉開的駢文史地位,并不切合實際。清代後期,張壽榮編《後八家四六文鈔》,將劉開與張惠言、樂鈞、王曇、王衍梅、董祐誠、李兆洛、金應麟并稱,王先謙輯《國朝十家四六文鈔》則將他與董基誠、董祐誠、方履籛、梅曾亮、傅桐、周壽昌、王闓運、趙銘、李慈銘并舉,張、王二選將劉開等嘉慶以後駢文家視作乾嘉間洪、汪、孔等駢文大家後繼,突出了他們的名家地位,但并未將其與乾嘉大家相提并論,這是合乎實際的。

三、劉開駢文思想與駢文創作的文學史意義

在深入總結、論析劉開的駢文思想與駢文創作後,不難發現,劉開作爲一個駢文理論探索者與駢文作家,有與清代衆多學者文人相似之處,關鍵是還有諸多相異之處,那麽如何在清代駢文史或範圍更大的駢散文史座標中對其進行合理定位? 這是學界雖有涉筆

---

① 譚家健:《中華古今駢文通史》,北京:社會科學文獻出版社,2018年,第617頁。
② 劉開:《劉孟塗集·孟塗駢體文》卷二。
③ 易宗夔謂:"吳山尊……嘗選袁簡齋、邵荀慈、劉圃三、孔聚軒、吳穀人、曾賓谷、孫淵如、洪稚存之駢文,稱爲八大家……八家之外,以駢體文稱者,又有阮芸臺、劉芙初、樂蓮裳、彭甘亭、查梅史、楊蓉裳、劉孟塗、梅伯言、郭頻伽、吳巢松諸君,其文皆閎中肆外,典麗肅穆,足與八家并美。"徐珂謂:"故全椒吳鼒嘗合袁、邵、劉、孔、吳、曾、孫、洪爲駢文八大家……八家之外,儀徵有阮元,陽湖有劉嗣綰、董基誠、董祐誠,臨川有樂鈞,鎮洋有彭兆蓀,金匱有楊芳燦、楊揆,仁和有查揆,桐城有劉開,上元有梅曾亮,大興有方履籛,其文皆閎中肆外,典麗肅穆,足以并駕齊鶩。"引文分别見易宗夔《新世説》卷二《文學第四》,太原:山西古籍出版社,1997年,第97頁;徐珂:《清稗類鈔·駢體文家之正宗》,北京:中華書局1986年,第3888頁。

但挖掘頗欠周全的問題。要想對此作答,有必要重提文章引言所提及的兩個考察維度:其一,劉開雖出身桐城,但他又是身跨駢散兩界、不爲桐城門牆所縛的文章家;其二,劉開的駢文思想表述和駢文創作,直接介入到了清代駢散爭衡的時代潮流中。從這兩個考察維度入手,劉開駢文思想與駢文創作的文學史意義就比較清晰了,扼言之,就是調和駢散并拓寬駢文創作的門庭、推動清代駢文的發展。

從駢體文的立場入手而觀,清代的駢散爭衡存在三個面向,一是駢文向散體求對等,二是駢文和散體爭正統,三是調和駢散,正如吕雙偉所説,"這些内容不是在時間上有截然分開的先後順序,而是彼此同步或交叉出現,不過在不同時期論述的内容側重點有所不同罷了"①。劉開生當乾隆末期,卒于道光初,從他進入文壇直到去世的約 20 年時間,正是駢散爭衡最爲火熱的時期,亦即以阮元爲代表的駢文家爲駢文爭文章正統之時。此時,桐城派古文家矛頭比較一致地指向駢體文,但劉開卻是個例外。從目前可以掌握的文獻來看,劉開對駢體文以及駢散文關係的態度、認識是穩定的,而且他既比同爲古文陣營而傾向支持駢文的同輩古文家觀點深刻,也比同時代駢文陣營内許多理論家的相關認識透徹。

在與劉開同輩的桐城派古文家中,梅曾亮、方東樹最有代表性。梅氏抵抑駢文的著名觀點,見於其在嘉慶二十一年(1816)所作的《復陳伯游書》中,所謂"駢體之文如俳優登場,非絲竹金鼓佐之,則手足無措。其周旋揖讓,非無可觀,然以之酬接,則非人情也"。② 當然,梅氏支持駢體文的主張也常被論者引述,其言曰:"文貴者,辭達耳。苟叙事明,述意暢,則單行與排偶一也。"③此語見於梅氏在道光十三年(1833)所作的《馬韋伯駢體文叙》一文,但他説這段話并非在道光十三年,而在早此 20 年的嘉慶十八年(1813)左右④,此時 28 歲的梅曾亮還是駢體文的積極擁護者,可没過多久(最晚在嘉慶二十一年)他就轉而火藥味十足地貶抑駢體文了。就梅氏支持駢文的觀點而言,其以儒家先聖的經典論述爲理論起點,從文章表述功能的角度强調駢、散的相通,言辭簡練而闡析比較透闢,是桐城派文家中較早提出的不受古文思維框限的論文新見。方東樹是桐城陣營中力抵漢學的中堅人物,但他對駢體文則有比較中肯通達的認識:"儷偶之文,運意遣詞,與古文不異。椎輪既遠,源派益歧。悼先秦之不復,則弊罪齊梁;陋駢格之無章,則首功蕭

---

① 吕雙偉:《清代駢文理論研究》,北京:人民出版社,2011 年,第 124 頁。
② 梅曾亮著,彭國忠、胡曉明校點:《柏梘山房詩文集·文集》卷五,上海:上海古籍出版社,2005 年,第 20—21 頁。
③ 梅曾亮:《馬韋伯駢體文叙》,梅曾亮著,彭國忠、胡曉明校點:《柏梘山房詩文集》卷五,上海:上海古籍出版社,2005 年,第 110 頁。
④ 梅曾亮《馬韋伯駢體文叙》在陳述"文貴者,辭達耳"的支持駢文觀點後言道,"今去此言時,且二十年",由此推知他説此言的時間當在嘉慶十八年左右。

李。自是而降,殊用異施,判若淄澠,辨同涇渭。"①方氏也是從文章表述功能層面着眼,本質與梅曾亮所論基本相同,只是他進一步勾勒了"源派益歧"之後駢、散兩者漸行漸遠的總貌。

嘉道間駢文陣營的陣容相當可觀,在理論上有所建樹者大體可分三類。一類是以吳鼒、曾燠、彭兆蓀、陳均、許梿等爲代表的駢文選本編纂家;一類是以阮元、王芑孫、方履籛等爲代表的學者型駢文家;另一類則是横跨駢、散兩界的陽湖派作家。第一類的駢文選本編纂家中,彭兆蓀、陳均、許梿都是就駢文而論駢文,吳鼒、曾燠則論及了駢散關係問題。吳氏認爲,如同天地之數奇偶相生而相成一樣,文章有散也必然會有駢,并且文章由散行到駢儷的演變,也是文學由質趨文的大勢使然②;曾燠上承吳鼒,強調駢散"跡似兩歧,道當一貫",倡言駢文是"齊梁人之學秦漢而變焉者也"③,有力凸顯了駢體文的價值。第二、三兩類文家中,阮元高調倡揚駢文爲文章之正宗,李兆洛借助《駢體文鈔》系統提倡駢散一源、融通駢散,此二家理論學者多有論析,此不贅述;阮、李二人而外,論析駢散關係者不乏其人,所論比較有代表性的如方履籛《答陳伯游書》,從文章思想表達、文氣運使的角度切入,強調駢散各有所長④;又陽湖古文家陸繼輅認爲"夫文者,説經、明道、抒寫性情之具也"⑤,由此而論,駢散并無本質區分。

與梅、方相較,劉開首先沒有像梅曾亮那樣對駢體文存在前後認識上的大幅度轉變,其次他也沒有像方東樹那樣對支持駢體文的漢學家大加撻伐,他一直持有比較融通的文章觀念。回到駢散關係辨析這個主題,理論"震撼力"強勁的阮元之論失之偏頗,其餘大部分學者雖然從哲學必然性、文章演變趨勢、文體功能等多個角度闡述了駢散兩者的相通性,但除了李兆洛,他們都是從有限的一個、兩個視角來展開論述,劉開就不一樣了。他不同意阮元的觀點,認爲在文學史上確有一個比較清晰的脈絡文統者,不是駢文而是散體⑥。但他并不否認駢文的價值、地位、發展歷史,他認爲散體與駢文確有不同,其"一以理爲宗,一以辭爲主",不過它們都只是"文辭"這棵大樹上長出的枝幹,而且理藉辭顯、辭以達理,兩者本質屬性上是一樣的;不僅如此,他還強調駢散的歷史淵源和終極指向是内在一致的,亦即兩者源頭上"俱出聖經"、終極功能都是"明道修辭"。由此,他進一步引申:既然駢散同出一源、本質一致,那麼在文學創作中切實溝通駢散就顯得勢在必行,所謂兩者"但可相成,不能偏廢",而融攝彼此之長後的駢散文,就能避免"氣壅""辭

---

① 方東樹:《小謨觴館文集跋》,彭兆蓀《小謨觴館詩文集》卷末,《續修四庫全書》影印清嘉慶十一年刻二十二年增修本。
② 吳鼒:《八家四六文鈔序》,《八家四六文鈔》卷首,清嘉慶三年較經堂刻本。
③ 曾燠原選,姚燮、張壽榮等評:《國朝駢體正宗評本》卷首,清光緒十年花雨樓朱墨套印本。
④ 方履籛:《萬善花室文稿》卷四,清光緒七年王氏刻畿輔叢書本。
⑤ 陸繼輅:《與趙青州書》,《崇百藥齋文集》卷一四,清嘉慶二十五年合肥學社刻本。
⑥ 劉開:《與阮芸臺宮保論文書》,《劉孟塗集·孟塗文集》卷四。

孤"之弊,臻于圓滿之境。結合清代駢文理論發展史來看,劉開的理論主張顯非一己之獨創,而是對清初以來諸家(包括駢散兩個陣營)所論的批判性吸收與創新性建構;就文學史意義言之,他與李兆洛一起,將駢散文關係的論述推進到了一個嶄新的高度,同時也爲後來的駢散關係論述奠定了基本框架。

劉開對於清代駢散爭衡思潮的深度介入,還表現爲他對駢文取徑、取材提出了比較獨到的思路。與清代中葉以來文壇主流尚六朝、輔流崇唐宋者不同,劉開雖推崇六朝駢文,但他強調駢文創作的根基要通過學習兩漢、魏晉之文來夯實;他不但主張要學習唐以前的駢體文,而且主張對先秦至南朝的詩文、辭賦、經史百家進行廣宗博取。劉開在這兩方面的特立獨行,得益於他出身桐城門牆而又不爲桐城門風所縛。桐城古文講究"文統",從六經、秦漢古文到唐宋八家,再到明代歸有光,脈絡很清晰;"學《史》《漢》者由八家而入,學八家者由震川、望溪而入,則不誤於所向","明道修辭,以漢人之氣體,運八家之成法,本之以六經,參之以周末諸子,則所謂爭美古人者,庶幾其有在焉"①,爲古文者學習的路徑也很清晰。值得注意的是,劉開對他之前所形成的桐城"文統""心法"進行了增益、改造,這主要體現爲他較大幅度拓展了爲文參酌、取法的對象,《左傳》《國語》《系辭》《公羊傳》《穀梁傳》《大戴禮記》《吕氏春秋》以及老、莊、荀、列、管、韓之說,甚至《孫子兵法》《淮南子》《山海經》《考工記》《黄帝内經》等百家之書,都被劉開納入古文取法的"武庫";另外,駢儷意味較濃的西漢枚乘、鄒陽、揚雄、司馬相如等人之文,是桐城文家慎談甚或排斥的對象,但劉開則明確主張應納入古文取效的範疇,他強調被古文家極力推崇的韓柳古文,與枚、鄒、揚、司馬之文有着直接的淵源。結合劉開的駢文取徑、取材主張來看,他強調駢文應廣泛學習子史百家、西漢之文,顯然與其古文取徑、取材觀念有着千絲萬縷的聯繫,即便說他的古文思維影響了他的駢文思維也不爲過。當然,必須強調,劉開持有的較爲獨到的駢文取徑、取材主張,以及比桐城古文家更爲開闊的古文取徑、取材主張,從根本上講都是他駢散"體雖百變,道本同源""并派而爭流,殊塗而合轍"文章觀念的必然延伸,而這是桐城家法所不能提供的。

劉開的駢文取徑、取材主張影響了他的駢文創作,他主張駢文"宗法止於永嘉""假晉宋而厲氣,借齊梁以修容",這使得他的駢文具有了邵齊燾所謂"於綺藻豐縟之中,存簡質清剛之制"②風貌,用當代學者的話説是"頗似魏晉及南朝前期文",這種駢文風貌在清代并不多見。他提倡駢文應廣宗博取并且刻意好奇,這使得他的駢文時涉駁雜與奧僻之風,這在清代也不多見。當然,爲文駁雜、奧僻,優點與缺點并具,非爲文之大道,陳方海説他"不讀唐以後書,不作宋以下語",刻意"求爲不同于古人",擔心他的爲文之道"恐難爲繼也"(《孟塗駢體文書後》),這是中肯的評判。他身跨駢散兩界,爲文"兼得駢散之

---

① 劉開:《與阮芸臺宮保論文書》,《劉孟塗集·孟塗文集》卷四。
② 邵齊燾:《答王芥子同年書》,《玉芝堂文集》卷五,《清代詩文集彙編》影印清乾隆間刻本。

長",而且與邵齊燾、吳錫麒、洪亮吉、彭兆蓀、董祐誠等人一道,推動了駢體贈序的確立與發展;他的貧士感懷、友朋交契書寫和駢體游記、雜記,思想、感情與文采兼備,藝術手法成熟、藝術成就突出,切實豐富了清代類似題材寫作的內容并推動了它們的發展。

四、結語

劉開是沒有被充分重視的文學家,無論是他的駢散文理論,還是他的詩文創作,都有較大的研究、探討空間。本文經由對劉開駢文思想、駢文創作的探研,發現劉開在理論上主張駢散一源,並從本質屬性、歷史淵源和終極指向等角度,論證了駢散的内在相通之處,在此基礎上,他進而強調了融通駢散的必要性。他提倡駢文創作要通過取效兩漢、魏晉之文來夯實根基,通過吸收晉宋、齊梁駢文之長來提升氣體、完善辭采,又通過廣泛學習先秦至於南朝的詩文、辭賦、經史百家著述來充實取裁、增益技藝。他的駢文創作刻意好奇、廣宗博取,思想、情感與辭采并茂,形成了歷落清峻的主體藝術風貌。劉開的駢文思想與駢文創作也存在不足,他認爲駢文的高標在齊梁以前,對唐宋以後的駢文幾乎置若罔聞,這是狹隘的;他的駢文刻意求奇,時涉駁雜與奥僻,部分作品誇飾與虛譽過多,有些議論也或迂闊、或過求新奇。但這些并沒有對他駢文的總體水準和藝術成就構成實質性影響。應當說,劉開的駢文思想博采前人之長、突破駢散之界、自成一家之說,特別是和衆多學者文人(主要是李兆洛)一起,將清代駢散關係的論述推進到了一個前所未有的新高度;劉開的駢文創作瑕瑜互見而以優長爲主,風格較爲獨特,成就比較卓越,在題材拓展、文體拓闢、藝術創新等多個維度推動了清代駢文的發展,其允稱一代駢文名手。

作者簡介:

路海洋(1980—),文學博士,蘇州科技大學文學院教授、副院長。主要研究方向爲明清詩文、地域與家族文學,兼治崑曲史與崑曲理論。代表作有《社會·地域·家族:清代常州古文與駢文研究》《清代江南駢文發展研究》《蘇州通史·崑曲志》等。

從鄭獻甫駢文用典看清中葉中原文化在嶺南的傳播

莫山洪

内容摘要：鄭獻甫駢文雖少用典故，但在應酬之作即各種壽序、碑志文章中，仍有不少運用了典故。其典故的運用涉及經史子集各個方面，可以説涉獵非常廣泛。這表明鄭獻甫所接受教育中有大量的中原文化烙印。鄭獻甫駢文用典情況折射出中原文化在嶺南地區的傳播和影響，一方面説明嶺南壯族地區文人自覺接受了中原文化，并大量閲讀了中國古代的各種典籍；另一方面也説明了中原文化在當時已經影響到嶺南廣大地區，并在民族地區産生了很大的影響。這也進一步説明了嶺南地區民族融合進入了一個全新的時期。

關鍵詞：鄭獻甫；駢文；典故；文化傳播

鄭獻甫是清代中後期嶺南著名文人，號稱"兩粵宗師"，有《補學軒文集・駢體文》二卷90篇、《補學軒文集續刻・駢體文》二卷41篇，另有《補學軒文集外編》四卷，其中有一部分爲駢文。其所存駢文總數近200篇，在壯族文人中，可以説駢文創作數量較多，成就較高。

一

正如筆者在《論鄭獻甫的駢文》一文中所指出，鄭獻甫駢文雖少用典故，但在應酬之作即各種壽序、碑志文章中，用典則不可避免①。

典故的運用是中國文學中一個常見的現象，歷代作家均有這一做法。典故的運用，本來就可以在一定程度上加强文章的典雅氣息，也可以增加作品的信息量。典故的運用，也可分爲事典和語典。一般來説，用典能夠體現出一個人的才華，能夠看出一個人的修爲。

鄭獻甫爲近代"兩粵宗師"，1825年即中舉，1835年中進士，是廣西近代優秀的文人。其自幼學習，以舉業爲終極，所受教育與中原地區傳統的教育并無二致。因此，他早年必

---

① 莫山洪：《論鄭獻甫的駢文》，《廣西師範學院學報》2014年第6期，第34—39頁。

定也學習了"四書五經"一類的圖書。受嶺南壯族文化的影響,其也會對小説、鬼怪一類較感興趣,這在他駢文所用的典故中都能有所體現。

首先是經學一類書籍。明清科舉的重要内容就是"四書五經",經書成爲那個時代讀書人的必讀書目。鄭獻甫雖然生活在遠離京師的廣西,但既然要參加科舉考試,經學書籍就不可能不讀。其駢文所用典故涉及的經書主要有《尚書》《詩經》《論語》《孟子》,其中尤以《論語》爲多:

先生之才亦不爲小,而乃良士瞿瞿,勞人草草,意將焉如?——《山問》①
則因鯉庭之桃李,想楚澤之芷蘭。——《湖南永州太守林雲嶢老封翁七十壽序(代劉怡園作)》
卒使鶯膠無恙,鳳德有朋。——《陳秬香先生八秩壽序》
校人烹魚,塞翁失馬。——《官西泉封翁六十雙壽序》

以上是其駢文中部分涉及經學典籍的典故。第一例中的"良士瞿瞿,勞人草草"分别出自《詩經·蟋蟀》的"好樂無荒,良士瞿瞿"和《詩經·巷伯》的"驕人好好,勞人草草",第二例中的"鯉庭"出自《論語·季氏》"鯉趨而過庭",第三例中的"鳳德"指德行名望,出自《論語·微子》:"楚狂接輿歌而過孔子曰:'鳳兮鳳兮,何德之衰!'"第四例"校人烹魚"則出自《孟子·萬章上》。

鄭獻甫讀書涉獵較廣,除舉業涉及的經學著作外,他對史學著作尤其熟悉,并作有一篇《史傳論》,從中可以看出他對歷代史書的了解情況:"後人史法皆祖史公,然如《刺客》第廿六列李斯之前,《匈奴》第五十附李廣之後……逮乎班范繼作,或爲增删,或爲分并,自我作故,亦因時制宜也。"應該説鄭獻甫是非常仔細地研讀了很多史書的,所以,在他的描述裏,他才能對歷代史書的一些變化有比較深刻的認識。在他的駢文中,出自史書的典故自然也不在少數,其中又以《史記》《漢書》爲最:

太公治齊,只需五月。——《鎮安府太守糜次泉先生六十壽序》
股肱名郡,季布宜爲。——《鎮安府太守糜次泉先生六十壽序》
能無遠進邠州之酒,近修齊相之祠哉?——《慶遠太守張粤卿觀察壽序》
萬福威名,被於草木。——《香泉蔣方伯三十初度序》
修古季女,卻五十萬錢。——《敕封孺人高母曹太孺人六秩壽序》

---

① 鄭獻甫著,顧紹柏、岑賢安點校:《鄭獻甫集》,南寧:廣西人民出版社,2013年,第821頁。本文所引鄭獻甫文章,如出自本書,不另出注。

第一例出自《史記·魯周公世家》，原文謂"太公亦封于齊，五月而報政周公"，第二例出自《漢書·季布傳》，原文稱："布爲河東守。孝文時……上默然，慚曰：'河東吾股肱郡，故特招君耳。'"第三例"修齊相之祠"出自《史記·萬石君傳》："慶爲齊相，大治，爲立石相祠。"第四例出自《舊唐書·張萬福傳》："德宗以萬福爲濠州刺史……朕以爲江淮草木亦知卿威名。"第五例出自《宋史·曹修古傳》："既没，人多惜之。家貧，不能歸葬。賓佐購錢五十萬。季女泣白其母曰：'奈何以是累吾先人也。'卒拒不納。"正史類的典故運用太多，兹不列舉。值得注意的是，鄭獻甫文章中所用典故，涉及的正史圖書，包含了《宋史》及此前的史書，足見其史學之淵博。

鄭獻甫駢文中還有不少典故是涉及子部和集部的。子部方面，以《莊子》和《世説新語》所占比重較大，如：

> 紅杏尚書滿座，青州從事至齊。——《快緑園小集記》
> 山澤太傅，固自教兒。——《姚母張孺人七秩壽序》
> 蚯蚓爭雄而霸穴，螳螂賈勇以當車。——《〈笏山詩草〉序》
> 枯魚止瀨，窮鳥投懷。——《誥封朝議大夫程太翁雪菴先生七秩雙壽序》

第一例中的"青州從事"出自《世説新語·術解》："桓公有主簿善別酒，有酒輒令先嘗。好者謂'青州從事'。"第二例亦出自《世説新語·德行》："謝公夫人教兒，問太傅：'那得初不見君教兒？'答曰：'我常自教兒。'"第三例則出自《莊子·人間世》："汝不知夫螳螂乎？怒其臂以當車轍，不知其不勝任也。"第四例中的"枯魚止瀨"則是化用《莊子·外物》中的"涸轍鮒"的典故。從其駢文用典情况看，《世説新語》所占的比重非常大，很多作品中都用到《世説新語》中的典故。這可以説是他駢文用典中一個比較特别的現象。鄭獻甫自稱："身似郎官，心似處士；業似農夫，行似浪子"（《小谷自誄》），許應騤在《補學軒文集駢體文序》中稱鄭獻甫是"有田游岩高世之風，無杜周甫忤俗之累"，看到了鄭獻甫這種名士風度。這應該是鄭獻甫駢文用《世説新語》較多的一個原因吧。

在化用前人詩文典故方面，鄭獻甫也有不少：

> 邀月三人，留花一面。——《快緑園小集記》
> 盗竟捉人，如逢壕吏。——《靈川縣學訓導劉君久菔六秩壽序》
> 燕寢凝香，公然畫戟。——《慶遠太守張粵卿觀察壽序》
> 啖荔三百，不羨東坡。——《李母吴孺人八秩壽序》

例一中的"邀月三人"顯然出自李白《月下獨酌》"舉杯邀明月，對影成三人"。例二則是從杜甫《石壕吏》而來。例三則出自韋應物《郡齋雨中與諸文士燕集》"兵衛森畫戟，宴寢凝清香"。例四的"啖荔三百"是從東坡《惠州一絕》中的"日啖荔枝三百顆，不辭長作嶺南人"而來。從鄭獻甫駢文所用詩文典故看，其所涉及的大多是唐宋文人的詩文。這應該是唐宋文人的詩詞傳播更爲廣泛的緣故。

從鄭獻甫駢文用典的情況看，其典故的運用涉及範圍非常廣泛，主要有《尚書》《詩經》《論語》《孟子》等經書、《左傳》《史記》《漢書》《後漢書》《南史》《北史》《新唐書》《舊唐書》等史書、《世説新語》《莊子》等子書及唐宋文人有關詩文。這表明鄭獻甫所接受教育中有大量中原文化的烙印。

二

鄭獻甫爲清中後期壯族文人，出生于1801年，1835年中進士。從其中進士這一情況看，接受傳統四書五經的教育，自在情理之中。據《清史稿·選舉制》所述："自唐以後，廢選舉之制，改用科目，歷代相沿。而明則專取四子書及《易》《書》《詩》《春秋》《禮記》五經命題試士，謂之制義。有清一沿明制，二百餘年，雖有以他途進者，終不得與科第出身者相比。"①可以看出，科第出身在清代擁有很高地位。

廣西科考中進士的歷史可以追溯到唐貞觀年間，但廣西歷代考中進士的人數在全國範圍內是落後的，這是毋庸置疑的。在廣西境內，考中進士人數最多的是桂林地區，這也是毋庸置疑的。根據《廣西通志·教育志》，桂林地區僅清代中進士人數達298人，比廣西其他地區的總和還多②。其中原因，主要還是因爲桂林是廣西最早接受中原文化的地區，中原文化在這一地區有着廣泛的影響力。象州歷代考取進士人數爲12人，在桂中地區獨占鰲頭。不過，其中7人爲清代考取的，鄭獻甫之後，還有2人考取③。這樣的資料，説明象州受中原文化的影響相對較弱。

古代社會，通過科舉求取功名，是每個讀書人的夢想。對於邊遠地區的人們來説，這更是一個改變命運的機會。鄭獻甫也不例外。

象州鄭氏家族是一個比較大的家族，有較好的家學傳統，鄭獻甫在《〈鄭氏族譜〉引》中稱："（象州鄭氏）第承先德，力田讀書，鄉校不絕聲耳。"也是耕讀世家。生活在這樣一個家族，自然也會接受到比較好的教育，"猶憶自成童以後，……惟與鄉居人爲偶，或循循習舉子業"，據周永光《鄭獻甫生平年表》，鄭獻甫上州學前"受《周禮》，入讀家塾"，15歲

---

① 趙爾巽等：《清史稿》卷一一六，北京：中華書局，1977年，第3099頁。
② 廣西壯族自治區地方志編纂委員會編：《廣西通志·教育志》，南寧：廣西人民出版社，1995年，第85—86頁。
③ 此據《廣西通志·教育志》統計。

"始入州學——象台書院。嗣後轉馬平(今廣西柳州)柳江書院"①,鄭獻甫顯然是經過正規學校教育的。按照清代學校教育規矩,"儒童入學考試,初用四書文、孝經論各一,孝經題少,又以性理、太極圖說、通書、西銘、正蒙命題。雍正初,科試加經文。……尋定科試四書、經文外,增策論題,仍用《孝經》。乾隆初,覆試兼用小學論。中葉以後,試書藝、經藝各一。增五言六韻詩"②,可以看出,要想通過這些考試,學習的内容還是非常豐富的。鄭獻甫在《鄭氏家記·記家藏·小引》中稱:"余幼時四書惟功令所頒注本;五經亦功令所定注本。……其後又從馬平石虞山大令借閱溫公《通鑒》……二十五歲以後始得治《十三經注疏》,三十五歲以後始得覽《十七史》全文,而子部、集部、説部,亦以次陸續增焉",可以看出其讀書之豐富。鄭獻甫入柳江書院 10 年後鄉試中舉,并于 35 歲時中進士,期間 20 年的學習、講學,所付出的努力自然不小,所掌握的知識亦不在少數。其曾作《愚一録》《四書翼注論文》,于經學方面頗有成就,又有《制藝雜話》,主張讀《十三經注疏》及二十四史。其中有云:

> 策論取士,多談功利;詩賦取士,多尚詞華。荆公創經義體以救時弊,使之明義理、考典章、貼語氣,學者非考究唐之注疏,研尋宋之語録,則必不能解聖賢之言;非流覽唐之律賦,誦習宋之古文,則亦不能代聖賢之言。③

有這樣的認識,自然是具備了一定的經驗。在《鄭氏家記·記家學·讀書》中,鄭獻甫進一步談到:"《十三經》即不能全熟,必須全讀,否則有并其篇簡而不能舉者矣;《十七史》即不能盡記,必須盡覽,否則有并其朝代而不能辨者矣。子書則純者如《荀子》《揚子》《文中子》,駁者如《老子》《莊子》《韓非子》及《吕覽》《淮南》《風俗通》《白虎通》《説苑》《新序》,皆須涉獵,以資學識。文則賈、董、枚、馬,下至八家。詩則韓、杜、蘇、陸,上至《十九首》,必須博習,以爲法式。説部則王厚齋之《困學紀聞》,洪容齋之《隨筆》五筆,王野客之《野客叢書》,亦須游歷,以廣見聞。"④這雖是鄭獻甫教人讀書,亦可見其讀書之豐富。故陳澧在《補學軒文集序》中稱:"君讀四部書,不知幾萬卷,宏綱巨目,靡不舉也,奇辭雋旨,靡不收也,其考訂足以精之,其强記足以久之,是曰有學;通漢唐注疏,而碎義則不尚也,尊宋儒德行,而空談則不取也,兼擅六朝唐宋詩文,而模仿沿襲尤深耻而不爲也,是曰有識。"⑤對鄭獻甫的才學大爲贊賞。

除經學著作、詩文作品外,鄭獻甫還作有《象州志》等著作。可以看出,其學問之廣

---

① 鄭獻甫著,顧紹柏、岑賢安點校:《鄭獻甫集》,南寧:廣西人民出版社,2013 年,第 1750 頁。
② 趙爾巽等:《清史稿》卷一一六,北京:中華書局,1977 年,第 3115 頁。
③ 鄭獻甫著,顧紹柏、岑賢安點校:《鄭獻甫集》,南寧:廣西人民出版社,2013 年,第 1041 頁。
④ 鄭獻甫著,顧紹柏、岑賢安點校:《鄭獻甫集》,南寧:廣西人民出版社,2013 年,第 1182—1183 頁。
⑤ 鄭獻甫著,顧紹柏、岑賢安點校:《鄭獻甫集》,南寧:廣西人民出版社,2013 年,第 675 頁。

博。正是在清代科舉制度的影響下,鄭獻甫學習了各種典籍,爲其科考奠定基礎。

　　鄭獻甫之所以有這樣的成績,與其家中藏書豐富有一定關係。據其《鄭氏家記》記載,其家中藏書經部有經疏十三部、《易》別錄二十一種、《書》別錄十四種、《詩》別錄十一種、《周禮》別錄十二種等共2078卷,史部有正史十六部、編年八種、雜史十六種、地理四十五種等共2876卷,子部有儒家二十四種、道家五種、法家四種、兵家九種、雜家六十四種等2584卷,集部有唐人集八種、宋人集十一種、元人集三種、明人集十種、本朝人集四十三種、説經文集十五種、總集二十一種等共2373卷,以上合計9911卷①。如此豐富的藏書,在當時來説,是比較少有的,就是在今天,也不多見。豐富的藏書,爲其了解中原文化、接受中原文化提供了非常便利的條件。

　　從鄭獻甫自己的著述情況及他能考上進士一事,可以看出,清代中葉,中原文化在嶺南地區少數民族聚居的地區有了廣泛的傳播。作爲廣西腹地漢壯雜居的象州縣,有7位士子考中進士,可以説是中原文化在桂中地區得到廣泛傳播的結果。接受中原文化的教育,自然就對中國歷史典籍中的各種典故有深入的了解。鄭獻甫能够熟練地運用各種典故于其文章中,自然就是這種自覺接受中原文化的結果。

三

　　象州地處廣西中部,距柳州70公里,爲漢壯民族雜居地區。與整個廣西情況大致一致的是,其文化歷來相對較爲落後。根據鄭獻甫《象州志》的記載,象州"在漢時屬郁林郡,在吳時屬桂林郡",南朝"陳時始置象郡",隋"廢爲象縣",唐時"始置象州","陽壽、武德、西寧、武仙爲所屬",象州應該説也是有着比較悠久歷史的一個地方。

　　這樣一個歷史悠久之地,其教育也頗受重視。據鄭獻甫《象州志》的記載,"象州學黌宫孔子廟,唐大曆十二年始建于城外東南隅,明洪武二年改建于城内東南隅",應該説學宫的建立還是比較早的。至清代,象州建有象台書院,"乾隆二十七年,知州李宏湑遷城南隅之義學於城西之高丘,即象州舊治也。自記歷引石鼓書院、鹿洞書院、應天書院、岳麓書院,以爲義學蓋仿書院之遺意。其實即書院之始基。故朱公佩蓮作序直名以象台書院,後改名爲象江書院。規模巨集敞,膏火充裕。百餘年來誦讀其中者皆公賜也"②。此外,《象州志》還記載了很多興辦義學的人物、義學之事,在象州亦頗爲興盛。從鄭獻甫的這些記載,可以看出象州人歷來重視教育。應該説,鄭獻甫生活在一個有着優良教育傳統的地方。

　　象州雖地處廣西中部,過去文化欠發達。但自宋以來,多位文化名人曾被貶謫象州,

---

① 鄭獻甫著,顧紹柏、岑賢安點校:《鄭獻甫集》,南寧:廣西人民出版社,2013年,第1181—1182頁。
② 以上均見鄭獻甫纂修《象州志》,同治辛未刊本。

由此也带來了中原文化在象州的傳播。據鄭獻甫《象州志》記載,宋代被貶謫象州的人有張庭堅、范正平、王安中、孫覿等。而自唐柳宗元以來,不少著名文人也曾因各種原因到達廣西,如李商隱、黃庭堅、秦觀等。這些人的到來,爲廣西帶來了先進的文化,爲廣西文化的發展做出了貢獻。從鄭獻甫一生經歷看,他在柳江書院學習,後來又先後到過桂林、宜州等地的書院教書,這些地方恰好是柳宗元、李商隱、黃庭堅曾經到過的地方。由此可知,鄭獻甫接受中原文化的影響,也有着環境方面的原因。

在這樣的文化背景下,象州也出現了不少優秀人才,以科舉出身者,進士宋代有吳況、秦忠、謝洪、謝澤,明代有傅敬,清代則有馮昌紳、鄭名佐、覃學海、劉書文、鄭獻甫,此外,舉人數量眾多①。可以看出,進入清代,中進士者數量有所增加。這也可以視爲進入清代,隨着中原地區大量民衆的南遷,中原文化在嶺南地區有了重大的發展。鄉試雖是在省里舉行,但也需要一定的文化基礎,即使是廣西邊遠地區,也不例外。如果說鄉試還是省里的比拼,那麼會試就是全國的大比拼了。鄭獻甫能夠在會試及第,不僅僅是中原文化傳播的廣泛,更是其自覺融入中原文化的表現。

中原文化是中華民族文化的核心,在古代,中原文化往往代表着先進的文化。對於遠處嶺南的廣西人民來説,融入中原文化,一直是他們的一個夢想。清王朝雖然也是一個多民族的統一帝國,但是在民族政策上,除了對滿族有所傾斜,其他名族則一視同仁,甚至還存在不少歧視現象。壯族的"壯",此前寫爲"獞",即被視爲一種歧視。鄭獻甫修《象州志》,其中提到壯族、瑶族的時候,也是用"獞""猺"②,带犬字旁,這都可以視爲對少數民族的歧視。不過,從廣西民衆的心理上看,他們大多都有中原情結,他們都希望自己的家族是從中原一帶過來的。從他們所修訂的族譜就可以看出。鄭獻甫在族譜中稱鄭氏遷居象州不過數百年,周永光《鄭獻甫年譜》稱:"明末:鄭家從直隸(河北)南遷,到達象州白石村居住。"③根據谷口房男、白耀天的《廣西土官族譜集成》一書的描述,廣西土官大多將自己的來歷與中原大姓聯繫在一起④。這些族譜所自叙的來源是否可信,姑且不論。這一現象本身至少說明了一個問題,即廣西很多家族都希望將自己的來歷與中原聯繫起來。由此亦可看出他們對中原文化的認同。故有學者以爲:"認同漢族姓氏,凝聚了壯族的中原情結,反映了壯族是在漢族文化攝力圈內形成的事實。"⑤

也正是在這樣的背景下,得到中原文化的認同,自覺融入中原文化之中,就成爲了一種必然。鄭獻甫學習中國古代經典,參加科舉考試,都是這種文化傳播的必然結果。

雖然象州教育較爲發達,但讀書的人還是不多。很多人在碰到婚喪嫁娶的時候,還

---

① 鄭獻甫纂修:《象州志》,同治辛未刊本。
② 鄭獻甫纂修《象州志》云:"別有猺獞(瑶壯)義學,在安中里中平墟。"
③ 周永光:《鄭獻甫年譜》,《廣西地方志》2004年第1期。
④ 詳見谷口房男、白耀天編著《壯族土官族譜集成》,南寧:廣西民族出版社,1998年。
⑤ 谷口房男、白耀天編著:《壯族土官族譜集成》,南寧:廣西民族出版社,1998年,第42頁。

是要找讀書識字的人幫寫文章。這也是爲什麽鄭獻甫文集中有那麽多壽序一類文字的原因。鄭獻甫的這些文章，典故運用較多，且體現出其中原文化深厚的底藴，可以看作是他對中原文化的主動接受和主動融入，也可以看出中原文化在嶺南地區的傳播——找他寫文章的人多，説明大家對他的這種文章有興趣，也説明民衆對中原文化的接受是一種自覺自願的狀態。

　　象州是嶺南粵西一個漢壯雜居的地區，這樣一個地方文化的發展情況，在一定程度上體現了中原文化在嶺南地區的傳播，也體現出漢壯文化之間的融合。鄭獻甫駢文的用典情況説明了到清代中葉中原文化在嶺南地區的傳播已經非常廣泛，廣西民衆尤其是少數民族群衆對中原文化的認可已經進入到自覺接受、自覺融入的階段，逐步形成了中原文化與民族文化深入融合的境界。

作者簡介：

莫山洪（1969—），廣西忻城人（壯族），文學博士，南寧師範大學文學院教授。主要研究方向爲駢文學、唐宋文學。

日僧絶海中津語録中的駢文

譚家健

內容摘要：絶海中津是日本著名文學僧。元末明初兩次到中國拜各地名僧爲師，回國後受幕府重視，廣交僧俗名流，大力宣傳從中國學來的禪林疏文寫作方法"蒲室疏"，成爲日本禪林疏文的標準範式。今存《絶海和尚語録》，上卷包括擔任五所禪寺住持時的上堂、開堂、小參、復舉、問對、垂語及爲高僧、居士、高官、夫人們所作拈香、忌日之文，其中有大量駢文。或單句對、雙句對、四六對及不拘四六之對句，間有少量散句。多數是長篇，少數短篇。下卷包括偈頌一百多首；短篇"真贊"（人物畫像贊）二十多篇，——幾乎都是精緻的駢文。絶海的駢文，有俗有雅，貌淺旨深，或嚴肅，或輕鬆，寓禪理於生動形象而不乏風趣的語句之中，具有相當高的寫作水準。

關鍵詞：開堂；上堂；小參；拈香；忌日；真贊

絶海中津（1336—1405）是日本五山文學的著名詩人和駢文理論家。土佐（今高知縣）人，自幼聰慧，十三歲投身佛寺，接受夢窗疏石的培養，十八歲入京都東山建仁寺，參拜龍山德見和尚，研讀十二年，1368年到中國，廣結善緣，拜訪各地名師。1376年，第二次到中國，受明太祖接見并談禪。歸國後聲名鵲起，受幕府重視，1380年，在乾德山慧林寺開堂說法，轟動一時。此後歷任寶冠寺、相國寺、等持寺、承天寺、惠林寺等處住持。交結僧俗兩界甚廣，有詩文集《蕉堅稿》《四會語録》等著作存世。

元明之際，日本漢文學的中心在禪林，作者多爲僧侶，故又稱五山文學。他們用漢字寫文章，如疏、榜、啓、贊、記、序、祭文等。在禪林內部的講論文字，多用駢體，充滿禪意，愛用佛教典故和比喻，不時加入通俗句子。而在各種禪儀外文中，數量最多的是"疏"和"榜"。原無定格，到了元明之際，高僧笑隱大訢所作疏法爲眾人推崇，稱爲"蒲室疏"。絶海中津在中國學習這種文體作法，回到日本極力宣傳推廣，影響巨大，成爲圭臬。其特點是講究章法，規定句法，全文多爲八對，通常不超過十對。隔句對和單句對如何相接相隔都有要求，幾乎没有散句，選字造句，精雕細刻，似俗而雅，貌淺實深，經得起咀嚼、玩味，故風靡一時。但是，字數和句數主要限於疏文，其他文體不受其限。尤其是説法、講談之文，駢散兼用，問對夾雜，很是隨意，那是禪家的語録，并不是一種專門的文體。

我手頭的《絶海和尚語録》，爲其眾弟子所編，分爲上下兩卷。不包括疏、啓、祭、序等禪儀外文。上卷包括在五所禪寺的各種講論語錄及爲和尚、居士、夫人之忌日拈香文字，也就是世俗祭文，而不是禪林祭文。下卷包括兩部分，第一是偈頌一百多首，實際上是詩：四言絕句5首，七言絕句90首，五言絕句15首，七言律詩25首，每首都有標題。第二是真贊，即人物畫像贊，24首爲駢體，僅兩首散體，皆爲短制，字數句數并不完全一致。如果從文體來分類，真贊是標準的駢體文。上卷中有些可以獨立成篇者爲駢文，駢散相混而駢句居多者亦可視爲駢文，駢句少者可視爲駢文段落。

原書無目錄，但上述類別清楚，下面依其次序擇要介紹其中駢文。

第一類　禪林活動之各種講說文

住持和尚應聘入某寺院，就職後第一項重要活動是開堂。據《語錄》中的《絕海和尚兩住萬年山相國承天寺語錄》記，師於應永四年丁丑二月二十八日入寺，進山門，入佛殿，經祠堂、祖堂、居室、拈公帖、拈山門疏、拈諸山疏、拈衣。每一步驟都要說三五句話，似偈非偈。然後升座，開堂。按宋元時習慣稱"致語"，按今天的說法稱"致辭"，而在《語錄》中或稱"垂語"，或不標明什麼"語"，如：

　　指法座云。諸法空爲座，大千一禪床。坐斷毗盧頂𩕳，珍重須彌燈王。便升座，拈香一，此香爇向寶爐，端爲祝延今上皇帝聖躬萬歲萬歲萬萬歲，升下恭願。龍圖鞏固，八荒歸仁；鳳曆延洪，四民歌化。次拈香云。此香奉爲本寺大檀越准三宮資陪祿算，恭願經文緯武，壯帝綱百二山河；安國利民，閱蟠桃三千歲月。遂就座垂語云：靈光不昧萬古徽猷，一語一默有放有收。定光金地招手，智者江陵點頭。衆中若有出格上流，向未招手先點頭。有□□。問答畢乃云。至聖命脈列祖大機，如天普臨，似地普載。放行把住，全在臨時；動靜去來，不借他力。有時拈一莖草作丈六金身，有時用丈六金身作一莖草。不是神通妙用，亦非法爾如然。是名無盡藏陀羅尼門，亦名如來藏自性差別。是故金輪御而萬邦咸寧，玉燭調而四時式序。拈□杖云。正與□□時。建法幢分立宗旨，興法社分振玄綱。直得萬派朝宗，千車合轍。一毫端現寶王刹，微塵裏轉大法輪。堪報不報之恩，共助無爲之化。卓錫杖云：鳳凰不是凡間物，爲瑞爲祥自有時。

這篇就職演說，按照慣例，先祝聖，祝皇帝萬歲萬萬歲，然後祝貴族（准三宮）、或祝高級官吏（如另文中的大相國、秋官相公、征夷大將軍）或郡縣長官……都是必須有的套語。日本佛教和天皇王室成員以及各級政府關係密切，許多貴族及高官退休後選擇出家，所以，上述致語政治意味很濃。此文最後說："大覺世尊靈山會上，以佛法附屬國王、大臣有力檀那……撥轉如來正法輪,全憑聖帝與賢臣。"意謂:今後禪林發展,全靠聖上和諸大賢支持。

《語錄》中標題爲"上堂"之文者最多,共26篇。分別標明"歲旦""上元""端午""小夏""解夏""中秋""重陽""冬節""除夕"等。逢上述節日,住持要上堂講話(不是講經)、説法。如:

（重陽上堂）老來久廢登高興,病起仍驚。重九辰髮短,懶隨吹帽客。形枯恰似解空人,籬邊黃菊金苞蕊,杯裏紫荚茶泛春。從此山中添氣象,鴻鳴鯨吼一時新。(時法鼓新鞔。洪鐘自南京而至。)西山三秀院,佛慈明禪師塔掛額。三秀靈芝產紺園,鬱蔥佳氣溢乾坤,紫泥新照黃金榜,仰視祥鶯瑞鳳騫。恭惟吾法兄禪師不遷大和尚,傳正覺心宗之道,德望重於法社;頌佛照慈明之諡,歡呼動乎天門。輝一天之星斗,而未足比其光彩;傾九霄之雨露,而未足較其殊恩。善哉佛身無爲,照體獨立。慈以潛物,明以破昏。四德兼備而知周萬物,群機普應而理歸一元。如木之有本,如水之有源。正眼流通,則前者作,後者述;教化弘被,則鄙夫寬,薄夫敦。瞻彼率睹,像設有儼,鬱然喬木,遺愛未謝。對拈華嶺也,微笑玄旨爰顯;臨絶唱溪也,廣長舌相尚存。莫言室内無傳受,留得金襴付子孫。

這篇文字結合重陽,先寫自己的感受,又對法兄禪師不遷大師進行贊美,再對佛祖極力頌揚。對句占絶大多數,有單句對、隔句對,四六句式不多。語言精美,但旨意費解,有些話莫名其妙。

題爲《小参》者近十篇。禪門講究每月五參,弟子有五次機會參拜大和尚,問對,請益。規定的五天之外的參見稱爲"小参",這篇《當晚小参》有問有對:

當晚小参,垂語云:德山小参不要答話,盡法無民;趙州小参要答話,倚勢欺人。若是真獅子,不妨出衆嚳呻。問答罷乃云。道無向背,理絶言詮。迴出三乘,高超十地。一機一境,不拘方隅;一色一香,解知見縛。有時孤峰頂上,坐斷鬧市紅塵;有時十字街頭,眼掛斷崖碧嶂。塵塵解脱,法法圓融。是故昨日北山山下,一向放倒,松窗雲白,竹箟水清;今宵萬年峰前,十分觀光,金殿燭明,玉樓鐘動。地靈人傑,土脉泉香。人人握滄海珠,步步踏雪山草。初無靜鬧之想,初無去來之心。

這段文字平易,對仗亦允妥,其中有四句對四句者。下面還有再問再答,不具引。

住持上堂退堂時,或由高級僧職人員陪同,有時作語致謝,如《謝都寺進退上堂》:"諸方談玄談妙以爲宗乘,我這裏玄妙束之高閣;諸方行棒行喝以露大機,我這裏棒喝置之一壁。金穀出納自有人勾當,土木建興自有人任勞。山僧只管端居丈室,現前受用耳。來者如龍得水,去者似虎靠山。快活快活,總無閑事掛心頭,便是人間好時節。"

這段致語提到寺院幾種主要職務。"行棒行喝"者是維那,負責維持秩序和處理犯戒之人。錢穀出納及山林田户由副寺負責。副寺是都寺的副手。都寺即監院,負責寺院之行政事務(包括土木興建)。首座是輔助住持説法者,有時也可以代師説法。另有"保管師"管庫房,"知客"負責接結來訪者等等。住持不管閑事,所以説"總無閑事掛心頭。"

上堂結束之後,有時加"復舉"。字面意思爲再次上堂,内容多爲問對。常引前人語再作發揮。如:"僧問虎丘和尚:爲國開堂作(怎)生道?丘云:一願皇帝萬歲,一願重臣千秋。師云:一言分賓主,一句定乾坤。則非無虎丘祖師,其奈一字入公門,九牛車不出。今日有僧問山僧:爲國開堂,一句作(怎)生?便對他云:千峰朝華嶽,萬派肅滄溟。"

"一字入公門,九牛車(扯)不出。"説透了日本勅建寺院與朝廷當權者的密切關係,那確實是扯不斷、擺不脱的。據絶海學生所編年譜,皇室貴族三條宫請他講《金剛經》,從一品芳林太夫人請講《圓覺經》,分别講了一個月才講完,年譜注明"遵鈞命"而講。還有多位太夫人、夫人的忌日拈香辭,都是奉命之作。

有些"復舉"引述前人故事和問對,頗有意趣。如:"僧問曹山云:佛未出世時如何?山云:曹山不如。僧云:出世後如何?山云:不如曹山。(下面是絶海的話)此一則公案,諸人作(怎)生商量?山僧爲諸人不惜口業(多嘴造孽)下這注脚:曹山不如佛,佛不如曹山。一舉四十九,空裏走磨盤。"曹山即曹山本寂(840—901),中國禪宗之曹洞宗第二祖。禪宗主張解縛去執,不受前人拘束,可以訶佛罵祖。故曹山敢説佛不如他。以上兩則是典型的禪宗的"語録"體,其中禪旨,難以解釋清楚。

禪林僧侣去世之後,一律火化。届時住持和尚要致辭,《語録》中有六七篇,都不長,如:

《爲殊侍者火》。凡聖雖殊號,死生理即齊。臨行那一著,只要辨端倪。早歲投親國師室,揚揚意氣吐虹霓。討竺墳字究魯誥,魚忘筌兮兔忘蹄。萬年山下侍我側,南陽舊話幾品題。有時拈磚作玉,有時拈東作西。破扇子拈來拈去,折脚鐺左挈右提。將謂口家無處避,如何面對隔雲泥。不墮玄妙窠窟,不涉佛祖階梯。末後一句如何提撕。擲下火把云:大洋海底泥牛吼,烈焰堆中木馬嘶。

"殊"是侍者的名字。侍者的地位在寺院中不太高,所以用語比較隨便。而另一篇《爲賢首座火》就不一樣了。首座是住持之下的第二號人物,所謂三綱之一(首座、監院、維那),故用語較爲典雅,評價比較高。"賢聖位中不留蹤跡,生死海裏何涉春秋。傳肘後之靈方,開豁人天正眼;掛眉間之寶劍,結盡衲僧冤仇。雖然與口口,火把子未饒他,何故坐脱立非,非無首座。且如何會先師意,劫火燒海底,遍地吟啾啾。"

《俊上座火》(臨終改服):其文云:

> 大丈夫鬼頗俊哉!恰如天馬驟天街。昔年親入三光門,妙密鉗錘不自猜。鬧市門頭恣游戲,紅塵堆裏任徘徊。只將一個無文印,百千法門悉印開。臨行脫卻娘生褲,伽裟倒搭舞三臺。喚作僧也得,喚作俗也得。僧俗何曾關形骸?喚作生也得,喚作滅也得,生滅初不涉去來。六凡四緣鏡中像,地獄天宫眼裏埃。……

"俊"是該和尚的名字,第一句中的"鬼頗俊哉"的"俊"是英俊之意。"上座"即首座,此文前十句難懂,"無文印"本是宋僧道燦的詩文集名,此處似與之無關,而是指無文字之印,能打開百千法門,比喻禪宗不立文字的"心傳"。"臨行"就是臨死,改服是改俗服爲僧服。下面幾句反映了禪宗的僧俗觀、生死觀。人人皆有佛性,人人皆能成佛。脱了僧服本無區别。生滅不涉去來,來不從天國,去不至地獄。"赤條條來去無牽掛"。"六凡四緣",應爲"六凡四聖",佛教把衆生分爲十等。四聖是:1.佛,2.菩薩,3.緣覺,4.聲聞。六凡是:1.天道,2.人道,3.阿修羅道,4.畜生道,5.餓鬼道,6.地獄道。在禪宗看來,什麼六凡四聖輪回轉世,什麼天宫地府因果報應,都是鏡中之像,眼裏塵埃,根本不在眼下,不在心中。禪宗大力鼓吹放下屠刀立地成佛,這種理論是佛教史上一次革命性飛躍,所以禪宗的地位甚高,在中國宋元以後幾乎取代了其他各宗派,成爲整個佛教的代名詞。

所謂"掩土",即火化後取骨殖另行埋葬,只有高僧才有舍利子,才建靈塔。普通和尚"掩土",有時也用棺材。"起骨""起棺"也有拈香儀式。記録義堂和尚的掩土辭如下:

"慈氏義堂和尚掩土。這裏是慈氏宫殿,這裏是大寂定門。熊蟠虎踞,拓至人之玄境;瑞草異花,開自己之田園。恭惟某福慧兼備,德望共尊。景星鳳凰,惟師雅表也;玉佩瑶琚,惟師美言也。揭開釋天日月,獨步佛國乾坤。三千刹界空華結果,六十四年葉落歸根。無量劫來成就邇多國土,今日因甚向鋤頭邊垜跟。師兄師兄,聯芳續焰須付後昆,雙履空棺莫誑兒孫。"這位義堂和尚是著名文學家、詩人,俗壽六十四,比絶海大十一歲,二人關係很好,互相推重。據説義堂圓寂前,特囑托絶海作掩土法語。絶海説:"小弟兄事真慈四十年,詳知師之出處始末,莫如小弟。"在義堂和尚去世十三年之忌日拈香的長文中,他講了上述這番話,可見感情相當深厚。

金元時期,有些禪林法語也請俗家文人撰寫。元人劉壎(1242—1319)寫過不少此類文字。有榜、疏、祝、禱、致語、法語,包括火化法語、起棺法語、撒土法語等。劉氏此類文字的特點是愛用俗話口語,生動風趣。如《爲枯木和尚下火》,最後幾句是:"一把火送汝長行,無生無死;三千界任君游戲,自去自來。大衆共聽,一言判斷。咄!三杯暖飽後,一枕黑香餘。"絶海中津在中國留學過,其文也有俗語,但没有達到劉壎這樣揮灑自如地步。

第二類　僧俗人士忌日拈香之文

拈香禮佛是佛教寺院最常見的宗教形式,通常由住持率領,其他僧侶依僧職高低緊隨其後,手執點燃綫香一把,依次插入佛祖像前香爐內,然後頂禮膜拜,拜畢,住持和尚致辭。在《絶海和尚語錄》裏,有一類是已故大和尚忌日之追思辭。或數日,或數年,十數年,幾十年,上百年者不等,全書共有十三篇。試看其中一篇:

前住相國雲溪和尚七年忌請升座拈香云。此香老幹連雲鬱黛色二千尺蒼翠,盤根據地挺霜皮四十圍大材。結成光明雲臺,嚴淨諸佛妙土。打開甚深秘藏,運出自家法財。爇向寶爐,以奉供養前住當山雲溪禪師大和尚。真慈伏願,不舍悲心。再挑末運之惠炬,重乘願力大振少室之真風。燒香畢就座,垂語云:靈鑒無私,胡漢共現。神機獨運,作者猶迷。不假修證,不涉階梯。一問一答,誰辨端倪。問答罷乃云:群靈一源,假名爲佛。體竭形消而不滅,金流樸散而常存。悔海無風,金波自湧;心靈絕兆,萬象齊照。體斯理者,不言而遍歷河沙,不用而功益玄化。舉目則恒沙佛剎一時頓現,移步則百千三昧一時齊彰。昭昭乎如月印千江,蕩蕩乎如春行萬國。這個是無盡藏陀羅尼門,無盡藏解脱門,無盡藏智慧門,無盡藏神通門。猶如虛空無盡,此法門亦復無盡。上合諸佛本妙覺心,與佛如來同一慈力;下合六道一切衆生,與諸衆生同一悲仰。正與□□時。玉龍老人無見頂相一段靈光。重爲諸人點出去。拈□杖卓一下云。萬人遐仰處,紅日上扶桑。

這位雲溪和尚曾任相國寺住持,七年前逝去,故在其忌日拈香。拈香之後有垂語,即致悼詞。之後又與僧徒問答,問答之後是説法,即頌揚佛法。

下面請看《太清和尚大祥忌請升座拈香》:

西天東土歷代祖師,專爲前住當山太清大和尚增崇品位。伏願真慈不守自性,隨處示現法身。善入微塵國,常轉大法輪。就座垂語云:人皆苦炎熱,我愛夏日長。楊岐女人拜,脱卻貼肉汗衫;巴陵三轉語,傾心冰雪肝腸。但得一回脱灑,不妨遍界清凉。其或未明雲門宗旨,出來相共商量。問答罷乃云:唯一堅密身,一切塵中現。如水投水,如空合空。混融十虛,統攝萬化,體盡形消而不滅,金流樸散而常存。赴感隨緣,靡所不遍。是故入净妙國土中,著清净衣説法身佛;入無差別國土中,著無差別衣説報身佛。入解脱國土中,著光明衣説化身佛。故我太清和尚大禪師,一身普入三千國土,而不見去來動靜之跡;一念普觀三大僧祇,而無有古今延促之殊;演説八萬四千法門,而截斷僑梵缽提舌頭。

親人去世後兩周年稱爲"大祥",一周年稱爲"小祥"。是日,家屬要舉行祭拜之禮,而且在這一年或兩年之内,喪家衣食住行都有限制。此禮儀來源自《周禮》,日本僧人仿效實行。這篇拈香辭,相當於太清大師逝世兩周年紀念辭,對太清品德大加贊揚。

下面再引一篇《法燈國師百年忌請升座垂語》(節録):

  特承大檀越准三宫之鈞旨,命相國禪寺住持小經丘中津,升於斯座,舉揚宗乘,所鳩殊勳,恭維法燈圓明國師大和尚上酬慈蔭。伏願曇華再現。重開覺苑之春;法燈長明,永燭昏衢之夜。恭惟法燈圓明國師大和尚。知見廣大,悟入靖深。大機大用,顯於一時;盛德盛業,冠於百世。謹按國師行業,俗姓常澄氏,本貫信州人,吉夢兆於托胎之初,穎異見於岐嶷之際。十五投神宫寺,習讀經書。十九詣東大寺,登壇受具。負笈金剛之峰,染指密乘;易服行勇之室,冥心禪觀。扶壽福化,如雲峰在大愚之會;受勝林誨,如善財參初友之門。獨辭本鄉,遠游宋地,禮大士於補(普)陀,拜應真於石橋。登徑山,謁道場。周旋癡絶、荊叟二老之間,駐錫鄖峰,訪劉薩訶之遺事。禮塔大梅,慕常禪師之高風。兩浙名區,足跡殆遍。適國面參激發,再度浙河,參見護國無門和尚。門才見問曰:我這裏無門,從何處入?師曰:從無門處入。從此機語密契,針芬相投。故歸國之後,一香爲佛眼拈出,蓋不忘本也。戊辰歲,師年六十二,關東副帥以壽福之席聘師,師堅臥不起。龜山上皇三馳詔書起師,住京之勝林,屢探禪要。上皇於是始知宗門有過量事,遂改皇居爲寺,名曰禪林。將以師位於始祖,師聞而潛歸鷲峰,皇亦優詔焉。花山亞相捐北山別業,創寺曰妙光,庵曰歲寒。迎師爲開山始祖。時上皇洎後宇多帝,以師再入洛爲幸,迎就龜山離宫,舉揚宗風。師對二聖縱辯横機,殆無所讓。故每師入謁,帝躬扶輿揭簾,以罄師資之敬。爾來縉紳傾誠,緇白向風。天下學者翕然,指鷲峰以爲一代龍門。永仁六年戊戌冬十月十三日,激厲諸徒,終日問酬如常,至夜分端坐,泊然而逝。停龕八日,氣貌如生。闍維獲五色舍利,世壽九十二,僧臘七十四。敕謚法燈,塔曰澄靈。滅後三十四年,後醍醐帝臨御之日,師徒孤山遠首座所供養,頂相有□□跳之異。帝感其靈驗,加謚曰法燈圓明國師。伏以至人應世之跡,非凡情所可測度。竊睹鷲峰國師,傳佛眼盛大之業,嫡子真孫蕃衍天下。逮於一百年之後,遺風餘烈凜乎猶如在世之時。倘非古佛降跡。其必四依之一乎?十地歟?等妙歟?不可得而知者也。空對遺像致渴仰之忱而已。嗚呼! 其盛矣哉!

此文等於一篇法燈國師小傳。這次紀念他百年誕辰,乃奉"准三宫"之鈞旨,絶海中津自己謙稱"小經丘中津",意即小比丘中津。文章開頭有幾句四六贊美之辭,從"謹按國師行(讀 xíng)業"以下都是散文,"行業"指行爲事業,即經歷。從姓氏、籍貫、出生寫起,十五入神宮寺,十八詣東大寺,然後遠游中國宋朝,拜謁多位高僧大德,足跡遍兩浙名區。中間特記與護國寺無門和尚的對話十分機鋒有趣,是禪林佳話。歸國之後,關東副帥聘之不起,龜山天皇三詔,乃住京師,屢探禪要,特殊優渥。每次入謁,帝親爲之扶輿揭簾。由是緇白向風,天下學者翕然相從。戊戌年十月,端坐泊然而逝。這篇傳記,記錄了一位日本高僧的求法傳道事蹟,在日本佛學史上有重要地位。所以在他的百年忌日要隆重紀念。絶海中津破例用散文爲之作傳,而其弟子們也破例將此文收入《絶海和尚語錄》。此文即使從散文角度而言,也是周到允妥,層次清晰,重點突出,簡明扼要的佳作。

下面介紹爲居士和夫人忌日的致語,共有二十三篇。這些人都是達官貴人,逝世後之悼辭因其身份地位而有所不同。

在《絶海和尚語錄》中,最高職務的死者爲關白。關白是天皇一人之下萬人之上第一執政官,官品爲正一位。其次爲太政大臣,官品爲從一位;再次爲左右大臣,正二位(俗稱左右相國)。這篇《語錄》文字的標題是《前關白殿下藤公大衍居士諱日拈香》。這樣的重要人物去世,大寺廟的住持當然要前來拈香致哀行禮并致悼辭,如下:

> 經綸社稷肅朝端,德宇洋洋萬國歡。五十六年如昨夢(關白享年56歲),涅槃生死不相干。某相門華胄(指關白出身相門),人倫楷模,仁義道德出於其性,久行忠信懸於其軀。坐廟堂而講道,則尚友周(公)召(公);陳股肱而就列,則致君唐(堯)虞(舜)。萬民於是樂業,四海以之晏如。加之早奉菩薩淨戒深悟真乘,親游海藏困域頓究玄樞。逮舟移於夜壑,視世猶如蘧廬。於戲!真淨界裏無生佛之相,必竟空中寧有去來之殊。如一漚起滅於巨海,同片雲出沒於太虛。六趣四生非他物,殊相劣形總是渠。……

絶海在中國學習時佛儒兼修,故其致語前幾句,從儒家道德和治國理政標準加以頌揚,後面幾句用佛家的生死觀解釋其逝世。而"逮舟移於夜壑,視世猶如蘧廬"則出自道家著作《莊子》。可見絶海對於中國的三教典籍都很熟悉。

再看一篇《月峰居士諱日拈香》,雖然標題沒有顯示其人身份,但從致語中不難看出是接近關白的高官。文中有云:

> 某整頓國家紀綱,身當重寄,參預樞府大政,志存至公,剛健純粹之德,周而不比;公平篤實之性,和而不同。監民有惠,奉主以忠。故定典章於百王之後,比禮樂於三代之隆。巋然前朝遺老,矍稱四海一翁。加之探頤少室玄旨,投誠上乘室中。

以心傳心,心外無法;以言遺言,言外明宗。擊碎生死窠窟,脫卻凡聖羅籠。真如妙性廓通十方,非來非去;常住真心彌絕三際,無始無終。塵塵解脫,法法圓融,上無攀仰,下絕己躬。……

這位月峰居士,是前朝遺老,從所描述政治品質和職責來看,應該是太政大臣或左右大臣。對他的辭世,絕海也是用佛家哲學"非來非去""無始無終""擊碎生死窠窟,脫卻凡聖羅籠"來解釋。寫法與上文相近。

在二十九篇忌日致辭中,有兩篇與忌日無關的拈香辭,一篇是《武田刑部源公書法華經滿散拈香》:

兹者日本國甲州城府君源公,奉菩薩戒弟子法光,以劬勞之罔極,念慈恩之難報,逆修冥福,以懺已信之罪愆。親寫法華妙文,印地藏尊像。今月二十六日,延禪侶於府第,設伊蒲淨膳,修圓通一座之妙懺,借手山野座,爇此妙香,奉供養三世十方云云。恭惟法華大乘經王,顯圓頓一實之境界,統諸佛降靈之本智。以是聞五字名,逾乎剎寶施福;說半偈義,過乎河沙小乘。至哉大哉!六萬九千金言,在相公之一毫端,粲然如日星之麗天,便見靈山一會,儼然未散。世尊放眉間毫光,照東方萬八千土。其中情與無情,一一皆悟,實相而住本妙心。即時十方諸聖,展長舌相同音贊嘆曰:善哉善哉善男子!是真精進是名真法供養。山僧睹此稀有之瑞,不勝喜躍之至。如何道贊揚一句。只將方形經綸手。撥轉如來正法輪。

源是其姓,武田是其名,刑部是他曾供職的中央政府部門,可見是一位官員,爲了報答父母恩,修冥福,懺罪孽,親手抄寫《法華經》,印製地藏菩薩像,廣爲散發。於某日請僧侶到家中,設淨膳,修拜懺禮,燃妙香,供養三世十方神聖。絕海對此舉極力贊美,先講法華大乘經的重要性,"聞五字名,逾乎剎寶施福;說半偈義,過乎河沙小乘。至哉大哉!"然後指出,經書六萬九千言,從源相公的筆端寫成,燦然如日星之麗天。十方諸聖,展長舌同聲相贊嘆曰:善哉善哉善男子。我這個山野僧人,見此稀有之祥瑞,不勝喜嘆之至。這是感謝活着的人爲佛教作善事。

另一篇是感謝一位女士書寫《法華》七部金文。金文是用泥金書寫,而不是墨寫。比起源氏之寫一部更難得。女士名性永,孺人是中國古代達官貴人之妻(或母)的封號,依官級高低分爲夫人、孺人、安人、恭人等。預修即預先爲自己或兒孫行善積德造福。佛教講三世因果報應。今世某家兒孫做大官發大財,可能是其父或祖前世積德之報,稱前世報。某人作善事,救人危難,不久即得好報,稱現世報。某人一生行善,可是一生窮厄,僧侶勸他,你來生必得好報,報應見於你的兒孫,稱來世報。上文提到"修冥福",是兒孫爲已故父祖做善事,祈求父祖在冥府中免受痛苦,享受冥福。這位性永孺人所謂預修,并非祈求當下得好報,而是爲了廣種福田,爲自己的未來,或爲冥間的父母而預修。她的作法與源氏差不多,也延請僧侶,營辦盛饌,供養各位天尊、菩薩。文中稱之爲道場,是較大的隆重的宗教活動,爲在世人祈福稱"祈福道場",爲去世者超度稱爲"度亡道場"。孺人主要目的是宣傳她抄寫了七部《法華經》這件弘揚佛法的曠世之舉。絕海文章在末段説:"於戲(讀嗚呼)!克畢一代攝化之能事者,莫盛於此典矣。止此若低頭(敬佛),若小音(念佛),散亂者(不經意),微善者(小善行),皆成佛道。況於書寫七部金文者乎。"他甚至把性永比成觀音菩薩身邊的龍女,説"龍女即孺人,孺人即龍女",快成活菩薩了。在中國,還有人以自己的血(淡化後)寫經的,也是出於崇佛祈福的宗教熱忱。

第三類　真贊及其他短篇駢文

《絕海和尚語録》下卷輯録有"真贊"25篇。"真"即寫真,人物畫像。"贊"是一種文體,中國古代多用整齊的四言、五言,也有六言、七言的。絕海"真贊"中四、五、六、七言,雜言都用,大多是對句,或單句對,或雙句對,每篇有題目,全文最長十幾句,最短十句八句,可稱之爲駢體短文。

25篇中有四篇寫俗家,個性鮮明,形象突出,如《武州太守桂岩居士贊》:

德容春温,從之游者未嘗覺其機密;正色冬凜,望之畏者未嘗睹其室虛。動而恒靜,親而若疏。樹旗幟以臨邊,威震夷夏;坐廟堂以論道,信及豚魚。遂能擁幼主於危疑之際,全神器於分崩之餘。彼方鳥合而蚊聚,吾乃霆掃而風除。人徒見成績於今日,而不知予手之拮据。迨乎大緣夙契,投機雲居。弄西河獅子,躍濟北瞎驢。殺活自在,縱橫卷舒。宿師老衲有所不如,然則致君與利民,豈非道真之士苴也耶?

這位武州太守曾任邊防首長及廟堂大臣,對穩定朝廷内亂,避免國家分裂,掃蕩夷狄侵擾有重要貢獻。前面有一篇《永泰院桂岩居士諱日請升座》,其中提到他曾任"宰官將軍,三千里外戰退魔軍"。年譜還提到他曾任"伊土贊阿四州總轄",厚禮邀請絕海到贊州。還提到"明德二年,藩臣謀反,戰於内野,官軍擊敗之,朝野歡呼大賀升平,禪林諸老俱入幕而賀焉"。此文中所謂"神器分崩""霆掃風除"即指此事。他退休後隱於桂岩永泰禪院。"予手之拮据"出自《詩經》之《鴟鴞》篇,寫鳥巢被占,風雨飄摇中重建之艱苦,比喻這位前高官大亂後重整朝綱之不易。短短25句,已經把他的基本面貌和主要功勞描繪出來了。

再請讀《高節居士特以壽像求予著語,書以塞其請》。

據方伯位,握將帥權。雄略可以折冲千里,威名足以坐鎮三邊。以是贊公,公以爲不然。似僧非僧,似俗非俗。神臂弓兮報佛祖之冤,鐵鏃禪兮鑄通身之錯。以是毀公,公不以爲辱。也不毀,也不贊,菩薩魍魎,何喜何嗔;毀也得,贊也得。莊周蝴蝶,孰夢孰真。峨峨越山,篤生偉人。凜凜高節,不緇不磷。功名萬古經綸手,助轉如來正法輪。

這位高節居士曾任將軍,領州郡,握兵權,折冲千里,威鎮三邊。這樣稱贊他,他不同意。神臂弓報佛祖冤,鐵鏃禪鑄通身錯:二句不知何典。大概是指他在戰爭中殺了不少人,以此指責他,他不以爲辱。在戰爭中,殺人是難以避免的。菩薩,是善人;魍魎,指惡人。有人喜,有人嗔,有人毀,有人贊,歷史上大人物幹大事業者,評價不可能都一致。這幾句話表明他對自己是非功過,采取不計較的超然態度。還說他以莊周夢蝶比喻人生何必太認真。"不緇不磷",出自《論語》。最後四句是作者的評價:峨峨高山,凜凜高節(二字聚扣其號高節居士),建萬古之功名。這篇文章的主角事蹟待尚考究。

《賀州太守東嶽居士贊》,四言十二句,把對方比作春秋時鄭國執政子産。前面另有《賀州東嶽居士小祥忌日拈香》,説他"德行文字丕承先烈,正直剛毅足貽孫謀。味經典以爲梁肉,傳清白以爲箕裘"。"審察安危,乃能參帷幄籌;雖居顯職,每厭塵中貴鬧"。兩文詳略各異,可以參看。

《勤書記請》是寺院中的書記請求爲其肖像題辭,竟然全是通俗白話:"你勤我也怠,師之道果何在? 我真絶海無是絶海,若有是者則二絶海。點綴空中墨彩,寫出雪裏芭蕉,仁義道中,禮料燒香,也不消。"語言易懂,含義難明。

《自贊》,是自己爲自己的畫像作贊。"贊"前的小序説,"征夷大將軍從一品大相國給予陋質以徵著語,謹應鈞命露醜拙爾。"日本的"征夷大將軍"是幕府藩主的封號。"陋質"是自謙詞,意謂我這副丑陋面貌。"徵著語"不明其義。末句是説,遵照將軍指示,我只好作《自贊》獻丑,其文頗多趣話。"鈍榜狀元,戲場參軍(元雜劇中的小醜),崇飾街談巷説,排質魯誥竺墳。〔只相信街談巷説淺陋之言,質疑周誥(《尚書》中的周代之文)竺墳(天竺印度出土文物)。〕機境在前見如不見,毀謗隨後聞如不聞(對自己有利不利都不關心)。大明立極主(指明太祖),本朝賢相君(指日本天皇及幕府藩主),容得個樣閑漢(皆能容納我這樣閑雲野鶴之人),畢竟值甚分文(我究竟有何價值呢)。咦! 萬年山頂演宗旨(時絶海任萬年山承天寺住持),玉帳清,四海薰。(天下太平,四海飄香。)"

此文是應大將軍之命而作,所以要自貶自謙,没有學問,没有價值,只會在萬年山演説宏揚佛法,求得天下太平。這實際已表明其價值所在。元人劉壎,明人于謙,日本木下順庵,皆曾作"自贊"以自貶自謙,而實際自誇其不同流俗不被理解的獨特性格。常用手法是正話反說,絕海此文與之有些相似。

絕海的"真贊"大多數是寫僧人之"真",然而大多形象模糊。下面介紹幾篇可讀之作:

《祖峰和尚》:"灑然風度,卓而高標。金鳳離巢,翱翔乎三千佛國;溟鵬展翅,變化乎九萬扶搖。(語出《莊子》)豈惟眼空佛祖地位,抑亦調高咸池蕭韶,屢提住山(林)斧,到處劈篾束腰。枯木堂中回三春之和氣,白花岩上震四辯之海潮。塵塵普光明殿,刹刹物外逍遥。虛空顯露大人相,妙手僧繇也叵描。"

這位高僧,風度瀟灑,志向卓越,不追求佛界地位,不羨慕咸池九韶(高貴之樂)。過着清苦的勞動生活,提斧砍柴,劈竹束腰,逍遥於物外,露相於虛空。其道德感染力能使枯木回春,海潮震岩,他的形象即使是南北朝最擅長寫真的畫家張僧繇也不能描繪。這篇短贊把一位超群脫俗的高僧品性寫得活靈活現。

《光嚴鳳山和尚其小師比丘尼了春感夢求贊》:"描兮描不得,畫兮畫不成。鳳山真面目,獨露太分明。夢中更說夢,忒殺得人憎。佛性室中,龍驤虎驟;光嚴堂上,電卷雷奔。溈山勘過劉鐵磨,摩醯正眼耀乾坤。"

"光嚴"是寺廟名,"鳳山"是所在地山名,"小師"即師叔之意,"比丘尼"人稱尼姑。"了春"是她的法號。她作夢有感,求絕海作"贊"。夢見什麽?很可能就是"虎騰虎躍,電閃雷動",所以把這位老尼姑驚醒了。爲什麽要作"贊"?可能是"夜夢不祥,書破大吉"。這是北宋歐陽修、宋祁時即有的習慣,傳到了日本。這個題目很怪,已經不是人物寫真了。絕海說,夢是描畫不成的,讓我寫出來,會叫人特別討厭。最後兩句是説,了春已經到過溈山(在今湖南長沙)拜會劉鐵磨(唐代禪宗尼師法名,曾到溈山參拜靈祐法師,并嗣其法),你已經像劉鐵磨那樣參透禪理了。摩醯是古印度神靈,有大神威,能普度一切苦。法藏是佛教用語。禪宗認爲,五眼正而萬法藏。正眼即心,萬法藏於心,而照亮乾坤,你不必爲惡夢而驚懼。

本文開頭介紹過,絕海中津是日本五山文學駢文理論家,他到處宣講"蒲室疏",爲日本禪門疏文立下了文體規則。可是,在他的《語録》裏,一篇疏文也找不到,蓋收集於詩文集《蕉堅稿》中,包括疏、序、記、論等文體多篇,故語録不録。我手頭没有《蕉堅稿》,兹轉引陳福康《日本漢文學史》所録《樞寰中住周陽承福京城諸山疏》以見一斑:

　　南院直下真孫,孰出首山之右;寰中同時諸老,竟游大慈之門。倘有實以當名,豈曰今不如昔。某學該百氏,理透重玄。舌本瀾翻,親分多子塔前坐;腳頭眼活,直踏毗盧頂上行。不向北斗藏身,肯慕東山高臥。灑甘露水,沛然雲雨八荒;望麆尼峰,瑩徹煙霞五色。山川雖阻千里,書疏毋忘同風。

這是一封給朋友的信,共八個對句,其中兩副四六雙句對,另爲六字對和四字對。內容是普通的問候,贊賞對方的學問,羨慕高臥東山(用謝安典故),遠望煙霞的悠然自在生活。此文比不上《禪儀外文》所收宋僧諸疏内容豐富文字跳脱,但值得一讀。

　　需要説明的是,《絶海和尚語録》與中國常見的唐宋禪宗語録及宋明儒家語録不是同一種文體。第一,絶海語録以對偶句居多的駢文爲主,散句很少,雖有些通俗性對句,但不多。中國儒家語録是淺近文言文,没有駢文,不講究對仗,接近口語。第二,絶海語録的文章都有小標題,長篇大論較多;中國儒家語録長篇很少,各段自成起迄,無標題,也没有總目和祭悼文拈香文之類應用文字。第三,中國儒家語録自由隨意,不是故意作文章,而是談話實録。絶海語録的用詞造句,極力雕琢,對仗整齊,用典繁密,以大量形象作比喻,旨意含而不露,屬於着意爲文。《絶海和尚語録》全書以語録爲名,其實只有前面五個"住某某寺語録"可稱語録,字數約占全書三分之一。其餘的三分之二,與語録體相差明顯,尤其下卷的"偈頌"和"真贊",與語録并無關系。全書多處有明顯錯字(引用時已有所改正),還有一些文字不清,即以方框(□)代替。

作者簡介:

譚家健,(1939—)中國社會科學院文學研究所研究員、研究生院教授,曾兼任中國駢文學會會長、中國古代散文學會會長,曾任新加坡國立大學中文系客座教授、馬來西亞新紀元學院中文系客座教授。

日僧大顛梵通《四六文章圖》考論

蒙顯鵬

內容摘要：日本江户時代的禪僧大顛梵通所編撰《四六文章圖》是對日本駢文學理論的一次重要總結。本文考察"文章圖"逐漸形成的系譜，考述其對中國文體術語的借鑒與發展。其次，討論作爲僧侣的大顛梵通在儒學興盛的背景下所持有的獨特文章學觀念，并發掘其在各類文體總結上的貢獻。最後探究《四六文章圖》對於日本文章學著作《文林良材》的影響。

關鍵詞：大顛梵通；四六圖；日本駢文；文章學；文林良材

譚家健先生《中華古今駢文通史》在論域外駢文創作時，提到了日本江户時代大顛梵通編撰的《四六文章圖》，并舉其序文[①]。該書出版於日本寬文六年(1666)，共五卷，全書以漢文書寫，大部分内容論述四六文體的製作法，其中卷四專門講詩歌。所謂"四六圖"即用圖示的方式來概括各體四六文的格式。大體上用黑色圓圈表示該處作仄聲，白色圓圈表示平聲，半黑半白表示可平可仄，并在圖示後列舉例文。在内容上，《四六文章圖》的内容涵蓋儒家四六、禪林四六、賦、頌、贊等諸多文體。《四六文章圖》在解説四六文格式時，保存了諸多在中國文學史上長時間内不見諸文獻的術語，譬如一度在中國失傳的唐代《賦譜》[②]中"壯句""緊句""長句""隔句""漫句""發句""送句"等名稱，又有日本五山禪林時代對疏、榜、啓札等四六文體特有的"蒙肇""决句""八字稱""跨句""直對""亂對"等文句的稱謂。該書通過這些術語，對中日四六文的文體從體裁到句法都作了極其細緻的論述。然而長達五卷的《四六文章圖》并不僅僅進行了規範諸文體格式的工作，更在理論上探討了各文體的作法，對中國四六文體論具有補充意義。同時，該書也反映出日本吸收中國四六文後産生的"橘枳之變"，可爲域外駢文研究提供新的材料與視角。

《四六文章圖》作爲一部日本漢學家的四六文理論著作，可以説具有集大成的意義。管見所及，日本學術界并未給予《四六文章圖》足夠重視，尚無論著專門對其進行研究。

---

* 本文爲國家社科基金重大項目"歷代駢文研究文獻集成"(項目編號：15ZDB068)、中國博士後科學基金資助項目"駢文在日本的傳播與接受研究"(項目編號：2019M663873XB)階段性成果。

① 譚家健《中華古今駢文通史》，北京：社會科學文獻出版社，2018年，第770頁。

② 張伯偉《全唐五代詩格匯考》(南京：江蘇古籍出版社，2002年)的附録三有《賦譜》整理本。

而上文提到的《中華古今駢文通史》作爲一部通史,也未在《四六文章圖》的作者考察、成書時代背景以及其作爲四六理論著作的承前啓後的意義上作更多的深究。因此,筆者不揣譾陋,從上述幾要素對《四六文章圖》的價值進行挖掘探索。

一、《四六文章圖》的編者與編撰意圖

《四六文章圖》的編者題云"大顛梵通",而其平生事蹟可考者甚少。日本學者南信一的《大顛和尚小考》①認爲大顛梵通即大顛梵千,并重點關注其作爲俳人的身份,對其平生事蹟作了考察。本文基於此,對大顛梵通生平大概作簡要叙述如下。

臨濟宗僧人大顛梵通(1629—1685),法名别稱大顛梵千。師承甘棠院的岫雲玄端,歷任伊豆的静因寺、長勝寺、國清寺、鎌倉圓覺寺住持。大顛同時也是一位俳人,俳號"幻吁",俳人榎本其角曾拜其爲師,學習《易經》與漢詩。以下大顛梵通的年譜轉引自南信一《大顛和尚小考》論文中所作的《大顛和尚略年譜》。

紀年	西曆	年齡	事蹟
寬永六	1629	1	出生於美濃。
			修學於甘棠院(武藏,久喜町久喜本)岫雲和尚(幻住派),以岫雲下二十四人之首著稱。
萬治二	1659	31	任法雲寺(常陸國高岡寺)住持。
寬文六	1666	38	著《四六文章圖》。
			不久任静因寺(伊豆,内浦三津)第八代住持。
寬文十	1670	42	四月七日,任長勝寺(常陸,潮來)住持。五月十七日,任國清寺(伊豆,韮山,奈古谷)第四十四代住持。
延保四	1676	48	二月十五日,圓覺寺(鎌倉)第一百六十四代住持。這一年榎本其角跟隨大顛和尚學習漢詩與《易經》。
天和三	1683	54	榎本其角撰《虚栗》刊行,收録四首大顛以"幻吁"之號所作俳句。圓覺寺主持任終,歸静因寺。
貞享二	1685	57	正月四日於静因寺圓寂。

年譜中提到《四六文章圖》作於寬文六年(1666),據此書末尾的版權頁的標示:

---

① 《連歌俳諧研究》第四十一卷,1971年。

寬文丙午秋日中峰十五世大顛梵通叟編撰焉,而以自跋。《四六文章圖》卷之五終。寬文六丙午曆仲冬。江户神田鍛冶町。中夜孫三郎開板。

該書於寬文六年秋日編成,仲冬出版。本文所用版本爲日本新潟大學圖書館佐野文庫藏本①,其他尚有安政五年(1858)"書林柳枝軒小川多左衛門"的覆刻版(如京都大學圖書館所藏本)較爲常見。

至於爲何要編撰《四六文章圖》,大顛梵通在該書的序言中給出了説明。其序全文引之如下:

文之有道,猶醫之有方也。道不精,何益於文;方不靈,何益於醫。然惟善醫者能審其方之靈,善文者能識其道之精。豈易言也哉。文者,貫道之器也。不深於斯道,有至焉者,不也。道者,根諸心、著諸事意而托文以相示也,與道相離不得。道無形,文有跡,故曰"文者貫道之器",是故綴乎事者存乎文,命乎文者存乎律。主乎律者存乎道,體乎道者存乎人。古之君子,和以性情,養以問學,經以動作,紀以百物,道存於己。魏文帝曰:"文以意爲主,以氣爲輔,以辭爲衛。"然則意者,道之動作也。在心爲志,發言爲詩,又積詩爲文。辟命猶志也,性猶詩,道猶文也。詩也,文也,皆流出志,發言其言者一也。今古有道之士,或吾門稽宿不外之。就中四六之法,江西、惟肖兩和尚,此時節者,本韓柳之法。惟肖和尚以來,專原於宋朝之坡谷等文法。唐宋兩朝之文,雖有等差,圓融流通,異代同轍。雖然,有小差。唐之啓册等,多好對語,宋之啓册,多無平對。唐以李杜韓柳爲最,宋以歐梅黃陳爲第一。王黄州學白樂天,楊文公、劉中山學李商隱,盛文肅學韋蘇州,歐陽公學韓退之古詩。梅聖俞學唐人平澹處。至東坡、山谷始自出己法以爲詩,唐人之風變矣。山谷用工尤深刻,其後江湖宗之,文法盛行海内。江西石門、橘州寶曇禪師以降,禪家四六之文法之編多矣。尤割三寸蚌,求明月之珠;探枳棘之巢,求鳳凰之雛,難獲也。後世論文不容易矣。然博觀約取,科別其條。欲得句法者,譬如望洋向若,不測津涯。或披砂揀金,觀者不能終卷。故依小編圖經,格律之品,可准而式,圖説之明,可研而核。捨此而他求,不可乎? 因采簡册所載,參以平昔見聞,訓釋成圖經。余尚懼疎昧,未免朱文公之楚辭疑,李侍讀之文選謬,況其如餘者,庶幾侍博洽君子而已。寬文丙午長至日大顛序。

序言前半圍繞"文者,貫道之器"來論述詩文創作。序言後半的"江西石門、橘州寶

---

① 新日本古典籍總合數據庫(新日本古典籍総合データベース), https://kotenseki.nijl.ac.jp/biblio/100276836/viewer/3.

曇禪師以降,禪家四六之文法之編多矣。尤割三寸蚌,求明月之珠;探枳棘之巢,求鳳凰之雛,難獲也。後世論文不容易矣",是說惠洪的《石門文字禪》,橘州寶曇的《橘州文集》等雖然有衆多收録四六文之文集,但一般人難以獲得這些書籍。即使能夠看到這些書,而"欲得句法者,譬如望洋向若,不測津涯"。大顛梵通於是編撰《四六文章圖》,"依小編圖經,格律之品,可準而式,圖說之明,可研而核",用圖式的方法來標示"格律"等規範。從"因采簡册所載,參以平昔見聞"來看,該書是建立在前人著作的基礎之上的。《四六文章圖》目録如下:

卷一	句制:文句大體十三法、獨句四制、短對三制、隔對六體、十二法。 文體:二十四名、文六節、體物七法、三經三緯、六儀之圖、三緯圖、三緯制三經圖、助語之法。
卷二	儒家四六并文之類 格體:序法、啓札之法、清書之法、說法、記法、解法、辨法、表法、原法、論法。
卷三	文類 格體總論:短文法并長文。 賦法、頌法、銘、贊法、文法、誄法、箴法、文筌起端八法、中門四用、文筌結尾九法。
卷四	詩辨、詩六根圖、四品、十五法、詩體并圖、作句六法、一句中十體、奪胎換骨。
卷五	禪家四六并偈頌類 疏法:疏圖并疏語、日本疏并圖、疏八法、疏式。 秉佛法語次第、禪客法式并出陣四六圖、入寺法語次第并圖、入寺法式、七佛事并圖、拈香式并圖、陞座式并圖、普說式、祭文式、碑法、招真館碑銘、塔婆式、頌圖。

值得注意的是,事實上,與大顛梵通的身份一樣,《四六文章圖》本身也具有十分強烈的叢林色彩。譬如其中的卷五,特別對叢林實用的疏文、喪葬儀式所用文體的介紹(如鎖龕、掛真等)。從禪學色彩濃重這點來看,它與五山叢林時代的四六文似乎存在某種瓜葛。要瞭解《四六文章圖》處於何種歷史地位,我們首先需要瞭解"四六圖"的譜系。下一章即來探討此問題。

二、"四六圖"的系譜

《四六文章圖》采用的四六文的術語稱謂中有"壯句"(三字句)、"緊句"(四字句)、"長句"(五字以上之句)、"隔句"(隔句對)(不對偶的散句)等,這些術語其實有相當早的來源。目前可追溯到唐代《賦譜》。《賦譜》一度在中土失傳,而在日本卻保存完好,直至八十年代回流中國。關於《賦譜》的研究,學界已有若干專著、論文,此不贅述①。而關於此書在日本的影響則學界關注較少。例如,事實上,日本的賦、《賦譜》的"壯句""緊句""長句""隔句"等句子的稱謂,一直沿用到江户、明治時代,甚至現當代日本學者也使用這種稱呼,如鈴木虎雄(1878—1963)的《賦史》②、古田敬一(1921—)《中國文學中的對句與對句論》③都使用這些術語。正如柏夷氏《〈賦譜〉略述》所指出:"《賦譜》列出了描述各類賦句的術語。有趣的是,這些術語中的一部分,可能別有其他途徑傳到日本。因此在《賦譜》發現之前,鈴木虎雄在其重要的賦史著作中即已使用了這類術語。"其實,這正可以作爲《賦譜》在日本産生影響的佐證之一。然而,後世的此類術語,并不一定直接取自《賦譜》,這中間還有其他文獻産生作用。例如在日本流傳較廣的藤原宗憲《作文大體》也有與《賦譜》近似的記載。

比《作文大體》稍晚的是日本僧釋了尊的《悉曇輪略圖抄》④,其卷七有論文筆事,在所謂日語"裏書"(也就是紙背)詳細地解釋了發句、傍字、長句、輕(輕隔句)、重(重隔句)、疏(疏隔句)、密(密隔句)、平(平隔句)、壯句、緊句、漫句、送句的概念,并列舉《和漢朗詠集》等書中所見相應文句。值得注意的是,此處還作了"詩圖"(右邊兩圖)"筆圖"(左邊圖),轉引之如下:

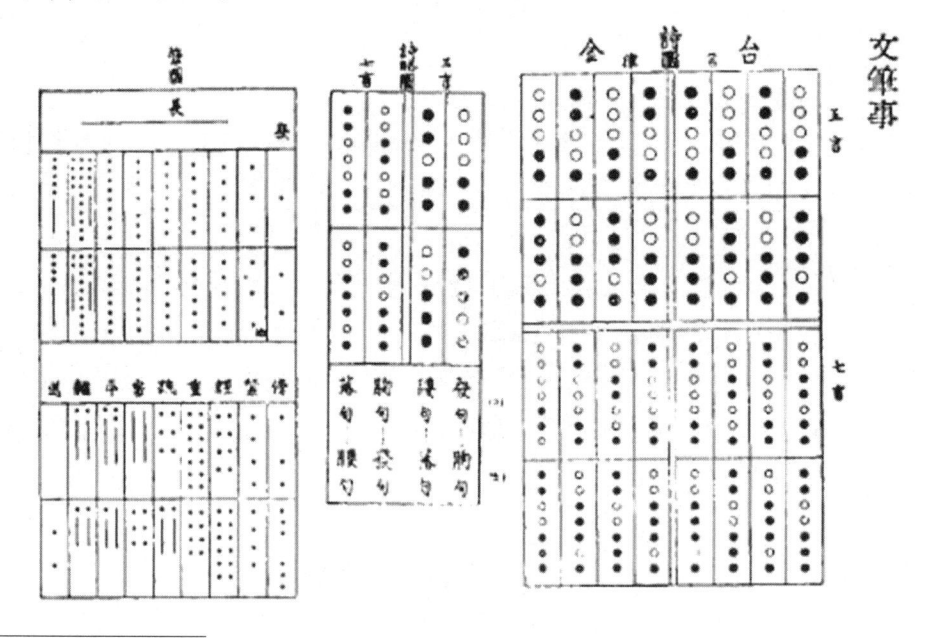

---

① 較早的如(美)柏夷《〈賦譜〉略述》(《中華文史論叢》第四十九輯,1992年);較近的有張巍《〈賦譜〉釋要》(《南京大學學報》2016年第一期)。
② 鈴木虎雄:《賦史大要》,日本東京:富山房,1936年。
③ 古田敬一:《中國文學における對句と對句論》,日本東京:風間書房,1982年。
④ 《大正新修大藏經》第八十四卷,第694頁。

其中詩圖即以白圈代表平聲、黑圈代表仄聲,列出了五言詩、七言詩的"律吕"格式,這是管見所及日本最早以圖示方式來解説詩文結構、句法的文獻。不過,與詩句不同,在解説文句時,相應位置的圓圈只是代表文句的字數,還未出現平仄的分别。

文句的圖示要到五山叢林時代才出現。筆者注意到,第一小節所提到的《四六文章圖》序言中的一段話:"就中四六之法,江西、惟肖兩和尚,此時節者,本韓柳之法。惟肖和尚以來,專原於宋朝之坡谷等文法。唐宋兩朝之文,雖有等差,圓融流通,異代同轍。雖然,有小差。"其實這出自《天隱師四六圖》的序言中開頭一小段①:

夫四六之法者,江西、惟肖兩和尚,厥餘亦此時節者,本韓柳之文法。只惟肖和尚以來,專原於宋朝坡谷之文法。惟以唐宋兩朝之文者,雖有等差,圓融流通,異代同轍。雖然,似而非甚多矣。

那麽通過以上的兩段極其相近的表達來判斷,大顛梵通無疑是看過《天隱師四六圖》的。在書的命名上,《天隱師四六圖》首次使用了"四六圖"的稱呼,這一點也被《四六文章圖》所繼承。今將《天隱師四六圖》中的《天隱和尚四六圖》引之如下(原爲豎式,今改爲横排。●代表仄;◎原爲紅色圓圈,這裏爲排版方便起見作◎,代表平;○代表可平可仄;括弧内爲批注或夾注):

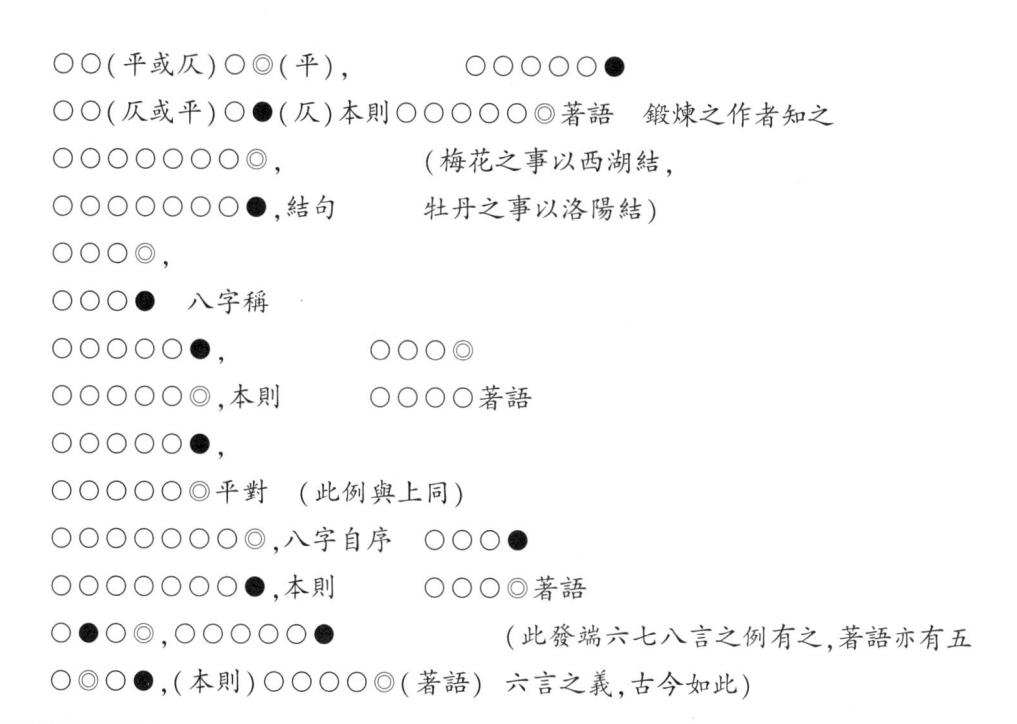

○○(平或仄)○◎(平),　　　○○○○○●
○○(仄或平)○●(仄)本則○○○○○◎著語　鍛煉之作者知之
○○○○○○○◎,　　　　(梅花之事以西湖結,
○○○○○○○●,結句　　牡丹之事以洛陽結)
○○○○◎,
○○○●　八字稱
○○○○○●,　　　　　○○○◎
○○○○○◎,本則　　　○○○○著語
○○○○○●,
○○○○○◎平對　(此例與上同)
○○○○○○◎,八字自序　○○○●
○○○○○○●,本則　　　○○○◎著語
○●○◎,○○○○○●　(此發端六七八言之例有之,著語亦有五
○○○●,(本則)○○○○◎(著語)　六言之義,古今如此)

---

① 本文采用日本國立國會圖書館所藏《天隱師四六圖》。

○○○○◎,
　　○○○○●結句
　　○◎○●,(結句之間次之,聲惡則二三字小結可也。始中終如此)
　　○●○◎八字稱
　　○○○○○◎,○○○○●
　　○○○○●,本則　○○○○◎著語
　　○○○○◎,
　　○○○○○●平對或散對
　　○○○●,○○○○◎
　　○○○◎,本則○○○○●著語(書實錄)
　　○○○○●,
　　○○○○◎(四言尤好,但新樣之語而珍言妙句用之)

再試對比《四六文章圖》卷五的"日本疏圖"(符號意義基本與《天隱師四六圖》相同,●代表仄,○代表平。只是這裏沒有◎符號,所以○代表平聲,也可代表可平可仄),即可知二者十分相似。

　　蒙頭○○○○○○,著語　○○○●本則
　　　　○○○○●,○○○○
　　八字稱○○○●,
　　　　○○○○
　　過句○○○○○,○○○○○●
　　　　○○○○●,本則　○○○○●
　　平對○○○○○,○○○○●
　　襲句○○○○●,○○○○○
　　　　○○○○○,本則○○○○○○●
　　平對○○○○●,○○○○
　　結句○○○○○○,　　○○○●
　　　　○○○○○○●,本則　○○○○著語

"日本疏"是指日本禪林形成的具有固定格式的四六文疏語,作爲五山文學中最主要的四六文,也是於禪林禮儀往來中十分實用的文體。在形式上,相比於宋代蘇軾、黃庭堅以及惠洪的疏文沒有固定格式,日本疏已經形成大體固定的格式。對比自中國傳到日本的"壯句""緊句""長句"等稱謂,《天隱和尚四六圖》更出現了不見於中國文獻的"蒙頭""八字稱""本則""著語"等術語(雖然也有可能是創自中國而以某種形式傳播到日本,但是目前無任何文獻支持這一假設,故本文將此歸於日本四六文所特有的術語)。現根據《天隱和尚四六圖》以及《四六文章圖》對於日本疏文中出現的一些術語的解釋作一番梳理如下。

蒙頭,又稱蒙肇,指疏文中開頭的一對隔句對。本則指隔句對的上半,如隔句對爲"四六對四六"的格式,那麼兩個四字句爲"本則",六字句則稱爲"著語"①。八字稱,指稱贊對方的一對四言對句。《天隱和尚四六圖》中的"結句"又稱"貼句",指連結上句之意,例如,假如結句在蒙頭之後,那麼結句的上句連結蒙頭一對的上句,結句的下一句連結蒙頭的下一句。關於"過句""襲句",大顛梵通未作說明,大概是起轉折過度作用。另外,《四六文章圖》在《正變六格圖》中尚有規定某種格式下某句當作"機緣""實錄""師承"的要求。機緣,類似於雙關語,指用比喻、用典等手法稱揚對方。實錄,指用實錄的方法書寫對方事蹟。師承,指書寫對方宗派、師承。

與《四六文章圖》相近的《天隱和尚四六圖》也不是單獨成立的,它只是現存文獻中關於五山四六文理論中最爲集中的一種。比如,按照作者時代年代來排序,附錄在《天隱和尚四六圖》中的還有虎關師練的《虎關和尚四六法》、江西龍派《蒲室御講時四六口傳》《江西和尚四六口傳》、策彥周良《策彥四六圖》《裁文作法》。其中《虎關和尚四六法》沒有圖示,只介紹發句、傍句、壯句、緊句、長句、隔句、漫句、送句,這些顯然與上述《賦譜》《作文大體》《悉曇輪略圖抄》是一脈相承的。江西龍派重在解釋蒙頭、結句、八字稱等需要注意的事項,例如在"蒙頭"處云:"蒙頭用隔句也。輕隔句爲好。"(原文爲日語古文,筆者翻譯爲相對應的文言文。)蒲室即元朝僧人笑隱大訢(1268—1344)文集《蒲室集》的簡稱,他的四六文廣泛被五山禪僧學習②。《蒲室御講時四六口傳》則是江西龍派講解《蒲室集》特別是其中疏語時的記錄,此時尚有講義記錄性質,其篇幅較爲簡短。《策彥四六圖》則是在天隱龍澤的四六圖基礎上略解說,《裁文作法》更是從對偶、句法、語助等角度闡述作四六文之法。此外,在《裁文作法》之後列舉了古人的四六作品并進行批點,用文章實例來示範作法。試比較大顛梵通《四六文章圖》與策彥周良的《策彥四六圖》《裁文作法》以及所舉文例,可以看出,大顛梵通基本上沿用了策彥周良的這一模式,只是順序上略有調整、篇幅上更爲壯大而已。

從《天隱師四六圖》所記載各家四六文的解說,到大顛梵通《四六文章圖》的形成,可以看到一條明晰的綫索。由於天隱龍澤曾在江西龍派門下學習詩文,而天隱龍澤又是策

---

① 大顛梵通《四六文章圖》中的《日本疏圖》蒙頭部分的本則與對句反了過來,與後面過句、襲句、結句相矛盾,大顛梵通應該是清楚的,疑爲刊刻過程出現錯誤。
② 蔭木英雄:《五山詩史的研究》,笠間書院,1977年,第257頁。另外,石觀海、孫旸《疏文的接受美學:矩矱森然,攢花簇錦——再論中國文學東傳的仲介"日本臨濟僧"》(《長江學術》2007年第四期)專門研究笑隱大訢疏文在日本傳播與接受,該文關於日本疏文的定型這一思路對本文的啓發頗深,尚此致謝。

彥周良的師祖①,那麽可知四六文章圖是從江西龍派到天隱龍澤、再到策彥周良一步步成型,最後大顛梵通踵事增華,終於形成了長達五卷的《四六文章圖》(雖然其中第四卷爲詩之卷)。

三、《四六文章圖》對中國文章學的吸收與文體的擴展

如上所述,《四六文章圖》的重要組成部分是以圖示意標明四六文的格律准式。然而其中不乏具體微觀的局部對偶、句法之說,其中亦有其他形而上的因素。

首先,《四六文章圖》往往從中國文章學著作中引用諸多文章學概念。《四六文章圖序》開頭部分即云:"文者,貫道之器也。不深於斯道,有至焉者,不也。"這數句引自唐李漢《〈韓昌黎集〉序》,是韓愈"文以貫道"觀念的總結。再譬如卷一的《六節》(《文筌文章體段》)與《體物七法》完全引用了元朝陳曾繹《文筌》中的"體段"(即起、承、鋪、叙、過、結)與"體物"(即實體、量體、群體、象體、化體、連體、影體)。《文筌》篇幅簡短而具有極強的理論概括性,是江户初期常被儒者所引用,如比大顛梵通早近70年的藤原惺窩(1561—1619)的《文章達德綱領》,雖不標明出自《文筌》而其實大量引用了該書。《四六文章圖》卷之三又有《文筌起端八法》《中間四用》《文筌結尾九法》都是直接引用《文筌》原文。

其次,《四六文章圖》是在江户時代朱子學興盛的時代背景下產生的。上述藤原惺窩以及其弟子林羅山(1583—1657)等人對朱子學在日本的發展起到了相當大的作用。《文筌》卷一的"三經三緯"即是朱熹關於《詩經》言論,以風、雅、頌、賦、比、興爲三經三緯,也即六儀。《四六文章圖》有如下的圖表:

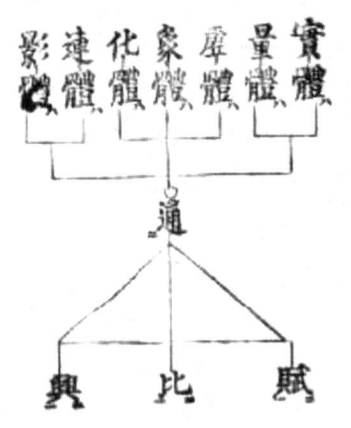

---

① 參見蔭木英雄《五山詩史の研究》第383頁的關於策彥周良的師承系譜。順便提一下,大顛梵通自稱"中峰十五世",而策彥周良曾師承中峰一脈的月舟壽桂,那麽,很可能這種四六圖的學問傳授也是伴隨師門傳授的。也就是說,從江西龍派到天隱龍澤、策彥周良,甚至到大顛梵通會有一條師承的脈絡,然而目前未能考察出大顛梵通前幾代的師承關係,故只能推測如上。

此圖將與"體物七法"聯繫起來,構建起一個較爲宏大的文章學概念。《三緯制三經圖》之後有説明:"此卷載六節、七法、六儀之三圖,作文者,先不若賦句賦詩三圖,故格載初卷也。"這一句話中的"先不若賦句賦詩三圖"稍難理解,整句的意義大概謂六節、七法、六儀是作文者的基礎,用這三個概念作爲文學之綱目,可統攝文章創作。這點與其序言所説概念有緊密的聯繫:"然則意者,道之動作也。在心爲志,發言爲詩,又積詩爲文。辟命猶志也,性猶詩,道猶文也。詩也,文也,皆流出志,發言其言者一也。今古有道之士,或吾門稽宿不外之。"這裏關於學詩學文先後的觀點或有可商榷之處,然而事實上大顛梵通作爲叢林德高望重之前輩,編著此書的目的在於供後學參考,這樣的由"道→詩→文"的表裏關係或許至少可以代表相當一部分日本人學習詩文的觀念。如此説來,此書雖名《四六文章圖》,卻在有限的篇幅内將第四卷整卷讓位給詩歌,這也并非無法理解之事。

從以上可知,《四六文章圖》具有較大的理論特性,這點相比於上述提到的《天隱師四六圖》所載諸家四六文的微觀具體的技法論,有了相當大的進步。當然,顧名思義,《四六文章圖》畢竟是專述四六文之準繩的,其大部分仍然是各類四六文的圖示以及範例。至於其中第四卷的詩歌内容則是由於大顛梵通認爲"在心爲志,發言爲詩,又積詩爲文"的獨特文章學概念所決定的,并不是毫無根據的體例紊亂。這又看出文章學在日本的發展或者變異,是值得關注的。

另外,《四六文章圖》的價值還在於其中關注到了許多獨特的文體。例如,關於"馬蹄體"的叙述如下:

> 此格限緊句,每句四言也。禪家《臨濟録序》馬蹄體,延康殿學士金紫光禄大夫馬防之編撰,筆力體勢絶出,奇妙也。

試看馬防《臨濟録序》開頭數句:

> 黄檗山頭,曾遭痛罵。大愚肋下,方解築拳。饒舌老婆,尿床鬼子。這瘋癲漢,再捋虎須。

"馬蹄體"的稱謂并不在中國現存各類文獻中。其特點是每句四言(即"緊句"),大體上是"平平仄仄,仄仄平平,平平仄仄,仄仄平平……"每句第二字、第四字平仄相互交替,并且上下句爲對偶,第四字、第八字、第十二字、第十六字平仄交替。這與當代對聯所謂"馬蹄格"(馬蹄韻)規律異曲同工[①],其原理與律化的四六文相近,只不過字數較爲特殊(全

[①] 余德泉《對聯格律·對聯譜》(岳麓書社,1997年)的前半部書即討論馬蹄韻,但是未言該名稱的由來。

爲四言句),并且人們在實踐中并不將之稱爲"馬蹄體"而已。這裏對於如馬蹄般交替的平仄規律的表述十分形象,是對這種特殊四言駢文文體的精到總結。十分值得注意的是,由於中國對聯的馬蹄格是近人才提出來的,不見於古典文獻,不能確認"馬蹄體"來自中國,這種"馬蹄體"的術語很可能是日本古代學者的首創。退一步説,假若這是中國傳入日本而被接受、流傳的話,那麽正可突顯其保留中土文獻之功。

此外,特別是在叢林四六文中,《四六文章圖》有未見於中土的文體格式的概括。譬如,卷五有《秉佛法語次第》《禪客法式并出陣四六圖》(此圖亦見於《天隱師四六圖》)。關於秉佛法語、禪客問答以及出陣之文,五山禪僧清拙正純《禪居集》中的《圓覺前堂首座寮銘》(《五山文學全集》第一輯)有批評:

> 秉拂叙謝,語貴簡净,不必繁多,多則厭聽。大衆久立辛苦。叙謝住持,不過兩句,多則大無禮。古德録中,多載秉拂提綱、問答、拈頌公案,不見有載叙謝。近時一等,俗儒爲僧,無宗眼,無衲僧氣息,無本色提綱,卻製作叙謝文章,以遮其短。若真正衲子,必不須效俗僧也。古德未説法已前,先垂語,令學者有疑請問,問以決疑。一言之下,超越生死之岸。後來變其名,曰索語,此二字已訛謬矣。其秉拂垂語之意,只要以向上一著,大家激揚,光顯祖庭而已。大概如此,作者自能變通之也。切不可自言我作家,我要決勝負,我無敵,我七事隨身,一任爭戰。如此等語,自誇自大,非理也。自言作家,非作家。禪客問答、出陣入陣之名大謬。古人胸中,疑情未泯,對衆決擇。又有作者,相與激揚,安有出陣入陣之意。陣者兵法,孔明八陣圖是也。法戰之説,如克賓維那法戰之語,不在禪客分上。出陣入陣,可削除之。

清拙正純批評日本叢林形成的習氣,"製作叙謝文章,以遮其短","後來變其名,曰索語,此二字已訛謬矣","禪客問答、出陣入陣之名大謬"。清拙正純是從説法的角度來批判過度的以文章製作遮蓋或者代替説法的本末倒置,甚至説"出陣入陣,可削除之"。不過,清拙正純并未能完全制止這種風氣,試翻開《五山文學全集》以及《五山文學新集》,往往可看到關於禪客問答、索話、出陣的記録。而《四六文章圖》將這些文體的主要格式記録了下來。無論是中國的《百丈清規》還是日本的《禪林象教箋》等詳細記録叢林包括文體在内的規矩書籍,都没有這類文體的具體記録。且不論這些文體的文學性如何,單從《四六文章圖》關注日本特有的秉佛法語、禪客法式、出陣四六等文體的作法以及格式來説,已經具有相當的史料價值。此外卷五的《鎖龕圖》《掛真式并圖》《起龕式》《奠湯式》《奠茶式》《下炬圖》《取骨式》《安骨式》《拈香式并圖》《小拈香式》《升座式并圖》《普説式》都是關於佛教喪葬儀式相關文體,而《百丈清規》或《禪林象器箋》中雖然有簡略介紹卻無具體文體説明。在這一點上,《四六文章圖》除了在文體學上值得關注外,更對研究佛教文體提供了寶貴的史料。

四、《四六文章圖》對《文林良材》的影響

成書於日本元禄十四年(1701)的林義端編《文林良材》是江户較爲重要的文章學著作。譚家健先生《中華駢文古今通史·域外駢文創作》①也有提到該書,遺憾的是由於該著作的通史性質,也只對《文林良材》作了簡短的介紹。《文林良材》在書前的凡例寫道(筆者譯):

> 本朝叢林每用來四六啓札疏語等之格式。本不載舊稿,今廣考索他書,摘要擇粹,附於三之卷末,以備緇流嗜文人之采用。

《文林良材》主要是在江户古文辭派興起的大背景之下成立的,原本并無《叢林四六文式》,而是"廣考索他書,摘要擇粹"補入卷二(序言所說三之卷其實在正文中在卷二,或是版本錯誤),增入《叢林四六文式》是爲了供"緇流"即僧人的采用。由此可知,當時雖然古文辭派風行一世,四六文仍然在叢林之中流行,延續了五山時代一息尚存的香火。雖然《文林良材》凡例中并無明確提供《叢林四六文式》的來源資訊而只云"廣考索他書",不過,經過筆者考察,此卷其實主要取材於《四六文章圖》。

《叢林四六文式》與《四六文章圖》的對應關係如下:

《四六大意》,用和文(日語古文)寫成極簡短文,簡短叙述四六文唐宋發展史,説明學習古人句意的必要性。

《四六啓札》,用和文寫成,解釋書序、對句的數量以及各類對句,如蒙頭、隔對、直對等,另外還有平仄格式。

《四六九法》,用和文寫成,然而其内容與《四六文章圖》卷二的《四六九法》基本相同,詳細介紹四六啓札其中一種格式,即包含九個對句的"四六九法"。按照順序爲蒙頭、結句、八字稱、機緣、過句、實録、自序、决句、祝言。

《體制二樣》,漢文寫成,與《四六文章圖》的《體制二樣》相同,簡略介紹四六兩種格式以及各對句的名稱:四六九法、四六十制。

《正變六格圖》,漢文寫成,與《四六文章圖》卷二的《正變六格圖》完全一致。包括"正格三樣""變格三樣"的圖示,是四六啓札的六種基本格式,據編者所説,從這六種基本格式中變换可導出數十種格式。後面所舉《重陽啓札》的文例也與《四六文章圖》

---

① 譚家健:《中華駢文古今通史》,北京:社會科學文獻出版社,第772頁。王宜瑗《知見日本文話目錄提要》(《歷代文話》附録,復旦大學出版社2007年)有著錄。

相同。

《疏圖并書語》，漢文寫成，與《四六文章圖》卷五《疏圖并疏語》完全一致。所舉惠洪、道璨、寶曇、北磵的疏文也與《四六文章圖》同。

《日本疏并圖》，漢文寫成，與《四六文章圖》卷五《日本疏并圖》相同。所舉熙春龍喜疏文與《四六文章圖》相同。

《疏八法》《疏式》與《四六文章圖》卷五的《疏八法》《疏圖》相同。

另外，之後的《序法》包括《書序五法》《文序大意》《啓札序大意》《詩序大意》《大序法》《小序法》《自序大意》等與《四六文章圖》卷二相對應部分順序以及用例幾乎一致。

從以上得出結論，林義端所編《文林良材》卷二《叢林四六文式》絕大部分皆來自《四六文章圖》。當然，正如林義端所説"(《叢林四六文式》)以備緇流嗜文人之采用"，事實上江户時代的四六文多限於叢林之中，伴隨僧侶主導的五山制度的衰亡，以及儒學興盛、荻生徂徠爲代表的古文辭派的興起，四六文不可避免地走向了衰落。①《四六文章圖》似乎是四六文衰落後的最後一次大聲疾呼，儘管回應者寥寥。

五、結語

與中國的四六話不同，《四六文章圖》不以逸事、欣賞、批判等爲内容，它繼承了五山叢林中關於四六文格式、平仄等作爲準繩的性質。同時保存了許多中土已經失傳的術語，并且由於其帶有强烈佛禪文體特性，保存了中國佛教未嘗注目的文體，對於重新審視四六文提供了多重視角。不可否認，也正是日本叢林四六文帶有較强的格式化、應用文的色彩，相應地相較於中國四六文其文學性有所讓位。同時，叢林四六文的興盛伴隨着五山叢林體制，進入到儒學大盛的江户時代，古文辭派翕然興起，叢林四六文的衰退便不可避免了。不過從《四六文章圖》中也可以看出，大顛梵通似乎不願意被古文辭派的大浪所淹没。《四六文章圖》首章總括句制、文體，接着第二章專言"儒家四六"，將四六文冠以"儒家"之分類，隱約可見其主動將四六文融入儒家潮流；第三卷言文類，包括賦、頌、銘、贊、箴等多用駢偶的韻文也納入四六文陣營中，不難看出一種振興抑或挽留四六文的良苦用心。

作者簡介：

蒙顯鵬(1988—)，廣西賀州人，2018 年畢業於日本九州大學，獲文學博士學位。現爲廣西師範大學中國語言文學博士後。從事駢文以及宋代文學研究。

---

① 參看副島一郎《江户時代中國文章論的接受及其展開》，《中華文史論叢》2009 年第四期。另外，關於日本駢文發展史可參看大曾根章介《四六駢儷文の行方》，《季刊文學·語學》1974 年，第 70 號。

漢文的文體類別
——以駢體文爲論述重點*

[日]古川喜哉著　鄭東君、楊勇譯

内容摘要：一般認爲劉勰的《文心雕龍》最先明確提出文章分類，將文章分爲二十一類。昭明太子蕭統的《文選》將文章分爲三十九類。之後各家的文體類別都是在《文心雕龍》和《文選》的基礎上增删而已。趨於繁冗複雜的，如徐師曾的《文章明辨》，分類多達百餘種。趨於簡潔的，如姚鼐的《古文辭類纂》，精簡爲十三類。日本的長澤規矩也氏的《中國文學概觀》將散文分類歸納爲八種類別。諸橋轍次氏編著的《大漢和辭典》將散文分爲六類，韻文分爲九類。駢體文介於韻文與散文之間，昭明太子蕭統的《文選》的三十九種文體分類中，除賦、詩、騷、七這四類韻文以外，其餘三十五種都是駢體文。發端於魏晉、盛興於齊梁時期的駢體文，在唐代受到奉韓柳二大家爲宗的古文復興派的抨擊，在宋代使用範圍有所縮小，明代趨於式微，清代有所復興，民國時期略有痕跡，其後成爲歷史，但駢體文具有獨特的形式美和音韻美，其作爲文藝作品的價值是值得肯定的。

關鍵詞：漢文；文體類別；駢體文

文句必須具備素材、意志、詞彙、文字四要素，文句的生成也依此順序。

素材包括感情、觀念、經驗、知識等，然如果僅有素材，没有表達的意志，則素材也無以成文。無論是自發的意志，還是被動的意志，文句皆具意志要素。例如，"好痛！" "夠嗆！" "這下完了！"這些條件反射下的話語，如果没有表達痛苦、驚奇、感嘆的意志，則僅止于素材和詞彙。具有素材和意志，而以詞彙以外的方法（例如動作等）來表達，也不能成文。不過，就算具備了素材、意志、詞彙，如果不用文字來表達，則僅止於牢騷、談話等話語，仍然不能成文。因此，只有具備了素材、意志、詞彙、文字四要素，文句才得以成立。

要以文句表達深邃的思想、微妙的感情、複雜的事務、廣泛的事理、强烈的主張等等，往往需要一組文句按照一定邏輯順序表達相對完整的意義，文章由此而成。文章不僅可以忠實地向讀者傳達作者的意圖，而且可以唤起讀者的共鳴，此可謂人類最偉大的創造。

---

* 譯者注：原作『漢文の文体類別——特に四六文體について——』，發表於日本《園田學園女子大學論文集》第三卷（1968年）。

《周禮·考工記》:"青與赤,謂之文。赤與白,謂之章。"將"文"與"章"結合,文章成爲人生絢麗的色彩。素材、意志、詞彙、文字的選擇取捨,使得文章呈現不同特色,因而文章的文體也豐富多彩。本文就漢文的文體類別進行概述,重點論述駢體文的特色。

文章有文體之别,這聽起來或許令人疑惑。將内心所想如實地表達,不應有形式的制約。如若有形式上的要求,則難免矯情虚飾。然而,論述有論説文的文體,弔喪有哀弔文的形式,乍一看,這不免與上述的"不應有形式的制約"相矛盾。不過,我們用高亢的呼喊來表達憤怒,用哀慟的痛哭來表達悲傷,對方或旁人因其咆哮或哭聲更加明瞭當事人的情感。因此,文章有其文體,也就不難理解了。特别是漢字乃表意文字,有訴諸視覺的優越性,因此,漢文有諸多文體也是理所當然的。

關於漢文的文體,鹽谷温論述:"以散文與韻文爲經,以客觀、主觀、主客觀爲緯,文章大致可以分爲六種,然而終不出議論體、叙事體兩大類。"總之,文章不過由傳達的内容(情、意)以及表達的語言構成,另外,在漢文中使用訴諸視覺的文字這一點也不容忽視。正是由於漢字的視覺要素,自古以來,根據文段的順序和文章的體裁,漢文出現了多種文體分類,反過來,分類也促成了文體的規制。

漢文文體類別與其説是根據表達形式來分類,倒不如説是根據"内容上表達什麼"或"文章爲何而作"來分類的情況居多,文體名稱的命名也由此而得。不過人們往往容易忽略文體名稱背後所隱藏的表達形式的特色,這點要特别注意。

文章固然可分爲韻文、散文,但不少文章也難以歸於其中之一,駢體文就可以説是介於二者之間,賦、七、銘、箴、頌、誄等也是如此。本文所考察的文體,除了詩、騷、樂府、歌行等純粹的韻文以外,還涉及賦、銘、頌等文體。當然,考察各個文體名稱的來源、特徵、性質及用法也十分重要,而且也很有意思,但這些不是本文論述的重點,因此只是列舉文體名稱,相關内容他日另行研究。

"漢文"一詞能流傳至後世,可知文章在漢朝時期發生了飛躍性的發展,但當時還未見真正意義上的文章評論,直到晋朝摯虞在《文章流别論》①中將文章分爲:頌、詩、七、賦、箴、銘、誄、哀辭、碑銘、圖讖等,同樣,陸機的《文賦》中也列舉了:詩、賦、碑、誄、銘、箴、頌、論、奏、説,共十個類型。

但是,一般認爲最先明確提出文章分類的是南朝梁時期的劉勰撰寫的《文心雕龍》②。該書將文章分爲:騷、詩、樂府、賦、頌贊、祝盟、銘箴、誄碑、哀弔、雜文、諧讔、史傳、諸子、論説、招策、檄移、封禪、章表、表啓、議對、書記,二十一類(散文有十七種文體)。

---

①《文章流别論》,(晋)摯虞撰,卷一。隋唐時可見,現已流失,本文引用的分類來自嚴可均的《全晋文》,也被稱作《文章流别志論》。

②《文心雕龍》,(梁)劉勰撰,十卷。論述文章體裁、巧拙,被稱爲最古老的文體起源專著,成爲後人的考據資料。

同時期的昭明太子蕭統在其編選的《文選》①中,將周朝至南朝梁的文章分爲:賦、詩、騷、七、詔、册、令、教、表、上書、啓、彈事、牋、奏記、書、移、檄、難、策、對問、設論、辭、序、頌、贊、符命、史論、史述贊、論、連珠、箴、銘、誄、哀、碑文、墓志、行狀、吊文、祭文,三十九類。

之後各家的文體類別都是在《文心雕龍》和《文選》的基礎上增删而已。宋朝初期由李昉等編纂的《文苑英華》②繼承了《文選》之説,收録了南朝梁末至唐朝的文章,并將之劃分爲:賦、詩、歌行、雜文、中書制誥、翰林、策問、策、判、表、牋、狀、檄、露布、彈文、移文、啓、書、疏、序、論、議、頌、贊、銘、箴、傳記、謚册、哀册、謚議、誄、碑、志、墓表、行狀、祭文,三十七類,其中也有《文選》裡未列出的類別,但大致上沿襲了《文選》。宋朝姚鉉編著的《唐文粹》③把文章類別範圍限爲:古賦、頌、贊、表奏書疏、文、論、議、古文、碑、銘、記、箴、誡名、書、序、傳銘記事,十六類。韓元吉編著的《古文苑》④也同樣的將類別減少,分爲:文、賦、詩、歌、曲、敕、啓、狀、書、對、頌、述贊、銘、箴、雜文、叙、記、碑、誄,十九類。然而,吕祖謙等編著的《宋文鑑》⑤中,將詩文歸納爲七十七類,僅文章類別就多達四十七種:詔、勅、赦文、册、御札、批答、制、誥、奏疏、表、牋、箴、銘、頌、贊、碑文、記、序、論、論義、册、議、説、説戒、制策、説書、經義、書、啓、策問、雜著、對問、移文、上梁文、書判、題跋、樂語、哀辭、祭文、謚議、行狀、墓志、墓表、神道碑、神道碑銘、傳、露布。

歐陽修在詩文集《文忠集》⑥中列舉的類別有:論、經旨、記、序、上書、書、祭文、賦、辭、頌、贊、章、墓表、譜、譜記、雜題跋、内制、外制、論策、樂語、劄子、表狀、啓等。在胡宿《文恭集》⑦中可見的類别有:奏議、狀、議、表、笏記、外制、内制、帖子詞、上梁文、策問、頌銘、論辯、序贊、書、記、志銘、碑表、塔銘、行狀,十九類。在其他宋朝時期的相關書籍中,唐庚的《唐子西集》⑧文集記載的有:論、記、傳贊、銘、志銘、行狀、贊、表、啓、書、雜文、策題等,曾鞏的《元豐類稿》⑨中記載有:論、傳、序、書、記、制誥、詔策、表、疏、劄子、奏狀、啓

---

①《文選》,(梁)昭明太子蕭統編,原選三十卷,(唐)李善加入注解後變爲六十卷,三十卷本并未流傳下來。是周朝至梁朝的詩文集。甚至衍生了研究《昭明文選》的學問(選學)而廣爲流行,并傳至日本,在文士之間有很大影響。

②《文苑英華》,(宋)李昉等奉宋太宗趙炅之命編纂,一千卷。是上繼《文選》,下迄梁末至唐的詩文總集。其中唐朝文章占九成。梁時四大著書之一。

③《唐文粹》,(宋)姚鉉撰,百卷。將前記《文苑英華》做了删減補充,文章除四六,詩篇除近體,而大多采用古體文,是内容保存完好的著書。

④《古文苑》,唐人舊藏本,編者不詳,二十一卷。是東周到南齊詩文總集。由南宋韓元吉加以整理,分爲九卷流傳下來。

⑤《宋文鑑》,吕祖謙奉宋孝宗之命編撰,一百五十卷。原名《聖宋文海》,周必大奉旨作序亦稱《皇朝文鑑》,直至明朝的商輅在序中將之稱爲《宋文鑑》。宋代中國詩文總集。

⑥《文忠集》,(宋)歐陽修編撰,一百零五卷。同宋朝周必大有同名的文集。

⑦《文恭集》,(宋)胡宿編撰,四十卷。胡宿長於四六文。

⑧《唐子西集》,(宋)唐庚編撰,二十四卷。原本只有詩集十卷,文集十二卷,後汪亮采增加了兩卷《三國雜事》。

⑨《元豐類稿》,(宋)曾鞏編撰,五十卷。附録一卷。爲宋儒一大文宗,朱熹亦十分推崇。

狀、祭文、志銘、碑、傳等分類,黄堅編著的《古文真寶》①後集中將收錄的文章分爲:辭、賦、説、解、序、記、箴、銘、文、頌、傳、碑、辯、表、原、論、書,十七大類。其中,尤其不同的是真德秀在《文章正宗》②中將唐朝以前的文章劃分爲:辭命、議論、叙事、詩歌四大類,實爲獨見。

在金朝元好問的詩文集《元遺山先生全集》③中可見分類有:碑、銘、表、志碣、碑銘、墓銘、碑表、記、序、引、贊、頌、書、疏、雜體、上梁文、青詞、祭文、題跋、宏詞等。

到了元朝,蘇天爵所編的、與前述的《唐文粹》《宋文鑑》一起并稱爲三大文集的《元文類》④收錄了元初至延祐期的文章,將文章分爲:詔敕、册文、制、奏議、表、牋、箴、銘、頌、贊、碑文、記、序、書、説、題跋、雜著、策問、啓、上梁文、祝文、祭文、哀辭、謚議、行狀、墓志銘、墓碣、墓表、神道碑、傳,三十類。

明朝時期的類書中,首先是程敏政編纂的《明文衡》⑤將詩文分爲:賦、騷、樂府、琴操(以上韻文)、檄、詔、制、誥、册、遺祭文、表牋、奏議、議、論、説、解、辯、原、箴、銘、頌、贊、七、策問、問對、書、記、序、題跋、雜著、傳、行狀、碑、神道碑、墓碑、墓志、墓表、哀誄、祭文、字説,四十種。分類有逐漸精細化的趨勢。吴訥編纂的《文章辨體》⑥將詩文根據前述的《文章正宗》分類而編,此外還新增了諭告、璽書、批答、彈文等五十種類别。徐師曾的《文章明辯》⑦又在《文章辯體》的分類基礎上編著,詩文分類多達百餘種,其中文章的分類即有:命、諭告、詔、敕、璽書、制、誥、册、批答、御札、敕文、鐵券文、諭祭文、國書、誓、令、教、上書、章、表、牋、奏疏、盟、符、檄、露布、公移、判、書記、約、策問、策、論、説、原、議、辯、解、釋、問對、序、引、題跋、文、雜著、七、書、連珠、義、説書、箴、規、戒、銘、頌、贊、評、碑文、記、志、紀事、題名、字説、行狀、述、墓志銘、墓碑文、墓碣文、墓表、謚議、傳、哀辭、誄、祭文、弔文、祝文、玉牒文、符命、表本、口宣、宣答、致辭、帖子詞、上梁文、樂語、古語、道場疏、表、青詞、墓緣疏、法堂疏,九十一種之多,出現了繁冗複雜的弊端。同時期,在解縉的

---

①《古文真寶》,相傳由宋黄堅編撰。二十卷。前集十卷爲詩歌、吟行類,後集十卷爲辭賦、序説、傳論類。與《文章軌範》一起在日本也備受推崇。

②《文章正宗》,(宋)真德秀所編詩文選集,二十四卷,目錄一卷,續集二十卷。收錄《左傳》《國語》以下至唐末之作,主要爲理論論述,并加以編者自注。

③《元遺山先生全集》,(金)元好問編撰,四十卷,分爲年譜三種,新樂府四卷,續夷堅志四卷,附錄一卷,補載一卷。由詩十四卷,文章二十六卷組成。

④《元文類》,(元)蘇天爵編撰,七十卷,目錄三卷。收錄元初至延祐間的文章,是元文極盛時期的文章總集。可謂去粗取精的文集。

⑤《明文衡》,(明)程敏政編撰,九十八卷,補兩卷。效仿《玉臺新詠》之例作體裁。

⑥《文章辨體》,(明)吴訥編撰,五十卷,外集五卷。根據《文章正宗》而編,在卷首總論中收録了諸名家對相關詩文的意見,每類都有題解,每篇都加注了題意、音訓。外集收錄了四六對偶、律詩歌曲。是被明代重用的《文體明辨》一書的原本。

⑦《文體明辨》,(明)徐師曾編撰,八十四卷。以《文章辨體》爲基礎進行取捨,有文章綱領一卷,詩文六十七卷,附錄十六卷。在綱領中提出了對詩歌的議論及文體詩格的源流,詩文在三代以下廣爲采録。

《解學士全集》①中可見文章的分類:賦、辭、詩餘、序、記、傳贊、行狀、墓表、墓志銘、祭文、書簡、雜述、題跋、挽歌詞等,而唐順之的《文編》②的分類爲:制策、對、諫疏、論疏、疏請、疏議、封事、表、奏、上書、説、劄子、狀、論、年表論斷、論斷、議、雜著、策、辭命、書、啓、狀、序、記、神道碑、碑銘、墓志銘、墓表、傳、行狀、祭文。另外,唐代元稹的詩文集《元氏長慶集》③的明朝翻刻本中的分類爲:策、書、表奏、狀、制誥、序、記、碑銘、墓志、告贈文、祭文。

　　進入清朝,薛熙的《明文在》④中文章分類有:賦、朝會郊社樂章、鐃歌鼓吹、琴操、古詩、律詩、騷、七、演聯珠(以上韻文)、詔、制、誥、祝册諭祭文、策問、檄、露布、頌、表、牋、啓、奏疏、贊、箴、銘、原、議、論、辯、説、書、經史序、應制序、文集序、詩集序、樂府序、志譜序、志孝序、紀游序、贈賀序、送行序、壽序、節壽序、學宮記、書院記、應制記、德政記、圖像記、寺廟記、書齋記、山水記、工作記、敕建碑、聖廟碑、精忠碑、勳德碑、神道碑、墓碑、墓表、墓志銘、傳、行狀、錄、書事、雜志、銘、冠詞、字詞、哀詞、誄詞、祭文、公移、題跋,七十二種之多。不久,開始出現化繁爲簡的歸納方式,魏禧把自己的文集分爲:論、策、議、書、手簡、敘、題、跋、書後、文、説、記、傳、墓表、志銘、雜問、四六、賦、雜著,十九類。姚鼐在《古文辭類纂》⑤中精簡爲十三類:論辯、序跋、奏議、書説、贈序、詔令、傳狀、碑志、雜記、箴銘、頌贊、辭賦、哀祭,此乃現今普遍采用的分類説。曾國藩的《經史百家抄》⑥仿效姚氏的分類,減略爲:論著、詞賦、序跋、詔令、奏議、書牘、哀祭、傳志、敘記、典志、雜記,十一類。王先謙在《古文辭類纂》續撰中也沿襲了這種分類方式。

　　日本的長澤規矩也⑦氏評價《古文辭類纂》的文章分類,認爲該書没有收録"左國史漢"(即《春秋左氏傳》《國語》《史記》《漢書》的并稱)的名文,上述曾國藩的文章分類中的敘記與典記就是姚氏未編録的史籍記事文,黎庶昌的《古文辭類纂》續撰在姚氏的文章類别基礎上增加了曾國藩提出的敘記與典記,共十五大類:論辯、序跋、奏議、書説、詔令、傳狀、雜記、箴銘、頌贊、辭賦、哀祭、敘記、典志、贈序、碑志。

　　如上所述,漢文的文體分類幾乎是無止境的,不過總的來説又可以歸納爲十餘種。雖然令人感到不可思議,但也是理所當然。不管怎樣的文章,即使同一人的文章也非文體一致,必然存在體用上的差異,在分類的稱呼與文章的各種名稱之間分類者自己有明

---

　　①《解學士全集》,(明)解縉編撰,十二卷。又名《文毅集》。解氏死後,詩文稿零落,清朝嘉靖年間由羅洪先等方始輯其遺稿。
　　②《文編》,(明)唐順之編撰,六十四卷。收録五代周朝至宋朝的文章,其在自序中云:"是編者,文之工匠而法之至也。"
　　③《元氏長慶集》,(唐)元稹編撰,六十卷,補遺六卷。原本至宋朝已有殘缺,有宋朝劉麟刊本,明朝馬元調翻刻本,遺失了全卷的十分之四。
　　④《明文在》,(清)薛熙編撰,一百卷。收録明朝的文章。
　　⑤《古文辭類纂》,(清)姚鼐編,七十五卷。將從先秦至北宋的文章分别歸類,每類别都有題解。
　　⑥《經史百家抄》,(清)曾國藩編撰,二十六卷。
　　⑦ 長澤規矩也編著:《中國文學概觀》,汲古書院,1987年,第119頁。

確的態度來使其區分。長澤規矩也氏在其編著的《中國文學概觀》中將散文分類歸納爲：論辯、奏疏、詔令、私牘、序跋、贈序、傳志、雜記等八種類別，將前述所列舉的文章類別都包括其中。

最後，就上述諸文體的分門別類來看，諸橋轍次氏編著的《大漢和辭典》所載的文章分類表尤其方便。散文分爲六類：論辯、序記、詔令、奏疏、題跋、碑碣；韻文分爲九類：謠諺、箴銘、頌贊、哀弔、祝祭、詩賦、辭騷、連珠、詩餘。韻文中的謠諺、詩賦、辭騷、連珠、詩餘五種屬於純粹的韻文，另外四種難以確定是散文還是韻文。該辭典中還記録了上述各分類中所包含的具體文體。即，論辯類：論、辯、難、議、説、解、釋、原、喻、對問；序記類：序、後序、送序、贈序、壽序、記、紀事、志、述、傳、行狀；詔令類：誥、誓、命、詔、制、敕、諭、璽書、口宣、策、策問、御札、批答、赦文、九錫文、鐵券文、册、檄、教等也屬此類別。奏疏類：奏、疏、上書、章、表、對策、射策、進策、帖括、剳子、牋、啓、封事、狀、彈文、露布，此外，還包括上疏、上表、議、劄、牓子、彈奏、奏記等；題跋類：題、簡、札、帖、牘、啓、移書、檄等，此外，還包括跋、書跋、題辭、題後、書後、記後、圖後、引、例言、讀、小序等；碑碣類：碑、墓碑、碑頌、神道碑、碣、墓碣、墓碣頌、墓表、阡表、殯表、靈表、神道表、墓志、權厝志、歸祔志、遷祔志、蓋石文、墳版文及墓版文；箴銘類：箴、銘、戒、規；頌贊類：頌、贊、符命文；哀弔類：哀辭、哀策文、弔文、誄；祝祭類：祝辭、祭文、盟辭、贊辭、嘏辭、玉牒文、上梁文、醴辭、醮辭、字辭等，還包括道場疏、開堂疏。

總之，文體的名稱有百數十種之多，有的大同小異，有的從體分類，有的從用分類，有的從内容分類，有的名稱隨時代變遷更新，凡此種種。所以爲了使這些分類更具合理性，首先要確立分類的目的及基準，必須根據時代、用字（用語）、格式、對象等進行綜合分類、單純地羅列名稱没有意義。但是，這是非常複雜艱巨的事情，需要多人花很多時間才能畢其功。先賢們以個人之辛勞做出了如前所述的分類收録，實在是令人敬佩。

以上乃是以古文爲主的一般文體分類，在此，擬以四六文的觀點論述。何爲四六文不是本稿討論的目的，此處不做詳述，簡而言之，四六文是始於南北朝并廣泛流行，及于唐宋，傳至元明，盛於清代的一種文章體裁。其主要特徵概括如下：隨處使用對句（對偶）、四字六字成句、注重音韻協調、文辭斑斕華麗、頻繁借用典故等，乃介於散文與韻文之文體，自古以來的稱呼有：四六文、四六、駢文、駢體、駢儷文、駢儷體、四六駢儷文等。

雖説四六文始於南北朝齊梁時代，但是具有其特徵的文章卻早已在歷史上出現過，其痕跡足以追溯到秦漢以前。四六駢儷發端於魏晋時期，齊梁時期開始盛行音韻研究，四六文驟然廣泛流行。梁朝昭明太子蕭統編著的《文選》三十卷可以説是四六文最古老的總集，在前述《文選》的三十九種文體分類中，除賦、詩、騷、七這四類韻文以外，其餘三十五種都是駢體文。直至後世的宋朝，科舉之士把《文選》當做寶典來誦讀，競相賣力作四六駢體文章，以至於時人稱"文選爛，秀才半"，就是説只要將《文選》爛熟於胸，就算得上半個秀才了。

　　到唐朝後,四六文的聲韻更加趨於完善,以聲調爲生命的四六文盛極一時,并在各種各樣的文章中被廣泛使用,甚至都泛濫到了詩歌領域中,其中的弊端讓不少有識之士不禁蹙眉,以此爲機,奉韓柳二大家爲宗的古文復興派崛起,諸學士接踵而至,文風導向發生了變化,四六文被視爲浮華之文,駢儷體文辭被視爲淫靡之體。

　　但在宋朝,雖説四六文依舊與古文對立,不過在社會上仍然深受歡迎,儘管範圍縮小了,但駢儷體在學士中廣而普及的程度并未降低,從前述的"文選爛秀才半"一語中即可看出。對於這一情況,清朝的彭元瑞在《宋四六話》①卷十二,關於容齋三筆(宋・洪邁編著的一部史料筆記)的四六名對:"四六駢儷、於文章家爲至淺。然上自朝廷命令詔册、下而縉紳之簡牘祝疏、無所不用。"此外,還有《宋史・司馬光傳》裏,從學者溫公對於四六文的記述,也可以窺得當時的情況:"神宗即位、擢爲翰林學士。光力辭。帝曰:古之君子,或學而不文,或文而不學,惟董仲舒、揚雄兼之。卿有文學,何辭爲。對曰:臣不能爲四六。帝曰:如兩漢制詔可也。"從上述文中可知,制詔類也是當時四六文的一種。

　　"四六"文體名稱是在宋朝開始使用的,清朝的錢大昕在《十駕齋養新錄》②云:"駢儷之文,宋人謂之四六。"在宋朝時期邵博的《聞見後錄》③中也可見記載:"本朝四六,以劉筠、楊大年爲體。必謹四字六字律令。故曰四六。"與此同時,楊囷道撰的《四六餘話》④中亦有相關描寫:"帝王之制,備載乎書,典謨、訓誥、誓命之文,多以四字爲句,惟鮮對偶。後之制誥間以六字,而以四字成聯者亦多。賦者古詩之流,今之則四六矣。"據此可知,宋朝多使用四六之名。再進一步説,隨着在唐朝反省了駢文的濫用,四六文的使用範圍逐漸縮小,自此四六文開始漸漸被限定爲特定文體。

　　由於在宋朝,四六文體主要在詔誥中被使用,比起唐朝而言,四字六字的使用基準更爲莊重嚴肅,也是自此產生的四六這個名稱。宋朝時期的駢體相關書籍大多冠以四六之稱⑤,四六可能是當時的流行稱謂。

　　進入明朝後,四六文的使用範圍越來越小,更是一度衰退下來,但也可以説這時期是

---

　　①《宋四六話》,(清)彭元瑞編撰,十二卷。收録了宋代諸名家關於四六文的説法。在曹振鏞的跋中引用部分的書類有一百六十九種。

　　②《十駕齋養新錄》,(清)錢大昕編撰,二十卷,附餘錄三卷。包含經、史、故典、解題、金石及天文等各個方面的論文集。

　　③《聞見後錄》,(宋)邵博編撰,三十卷。收録經義、史論、詩話等五百餘條雜記,是其父邵伯温編撰的故事集《聞見前錄》的續篇。

　　④《四六餘話》,(宋)楊囷道編撰,一卷。是四六文話,僅由六小話構成。

　　⑤ 在宋朝以"四六"爲名的代表著書如下:《四六餘話》參照前注;《四六談麈》,謝伋編撰,一卷。其論多以寓意、修辭來分優劣。《四六話》,王銍編撰,兩卷。列舉妙聯,不論氣格法律。多爲宋人的表啓評論。可以説是四六專著的發端。《四六叢珠》,葉適編撰,百卷,收録宋代名家的四六文。現已經部分散失,全本并未流傳下來。《四六標準》李劉編撰,四十卷。亦説是由其門人羅逢吉收集而成。《四六叢談》,洪邁編撰,一卷。集録了關於四六文的各家之談。

四六文的整理時期。即如《梁文紀》①《唐宋元名表》②《宋文紀》③《四六法海》④等系統的駢文集或駢文評論書都是這個時代的著述。

到了清朝,隨着乾嘉以來駢文的復興,其文體種類得到擴充,被論説、序跋、傳狀、碑志等各種文體所采用,可見恢復往年盛況之象。但到了清末時期,駢文在新文化思想、新世界觀的風暴中急速衰退,僅能在中華民國的啟、疏及元首的諭告、公事的通電文中還能看到殘留的痕跡,不過,在現代中國"文化大革命"前就已經看不到一點蹤影了。

關於四六文被怎樣的文體使用而言,作爲四六專著濫觴的宋朝王銍《四六話》中沒有明確的記載,但如前述《宋史·司馬光傳》中的一語所述,另如宋朝謝伋在《四六談塵》開頭中的一言:四六施於制誥表奏文檄,本以便宣讀,多以四字六字爲句。可以説四六多用於制誥、表奏、文檄等文體中。清朝彭元瑞編著的關於研究宋代四六文的《宋四六話》中也列舉了:制詔(二〇七則)、表(二二六則)、啟(九八則)、賦、檄、露布、判、設論(六九則)、祝文、青詞、道場疏、開堂疏、樂語、上梁文(七四則)、雜文、散語、摘句、諧談(八五則)等,可知制詔、表、啟是使用四六的主流,同時也不能忽視在露布(得勝布告文)、青詞(道教方士的懺悔文)、道場疏(關於僧侶、方士等修行場所的文章)、開堂疏(開放道場的文章)、上梁文(房屋架梁的文章)等特殊場合的使用。在學問淵博的朱子文集中,也能看到上梁文。四六文在這些特殊方面的廣爲使用都是在後世清朝時期得見的,在南北朝及唐朝并未見出現。

元朝陳繹曾的《文章歐冶》⑤的"四六附説"中可見:詔、誥、表、箋、露布、檄、青詞、朱表、致語、上梁文、寶瓶文、啟、疏、劄等名稱的記載,像朱表(方士的告天文)、致語(演奏者使用的開幕文)、寶瓶文(泥瓦匠塗屋頂時的文章)等在宋代四六文的使用特色基礎上,確實更加注重儀式場合的使用。

明朝的王志堅在《四六法海》中例舉了:敕、詔、册文、制、手書、德音、令、教、策問、表、章、狀、彈事、牋、啟、書、頌、移文、檄、露布、詩文序、宴亭序、贈別序、記、史論、論、碑文、墓志、行狀、銘、贊、七、連珠、志、弔祭文、誄、判等三十七個類別,此書彙集了從魏晉至元朝的四六文,王氏的編纂態度極其傾向古文類別,基本忽視了當時流行的其他雜文。《四六法海》收錄了原本就是韻文的七、連珠類,此外,增加了可以説是古文領域的史論、論類,

---

①《梁文紀》,(明)梅鼎祚編,十四卷。集録了梁朝的駢體文。雖然準確考證,但在排序上有難點。可以説是四六的祖本。

②《唐宋元名表》,(明)胡松編,四卷。從唐朝至明朝的章奏文集,有撥正當時四六文雜亂現象的影響力。

③《宋文紀》,(明)梅鼎祚編撰,十八卷。是南北朝時期宋代的文集,宋處在魏晉與齊梁之間,文風兼有前後的特色,可窺見當時文風轉移的過程。

④《四六法海》,(明)王志堅編撰,十二卷。選編了從魏晉到元朝的駢文,究駢偶之本始,考證十分典覈,可以説是類書中的善本。

⑤《文章歐冶》,(元)陳繹曾編撰,一卷。初名《文筌》。論述文章的規範。由六類組成,其中包括"四六附説"。

這點也不容忽視。但是總的來看裏面占大多數的是詔敕、制册、頌贊等類別,所以不管怎樣都像是四六文集。

清朝的孫梅在其《四六叢話》①中,把論分爲了二十四種,有:選、騷、賦、制勅、詔册、表、章疏、啓、頌、書、碑志、判、序、記、論、銘、箴、贊、檄、露布、祭、誄、雜文、談諧等,與前述的《宋四六話》相比,擴充了文體種類的範圍,但該書是涉及四六文的總體論書,不能直接把它看作是清初時期四六文體文集。準確説是包含了四六文的一般文體分類的書籍。關於此,編撰者孫梅也在該書的《凡例》中寫道:"陸機《文賦》區分十體,魏晉前其流未廣,西山眞氏以四體撰《文章正宗》。亦僅挈其綱。若乃辨體正名、條分縷析,則《文選序》及《文心雕龍》所列,俱不下四十。而《雕龍》以對問、七發、連珠三者入於雜文。雖創例亦其宜也。唐設宏詞科,試目有十二體。則皆應用之文。今自選騷外分合之,爲體十八。亦就援引考據所及而存之。其章疏與表,分而爲二者,以宣公奏議之類不可入表故也。碑志與銘,分爲二者,碑用者廣,志專納墓,而銘則遇物能名,各有攸當。其餘悉入雜文。又列談諧、皆雕龍例也。"

其所述之意十分明確。四六文與古文同作爲文章來分類的態度也可從其以《文心雕龍》爲規範的言辭中略見一斑。此外,在《四六叢話》中還更加明確了文章作者的分類,如文選家、楚詞家、賦家、三國六朝諸家、唐四六諸家、宋四六家、元四六諸家等。

清初的陳維崧在《四六金鍼》②中將當時的文體分爲:詔、誥、表(賀表、謝表、進表等)、牋(賀牋、進書及進物牋等)、啓(謝啓、通啓、定婚啓、聘婚啓、賀啓等)、疏(請疏、勸緣疏等)、露布、青詞、朱表、功德疏、致語、上梁文、寶瓶文等。據此可知四六文一方面依然出現在皇家及朝廷的所謂公事文中,另一方面在民間的儀式、典禮中也被廣泛使用。牋指信件,啓、疏大致上是文書的意思,功德疏是僧侶向佛陀祈願之文。從這些功德疏、致語、上梁文、寶瓶文的特殊文體的起源發展來看,四六文的生命力果然還是在於其聲調。特別是與宗教相關的文章多爲四六,佛、道、神都各有其不同的文章。在日本的四六研究書《四六彙解》③中也記載了禪僧的偈語使用四六體的作法,另有《四六文鑑》④是日本幽谷道人關於四六作法的著書,就日僧大顛在其《四六文章圖》⑤的分論中闢有收録禪家四六文及偈頌類的卷目。

四六文多用於關於朝廷、宗教的文章中是因爲其具有聲調嚴正、對仗整齊、典故豐富

---

①《四六叢話》,(清)孫梅編撰,三十三卷。收録了歷代四六文話。每個作家都附有小傳與論斷,是頗爲博洽的評論集。
②《四六金鍼》,(清)陳維崧編撰,一卷。四六文作法之説。
③《四六彙解》,無名氏編,四卷。是日本的手抄本,爲禪僧偈語的四六作法等論述,內多含四六圖、秘旨等。
④《四六文鑑》,由日本幽谷道人授予門人,一卷。是關於四六作法的著書。
⑤《四六文章圖》,日本圓覺寺的禪僧大顛梵通撰,五卷。圖解四六作法。

等特點,隋朝顏之推《顏氏家訓》①云:"朝廷憲章,軍旅誓誥,敷顯仁義,發明功德,牧民建國,施用多途。至於陶冶性靈,從容諷諫,入其滋味,亦樂事也。"將各類文體進行了區分②。因爲勅文等内容近乎簡單空虚,欲使此類文章富有莊重感,就必須在文章形式上予人以威嚴,產生所謂虛張聲勢的效果。古文從本質來説是實用且具説服力的文章,另外加上漢字本質有鑒賞、誦念(不是吟詠)的因素,因此別開生面,形成一種具有威儀感的文章。反之,爲使文章具有威儀,其内容也需要高貴莊重,因此四六文就是最好的形式。

這就如同宫殿的美輪美奂、傢俱的精巧别致、官員的峨冠朝服、宫人的秀美華服,或者如同社廟的恢宏莊嚴、伽藍的壯麗奢華、神官的道袍、高僧的袈裟一樣,與其説借此保持威嚴,不如説借此顯示威嚴。但是如果過度注重這些形式,反而會讓人覺得俗不可耐。美感如果形式化,如同宫廷刻意裝修、僧侣刻意打扮一樣,就會完全變得俗氣,自然容易淪落成人爲的庸俗。四六文最致命的其實就在於這一點。

但是只看其最終結局就這般那般評論四六不免有詆毁的嫌疑,長澤規矩也氏論道:"雖然駢文在文以載道的觀念盛行的當時遭受唾棄,但就如其名稱所示,頻用對句,也如四六别稱,四字六字成句,不僅具有訴諸視覺的形式美,也具有訴諸聽覺的音韻美,作爲文藝作品的價值是值得肯定的。與此相對,古文與宋學結合頗受重視,但韓愈的擬古文究竟具有多少文藝價值?"③長澤規矩也氏痛批所謂道學家的漢文學者的文章觀,宣導重新認識駢體文,也是令人肅然起敬的。上述《四六叢話》中的程杲序云:"俗儒執韓子文起八代之衰,遂謂四六不逮古遠甚,不知國家制策表箋有必不能廢此體者。即如柳歐蘇王,文與韓垺。其集中四六,典麗雄偉,何嘗不與古文并傳。"爲四六文辯解,以"甚矣,夏蟲不足以語冰也"一句嘆惜總結,與長澤規矩也氏的論説是異曲同工的。

前面述説了宋朝之後四六文的使用範圍略轉向特殊場合,清朝李兆洛的《駢體文鈔》④將秦漢至隋朝的文章分爲:銘刻、頌、雜颺頌、箴、謚誄哀策、詔書、策命、告祭、教令、策對、奏事、駁議、勸進、賀慶、薦達、陳謝、檄移、彈劾(以上爲廟堂的制、奏進)、書、論、序類、雜頌贊箴銘、碑記、墓碑、志狀、誄祭(以上指事述意)、設辭、七、連珠、箋牓、雜文(以上緣情托興)等,大致與一般的文體類别相同,只是采用一些特别用語。前述陳維崧的《四六金鍼》中例舉了不少特殊文體,但那樣的特殊文體一般也不爲四六文士所采用,觀陳維崧自身的作品,其《陳檢討四六》⑤中記載的分類爲:賦(一〇)、序(七七)、啓(二

---

① 《顔氏家訓》,(隋)顏之推撰寫,兩卷。闡述立身治家的方法,强調教育體系應以儒學爲核心,也涵蓋字畫音訓、典故、文藝等多個領域。

② [日]内田泉之助、網佑次著:《文選》(詩篇上),明治書院,1963年,第6頁。

③ [日]長澤規矩也氏編著:《中國文學概觀》,第19頁。

④ 《駢體文鈔》,(清)李兆洛編撰,三十一卷。收録秦漢至隋朝的文章,揭示駢文與古文并非如世人眼中的兩種不同的文體,追溯駢偶的本始,認爲兩者源流其實是相同的。

⑤ 《陳檢討四六》,(清)陳維崧撰,二十卷。是以六朝爲根底的陳氏四六文集。

五)、誄(四)、祭文(六)、哀辭(二)、書、碑、頌、記、墓志銘、跋、卷後(各一),當時四六文作者的情況可見一斑。另外,縱覽清朝乾嘉時期的所謂四六八家的作品,更能明瞭當時四六文的趨勢。即袁枚、吳錫麒、孔廣森、邵齊燾、孫星衍、曾燠、劉星煒、洪亮吉的《八家四六文鈔》①中收錄的文章有:袁枚的表(二)、序(五)、書(三)、啓(四)、碑(六)、墓志銘(二)、祭文(二);吳錫麒的賦(三)、啓(四)、書(九)、序(二三)、題詞(二)、記(八)、傳(三)、贊,題後、跋後(各一);孔廣森的序(三),頌、圖後(各一);邵齊燾的書(二)、序(八)、題詞、記後、卷後、贊、墓碑、墓志銘(各一);孫星衍的序、志、祭文、誄(各一);曾燠的序(四)、啓(三)、記、跋、碑後、碑、圖後、碑文、墓表、引(各一);劉星煒的賦(三)、頌(三)、序(三)、啓、神文(各一);洪亮吉的書(四)、序(九)、牋、頌、銘、記、碑文、墓碣(各一)。現在將上述文類數目彙總按降冪排列可見序記類文章數最多,序(五六)、記(一○)、傳(三),共六十九篇;奏疏類有書(一八)、啓(一○)、表(二)、牋(一),共三十一篇次之;碑碣類有碑(七)、墓志銘(三)、碑文(二)、墓碣、墓表、墓碑、碑後、志(各一),共十七篇;題跋類有題詞(三)、圖後(二),引、跋後、題後、記後、卷後(各一),共計十篇;頌贊類有頌(五)、贊(二),計七篇;詩賦類有賦(六),共六篇;祝祭類有祭文(三)、神文(一),四篇;箴銘類與哀弔類分別爲銘(一)、誄(一),各一篇。没有論辯類是因爲其原本屬於散文(古文)領域,詔令類也必然不會出現在個人文集中。總之,無論通過八大家的任何一家文集,多少都能瞭解當時四六文的分類傾向,一爲正規的大文章類,例如序記、奏疏類;二爲中小型類文章,如碑碣、題跋類;三爲本屬於韻文領域的頌贊、祝祭、哀弔、箴銘、賦等類别。此外,還不能忽略最具代表性的朝廷詔令類文章。

(後記)昭和八年十二月十二日的《東京日日新聞》的晚報刊有重臣山本權兵衛伯的訃告,登載了天皇陛下所賜誄文。此記:炯眼ヲ知リテ克ク任シ豪膽事ニ當リテ善ク斷ス一タヒ海相ニ擢テクレ大ニ国防ノ経綸ヲ行ヒ二タヒ戰役ニ從ヒ荐ニ軍務ノ樞機ニ參シ籌畫極メテ密ニ勳績殊ニ顯ハル再ヒ臺閣ノ首班ニ列シ遂ニ國家ノ重寄ニ膺ル遽ニ溘亡ヲ聞ク軫悼曷ソ勝ヘム茲ニ侍臣ヲ遣ハシ賻ヲ齎ラシ臨ミ弔セシム。現將這段文字改爲漢文:"炯眼知人克任,豪膽當事善斷。一擢海相,大行國防經綸,二從戰役,薦參軍務樞機。籌畫極密,勳績殊顯。再列台閣首班,遂膺國家重寄。遽聞溘亡,軫悼曷勝。兹遣侍臣,齎賻臨弔。"此文的確爲純粹的四六文,是整齊的駢儷體。聊將現時所感,附以記載。

---

① 《八家四六文鈔》,清乾隆、嘉靖時期八大家的四六文作品集,由袁枚的《小倉山房外集》、吳錫麒的《有正味齋文續集》、孔廣森的《儀鄭堂遺稿》、邵齊燾《玉芝堂文集》、孫星衍的《問字堂外集》、曾燠的《西溪漁隱外集》、劉星煒的《思補堂文集》、洪亮吉的《卷施閣文乙集》等組成。

作者简介：

古川喜哉，曾任園田學園女子大学教授。

譯者简介：

鄭東君(1989—)，廣西師範大學外國語學院翻譯碩士研究生，從事日漢、漢日翻譯實踐和翻譯研究。

楊勇(1965—)，廣西師範大學外國語學院日語系副教授，從事日語教學、翻譯實踐和翻譯研究，出版翻譯著作多部。

王巾《頭陀寺碑文》：佛教駢文一例①

[美]馬瑞志著　劉城譯

內容摘要：《頭陀寺碑文》作爲王巾的代表作被六世紀著名的文學總集《文選》收録。以它爲代表的駢文作品以最文雅、精巧的方式書寫，爲六朝時期的南方文人所接受的佛教思想内容提供文獻依據和佐証，并對某些佛經與中國佛教作品的普及性以及文人善把佛教教義與本土傳統相聯系的偏愛予以確認。《頭陀寺碑文》除囊括《文心雕龍》中所舉言對、事對、反對、正對等四種對偶類型，還有一種對偶句式值得注意，這些句子把佛教的觀念、典故擬配於儒家或道家的觀念、典故，從某種意義上説，它屬於"格義"的一種。王巾與六朝其他佛教作家通過這種媒介來傳達佛教思想與中國本土傳統思想的類比，但這種修辭手法至九世紀已呈衰退之勢，逐漸爲文人所棄。

關鍵詞：王巾；《頭陀寺碑文》；佛教；駢文

頭陀寺，始建於461年，位於今湖北省武昌市西北部的山脈之上。其於494年修復，而《頭陀寺碑文》則作於這一年。作者王巾（字簡棲，卒於505年），此時正任南齊皇子蕭子良（464—494）的記室，王巾也如蕭子良一般，對僧人傳記頗感興趣。其已佚之作《僧史》，被七世紀佛教的目録學著作《歷代三寶記》所提及，該書可能與《隋書·經籍志》中署名王巾所作的《法師傳》相似，是慧皎於530年所著《高僧傳》的來源之一②。《頭陀寺碑文》作爲王巾的文學代表作被六世紀著名的文學總集《文選》選録，頭陀寺也因此成爲

---

① 本文是筆者於1962年4月在波士頓舉辦的美國東方學會年會上所提交論文的修訂與擴展版。《頭陀寺碑文》，見於《文選》卷五九。完整的德文譯本見於贊克（Erwin von Zach）所譯的《Die chinesische Anthologie 中國文選》，其再版見於1958年於劍橋出版的《Harvard Yenching Study 哈佛燕京研究》第18期，第2卷，第1004—1011頁。文中所引史籍採用百衲本；所引經典及其他普通著作，一般採用四部叢刊本，除非另有説明；所引哲學著作，一般使用諸子集成本；所引佛教著作，一般採用《大正大藏經》，拙文於此用T表示。
譯者注：該文作者爲Richard B. Mather（馬瑞志），論文英文題爲《Wang Chin's "Dhūta Temple Stele Inscription" as an Example of Buddhist Parallel Prose》，發表於美國著名學術刊物《Journal of the American Oriental Society 美國東方學會雜志》，83卷，第3期（1963年8月—9月），第338—359頁。作者在文末附録了《頭陀寺碑文》的英譯文本并對其中難解字詞進行注釋，譯者於此不收。

② 參考 A. F. Wright, "Biography and Hagiography: Hui-chiao's *Lives of Eminent Monks*," *Silver Jubilee Volume, Zinbun Kagaku Kenkyusyo*(Kyoto, 1954) pp. 420—421；《歷代三寶記》，卷一一（《大正大藏經》，卷四九，第96c頁）；《隋書》，卷三三，第18b頁（百衲本）。

古今聞名的游覽勝地①,除此之外,王巾幾乎是默默無聞。其生平見於賈執的譜系學著作《姓氏英賢録》②,雖然該書已佚,但七世紀李善與吕延濟在注《文選》時有所引用。

筆者選擇研究這篇頗爲晦澀的碑文主要有兩個原因:一是想更深入探索在中國被稱爲"四六"的文體,或被休斯(Hughes)③巧妙稱爲"雙重押韻"(駢體)的風格,而該文是一個顯著的例子;二是欲更準確地記録在五世紀末期,作爲外行的中國文人在佛教活動的次要中心是如何理解佛教的。從文末所附英譯文本可以很容易地看出,我在這兩方面的努力嘗試均不太如意,因爲翻譯的可能性微乎其微,更别提可讀性强甚至是理性的翻譯了。起初,我對贊克(Erwin von Zach)④早期試圖通過意譯以便減少大量典故的晦澀難懂之處的努力不以爲然。但最終,我對他的此種技巧充滿着深深的敬意。雖然我的翻譯在某些重要之處與其頗有出入,但我卻極大地受惠於他。總而言之,我試圖盡可能地保留文本的對偶結構及其原文典故所藴含的隱晦之處。這樣,那些對於中國讀者而言的隱晦之處,在英語譯文中并不會比其中文原文更容易理解。我并不認爲我的譯文已接近原作,但在保持原文的隱晦性方面,我頗有信心。

這篇碑文是以最文雅、最精巧的方式書寫的,爲這一時期的南方文人所接受的佛教思想内容提供了文獻依據和佐證,并對某些佛經與中國佛教作品的普及性(《肇論》《維摩詰經》《妙法蓮華經》《大般涅槃經》《勝鬘經》《金剛經》《佛説太子瑞應本起經》是最常被引用的經典)以及文人善把佛教教義與本土傳統相聯繫的偏愛予以確認,但并未提供多少新的綫索。在印度和中國,佛教歷史知識明白易懂,但因其普遍性,以致無法確定其來源。如有所需的話,這篇論文會提供進一步的證據,表明此類碑文僅僅主要作爲歷史或意識形態的文獻而提供間接的信息。

《頭陀寺碑文》大致可以分爲以下幾個部分。首先爲哲學導論(對句 1 至 12),宣稱佛陀在世界上的顯現是通向衆生解脱的必經之途,就像某種符號或言語,是指向涅槃不可言喻的現實所不可或缺的。對句 13 至 22 簡叙佛陀出生直至涅槃。對句 23 至 27 借述大乘佛教在印度的興起,續説佛教的故事。對句 28 至 31 記録了佛教信仰傳入中國及其傳播。碑文的其餘部分講述了頭陀寺的歷史,從 461 年的興建到後來的荒廢遺棄(對句 32 到 44),隨後在齊朝的修復(479—502),直到王巾生活的時代(對句 45 到 67)。對句

---

① 《大清一統志》(《嘉慶重修一統志》)卷三三六之"寺觀條"載:"頭陀寺,在江夏縣西北,劉宋大明五年建。《方輿勝覽》:'在黄鶴山上,自南齊王巾作寺碑,遂爲古今名刹。'本朝順治間重建。"

② 《隋書》作《姓氏英賢譜》。見《隋書》卷三三,第 26a 頁。

③ 譯者注:Hughes,即修中誠(Ernest Richard Hughes, 1883—1956),英國著名漢學家,曾任教於牛津大學及加州大學伯克利分校,研究領域爲中國宗教和哲學。代表作有《The Invasion of China by the Western World》(1937),《Chinese Philosophy in Classical Times》(1942),《Religion in China》(1950),《The Art of Letters: Lu Chi's "Wen Fu," A. D. 302》。

④ 譯者注:贊克(Erwin von Zach, 1872—1942),奥地利著名漢學家,一生致力於翻譯中國古典文學,其將杜甫、韓愈和李白等人的詩歌以及《文選》的大部分内容翻譯成了德文。

68 至 70 提及先賢曾寫下此類碑文的先例,而對句 71 至 102 則以四字句概括前文所述內容。整篇碑文的行文格式為嚴整的駢體。

與王巾同時代但稍後的文史學家劉勰(522 年卒)著有《文心雕龍》①,其第三十五章"麗辭"篇指出對偶有言對、事對、反對、正對等四種類型。第一種"言對",可以由任何一個創作力極強的人當場製作,而且比較容易。第四種"正對",僅僅是對一個意思的重申,這就可能有導致冗長的風險。第二種"事對",它需要一定的技巧來類比真實的、非虛構的事件或典故。第三種"反對",它被定義為"理殊趣合者",對於作者而言頗具挑戰性,因此更受重視。這四種類型的對偶均見於《頭陀寺碑文》,除此之外,我更想讓人們注意此文當中的一種比較特別的對偶句式。在這些對句中,佛教的觀念、典故比配於儒家或道教的觀念、典故。從某種意義上說,它是"格義"的一種形式,而"格義"作為一種頗為藝術、精緻的翻譯技巧,在之前早幾代佛經翻譯者中已運用得較為普遍,但至四世紀末期逐漸被棄用,因為其表達不夠精確。不過,因為精確性并非王巾撰寫這篇碑文所追求目標之一,故他對這種修辭手法還是頗情有獨鍾。

一兩個例子就足以說明他在這方面的技巧。讓我們先看一下對句 3,在這裏,上句和下句的前後部分都構成一個對偶句式:

是以掩室摩竭,用啟息言之津;杜口毗邪,以通得意之路。

這個對句有一半源自《肇論》②,除此之外,我們還注意到,每行的前半部分很明顯涉及佛教,而後半部分則關於道家,其來自於莊子"得魚而忘荃"和"得兔而忘蹄"的典故③。

對句 7 可作為第二個例子,其上下兩句亦為對偶句:

然爻繫所筌,窮於此域;則稱謂所絕,形乎彼岸矣。

此處《易經》"爻繫所筌"之象,與出自佛教著作《肇論》"稱謂所絕"之理④,二者構成對

---

① 《文心雕龍》,卷三五,第 8b 頁(Vincent Shih, *The Literary Mind and the Carving of Dragons* [New York, 1959] pp. 192—193)。海陶瑋(James Robert Hightower)在其極具啟發性的論文《*Some Characteristics of Parallel Prose*》[Egerod and Glahn, eds., *Studia Serica Bernhard Karlgren Dedicata* (Copenhagen, 1959), pp. 60-91]中,從形式的角度把對偶分為三類:韻律類、語法類和語音類。劉勰則是從內容的角度對其進行劃分。
② 《肇論》,卷四,(Tsukamoto Zenryū, ed., *Jōron kenkyū* [Kyoto, 1956], p.60; Walter Liebenthal, *The Book of Chao* [*Monumenta Serica Monograph* XIII, Peiping, 1948], p. 116)。
③ 《莊子》,卷二六,第 407 頁(諸子集成本;Legge, *The Texts of Taoism*, Vol. II, p. 141)。
④ 《肇論》,卷四(Tsukamoto, p. 70; Liebenthal, p. 121)。

偶。"此域"①,作爲道教對世界的稱謂,與"彼岸"②這一佛教對極樂世界的表述,兩者又形成對偶。

對句 81 至對句 82 可作爲第三個例子,每一聯的上下兩句也是對偶:

祥河輟水,寶樹低枝。通莊九折,安步三危。

前一對句中所提到的河流與樹木的神跡來自佛祖的傳記《佛説太子瑞應本起經》③,而"九折(阪)"與出自《尚書》的"三危(山)"④,兩個典故均隱喻象徵着中國人所熟知的不可逾越之地。除了明顯的背景對比之外,印度佛經中對一系列超自然事件的質樸、率直的陳述與中國術語中對同一超自然力量的更爲複雜、間接的叙述之間,也構成對比。

我們不難得出這樣的結論,即王巾與六朝其他佛教作家通過這種媒介,有意利用修辭上的對偶來傳達思想的類比。因此,我堅信,駢文的興盛期恰好與佛教思想在中國的本土化進程(尤其是三至六世紀)相重合,此并非偶然。儘管這種行文風格在之前的漢賦和楚辭中已經有了先兆,甚至於更早的時期也偶有出現,但在六朝作家(部分是著名的佛教徒)⑤的手裏才真正發展到極致。其至九世紀呈衰退之勢,因爲當時中國本土傳統文化的復興需要尋找一種更簡便、直接風格來重申聖王的厚德,而這種行文風格在佛教未傳入中國時已存在,故以本國之理義來擬配印度佛教類似觀念的方法此時已不再適合。

作者簡介:

馬瑞志(Richard B. Mather,1913.11—2014.11),美國著名漢學家。出生於中國保定,十三歲返回美國。曾就讀於普林斯頓大學和普林斯頓神學院,分別獲得藝術及考古學學士學位、神學學士學位。1949 年畢業於加州大學伯克利分校并以博士論文《The Doctrine Of Non-duality in the Vimalakirtinirdeśa-sūtra 論〈維摩詰經〉的非二元性學説》獲得博士學位。後執教於明尼蘇達大學東亞系并獲終身教授職位。研究領域爲中國中古文學及佛學,尤其以英文翻譯及研究《世説新語》爲世人所矚目。

譯者簡介:

劉城(1980—),文學博士,廣西教育學院副教授,美國威斯康星大學麥迪遜分校亞洲語言文化系訪問學者,研究方向爲中國古代散文史、韓柳文批評及域外漢學。

---

① 參看《老子》,第 25 章:"域中有四大。"
②《筆論》,卷四(Tsukamoto, p. 77; Liebenthal, p. 134)
③《大正大藏經》,卷三,第 482b 頁和第 482a 頁。
④《尚書》,卷二,第 6a 頁(Legge, Chinese Classics, Vol. III, p. 125)。
⑤ 例如孫綽(約卒於 380 年),許詢(大約生活於四世紀),謝靈運(卒於 433 年)以及劉勰(卒於 522 年)。

從中國文學看敘事的抒情化
——以駢儷文和變文爲中心*

[韓]張椿錫著　沈曉梅、肖大平譯①

內容摘要：中國文學有多種多樣的抒情世界,而到現在爲止,抒情研究一直落後於以敘事爲主的學術研究態度。本人在這篇論文里,以駢儷文和變文爲主,擬分析中國敘事文學如何帶有豐富的抒情性。屈原的楚辭把著者內面世界投射到多樣的植物上來説明自己要説的事情。還有漢代賦和樂府本來是敘事的文體,但漸漸加上了抒情因素,終於出現了抒情賦和抒情性比較强的樂府詩。終於到了六朝時代的駢儷文,散文變成在抒情方面上,幾乎跟詩歌同樣的新文體。本來駢儷文就是古代散文轉變而成的文體,不過因爲重視韻律和對句,駢儷文也漸漸詩化了。結果到了六朝時代,形成了文章和詩難以區別的駢儷文。以上賦、樂府詩、駢儷文,都走上了抒情化的道路。唐代敦煌變文作品裏,我們注意到佛教故事敘述的超自然世界抒情,這就是中國唐代俗講僧們通過宗教想像寫出來的。他們在從印度傳過來的故事裏賦予了感性豐富的文章,創作了新文章形態的作品。對中國漢代以來一直缺乏幻想文學發展的事實,我們覺得很遺憾,幸虧唐代末變文抒情的幻想世界,填補了這一文學空白的部分。本人仔細地分析了佛教敘事體文章如何變成了抒情性文章,還有研究散文與韻文交織的抒情風貌,并且介紹空間認識的抒情世界。上面我們介紹了本研究整理的幾個事項,以後我們計劃將這結果運用到宋代以後的戲曲、説唱以及話本和章回小説中,并且完成中國文學的諸抒情風貌介紹。(説明:摘要爲作者原韓文論文後附中文摘要。)

關鍵詞：抒情;抒情詩;敦煌文學;駢儷文;變文;幻想

一、緒論

中國古典文學和西歐古典文學相比較,總體來説抒情性非常豐富。就文學樣式而言,在詩歌方面,中國是以抒情爲中心發展起來的,西歐則是以敘事爲中心發展起來的。

---

* 本文的研究得到全南大學2011年學術研究經費的支持。
① 本文正文部分的翻譯由沈曉梅承擔,注釋部分的翻譯與譯文全文校訂由肖大平承擔。

像古希臘的《伊利亞特》《奧德賽》這樣的叙事詩,成爲了西歐文學的根源,而且那樣的叙事詩傳統在近代以前也形成了主流。① 與此相反,中國《詩經》中的大多數是抒情詩。雖然不同時代或不同作家創作過叙事作品,但一般來説,抒情詩的傳統一直到清代都是文學的主流。

但是中國文學在詩以外的體裁中也可以找到多樣的抒情風貌。楚辭、抒情賦、文人樂府詩、駢儷文、傳奇、變文、小説等韻文和散文,各自都含有豐富的抒情性。那麽中國文學可以説是非常重視人的情緒、感情、感受、感覺等的文學。和叙事一樣,抒情也占據着文學叙述的核心。

儘管中國文學具有以上特性,但是到目前爲止,中國文學研究者們仍然傾向於用叙事理論來建立理論體系。把抒情作爲另外的概念,與其説是與叙事相反的獨立的寫作,不如説是包括叙事,部分地談論抒情。這種潮流的結果最終導致了與叙事相比,抒情理論相對脆弱。抒情是理所當然的概念,或者説是衆人皆知的,被認爲是明確的結果。所以,現代意義上的對抒情理論的研究在西歐已經有了很大的發展,而在中國卻一直處於原地踏步的狀態。

從這一方面看,近來韓國文學研究者們借用西歐的理論,不僅對韓國文學中的詩歌,而且對小説也進行了分析,這對研究中國文學的人來説啓示很大。② 當然,因爲構成中國文學的許多因素是先行於西歐文學的,用西歐的標準對抒情和對抒情進行分析的方法可能會引起偏向性的是非。但是,由於西方國家在這一領域的理論上取得了開拓性的進展,所以我們認爲可以借鑒其他國家的經驗。另外,由於叙事和抒情不同,也有明顯的用二分法難以解釋的一面。這是因爲文章即使是叙事體,也不能完全排除抒情。但是,如果在抒情的一定框架中來分析作品,這也可以認爲没有區分地對待作品,從而得出其他新的結果。

本研究者從專門講述中國文學抒情性的書,如從胡大雷先生的《中古詩人抒情方式的演進》和李珺平先生的《中國古代抒情理論的文化闡釋》兩本書來看,前者是以中國傳統的理論,分析了從東漢末年開始到唐以前的詩歌,而後者則主要借助西歐學者的理論,以詩爲中心研究抒情。這兩部研究著作從目前抒情方面的實際情况看,有很大的意義,但整體上還没有達到令人滿意的地步。如上所述,中國文學不僅僅是在詩歌方面,而且

---

① 在古代希臘,公元前 7 世紀中期至公元前 5 世紀中期,詩人們在節日慶典、饗宴、祭祀等場合吟唱詩歌,當時所謂抒情詩與今天我們所説的抒情詩并非同一概念,是對除去叙事詩與劇詩以外的所有文體的泛稱。到了公元前五世紀中後期以後,戲劇文學盛行,抒情詩的傳統才獲得穩定的地位。參照 MARTIN HOSE 著,金南佑(音,김남우)譯《希臘文學史》,第 61—110 頁。

② 代表性的論著有:金海旭(音,김해욱)《韓國現代抒情小説論》等。作者在這本書中以西方的抒情理論對李孝石(1907—1942)、朴泰遠(1909—1986)、黄順元(1915—2000)等作家的作品進行了分析。西方學者的著述中,對抒情小説進行研究的代表性著作有[美]拉爾夫·弗里德曼(Ralph Freedman)的《抒情小説(The Lyrical Nove)》等。

在中國文學的幾乎所有領域中,抒情性都很突出。

所以,作爲補救這些不足的一環,本文擬以駢儷文和變文爲中心,來考察叙事和抒情的關係。以抒情爲主題,通過引出多種多樣的故事,從新的角度來理解作品。在研究叙事的抒情化方面,駢儷文和變文是最核心的體裁,其中本論文把重心放在了變文上,這是因爲駢儷文的抒情性更加廣爲人知。但是如果與變文一起比較閲讀的話,就會發現它們有不同的意義,同時也會發現抒情的新貌。另外,變文大體可分爲以佛教爲主題的"佛教故事"和其他主題的"非佛教故事",本論文只把佛教故事作爲研究對象。

在進入正題之前,先簡單介紹一下抒情的定義。一般來説,叙事可以看作是以對事物的指示性和傳達爲本質的文學樣式,其描寫是客觀的,是在對象和主觀分離的過程中認識到的東西。相反,抒情的叙述内容是情緒,是用語言寫出來的韻律,而且語言的展開方式也很有感覺。因爲,抒情是主觀的,是在對象和叙述者不分離的情況下認識到的叙述。像叙事的畫家一樣,不是以人物或事件的進行過程叙述的,而是對人物或事件本身的抒情,即主要的功能是展現感覺和感情。還有一種行爲方式,就是意識的流動,心理的描繪,以内在的獨白,客觀地、盡可能性地表現出人的主觀内心世界。詩是這種抒情代表性的體裁,而詩以外的體裁作品中所指的抒情作品則含有豐富的詩的要素。本論文中,以上面的定義爲準繩來討論區別於叙事的抒情。

二、叙事和抒情的關係

在談論中國文學的叙事和抒情的關係時,可以從屈原的《楚辭》作品説起。雖然根據作品不同,有不同程度的差異,但一般來説,《楚辭》一般以叙事性的文章聞名。但同時也富有抒情性。特別是從《離騷》來看,用香草、蘭草、草、蓮等植物的形象或香氣來表現人的形象、品質或感情的方法,可以説是相當出色的抒情手法。

《九歌》《九章》和《離騷》一樣,用木蘭、蕙草、申椒、菊花、江離、芭草等多種植物創造出了各種各樣的人物形象。從代表性的《九章·橘頌》看,橘是屈原用來贊美自己盛德的象徵物。① 屈原用相同的手法單純吟詠的對象,並不是客觀的事物,而是通過這些事物來吟詠自己的内心、外貌或者才能,即把思想和感覺移入到植物中,將自己的感情或思想投射到事物上,並以被投射的事物來説明世界。② 特別是,這樣的抒情世界與巫俗有着密切的聯繫,這一點可以説是構成了屈原文學抒情世界的一大特點。

---

① 金寅浩:《巫與中國文學》,第91—92頁。直接受到《橘頌》的影響的漢代作品有:王褒的《洞簫賦》,張衡的《温泉賦》,王延壽的《魯靈光殿賦》等。在這些作品中叙事都較爲客觀。因爲叙事性較强,因此不具備《橘頌》中那種抒情性。

② 對於此種抒情的特徵,參考了上文所揭金海旭(音,김해옥)《韓國現代抒情小説論》。

但是隨着漢賦的出現,楚辭的抒情性消失了,以叙事和描寫爲主的叙述傾向變得更加嚴重。這就是在爲帝王的文學活動中,創作者不能很好地表現個人感情的原因所在。當這種現象持續很長一段時間後,東漢末年文學總的傾向就形成了作家不在意別人,而是爲自己創作的新思潮,隨之在賦的基礎上也就産生了許多所謂的"抒情賦"。在詩作方面也是,擺脱了過去上層傾向的文學取向,理直氣壯地用貴族們自己的名字來抒發自己的情感。因此應該認爲,在中國,真正意義上的貴族文學是從東漢末年開始的。另外,在傾向於爲自己寫作的在野學者和文人的帶動下,著述和創作的參與面也大幅擴大,紙的發現和書寫工具的擴大也對這種文學思潮的形成產生了影響。①

而在後漢(東漢)的抒情賦中,構築了一個《詩經》中所表現的毫無歌頌與諷諫意義,和政教及禮儀無關的抒情世界。這是因爲它集中叙述了純粹的個人感情。在上面所提到的《中古詩人抒情方式的演進》中,把這些文字進行了分類,可分爲:(1)描寫宫中女人悲歡離合的"宫怨閨情";(2)哀悼死者的"哀弔悼亡";(3)叙述對懷才不遇不平和感慨的"人生失意";(4)評判社會上的不正之風和墮落的"抨擊時俗";(5)描寫理想世界的"理想境界";(6)寄託事物感情的"詠物寄懷";(7)以客居他鄉或者徭役孤獨爲主題的"遠征紀行"等。②

一方面,中國人的抒情情趣也改變了叙事詩的特徵。衆所周知的漢代樂府民歌以客觀叙述"他人"事情的叙事體爲主,而不是以個人感情爲主。但是到了建安時期,文人們就會模仿樂府體,隱晦概括地描寫叙事的對象,相反也産生了注重表達自己感情的傾向。樂府體的變化可能是上面所説明的東漢末年文人自我意識的鼓吹所致。這樣就形成了客觀對象與主觀自我同時描寫的文體。特别是詩歌中添加了心理描寫,使樂府詩發展到了一個新的階段。③

三、駢儷文和變文

(一)駢儷文

在漢末,作家們把目光從只關注外部世界轉向亦關注自己的内心世界,對六朝時代的散文也産生了影響。中國的散文,諸如先秦時代的《論語》《荀子》《韓非子》等諸子的議論文,奠定了基礎,和漢代賈誼的《治安策》《過秦論》之類的論策文,及左丘明的《春秋左氏傳》、司馬遷《史記》之類的歷史書,則發展成了叙事文。這些著作的叙述重視簡潔性和暗示性。

---

① 對於此種文學思潮的變化,參考了上文所揭金海旭(音,김해욱)《韓國現代抒情小説論》。
② 胡大雷:《中古文人抒情方式的演進》,北京:中華書局,2003年,第42—48頁。
③ 胡大雷:《中古文人抒情方式的演進》,北京:中華書局,2003年,第56—69頁。

但是到了六朝駢文,就多了裝飾性。由於韻律、對仗、典故,這三種是文章的基本結構,因此,六朝駢文成爲既是散文,也是具有詩性的一種文體,與叙事一起,抒情也變得很重要了,可以説六朝駢文是中國文學中最美麗的散文體形式,在寫景的同時表現作者的感受。傳統的西歐散文概念是對事或物進行客觀的描寫。與此相反,中國的駢儷文不僅僅是具有客觀性,而是一直走到了叙述作家内心的主觀的感覺、感情。

从南北朝时期代表性的駢文,齊人孔稚圭所寫的《北山移文》来看,隱士生活後,做官的周顒不僅對生活過的溪谷樹木,就連對月光都表現出了感情。對於變節的周顒的到來,他説"風雲悽其帶憤,石泉咽而下愴","叢條瞋膽,疊穎怒魄"。如此流暢地把自然擬人化的散文句子,只有在西歐文學中有抒情小説先河之譽的20世紀的赫爾曼·黑塞才有出現。例如,《西達爾塔》中,水以數千的眼睛看着西達爾塔,水對西達爾塔説話、唱歌,以及對水中無數意象的描述等等,對這些的叙述可以説是典型的抒情表現。①

《北山移文》可以稱作滿是比喻、隱喻、换喻、誇張等的作品,除了這些抒情的因素,《北山移文》中的意象美也非常突出。如果説屈原作品中出現的植物或動物的形象只是停留在單純的形象層面上,那麽《北山移文》中出現的自然物就像生動的視頻一樣具有視覺效果。而《北山移文》華麗意象的形成,與典故占很大的比重有關,這是該文的特點之一。

本義典故起到補説引證的作用,而該作品中的典故則脱離修辭意義,由典故本身構成内容加以叙述。這不僅僅是追求裝飾性的效果,而是將現有的形象(古典出處的形象)和文脈上想要展現的形象重複在一起,誘導讀者自己重新再建構意義。如果説對偶是形象之間横向的連接,那麽這樣的典故就能使各種形象縱向聯繫起來。《北山移文》中的擬人化和意象美是駢文的一般修辭特徵。② 在駢文中,因爲《北山移文》特别出色,所以經常被作爲例文。

此外,駢文還突出了空間的叙述。現試着閲讀唐代王勃(七世紀)《滕王閣詩序》的一部分後加以説明:

> 披繡闥,俯雕甍,山原曠其盈視,川澤紆其駭矚。閭閻撲地,鐘鳴鼎食之家;舸艦迷津,青雀黄龍之舳。雲銷雨霽,彩徹區明。落霞與孤鶩齊飛,秋水共長天一色。漁舟唱晚,響窮彭蠡之濱;雁陳驚寒,聲斷衡陽之浦。

---

① 可參考車敬雅(音,차경아)譯《悉達多王子》,第128—172頁。德國的赫爾曼·黑塞(Hermann Hesse,1877—1962),以及法國的安德烈紀德(Andre Gide,1869—1951)、美國的約翰·斯坦貝克(John Steinbeck,1902—1968年),薇拉·凱瑟(Willa Cather,1873—1947)等抒情小説作家聽過這個故事。

② 對於駢儷文的視聽影像美的論述,可參考朴英姬《駢儷文影像上的表現手段及特徵——中國古代散文的形象的産生及其表現》,《中國學報》第45期,67—88頁。

上面的場景是歷時從早到晚連續在滕王閣中所看到的事物,在閱讀的過程中幾乎感受不到時間的展開感。只是覺得彼此獨立的部分都聚集在一起了。即描寫中不顧時間的流逝而平行地叙述。但從情況上看,只能推測出時間,像是出現在眼前的畫,同時存在。這種方式的構成手法被稱爲認識的"瞬間整體性",即時間的連續流動被破壞,瞬間停止,即轉變爲空間意識。①

"叙事"的"叙"字是"説明"的意思,"抒情"的"抒"字是"展開"的意思,由此可以看出,這個漢字已經有了它的意義。即在叙事中需要根據時間的流逝進行叙述,而在抒情中則可以無視時間。空間的同時性是在内心世界的主觀認識上才有可能實現的,因此在需要事件前後文脈的叙事文上,并没有被很好地體現出來,主要用於抒情詩,駢文雖然是散文,但卻能自由地表現出詩的表現力。這種空間叙述常被敦煌變文所采用。

一方面,在作家把自己的情感傳達給讀者的方法中,有通過文字的方法和朗誦的方法。如果只用眼睛去讀詩賦之類的韻律性文學,就不能充分傳達作品的情感。因爲,用眼睛去讀和朗讀時的感覺截然不同。既是散文,又是韻律性强的駢文,所以要像詩或賦那樣,用嘴朗讀,才能使文章的美感更加高漲。② 可見,駢文是對人的視聽有强烈震撼力的文學。這樣的話,駢文既是散文,同時叙述的内容也是情緒化的,用意識到的帶有韻律的語言寫作,語言的展現情況是感性的,因此可以得出這樣的結論:這是非常符合抒情定義的寫作。

(二)變文

誠如上文所言,呼籲駢文五感的叙述特點,到了唐代,緊接着的是變文。無論是韻文還是散文,變文都深受駢文的影響。唱詞部分,即韻文部分,説都屬於駢體也不爲過。散文亦是如此,駢體多,根據作品,有的各占一半,有的則在一般散文中,略微含有一些駢體。這些變文中關於駢體的東西,已經被許多學者研究過了。③

變文受到駢文的影響,但叙述方式由書面語完全改成口語體,筆調變成了"通俗抒情"。例如,無數艱澀的典故大幅減少,即使有,一般也會使用一些容易理解的東西。此外,駢文的韻律性在述變文中的散文部分得以運用並表現出來,但進一步强化了詩歌的運用。變文的抒情從文字的閱讀到身體的動作,可以説是更加複雜和多層次的。

那麽,變文究竟是用抒情性濃郁的文字來表現怎樣的故事的呢? 衆所周知,變文作

---

① 對於抒情的總體認識,可參考上揭金海旭(音,김해옥)《韓國現代抒情小説論》,第47—48頁。

② 對於駢文的朗誦效果,可參考姜允炯、袁曉鵬《孔稚珪〈北山移文〉的修辭特徵考察》,《中國人文科學》第45期,第188—190頁。

③ 這裏所謂的駢儷體是指受到駢儷文的影響的文體的意思。鄭振鐸先生早在其《中國俗文學史》(上册,第195—198頁)中對於駢變文的駢儷成分有所言及。關於變文中使用的駢文的總體性的研究可參考楊雄《敦煌文學中的駢體文》,《敦煌研究》第98期,第90—93頁。譯者注:張椿錫先生在本論文中對於《敦煌文學中的駢體文》一文的作者記作"揚雄",經核對,當爲"楊雄",特此更正。

品的主題原本是來自印度的佛教古史。後來隨着變文公演的盛行,非佛教史的故事也多了起來,但由於其文學的主要性質是以佛教爲中心形成的,因此,本文中對佛教文學的叙述方式的比較研究也很重要。

一般來説,在叙述中,佛教故事抒情性少,幾乎是典型的叙事。即人們現在經常接觸的故事體。這是一種邏輯性、理性,有詳細説明的文體。正如在古代印度兩大叙事史詩《摩訶婆羅多》和《羅摩衍那》中所看到的,叙事體文章的傳統非常强,受到這種叙述方法影響的佛教文學在叙述故事時也認爲客觀性文章是極好的。中間出現的偈頌還只是詩的形式,并没有表現出個人感情,而是更接近於爲了理智地傳達佛教教誨的叙事體。然而在中國,佛教故事改寫爲變文後,已經不再是爲了理性的理解,而是轉變爲唤起人的五感、情緒、感性的文章。

最典型的一個例子,就是《維摩詰經講經文》。作爲這部作品母本的《維摩詰經》,是説明大乘佛教思想的典型叙事作品。雖然佛家弟子們以佛祖的名義依次訪問了維摩及其處所,但他們都講述了屈服於維摩法力的過程。在講經文中,對經書中完全没有涉及到的作品人物的感情和態度,以及整個故事背景和情况,以流暢的抒情體進行叙述,確保了濃厚的抒情性。① 我們能看到許多由散文、韻文組合成的流麗的駢儷體感性文章。可以説,印度的叙事文學已脱胎换骨,變成了中國的抒情性文學。作品中描寫了自由自在的佛教神通世界,具有優秀的幻想文學的性質。這種由叙事體到抒情體的轉化是很值得研究的。

目連變文三種也是抒情方面突出的作品之一。兹引目連變文中作品最出色的《大目乾連冥間救母變文》部分如下:

> 目連剃除鬚髮了,將身便即入深山。幽深地净無人處,便即觀空而坐禪。坐禪觀空知善惡,降心住心無所著。對鏡澄澄不動摇,坐脚還須押右脚。端身坐盤石,以舌著上齶。白骨盡皆空,氣息無交錯。當時群鹿止吟林,逼近清潭望海頭。明月庭前聽法眼,青山松下坐唯禪。天邊海氣無改换②,隴外青山望戍樓。秋風瑟瑟林中度,黄葉飄零水上浮。③

上面的引文用詩説明了目連成爲僧人後坐禪的樣子、心情狀態、周圍的背景等。把佛教的禪宗跟自然景觀融爲一體,從情緒上加以叙述。如果説禪宗修行來自印度,那麽

---

① 對於《維摩詰經講經文》一文的抒情性,可參考張椿錫《敦煌〈維摩詰經講經文〉一文抒情性研究》,《中國人文科學》第 43 期,第 277—294 頁。
② 敦煌寫本中作"返换",當更正爲"改换"。參考張涌泉、黄征校注《敦煌變文校注》,北京:中華書局,1997 年,第 1043 頁。
③ 張涌泉、黄征校注:《敦煌變文校注》,北京:中華書局,1997 年,第 1025 頁。

自然景觀敘述手法就是模仿了典型的東方山水詩。但起源於目連故事的《盂蘭盆經》是主人公出家後坐禪,并獲得了三命六通後,發現母親死後墜入地獄,於是在佛祖的幫助下,通過盂蘭盆齋,讓母親脱離地獄的故事,完全成爲了叙事體。但是通過變文,目連故事變成了具有抒情格調的故事。特別是在《大目乾連冥間救母變文》中,佛祖到達地獄,而地獄變成天堂的奇跡發生的部分,描寫得非常美妙。①

下面我們來看看幻想世界和抒情的關係。在變文作品中,有很多像《維摩詰經講經文》和目連變文那樣描寫雄壯的超自然世界的作品。例如《破魔變》以佛祖與魔女們的戰鬥爲主題,《降魔變文》以舍利佛與六師外道的鬥法爲主題,《佛説阿彌陀經講經文》以西方净土之美、《佛説觀彌勒菩薩上生兜率天經講經文》以彌勒菩薩的登天、《十吉祥》以文殊菩薩誕生時發生的十種奇跡爲主題,在對各個超自然現象的描述中發揮了富有個性的抒情性。在寫佛祖傳記的《太子成道變文》和《八相變》中,可以看到有關佛祖傳記的神秘故事。這類文章在對超自然現象的叙述方面,增强了宗教性的神秘感以及文學藝術方面的感性。我們來看《降魔變文》的一部分:

舍利佛忽從定起,左右不見餘人。唯見須達大臣,兼有龍神八部。前後捧擁,四面周迴。阿修羅執日月以引前,緊那羅握刀槍而從後。於是風師使風,雨師下雨,濕卻囂塵,平治道路。神王把棒,金剛執杵,簡擇驍雄,排比隊伍。然後吹法螺,擊法鼓,弄刀槍,振威怒,動似雷奔,行如雲布。亦有雪山象王,金毛師子,震目揚眉,張牙切齒,奮迅毛衣,摇頭擺尾,隊仗映天,槍戈匝地。諍能各擬逞威神,加被我如來大弟子。若爲:

舍利佛與眾而辭別,是日登途便即發。毘樓天王執金旌,提頭賴吒持玉節。甲仗全身盡是金,刀箭渾論純用鐵。青面金剛色黶然,火頭金剛盡不歇。鐘鼓轟轟聲動天,瑞氣明明而皎潔。天仙空里散名花,贊唄之聲相趁送。降魔杵上火光生,智慧刀邊起霜雪。但願諸佛起慈悲,邪幢不久皆摧折。神力不經彈指間,須臾即至皇城闕。②

這部分是佛祖的弟子舍利佛爲與六師外道鬥法,在離開之前講明情況的一段文字。這一部分渲染恐怖氛圍,以文學與藝術的手法,表現出濃厚的抒情性與感覺性,運用了韻律較强的語言。此外,韻文部分並没有停留在對散文部分所述事進行敷衍説明的層面,即使二者(散文部分與韻文部分)所述的内容偶有一致,但在表現方式上與散文不同。散文部分中未能表現或較難表現的部分,在韻文部分以詩的形式進行了表現,從散文到韻

---

① 張涌泉、黄征校注:《敦煌變文校注》,北京:中華書局,1997年,第1035頁。
② 張涌泉、黄征校注:《敦煌變文校注》,北京:中華書局,1997年,第563頁。

文,十分和諧地構成了這篇變文的體裁。

一方面,通過《降魔變文》中可以看出,變文具有非常濃厚的幻想文學性質。這個由宗教想像力製造而成的巨大而又雄偉的超自然假想的世界展現在人們面前,在很多地方都使用了音樂、花、書、香、光明、霧、寶石、珠子、金、彩霞、白毫或龍、神、仙女等"附屬"要素來表現感性。這是爲了在容易枯燥乏味的文字上塗上顏色,表現出宗教的美麗和莊嚴。在這種氣氛里和中國的神話、傳說中的幻想世界相比很有異國風情,人們被印度特有的超越、抽象的幻想世界吸引住了。

《降魔變文》中出現的法螺、法鼓、魔杖、智慧之刀等,是佛教的象徵,常出現在變文作品中。例如,在《降魔變文》中,佛祖與以各種武器武裝的外道六師作戰時,説:"著忍辱甲,執知慧刀,彎禪定弓,端慈悲箭,騎十力馬,下精進鞭。"① 於是他們連武器都沒好好用,就都逃跑了,這一部分使用的隱喻十分精彩。本文將要説的蓮花或白毫,也起一種象徵的作用。我們再來看另外一篇變文,如《佛説觀彌勒菩薩上生兜率天經講經文》:

> 經云:是兜率陀天,七寶臺内,摩尼殿上,師子床座,忽然化生。至以嚴天冠等者。説彌勒菩薩當在内宫,所現形儀,甚生端正。莫不眉勻緑柳,目净青蓮②。耳稱垂璫,鼻直截竹。如雪如珂之齒,一口分明。似花似玉之容,兩臉齊美。胸題萬字,足踏千文,十指纖長之網縵,雙臂修直而綿覆。白毫照處,一輪之秋月當天,紺髮旋時,數片之春雲在嶽。相好巍巍看不盡,十由旬更六由旬③。
>
> 青螺肉髻頂中生,紫磨金容身上現。萬種端嚴繞化出,十方世界盡傾摇。諸天競泛彩雲來,仙衆争持花果獻。帝釋宫前排隊仗,梵王天上集笙歌。幢幡寶蓋滿虛空,玉鐸金鈴振寰宇。四個善神持杵引,十坎鬼將躡雲隨。飛砂不用喚風師,降雨豈勞追電母。把戟夜叉肥(?)④,持鎗羅刹瘦筋吒。龍王迥出鬼神前,師子散隨音樂後。齊到内宫菩薩處,百匝千重禮拜來。⑤

《佛説觀彌勒菩薩上生兜率天經講經文》所描述的彌勒的模樣,并非實際,而是作者心中想像的。因此,它不是客觀的叙述,而是主觀的、個人的、抽象的。從兜率天轉世的彌勒佛發生了多種多樣的奇跡,俊秀的容貌也不説,胸前印有一個卍字,一步步跟著,無數的蓮花盛開,額頭的白毫光明普照,頭髮彎曲。頭上立著象徵醒悟的六戒,金色的彌勒

---

① 張涌泉、黄征校注:《敦煌變文校注》,北京:中華書局,1997年,第533頁。
② 蓮花按照不同的顏色可分爲紅蓮、白蓮、黄蓮、青蓮等。其中青蓮爲現實生活中并不存在的超自然性的植物,是人們依照巫俗或宗教思想所幻想而成。
③ 由旬:在印度,軍隊一天所行之路途的距離爲一由旬。
④ 譯者注:張椿錫先生論文原文的引文中對于闕文以問號標記。經查潘重規《敦煌文集新書》,亦作空缺處理。
⑤ 張涌泉、黄征校注:《敦煌變文校注》,北京:中華書局,1997年,第962頁。

身軀比山還大。在經文中出現的"彌勒轉世"的簡單内容,讓人產生了如此巨大的遐想。

卍字象徵着喜慶和吉祥。據説,只要光照在佛祖兩眉間所在的白毫上,那裏的衆生就都會得到心靈的寧静。荷花象徵着西方净土,彌勒一走,脚下開滿無數荷花的彌勒佛就成爲了極樂的象徵。將波浪般捲曲的彌勒的髮型比喻爲春天的雲彩。像這樣,變文作者就用詩的語言拿來表現佛教的象徵。在作者心中,彌勒的容貌就這樣被神話地想像出來了。通過反映出依托彌勒的理想的願望,產生出了這樣巨大的人物。例如,在類似如"山孤寂"的描寫的句子中,所謂"孤寂"其實是人的心靈被投入到了自然中的結果。同樣地,信任和希望投射到信仰的絕對者身上,就可以展現出各種超越的面貌。

如果把通過抒情把主觀的自我和客觀的對象合二爲一的現象稱作抒情的同一性,那麽達到這種抒情同一性的方法有:神話般的同一化、近代的同一化、傳統的東方的同一化、擬態的同一化等,①可以説彌勒的容貌屬於雙重神話的同一化。神話性的絕對和人内心的交流創造出抒情的形象。在傳統中國文學中,以所謂"情景"理論解釋東方的同一化爲主,而神話般的同一化則非常薄弱。這是因爲在中國很少有神話題材的文學創作經驗。從這方面來説,變文很好地補充了現有中國文學的不足之處。

在變文中所看到的抒情要素中,我想最後介紹一下關於内心獨白的内容。在變文作品中偶爾會發現作中人物的思想以獨白的形式表現出來。如《太子成道變文》中聽到悉達多太子要出家的話,净飯王傷心的内心②;《降魔變文》中須達第一次看到佛祖的威容,獨自想到的③;《降魔變文》中,六師外道得知國王邀請佛祖的事實後感到憤怒的心情④;《維摩詰經講經文》中,維摩居士得知佛祖進入毘耶城,内心揣摩佛祖的意圖,舍利佛對佛祖的佛國土的説明產生懷疑⑤;《雙恩記》中,惡友太子嫉妒善友的心情等代表性的例子。雖然這些文章對作中人物的意識、感情、心理狀態進行了説明,但未能達到現代小説中出現的"内心獨白"那樣的有深度、有分析的描寫,仍很好地被作爲文學表現的要素。這種獨白形式也屬於抒情文章的範疇,在小説要素很薄弱的駢文里幾乎找不到。

四、結論

本文以駢文和變文爲中心,展示了中國叙事體文章的抒情化的面貌。首先以《離騷》作爲開端的楚辭中,像用樹或草木一樣的植物,投射作者自己的外貌、才能和内心世界的

---

① 對於此種同一化,參考崔承浩(音,최승호)《金素月抒情詩的擬態閱讀(mimesis reading)》,《韓國詩學研究》第10期,第344頁。
② 張涌泉、黄征校注:《敦煌變文校注》,北京:中華書局,1997年,第484頁。
③ 張涌泉、黄征校注:《敦煌變文校注》,北京:中華書局,1997年,第554頁。
④ 張涌泉、黄征校注:《敦煌變文校注》,北京:中華書局,1997年,第559頁。
⑤ 分別參考張湧泉、黄征校注:《敦煌變文校注》,北京:中華書局,1997年,第809、827頁。

句子很多,這些都可以稱爲"植物形象的人性化"。

漢代以後的賦以及樂府詩,本來始於敘事文學,但逐漸抒情化。敘事體的抒情化在散文中也有所體現,形成了與在六朝時代所謂"駢文"的古散文體完全不同的形式,成爲了與西歐散文迥然相異的以感性爲主的寫作。常用的手法是隱喻、誇張、擬人,在事物上投入感情,將時間的流逝轉換爲空間認識,是重視形象和朗誦效果的視聽散文文章。

這些駢文的抒情和詩傳統對當代變文影響很大,俗講僧們把佛教古史講給群衆聽,并加上抒情性,改變了作品的氛圍。結果,原本是敘事體的印度古史在中國被換成了抒情性的。此外,這樣的抒情吸引了不識字的民衆,在這方面,變文的抒情與難懂的駢文相比,可以稱之爲"面向基層"。這是因爲駢文的抒情性,一般人很難欣賞,但變文卻是任何人聽了能理解的。

一方面,駢文表現得文采鬱鬱,但是不加分析地對對象進行描寫。另一方面,變文在敘述描寫對象時,逐一地對細節動作或模樣進行敘述的情況很多。作爲本文例證的王勃的《滕王閣詩序》,如果是由變文作者寫的,很可能有幾頁冗長的文章。不只是跳躍性地展示出在駢文中有的白天、日落、晚上、深夜中的一個,而是盡可能地詳細和具體地展示每個時刻都能看到的一切事物。

一般抒情文字短小含蓄。但變文召喚人心,詳細地描述了想說的對象。筆者認爲,這樣的寫作受到重視邏輯性與整合性的佛教的影響,以及受到冗長敘說的印度長篇敘事體文章的影響較大。當然,中國傳統文學,比如漢賦,根據作品表現抒情性的東西時,也有將對象詳細、詳盡地描寫出來的情況,但并沒有像變文那樣"日常化"。那麼可以說,中國人的抒情取向和印度式的敘事寫法相結合,産生了特別的抒情寫法。

此外,看到變文中的超自然的情景,染上了濃重的美麗與神秘感。即使有可怕的神或八部天龍的登場,花、霧、光明、彩霞、音樂、白毫、佛光之類的豐富多彩的"附屬"因素,也讓登場人物的周圍充滿了情緒。如前所述,變文是細密、抒情、幻想三種組成的,散文部分和韻文部分緊密相連,相互補充,使彼此更加突出,這些文章是在以前的中國文學中看不到的新的東西。

最後在變文中偶爾出現的作品中人物的内心獨白,也可以説是抒情文學的特徵之一。

通過以上分析我們可以看出,在中國文學中唐代以前敘事體的文章中抒情性就已經十分豐富了。本文通過對敘事文章轉變成抒情性的情況,特別是對其中的變文進行了深入分析,在抒情研究上追求創新。本論文所提抒情特徵在宋代以後的小説、戲曲、説唱中如何出現,有待以後再進行考察。

作者簡介：

張椿錫,全南大學中文系副教授。在韓國《中國人文科學》《中國語文學論集》《中國文學》等刊物上發表過《關於中國韻散結合起源的新考察——以梵文本〈維摩詰經講經文〉爲中心》《對盤古神話來源於印度的綜合考察》《對神魔小説中轉世情節的研究》等論文近70篇。另外出版過《中韓孝行集研究》《目連説話新論》等著作。

譯者簡介：

沈曉梅(1978—),廣西師範大學中國古代文學碩士,韓國清州大學文學博士。現爲廣東海洋大學文學新聞學院副教授,在韓國《新國語文化生活》《語文論叢》等刊物上發表論文多篇。

肖大平(1984—),廣西師範大學中國古代文學碩士,高麗大學比較文學博士。現爲暨南大學博士後,曾任韓國建陽大學中文系、韓國柳韓大學中文系外籍助教授。在韓國核心期刊(KCI)上發表有《〈金鰲新話〉引〈詩經〉研究》等論文十數篇,計20餘萬字。另有譯著《紅樓夢在韓國的傳播與翻譯》(中華書局,2018年12月)。

韓國駢文集研究[1]

[韓]朴禹勳著　肖大平譯

內容摘要：韓國古代編纂的駢文集目前知道的有九種，分別是：崔瀣編《東人之文四六》，趙仁奎編《儷語編類》，李植編《駢文程選》，姜柏年編《雪峰所選》（失傳），金錫胄編《儷文鈔》，南龍翼編《儷選兩體》（失傳），柳近編《儷文注釋》，金鎮圭編《儷文集成》，洪奭周編《象藝薈萃》。這些駢文編纂者大多有高官仕宦及出使中國經歷，與時人對駢文大多持否定性態度不同。文中對七種駢文集編纂過程、編纂意圖以及韓國駢文集的特點進行了考察。

關鍵詞：韓国駢文集；編纂過程；編纂意图；編纂特点

一、前言

在韓國，駢文因具有交鄰事大之實用性而受到重視[2]。對駢文的研究，很早以來就是韓國漢文學之重要研究領域[3]。從這一角度來看，爲實現對韓國漢文學的總體理解，對韓國歷來駢文的研究自然是題中應有之義。然而截至目前對此研究明顯不足。

在漢文學研究領域對駢文研究極不活躍的重要原因，筆者以爲原因有二：一是學界對其文學性存在懷疑，二是駢文自身難解所造成。對於駢文難以理解這一問題，筆者以爲解決的方法之一，首先是對前人留下的駢文評論以及數種駢文集進行詳細考察[4]。

截至目前，學界尚未對駢文集進行系統整理[5]，因此對駢文集進行深入考察也極爲困

---

[1] 本論文原載於《國語國文學》第114期，1995年5月，第185—214頁。本論文得到1993年韓國學術振興財團公募課題研究經費支持。

[2] 舉個例子來説，朝鮮時代發往明朝的表、箋文章皆爲精心撰構之作，實際上朝鮮發往明清兩代的表、箋文章之美，連當時中國學者也表示贊嘆。李光濤：《記朝鮮表箋之學》，《明清史論集》上册，臺北：商務印書館，1971年，第42頁。轉引自朴永浩《明初文字獄與朝鮮表箋問題》，《史學研究》1975年，第84頁。

[3] 這一事實可以在高麗末期崔瀣《東人之文四六》中找到印證。

[4] 參考拙稿《朝鮮後期駢文發展的兩種趨勢》，《論文集》特卷，1992年第39號。（以下徵引省略版本信息。）

[5] 認爲朝鮮時期的駢文集只有洪奭周編纂的《象藝薈萃》與金錫胄編纂的《儷文鈔》這種見解，更是強化了這種認知。參考李鐘虎《選集的歷史與敬山宋伯玉的〈東文集成〉》，《韓國漢文學與儒家文化》1991年，第491頁。

難,儘管如此,筆者以爲有必要收集歷來駢文集,并對之進行考察研究,以此爲韓國駢文研究奠定基礎。

本文中首先對編纂主體即編者之相關情况進行考察,考察其審美傾向以及對駢文之態度。接着對駢文集編纂過程及其意圖的考察,最後選擇若干標準對駢文集進行分類,對其中所收録之作品與作者進行比較,以此發現韓國駢文集的特點。本文即以此思路展開。在此過程中,擬考察韓國駢文集與中國駢文集之關係。有關編者的駢文集編纂意圖的論述,主要依據選集中所收録之序,立足於對所收録作品之考察,利用電腦進行統計,以得出相關結論。

筆者以之爲研究對象的駢文集有,崔瀣(1287—1340)的《東人之文四六》,趙仁奎(中宗時人)的《儷語編類》,李植(1584—1647)的《駢文程選》,姜柏年的《雪峰所選》(假稱,失傳),金錫胄(1634—1684)的《儷文鈔》,南龍翼(1628—1692)的《儷選兩體》(失傳),柳近(肅宗時人)的《儷文注釋》,金鎮圭的《儷文集成》,洪奭周(1774—1842)的《象藝薈萃》。①

二、駢文集的編者及其駢文觀

(一)位相及關心的方向

韓國駢文集的編纂始於14世紀,截至19世紀。據筆者統計,至少有九人以上編纂過駢文集。另外有一些駢文集作者生平不詳,因此對於韓國駢文集編者的考察顯得極爲困難。

若考察這些駢文編撰者的生平,首先需指出的是,除了柳近以外,其他編纂者都曾做過堂上官以上的官職。即便如此,有記録②顯示,柳近也曾參加過文科考試,可以確認其身份爲兩班出身。至於像仕宦經歷不明的崔瀣,也做過藝文提學(正三品)與兩品以上的兼帶職同知春秋館事等職。生平不詳的趙仁奎成於1538年(中宗三十三年)做過漢城府左尹(從二品)。李植做過吏曹判書(正二品),姜柏年做過議政府左參贊(正二品),金錫胄做過右議政,南龍翼做過吏曹判書,金鎮圭做過參贊,洪奭周做過左議政。

如上這些有過高官經歷的駢文集編纂者大多有出使國外的經歷③。他們出國大多以使臣身份出去,但也有例外。我們根據崔瀣的《東人之文四六序》可知,崔瀣去往元朝是

---

① 除此以外,還有對金鎮圭的《儷文集成》中所收22篇作品重新選擇而編成的李器之的《儷文選》(該書失傳,參考《一庵集》所載《儷文選序》),以及丁若鏞將自己用駢體寫成的作品編成的《冽水文簪》,然而這兩部著作并未成爲人們研究的對象。本文研究進行中,除了出自選集中的文獻事項等必需材料以外,其他一概不論。在選定研究對象時,諸如《儷文程選》等收入科舉考試文章之類的選集除外。

②《肅宗實録》卷三四上,參考肅宗二十六年2月壬午(17日),及《人名詞典》"洪錫輔"條。

③ 九位編纂者中除了柳近和金鎮圭,其他七人都有出使外國的經歷。

爲參加科舉考試,在其與元朝文人交游期間,他爲韓國無詩文類書而深感羞愧,出於這種心態,編纂了《東人之文四六》,此乃《東人之文四六》的直接編纂動機。李植當時與清蔭金尚憲同爲斥和派,被捕往瀋陽後歸國。

除以上二人外,其他編纂者皆以使臣身份出使外國,趙仁奎以冬至使之身份前往過北京,姜柏年以冬至副使的身份、金錫胄以謝恩使的身份前往清朝,南龍翼二十八歲時以通信使之從使官之身份前往過日本。《象藝薈萃》編纂者洪錫周於純祖三年(1803)以謝恩使書狀官的身份、純祖三十一年又以謝恩使正使的身份兩次前往過清朝。

上文中所提及駢文集的編纂者大多有高官歷任經歷,且大多有出使國外經歷。這兩點共同之處,雖然不能說是其編纂駢文集最直接的因素,但不可否認的是,這些經歷與作爲宮廷文學與貴族文學產物的駢文的特點是有聯繫的①。

另外一點需要提及的是,這些駢文集編纂者在其所生活的當時,其創作能力已經廣獲認可,其文學創作也獲得時人廣泛關注。

作爲孤雲崔致遠後代的崔瀣,在元朝科舉及第後,同年因狀元宋本推舉,聲名鵲起②,其文學創作才能也得到李齊賢認可。另外作爲漢文四大家之一的李植,以及李廷龜、申欽、金錫胄③等人,我們稱其爲漢文學史上的大手筆文人也并非過言。對駢文有特殊愛好并有傑出駢文創作能力的壺谷南龍翼對以上文人中的李植評價其爲韓國駢文代表作家。按照南龍翼的說法,李植乃館閣體大家④。以上這些編撰者中趙仁奎⑤擅長快速寫作,下筆千言,倚馬可待,在文臣廷試中多次出類拔萃。另外南龍翼亦有此番才能,創作時揮毫立就,正祖當時的文章評點家們對此評價道,"生壺谷死龍岩"⑥,其中所謂"生壺谷",指的就是南龍翼。

另外編者對作品的評點中有不少對當時其他作家的評點。對於崔瀣的作品評點,李齊賢嘆服道:"此乃真知音。"另外李齊賢在《三韓詩龜鑒》中采用了崔瀣的評點,由此可以看出李齊賢對崔瀣批評造詣的嘆服。另外肅宗時人任璟的《玄湖瑣談》中收錄的金錫胄以八個字對韓國當時文人做出的比喻性的評點、南龍翼《壺谷漫筆》詩評中各以兩字對76位詩人作出的多樣性的評語,以及在"儷評"中對駢文作出的廣泛且具有獨創性的評點,這樣的評語在韓國文學批評史上享有較高聲譽。

李植有《纂注杜詩澤風堂批解》,金錫胄有《海東辭賦》《古文百選》《黃鐘集》,南龍

---

① 參考王力主編《古漢語通論》,香港:中外出版社,1976年,第155頁。
② 《高麗史》第一〇九卷《列傳》第二十二,崔瀣:"同年狀元宋本稱其才,屢形於詩。自是,名益著。"
③ 南公轍《金陵集》卷一一《四君子文鈔序》:"同時館閣巨匠,如月沙之辭理富贍,憩村之氣格高華,息菴之才思精鍊,庶幾雁行。"
④ 參考拙稿《朝鮮後期駢文發展的兩種趨勢》,第108頁。
⑤ 《中宗實錄》卷三九,十五年庚辰5月,第41頁。
⑥ 《洪齋全書》卷一六三《日得錄》三《文學》:"譚文者,動稱'生壺谷死農巖'。後就其文集而觀,儘然。"

翼有《箕雅》《律家警句》《萬古絶響》,洪奭周有《永嘉三怡集》。可見,駢文集的編纂者大部分都編纂過與文學相關的著作,或直接、或間接地參與過這些文集的編纂,這些都表明這些編纂者大多有愛好文藝的傾向①。這種對文學的特殊愛好,大概也是他們對他人所并不關心的駢文進行收集整理的一個重要原因。

(二)對駢文的理解及其態度

上文中所提及的駢文集編纂者在對駢文之理解及態度上,與當時其他文人也多有不同。這是因爲,較之肯定性的評價,人們對於駢文更多的是基於否定性的評價。

編纂者對於駢文的形成以及演變所持的觀念大體相似,南龍翼對駢文的這種評點就是代表性的觀點:"文自六朝,流於綺麗,病於偶對,仍變爲駢儷之體,而徐庾昉之,至唐而王楊盧駱振之……宋朝諸學士始變體格。"②除了文中所提及之六人外,還選出宋人歐陽修、蘇軾、吕惠卿、劉克莊、李劉、王珪、王安石、吕祖謙、真德秀、文天祥等人,并評曰,駢文發展至宋,臻至完備。而至元明,駢文則無足觀。③

由上可知,在對駢文史進行客觀叙述的同時,也流露出其對駢文發展演變歷史與特性的深刻理解。李植有如此評價:徐陵與庾信以及初唐四傑的作品(即所謂六朝體),聲韻最高,爲駢文之本源。李植還認爲,其友人疏庵任叔英一反當時館閣體制,其所創作之駢文有凌駕六朝體之勢。此外,李植還提出,選擇駢文以文章是否具有駢儷文風爲選擇標準,而這駢儷文風卻各有不同。在李植看來,駢文乃館閣或科場所用之文體④,另外他在《作文模範》中又云:"四六之文,亦有古有今。古四六,學之難而無所用。"這裏李植所謂"六朝體"與"古四六"意義相同,即南龍翼所謂"徐庾體"。在館閣或科場中所用的體制或"今四六",也具有相同的意義,可以理解爲南龍翼所謂之"館閣體"。

南龍翼云,駢文之體有二⑤。南龍翼對駢體文的發展做了明確説明,并對徐陵、庾信、初唐四傑駢文之特徵有如此概括,"其體以格調高華爲宗,以音響清楚爲主,句式排列遵循法式,……形同律詩。"此正所謂徐庾體。抵宋,以"典重記實爲宗,懇到寫情爲主"的駢體文,開始被稱爲"館閣體"⑥,由此可窺見其對駢文演變發展的深刻觀察。此外,南龍翼評點中對中國作家作品的評點亦有切中肯綮處。

此外我們還需對韓國駢文集編纂者們對駢文發展歷史、及其對中國駢文之理解,以及對韓國駢文理解之深度進行考察。南龍翼云,韓國自新羅至高麗,向來重視與中國外交,因此可觀之作品不少。與新羅時期的崔致遠、高麗時期的朴寅亮、李齊賢、金坵、林椿

---

① 參考拙稿《朝鮮後期駢文發展的兩種趨勢》,第126—131頁。
② 南龍翼:《壺谷漫筆(3)》,首爾大學奎章閣藏,第43—44頁。(以下徵引只著書名,頁碼。)
③ 參考《朝鮮後期駢文發展的兩種趨勢》,第128—129頁。
④ 參考《儷文程選凡例》。
⑤ 《壺谷漫筆(3)》第48頁:"徐庾館閣自體,既岐而二。"
⑥ 《中宗實錄》卷三九,十五年庚辰5月。

并稱。朝鮮時期的駢文在精密與工巧上不及高麗,南龍翼在《壺谷漫筆》中,對於朝鮮時期駢文作家列舉了如下名單:金安國(1478—1543)、張玉(1493—?)、車天輅(1556—1615)、趙纘韓(1572—1631)、任叔英(1576—1623)、李植(1584—1647)、李明漢(1595—1645)、李再榮(1553—1623)、黃慎(1560—1617)①。南龍翼所謂朝鮮朝駢文在精密與工巧上不及高麗的批評,是從作品的聲律遵守規則的程度做出的判斷,後世作品愈發不重視聲律,對此洪吉周、丁若鏞二人皆有共鳴。特別是丁若鏞,對此有如下評論:

新羅時崔致遠,作《黃巢檄》及《諸寺碑文》,高麗學士,作佛家文字,及國初表、箋,亦皆調叶,不知中間何故如此。(《牧民心書》卷八《禮典六條·課藝》)

丁若鏞在文中指出,朝鮮時期的駢文開始不重視聲律。此外,壺谷南龍翼將韓國代表駢文作家任叔英視作徐庾體的繼承者,將李植視爲館閣體的繼承者,并對二人作品有具體評點②。南龍翼將任叔英視作徐庾體的繼承者的觀點,與李植所謂任叔英擅長六朝體的批評,可謂所見略同。

以上我們對韓國駢文集的編纂者對駢文的理解度進行了考察。可以說,他們對駢文的理解,代表了韓國古代前人對駢文的理解水準。李晬光(1563—1628)雖未留下駢文集,但其對駢文的理解尤爲深刻。惜其留下的有關駢文的批評文字零散且過於簡單,很難與如上駢文集編纂者相抗衡。對駢文理解較深刻者,李植與南龍翼可謂首屈一指。這其中南龍翼可謂造詣最高,對此我們可以通過其"儷評"窺知一二。

概而言之,韓國古代先人對駢文持否定態度③。駢文集編纂者對駢文持否定態度,對此我們可以從金鎮圭的評論中會知。"專乎綺麗,而欠爾雅,失古六藝之遺旨耳。"(《儷文集成序》)這種觀點與未留下駢文集的作家們所持之看法,在意識的根源上就存在很多差異。未留下駢文集的作家們對待駢文的態度,最爲典型的可以說是被人們稱爲徐庾體大家的任叔英,他對駢文持明確的否定態度。④ 然而駢文集編纂者們的態度卻并非如此。趙仁奎在其所著《儷語編類序》中以問答的形式表明了自己的駢文觀,序文中向質疑自己編纂駢文集之人詳細說明駢文的價值,并如此回答:文無定法,庸俗之話與端正之話,亦有無法區分時。

前面我們提到,對駢文持否定態度的金鎮圭,對於宋代傑出的駢文作家有如此評價:"治之以辭之美,而不背於理,是不可以非古而抑之。"⑤金鎮圭還稱,駢文發展至宋代,已

---

① 參考《壺谷漫筆(3)》所載"儷評",第48頁。
② 參考《壺谷漫筆(3)》"儷評"及拙稿《朝鮮後期駢文發展的兩種趨勢》。
③ 參考拙稿《朝鮮後期駢文發展的兩種趨勢》,第24—28頁。
④ 參考拙稿《朝鮮後期駢文發展的兩種趨勢》,第28頁。
⑤ 金鎮圭:《儷文集成序》,韓國國立中央圖書館藏本。

臻於完備。按照寫作駢文作家能力之高下,駢文自身問題皆能悉數克服。對此我們作進一步的説明,參與《象藝薈萃》編纂的洪吉周,在該書序文中稱:

> 蓋聞玄圭疏儀瓚邑,尚薦於烝祫;珠衡放鄭礫玉,并登於弦歌。天之所存,人豈得廢?

在洪吉周看來,萬物皆有各自的角色與價值。效仿自然之理致并極力追求對偶的駢文,在朝廷與宗廟中使用,對於立法與教化百姓不無裨益。洪吉周積極肯定駢文的價值。洪吉周不僅以駢體寫作序文,而且在序文中表現出對駢文編纂者的好感。在洪吉周看來,後代之人未能充分認識駢文之價值,駢文之格調因此衰落。

駢文集編纂者們出於這種認識,他們選擇駢文時,選擇對仗精巧、文字樸素典雅的作品①,并認爲即便是館閣體也需精合韻律,即使寫作徐庾體也須以實際性爲權衡之標準。② 駢文須以質樸爲底色,氣勢磅礴,對仗精巧,聲文婉轉,文采華麗,博采衆長,方能辭、理兼備。③ 符合這些要求的駢文,才是駢文集編纂者心中的理想狀態。

三、駢文集的編纂過程及編纂意圖

本文擬以若干文獻記錄爲依據,對九種駢文集進行考察。然而,其中有一些駢文集未能流傳下來,因此無法掌握其實際情況。另有序文不存者。這些給我們考察編纂過程及意圖帶來了困難。考慮到這些因素,本文中只選擇其中幾種,對其編纂過程及意圖進行考察。

(一)編纂過程
《東人之文四六》

衆所周知,《東人之文四六》的編纂者崔瀣於忠肅王八年(1321)3月,在元朝參加科舉考試并及第。考中後,在元朝滯留了一段時間,同年七八月間回國。按照《東人之文序》,當時中國文人希望瞭解韓國文人駢文作品,崔瀣稱此前并無人做過收集韓國古代文人駢文作品的工作,爲此崔瀣深感羞愧。此前崔瀣有編纂類書的想法,在回國後十年期間,這一想法也未能散去。在這一念頭的驅使下,他找來自家珍藏之文集,自家未藏之作品則向他人借閱,對文本之異同進行校正,編成詩歌總集《東人之文五七》,文集《東人之文千百》,駢文集《東人之文四六》,《東人之文》的編纂工作截至忠肅王復位五年(1336)

---

① 參考李植《儷文集成凡例》。
② 南龍翼:《壺谷漫筆(3)》"儷評",第48頁。
③ 參考前述金鎮圭《儷文集成序》,韓國國立中央圖書館藏本。

方竣工①。

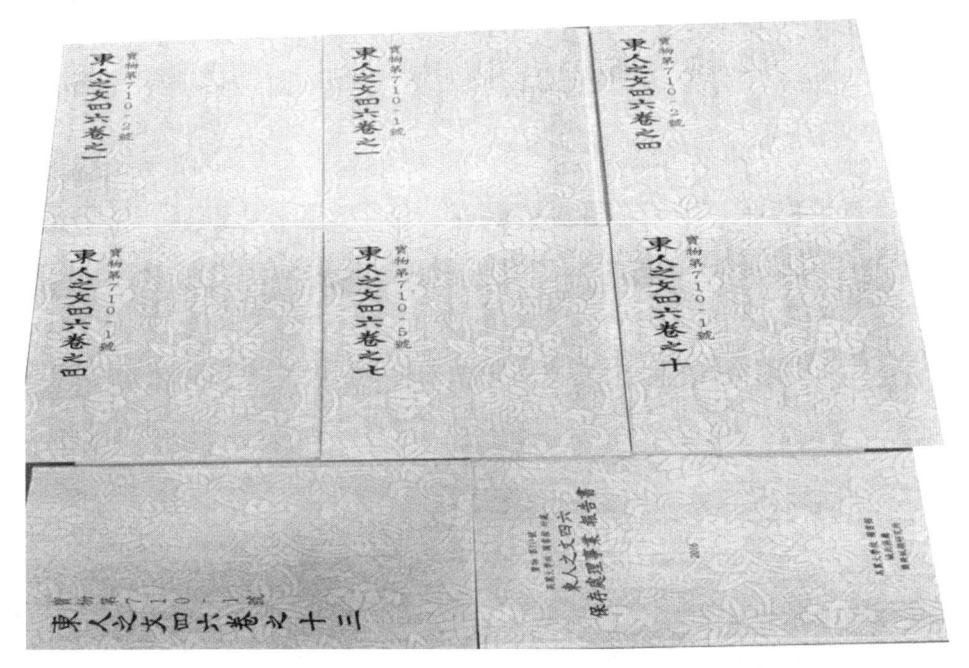

(高麗大學藏《東人之文四六》,譯者攝。《東人之文四六》編入韓國寶物第710—1,710—2,710—5號。此爲複製本。)

我們今天能看到的《東人之文四六》,按照《東人之文四六序》,"後至元戊寅夏,予集定東文四六訖成",可知完成於忠肅王復位七年(1338)夏天。此時完成的《東人之文四六》,考慮到此前《東人之文》中所收録四六過於簡略,因此崔瀣繼續收集材料并進行增補,這一點我們由序文可以看得很清楚。② 現存《東人之文四六》最早的版本是恭愍王三年(1354)晋州牧刊行的木版本③。我們尚未發現《東人之文四六》編纂時參考中國駢文集的相關記録。儘管如此,《東人之文四六》的分類秩序井然,可以推測應當參考了中國的駢文集。我們知道,宋太宗時編成的《文苑英華》於1086年就已經傳到了高麗④。

《儷文程選》

編纂者李植生活的當時,爲人所知的代表性駢文作品集,韓國方面有趙仁奎的《儷語

---

① 參考千惠鳳《麗刻本東人之文四六》,成均館大學大東文化研究院:《大東文化研究》1981年第14輯,第137頁。考察以崔瀣自編本爲底本刊行的《拙稿千百》,該書以撰述年代順序排列,《東人之文序》位於卷二第6篇,《東人之文四六序》位於第18篇。《東人之文序》前面一篇文章爲《故密直宰相閔公行狀》,該文作於後至元二年丙子(1336),《東人之文序》後面一篇文章爲《唐城郡夫人洪氏墓志》,該文亦作於同一年。

② 參考千惠鳳《麗刻本〈東人之文四六〉》,成均館大學大東文化研究院:《大東文化研究》1981年第14輯,第138頁。

③ 尹炳泰:《〈東人之文四六〉再考》,《學山趙鍾博士華甲紀念論叢》,刊行委員會,1990年,第858—861頁。

④ 全海宗:《高麗與宋之交流》,《國史館論叢》1989年第8輯,第22頁。

編類》,中國方面有別稱《四六全書》①的明朝李天麟所編的《詞致錄》②。根據鄭百昌的《儷文程選序》與李植的《程選凡例》,可知李植在編纂該書時,直接參考的著作就是《儷語編類》及《詞致錄》。鄭百昌、李植從如上兩部著作中所選之作品,極爲精粹,亦合法度。對此,李植道:

> 今按趙《選》,專主對偶工麗……李《選》則推原淳古……故不得不專取對偶,就李家之所同者選之,乃其略纖巧崇渾厚之作,則於詞致多取焉。

對之進行了具體說明。出於這種想法,編者李植只選出了適合館閣和科舉場中使用的文章,他堅持將膾炙人口的庾信和王勃的作品,即所謂六朝體作品四篇收入別集之中,因此遭到金鎮圭的批評:"澤堂《程選》,去之偏。"

根據《澤堂集》與《程選凡例》,我們可以推知,澤堂李植在擔任承文院副提調的1628年(即仁祖六年)正式開始編纂駢文集③。在刊行之前,收錄在對《儷文程選》中收錄作品進行擴大時,得到了鄭百昌、李敏求的幫助。他在擔任訓鍊都監時,因時間不足,未能對作者的名字和排列的先後順序進行仔細核對。據筆者推定,是書最晚於《程選凡例》寫作的仁祖九年(1681)已經刊行。

《儷文注釋》

由書名可以看出,柳近④編纂《儷文注釋》是爲了克服時人駢文閱讀上的障礙。我們通過《儷文注釋》,可比較詳細地瞭解是書的編纂過程。

編者產生編纂是書的想法,最晚也始於《儷文注釋》一書完成之前十年。肅宗二十八年(1702)夏天⑤,編者收購了於江華島出版的《儷文鈔》兩卷,對於這兩卷《儷文鈔》,柳近一方面覺得是書編選精妙,另一方面感慨所收作品過於簡略。此後柳近經眼雪峰姜伯年(1603—1681)所編纂之駢文集,從姜伯年所編纂之駢文集中選出未爲《儷文鈔》所收錄之作品,同時從李植的《儷文程選》中選出20篇,從編者未詳的《儷啓》中選出宋人謝

---

① 關於《四六全書》可參考拙稿《明代李天麟的〈四六全書〉》,忠南大學校漢文學會《翰苑論叢》1995年2月第四輯。

② "顧其書傳於世者多矣。其所謂《儷語編類》《四六全書》爲最。"(鄭百昌《儷文程選序》) "我國則惟趙寓菴仁奎所選《儷語》篇爲最……其後中朝學士李祥宇天麟所選《詞致錄》(即《四六全書》)出……要之,二選固爲四六淵藪。"(李植《儷選凡例》)

③《澤堂集》別集卷一七《雜著》。《儷選凡例》最後云:"始訓都監……不佞又忝槐院之役,常患四六書傳布不廣……開梓訖功。"

④ 編纂者柳近是肅宗時人,生存年代不詳。不過我們知道,肅宗二十五年(1699)時,柳近因爲增廣文科獄事件,與洪錫輔一同受到牽連。參閱《肅宗實錄》卷三四(上),肅宗二十六年壬午(17日),及《人名詞典》"洪錫輔"條。

⑤ "上之三十七年辛卯五月日,完山柳近思叔甫識。"(《儷文注釋序》)

枋得的啓文兩篇,并模仿《儷文程選凡例》,一共收錄作品 156 篇,并依次編序。這樣看來,《儷文注釋》編纂時所參考的駢文集有:《儷文鈔》、姜雪峰所選駢文集、《儷文程選》《儷啓》等。

柳近在完成作品集的編纂之後,漸漸感覺到前文中所引用的古代故事過於隱晦難解,同時也發現了在傳抄的過程中出現了一些錯誤,於是他參考多種著作,對每篇駢文添加注解。同時根據不同情況,加入自己對文章的理解。在對駢文添加注釋時,柳近參考的著作有如下一些:孫雲逸對李劉《四六標準》的注釋,五山車天輅(1556—1615)所撰《益州夫子碑銘注》,吳兆宜對庾信《庾開府集》的注釋等。我們由儷文注釋中采錄《四六標準》原注這一點來看,《儷文注釋》的基礎著作當是《四六標準》。《儷文注釋》完成於肅宗三十七年,即 1702 年。

《儷文集成》

竹泉金鎮圭所編《儷文集成》的編纂目的,旨在對歷來駢文集進行補充①。作者稱參考的駢文集有中國的《翰苑新書》《四六全書》,韓國趙仁奎編的《儷語編類》、李植的《儷文程選》,以及金錫冑與南龍翼等人編纂的駢文集。他將自家所藏的諸多作品,以及唐宋人文集中收入的作品做一網打盡式的搜集以後,删除内容繁雜之作,一方面精選佳作,另一方面也不局限於只收入某一種類型的文章,儘量實現收入文章的平衡,可見其工作是極爲細心的。全書收入作品 600 餘篇,六朝與唐代的作品編入《前編》,這是因爲編纂《儷文集成》而收錄來的大部分文章爲宋代作品的緣故。是書的編纂宗旨在於盡可能網羅所有時代之作品,因此對於本無足觀的元、明駢文也包含在内。根據筆者推論,是書刊行於肅宗三十八年,即 1712 年。②

《象藝薈萃》

關於《象藝薈萃》,歷來人們認爲是源泉洪奭周(1774—1842)一人獨自編纂之作,然而根據相關記錄可知,沆瀣洪吉周(1786—1841)與海居洪顯周也參與其事。《象藝薈萃》每卷首有"源泉子精選、沆瀣子同校、海居参訂"等字樣,精選、同校、参訂,這三個詞的意思實際上并没有太大的差别。前面我們提到過洪吉周用駢體寫的《象藝薈萃序》:

> 海居叔子,久飫綺紈,夙耽緗縹……於是擷藝圃之芳潤,步文苑之紆迤……遂乃騁屬古今,别抉幽妙,刈楚翦梏,裁予奪於壎箎……

從引文可以看出,三兄弟對作品進行挑選時有過商議,雖然對於具體的商議過程無法確

---

① "其書之自燕市來者,止《翰苑新書》、《四六全書》。而或未該括,或有踳駁,我東則趙典翰仁奎之《編類》,繁而未精;澤堂《程選》失之偏;息庵壺谷所抄,病於略。"(金鎮圭《儷文集成序》)
② "崇禎甲申後六十八年孟冬,光山金鎮圭序。"(《儷文集成序》)

認,較之洪奭周在時間上更爲充裕的洪奭周的弟弟洪顯周主導是書的編纂可能性更大。

相比其他騈文集而言,這部騈文選集中編者的態度更爲明確,另外我們從"選"字亦可看出,收入作品的文學性是其入選最優先考慮的條件。證據有四:一、是書後附有"諸家叙略";二、收錄了韓國古代文人的作品十篇;三、這部騈文集的序文以騈體寫就;四,騈文集中收錄了很多魏晋南北朝與唐代文人的作品,甚至還收錄了明清時期的一些作品。①

雖然我們對是書的編纂年代與刊行年代無法確認,但刊行於 1824 年的《豊山世稿》,即洪奭周及南宮轍的家稿與著作中使用的"敦岩印書體字",可知是書集中刊行於 1822 年至 1829 年之間,《象藝薈萃》使用了相同的活字。如果考慮張混(1759—1828)對此書作過校正的話,我們可以推測是書刊行於 1825 年前後。②

以上我們對幾部騈文集的編纂過程進行了簡略的考察,韓國古代文人編纂的騈文集參考的著作主要有:明代李天麟編的《四六全書》(《儷文程選》與《儷文集成》參考。以下我們按照相同格式進行注明),明代孫雲逸注釋的宋人李劉的作品,這部作品由李劉的門人羅逢吉編成《四六標準》一書(《儷文注釋》參考),宋代編者未詳的《翰苑新書》(《儷文集成》參考)。韓國古代文人趙仁奎的《儷語編類》(《儷文程選》與《儷文集成》參考),以及李植的《儷文程選》(《儷文注釋》與《儷文集成》參考)。另外間接提到的還有中國宋代李昉等人編纂的《文苑英華》(《儷文集成》與《象藝薈萃》參考)。韓國文人所編文集中經常提到的如上這些著作,體例嚴謹,韓國古代騈文集的編者們在編纂過程中大量參考,這些書籍對於他們編纂韓國騈文集發揮了巨大的作用。我們僅從記錄亦可看出,對於韓國古代文人編纂騈文集最主要的參考著作是中國的《四六全書》,以及韓國的《儷語編類》及《儷文程選》。

(二)編纂意圖

上文中提到,騈文集的編纂者們雖然編纂了騈文集,但是他們對於騈文持否定性的態度。既然如此,那麼他們爲何要編纂騈文集?以下將從三個方面對其編纂意圖進行考察:一、爲了便於人們熟悉騈體文,提供文章典範;二、爲了幫助人們對騈體文的理解;三、出於民族文化的自豪感,以及保存作品的意圖。

其一,爲了方便人們熟悉騈體文,并提供文章寫作的典範。

這一意圖是諸多意圖中最爲重要的,也是衆多騈文集中最具代表性的一個意圖。這些編纂者們對於騈文的實用性極力強調,并異口同聲、一致呼籲提供典範文章的必要性。朝鮮初期編纂《儷語編類》的趙仁奎認爲,詔、誥、制、敕、表、箋、章、奏、書、啟、檄文、露布、樂語、上梁文、青詞、疏語、序、志、碑文等騈文是日常生活中經常使用的文體,絶不能置之

---

① 大部分騈文集中收入最多的是宋人的作品。
② 尹炳泰:《朝鮮後期的活字與册》,首爾:汎友社,1992 年,第 343、391 頁。

不理。同時還認爲當今作品并不遵循法式、將庸俗之語與典雅語言混合使用,令人倍感遺憾。①

趙仁奎對於駢體文實用性的認識,也體現在後來成書的《儷文程選》之中。駢文在日常生活幾乎所有方面都能使用,因此無論是否做官,都需熟知駢文。②"四六之文,亦有古有今。古四六,學之難而無所用。"③李植在對駢文實用性的認識之下,極力搜求具有典範性的駢文作品,在搜求過程中,他發現《儷語編類》與《詞致錄》内容過於龐大,讀起來并不容易,於是開始着手編纂駢文集。表、箋是在與中國進行交流時最爲重要的文章類型,比起科舉考試中的策論而言更爲重要,考慮到這一點,李植在編輯駢文集時,正如他所指出的,以在館閣與科舉考場中經常使用的文體爲主進行收錄。其在編纂作品選時,以館閣體爲主進行了作品收錄。李植希望學習駢文之人,能通過自己所編纂的這部駢文集,熟悉駢文寫作的基本套路。李植《程選凡例》云:"今之精選本爲事大文書楷模而發。"很明確地表達了他的這種編纂意圖。

這種編纂意圖在金鎮圭那裏表現得更爲具體。金鎮圭云,準備科舉考試之人理所當然應以優秀作家的典範作品爲榜樣,然而應試科舉的士子并不能做到這一點,只能蹈襲當時很容易就能看到的一些文章,這必然導致科舉士子們的文章越發拙劣。其在《儷文集成·序》中説道:

凡匠之欲巧其方圓,必善其規矩,作者之文之於舉業,亦規矩也。

引文中以比喻的形式進行了説明。所謂工欲善其事,必先利其器。工具先得好,工匠才能更好地發揮其技能。同樣的道理,準備科舉的士子也須以典範文章作爲榜樣,這典範文章就是所謂的工具。然而在金鎮圭看來,源自中國的《翰苑新書》《四六全書》以及韓國的《儷語編類》《儷文程選》等駢文選集都存在問題,無法爲學習駢文的士子提供良好的工具。對於此種情景,金鎮圭如此描述:微不足道的匠人自然無法獲得鋭利的工具,以此砍樹,只會使手掌受傷。爲了克服這種情況,需對已有的駢文集中的問題進行完善,并重新編撰,這就是《儷文集成》一書的由來。編纂人對於編纂出與衆不同的、能成爲科考時文章寫作典範的駢文集充滿自豪感,同時文章中也提到了駢文學習的方法及其效果。

《象藝薈萃》中收錄理想文學作品的駢文,這一點與此前的著作基本相似。洪吉周在

---

① 參考趙仁奎《〈儷語編類〉序》,韓國國立中央圖書館藏本。
② 參考鄭百昌《〈儷文集成〉序》,韓國國立中央圖書館藏本。
③ 參考李植《澤堂先生别集》卷一四《雜録》所載《作文模範》,標點影印本《韓國文集叢刊》第 88 册《澤堂集》,首爾:民族文化推進會,1988 年,第 518—519 頁。

其序文中這樣說道:高處不勝寒,駢文亦是如此,後世人對駢文價值的認識會日漸降低,至於韓國的情況,"近世以來,如水益下,人途耳目,魔入肺肝"。上述那些編纂者非常重視以館閣爲中心的駢體文的徹底實用的一面,相對而言,《象藝薈萃》的編纂者并没有局限在一定的範圍内,而是表現出開放的姿態。這一點我們可以從用駢體寫就的序文,以及所選作品的時代與國籍相對開放等可以看出。

其二,幫助人們對駢文的理解。

因駢文用典的特性,古人對於駢文的難解多有指責①。駢文因自身的難解性,讀者對駢文内容的把握并不容易,以消解閱讀障礙爲編纂意圖的代表性駢文集有柳近的《儷文注釋》。其編纂意圖,我們由書名就可以看出。當然在《儷文注釋》之前出現的駢文集中,也有一些作品表現出了隱隱約約的這種編纂意圖。比如,《儷文程選》別集中收録了庾信的《哀江南賦》和王勃的《益州夫子廟碑》,在收録作品的同時,將注釋也一并收入駢文集中。《儷文程選》最早出現注釋,而這種注釋則是轉引自中國人的注解。在駢文之後添加注解,自《儷文程選》以來成爲慣例,後續駢文集大多仿效。在《儷文程選》以後問世的《儷文鈔》中,對於《哀江南賦》與《益州夫子廟碑》,收録了與《儷文程選》相同的注釋内容。然而在《哀江南賦》後,另外添加了諸如"護軍指韋粲,祖叡、父芳,皆爲梁將","'狐偃之'三字,疑衍"等六個注解。

我們在對《儷文注釋》的編纂過程進行考察時指出過,在編纂駢文集時,完成駢文作品編選工作以後,參考諸注并添加其後,同時根據實際情況,編纂者偶爾也會添加自己對文章的見解。《儷文注釋》對165篇作品進行了注釋,我們以《哀江南賦》和《益州夫子廟碑》爲例進行考察,可以發現,《儷文注釋》在《儷文程選》與《儷文鈔》注解的基礎之上,同時指出了引用注釋的出處,并加入了編纂者自己的見解。《儷文注釋》以孫雲逸《四六標準》注解爲原注,在注釋之外加入了自己的見解,同時也采用了《庾開府集》的注解。按照這種方式編纂的《儷文注釋》的編纂意圖,我們可以由編纂者柳近的自白中很容易窺見其中端倪,柳近云:多年吟誦,方知古人典故使用中隱微與難解之處。

其三,出於對民族文化的自豪,以及爲了保存作品。

衆所周知,《東人之文四六》的編纂者崔瀣,從目前所能看到的記録可知,他在元朝參加科舉考試并及第,爲此他極爲自得,同時對於元朝也充滿好感。但是這一記録從上下文來看很難理解。這是因爲崔瀣是一個具有批判意識的知識人,他留下的誇張性的表達其實是一種正話反説②。其留滯元朝時,元朝的中國文人提出要閲覽韓國人駢文作品的欲求,崔瀣只能回答没有此類作品集,爲此他感到羞愧難當。這種羞愧讓其自尊心頗受

---

① 參考拙稿《朝鮮後期駢文發展的兩種趨勢》,第2頁。
② 金宗鎮:《崔瀣的士大夫意識及其詩歌世界》,高麗大學民族文化研究所:《民族文化研究》,1982年第26號,第193—198頁。

損,使他感到羞愧的是,對方并非唐宋文人,而是在其眼中爲野蠻民族的蒙古人所建立的元朝,因此這種羞愧就更加深刻。《東人之文四六》中收録了很多作於高麗臣服元朝以前的文人文章,這在某種意義上來看,可以算作是對元朝的一種反抗。在崔瀣看來,從文化上來看,高麗絕對不遜於元朝。他以文學的手段對自己的這種信念進行表現,於是編纂了這部《東人之文四六》。在搜集東人之文的過程中,他的這種信念愈發堅定,愈發感覺到東人之文絲毫不遜色於中國。《東人之文序》中有這樣一段話:

> 至其得意,尚何自屈而多讓於彼哉?觀此書者,先知其如是而已①。

由以上引文可充分窺見崔瀣的民族文化自豪感與自尊心。

從編纂者的話語中能窺視保存作品的編纂意圖的駢文集,只有崔瀣的《東人之文四六》。崔瀣的《東人之文序》中提到,高麗人才輩出,文章燦爛,可觀之作,爲數不少,然而民風淳樸,文集多爲手抄,版刻不多,歲月流逝,這些作品也日趨毀滅,很少能流傳下來。武人發起的叛亂,使這種情況變得更加嚴重。崔瀣在序文中表達了對於此種景象的憂嘆。《東人之文》并未做到對所有文章一網打盡,所收録之作品不過是經受戰火洗禮和蟲蛀的紙張的殘片,由編纂者的這些言語,我們可以窺見其出於民族文化自豪感以及希望保存作品的編纂意圖。

四、韓國駢文集的特點

上文中我們提到韓國的駢文集大概有九種是我們可以確認的②。現在實際上我們考察的只有如上七種。以下我們對於這七種駢文集的刊行形態、對偶句的排列方式、收録作品的國籍、作品的排序標準、出現時期等問題進行考察。現存的駢文集都是刊本,或爲木版本,或爲木活字本,或爲金屬活字本。特別是《儷語編類》採用的木活字與金屬活字兩種活字,另外《儷文鈔》也用了兩種金屬活字進行刊刻。此種現象與編纂者的位相有密切的關聯。所謂對仗的排列方式,是指爲了幫助讀者理解將成對的部分作對仗排列。對於構成對仗的部分進行整理以便於理解,這種方式我們稱之爲新式排列法。不按照此種方式的排列法,我們稱之爲舊式排列法③。《東人之文四六》與《儷語編類》中采用的是所

---

① 參考崔瀣:《拙稿千百》卷之二載《東人之文序》。標點影印本《韓國文集叢刊》第3册《拙稿千百》,首爾:民族文化推進會,1988年,第28頁。
② 前言中提到的九種駢文集,以下我們簡稱爲:《東人》《儷編》《程選》《雪峰》《儷鈔》《兩體》《注釋》《集成》《象藝》。
③ 張仁青:《駢文學》上册,臺北:文史哲出版社,1984年,第285—287頁。

謂舊式排列法,自後世之《儷文程選》始,采用的皆爲新式排列法。除《儷文程選》別集中收録的《哀江南賦》與《益州夫子廟碑》外,其他作品都是按照新式排列法進行排列。换句話説,這兩部作品采取的是舊式排列法。18世紀初期成書的《儷文鈔》中,添加有注釋的《哀江南賦》與《益州夫子廟碑》也采取的是新式排列法。可以説自18世紀開始,新式排列法成爲普遍的排列法。對於所收録作品的國籍進行的分類,可以成爲我們直接或間接考察編纂者意識世界的方案。僅僅收入韓國人作品的駢文集——《東人之文四六》就是其中一例。同時收録中國作家作品與韓國作家作品的駢文集可以《象藝薈萃》爲例,另外,《儷文兩體》雖未能傳世,但根據《壺谷漫筆》的記録,可以推測其中也收録了韓國作家的作品。除此以外的駢文集,都收録的是中國作家的駢體文章,這與駢文集的編纂意圖是旨在提供典範性的作品有密切關係①。在作品的排列問題上,除了《儷文鈔》是以作家爲中心進行排列的以外,其他駢文集都以文體進行分類,韓國駢文集所采取的排列方式,可以説是以文體爲標準進行排列的。文體的種類,從《注釋》中的10種,到《儷文集成》與《象藝薈萃》中的26種,種類繁多②。《東人之文四六》中又將表中分爲事大表、陪臣表狀、表、狀等種類,很好地表現了編纂者所生活的時代韓民族的處境。從出現時期上來看,出現於14世紀的有1種,16世紀的1種,17世紀有4種,18世紀有2種,19世紀有1種。可以看出,駢文收集工作在17世紀是最爲活躍的。

以上所述,我們以表格的形式對駢文集進行介紹③。

---

① 這裏《儷編》《程選》《儷鈔》《注釋》《集成》,都是其中的例子。這其中除了《儷編》以外,其他篇文集中收録了崔致遠的《黄巢檄文》,不過編纂者都將崔致遠視爲中國唐代人。《儷文集成》編纂者在序文中稱,將六朝與唐代的作品收集起來編成"前編",孤雲崔致遠所寫的《黄巢檄文》,就收録在"前編"之中。

② 各駢文集中所收文章的文體如下:
《東人》:事大表狀、册文、麻制、教書、批答、祝文、道詞、佛疏、樂語、上梁文、陪臣表狀、表、箋、狀、啓、詞疏、致語(17種);
《儷編》:詔、勅、御劄、制誥、册、赦文、批答、表箋、啓、狀、檄、露布、致語、上梁文、書判、祝文、青詞、疏、序、祭文、謚議、墓志、碑(23種);
《程選》:制詔、表、啓、狀、書、詞、榜、露布、牒、檄、致語、上梁文、序、碑志、祭文、連珠(16種);
《注釋》:詔制、表、啓、狀、露布、檄、致語、榜、碑志、序(10種);
《集成》:詔、赦文、册、制、批答、表、啓、露布、檄、牒、序、碑、連珠、判、答詔、誥、麻、致語、上梁文、勸農文、青詞、疏、祝文、祭文、謚議、墓志(26種);
《象藝》:賦、詔、制誥、手書、批答、哀册文、表、狀、劄子、箋、檄、露布、移文、書、啓、序、引、論、連珠、頌、銘、上梁文、雜文、碑、墓志、科體(26種)。

③ 表中,(1)加注問號的爲筆者的推論或者是不確定處。(2)對於收入作品的國籍,崔致遠所寫的《黄巢檄文》,雖然是新羅人的作品,但我們尊重編者最初的觀念,歸入中國唐代作品之中。"韓"表示韓國作品,"魏"表示魏晉南北朝時期的作品。國籍旁邊的數字表示作品的數量。(3)單書名號表示根據和典故的出處。

事項\書名	編者	編年/刊年	作品數量	所收錄作品的國籍	作品的排列方式	後人的評點	備考
《東人》	崔瀣（1267—1340）	1338	492	韓	按照文體分類		
《儷編》	趙仁奎（？—？）	1533《？序》①	1802	中國：魏1，唐57，宋1113，金3，元166，明10，？452②	按照文體分類	"繁而未精"（《集成序》），"爲最"（《程選凡例》）	
《程選》	李植（1584—1647）	（1631）《凡例》	322	中（崔）魏11，唐33，宋244，金1，元2，明1，清3，？27		"失之偏"（《集成序》）	有"凡例"
《雪峰》	姜柏年（1603—1681）	1656《？》		中（崔）〈注釋序〉			失傳
《儷鈔》	金錫冑（1634—1684）	（1702以前）《注釋序》	120	中（崔）魏1，唐3，宋116	以作者爲中心	"選之精"（《注釋序》），"病於略"（《集成序》）	
《兩體》	南龍翼（1628—1692）	1680年前《儷評》	46〈？〉	韓中		"病於略"（《集成序》）	失傳
《注釋》	柳近	1711《序》	165	中（崔）魏1，唐7，宋152，元1，明1，？3	按照文體進行分類		
《集成》	金鎮圭（1658—1716）	1712《序》	636	中（崔）？52，魏12，唐47，宋508，金1，元9，明3，清4	按照文體進行分類		
《象藝》	洪錫周（1774—1842）等三人	1825《？》	140	韓中，魏28，唐53，宋44，明3，清2，韓10	按照文體進行分類		有《諸家叙略》，序文乃駢體

如果對上表中作品的國籍進行考察的話，可知韓國駢文集以收入中國作品爲主。其

---

① 譯者注：韓文論文原文中，因序文題目無法考知故作問號處理，譯文中從之。以下皆從之，不贅注。
② 譯者注，韓文原在"452"前有問號，概因452篇作品所屬寫作時間歸屬朝代不詳，故作問號處理，譯文中保留問號。以下篇數前問號皆依照韓文論文原文保留，不贅注。

中收録作品最多的是宋人的作品。國籍明確的作品中,宋人作品所占的比例,《儷編》與《程選》中各爲83%,《儷鈔》中爲97%,《注釋》中爲94%,《集成》中爲87%。駢文集的編纂者對駢文的實用性有充分的認識,其編纂駢文集的主要意圖在於爲當時人提供典範性的作品,在這種意圖之下,以館閣爲中心而寫作的文章以詔、制、表、啓等文章爲主,另外收録宋人作品之多,也與韓國古代文人對宋人的駢文持肯定的態度有密切關係①。

如果對各駢文集的特徵及其意義進行簡單考察的話,《東人之文四六》是韓國最早的駢文集,其中所收録的作品都是韓國古代作家的駢文作品,其編纂意圖可以說在於表現韓民族的民族個性。進入朝鮮時期以後,最早出現的駢文集《儷編》一書的書名就已經向我們展示了這一點,這是一部收録作品最多的駢文集,爲後來駢文集的出現奠定了基礎。《程選》一方面收入對偶工整的作品,一方面收入高雅的作品,采取的是這種折中的態度,所收録的作品以在館閣與科場經常使用的體制爲主,對後來駢文集的編纂方向產生了重要影響。《儷鈔》《注釋》《集成》與《儷編》《程選》中收録的作品,并沒有很多本質上的差別。只是《注釋》中添加注釋的這種工作,是一種有意義的嘗試,這是我們對這部駢文集能給予的評價。另外我們可以對《象藝》作出這樣的評價:可以說《象藝》是繼承《東人之文四六》精神的一部駢文集。《象藝》中收入了較多韓國古代文人的作品,相比此前的駢文集而言,減少了宋人作品的比例,宋人作品在整部駢文集中所占比例不過31%。相比宋人作品而言,唐人作品更多,另外魏晉南北朝時期的作品也爲數不少。以下我們以表格的形式,對《象藝》的特點作如下整理②

作家名	作品名	駢文集名						備考③
		儷編	程選	儷鈔	注釋	集成	象藝	
庾　信	哀江南賦		○	○	○	○	○	魏
王　勃	滕王閣序	○	○		○	○	○	唐
	益州夫子廟碑	○	○	○	○	○	○	
駱賓王	武瞾檄④	○	○	○	○	○		唐
崔致遠	黄巢檄			○	○	○	○	唐
王安石	乞罷政事表	○	○	○	○	○		宋

① 參考拙稿《朝鮮後期駢文發展的兩種趨勢》,第13、26—27頁。
② 上表中從《儷編》到《象藝》6種駢文集中,最少有五種以上作品證明了這一點。駢文集的編纂者們收入最多的是哪種作品? 韓國古代的文人們最熟悉的是哪些作品? 通過這張表,我們可以瞭解這些信息。
③ 備考中所表示的資訊,比如"魏""唐"爲作者生活的時期,或者國籍。
④ 譯者注:朴禹勳教授原文中爲"武照檄",今更正爲"武瞾檄"。

續表

作家名	作品名	駢文集名						備考
		儷編	程選	儷鈔	注釋	集成	象藝	
蘇 軾	謝賈朝奉啓	○		○	○	○	○	宋
	賀歐陽少師致仕啓	○		○	○	○	○	
汪 藻	親征詔	○	○	○	○	○		宋
	除宰相制	○	○	○	○	○		
	謝除翰林學士表	○	○	○	○	○		
	謝除太子賓客表	○	○	○	○	○		
	代遣表	○	○	○	○	○		
陸 游	上鄭宣撫啓	○	○	○	○	○		宋
	賀周丞相啓	○	○	○	○	○		
	賀葉樞密啓	○	○	○	○	○		
	知嚴州謝王丞相啓	○	○	○	○	○		
真德秀	進大學衍義表	○		○	○	○	○	宋
	以奉祠再除……到任謝表	○	○	○	○	○	○	
	謝除禮部……侍讀表	○	○	○	○	○		
	謝宣召入院表	○	○	○	○	○		
	江東漕謝到任表	○	○	○	○	○		
	謝復官表	○	○	○	○	○		
劉克莊	賀江察院啓	○	○	○	○	○	○	宋
	袁州到任謝表	○	○	○	○	○		
	上傅侍郎啓	○	○	○	○	○		
	謝葉秘監舉陞陟啓	○	○	○	○	○		
	謝洪中書舉自代啓	○	○	○	○	○		
	除宗薄謝丞相啓	○	○	○	○	○		
	賀右丞相還朝啓	○	○	○	○	○		
	除崇禧觀謝丞相啓	○	○	○	○	○		
	謝史端明啓	○	○	○	○	○		
	江東憲謝鄭少保啓	○	○	○	○	○		
	賀湯司諫啓	○	○	○	○	○		

續表

作家名	作品名	儷編	程選	儷鈔	注釋	集成	象藝	備考
歐陽修	謝賜漢書表	○	○	○	○	○		宋
文天祥	謝江樞密啓	○	○	○		○	○	宋
文天祥	除湖南……李樓峰啓	○	○	○		○	○	宋
文天祥	賀江丞相赴召啓	○	○	○	○	○		宋
陸秀夫	謝樞密使文天祥獎諭詔	○	○	○	○		○	宋
陸秀夫	端宗皇帝遺詔	○	○	○	○	○		宋
陸秀夫	祥典登寶位詔	○	○	○	○	○		宋
史天秩	謝及第啓	○	○	○	○	○	○	宋
呂惠卿	建寧軍節度副使謝表	○	○	○	○	○		宋
張舜民	謝諫議大夫表	○	○	○	○	○		宋
曾 肇	謝史成受朝奉郎表	○	○	○	○	○		宋
鄒 浩	謝復官表	○	○	○	○	○		宋
周茂振	追贈比干詔	○	○	○	○	○		宋
吳 澄	謝賜禮物表	○	○	○	○	○		宋

　　大部分駢文集中收入很多宋人的作品,上述表格再次向我們證明了這一點。《象藝》一方面與《儷鈔》《注釋》《集成》有親緣關係,同時也有自身的獨特性。表格中汪藻、陸游等人的情況向我們證明了這一點。《象藝》與前代駢文集不同的是:相比宋代作品,駢文集中收錄更多的是魏晉南北朝與唐代人的作品,不僅如此,以館閣爲中心寫作的文章種類的比例,相比其他駢文集而言較低。收錄的140篇作品中有90篇(占全書64%),是以上所言及之《儷編》《集成》等中未收錄的作品。我們應該給《象藝》編纂者所付出的努力給予高度的肯定。另外未能傳世的《兩體》同時收入了中國人和韓國古代作家的作品,這一點也值得我們高度肯定。上文中我們在對《東人之文四六》的編纂過程進行考察時提到過,韓國駢文集的出現受到過中國著作很深的影響,對韓國駢文集的出現產生重要影響的中國的這些著作的特點,我們可以通過以駢文爲主進行收錄或者僅收錄駢文的這些文集窺知一二。在中國編纂的以駢文爲主收錄的著作,以及僅僅收錄駢文的著作,有宋太宗時期李昉等人所編纂的《文苑英華》,宋人魏齊賢、葉芬等人於1190年編纂的《五百家播芳大全文粹》(上文中我們簡稱爲《播芳》),宋人李劉的門人羅逢吉等人以老師李劉

的作品爲基礎編成的《四六標準》,13 世紀以後編者未詳的《翰苑新書》,1627 年明人王志堅編纂的《四六法海》,明人李天麟編纂的《四六全書》,以及清人所編纂的《宋四六選》《駢體文鈔》《皇朝駢文類苑》等,數量龐大。這些著作的書名出現在韓國駢文集中,雖然可以説這些著作對韓國駢文集的編纂產生了重要影響。但是我們對真正意義上的駢文集的出現時期進行考察的話,可以發現,較之中國,韓國駢文集的出現時期更早。韓國的《東人之文四六》與《儷語編類》分別刊行於 1338 年與 1533 年,中國真正意義上可稱之爲駢文集的《四六全書》成書於 1587 年,顯然出現在《東人之文四六》與《儷語編類》之後。

《四六全書》序文作者稱,《四六全書》以前,無人做過收集典範駢文以成著作的工作①。筆者這裏想説的是,《四六全書》是一部專門收錄駢體文章的、中國最早的、具有真正意義的駢文文集。宋代李劉的門人羅逢吉以老師著作編成的《四六標準》,是一部個人作品集,因此不在我們討論的範圍之内。出現時期早於《四六全書》并收錄駢文的著作有:《文選》《文苑英華》《播芳》《翰苑新書》等等。《文選》所收文章雖以駢文爲主,收入了梁代以前 130 人 700 多篇作品,這些作品被分爲 39 個類型。然而賦與詩歌置首,賦分爲 15 目,詩分爲 23 目。《文苑英華》中也是將賦、詩、歌行等置首,分爲三類,至於《播芳》中所收錄的作品,只有 60%—70% 是駢文②。《翰苑新書》中甚至收錄前代文人的詩詞,因此很難説是一部專門的駢文集。與之相反的是,目前所見《四六全書》各種版本中僅僅收錄了駢文,所收作品秩序井然,分類明確。韓國古代文人對於《四六全書》作過如此評價:"顧其書傳於世多矣,其所謂《儷語編類》《四六全書》爲最。"(鄭百昌《儷文程選序》)"其後中朝學士李祥宇天麟所選《詞致録》(即《四六全書》),出前輩所選唐宋《文苑英華》《會編》《播芳》《翰苑》等書,皆在《薈萃》中,則斯亦集諸家所長,而無不備矣。"(李植《程選凡例》)對於《四六全書》的這些評價,反映了當時人對《四六全書》的認識。從這一點來看,筆者以爲《四六全書》是中國最早的、具有真正意義的駢文集。

如果筆者所論不錯,那麼對於上文中筆者所提出的韓國的駢文集早於中國真正意義上的駢文集《四六全書》又該作何解釋呢?對此我們可以從駢文集的編纂意圖的考察中找到答案。《四六全書》的編纂目的在於扭轉紊亂散漫的文風③。而韓國的《東人之文四六》與《儷語編類》的編纂意圖,上文中我們已經提到過,在於彰顯民族文化的自豪感,并爲時人提供駢文寫作的典範。所謂爲時人提供典範性的作品,這種編纂意圖源自於與中國的外交時使用的駢文所具有的實用性。如果説中國駢文的編纂目的是對内的話,那麼韓國的駢文可以説是對外,即對中國。在面對中國時,韓國古代文人視自身爲弱者,出於

---

① "今國家文明鬱鬱,士習彬彬,自經疏史傳,及方伎稗官,雖佛揭道詮與巷謡里曲,無難充棟,寧俟殺青,此文之備也。獨四六則無有品析而彙集之者。"(温純《八代四六全書序》)"舊未有四六成書,即有之,率溺所聞,因陋就簡卑之……有之,自待御李公始。"(余良樞《八代四六全書後序》)
② "是編皆録宋代之文,駢體居十之六七。"(《四庫全書總目》,《五百家播芳大全文粹》條,第 1698 頁)
③ 參閲拙稿《關於明代李天麟的〈四六全書〉》,第 11—14 頁。

這種認識編纂了駢文集。換句話說,韓國古代的文人將駢文的寫作能力視作自尊心,視作守護國權的必須手段。可以說,在古代的韓國人看來,駢文的創作能力的培養是非常重要的事情。進入朝鮮時期,朝鮮奉行事大主義的外交政策,對作爲重要外交傳達手段的表、箋在寫作上盡心竭力。洪武末年,明朝與朝鮮之間因爲朝鮮發出的表、箋中的幾個字的錯訛,造成了兩國的紛爭①,這一事實很形象地告訴我們,駢文的創作能力對於確保古代韓國的地位是多麼重要的問題。較之中國,駢體文創作能力的培養的必要性對於古代韓國而言更爲切實。因此,具有真正意義上的駢文集更早地出現在韓國就是可以理解的事情了。

五、結論

本文旨在對韓國駢文集做一些基礎性研究,文中對九種駢文集進行了考察。以下我們概括一下本文的核心觀點。

一、如果考察韓國駢文集編纂者的生平,可以發現他們大多做過高官,且有以使臣的身份出使國外的經歷。他們不僅具有傑出的駢文創作能力,而且在批評上表現出與衆不同的眼光,展現了編纂者們的文藝指向性。編纂者們的這種特點,可以說與駢文的貴族性密切相關。

二、他們對於駢文有着與衆不同的造詣。對於駢文,他們的傾向與時人不同,持並不完全否定的、柔軟性的姿態,南龍翼的見解就是其中的典型。

三、這些駢文集的編纂者們,花費巨大精力收集材料,對此前駢文集的長短優劣進行斟酌與完善。其中被參考頻率最高的是中國的《四六全書》,以及韓國的《儷語編類》和《儷文程選》。

四、駢文集的編纂意圖,一方面旨在讓時人瞭解駢文,並爲時人提供典範性的作品,增進時人對駢文的理解,同時也有通過駢文表現民族自豪感,保存作品的意圖。

五、本文中對於韓國駢文集的刊行形態、對句的排列方式、收錄作品的國籍、作品的排列標準、出現時期等問題進行了考察。駢文集中所收錄的作品以中國作品爲主,其中大多數是宋人的作品。這與編纂者對宋人駢文心懷好感因而入選有密切關係,同時也與這些文章多以館閣爲中心寫就有密切關係。

六、另外文中對韓國駢文集的特點進行了分析,《東人之文四六》是韓國最早的駢文集,其中僅收入古代韓國人的作品。《儷語編類》收錄的作品是最多的,爲後代駢文集的出現奠定了基礎。《儷文程選》提供了選文的標準,《儷文注釋》嘗試在作品之後添加注

---

① 朴永浩:《明初文字獄與朝鮮表箋問題》,《史學研究》1975年,第84頁。

釋,值得高度肯定。另外《象藝薈萃》可看出編者一絲不苟的態度,《薈萃》繼承了《東人之文四六》所開創的僅收錄韓國人作品的精神,文中對此給予了高度評價。

七、文章最後指出,真正意義上的騈文集的出現時期,韓國要早於中國。這是因爲,在騈文創作能力的現實需要上,韓國較中國更爲切實的緣故。

作者簡介:

朴禹勳,韓國忠南大學漢文系教授,在韓國《人文學研究》《國語國文學研究》《語文研究》等韓國核心期刊(KCI)上發表有《朝鮮後期騈文發展的兩種趨勢》《韓國騈文集研究》《騈文集研究序說》等論文 70 餘篇。另出版有《(震澤)申光河的散文》等著作。

對《東人之文四六》所載 12 篇作品作者的考察

[韓]李鍾文著　沈晓梅、肖大平譯①

内容摘要：衆所周知，崔瀣的《東人之文四六》對《東文選》的編撰有着極大的幫助，從這一點來看，該書具有十分重要的意義。此外，這本書裏不僅附有很多創作時間、創作背景等與作品相關信息的注釋，而且包括《東文選》等文獻中都没有記載的作品，這一點也備受關注。

儘管如此，此書卻一直被排除在研究對象之外，像《東文選》中就收録了不少與《東人之文四六》中相同的作品，卻幾乎没有對這兩種文獻進行全面、認真地校勘。因此，在這兩種文獻之中，不僅存在兩部作品中同一作品的作者署名不同的情況，而且兩部作品中對於作品的作者記載皆錯的情況也存在，這一事實至今都未有人發現。這篇論文正是向學術界報告這一事實，并將這些作品放在了考證的層面上，以便在盡可能的範圍内找出真正的作者。

經過考證，在成爲討論對象的 12 篇作品中，有 6 篇作品根本不知道作者是誰。在查明作者記載錯誤的 6 篇作品中，有 2 篇在《東人之文四六》和《東文選》都將作者記載錯了，剩下的 4 篇作品則僅是《東文選》方面記載的錯誤。就像前面已經提到的那樣，在編撰的過程中，《東文選》是受到《東人之文四六》很大幫助的一部書。因此，筆者認爲收録在《東文選》中的作品所出現的作者的錯誤，歸根結底是由於《東文選》的編撰者毫無批判地承襲了《東人之文四六》中所發生的錯誤，或者是在將《東人之文四六》中所收録的作品謄抄到《東文選》的過程中所產生錯誤的可能性非常大。如果綜合考慮這些情況的話，可以推定作者不詳的 6 篇作品可能也是《東文選》方面的錯誤。這表明，在《東文選》中，不僅是作者，其他部分也很有可能存在不少錯誤。從這個角度來看，通過與《東人之文四六》進行比較，使我們認識到對《東文選》進行全面校勘工作的必要性與迫切性，這也是這篇論文取得的一個小成果。

關鍵詞：《東人之文四六》；《東文選》；校勘；原典批評；作者誤謬；《東文選》的誤謬

---

① 論文正文部分的翻譯由沈晓梅承擔，注釋部分的翻譯與譯文全文校訂由肖大平承擔。

一、前言

　　衆所周知,最近向學界報告的漢文學相關研究論文的數量呈現出飛躍增長的趨勢。研究論文的這種量的豐碩性即將轉化爲質的成果,正在不斷積累,然而從各個方面來看,能否不斷地進行堅實的積累卻令人質疑。

　　這種質疑當然是各種原因造成的,但是其中最初、最本質的原因是在對漢文學的正式研究之前,忽略了構築必要的基礎。通過嚴密的實證對相關文獻的校勘也正是其始源的基礎之一。

　　衆所周知,在韓國的文學作品中,由於多次發行和抄寫本流通等原因,因而出現了不少異本。異本之間文字上有出入的情況也不是一次兩次。[①] 這樣的作品原則上應該通過異本的對比來進行校勘,文本校勘工作完成以後,校勘本作爲正式研究的基礎版本來使用。如果不是這樣的話,就有可能導致意想不到的結果。

　　而校勘的領域幷不僅僅是單純地探究同一作品不同版本間的文字上的差異,而是根據情況,不僅有對文獻整體的根本性的歪曲和僞書,也有他人的作品被意外地插入,而造成作品的作者記載出現失誤的情況。[②] 而筆者主要關心的高麗時代的漢文學的情況更是如此。

　　衆所周知,在現存的高麗時代文獻中,確實有不少誤脱的文字。而且相對於朝鮮時代的情況而言,該作品在現存文獻中形成的時期中,存在很長時間空白的情況非常多。因此,涉及到根本偏誤的可能性也就相對較高。[③]

　　這篇文章正是從這個角度出發,爲了將崔瀣的《東人之文四六》中收錄的作品中作者存疑的 12 篇作品進行驗證而寫成的。崔瀣的《東人之文四六》對《東文選》的編纂有極大的幫助,從這一點來看是具有重要意義的書。此外,該書不僅附有很多提供有關創作時期和創作背景等作品的各種信息的注釋,還收錄了不少《東文選》等文獻中没有收錄的

[①] 最近金乾坤對《三韓詩龜鑑》《東文選》《青丘風雅》《箕雅》《大東詩選》《海東詩選》等各種詩文選集中的三種以上的詩文集中收錄的新羅與高麗時期的名詩進行過校勘,幷向學界進行了報告。參考金乾坤:《新羅與高麗時期的名詩》,이회文化社,2005 年。據金乾坤的報告,各詩歌選集之間很有多文字上的出入,超過我們的預期。另外,各種詩話集等幷非詩選集的文獻中,文字上也存在很大的出入。

[②] 舉個例子來說,僅對歷代詩選集中收錄的新羅與高麗時期的漢詩中作者記載錯誤處進行的統計的話,就能發現 45 處錯誤。參考金乾坤《新羅與高麗時期的名詩》,이회文化社,2005 年,第 167—215 頁。

[③] 爲了正式開展相關研究,筆者曾撰寫過不少論文,這些論文在此前已有的研究基礎上進行,論文强調了實證的重要性。筆者的下一部著作將由這些論文結集而成。(韓)李鍾文:《漢文古典的實證性探索》,啟明大學出版社,2005 年。

作品,因此頗受學界重視。①

儘管如此,這本書在此期間的研究對象中,很大程度地被邊緣化了。② 雖然《東文選》中收錄同一作品的情況很多,但是關於《東人之文四六》的校勘③工作却几乎没有。④

換句話説,這也意味着,雖然《東人之文四六》中收錄同一作品的情况很多,卻没有對收集到的朝鮮初期爲止的漢文學作品的集大成的、韓國漢文學古典中的古典《東文選》進行過這樣的校勘工作。

因此,到目前爲止還没有發現在這兩部文獻之間有大量作者不同記録的作品的事實。因此,筆者希望在這篇論文中向學界報告這些事實,并仔細考證這些作品,在可能的範圍内查明作者。因爲所有要考證的作品都收録在《東文選》中,所以考證他們的作者,也就是驗證《東文選》中這些作品的作者。

二、對作者的考證

爲了叙述之便,在崔瀣的《東人之文四六》收録的作品中,筆者决定先羅列一些可疑的作品,然後進行正式討論。

---

① 雖然對於《東人之文四六》的價值,有不少人從其收録《東文選》中失載文章的角度進行論證,然而筆者以爲這種態度并不妥當。這是因爲,《東文選》的編纂者在編纂《東文選》時有不少作品是從《東人之文四六》中抄録而來。因此,如果作品在《東人之文四六》中見不到的話,那麽《東文選》一書可能比我們今天所能見到的本子更爲貧弱。《東人之文四六》收録了很多《東文選》中不曾收録的作品,以及若不是《東人之文四六》則很難流傳下來的作品。因此,《東人之文四六》并不僅僅在于收録了《東文選》中未收之作品,其價值在于《東人之文四六》中所收文章有賴該書全部流傳了下來。

② 對《東人之文四六》進行研究的論文有如下數篇,但是截至目前還没有從漢文學的角度進行的研究。尹炳泰:《〈東人之文四六〉再考》,《鶴山趙宗業博士回甲紀念論叢》,鶴山趙宗業博士回甲紀念論叢刊行委員會,1990年;千惠鳳:《關於麗刻本〈東人之文四六〉》,《大東文化研究》1981年第14輯;尹炳泰:《崔瀣及其〈東人之文四六〉》,《東洋文化研究》1978年第5輯;朴漢男:《14世紀崔瀣〈東人之文四六〉的編纂及其意義》,《大東文化研究》1997年第32輯;朴漢男:《崔瀣〈東人之文〉的編纂及其史料價值》,《高麗名賢崔瀣研究》,國學資料院,2002年;蔡尚植:《〈東人之文四六〉的史料價值》,《高麗時代研究2》,精神文化研究院,2000年。

③ 現存的《東人之文四六》的版木雖然刻於高麗時期,但版木毁損嚴重,後代雖然拍照整理了,但是有很多文字無法識别之處。特别是那些進行注釋的地方更是如此。不僅作品的作者,題目相異處不少,文字上的出入也很多。因此,現在的當務之急就是利用那些同時收録作品的《東文選》以及其他相關資料如《高麗史》,對《東人之文四六》進行全面校勘,重新對文本進行復原。

④ 尹炳泰、千惠鳳等人此前對《東文選》中未收作品進行過調查。特别是千惠鳳對《東文選》等其他文獻的收録情况、作品的創作年代、以及特異事項進行過較爲細緻的整理,并製作了圖表。儘管如此,仍存在不少疏漏與錯誤之處。筆者此文在前人研究的基礎上也在對此項工作進行補充修訂之中。

序號	作品名	收錄處		作者		備考
		《東人之文四六》	《東文選》	《東人之文四六》	《東文選》	
1	百濟遣使朝北魏表	卷1,事大表狀	卷39,表箋	崔致遠	崔致遠	《孤雲集》卷1收錄
2	告不津發使臣入金表	卷2,事大表狀	卷39,表箋	金富佾	金富儀	《孤雲集》卷1《入宋告奏表》
3	回詔諭表	卷2,事大表狀	卷39,表箋	金富佾	金富儀	
4	謝宣賜生日起居表	卷4,事大表狀	卷35,表箋	崔惟清	金富儀	
5	謝表	卷4,事大表狀	卷35,表箋	崔惟清	金富儀	
6	物狀	卷4,事大表狀	卷35,表箋	崔惟清	金富儀	
7	回勒祭仁王表	卷4,事大表狀	卷33,表箋	崔惟清	崔惟善	《孤雲集》卷1《謝勅祭仁王表》
8	謝物狀	卷4,事大表狀	卷33,表箋	崔惟清	崔惟善	
9	謝勅祭仁王表	卷4,事大表狀	卷33,表箋	崔惟清	崔惟善	
10	冊王妹爲公主文	卷5,冊文	卷28,冊	金富軾	盧旦	《孤雲集》卷1《竹冊文》
11	仁王罪己	卷6,教書	卷23,教書	李奎報	李奎報	《孤雲集》卷1《仁王罪己教書》
12	崔弘義讓金吾衛上將軍攝刑部尚書不允	卷7,披答	卷30,披答	佚名	權適	

除一篇外,上面其他的高麗前期作品中,雖然(1)和(11)中,《東人之文四六》和《東文選》對作者的記錄是一樣的,但實際上是否是其創作的作品卻有可疑之處。由於(2)—(10)中兩個文獻的作者標記不同且用繁體,因此對於實際作者是誰令人感到懷疑,而(12)中也有對"佚名"是否正好是"權適"的疑問。

從表中可以看出,(2)《告不津發使臣入金表》①和(3)《回詔諭表》②,《東人之文四六》記錄的是金富佾的作品,《東文選》記錄的是金富儀的作品,因此作者到底是誰,令人十分好奇。但是金富佾和金富儀是兄弟關係,在同一時代活動,再加上到兩部作品創作的時期(前一作品:1128年③,後一作品:1130年④),兩人還都活着(金富佾:死於1132年⑤,金富儀:死於1136年⑥)。爲了避免麻煩,雖然在注釋上加了進去,但在作品的內容中,似乎也沒有能够推測這兩人當中誰才是作者的綫索。因此,目前只能留下這兩篇作品的作者是其中之一的疑案。⑦ 從作品的內容和《高麗史》中有關派遣禮部侍郎尹彦頤入宋,并上呈此篇表文的記載,可認爲作品(2)的題目不是《告不津發使臣入金表》,而是《入宋告奏表》。

(4)《謝宣賜生日起居表》⑧、(5)《謝表》⑨、(6)《物狀》⑩的情況也是如此,不僅作品

---

① 譯者注:《東文選》中題作《入宋告奏表》,《東人之文四六》中題作《告不津發使臣入金表》。《告不津發使臣入金表》原文如下:伏以天地之仁,各令萬物以咸遂。帝王之度,不責衆人之所難。敢吐忱辭,仰幹聰聽。中謝。竊念本國地分東鄙,世事中華。守數千里之封疆,未躬於朝請。顧二百年之朝刨,但誓於忠勤。昨者聞兩聖之播遷,舉三韓而悲痛。既不能奔問官守,以伸臣子之誠;又未得首倡義兵,以徇國家之難。今者伏遇皇帝起從元帥之府,光襲先王之基,冀及臣民,共迎鑾輅。詔書下而老幼垂泣,德音形而邇遐激心。至誠感神,豈無厭應;宸極返正,今也其時。臣屬室家焚蕩之餘,當軍國擾攘之際。娩未遑於慶禮,辱先遣以皇華。雖命出重嚴,迺事難遵稟。蓋彼金國,接我鴨濱。既乘猾夏之威,又有害隣之意。常令密諜以待釁端,如聞杖節之假途。即必應時而生事,或揚兵可畏於加責,或復禮爲名以請行。在此路衝,將何辭拒。彼衆我寡,既難可與爭鋒。唇亡齒寒,又焉知其非福。豈徒今日之扼腕,恐有他時之噬臍。職此多艱,理非自慢。伏望念臣內懷嚮慕,憫臣外迫侵陵。山藪示藏,雷霆收怒。使小國有保全之幸,上朝無藩屏之危。率諸侯而尊周王,非敢期齊晋之故事,任厥土而作禹貢,願不失青徐之舊儀。丹慊不誣,皇天是證。

② 《東人之文四六》卷二,"事大表狀"類;《東文選》卷三九,"表箋"類《回詔諭表》庚戌:制辭坦明,睿意懇惻。恭承訓及,不覺涕零。中謝。皇帝靈承帝遷,紹撫皇統。時惟多故,乃艱難啓聖之期;命廕有常,保曆數在躬之慶。顧惟下國,遐在遐陬,第劇震驚,莫能奔問。唯有春秋之事,可達意於朝廷;願踰朝夕之池,獲升聞於行在。豈圖微懇,上簡清衷。特遣王人,遠將皇命。蓋因警覺,俾緩聘期。奉詔以旋,捫襟自失。既不能跋涉山海,致命於勤王;又未得奉遵典章,趁時而修貢。徒抱疹心之痛,阻輸享上之恭。情非有他,神聽無妄。祈天承祚,但願宣王之中興。拭目觀光,行參肅慎之來賀。瞻望宸極,神魂飛揚。

③ 《高麗史》卷一五,世家十五,仁宗一,六年(1128)八月:甲戌,遣禮部侍郎尹彦頤如宋,上表曰:天地之仁,各令萬物以咸遂。……

④ 該作品亦收録於《高麗史》卷一六,世家十六,仁宗二,八年(1130,庚戌)秋七月,己巳條中。

⑤ 《高麗史》卷一六,世家十六,仁宗二,十年(1132,壬子)夏四月:辛未守太尉判秘書省事金富佾卒。

⑥ 《高麗史》卷一六,世家十六,仁宗二,十四年(1136,丙辰)冬十月:丙辰知樞密院事金富儀卒。

⑦ 《同詔諭表》中雖有約145字左右的注釋,能判讀的文字很少。但因注釋內容亦收入《高麗史》卷一六,世家十六,仁宗二,八年(1130),夏四月甲戌條中,因此可據此進行判讀。

⑧ 《東人之文四六》卷四,"事大表狀";《東文選》卷三五"表箋"類,《謝宣賜生日起居表》:守封域於海濱,第勤述職;望宸居於天上,逾切懸心。

⑨ 《東人之文四六》卷四,"事大表狀",《東文選》卷三五,"表箋"類,《謝表》:生育之勤,有懷於是日。撫存之寵,不替於常年。仰戴慈憐,豈勝感勵。中謝。伏惟皇帝,紹先王之業,豐茂世之規。威惠并行,式乃九圍之命;謙恭不伐,得其萬國之心。故雖藩服之微,不閑皇明之燭。特紆膚使,俯記生辰。豈唯慰藉之温言,亦有匪頒之異數。施非求報,空慙上聖之恩;遠而不忘,誓竭外臣之節。

⑩ 《東人之文四六》卷四,"事大表狀";《東文選》卷三五,"表箋"《物狀》:乾坤之施,無計報酬。塵露之微,庶伸培益。前件物等,任土所出,程工不奇。豈足充內府之珍,祗以蓺諸侯之貢。

創作的年代無法得知,而且其內容中也沒有任何依據可以推測出作者,所以這3篇的作者也還是只能留下疑案。另外找不到可以判斷創作(12)《崔弘義讓金吾衛上將軍攝刑部尚書不允》①的是佚名還是權適的依據。因此,在這裏我們以其餘的作品爲對象,依次探究其作者。

(一)《百濟遣使朝北魏表》②

《百濟遣使朝北魏表》全文如下:

> 臣立國東極,豺狼隔路。雖世承靈化,莫由奉藩。瞻望雲闕,馳情罔極。凉風微應,伏惟皇帝陛下,協和天休,不勝係仰之情。謹遣私署冠軍將軍駙馬都尉弗斯侯長史余禮、龍驤將軍帶方太守司馬張茂等,投舫波阻,搜徑玄津。托命自然之運,遣進萬一之誠。冀神祇垂感,皇靈洪覆。克達天庭,宣暢臣志。雖旦聞夕沒,永無餘恨。

从前面的图表可以看出,《百濟遣使朝北魏表》不僅收錄在崔瀣《東人之文四六》中,并將該作品作者歸入崔致遠(857—?)名下,而且崔致遠的文集《孤雲集》和徐居正的《東文選》也將該作品歸入崔致远名下。③但筆者認爲,該作品根本不可能是崔致遠的作品。最重要的是,《百濟遣使朝北魏表》作品的題目很有力地說明了這一事實。

根據題目,該作品是從百濟向北魏發送的表文,北魏是在386年由鮮卑族拓跋珪創建的,到534年分裂爲東魏和西魏爲止,這個國家存在了149年。所以別說北魏的滅亡了,就連百濟的滅亡(660年),還有幾乎是200年以後在新羅出生的崔致遠(857—?)更是不可能創作這篇作品了。收入《東人之文四六》中的"廿一蓋鹵王十八年壬子"④對該作品中所附加的注釋,從這個角度出發備受關注。

由此可見,由於版本的缺落,以及混雜着難以辨認的文字,所以無法準確地知道注釋的內容,但至少可以推測這篇作品與百濟21代王蓋鹵王18年的事情有關。這一點通過

---

① 《東人之文四六》卷七"披答",《東文選》卷三〇"披答",《崔弘義讓金吾衛上將軍攝刑部尚書不允》:神考君臨宇內,十有八年。內有奠枕之安,外無羽檄之警。德業之盛,超軼今古。苟非文臣武士協心戮力,何以臻此。卿嚮自先朝,乃至今日。出而捍禦於外,入而宿衛於內。歲月滋久,厥功茂焉。是用授上將之秩,加八座之聯。爵位既高,責任又重。往求自稱,惟懋忠勤。毋或多言,朕命不易。

② 收入《東人之文四六》卷一,"表"類;《孤雲集》卷一,"表"類;《東文選》卷三九,"表箋"類。

③ 《孤雲集》中有"代百濟王作"的注釋。

④ 考慮到蓋鹵王爲百濟第21代國王這一點,"廿一"當爲第21代百濟王之意。蓋鹵王十八年當爲472年,這一年以天干地支紀年法記載的話則爲壬子年。朴漢男稱,崔瀣對於作者的名字以空缺的辦法進行處理,并指出該文的作者并非崔致遠。(參考朴漢男前揭論文第140—141頁)但是筆者以爲對作者以空缺的方式進行處理,在注釋中進行說明。這種方式是崔瀣通常采用的注釋方式,并不能以此證明作者不是崔致遠。這是因爲,筆者以爲,同一作者的作品連續被收錄時,只在最前面的一篇作品中注明作者,這種方式是《東人之文四六》慣用的一種作者注明方式。這篇作品以空缺的形式進行處理,也是遵從的這種作者注明方式。如果崔瀣確實認爲這篇作品的作者不是崔致遠的話,那麼筆者以爲他應該會以"無名氏"的方式進行標注。

《三國史記》的記載可以確認。例如,在《三國史記·蓋鹵王》十八年初中幾乎是按原樣收錄了該作品。① 從這一情況看,該作品不是崔致遠所作。② 雖然是誰不知道,但一定是百濟蓋鹵王時期活躍的某位文人。③

(二)《回勅祭仁王表》④與《謝物狀》⑤《謝勅祭仁王表》⑥

《回勅祭仁王表》全文如下:

> 毅宗丙寅烏延遵禮爲使:臣諱言:月日勅祭使某官烏延遵禮、副使某官烏居仁等至,奉傳詔書別錄各一道,伏蒙聖慈以臣父先臣諱薨逝。特令致祭,并賜下饗物者。仰對恩靈,橫流涕泗。中謝。臣父先臣諱,端逢聖代,恪守侯藩。偶微恙之不瘳,忽元身之長逝。訴哀纏達,軫悼載深。降使傳於九重,舉奠儀之百品。施兼存殁,禮備哀榮。窀穸遺魂,厚沐漏泉之澤;齋疏餘喘,第增踏地之懷。

《謝物狀》全文如下:

> 孝理之風,達於下土。喪紀之賜,出自上仁。顧惟孤煢之姿,曷稱昇矜之惠。

---

① 《三國史記》卷二五《百濟本記》第三卷"蓋鹵王十八年"《遣使朝魏上表》:臣立國東極,豺狼隔路。雖世承靈化,莫由奉藩。瞻望雲闕,馳情罔極。涼風微應,伏惟皇帝陛下。協和天休,不勝仰企之情。謹遣私署冠軍將軍駙馬都尉弗斯侯長史餘禮、龍驤將軍帶方太守司馬張茂等,投舫波阻,搜徑玄津。託命自然之運,遣進萬一之誠。冀神祇垂感,皇靈洪覆。克達天庭,宣暢臣志。雖旦聞夕殁,永無餘恨。

② 可能會有這種懷疑:由於《三國史記》編纂過程中的失誤,錯誤地將崔致遠的文章記在蓋鹵王的名下。但是由下面的引文來看,《三國史記》中收錄了不少內容與此時上呈的表文不同的部分,因爲這些內容的緣故,可以說,與高句麗的長壽王對立的蓋鹵王不可能將心中不愉快的情緒具體表現出來:
"臣與高句麗,源出扶餘。先世之時,篤崇舊歉。其祖釗,輕廢鄰好,親率士衆,凌踐臣境。臣祖須整旅電邁,應機馳擊,矢石暫交,梟斬釗首。自爾已來,莫敢南顧。自馮氏數終,餘燼奔竄,醜類漸盛,遂見凌逼。構怨連禍,三十餘載。財殫力竭,轉自屠踣。若天慈曲矜,遠及無外。速遣一將,來救臣國。當奉送鄙女,執箒後宮。并遣子弟,牧圉外廐。尺壤匹夫,不敢自有。又云,今璉有罪,國自魚肉。大臣彊族,戮殺無已。罪盈惡積,民庶崩離。是滅亡之期,假手之秋也。且馮族士馬,有鳥畜之戀;樂浪諸郡,懷首丘之心。天威一舉,有征無戰。臣雖不敏,志效單力。當率所統,承風響應。且高句麗不義,逆詐非一。外慕隗囂藩卑之辭,內懷凶禍豕突之行。或南通劉氏,或北約蠕蠕。共相脣齒,謀凌王略。昔唐堯至聖,致罰丹水;孟嘗稱仁,不捨塗詈。涓流之水,宜早壅塞。今若不取,將貽後悔。去庚辰年後,臣西界小石山北國海中,見屍十餘,并得衣器鞍勒,視之非高勾麗之物。後聞乃是王人來降臣國。長蛇隔路,以沉於海。雖未委當,深懷憤志。昔宋戮申舟,楚莊徒跣;鷂撮放鳩,信陵不食。克敵立名,美隆無已。夫以區區偏鄙,猶慕萬代之信。況陛下合氣天地,勢傾山海。豈令小豎,跨塞天達。今上所得鞍,一以實驗。"(《三國史記》卷二五《百濟本記》卷三《蓋鹵王十八年》)

③ 《東文選》卷四十一中收錄的《百濟上魏主請伐高麗表》一文由本頁注釋1與注釋2中的兩段文字構成。(譯者注:李鍾文先生論文注釋中稱,由注釋24(即本頁注釋1)與25(即本頁注釋2)中兩段文字合成。經查《東文選》卷四十一《百濟上魏主請伐高麗表》,知李鍾文先生注釋有誤,當為由注釋23(即本頁注釋1)中文字與注釋24(即本頁注釋2)中文字構成。今更正如上。)《東文選》的編纂者將此篇作品的作者記作"無名氏"。

④ 收入《東人之文四六》卷四"事大表狀";《東文選》卷三三"表箋"。

⑤ 收入《東人之文四六》卷四"事大表狀";《東文選》卷三三"表箋",《謝物狀》。

⑥ 收入《東人之文四六》卷四"事大表狀";《東文選》卷三三"表箋",《謝勅祭仁王表》。

《謝勅祭仁王表》全文如下:

> 雲霄灑澤,隧路增輝。瞻拜以還,哀榮周極。中謝。恭惟尊號皇帝,窮神知化,執古御今,覆以德威。置域中於無,漸之仁愛,爲天下之所歸。軫先臣即世之憂,憫後嗣終身之痛。臨遣軺使,來陳奠儀。共俎實於外饔,出幣財於乃府。粲然異數,賁乃游魂。仰認恩私,豈上躋高而踏厚;俯思報稱,唯當移孝以爲忠。

從前面展示的表上可以看出,在《東人之文四六》中記錄的這一作品的作者是崔惟清,但在《東文選》上卻記錄爲崔惟善。在這裏自然而然地提出的問題是,在這兩人中究竟誰才是真正創作該作品的人。但在作品中似乎也沒有能夠回答這一疑問的內容。即便如此,也幷非完全無法透露該作品的作者。因爲該作品的題目不僅是《謝勅祭仁王表》,在《東人之文四六》收錄的該作品中,內容爲"毅丙寅烏延遵禮爲使"的注釋也不一樣。綜合題目和注釋可以看出,高麗17代王仁宗丙寅年,烏延遵禮是爲向仁宗祭祀而派來的使臣,與此相關的記錄在《高麗史》的毅仁丙寅年記錄中也可以得到確認。

> 冬十月戌戌,金遣淸州防禦使烏延遵禮、少府少監烏居仁來祭仁宗,其文曰:惟靈撫有藩封,踐修遺訓,忠勤著於三世,功利被於一方。遽爾考終,茲焉茹嘆。式馳使傳,往致奠儀。庶其有知,歆此至意。①

爲向仁宗祭祀,烏延遵禮等人作爲金國使臣被派到高麗的丙寅年間是仁宗駕崩之年,同時也是毅宗即位之年——1146年。這最終意味着該作品的創作年代是1146年,因此,創作該作品的作者至少要活到1146年。據《高麗史》記載,崔惟善於1075年死亡②,崔惟清於1174年死亡③。因此,這篇文章的作者應該不是崔惟善,而是崔惟清。

這篇作品之所以是崔惟清的作品,還有一个原因是因爲位於《東人之文四六》和《東文選》中所收此文的後一篇文章《物狀》也是崔惟清的作品,因爲這篇《物狀》是上面作品的姊妹篇,相當於對金國使臣送來祭品的感謝信。《物狀》一文後的作品《謝勅祭仁王表》也是出於同樣的思路,是對給仁宗祭祀表示感謝的表文,很明顯是崔惟清的作品。如

---

① 《高麗史》卷一七,世家十七,毅宗一,即位年(1146,丙寅)。
② 《高麗史》卷九,文宗三,二十九年(1075,乙未)春正月:壬寅,門下侍中崔惟善卒。
③ 《高麗史》卷一九,世家十九,明宗一,四年(1174,甲午)十二月:戊寅,中書侍郎平章事崔惟清卒。

果考慮到在《東人之文四六》收録的這部作品中"這一年①鄭襲明②被任命爲使臣"的注釋,更能讓我們確信作品當爲崔惟清所作。

(三)《册王妹爲公主文》③

《册王妹爲公主文》全文如下:

> 王若曰:古之王者,親親以仁,貴貴以禮。分茅列土,既封立於宗英。豊器榮名,亦褒嘉於帝女。所以厚人倫而勵俗,非獨緣族類以爲恩。咨爾王妹,色麗而和,性柔且惠。行高人而無過,教在姆而不勤。居室之善寢成,鼓鍾之聲自遠。朕小喪考妣,終無弟兄。痛深蓼莪罔極之懷,恨缺華崿相輝之勢。故於同母之妹,常切在原之情愛,焉能不寵乎?禮之所宜厚矣。肆優命數,以示恩章。於戲,《周南》美其女功,爲絺爲綌。《小雅》論其閨則,無非無儀。勉服訓辭,以符眷待。

從前面的表可以看出,該作品所在《東人之文四六》的作者是以金富軾標記的,但在《東文選》上被記録爲"盧旦",實際上作者是誰,令人非常好奇。從《册王妹爲公主文》的題目中可以確定,該作品是對王的妹妹當作公主而進行册封的册文,但《東人之文四六》中有"仁妹"的注釋,因此,對妹妹進行册封的國王暫時被認爲是仁宗,對於册文的内容可以通過書中包含的如下段落再次確認。

> 朕小喪考妣,終無弟兄,痛深蓼莪。罔極之懷,恨缺華萼相輝之勢。故於同母之妹,常切在原之情愛,焉能不寵乎?

由此可見,國王不僅從小就失去了父親和母親,而且根本没有兄弟,只有妹妹。但是從下面的記録中可以看出,仁宗是保证具備這樣的條件的國王。

> 仁宗恭孝大王諱楷,字仁表,古諱構,睿宗長子。母曰順德王后,李氏。睿宗四年十月己亥生。④

---

① 從該作品置於前兩作品之前來看,這裏所謂"此年"當爲1146年。
② 根據《高麗史·世家》的記録,鄭襲明於1151年服毒自殺。但根據最近孫焕一所發現的鄭襲明的墓志銘來看,銘文中有這樣的内容:金皇統十年,庚午年三月十六日,鄭襲明去世,時年57歲。這裏所謂的庚午當爲1150年,據此可判斷鄭襲明當生於1094年,卒於1150年。參考最近發現的鄭襲明的墓志銘,内容如下:大中大夫、禮部尚書、同知密院事、翰林學士、知制誥鄭襲明,迎日縣人也。父,副户長候監。母,鄭氏。公年十一,備貢入京師。十七,中成均。二十七,捷第。自此備顯途。至庚午年,官至如右。年五十七,其年三月十六日卒。妻鄭氏。有一子,將仕郎良醖令同正淵博嗣。時大金皇統十年三月日記。
③ 收入《東人之文四六》卷五"册文";《東文選》卷二八"册",《册王妹爲公主文》。
④《高麗史》卷一五,世家十五,仁宗一,即位年(1212,壬寅)。

  文敬太后李氏,朝鮮國公(李)資謙第二女。選入宮,號延德宮主。睿宗四年,生元子於私第,是爲仁宗王。……後生仁宗、承德、興慶二宮主。十三年薨。后性柔嘉,聰慧,有寵於王。自寢疾,王親調藥餌。及薨,屢舉哭臨。諡順德王后……①

由於仁宗生於睿宗四年,而且其在位時間爲 17 年,因此他失去父親是在 14 歲時。況且母親神德王后在睿宗十二年去世,仁宗 10 歲②時便失去了母親。因神德王后只生育了仁宗和承德、興慶兩名宮主,種族沒有同輩男兄弟,只有兩個女兄妹。仁宗與不僅從小就失去了父親和母親,而且完全沒有兄弟,只有妹妹的"王"的册文內容完全一致。因此,策文的授受者是仁宗和他的姐妹,這是無可爭辯的事實,并且通過以下記錄,就可以確認發出此册文的時間。

  承德公主,文敬太后李氏所生。適漢南伯杞。仁宗二年,册長公主,賜衣帶匹段金銀器鞍馬等物。興慶公主亦文敬太后所生,適安平公璥。仁宗二年,封公主。明宗六年卒。③

由此可見,仁宗對妹妹進行册封的時間是仁宗二年,即 1124 年。因此,寫該作品的人至少要活到 1122 年,盧旦 1091 年死亡④,而金富軾在 1151 年死亡⑤,所以,如果説盧旦和金富軾中有一人寫了這篇文章,那麼作者只能是金富軾。

(四)《仁王罪己》
《仁王罪己》全文如下:

  門下罪己勃興,《魯史》嘉大禹之德,改過不吝;《商書》載成、湯之明,今率前脩,以成其美。朕以後侗之眇,繼先世之豐,長於深宮之中,暗諸經國之務,憂勤夙夜,雖增若涉之懷;制馭姦雄,尚乏先幾之見。屬崇德之跋扈,更丙午之擾攘,鑾輿播遷,宮室焚蕩。上辱祖宗之委寄,每羞基業之延洪。適有陰陽之人,出從鎬邑,加之左右之薦,待以大賢。朕誠不明,遂惑其説。乃創大華之新闕,以期祖業之重興。不思一己之勞,屢訪西巡之駕。而吉祥之應蓋寡,災異之生浸多。訖無明徵,空速衆謗,無成乃已。朕方戒於聽從,彼昏不知,日有懷於怨望,擅興軍馬,囚械官員。以天開表其

---

① 《高麗史》卷八八,列傳一《后妃·文敬太后李氏》。
② 譯者注:李鍾文先生論文原文中記作十歲,但文中亦提到仁宗生於睿宗四年,仁宗母親神德王后於睿宗十二年去世,時當爲八歲,十歲之説存疑。
③ 《高麗史》卷九五,列傳四《公主·睿宗二女》。
④ 《高麗史》卷一〇,世家十,宣宗八年(1091,辛未)秋七月壬戌,尚書左僕射致仕盧旦卒,諡匡獻。
⑤ 《高麗史》卷一七,世家十七,毅宗五年(1151,辛未)二月戊申,門下侍中致仕金富軾卒。

年元,以忠義號爲軍額,公然徵集兵卒,意欲陵犯上都,變出不圖,勢將莫遏。自古大逆之罪,孰與西都之人。呂刑三千,論罪莫先於無上。舜功二十,知人實本於去凶。是用先誅内應之姦,遂有元戎之遣。然且約無掩擊,待以歸降,何逆命之至深。乃嬰城而固拒,久勞於外,士卒經時而未還。不已於行,饋餉屬途而弗絶。衆庶勞止,遠近騷然。況今慮已妨農,久稽月捷,興言及此,莫知所然。履霜堅冰,過本馴致,痛心疾首,罪實在予。所冀在庭之臣,勤王之卒,奮其膂力,殲厥群凶。上慰寡人之心,次釋三韓之憤。然後共輔不逮,有望於將來。永言自新,幾①無於貳過。所有悔過自責之詔,布告中外,咸使聞知。故兹詔示,想宜知悉。②

雖然《東人之文四六》和《東文選》中都將這篇作品的作者記作李奎報,但僅從以下所引用的部分内容看,可以判斷出完全不可能是李奎報的作品。

　　適有陰陽之人,出從鎬邑;加之左右之薦,待以大賢。朕誠不明,遂惑其説。乃創大華之新闕,以期祖業之重興。不思一己之勞,屢訪西巡之駕。而吉祥之應蓋寡,災異之生寢多。託無明徵,空速衆謗,無成乃已。朕方戒於聽從,彼昏不知,日有懷於怨望,擅興軍馬,囚械官員。以天開表其年元,以忠義號爲軍額,公然徵集兵卒,意欲陵犯上都,變出不圖,勢將莫遏。自古大逆之罪,孰與西都之人。……罪實在予。所冀在庭之臣,勤王之卒,奮其膂力,殲厥群凶。上慰寡人之心,次釋三韓之憤。然後共補不逮,有望於將來;永言自新,幾無於貳過。所有悔過自責之詔,布告中外,咸使聞知。③

正如所見,該《教書》的内容是,在"遷都西京"中失敗的妙清於1125年在"西京"發動叛亂後,仁宗把發生這樣的叛亂原因歸咎於自己。當然,附着在該作品注釋上的名爲"乙卯"的天干地支紀年指的是妙清發動叛亂的1125年。但由於創作該作品的李奎報誕生於1168年,所以妙清發動叛亂相當於李奎報誕生30多年④前的事情。因此,1168年出生并活躍在武臣執政時期的李奎報可不能創作該作品,《東國李相國集》中没有收録該作品也可以從這個角度來理解。而且這篇作品幾乎是在《高麗史》仁宗世家的乙卯閏月初

---

① 譯者注:李鍾文先生論文中作"庶",《高麗史節要》與《東文選》中作"幾"。從後二者。
②《東人之文四六》卷六《教書》及《東文選》卷二三《教書》載《仁王罪己》乙卯閏二月十八日。
③《東人之文四六》卷六《教書》及《東文選》卷二三《教書》載《仁王罪己》乙卯閏二月十八日。
④ 李鍾文先生論文中作"30多年前",準確計算當爲"40多年前"。

被收編的①,所以幾乎很明顯是仁宗時期的某個文人代替仁宗創作的②。

三、結語

以上筆者對收錄在《東人之文四六》作品中12篇可疑作品的作者進行了探討。考察發現,在這12篇作品中,有6篇找不到表明作者的綫索,因此只能把該作品的作者作爲一個疑案保留下來。而其餘6篇則可以通過對作品的内容、注釋和相關文獻等廣泛的材料考證來對作者進行確認。現在就把考察結果簡明地公示如下。

	作品名	收錄處		作者		實際作者
		《東人之文四六》	《東文選》	《東人之文四六》	《東文選》	
1	百濟遣使朝北魏表	卷1,事大表狀	卷39,表箋	崔致遠	崔致遠	百濟蓋鹵王時期的文人
2	告不津發使臣入金表	卷2,事大表狀	卷39,表箋	金富佾	金富儀	不詳
3	回詔諭表	卷2,事大表狀	卷39,表箋	金富佾	金富儀	不詳
4	謝宣賜生日起居表	卷4,事大表狀	卷35,表箋	崔惟清	金富儀	不詳
5	謝表	卷4,事大表狀	卷35,表箋	崔惟清	金富儀	不詳
6	物狀	卷4,事大表狀	卷35,表箋	崔惟清	金富儀	不詳
7	回勅祭仁王表	卷4,事大表狀	卷33,表箋	崔惟清	崔惟善	崔惟清
8	謝物狀	卷4,事大表狀	卷33,表箋	崔惟清	崔惟善	崔惟清
9	謝勅祭仁王表	卷4,事大表狀	卷33,表箋	崔惟清	崔惟善	崔惟清
10	册王妹爲公主文	卷5,册文	卷28,册	金富軾	盧旦	金富軾
11	仁王罪己	卷6,教書	卷23,教書	李奎報	李奎報	仁宗時期的文人
12	崔弘義讓金吾衛上將軍攝③刑部尚書不允	卷7,披答	卷30,披答	佚名	權適	不詳

---

① 《高麗史》卷十六,世家十六,仁宗二,十二年(1125,乙卯)閏月:"壬戌,下詔曰:'罪己勃興……'"
② 這一句話中,在"明顯"一詞前面添加"幾乎"一詞是因爲,並不能完全排除仁宗自己親手寫作了這篇文章的可能性。衆所周知,高麗時期,水準很高的文人有很多,《補閒集》中選取了高麗時期的文人一人一首詩歌。
③ 譯者注:李锺文先生原文中作空缺處理,經查,當爲"攝"字,今補入。

由此可見，查明作者錯誤的 6 篇作品中，有 2 篇是《東人之文四六》和《東文選》都屬於作者記載方面的錯誤，①而其餘 4 篇作品都是《東文選》方面的錯誤。如上所述，已經提到的《東文選》是在編纂過程中得到《東人之文四六》很大幫助的書②，至於個別文集幾乎沒有流傳過的高麗前期作品更是如此。因此，收錄在《東文選》的作品中出現的作者記載方面的錯誤，最終可能是《東文選》的編撰者以不作批判的方式沿襲了《東人之文四六》產生的錯誤，或者是將收錄在《東人之文四六》的作品轉載到《東文選》的過程中發生的錯誤。更何況，如果作者的多篇作品在書中連續收錄時，這兩本書都采用在最前面的作品中記述作者姓名的方式，所以失誤的概率也就相應提高了。如果綜合考慮這些情況，作者不詳的 5 篇作品最終有可能是《東文選》方面出現錯誤，這說明不僅是《東文選》，其他部分也有不少錯誤的可能性非常大。因此，通過與《東人之文四六》比較，認識到迫切需要對《東文選》進行全面的校勘工作，這也是該論文取得的小成果。

作者簡介：
　　李鍾文，韓國啟明大學韓國語教育系教授。在《語文論集》《韓國語言文學》《新羅史學報》等刊物上發表有《蘆溪朴仁老社會位相的再檢討》《蘆溪朴仁老經濟狀況的變化以及蘆洲移住的現實動因》《復原的無藏寺碑相關問題考察》等論文多篇，另出版有《中國詩歌散步》《韓國漢詩散步》《對韓國古典的實證性探索》等著作。

---

① 如果對收錄的作品進行更嚴格的調查的話，可能會發現更多的作品。
② 將《東人之文四六》中所收作品與《東文選》中所收作品進行比較的話，可以發現，《東人之文四六》的版本古老，《東文選》中對於殘缺的部分依然作闕如處理，這種情況很多。這也意味着《東文選》中收錄的不少作品來自於《東人之文四六》。

14世紀崔瀣《東人之文四六》的編纂及其意義①

[韓]朴漢男著　肖大平譯

內容摘要:《東人之文四六》是高麗時期崔瀣搜羅高麗文人四六作品編纂而成的一部四六集,也是韓國幾種駢文集中專門收錄韓人四六文章的最早的一部駢文集。是集收錄從新羅末期對唐的外交文書,到高麗時期與宋遼金元交流的事大表狀及陪臣表狀等對外文書,以及冊文、制誥、教書、批答、(祭)祝文、詞疏、樂語(致語)、上梁文、表、箋、狀、啓等12種對內文書,是我們瞭解當時外交與思想史以及國家統治制度規範的重要參考資料。本文對《東人之文四六》的編纂、體制及其意義進行了介紹,對事大表狀與陪臣表狀,祝文與詞疏等內容及其意義進行了分析。

關鍵詞:《東人之文四六》;崔瀣;事大表狀;陪臣表狀;祝文;詞疏;編纂

一、序言

《東人之文四六》是1338年(忠肅王復位七年)崔瀣編纂的新羅末期與高麗時期的四六文總集,是現存高麗文集中時代最爲久遠的文集②。

該書共計15卷352頁,收錄新羅後期崔致遠至高麗時期朴寅亮、金富軾、崔惟清、金克己、李奎報等69位文人所撰寫的與國家公務相關的四六文463篇,在韓國國文學史上是值得我們考察的一部典籍。

然而從《四六》所收錄文體的內在角度來看,其中收錄的文章從新羅末期對唐的外交文書,到高麗時期與宋遼金元交流的事大表狀及陪臣表狀等對外文書,以及冊文、制誥、教書、批答、(祭)祝文、詞疏、樂語(致語)、上梁文、表、箋、狀、啓等12種對內文書,是我們了解當時外交與思想史以及國家統治制度規範的重要參考資料。

該書被收入到《高麗名賢集》③卷五中,因此我們利用這份資料并不困難。我們從本書題名中可看出,該書中收錄了不少四六駢體文,但由於木刻本保存得并不十分好,因此

---

① 本文原載於成均館大學《大東文化研究》,1997年第32輯。
② 尹炳泰:《崔瀣與〈東人之文四六〉》,東亞洋文化研究,慶北大學1973年第5期,第183頁。
③ 現在《東人之文四六》收錄在成均館大學大東文化研究院於1987年刊行的《高麗名賢集》第五卷中,第1—189頁。

閱讀起來較爲困難。截止目前,除了從文獻學的角度進行考察以外①,歷史學界幾乎對此沒有進行關注②。

然而此書與那些對朝鮮時期文人的文章按照文體進行整理的朝鮮初期的《東文選》有很大不同,該書中對於文章的寫作背景及編纂者的名字以細注的辦法進行處理③,具有很高的史料價值。該書中原封不動地保留了當時使用的文書的形式,同時也保存了國家儀禮的實際面貌與政治勢力之間的關係④,以及不同時代代表作家在文壇的活動動向,可以説具有充分的史料價值⑤。

本論文中首先對在四六文體中占據相當比重的事大表狀與祝祭文進行分析,以此對《四六》編纂的目的及意義進行考察。《四六》中收入的事大表狀雖然與《通文館志》與《同文彙考》不同,是以國家的名義進行編纂的,但卻是對中外交的唯一記録,而祝祭文較之《高麗史·禮志》的記録更早,保存了高麗時代儀典的內容。本文中將以這些問題爲中心,對《四六》的史料價值進行考察。

二、《東人之文四六》的編纂背景

截至目前,對《東人之文四六》的研究主要從以下兩個方面進行考察:一是對《四六》的編撰背景從與中國文人交流中所體驗到的羞恥感的角度進行考察⑥,另外一方面是從文化上的自豪感的角度進行考察⑦。這些見解的不同是由於對崔瀣的《東人之文序》的內容理解不同所造成的。崔瀣《東人之文序》轉引如下:

---

① 參考尹炳泰前揭論文。另參考千惠鳳《關於麗刻本〈東人之文四六〉》,《大東文化研究》1981 年第 14 輯。
② 參考拙稿《崔惟清的生平及其詩文分析——以〈東人之文四六〉中所收録詩文爲中心》,《國史館論叢》1991 年第 24 輯。
③ 例如,高麗發往宋朝的表狀《本國入宋起居表》中有如下小注:"顯乙卯告奏使郭元。"交代了這篇表狀使用的歷史背景。另外也透露出這篇表狀的作者周佇爲宋時溫州人,是歸化人。(參考《東人之文四六》第二卷《事大表狀》。)
④ 比如,仁宗時期許諾向金富軾兄弟授予官職的文書,大多由崔惟清和崔誠二人寫作。由此可以看出,金富軾與此二人存在紐帶關係。
⑤ 在 1992 年發現的《東人之文五七》中,編者崔瀣不僅僅對前代文人的詩歌進行了介紹,還對不同版本進行了考證,并訂正了很多錯誤。因爲崔瀣的功勞,這些詩文傳播更爲廣泛,功不可没。另外崔瀣還對這些詩文作家的字、號、世襲、品性、科榜、官職、著書及子孫後代科舉與任職情況,以年譜的形式詳細進行了介紹。可以説,對《高麗史·列傳》所載内容起到了補充與完善的作用。對崔瀣《東人之文》的史料價值進行關注與研究的論文主要有:許興植《〈東人之文五七〉殘卷與高麗史的補完》,《書志學報》1994 年 9 月第 13 期;辛承雲《〈東人之文五七〉殘本解題》,《書志學報》1995 年 9 月第 16 期。
⑥ 千惠鳳:《關於麗刻本〈東人之文四六〉》,《大東文化研究》1981 年第 14 輯。
⑦ 參考尹炳泰前揭論文;高惠玲:《崔瀣的生平與思想》,《李基白先生古稀紀念韓國史學論叢》,一潮閣,1984 年。

顧以予之疎淺,亦嘗濫竊。掛名金牓,而與中原俊士得相接也。間有求見東人文字者,予直以未有成書對,退且恥焉。於是始有撰類書集之志,東歸十年,未嘗忘也。今則搜出家藏文集。其所無者,徧從人借。裒會采掇,校厥異同。起於新羅崔孤雲,以至忠烈王時。凡名家者,得詩若干首,題曰《五七》。文若干首,題曰《千百》。駢儷之文若干首,題曰《四六》。總而題其目曰《東人之文》。於戲是編,本自得之兵塵煴爐之末、蠹簡抄錄之餘,未敢自謂集成之書。然欲觀東方作文體制,不可舍此而他求也。(崔瀣《拙稿千百》卷二,《東人之文序》)

根據上述序文可以看出,作爲《四六》母本的《東人之文》的編纂計劃,始於1321年(崔瀣時年三十五歲),在中國留學期間與中國人交流時所感受到的東人無文集的羞恥心。歸國十年後,崔瀣於1331年開始實施這一計劃,將家中傳下來的資料進行整理,對於家中沒有的材料則家家戶戶搜尋并借來進行整理。他將收集來的手抄本進行對照,於1336年完成了25卷的《東人之文》的編纂,是書包括詩集《東人之文五七》、文集《東人之文千百》、以及駢文《東人之文四六》,全書體系完備。

因此可以説,《東人之文》的編纂的直接契機源於當時崔瀣與中國學者交流時高麗人無文集中所感受到的羞恥心。然而崔瀣在序文最後這樣寫道:"言出乎口而成其文。華人之學,因其固有而進之,不至多費精神,而其高世之才,可坐數也。若吾東人,言語既有華夷之別,天資苟非明鋭而致力千百。"在序文中,崔瀣指出了高麗人的困難之處,并在文中強調,自己搜集而來的五七、千百、四六等東人之文,與中國人的作品相比并不遜色。由此可窺見崔瀣文化上的自負。因此,崔瀣的《東人之文》的編纂也可以説是爲了向中國人展示高麗人的文章與中國傑出學者相比也毫不遜色的學問與思想上的優秀性。

在帶着這種文化上的自負心態完成《東人之文》25卷的編纂之後,崔瀣又編纂了15卷的《四六》。這15卷的《四六》并非單純從《東人之文》中獨立抽出來的,而被認爲是《東人之文四六》的增補版①,這與當時的時代背景并非毫無關聯。

後至元戊寅夏,予集定《東文四六》訖成。竊審國祖已受册中朝,奕世相承。莫不畏天事大,盡忠遜之禮,是其章表得體也。然陪臣私謂王曰聖上、曰皇上。上引堯舜,下警漢唐。而王或自稱朕予一人,命令曰詔制,肆宥境内曰大赦天下。署置官屬,皆仿天朝。若此等類,大涉僭踰,實駭觀聽。其在中國,固待以度外,其何嫌之有也?逮附皇元,視同一家。如省、院、臺、部等號早去。而俗安舊習,茲病尚在。大德間,朝廷遣平章闊里吉思釐正,然後焕然一革,無敢有蹈襲之者。今所集定,多取未臣服以前文字。恐始寓目者,不得不有驚疑,故題其端以引之。(崔瀣《拙稿千百》

---

① 千惠鳳:《關於麗刻本〈東人之文四六〉》,《大東文化研究》1981年第14輯,第150頁。

卷二,《東人之文四六序》)

　　1338年崔瀣完成《四六》的編纂以後,寫了上述序文。從這篇序文我們可以看出,崔瀣同當時一般士大夫一樣,對於高麗臣服於元朝這一既定事實持接受心態。同時,崔瀣提出對高麗向元朝臣服以前的自主統治秩序的實際情況進行表現的主張。

　　14世紀崔瀣以"壯而行之"的心態步入官場。這一時期,也是忠宣王被流放到吐蕃、忠肅王作爲人質滯留在元都的時期。在國王喪失權威的這種背景下,一些大臣企圖趁機崛起,熱烈提倡立省論,企圖廢掉高麗王。雖然持續時間不長,崔瀣作爲文官,不得不寫作應對這種局勢的表文。然而當時雖然也有一些士大夫企圖力挽狂瀾,然而更多的是企圖趁王位空缺之際獨占權力的隸豎,即使是再有能力者挺身而出,也無法實現社會變革,當時高麗王朝就處在這種險境之中①。

　　此番景象也給崔瀣造成直接影響。忠肅王晚年,成爲士大夫元老之一的崔瀣的老師金臺鉉也因府院勢力的策動而深陷困境,只好從政界隱退②。1330年間,崔瀣本人也因大權在握的嬖幸的誣陷而失去官位。③ 此後,崔瀣獲得巴掌大的一塊土地,過着躬耕隱居的生活,同時也爲親友寫作碑文和行狀,與世無爭。

　　然而崔瀣并未因致仕不遇而沉淪,他將此前收集文人文章以編撰類書的計劃付諸實施,這就是後來編成的《東人之文》。

　　崔瀣直面元朝干涉愈發深入的現實,并目睹了政治一綫的所有事件,撰寫過與此有關的國家公文。在元朝干涉高麗之前,高麗前期國家公文書的格式與中國是相同的;同時高麗雖然極力維持事大關係,但在政事運營的整體上仍然堅持着自主的立場;在對外開放關係上,每當國家面臨危機時,崔瀣通過編纂《四六》,再次使那些擔任文書寫作的官員與宰相們明確自己的角色,以此來改變當時顯得懦弱的士大夫的形象。④

　　此外,他通過科擧的筆力,發揮了新羅人的能力。另外,文昌侯崔致遠的後代創作了《帝王年代曆》,書中將中國與韓國的歷史進行了比較,崔瀣對此感到十分自豪。另外,崔瀣是最早的高麗人文章選集《東國文鑒》的作者金臺鉉的門生,我們從他與《帝王韻紀》的作者李承休等人的交流可以看出,崔瀣的類書編纂意圖并不單純只是爲了表現高麗文人文章方面的卓越才能,他編纂《四六》,也有通過此書來回顧以前的歷史、將此書作爲證據的一種意圖。對於此書的完成,他頗爲自得。崔瀣編纂類書的工作最晚也應始於他回

---

① 《拙稿千百》卷一《問擧業諸生策二道》:"雖使能者力爲之,似不可朝夕矯正也。"
② 《拙稿千百》卷一《金文正公墓志》。
③ 《拙稿千百》卷一《崔大監墓志》。
④ 筆者最近發表過《崔瀣的生平與仕宦經歷》一文,見《成大史林》1997年第12、13合輯。該文旨在對《東人之文四六》的編纂過程進行考察。然而該論文因爲校正并不仔細,其中有一些部分意思混亂。希望讀者在閱讀拙稿時對此多加留意。

國以後身爲文職官員時,《四六》中收錄的内容大部分是對於個人來説很難接觸到的外交關係相關記錄,或者國王的公文、王室的儀禮文書等公文内容。通過《東人之文四六》的整體内容與體系的考察,我們以此對崔瀣的這種編撰意圖的認識會更加明確。①

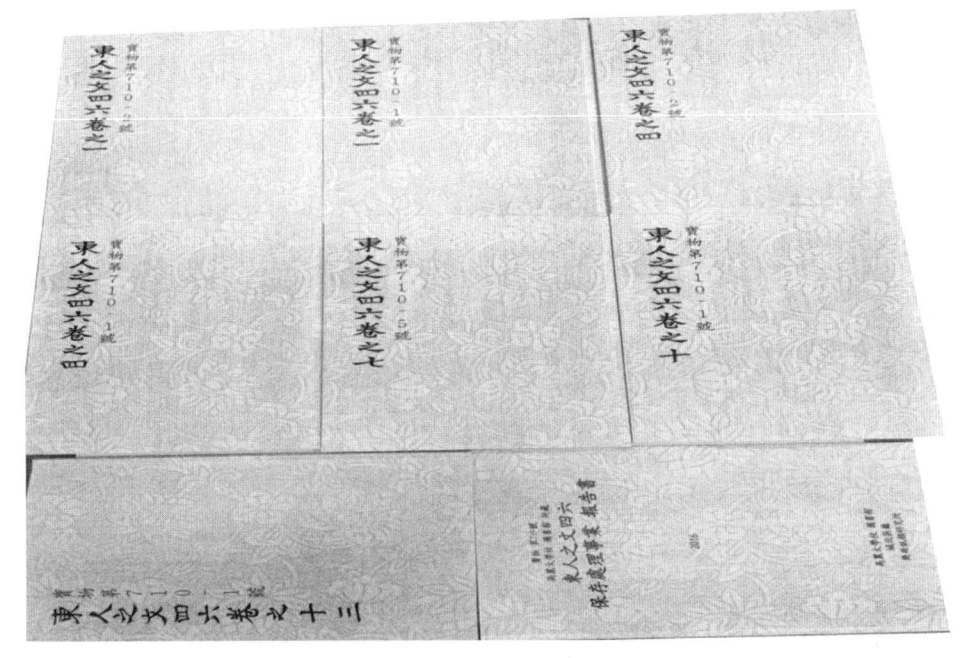

(高麗大學藏《東人之文四六》,譯者攝。《東人之文四六》編入韓國寶物第710-1,710-2,710-5號。此爲高麗大學複製本。)

三、《東人之文四六》的體系及其意義

本文中所引用之《東人之文四六》出自影印晚松文庫本的《高麗名賢集》第五卷。該書體例如下:序(1頁),目次(1頁),及正文15卷(350頁)。該版本與至正十四年到十五年(恭愍王三至四年:1354—1355)版刻的福州版(卷1—6,2册;卷10—15,2册。福州牧使崔宰主持刊刻)與晋州版(卷7—9,1册,晋州牧使崔龍生主持刊刻)進行合幷,構成15卷,其中第十三卷的第12頁以及第十四卷的第14頁破損,《高麗名賢集》第五卷的影印本中因此缺如。然而流傳至今的恭愍王初年的福州版以及晋州版先問世。崔瀣死後十年,即忠定王(1349—1351)在位期間全羅道按廉使鄭國徑的主導下,全羅道版得以

---

① 上文中提到,對這部書從文獻學的角度進行分析的文章主要有尹炳泰前揭論文(第20—23頁)及千惠鳳前揭論文(第139—143頁)。這兩篇論文對於本文的寫作提供了很大的幫助。本文亦對《東人之文四六》從文獻學的角度進行考察。

刊行①。

表1：

卷	文體種類	篇數	作者	備考
1	事大表狀	14	崔致遠	對唐外交文書
2	事大表狀	26	金富佾等11人	對宋、對遼外交文書
3	事大表狀	31	朴寅亮等9人	對遼、對金外交文書
4	事大表狀	36	崔惟清等15人	對金、對元外交文書
5	册文	17	崔惟清	王室文書
	制誥(麻制)	7	崔惟清等	對臣文書
6	教書	42	金富軾等	《册皇太子教書》等
	教書	13	崔誠等8人	不允教書
	批答	11	崔惟清等4人	不允批答
	宗廟祭祝	14	金克己	吉禮大祀
	社稷	3	金克己、金富軾	吉禮大祀
7	釋奠二丁	2	金富軾、金克己	吉禮中祀
	圓丘	2	李奎報、金克己	吉禮大祀
	籍田	3	李奎報、金克己	吉禮中祀
	雜祀	9	金克己、李奎報	吉禮小祀
	道詞	5	金富軾、崔惟清	道教、佛教
	道詞下	7	李奎報、金克己	道教
8	佛疏	6	太祖、金富軾	《神聖王親制開泰寺華嚴法會疏》
	樂語	11	金富佾等7人	佛教及儀典記錄
	上梁文	1	崔詵	上梁文格式
9	陪臣表狀	34	金富軾等5人	對宋文物交流,賓禮記錄
10	表	25	朴浩、金富軾	臣下對王文書
11	表	23	朴浩、金富軾	臣下對王文書
12	表	20	金富軾、李奎報	臣下對王文書

---

① 千惠鳳：《關於麗刻本〈東人之文四六〉》，《大東文化研究》1981年第14輯，第145—150頁。

續表

卷	文體種類	篇數	作者	備考
13	箋	4	金克己、朴浩	臣下對王文書/起居箋、賀箋
	狀	48	李奎報、金富軾	對內外文書
	啓	11	崔致遠	
14	啓	7	金富軾、權適	對內及對宋文书
15	啓	13	林椿、李奎報	臣下的文書
	詞疏	6	崔致遠、崔惟清	佛教、道教
	致語	1	金富儀	尙州宴樂語

上文中我們提到,《四六》中收錄了從新羅末期崔致遠開始,到高麗忠烈王時期的69位①文人的四六駢體文463篇②。在上表1中,我們依據《四六》的目錄,列舉了《四六》中所載所有文體的類型以及內容。

由表1可以看出,《四六》中收入的四六文,從文體上來看分爲21種,然而從內容上來看,大體上可以分爲對外文書③與對內文書兩種類型。

對外文書主要包括當時高麗與唐宋遼金元等王朝正式外交往來文書事大表狀,以及爲表彰公務執行過程中使臣的立場而寫作的陪臣表狀以及啓文等等。對內文書則包括在國王授命之下實行的、有關王室成員以及大臣們的人事、國政、軍事相關問題的公文,以及有關吉禮、賓禮、嘉禮等的禮儀文書。首先我們以事大表狀與陪臣表狀爲中心,對四六的編纂意圖進行如下的考察。

(一)事大表狀與陪臣表狀的內容

四六中收錄了以崔致遠始,至高麗王朝李奎報等36位文人所寫作的170篇事大表狀。我們以對象國家爲區分標準,在表2中作如下的整理。

---

① 這69名文士中也包括太祖和睿宗在內,但統計數字不包括姓名不詳的"無名氏"。對於69位作者這一數字,學界存在一些爭議。以往的研究中,像韓安仁(又名韓皦如)的情況,二人名雖異,但卻是同一人,在《東人之文四六》中卻算作了兩個人。

② 據筆者統計一共有463篇作品。學界對於這一數字存在爭議,尹炳泰先生論文中認爲有494篇,千惠鳳論文中認爲有664篇。本文中采取的解決辦法是,對於與同一事件相關的文書,本論文中只算作一篇,因此筆者的統計的數據是463篇。比如,事大表狀中有起居表,因爲具有"敬奉表—賀表—物狀",從文書形式上來看比較完備,因此對於進奉表、賀表、物狀等不重復計算在內。又如祭文中有"釋奠二丁",我們將"聖賢、先師"合二爲一,另外樂語中的"句合曲",以及致語中的"入問—花心答—出退"等情況亦是如此,對於這些情況我們只統計爲一篇。

③《四六》中所收錄的文書中,有一些文書已經失去了本來面貌,但是仍然被收錄在《四六》之中。因此我們很難把這些文章視爲嚴格意義上的文書,本文中出於便利,統一作"文書"處理。

表2：

區分	文書篇數	作者	主要內容	所在卷數
對唐事大表狀	14	崔致遠	留學生派遣	卷1
對宋事大表狀	23	金富軾等9人	文物收購	卷2
對遼事大表狀	25	崔惟善等12人	鴨綠江邊界問題	卷2、卷3
對金事大表狀	42	崔惟清等14人	人口推刷	卷4
對元事大表狀	4	金坵、李奎報	忠憲王、忠敬王名稱使用問題	卷4

《四六》中收錄的對唐事大表狀，包括《新羅謝唐賜地表》14篇，這14篇作品的作者都是崔致遠。我們從崔致遠是崔瀣的直系祖上這一點來看，《四六》中收錄的這些表狀，都有賴慶州崔氏家族得以流傳至今。然而從這些表狀中所呈現的并非表現個人心緒的私信而是公文這一點來看，也不能排除這些表狀可能是在國家書庫中得以保管而流傳下來的。然而，自三國時代以來，雖然有很多對外文書，但是該書中僅收錄了崔致遠寫作的文書，這一點我們可以從《四六》的前言中可以看出。《四六》中所收《前言》收錄了如下內容：" 神聖開國，新羅統一三韓，然衣冠典禮仍承其制，傳十六七世……" 由這篇序文可以看出，序文中一方面表明了新羅的這種繼承意識，同時也表達了自直系祖上崔致遠以來，崔瀣家族歷來就有文章傳統的自豪感。

接下來是有關宋朝的表狀，一共23篇。這其中除了定期的禮儀文章《本國人宋起居表》①等以外，大多數文章是類似於像《謝神宗遺留物表》《謝賜新樂表》《謝賜禮器祭服表》等這類有關禮物、留學生以及醫官派遣等因文物入手而表達謝禮的表文。這些文章與其說反映了高麗與宋朝的政治關係，筆者以爲，倒不如把這些文章視作高麗與宋朝經濟文化交流方面的材料更爲合適②。

這些文章的作者，多爲像周佇這樣的歸化人，包括李顥、朴景作、金富佾、金富軾、金富儀三兄弟、金緣、朴昇中等。值得注意的是，《謝親策權適等賜第還國表》一文是睿宗親手寫作的。從高麗國王親手寫作對宋表文這一點來看，或許有人會質疑，高麗對宋朝的事大態度是否顯得有些過火了？然而這封書信的背景是，當時宋朝獲得高麗的幫助，宋徽宗爲了恢復宋朝在大陸內的指揮地位而給睿宗寫過信，而睿宗的這封信不過是對宋徽

---

① 起居表中有《太皇太后起居表》1篇。由此可知，不僅僅是宋朝皇帝，而且太皇、太后也定期派遣使臣。這種情況的背景是：神宗皇帝死後，哲宗繼位，當時神宗皇帝的母親宣仁太后垂簾聽政，使臣就是在這樣的背景下被派遣出去的。

② 關於高麗時期對宋外交的目的的研究，學界有兩種觀點，一種觀點認爲是出於政治上的目的，一種觀點認爲是出於經濟文化上的目的，可以看出這兩種觀點是對立的。這個問題如同硬幣的兩面，根據不同的時代情況，有的時候這一面得到強調，但是這也并不意味着相反的一面被忽視。關於高麗時期對宋外交目的的研究，可以參考朴龍雲論文《對高麗與宋交聘目的及使節的考察（上下）》，《韓國學報》1995—1996年第81、82輯。

宗書信的回信而已。

　　當時活躍在北方的是契丹民族,宋朝認爲應該滿足高麗提出的經濟交流方面的要求。到了12世紀,女真族叛亂,造成契丹國力的變化,宋朝利用這樣的機會,試圖恢復與高麗之間的政治上的紐帶關係。因此宋朝將派往高麗的使臣的名稱升格爲"國信使",將派往高麗的使臣的儀典規格超過西夏。對高麗使臣的接待,也如同遼使一樣,由樞密院負責。這些都是宋朝試圖恢復與高麗政治交流的一個側面。另外,將接待高麗使臣的官員的名稱由"引伴官"和"押伴官"改爲"接館伴"和"送館伴"①。另外宋徽宗於睿宗五年六月,派王襄與張邦昌傳達了親筆詔書,通過這兩位使臣表達了其親密外交政策②。因此睿宗的親筆回執,在我們看來,不過是對宋徽宗來信的一種回復而已。

　　然而《四六》中收錄的對宋表狀中,并未收錄宋朝皇帝的册封文件。宋朝皇帝最早對高麗國王進行册封,是在光宗十四年,然而《四六》中并無與此有關的檔案。這大概是因爲崔瀣生活在14世紀,與這一歷史時期有着較遠的距離,史料收集方面十分困難的原因。儘管如此,此後高麗敬宗時期兩次、成宗時期五次,都受到過宋朝的册封或加封,然而《四六》中都没有收入與此有關的表狀。顯宗六年(1015),宋朝派遣告奏使民官侍郎郭元,向高麗請求軍隊支援,以對抗契丹的侵略,高麗與宋朝的外交交涉就始於此。那麼崔瀣在《四六》中采錄的事大表狀,在當時中國大陸宋朝與遼國相互對峙的情況下,高麗采取的是怎樣的一種外交政策？崔瀣在四六中收錄這些外交文書,其目的大概在於對這些外交政策進行考察。

　　收入《四六》卷二與卷三中的有關契丹的事大表狀共有25篇。然而大部分内容都是有關定期使行的入遼起居表、賀年表,以及爲慶祝契丹皇帝生日所呈上的《賀天安節表》,以及爲慶祝新皇帝登基而寫作的《賀登極表》等。特别值得注意的是,是書中同時收錄了可以對當時兩國間的儀典進行考察的《計奏國母喪表》《謝賜祭國母喪表》《回起復表》《謝慰問表》等等。另外,在對遼文書中,在高麗與宋朝兩國之間所看不到的《謝宣賜生日表》以及《謝橫宣表》③也爲學界矚目。然而對遼表文中最多的是有關鴨緑江界限問題的文書④。

　　關於鴨緑江邊界問題,在高麗與遼朝強化以後,本該屬於高麗一方的江東六州,戰後契丹在這六州設置軍事設施、設置角障,企圖對這一地區實質上進行控制。對此高麗多次派遣使者,試圖強調江東六州屬於高麗領地的主張。對於高麗王朝的這種對遼政策,

---

　　①《宋史》卷四八七《列傳》第二四六,《外國》三《高僧傳》。
　　②《高麗史》卷一三《世家》十三,睿宗五年六月辛巳。
　　③ 對於橫宣使的特點與演變問題,可參考拙稿《高麗前期橫宣使小考》,《阜村申延澈教授停年退任紀念史學論叢》,日月書閣,1995年。
　　④ 有《乞還鴨江東岸爲界狀》《謝毁罷鴨江前面亭子表》《乞抽毁鴨江城橋弓口狀》《再乞狀》《入遼乞罷榷場狀》等。

崔瀣在文中作了這樣的評價,認爲較之派遣正使、副使,實際上寫作表狀的朴寅亮等書狀官的角色更爲重要①。

另外,對金事大表狀共有42篇,爲數最多。這是因爲這與崔瀣所生活的年代比較接近的緣故。其中比較多的是《入金起居表》《入金回宣賜生日表》等定期使行表文,以及有關國家及王册封相關的回禮文。非定期的表文,如有關邊境地區的逃亡人口推刷問題的文書,則做了比較詳細的收錄。在與蒙古強化以後,高麗流民推刷問題曾一度爲外交上懸而未決的問題,這類文書的收入大概就與此有關。

另外,如《謝宣賜生日起居表》《回橫宣表》以及《與金東京交聘狀》等文書則是與對遼關係有關的文書,我們由這些文書可以看出,高麗與金朝關係的外交形式是直接繼承了高麗與遼國關係的形式。

文書的編纂者主要是金富軾與崔惟清,另外文書的寫作也受到了仁宗、毅宗時期這些人的政治影響②。

另一方面,《四六》中只收錄了有關對元關係的表狀四篇。相比其他朝代而言,對元關係的表狀顯得比較少。崔瀣《四六》的編纂旨在對元朝干涉高麗之前,高麗對待中國王朝的外交政策以及禮儀典章制度上的差別性進行確認。《四六》中僅收錄了這四篇有關對元關係的表狀,大概就是出於這樣的原因。這四篇表狀,作爲高宗與元宗時期的表狀,寫作於對元關係的初期,即高麗與元朝締結兄弟盟約的時期。當時元朝政府對於高麗的政府機構以及國王的稱呼都進行貶低,這四篇事狀中,就反映了這種時代上的局限性。比如,對於高宗與元宗的稱呼,不稱"高宗"與"元宗",而改稱"忠憲王"與"忠敬王"。

這些對元表狀的作者爲金坵與李奎報,此二人在當時都是被認爲在寫作對外文書方面具有代表性的人物。

> 昔仁廟之代,金緣、惟清專掌大金來往之表章。我寧考之朝,奎報、崔滋財成蒙古交通之文字。及朕躬之負扆,憑爾筆之摛華。③

以上記錄是13世紀元宗寫給金坵的《不允批答》,文中所提到的金緣、崔惟清、李奎報等④,他們作爲事大表狀的作者,在《四六》中是被經常提到的人物。

---

① 《拙稿千百》卷二《鄭仲夫書狀官序》。
② 參考拙稿《崔惟清的生平及其詩文分析——以〈東人之文四六〉中所收錄詩文爲中心》,《國史館論叢》1991年第24輯。
③ 《止浦先生文集》卷之二《應制錄·表箋·讓中大夫國子祭酒左諫議大夫翰林侍講學士知制誥表》後附《元宗不允批答附(李奎報制進)》。
④ 然而高宗時期,作爲文壇代表人物和領袖的崔滋的文章卻并未收入《四六》之中。這是因爲忠烈王二十九年(1303),從成均學諭的位置上退下來的崔瀣的父親崔伯倫,與推薦李守的政丞崔有渰(崔滋的兒子)發生矛盾,結果崔伯倫被流放到孤蘭島。因爲這樣的關係,崔瀣的《四六》中就沒有收錄崔滋的文章。

此外卷九《陪臣表狀》中還收錄了34篇對外關係相關文書。這其中涉及對宋關係的有19篇,涉及對金關係的有15篇。這些表文的內容大多是高麗使臣在到達中國領土後,完成王命回國途中所寫作的各種有關賓禮的使臣答禮表文。這些文書,很多都是在高麗史或者中國正史中無法見到的記錄,因此具有極高的史料價值。以下我們以記錄流傳相對較多的對宋關係文書爲中心,對當時受到派遣的使臣的日常進行推測。

表3:

序號	陪臣表狀	撰者	表狀內容
1	(徽宗政和六年)入宋謝差接伴表 (睿王丙申謝恩進奉使李資諒等行)	金富軾	9.5:抵達明州定海縣 接伴官:傅墨①卿、宋良哲
2	謝郊迎表	金富軾	9.7:抵達南京教廷 接伴官范訥舉行宴會
3	謝天寧節垂拱殿赴御宴表	金富軾	9.10:參加天寧節宴會
4	謝睿謨殿侍宴表	金富軾	9.23:參加睿謨殿御宴
5	謝宣示御制詩仍令和進表	金富軾	10.2:和御制詩
6	謝法服參從三大禮表	金富軾	?②:身着御賜法服,參加景靈宮、太廟、南郊三處舉行的大禮
7	謝冬祀大醴別賜表	金富軾	10.14:參加冬至大禮 獲賜金、銀、絹緞等禮物
8	謝許謁大明殿御容表	金富軾	10.24③:謁見皇帝
9	乞辭表	金富軾	請求歸國
10	謝御筆指揮朝辭日表	金富軾	11.21:確定回國日程;2月下旬朝謝,3月初出發
11	謝二學聽講兼觀大晟樂表	金富軾	在國子監聽講
12	謝宣示太平睿賢圖表	金富軾	12.11:獲賜《太平御覽圖》等十九件圖書
13	謝芙集英殿春宴表	金富軾	參加立春宴會
14	謝回儀表	金富軾	2月呈上貢品,各使臣并獲得下賜禮物
15	謝獎諭表	金富軾	2.10:辭行歸國

---

① 譯者注:韓文論文原文中作"傅默卿"中"墨"字蓋因論文作者筆誤所致,今予以更正。
② 譯者注:原論文中,因日期難考,作問號處理。
③ 譯者注:朴漢男老師論文中原爲"11.24",疑爲筆誤,今改爲"10.24"。

續表

序號	陪臣表狀	撰者	表狀內容
16	謝使副及上節都轄以下十九員各賜單公服表	鄭知常	正使、副使、上節、都轄以下19人使行團獲賜貢服
17	謝釋奠陪位表	金端	某月5日:參加釋奠儀式
18	謝衣對銀絹表	金端	同月13日:獲賜衣襨、金腰帶、絹500匹，金花銀器500兩
19	謝許習大晟樂表	林存	大晟樂

　　由表3第一首《入宋謝差接伴表》可以看出①，對宋陪臣表狀19篇是宋徽宗政和六年（即睿宗十一年，1116年）派遣謝恩進奉使李資諒當時所寫作的外交文書。睿宗十一年，李資諒與副使李永一起出國，表狀大部分由金富軾所寫作，可以看出當時的書狀官由金富軾所擔任。關於這次使節團，高麗史與宋史中只留下了派遣這些人以及他們回國的相關記錄②。相比之下，睿宗十一年九月五日，使行團抵達明州定海縣以後，滯留至翌年三月歸國。這些陪臣表文中，對於這一時期使節團參加宋朝朝廷組織的各種宴會與宋王朝禮物交換，以及使臣相關的活動，進行了詳細的記載。下面我們通過這些表狀，對使臣的日程進行如下考察。

　　睿宗十一年七月，使節團離開首都開京，李資諒、李永、金富軾等高麗使臣一行利用南路航海，於九月五日抵達明州定海縣。當時對使節團進行迎接的是"朝請大夫試小府監清河縣開國男食邑三百户賜紫金魚袋"傅墨卿，副使是"正德大夫兼閤門宣贊舍人長安縣開國男食邑三百户"宋良哲。翌日使臣一行抵達南京教廷，宋朝皇帝派出"中亮大夫貴州防禦使充樞密院使承旨知客省事伴官"范訥，迎接高麗使的到來，并爲之接風洗塵。三日後，即九月十日，高麗使行團參加天寧節，即當時徽宗皇帝的壽宴，參加了在垂拱殿召開的宴會。宴會上，高麗使行團引用《詩經·鹿鳴》篇，表達了對徽宗皇帝萬壽無疆的祈願。可以看出這次使行的主要目的是爲了慶祝徽宗皇帝的生日。

　　九月二十三日，徽宗皇帝爲了表示對高麗使臣的歡迎，特別在秘殿睿謨殿召開宴會，睿謨殿的宴會是此前沒有的。按照宋朝的賓禮次序，高麗使臣排在契丹和西夏之後，而且宋朝廷此前從未在內殿舉行宴會歡迎過高麗使臣，然而我們由如上記錄可以看出，當時高麗使臣與契丹使臣處於同等的地位，在內殿參加了宋朝皇帝舉行的招待宴會。此外

---

①　崔瀣在15篇對金關係的陪臣表狀的前言中寫道"章宗泰和三年，神癸亥賀正使李延壽行"，明確注明了時間。（《東人之文四六》》卷九《陪臣表狀》）

②　據《高麗史》卷一四，《世家》十四：睿宗十一年七月乙酉，李資諒與李永對宋朝賜予大晟樂致以答謝。同書睿宗十二年五月丁巳，《高麗史》中寫道：李資諒自宋返回，一同返回的還有權適、趙晢、金端等人。

在睿謨殿宴席上,徽宗皇帝親自製詩,并勸勉高麗使臣和進。這一宴會上,使節團的書狀官金富軾所創作的詩歌拔得頭籌,受到宋徽宗的關注。

此後高麗使節團參加了皇帝所主持召開的三大禮,即景靈宮、太廟、南郊舉行的祭禮。高麗使臣是在10月14日冬至這一天參加的大禮。在這次祭典活動結束後,高麗方面的使臣,獲得衣帶一襲、黃金20兩、白銀100兩、綢緞100匹,另外上節與中節的下級使臣也各自獲得白銀10兩、綢緞20匹的賞賜。

高麗使節團在完成節日祀與冬至祀的任務以後,於11月24日在大明殿覲見宋朝皇帝。在面見宋朝皇帝時,高麗與宋朝就兩國之間的外交上懸而未決的問題正式進行討論①。公開活動結束後,高麗使節團在中國各地游覽②,并與中國的文人就政治和學問方面的問題進行了討論。

12月21日,公務全部結束後,高麗使節團通過公文表達了回國的意向。宋朝皇帝於2月下旬下發朝辭,宋朝皇帝御筆詔書,稱將於3月初派使臣前往高麗③。這樣高麗使臣就有將近兩個月在中國自由行走的時間,他們先去了太學,後又參拜了大成殿,并與中國學生一起學習,且一起欣賞大晟雅樂。我們可以大膽推測,這其中高麗使臣與中國人必有許多有關中國文物與學問的討論。同時宋朝皇帝向他們贈送了《太平御覽圖》2冊,以及《承平曲豔圖》④《仙山金闕圖》《秋成欣樂圖》等19種圖冊。高麗使節團在參加完立春祭典,即2月29日集英殿的春宴之後,在朝辭禮上向宋朝皇帝進獻了高麗的土特產品。宋朝皇帝下賜了使臣5730匹綢緞,作爲對高麗使臣的答禮。3月10日,將要回國的高麗使臣向宋朝皇帝敬獻馬一匹,以此祈願皇帝的萬壽無疆。離開皇宮時,宋朝皇帝下表,祝願使臣安全歸國。

以上我們通過表3中的陪臣表狀的內容,勾勒了睿宗11年7月被派往宋朝的李資諒、李永、金富軾一行的日程。僅僅從表狀的內容來看,我們很難找到兩國官員代表就有關兩國政事與外交關係進行談論的記錄,但是卻再現了當時進入宋朝的高麗使臣們的公開活動,文物交流的過程以及賓禮的具體情況。

忠肅王復位的第三年,即1334年,當時崔瀣的弟子鄭誧作爲聖節使蔡洪哲的書狀官被派往元朝。崔瀣在給鄭誧的獎諭文中的內容,與以上陪臣表狀中的內容中有關賓禮次

---

① 當時宋朝皇帝企圖收復被契丹掠去的中原大地,因此希望與女真結盟以對抗契丹。宋朝皇帝希望在這個過程中高麗能發揮聯絡的作用。然而作爲正使的李資諒認爲宋朝皇帝的這一計劃非常危險。參考《高麗史》卷九五,《列傳八·李資淵》後附《李資諒傳》。

② 《東人之文四六》卷一三"條狀"中收錄了來到宋朝的高麗使臣在訪問蘇州、杭州(譯者注:朴漢男原論文中做"抗州",疑爲"杭州"之誤,今予糾正)、揚州、楚州等地時所寫作的表狀,以及《謝潤洲宴》《謝杭州回儀狀》等文章,高麗使臣每訪問一地,中國方面必將設宴款待。在正式與非正式的宴席上,雙方有禮物交換的環節。

③ 借助這一形式,使臣確定了回國的日程,這一點我們也可以根據唐代的記錄看得很清楚。參考權憙永《古代韓中外交史》,一潮閣,1997年,第182頁。

④ 譯者注:韓文論文原文中作"《成平曲豔圖》",疑爲《承平曲豔圖》之誤,譯文中正之。

序是一致的。由此我們可以推測,1334年崔瀣已經完成了《四六》的編纂。

  三韓古與中國通,文軌未嘗不同。然其朝聘不以歲時,故寵待有出於常夷。蓋所以來遠人也,每遣人使,必自慎簡官屬。其帶行或至三五百人,少亦不下於一百。使始至中國,遣朝官接之境上。所經州府,輒以天子之命致禮餼。至郊亭又迎勞,到館撫問,除日支豐腆,自參至辭。錫燕內殿,設食禮賓。御紫特賜茶香、酒果、衣襲、器玩、鞍馬禮物,便蕃不絕。而隨事皆以表若狀,稱陪臣伸謝。而其私覿宰執,又多啟劄往復。故書記之任,非通才號難能。中古國相若朴寅亮、金富軾輩,皆嘗經此任,而爲中國所稱道者。(《送鄭仲孚書狀官序》)

  上文中已經指出,高麗使臣在到達中國領土以後,中國的皇帝派出使臣前往迎接。高麗使臣在經過中國州府各地時,中國皇帝亦派出使臣迎接,舉辦宴會爲其接風洗塵。這種賓禮儀式從高麗使臣抵達開始一直持續到他們在宿處停留。
  另外在大小宴會上,他們會獲得茶香、酒果、衣襲、器玩、鞍馬等禮物。在這些正式與非正式的活動中,高麗使臣寫作表文表示感謝,他們憑藉自己淵博的知識和傑出的文學才能,在與中國皇帝遠與宰相們進行對話時揮灑自如,口吐珠璣,爲高麗王朝贏得了體面,這是不可否認的事實。崔瀣在文中指出,這些儀禮中使用的各種啟文以及劄子等文書的寫作,都由書狀官完成。同時崔瀣還指出,朴寅亮和金富軾等人在與中國進行外交時,出色地完成了外交任務,爲國家贏得了名譽,朴仁亮與金富軾就是這樣的書狀官。
  同時在元朝對高麗進行干涉時期,關於高麗對元關係問題,崔瀣還指出,元朝省略掉了很多對待高麗使臣的賓禮禮儀。同時爲書狀官的角色有名無實感到很可惜。意思就是説,崔瀣通過《送鄭仲孚書狀官序》一文,指出每年正旦和聖節日高麗使臣都會攜帶儀禮文和禮物前往元朝,這與高麗前期雖無變化。然而元朝廷對高麗使臣的賓禮意識卻與此前是無法相比的,對很多環節進行了省略。另外,派遣高麗使臣以解決一些外交上懸而未決的問題時,派遣使臣乘坐驛馬直抵皇帝處所以獲得解決。比起諳熟古典的文人而言,熟悉元朝內部事情的宦官以及翻譯官們的角色被突出,而書狀官們的角色則被虛化。崔瀣在上述序文中指出了這些問題。
  當時崔瀣以鄭誧作爲書狀官被派往元朝這一事實爲契機,對當時占據對元關係中心的宦官以及寵臣左右對元關係的事實進行了間接性的批判。崔瀣以前代資料爲依據,突出了對元關係中文人士大夫的作用,并提出對於這些士大夫我們一直要保持爲之自豪之情的主張。

(二)祝文與詞疏的内容

  《四六》中收錄的對內文書,主要是大臣們的官職除授相關的文書以及皇太后、皇太子、公主、王弟等王室宗室的册封文書,以及以國王爲中心舉辦的與儒佛道相關的國家儀式的祭文。本文中將以高麗時期成爲人們信仰對象的佛祖爲代表的諸佛天神地神進行祭拜的宗廟、圓丘、社稷釋典、籍田、星辰等相關祭祝文爲中心進行考察。如同上表1中所示,《四六》中的祝祭文主要收錄在第七卷、第八卷以及第十五卷中。我們按照文體對此進行整理,請參看下表4。

表4:

序號	區分	祝文題目及撰者	《高麗史》禮志·吉禮	
1	宗廟祝祭(14篇)	春享·夏享·秋享(以上金克己作)·冬享(金富軾作),薦冰,告望兼薦麥櫻桃(李奎報作),告望兼薦麻(金克己作),告朔兼薦稻(金克己作),臘兼薦魚、閏告望、寒食(李奎報作),端午(金克己作),五祀(金富軾作),中雷(金克己作)	吉禮	大禮
2	社稷(3篇)	春大社(金克己作),秋大社(李奎報作),臘大社(金富軾作)	吉禮	大禮
3	釋奠二丁(2篇)	先聖——先師(金富軾、金克己作)	吉禮	中禮
4	圓丘(2篇)	上辛祈穀上帝——五帝通行——配帝(李奎報、金克己作)	吉禮	大禮
5	籍田(3篇)	上齊祈穀神農——后稷,後農神農——后稷(金克己作),仲農神農——后稷(李奎報作)	吉禮	中禮
6	其他雜祀(9篇)	風師(金克己作),雨師(金富軾作),祈雨北郊(李奎報作),再郊(金克己作),藏冰司寒·開冰司寒(李奎報作),鎮祭·報祀·馬祖(金克己作)	吉禮	小禮

表4中所顯示的祝祭文使用的是五禮之一的吉禮中的大、中、小祀。查看《高麗史·禮志》可知,《高麗史·禮志》中對各種吉禮的舉行日子、儀式規範、以及祭祀團體規模等有相關記錄,但是并未收錄實際上所使用的祝祭文的內容。因此可以說,《四六》中所收錄的祝祭文對於《高麗史·禮志》是一種補充,具有一定的史料價值。

首先,原則上皇帝祭祀祖先的宗廟祭典一年中舉行兩次,分別在寒食節與臘日(冬至後的第三個戌日)。除此以外,四節氣的第一個月以及每三年一輪的10月份對先祖進行合同祭祀的合祭,以及每五年舉行一次禘祭。可以看出,《四六》中所采錄的是春夏秋冬四季中第一個月大禮以及在臘日時獻上的宗廟祭禮。

另外,書中有這樣的句子:"薦冰二月,告望兼薦麥櫻桃,四月或以五月朔。"崔瀣在書中標明了各祭文中所使用的日子。因此僅由祝文的題目來看的話,2月份向宗廟供奉冰塊,四月半則向宗廟獻上小麥與櫻桃,7月半得獻上稗子和黃米,8月15獻上芝麻,9月15獻上稻穀和大米,12月15獻上海鮮產品。

衆所周知,太廟里所祭祀的對象以太祖爲首,按照昭穆制對歷代王進行祭祀,太廟就是這樣一個地方。同時通過對天神、地神以及代表人類的人鬼的祭祀,祈求政治權利向心力的形成以及王朝的安定。然而,在太廟享受祭享的王的神位數與規模,則按照天子"三昭三穆"的原則,包括太祖神位在內,一共使用七座廟祭祀;諸侯國則按照"兩昭兩穆"的原則,使用五座廟祭祀。然而高麗王朝於成宗七年初建太廟時,安排的是五座廟,依照的是諸侯國的祭祀規格,毅宗時已經完成了高麗前期的儀禮。當時顯宗與惠宗成爲不遷之主,與太祖神位合爲七座廟,一起享受祭祀①。

這樣,不遷之主則不僅僅局限於太祖神位,顯宗與惠宗之廟亦被合祭,這樣的話享受祭祀的廟則有七座。因此高麗時期的宗廟規模與中國天子之廟的規模并無二致。高麗與中國在這一點上的規格相同,我們可以理解爲高麗王朝政治權威上的一個鮮明的特點,是爲了與中國的國王等而視之而做出的一種努力②。

表4中所能見到的社稷(即主管豐年的土穀神——社稷)也是按照宗廟的規模,建造了舍堂,被視爲大祭祀的一種。

> 社稷壇社在東稷在西……祭日,仲春仲秋上戊及臘。神位,祭大社以后土氏配祭,大稷以后稷氏配。大社大稷位壇上北方南向席皆以槁。后土后稷位壇西方東向,席皆以莞。……牲牢社稷豕各獻官太尉爲初獻,太常卿爲亞獻,光祿卿爲終獻,太尉八座爲之。③

以上引文出自《高麗史·禮記》,當時天子與諸侯都以大祀遵從的社稷的祭日有:仲春、仲秋以及臘日的第一個戊日。因此收入《四六》社稷中的三篇祝文中將一年中定期第一次被使用的祝文都收錄。另外,大社的祭祀對象是后土,大稷的祭祀對象是后稷。可以看出,《四六》中收錄的祝文"大社——后土——大稷——后稷"是完全按照社稷制而使用的一種祭文。

崔瀣的書中完全復原了按照高麗時期的祭禮所寫作的祭文,在此後的每年2月與8

---

① 《高麗史》卷六十《志》十四,《禮》二,《吉禮》。
② 李範稷:《對〈高麗史·禮志·吉禮〉的考察》,《金哲埈博士華甲紀念史學論叢》,知識產業社,1983年,第209頁。本論文中不少地方參考了該論文的論述。
③ 《高麗史》卷五九《志》十三,《禮》一,《吉禮大祀》社稷一。譯者注:朴漢男論文原文中,對於引文中省略的部分未以省略號進行標示。經查,省略部分另有文字,今添加省略號如上。

月的第一個丁日,在文廟中舉行的祭祀——釋典祭①中所使用的先聖——先師 2 篇以及圓丘祭及釋典的祝文形式也被崔瀣保留了下來。

建立國家、掌握大權,在儒教思想里被理解爲所謂的"天命",對天神上帝的祭祀就是圓丘祭。然而,如同《四六》中所收錄的祭文那樣,圓丘中所使用的祭文被稱之爲"上辛祈穀上帝——五帝通行——配帝",以上帝爲首,包括主管東西南北中五個方位的五帝以及高麗開業君主太祖在內,一起享受祭祀。可以說這意味着將代表人類的人鬼太祖和主管上天意旨的天神放在平等的地位進行祭祀。

另外一方面,圓丘祭不僅僅是在朝鮮時期,而且在崔瀣所生活的元朝干涉時期的高麗朝已經是被廢止的祭禮。崔瀣對此評價道,以當時作爲駙屬國的高麗的眼光來看,這看起來是一種僭越,然而即便是站在當時爲高麗所侍奉的中國的立場來看,這也是無可厚非的。另外,崔瀣還指出,各種對外儀式的相關記錄的收錄可以作爲證明高麗朝的文物意識與中國相同的證據,這一點也爲學界所關注。

以上的祝文如果説是屬於吉禮中的大禮的話,那麼籍田三篇以下風師、雨師、司寒、馬祖等則屬於中祀與小祀的自然神靈了。歷代高麗王或者爲了王朝的繁榮與安定,受天命的高麗王們或者爲了穩固自己的王權,作爲祭禮的主導人,推動祭祀的舉行。然而高麗王們對待這種自然神的儀式標準,與其說是繼承自新羅,不如說是繼承了中國唐宋時期的禮儀標準。

換句話說,高麗的吉禮體系使用的是《周禮》中的祭禮體系。高麗時期的祭禮十分完備,對於中國的儒教思想不僅僅是接受了三國時期的部分內容,中國的儒教理念在高麗時期的政治上皆有反映②。

除了以上的儒教祭禮之外,崔瀣還采錄了自新羅以來形成的道教與佛教祭文,爲後來《東文選》的編纂提供了極大的便利。崔瀣雖然是以斯文的士大夫自處,但是他對於佛道也并非毫無興趣,這在這些佛教與道教的相關祭文中有所體現。

《四六》第七卷與第八卷以及第十五卷中分散地收錄了一些詞疏類文章,我們對此整理如下,請參看表 5。

---

① 《高麗史》卷六二《志》十六,《禮》四《文宣王廟》。
② 對此的具體區分,請參考李範稷《對〈高麗史·禮志·吉禮〉的考察》,《金哲埈博士華甲紀念史學論叢》,知識產業社,1983 年,第 209 頁。

表5:

區分		詞疏題目	撰者	《東文選》所載卷數
道詞	1	乾德殿醮禮青詞(5篇)	金富軾、崔惟清、金克己	卷115
	2	上元青詞	李奎報	卷115
	3	冬至太一青詞(2篇)	金克己、李奎報	卷115
	4	乾德殿太一青詞	金克己	卷115
	5	王本命青詞(2篇)	金克己、李奎報	卷115
	6	北斗青詞	李奎報	卷115
	7	年交道場兼醮詞	李奎報	卷115
佛疏	1	神聖王親制開泰寺華嚴法會疏	太祖	卷115
	2	興王寺弘教院華嚴法會疏	金富軾	卷110
	3	轉大藏經道場疏(2篇)	金富軾、鄭知常	卷110
	4	金光明經道場疏	金富軾	卷110
	5	消災道場疏	金富軾	卷110
詞疏	1	應天節齋詞	崔致遠	卷114
	2	求化修諸道觀疏	崔致遠	卷110
	3	求化修大雲寺疏	崔致遠	卷110
	4	天成節祝壽齋疏	釋煦	卷110
	5	祝上羅漢齋疏	崔惟清	卷110
	6	醮詞	崔惟清	卷110

表5中,《四六》中收錄的詞疏中,除了太祖的《開泰寺華嚴法會疏》①以及崔惟清的《醮詞》外,《東文選》卷一一〇與卷一一五中按照《四六》的編輯順序進行了收錄。因此可以看出,《東文選》中有關詞疏的文章應該是以《四六》爲底本的。

齋醮等道教活動時所寫作的疏文——青詞(14篇)與齋詞(5篇)②的作者都是12世紀的人物,有金富軾、崔惟情、金克己、李奎報等人。另外,《東文選》中收錄的楚辭體文章

---

① 對於太祖親自寫作《華嚴法會疏》這一事實,我們僅能從《四六》中獲知。許興植的論文中對此有介紹。參考許興植《開京寺院的機能及所屬宗派》,《高麗佛教史研究》,一潮閣,1986年,第298頁。
② 這一疏文用紅色筆跡寫在青藤紙上,因此被稱爲"青詞"。參考李鐘殷《青詞研究》,《韓國學論叢》1985年第7輯,第5頁。另外這篇文章對於筆者理解《四六》中所收錄的醮詞給予了很大幫助。

的作者有鄭誧、李穀等人。然而這些人因爲都是與崔瀣處在同一時期的人物,而《四六》收錄文章的下限是忠烈王,因此此二人自然就未能收錄在内。然而,鄭誧可以説是思想上受到崔瀣影響最深的學生①,而李穀則是對學識淵博、人品高潔卻懷才不遇的崔瀣深表痛惜的朋友②,由此我們可以看出,崔瀣的思想中有道教思想的傾向。

　　無論是在高麗時期還是在唐朝,道教都被視爲國教,此後未能在民衆中紮下根來,在新羅與高麗時期,朝廷或者王室舉行活動時,道教都被作爲信奉的宗教。以上收録的醮詞中,崔致遠的醮詞是爲了慶祝唐僖宗的生日——應天節而寫作的,記録的是道觀中舉行的齋禮科儀,以及其在唐時爲了準備建築道觀所需要的經費相關的内容。另一方面,誠如在《乾德殿醮禮青詞》所示,高麗時期的青詞并非是爲中國皇室而寫作的,而是爲了祈求高麗王室後代子孫的繁榮昌盛以及國泰民豐而寫作的。

　　通過以上醮詞的内容來看道教的祭日可知,上元青詞寫於舉行蓮燈會的上元節。太乙青詞寫於冬至這一天,祈禱的對象是星神。本命青詞寫於王的生日中與王的出生的那年相同的甲子日。另外,還有爲人們認爲是天的中心并掌管人類生命的神仙——北斗而寫的青詞。儒教祭禮中有所謂的圓丘祭,認爲天界的中心是天神上帝,周圍是主管東南西北中五個方位的五帝,北斗青詞的意義與對天神上帝與五帝祭祀的意義是相同的。這樣看來,這些祭祀内容與儒教中的天地神與祖先神靈的祭祀内容可以説是一致的。因此,作爲祭祀對象的森羅萬象的自然神也成爲了高麗時期的儒教與道教祭禮的對象。這與佛教的華嚴思想體系是一致的。

　　這種世界觀體系可以通過《神聖王親制開泰寺華嚴法會疏》來證明。太祖二十三年(940)12月,太祖爲了紀念當年與後百濟在某一利川附近(忠清南道連山)的最後決勝之戰,建造了開泰寺,舉行了落成華嚴法會,并親手寫作了疏文。特別值得注意的是疏文中有這樣的句子:"弟子(王建)低首,皈依虚空法界十方一切諸佛與諸世尊菩薩、羅漢聖衆、梵釋四王、日月星辰、天龍八部,及嶽鎮海瀆、名山大川等所有靈祇。"從諸佛到山川,文中所言及的對象包含了天上與地上所有的神靈,希望得到他們的加持。首先提到的是佛。雖然在佛教傳入以前,韓國本土就有自然神崇拜,然而當時的世界觀中包含了道教的要素。此外,佛教與道教的祭禮處於被混用與融合的狀態。我們不妨舉個例子,如道教中的祈禳法事被稱之爲"齋",在佛教中亦是如此稱呼。

　　高麗引入佛教華嚴世界觀爲立國之思想,各個寺院因此成爲了負責舉行祈禱國家的安寧與平安的國家儀式的機構。另外一方面,國王自身甚至成爲主要的祭祀者,從高麗開國之初到新羅末期舉行過的1214次活動中,有近10餘種是佛教活動。然而,在上表5中,《四六》中介紹了華嚴法會、大藏經法會、金光明經法會、消災法會等四種佛科相關的

---

① 金哲雄(音譯):《雪谷鄭誧的生平與道教觀》,《韓國史學報》1996年創刊號,第94頁。
②《拙稿千百》卷二《送奉使李仲父還朝序》及《稼亭集》卷一一《崔瀣墓志銘》。

佛疏6篇。這與當時崔瀣所生活的時代有密切的關係，可以說反映了時代的風貌。

高麗前期，不僅僅會有上元蓮燈會、冬至的八觀會、國王生日時的祝壽會等定期的佛事活動，另外還舉行消災法會以及作爲教化活動的華嚴法會以及羅漢齋等總計1069次活動。然而崔瀣所生活的忠宣王與忠惠王時期，高麗作爲元朝的駙屬國，慶祝國王的祝壽會被取消，只是舉行了爲慶祝元朝皇帝壽辰的祝壽會，以及作爲定期活動的蓮燈會和八觀會，另外前後還舉行了七次消災法會。然而，在減少本含有護國意味的佛事活動方面，崔瀣在其不少文章中對此進行了批判，政治上的妥協比任何一個時代的經濟與社會的弊端更多，這是元朝干涉時期佛教界的實際情況。崔瀣看到了這一點，其《四六》中收錄的佛疏都是其自覺收錄的，崔瀣之所以要收錄這些佛疏，旨在尋回這些失落的有着強烈的護國精神的前期佛教面貌。

以上我們通過對《四六》中收錄的祝祭文與詞疏分析，可以看出，崔瀣旨在對元朝干涉時期高麗朝消失的儒教佛教等國家固有的各種祭禮進行復原，並試圖向當時的高麗朝的士大夫與中國的士大夫進行宣揚。崔瀣這些對高麗時期的祭禮儀式的記載，顯然要早於在朝鮮初年編纂的《高麗史·禮志》。從這個意義上來看，《四六》具有充分的史料價值，這一點是我們怎麼強調也不過分的。

四、結論

以上我們對崔瀣編纂的《東人之文四六》中所收錄之對元朝干涉以前歷代高麗王室中使用的國內外的文書分門別類進行了整理，行文中力圖再現高麗時期儒教文化的傳統，以及與此相應的士大夫們的存在及其角色。

元朝干涉以前，高麗的對外方針如下：從形式上來看，對於元朝，高麗并沒有胡漢之分，只是站在事大的立場，作爲諸侯國的身份施禮。這源自高麗王朝的文化傳統與中國一脈相承的認識。按照這樣的原則，高麗王朝利用了相互對峙且矛盾重重的大陸形勢，追求本國的政治安定與經濟文化的實際利益。

另外一方面，在國內的統治方式上，因爲高麗存在着這種文化上的自豪感，對下一任繼承王位的世子稱爲太子，且實行與中國相同的禮儀制度。

儒家思想中將王權的淵源歸結於天命，在這種思想體系之下，《四六》中收錄的祝文主要是屬於吉禮的儀禮文，崔瀣企圖借此對高麗的王權與天神、地祇、人鬼所象徵的人神關係進行說明。換句話說，高麗王爲了實現國家的安定與秩序的穩固，將自身塑造爲能與天神、地祇直接對話的存在。

另外，雖然在元朝干涉時期，高麗作爲諸侯國的身份無法在圓丘壇實行祭天禮，然而在高麗前期，天子作爲圓丘與方澤的主宰，掌管着相關的祭禮。按照這樣的原則，太祖與作爲吉禮·大祀的天祭——上帝一同享受祭祀。因此,宗廟的昭穆制也如同中國一樣,實行七廟祭,這是題中應有之意。

《東人之文四六》可以説是高麗前期四六文的總集,本文首次對這一文獻從歷史的角度進行了考察,疏漏之處在所難免。此外,本文中僅對作爲對外文書的事大表狀與陪臣表狀,以及作爲對内文書并關涉信仰的禮儀文——祝祭文與詞疏文進行了考察,而對其他諸如册文、教書、表、狀、致語等未能進行分析。此外,由於篇幅的限制,對這 69 篇文章的作者的時代角色以及所擔任過的官職也未能逐一進行説明,筆者將繼續對此進行補充。希望本文中對崔瀣編纂《東人之文四六》的意圖及其史料價值的説明,對學界理解崔瀣《東人之文四六》有所助益。

作者簡介:

朴漢男,韓國國史編纂委員會研究員,曾任國史編纂委員會前企劃協力室室長。在《成大史林》《軍史》《韓國中世史研究》等刊物上發表過《崔瀣的生涯與仕宦》《恭愍王代倭寇侵入與禹玄寶的〈上恭愍王疏〉》《高麗仁宗時期對金定策的特點——以保州讓與投入户口推刷問題爲中心》等論文多篇。并出版有《朝鮮時代的政治與制度》等著作。

從《彌勒寺舍利記》看百濟駢儷文的發展

[韓]朴仲焕著　肖大平譯

内容摘要：本文旨在通過《彌勒寺舍利記》一文考察百濟駢儷文的發展過程。爲此，首先考察了《彌勒寺舍利記》的内容，通過文章内容與結構可以發現這篇《彌勒寺舍利記》的特徵。《彌勒寺舍利記》的主要内容是對王妃發願的功德進行稱頌，王妃的發願作爲追求"女性成佛"的内容，旨在表現理想世界。百濟駢文的發展經過了如下的幾個階段：蓋鹵王時期的《朝魏上表文》文中出現過4+4字句、5+5字句、6+6字句、8+8字句等各種句型，但并未出現四六駢句。《彌勒寺舍利記》中的駢文，從目前的資料來看，可以視作是百濟文學史上最早的駢文。通過對這一不同發展階段特徵的考察，我們可以對百濟時期的駢儷文的發展階段做作如下的劃分：

第1階段：初期　短文階段（温祚大王時期—近仇首王時期）[公元前後—4世紀後半期]

第2階段：韻律　混用階段（蓋鹵王時期的《朝魏上表文》）[472]

第3階段：四六律　定著階段（《彌勒寺舍利奉安記》）[639]

第4階段：最盛期　定型化階段（《砂宅智積碑》）[654]

關鍵詞：《彌勒寺舍利記》；四六駢儷文；四六駢儷體；百濟駢儷文；百濟漢文學

2009年1月全北益山的彌勒寺紀石塔中發現了包括《舍利奉安記》在内的舍利莊嚴具等遺物。文化財廳國立文化遺産研究所爲了對彌勒寺紀石塔中的西塔進行修復，在解體調查的過程中，發現了記載旨在祈求百濟王室安寧相關内容的《金製舍利奉安記》，同時還發現了舍利莊嚴具等遺物①。舍利莊嚴具被安放在石塔第一層心柱上面的舍利孔中，舍利莊嚴具等有金製舍利壺與銀製冠飾等遺物。這引起了相關研究人員與一般民衆的興趣，最引人注意的就是記載舍利安奉的發願内容的《金製舍利奉安記》②。

---

① 本文中《金製舍利奉安記》簡稱爲"舍利奉安記"或"舍利記"，題目中也簡稱爲"舍利記"。

② 2009年1月益山彌勒寺原址中發現的以舍利記爲代表的舍利莊嚴遺物發掘以後，截至目前已經召開過數次學術研討會。第一次是由韓國思想史學會舉辦的名爲"益山彌勒寺址與百濟佛教"的學術研討會，於2009年3月14日在西江大學舉行。第二次由新羅史學會與國民大學韓國學研究所共同舉辦，會議主題爲"益山彌勒寺址出土遺物的綜合性考察"，於2009年3月21日舉行。另外，2009年4月24日在全羅北道廳還召開了由百濟學會與圓光大學馬韓百濟文化研究所共同召開的名爲"大發現舍利莊嚴彌勒寺的再昭明"學術研討會。

這篇《舍利記》正面有99字,背面94字,共193字,用陰文雕刻。關於這篇《舍利記》的文體,有人指出"以經書體爲基礎,表現出四六駢儷體的特點"①。然而這裏所謂的"經書體"説法,其文體概念并不明確,如果説這裏所謂的"經書體"是從一般通用意義上的"儒家經典書體"的角度來指稱的話,那麽將這篇《舍利記》視作"經書體"就有些問題。這是因爲,一般來講"經書體"指的是《詩經》《書經》《易經》等儒家經典,孔子的弟子們對於孔子的含蓄之語極力推崇并記載下來,這些記載被稱之爲"經書摘要",所謂"經書體"就是來源於此的一種文章種類。② 筆者以爲《彌勒寺舍利記》的文體是我們理解百濟人所留下來的駢儷文的重要資料。

　　本文中筆者將首先對彌勒寺出土的《舍利記》的内容進行解讀并作重新審視。通過這篇《舍利記》,試圖對百濟時期駢儷文的發展過程進行考察。駢儷文的特徵是:(1)上下兩句字數相同;(2)上下兩句之間在意義上是相互照應的關係。具有與之相同的結構特徵的是廣爲人知的百濟時期用漢文寫作的文章——《金石文砂宅智積碑》的碑文。然而這次通過對《彌勒寺舍利記》的發掘,讓我們能够對以砂宅智積爲代表的百濟人的駢儷文進行通時性的考察。爲了進行這種比較研究,本文中首先將探討駢儷文的文體特徵,并結合百濟人所寫作的駢儷文的具體的例子進行説明。

　　文章作爲傳達思想的一種手段,無論是文體、還是文章的使用方法都會對人們表情達意産生影響。秦朝統一中國後宰相李斯向秦始皇進獻了"廢除異於秦國的文字"的建議,這表明包括文體在内的文字與語言都是統治過程中的重要工具。另外,我們由近代情況來看,對於文體的規定對於政治、社會等都産生了不小的影響。比如18世紀正祖命燕岩朴趾源寫作《熱河日記》以此推動新文體的擴散,國王以自己的權威發起了"文體反正"運動。新文體的擴散與政治文體相結合,在思想上受到制約。正祖所發起的"文體反正"運動,源於禁止在寫作中使用口語體與俗語、非俗語等文章寫作的規定,當時的士大夫門不得不經常反觀自己的文章,這自然造成了思想上的制約。③ 另外還有一種意見認爲,這一"文體反正"運動是基於要牽制當時老論派勢力的政治目的而得以推動的。另外,排除北學派的"新體文"并恢復館閣體的國初文風等"文體反正"的背景是,當時的國王與大臣們的頭腦中都有這樣一種觀念,認爲"政治與文風并非毫無關係"。④

　　這些是我們理解百濟漢文學、文體以及百濟的政治與社會甚至文化的重要資料。由

---

① 李鎔賢:《彌勒寺塔的簡歷與砂宅氏》,《對益山彌勒寺址出土遺物的綜合考察》,新羅史學會國民大學韓國學研究所共同舉辦學術會議論文集,2019年,第2頁。(以下徵引省略版本信息。)金相鉉:《彌勒寺西塔舍利奉安記的基礎性考察》,《對益山彌勒寺址出土遺物的綜合考察》,第139頁。
② 朴仲焕:《彌勒寺西塔》,《〈對益山彌勒寺址出土遺物的綜合考察〉的討論》,第156頁。
③ 林熒澤、陳在教:《正祖御劄帖——通過書信閲讀〈正祖實録〉》,成均館大學出版社,2009年;成均館大學東亞學學術院:《寫在〈正祖御劄帖〉發刊之際的報導資料》,2009年。
④ 鄭玉子:《朝鮮後期的文風與委巷文學》,《韓國史論》1978年第4期,第266頁。

目前我們所能見到的材料來看,對於百濟人寫作駢儷文并將駢儷文運用在不同場合這一觀點尚存在爭議。百濟人之所以寫作駢儷文是因爲百濟王朝與當時的時代一道受到了六朝文化的影響。然而,人們對於百濟駢儷文的具體面貌及其發展過程的理解還不多。①本文中擬以《彌勒寺舍利記》的發掘爲契機,對百濟駢儷文的若干例子進行考察,并對其發展過程進行梳理。特別是通過《三國史記・百濟本紀》②中保留的駢文來考察當時百濟人使用文體的痕跡。希望通過這一工作加深我們對百濟漢文學的理解。另外,希望爲我們理解百濟的社會與文化提供一個新的視角。

一、彌勒寺出土《舍利奉安記》分析

(一)《舍利奉安記》的判讀與解釋③

《舍利記》長 15.5cm,寬 10.5cm,以陰文篆刻於金版之上,文字飾以朱漆,字體清晰可見。正面每行 9 字,11 行,共計 99 字,皆爲陰刻;背面每行的字數不統一,共有 11 行,94 字,也爲陰文篆刻而成。④《舍利記》全文判讀如下⑤:

正面:

竊以法王出世隨機赴
感應物現身如水中月
是以托生王宮示滅雙
樹遺形八斛利益三千
遂使光曜五色行遶七
遍神通變化不可思議
我百濟王后佐平沙宅

《彌勒寺舍利奉安記》正面,莫道才教授攝於韓國國立益山博物館

---

① 此前對百濟時代的駢儷文的研究主要有趙鍾業:《關於百濟時代漢文學的傾向——以駢儷體爲中心》,《百濟研究》1975 年第 6 期。
② 《三國史記》"百濟本紀"以下簡稱"百濟本紀"。
③ 譯者注:本部分的內容爲作者對《舍利記》一文斷句情況及文意的理解,以韓文對漢文《舍利記》進行解讀。在解讀的過程中,作者針對此前對此文已進行過解讀的金相鉉的不同觀點,略有闡發。因《舍利記》爲漢文,對於斷句標點及文意,中國學者能一目了然,因此翻譯時刪去作者的韓文解讀。
④ 國立文化財研究所全羅北道,2009 年 1 月 18 日發掘現場説明資料,《彌勒寺址石塔舍利莊嚴》,第 12—13 頁。
⑤ 對於這篇《舍利記》的判讀,本文以金相鉉的判讀文字爲基礎進行。(金相鉉:《彌勒寺西塔舍利奉安記的基礎性考察》,《對益山彌勒寺址出土遺物的綜合考察》,新羅史學會國民大學韓國學研究所共同舉辦學術會議論文集,第 139 頁。)本文中爲了按照不同的意思對《舍利記》進行解釋,關於另起一行書寫的"解釋案判讀文"(以下參照),我們將金版上面文字的本來形態稱之爲"原布置狀態判讀文"進行區分。

積德女種善因於曠劫
受勝報於今生撫育萬
民棟梁三寶故能謹捨
淨財造立伽藍以己亥

背面：

年正月廿九日奉迎舍利
願使世世供養劫劫無
盡用此善根仰資大王
陛下年壽與山岳齊固
寶曆共天地同久上弘
正法下化蒼生又願王
后即身心同水鏡照法
界而恒明身若金剛等
虛空而不滅七世久遠
并蒙福利凡是有心
俱成佛道

《彌勒寺舍利奉安記》背面，莫道才教授攝於韓國國立益山博物館

(二) 句式與文體
1.文章的結構

《舍利記》大體上可分爲三個部分，細分的話可以分爲五個部分。如果是從大體上來分的話，第一部分是叙述釋迦牟尼及其靈驗的部分，第二部分叙述的是王妃建立伽藍及安奉舍利的相關部分，第三部分是發願文。第三部分按照對象的不同，具體可部分爲三個部分：第一發願對象是大王陛下，第二發願對象是王后，第三發願對象是舍利安奉法會參會的會衆。

文章第一部分講述的是釋迦牟尼及其靈驗，這一部分文章的開頭 a 行中的從"竊以"開始到 c 行的"不可思議"，一共是 54 字。第二部分講述是王后的功德，即建立伽藍、奉迎舍利的功績，從 d 行的"我百濟王后"到 f 行的"奉迎舍利"，共 55 字。[①] 第三部分發願文從 g 行的"願使"到文章最後的 j 行的"俱成佛道"，共 84 字。上面提到，發願文隨着對象的不同，可以分爲三個部分：第一發願對象的誓願（即第一發願文）從 h 行的"大王陛

[①] 金相鉉的判讀文中也將此內容分爲三個段落。金相鉉前揭論文集，第 139 頁。但金相鉉將第二段的內容爲自"我百濟王后"至"造立伽藍"。然而筆者以爲第二段的內容應該截至"奉迎舍利"。

下"到"下化蒼生"一共是26個字;第二發願文從 i 行的"又願"到"等虛空而不滅",一共是26個字;第三發願文從 j 行的"七世久遠"到"俱成佛道",一共是16個字。①

從叙事的分量上來看,這篇《舍利記》的結構特點是以稱頌百濟王后功德的稱頌文與王妃的發願文爲中心展開。在84字的發願文中,王的發願文是26字,王后的發願文是34字,叙述王后的功德的部分是55字。如果除去王與王妃的發願文52字的話,《舍利記》中涉及除去國王夫婦二人以外的對象的内容很少,這也是這篇《舍利記》的特點。除去國王與王妃的發願對象的發願文對應的是 j 行的"七世久遠,并蒙福利;凡是有心,俱成佛道"等内容。這裏"七世久遠,并蒙福利"這一部分并非指稱一般百姓的"七世父母",而應該理解爲對"王后的七世父母"的發願。這八個字的發願之後緊接着的是王妃的誓願文,後面緊接着的"凡是有心,俱成佛道"這一句與之在字數上、意思上皆構成對仗的關係。兹對《舍利記》的内容上與叙述比重進行如下的整理如下。

内容上的區分		字數
第一部分:釋迦牟尼以及舍利的靈驗叙事		54字
第二部分:對王后的功德進行稱頌的部分		55字
第三部分:發願文	第一發願文(對王的發願)26字	84字
	第二發願文(對王后的發願)34字	
	第三發願文(對其他大衆的發願)8字	
	共同發願文　16字	
合計		193字

《舍利記》的内容以及在考慮王與王妃的相關叙述中,對王的發願文字數是26字。相比之下,對王后的功德進行稱頌的字數是89字,對王妃的稱頌的部分多於對王的發願的部分。另外,從結構内容上來看的話,《舍利記》的特點可以説是"以王后爲中心的頌德及發願文"。另外,涉及爲造塔及建立伽藍的發願文很少有"一切衆生"字樣出現,有關此發願也見不到,這一點也是《舍利記》的記録内容所具有的特點。《舍利記》的最後的兩節"凡是有心,俱成佛道",對於這兩句話有人做過這樣的解釋:"衆生皆可成就佛道。"②上文中提到,這句話中的"是"爲"此處"之意,這樣來解釋的話就比較通暢。如果按照這個意思來解釋的話,這最後的八個字表現的是當時參加舍利奉迎法會的會衆。

---

① 按照《奉安記》的内容進行分段的話,g 行中的"願使　世世供養　劫劫無盡　用此善根　仰資"這一部分不屬於任何一段發願文。這一部分應該是屬於起頭的内容,起着共同領起三種發願文的作用。
② 金相鉉前揭論文集,第140頁。

由上面的分析可以看出,《彌勒寺舍利記》的中心内容是對王后的功德的稱頌以及對王妃的發願文。另外,《舍利奉安記》一文中,没有對國王的具體説明以及介紹,不過出現了王后的父親的名字,這一點表明《舍利記》是以王后及其父親爲代表的王妃一族(即砂宅氏家族)爲中心。彌勒寺以及規模與之類的佛寺的創建,需要很大的石材,以及相關的技術背景。應該説,這種寺院的建造需要借助國家的力量。作爲這種佛寺的核心儀禮的舍利奉安及其相關記録,卻是以對王妃以及王妃的家族爲主的稱頌及對之的發願爲中心展開,這一點值得注意。彌勒寺創建得以進行的時期,王妃一族(即砂宅氏家族)的角色及其影響力凌駕於國王之上,可以説這篇《舍利記》就是證明這一點的最好的材料。

2.書式、文體及内容

(1)書式

這篇《舍利記》的書式是,對舍利奉安的歷史由來以及王后發願的伽藍創建相關内容進行叙述的主體——《舍利記》的作者采取第三人稱進行,通過作者之口叙述王與王后的功德及其發願的内容。第一發願文(即王妃所言)采取的并不是第一人稱叙述方式,而是通過第三者即《舍利記》作者的口吻,使用第三人稱對其功德進行稱頌并進行發願。使用第三人稱的顯著事例要數 d 行的"我百濟王后"這一句。鄭智遠爲金銅三尊佛立像寫過銘文,在這篇銘文中鄭智遠也是以第一人稱結束了這篇銘文,《舍利記》亦是如此。儘管如此,作爲同時代所建造的塔、堂,在其發願文(即《砂宅智積堂塔碑》)中,造塔與建堂的砂宅智積以第一人稱作爲句子的主語來引領發願文。我們可以將《舍利記》與這篇《砂宅智積堂塔碑》對照閲讀。另外,雖然時代不同,高麗時期仁宗的謚册中仁宗的兒子毅宗以第一人稱的立場寫作并上呈,可與《舍利記》相參。①

(2)文體

此前有學者的研究涉及到《舍利記》的文體特點的問題,如提出過"4—4 句,4—6 句,6—6 句,7—7 句,類似這樣以經書體爲基礎,采取四六駢文的方式寫作"等觀點。② 對於《舍利記》的文體,前面我們已經大體上對此做過相關説明。但筆者以爲彌勒寺出土的這篇《舍利記》基本上應視作駢儷文。駢儷文中最爲複雜、也是最具有外在特點的是四六駢儷文,即四六文的結構。然而在這篇《舍利記》中只有一句符合這一要求。這一句的内容如下:

心同水鏡,照法界而恒明;身若金剛,等虚空而不滅。

---

① 國立中央博物館:《歷史書信——高麗墓志銘再考察》,2006 年,第 30 頁。
② 李鎔賢:《彌勒石塔的建立與砂宅氏》,《對益山彌勒寺址出土遺物的綜合性考察》,新羅史學會與國民大學韓國學研究所共同舉辦學術研討會論文集,2009 年,第 2 頁。金相鉉前揭論文集,第 140 頁。

《舍利記》中最多的句型是四字句,四字句是該文的代表句型。關於這篇《舍利記》的駢儷體,我們將在下一章中進行分析。

二、百濟駢儷文的發展過程

(一)駢儷文的概念以及駢散文的分類問題

　　駢儷文又被稱爲駢體文、四六駢體或者四六文,簡稱爲駢文,是一種崇尚對仗句型式的文體。① 其語源爲:由意爲"兩馬并駕一車"的"駢"字與意爲"并肩而行"的"儷"字②,轉變爲指稱講究對仗的句子。從歷史上來看,"駢儷文"這一概念與用語可理解爲與古文相對應的一個概念。作爲與駢儷文相區分的古文的概念所指的是秦漢以前的文章,到了唐宋時期正式出現這一概念。與古文不同,駢體文最大的特點是使用對仗的句法。也有一些句子中有表現出對仗的特點,這些句子也講究形式對仗,韻律優美,表意明確。然而作爲特定的語句,句子中對偶句所占的比重并不大。然而駢體文中,對偶句所占的比重很大,這些對偶句自身在文章中亦處於核心地位,這是駢體文最主要的特徵。漢文中強調這種對仗的表現方式,使得駢體文發展起來;另外,也是由漢語及其表情達意的手段——漢文自身所具有的語言以及文字上的特徵所造成的。屬於拉丁語系統的印歐語系以及韓語、日語等表音文字語系中,語音和語音上鮮明一致的體系并不多。然而,漢文卻是一字一音、一字一意的語言體系,因此在對仗方面是很容易的。

　　駢文以漢文的這種特殊性爲基礎開始發展,最後成爲一種要求在形式上必須講究對仗的獨特的文體。駢文以對仗爲生命,從強調韻律的這一點上來看,駢文屬於韻文的一種。因此,駢文是與散文相對應的一種文體。然而與詩歌必須要求韻律不同,在駢文中亦可插入散體句,從這一點上來看,駢文與韻文又有區別。另外,從韻律上來講,漢詩中有絕句與律詩,或五字一句,或七字一句,詩歌發展出這種以五字或七字爲中心的奇數句式,與之不同的駢文以四字句或六字句爲主。③ 因此,到了中國清代,駢文發展成爲不僅與散文不同、亦與詩詞相區分的一種獨特的文體類型。④ 駢體文具有本質性的外在形式,同時也具有強調句子形式的唯美主義的特點。因此,駢文十分優美,具有追求平衡之美的外在形式;同時,由於先天的指向點,因此在傳情達意或者論證敘述等實際的功能方面不能不受到一定的限制。唐代以韓愈爲首的古文運動家們因此對於因駢文的這種限制而給文章發展造成的弊端極力抨擊。當時古文運動家出現以後,駢文的使用與古文形成

---

① 本文中對於"駢儷文"以下稱之爲"駢文"。
② 李家源、安炳周監修:《教學大漢韓辭典》第 237 條,2008 年,第 3730—3731 頁。
③ 李丙疇:《爲書藝學習編寫的對韓國漢詩的譯解》,梨花文化出版社,2000 年,第 22—23 頁。
④ 崔信浩:《漢文》,《韓國民族文化大百科詞典》第 24 條,韓國精神文化研究院,1996 年,第 189 頁。

密切的函數關係,二者之間是一種此消彼長的關係。①

按照對仗的句子字數的不同,以及對仗結構的不同,可將駢體文分爲幾種類型。文章内部有些地方雖然有三字句或五字句等情况,但是基本上大多由4—4句或者6—6句型構成。對此我們可以參考如下的字句觀。

> 章句無常,而字有條數。四字密而不促,六字格而非緩,或變之以三五,蓋應機之權節也。(劉勰《文心雕龍·章句》)

這一説明表明,雖然六朝時期的駢儷文中使用四六字句是其主流,但是也有使用變形的三五字句的情况。隨着時代的發展,駢儷文由4—4句發展到4—6句。另外,4—6句的駢儷文被稱之爲四六駢體文或者四六文,是駢體文中最爲複雜也是形式上最爲發達的。②

然而在實際的文章中4—4字與4—6字對偶句混用的情况是大多數。4—4與4—6字的對仗以及對仗以外的非定型句混用的情况也不少。擺脱4—4字句或者4—6字句的非定型句的混用是多方面的原因造成的。對仗句型在傳達事實上存在限制或者不合理,這是首要的原因。其次,在很多情况下,句子中需要提到的固有名詞很難維持4—4字句或者4—6字句的一貫到底的韻律,這也是其原因之一。

按照結構的不同,駢體文分爲幾種不同的類型。首先,駢體文的對句中,存在字句上的對句(字駢)與内容上的對句(即意思上的對仗,意駢)。這種區别與其説是駢儷文的區别,不如説是駢儷文形式上的完成度方面的區别。然而,嚴格意義上的駢儷文所要求的對偶句的結構在現實中并非任何時候都是可能的,這就使得不能同時滿足字句的對仗(字駢)與意義上的對仗的句子(意駢)出現。因此,駢文與散文的區别僅從句子的外形上是很難進行區分的。然而,爲了論述的方便,本文中將四字一句且最少由四句以上的對仗句構成的文章稱之爲駢文。只是,在由4—4字或者4—6字的韻律構成的同時,句子的所有結構未能實現意義上的對仗的話,那麽我們很難將其視作駢儷文,這些文章就是所謂的"似駢非駢"的文章。關於駢儷文中對偶的種類,有如下的説明可資參考。

> 駢偶之法,厥有數端。有駢於意者,有駢於句者,有駢於字者。今以毛詩爲例,則開宗明義第一章"關關雎鳩,在河之洲。窈窕淑女,君子好逑"四句,即意駢也。其下文"參差荇菜,左右流之。窈窕淑女,寤寐求之"四句,即句駢而字亦駢矣。又其下

---

① 崔信浩:《駢儷文》,《韓國民族文化大百科詞典》第24條,韓國精神文化研究院,1996年,第659—660頁。
② 趙鍾業:《關於百濟時代漢文學的傾向——以駢儷體爲中心》,《百濟研究》1975年第6期。

"求之不得,寤寐思服。悠哉悠哉,輾轉反側",則近於流水對矣。①

另外,講究押韻與用典也是駢文的特徵。② 按照這些方面的完成度,我們可以將駢文作如下的分類:

駢文的發展階段
(1)節意的對偶階段
(2)句意的對偶階段
(3)字意的對偶階段
(4)押韻的對偶階段

如果按照如上的這些標準來理解駢文的話,百濟時代的文章中應該如何判斷哪些是駢文? 這并不是一個簡單的問題。對於文章的判斷有很多的尺度與標準。《文選》與《文心雕龍》中的分類雖然可資參考,但是以這些書中的分類爲基礎進行分類的話,今人所使用的漢文文章的種類應該超過了數十種。詔、令、簡、劄、章、表、上表、詩、賦、詞、碑文等這些都是那個時代所流行的文章的種類,後來又出現唐詩、宋詞、元曲、明清小説等分類。③ 嚴格來講,文中的所有句子都按照嚴格對仗的方式寫作的駢文十分罕見。如作者以及所記述對象的人名、地名、年月日等內容,包括屬於文章"六何"④的部分在所有的句子中都符合韻律的要求是不可能的。

百濟時代流傳至今的文章中對偶結構最爲完美的《扶餘砂宅智積碑文》的第一行也是采用的散文體。只是在句子類型中,分辨出散文相對較容易。雖然具有內在的韻律,但是由於不需講究對仗,因此,文章的所有部分中也有不使用對仗而使用完美的散體的句子。

(二)傳世百濟駢儷文舉隅

百濟時代當時人寫作的駢儷文流傳下來的并不多。由1970年中期的資料來看,這些資料都中提到了如下的這些文章,這些文章都被認爲百濟當時人寫作的駢文與散文⑤:

(a)《砂宅智積碑文》
(b)《朝魏上表文》
(c)《成忠上書文》
(d)《百濟王移書文》

---

① 劉麟生:《中國駢文史》(中國文化史叢書),臺北商務印書館,1965年,第14—15頁。
② 崔信浩:《駢儷文》,《韓國民族文化大百科詞典》第24條,韓國精神文化研究院,1996年,第659—660頁。
③ 崔信浩:《漢文》,《韓國民族文化大百科詞典》第24條,韓國精神文化研究院,1996年,第189頁。
④ 譯者注:譯者理解,本文作者所謂"六何"指的是:What,Why,When,How,Where,Who,即爲(wéi)何,爲(wèi)何,何時,何種方式,何處,何人。
⑤ 趙鍾業:《關於百濟時代漢文學的傾向——以駢儷體爲中心》,《百濟研究》1975年第6期。

(e)《武寧王陵志石》

(f)《百濟扶餘隆墓志銘》

其中(d)《百濟王移書文》以古文的形式寫就。對於(c)《成忠上書文》的文體,有學者認爲是古文①,然而仔細來看的話,可以看出這篇文章中有相當一部分采用的對仗句混用的駢散文混用體。儘管《成忠上書文》與《百濟王移書文》屬於奏疏與公牘,但是從部分使用了散文體的角度來看,是值得注意的。另外(e)《武寧王陵志石》有人認爲這篇文章很難説是文章性的叙述。武寧王陵的銘文并非都是文章性的記述,因此,不能從文學的角度對之進行考察。②儘管很難説《武寧王陵志石》中的句子具有叙述的體系。然而,下文中筆者將提到,雖然這篇文章很短,但是在結尾部分還是使用了對偶句式。爲了擴大對百濟人的文章的理解,既有對這些百濟漢文文章進行再解釋的必要,同時也需要對當時創作的可能性較大的漢文文章的相關記録進行發掘,并揭示百濟文章的真面目。然而這種工作必須從截至目前最具體系的記録——《三國史記·百濟本紀》中的相關記録開始。本文將對上述趙鍾業所介紹的六篇文章中除去《百濟扶餘隆墓志銘》的另外五篇文章進行再考察,對其是否具備駢文的特點進行分析。除此以外,同時還將考察《三國史記·百濟本紀》以後百濟人所寫的駢文中是否有流傳下來的作品等問題。之所以要將《百濟扶餘隆墓志銘》這篇文章排除在考察對象之外,是因爲這篇文章是百濟滅亡以後在唐朝寫成,是否是百濟人所寫還存在問題。

1.《三國史記》中可以確認的百濟人的駢儷文

爲了調查《三國史記》中百濟的駢儷文,首先需要對《三國史記》一書的文體特徵進行理解。在《三國史記》的編纂中受到關注的文體相關的事項可以説是以金富軾爲代表的編纂者們爲恢復古文所作出的努力。這與金富軾活動時期的文學環境以及金富軾的家系有關。金富軾的父親金覲在文宗時期與朴寅亮一道去過宋朝,二人所作之詩文受到宋朝文人的稱賞,這些詩文被編輯爲《小華集》得以刊行。金覲的文章極力模仿當時宋朝的文章名家蘇軾與蘇轍兄弟,金富軾與金富轍兄弟二人的名字就來源於蘇軾與蘇轍兄弟二人的名字。金富軾於肅宗初年科舉及第,有過三次訪問宋朝的經歷,其頻繁前往宋朝的經歷顯然培養了金富軾作爲國際知識分子的感覺與眼光。另外,在受到宋朝文化的影響中,其對古文體的習得對於其編纂《三國史記》產生了重要影響。古文體的影響反映在其在寫作《三國史記》的史論部分時古文體的文章成爲其寫作的參考資料。金富軾爲了寫作史論,多次引用了經、子、史類文獻,其中引用《左傳》《新唐書》頻率最高。這些雖然是與金富軾生活的時代背景及政治環境相關,從《新唐書》改撰的角度來看,《新唐書》成

---

① 趙鍾業:《關於百濟時代漢文學的傾向——以駢儷體爲中心》,《百濟研究》1975年第6期。
② 趙鍾業:《關於百濟時代漢文學的傾向——以駢儷體爲中心》,《百濟研究》1975年第6期。

爲一部與《舊唐書》完全不同的史書。①

《三國史記》受到了唐宋時期的古文主義的時代風氣的影響,在這種背景之下,金富軾的《三國史記》中表現出來的特徵之一是排斥南北朝時期風靡一時的形式主義、唯美主義的駢體文,而是試圖恢復古文體。因此,以金富軾爲首的《三國史記》的編纂者們在編纂過程中,排斥那些百濟以來三國時期的元典資料中具有外在韻律的駢儷文,而是以長於記事的古文體爲主記載三國時期的歷史。高麗仁宗時期,金富軾在主導編纂《三國史記》時,并不是按照高麗當時的古文體來進行寫作,而是利用了被統稱"古記"的《三韓古記》一類的書籍中的元典。《三國史記·百濟本紀》中散見的那些對偶句等駢儷文的只鱗半爪的出現,很有可能就是在利用這些元典的過程中不可避免地插入進去的。在不能不直接引用的情況下,這些當時百濟人寫的文章中的句子雖然并非故意插入,但并未以古文體成功改造,因而殘存下來了。《百濟本紀》的記錄中,當時百濟人寫的駢儷文的句子有如下一些②:

(1)《温祚王即位記》中的《都邑記事》(公元前18年)

十臣諫曰:惟此河南之地,北帶漢水,東據高嶽,南望沃澤,西阻大海,其天險地利,難得之勢。③

温祚王的《都邑記事》是按照東西南北四個方位名起頭,皆以四字爲一句,總共四句構成的對句。這篇文章中,十臣們爲了諫止前往彌鄒忽的沸流,強調了河南地區的地利條件。④ 文中對仗句如下⑤:

北帶漢水＝東據高嶽
南望沃澤＝西阻大海

(2)温祚王時代的《疆域記事》(公元20年)

---

① 李康來:《對〈三國史記〉正當的理解》,《三國史記1》,大路出版社,2006年,第35—36、50頁。
② 本文中對於所引用的原文中屬於駢文(即對仗)的句子用加粗的字體進行標識,以此與非駢句進行區分。
③《三國史記·百濟本紀》《温祚王即位記》中《河南慰禮城都邑記事》部分。
④ 本文中所引用的《三國史記》的版本是:乙酉文化社出版的《三國史記》(下)李丙燾譯注本,以及1988年10月出版的新裝版。對於其中的錯別字,筆者以腳注的形式進行標注。
⑤ 本文中對駢儷文的對仗結構以圖的形式進行標識,構成對仗關係的上下兩句中間用"＝"標注;另外爲了呈現節與節之間構成複雜的對仗結構,句與節之間劃上下劃綫,上下的對仗關係再用"‖"進行標識。

八月,遣使馬韓告遷都,遂畫定疆場,北至浿河,南限熊川,西窮大海,東極走壤。① 春二月,王巡撫,東至走壤,北至浿河,五旬而返。②

這裏也是用東南西北四方位地名領起的四字句構成,一共四句。這與溫祚王三十八年的《巡撫記事》類似。文中對仗句如下:

▲北至浿河＝南限熊川
‖
西窮大海＝東極走壤
▲東至走壤＝北至浿河

(3)溫祚王時代的《宮室初築記事》(公元前4年)

春正月,作新宮室,儉而不陋,華而不侈(《三國史記·百濟本紀》溫祚王十五年)

文中對仗句如下:

▲儉而不陋＝華而不侈③
(字對:儉＝華,而不陋＝而不侈)

這一篇《記事》四字一句,雖然只有簡短的兩句對偶句,但是分明讓人感覺到作者有意使用對偶句來寫作文章的意圖。這種對偶表現手法采取的是對照結構,同時其中有二重疊的相反結構。通過文章的結構與文章所表現的文意來看,這篇文章應該不是出自《三國史記》編纂者之手,而很可能百濟當時的文章表現方式就是如此。這是因爲這句對偶句想要表現的并沒有僅僅停留在價值中立的客觀事實的傳達上。這句話在傳達出"簡朴"與"華麗"的肯定性事實的同時,也并未忽略"丑陋"與"奢侈"這些否定性的要素。在積極的自我美化的同時,同時也考慮了批判性的評價,即自我防禦的創作心態。由金富軾的史論中表現出來的論調來看,很難説《三國史記》對於百濟有特别的肯定性敘述的考慮。從《三國史記》的這種敘述態度來看,《三國史記》的編纂者并没有在百濟宮室的初

---

① 《三國史記·百濟本紀》溫祚王十三年。
② 《三國史記·百濟本紀》溫祚王三十八年。
③ 《三國史記·百濟本紀》溫祚王十五年。

築記事中一定要使用這種美化與自我防御的方式進行寫作的自覺。

（4）近仇首王代莫古解《諫言》

……至於水谷城之西北,將軍莫古解諫曰,嘗聞道家之言,知足不辱,知止不殆,今所得多矣,何必求多,太子善之止焉。①

近仇首王作爲太子時,遭到了高句麗國岡王斯由（故國原王）的侵略。太子受王命,前往參加戰爭,與高句麗軍隊對陣,將其追擊到水谷城西北一帶。此時將軍莫古解提出停止繼續進攻。這篇文章就是莫古解的諫言。這其中的駢句中引用道家的話的部分中加入了莫古解自己的話,有四句,皆爲四字句。文中對仗句如下:

▲知足不辱＝知止不殆
‖
今所得多矣＝何必求多

句子中的前一、二句是極爲工整的對仗句,第三句中加入了終結語助詞"矣",使得字數顯得散亂。當然,作爲引文核心的道家之言是前面的兩句。然而,不僅僅是道家之言,包括莫古解的四字四句在内的所有内容都是以引文的形式,成爲一個獨立的句子。值得注意的是引文中的第三句中的終結語助詞"矣"。這一語助詞（即終結辭）在句子的結構上顯得并不自然,很有可能是因爲失誤而加入的,或者是在潤色的過程中故意加進去的。筆者之所以這樣認爲是因爲,如果對除去終結辭一個字以外的另外四個字構成的句子（共有四句）中的上面這篇駢文仔細觀察的話,很容易就可以發現。這是因爲在主要由對偶句構成的這篇駢文中,并沒有理由只在第三句中使用終結語助詞。如果要添加助詞的話,在第二句中可以添加"也"字一類的終結語助詞,在第四句中可以添加"乎"之類的終結語助詞。如果第三句中的"矣"字確實爲故意加入進去的終結語助詞的話,那麽這很有可能是在高句麗中期受到風靡一時的古文主義影響而編纂《三國史記》的編纂者企圖恢復古文體、從而貶損駢儷文的一個例子。

（5）蓋鹵王時代的《朝魏上表文》

十八年,遣使朝魏上《表》,曰:臣立國東極,豺狼隔路。雖世承靈化,莫由奉藩。瞻望雲闕,馳情罔極,凉風微應。伏惟皇帝陛下,協和天休,不勝係仰之情。謹遣私署冠軍駙馬都尉弗斯侯長史餘禮、龍驤將軍帶方太守司馬張茂等,投舫波阻,搜徑玄

---

① 《三國史記·百濟本紀》近仇首王即位年。

津。托命自然之運,遣進萬一之誠。冀神祇垂感,皇靈洪覆。克達天庭,宣暢臣志。雖旦聞夕没,永無①餘恨。(又云:)臣與高句麗,源出扶餘。先世之時,篤崇舊款。其祖釗輕廢隣好,親率士衆,凌踐臣境。臣祖須整旅電邁,應機馳擊,矢石暫交,梟斬釗首。自爾已來,莫敢南顧。自馮氏數終,餘燼奔竄,丑類漸盛,遂見凌逼。構怨連禍,三十餘載。財殫力竭,轉自孱蹙。若天慈曲矜,遠及無外,速遣一將,來救臣國。當奉送鄙女,執掃後宮,并遣子弟,牧圉外廄。尺壤匹夫,不敢自有。(又云:)今璉有罪,國自魚肉,大臣彊族,戮殺無已,罪盈惡積,民庶崩離。是滅亡之期,假手之秋也。且馮族士馬,有鳥畜之戀;樂浪諸郡,懷首丘之心。天威一舉,有征無戰。臣雖不敏,志效畢力。當率所統,承風響應。且高句麗不義,逆詐非一。外慕隗囂藩卑之辭,内懷凶禍豕突之行。或南通劉氏,或北約蠕蠕,共相唇齒,謀凌王略。昔唐堯至聖,致罰丹水,孟嘗稱仁,不捨塗詈。涓流之水,宜早壅塞。今若不取,將貽後悔。去庚辰年後,臣西界小石山北國海中,見屍十餘,并得衣器鞍勒,視之非高句麗之物。後聞乃是王人來降臣國,長蛇隔路,以沈於海。雖未委當,深懷憤恚。昔宋戮申舟,楚莊徒跣,鷗撮放鳩,信陵不食。克敵立名,美隆無已。夫以區區偏鄙,猶慕萬代之信,况陛下合氣天地,勢傾山海,豈令小豎,跨塞天逵。今上所得鞍一以實驗。②

上文爲蓋鹵王(455—475)時期爲向北魏發送的國書。百濟一直遭受高句麗的侵略,爲了向北魏請求派遣軍隊,雖然百濟作了諸多努力,但是并未造成北魏進攻高句麗的局面,反而刺激了高句麗,使得百濟遭到高句麗長壽王三萬軍隊的大規模入侵。對偶的字數多樣,顯得并不統一,這是一篇駢散文句交織的文章。對偶的字數包括4—4句,5—5句,6—6句,有時也出現3—3對偶句式。文中的對仗句如下:

▲臣立國東極　豺狼隔路=雖世承靈化　莫由奉藩
▲馳情罔極=凉風微應,投舫波阻=搜徑玄津,托命自然之運=遣進萬一之誠
▲其祖釗輕廢隣好,親率士衆,凌踐臣境
　　　　‖
臣祖須整旅電邁,應機馳擊,矢石暫交,梟斬釗首
▲自爾已來　莫敢南顧=(自)馮氏數終　餘燼奔竄=丑類漸盛遂見凌逼
=構怨連禍三十餘載=財殫力竭轉自孱蹙

---

① 乙西文化社刊《三國史記》(下)李丙燾譯注本,1988年出版的版本中寫作"爲",由"無"的誤傳來看,應該是"無"字。
②《三國史記·百濟本紀》蓋鹵王十八年。本文中《三國史記》的編纂者引用三處原文時加注了括弧(又曰)。爲了讓讀者對引用上表文的句子的開頭與結尾的部分能看得更清楚,此爲筆者所添加部分。

▲若天慈曲矜遠及無外＝速遣一將來救臣國
　　　　‖
當奉送鄙女執掃後宮＝并遣子弟牧圉外廄
▲尺壤匹夫＝不敢自有
▲今璉有罪　國自魚肉＝大臣彊族　戮殺無已＝罪盈惡積　民庶崩離,是滅亡之期＝假手之秋也
▲且馮族士馬　有鳥畜之戀＝樂浪諸郡　懷首丘之心
▲天威一舉　有征無戰＝臣雖不敏　志效畢力＝當率所統　承風響應
▲外慕隗囂藩卑之辭＝内懷凶禍豕突之行
　　　　‖
或南通劉氏＝或北約蠕蠕
　　　　‖
共相唇齒＝謀凌王略
▲(昔)唐堯至聖　致罰丹水＝孟嘗稱仁　不捨塗詈,涓流之水　宜早壅塞＝今若不取　將貽後悔
▲長蛇隔路＝以沈於海＝雖未委當＝深懷憤恚
▲(昔)宋戮申舟　楚莊徒跣＝鷂攝放鳩　信陵不食,克敵立名＝美隆無已
▲夫以區區偏鄙＝猶慕萬代之信
▲(况陛下)合氣天地＝勢傾山海
　　　　‖
豈令小豎＝跨塞天逵

(6)武王時代的《大王浦記事》

　　……王率左右臣僚,游宴於泗沘河北浦,兩岸奇巖怪石錯立,間以奇花異草如畫圖,王飲酒極歡,鼓琴自歌,從者屢舞,時人謂其地爲大王浦。①

這是武王(580—641)時期經常出現的武王游幸相關紀事中武王前往大王浦游宴的相關内容。句式上以駢文出現的情況并不明顯,原型爲駢文的對偶句如下:

▲飲酒極歡＝鼓琴自歌,從者屢舞＝?

---

① 《三國史記·百濟本紀》武王三十七年。

上句從騈儷文的角度來看,字句上并不對仗,但是在意思上是對仗的。雖然後面可能還有一句,但是從這三句上來看,前面的第一句與第二句屬於意騈。

(7)《成忠上書文》

忠臣,死不忘君,願一言而死。臣常觀時察變,必有兵革之事。凡用兵,必審擇其地,處上流以延敵,然後可以保全。若異國兵來,陸路不使過沈峴,水軍不使入伎伐浦之岸,據其險隘以御之,然後可也。①

上文爲義慈王(599—660)時期,因爲向義慈王進諫而被收監入獄、活活餓死的大臣成忠(？—656)在死之前向義慈王上奏的文章。雖然這篇文章中的對偶句也并不統一,只有個別地方可視作騈句。如"水軍不使入伎伐浦之岸"這一部分中,因爲使用了固有名詞(地名),對仗結構呈現出變形的形態。文中的對仗句如下:

▲臣常觀時察變＝必有兵革之事,處上流以延敵＝然後可以保全,
　　陸路不使過沈峴＝水軍不使入伎伐浦之岸

(8)義慈王時期的異變紀事

有一鬼入宮中,大呼百濟亡百濟亡,即入地。王怪之,使人掘地,深三尺許有一龜,其背有文,曰:"百濟同月輪,新羅如月新……"②

上文是義慈王時期發生的諸多災異紀事中之一。不僅僅書寫在龜背上的句子是騈句,而且後面出現的兩名巫者對於龜背上的文字的截然相反的解讀也是以騈句的形式出現,可以視作屬於同一範疇的騈文資料。文中的對仗句如下:

▲百濟同月輪＝新羅如月新
[字騈]百濟＝新羅,同＝如,月輪＝月新

雖然是只有五字一句的兩句話,是既屬於意騈,也具有字騈結構的騈儷文。

2.武寧王陵支石上的對仗句表現(525年,526年)
武寧王陵支石的的銘文中的句子由《王之支石文》《王妃之支石文》以及《買地券支

---

① 該内容緊隨《三國史記》百濟本紀義慈王十六年三月"成忠瘦死,臨終上書曰"之後。
②《三國史記·百濟本紀》義慈王二十年。

石文》等三個方面文書構成。這些文書因爲都較爲簡短,因此有人認爲很難將其視作文章性的叙述。然而王之支石與買地券支石的結尾可視爲由四字一句或五字一句構成的對偶句。反映了駢儷文句式的結句韻律的一種類型。支石中銘文内容如下:

《王之墓志》
寧東大將軍百濟斯
麻王年六十二歲癸
卯年五月丙戌朔七
日壬辰崩到乙巳年八月
癸酉朔十二日甲申安
登冠大墓立志如左

《王妃之墓志》
丙午年十一月百濟國王太妃壽
終居喪在酉地己酉年二月癸
未朔十二日甲午改葬還大墓立
志如左

《買地券》
錢一萬文右一件
乙巳年八月十二日寧東大將軍
百濟斯麻王以前件錢詣土王
土伯土父母上下衆官二千石
買申地爲墓故立券爲明
不從律令

文中的對仗句如下:

▲登冠大墓立志如左=改葬還大墓立志如左,
　▲買申地爲墓=故立券爲明

3. 木簡中所見百濟時期的駢儷文(6世紀中期)
在最近以來發現的木簡中亦可以看到以駢儷形態寫就的文章。最具代表性的例子是扶餘陵山里古墳群中發掘的寫有"宿世結業"字樣的木簡。蓋木簡中的墨書句子內容如下：

宿世結業同生一處
是非相問上拜白事①

其中對仗句爲：

▲宿世結業＝同生一處
‖
是非相問＝上拜白事

上文由四字一句的四句話構成。從對偶的結構來看，第一個四字句（宿世結業）與第二個四字句（同生一處）形成一聯，從因果關係的角度上構成對仗關係。第三個四字句（是非相問）與第四個四字句（上拜白事）構成一聯，從意思上來看是一種"承接"關係，形成前後意義上的對仗。另外，第一行中的4+4，與第二行中的4+4，又構成"條件——義務"的關係，形成意義上的對仗。陵山里木簡中以上這篇駢儷文僅從意義上構成對仗關係，從嚴格的意義上來講還未形成用字上的對仗關係，對仗的字數由"四字一句，總共四句"的結構構成。但是這篇木簡駢文還是值得我們加以注意，因爲這與由《砂宅智積碑》中的四六駢儷文肇始的百濟駢儷文呈現出不同的風貌。尤其是，此前我們只能從金石文及文獻記錄中發現駢儷文，現在我們在木簡中亦發現了駢儷文。這無疑有助於我們開拓百濟駢文研究的領域。

4.《彌勒寺舍利記》中的駢句（639年）

上文中提到，按照《彌勒寺舍利記》中句子含義的不同，對這篇文章可以做如下排列：

竊以　法王出世　隨機赴感　應物現身　如水中月
是以　托生王宮　示滅雙樹　遺形八斛　利益三千
遂　（使）光曜五色　行遶七遍　神通變化　不可思議
我百濟王后　佐平沙宅積德女　種善因於曠劫　受勝報於今生
撫育萬民　棟梁三寶　故能　謹捨淨財　造立伽藍
以己亥年正月廿九日　奉迎舍利

---

① 朴仲煥：《扶餘陵山里發掘木簡預報》，《韓國古代史研究》2002年第28期，韓國古代史學會；《韓國的古代木簡》，國立昌原文化財研究所，2004年，第329頁。

願使　世世供養　劫劫無盡　用此善根　仰資
　　大王陛下　年壽與山岳齊固　寶曆共天地同久　上弘正法　下化蒼生
　　又願　王后即身　心同水鏡　照法界而恒明　身若金剛　等虛空而不滅
　　七世久遠　并蒙福利　凡是有心　俱成佛道

我們將這篇銘文中駢句作如下整理：

▲<u>法王出世　隨機赴感</u>＝<u>應物現身　如水中月</u>
　　　　　　　‖
<u>托生王宮　示滅雙樹</u>＝<u>遺形八斛　利益三千</u>
▲(使)光曜五色　行遶七遍＝神通變化　不可思議
▲種善因於曠劫＝受勝報於今生
（字對：種＝受，善因＝勝報，於曠劫＝於今生）
▲撫育萬民＝棟梁三寶，謹捨凈財＝造立伽藍，世世供養＝劫劫無盡
▲年壽與山岳齊固＝寶曆共天地同久
（字對：年壽＝寶曆，與＝共，山岳＝天地，齊固＝同久）
▲上弘正法＝下化蒼生
（字對：上＝下，弘＝化，正法＝蒼生）
▲心同水鏡　照法界而恒明＝身若金剛　等虛空而不滅
（字對：心＝身，同＝若，水鏡＝金剛，照＝等，法界＝虛空，而恒明＝而不滅）
▲<u>七世久遠＝并蒙福利</u>
　　　　　　‖
<u>凡是有心＝俱成佛道</u>

　　這篇銘文中并不以駢句形式出現的部分僅限於：序，結尾的虛辭，語助辭，以及人名、官職名等固有名詞，以及年月日等這些無法合韻的情況。另外，《舍利記》的最後一行以"七世久遠，并蒙福利；凡是有心，俱成佛道"爲四字一句的四句話構成的對仗句結束全篇。這種結句表現方式與前文中提到的《武寧王陵買地券墓支石文》中以"立志如左，不從律令"這一四字一句的兩句結構結束全篇的形態相似，皆爲駢儷體的韻律。這篇文章可以說是一篇嚴格意義上的駢文。在每一行的開頭都有一個兩個字構成的虛辭或發語詞，可以說這是因爲這篇文章的作者試圖將這篇文章寫成駢文時筆力尚有所欠缺所致。不過這些虛辭與發語詞皆由兩個字構成，顯得極爲規整，作者的這種努力表明作者志在將這篇文章寫成四六駢文的傾向。

5.《砂宅智積碑》的駢儷文(654年)

著名的《砂宅智積碑》作爲百濟駢儷文的文章,是一篇對砂宅智積①對建造堂與塔的過程進行記録的碑文。碑身左端缺損,餘下碑文内容如下:

(甲)寅年正月九日奈祇城砂宅智積
慷身日之易往慨體月之難還穿金
以建珍堂鑿玉以立寶塔巍巍慈容
吐神光以送云莪莪悲貌含聖明以□□②

碑文中的對仗句整理如下:

　　▲慷身日之易往=慨體月之難還
　　(字對:慷=慨,身=體,日=月,之=之,易=難,往=還)
　　▲穿金以建珍堂=鑿玉以立寶塔
　　(字對:穿=鑿,金=玉,以=以,建=立,珍=寶,堂=塔)
　　▲巍巍慈容　吐神光以送云=莪莪悲貌　含聖明以□□
　　(字對:巍巍=莪莪,慈=悲,容=貌,吐=含,神=聖,光=明,以=以,送=[迎],云=[霓])

《砂宅智積碑》及拓本。論文原文中本無,此爲譯者插入

該碑文中除去對建造堂與塔的時期與建立人員進行説明的第一行以外,其餘部分都以單音節片語合成對仗句。與前面我們提到的《朝魏上表文》以及《彌勒寺舍利記》中的駢儷文比較的話,能看出該碑文在字對的完成度上是很高的。可以説這篇《砂宅智積碑》的對仗結構是我們今天能看到的百濟駢儷文中發展水準最高的一篇文章。該碑刻被認爲是義慈王時代所刻,這也説明了這篇碑文形成於百濟駢儷文發展程度最高的歷史時期。此外,通過碑文中的對仗句式的完成度以及辭彙的選擇可以看出其在表情達意上的熟練程度,具有最高水準的均齊之美。這也表明了該碑文在百濟駢文發展史上至高無上的地位。新羅金石文中這種高水準的駢儷文,直到崔致遠等新羅留學生自唐留學歸國後

---

　　① 譯者注:砂宅智積,百濟義慈王時期的大臣。
　　② 現存碑文的結尾部分"含聖明以"以下碑文的左邊缺失。但由於該碑文是徹底的對仗結構,因此對於缺失的部分開頭的兩個字可以通過殘存下來的相關的對仗句的校對進行復原。通過這種校對工作,我們可以判斷殘缺的部分的開頭兩個字是"迎霓"。(朴仲焕:《百濟金石文研究》,全南大學博士學位論文,2007年,第184—186頁。)

才出現。① 如果與碑文的寫作時期同時出現的新羅的駢儷文進行比較的話,更能顯出該碑文在文學手段上的熟練程度。另外通過與新羅同一時期駢文的比較,可知該碑文即使譽之爲三國時代駢文史上最傑出的作品也毫不爲過。

(三) 流傳下來的百濟散文舉隅

上面我們列舉了百濟人的傳世駢文若干事例。但僅對流傳下來的百濟人的駢文進行列舉是很難理解百濟駢文的性格與文學特徵的。這是因爲僅以此種方法試圖理解百濟人當時使用的文章全貌是不够的。因此,接下來我們將在流傳下來的百濟人的文章中也選取一些散文舉例進行分析。散文在句子的結構上與駢文形成對比。另外,誠如上文所提及,散文也是爲了克服駢文的弊端而由古文主義者提出的旨在恢復唐宋古文的一種文章類型。然而上文中也提到,被認爲是百濟人創作的大部分文章中的句子包含對仗的要素,駢散混雜的情况很多,對於這一點上文中我們已經做過相應的介紹。因此這裏所舉的百濟散文,以那些散文特徵較爲鮮明的文章爲例。我們以此爲標準,可以舉《百濟王移書文》作爲百濟散文的例子。

《百濟王移書文》:兩國和好,約爲兄弟。今大王,納我逃民,甚乖和親之意,非所望於大王也。請還之。②

該文爲《三國史記·新羅本紀》中收錄的紀事,屬於兩國間外交過程中的外交文書。與中國交流時,雖然文書一般都會采取使用駢文的外交文書,然而這篇文書中使用的卻是散文。與三國③在與中國交流時使用的文書爲駢文不同,在往來的文書中使用散文,這可以說是向我們展示當時的情况的一個例子。

(四) 百濟駢儷文的發展過程

百濟史上時期最早的駢儷文,從《三國史記》中的溫祚王的紀事發軔。雖然對《百濟本紀》初期記錄的可靠性尚無爭議,這裏我們姑且原原本本引用《百濟本紀》中的紀事,并試圖考察百濟駢儷文資料的歷史地位。希望在這一過程中,我們能憑借文章自身的結構性的特徵以及意義上的特徵,對文章的寫作時期有一個新的認識。包括《百濟本紀》以外的金石文資料中能找到的駢文,我們以上文中被認爲是百濟人所寫作的駢文爲基礎,按照歷史時期,作如下羅列:

---

① 李宇泰:《通過金石文看漢字的傳入與使用》,《韓國古代史研究》2005 年第 38 期,第 118 頁。
② 《三國史記·新羅本紀》奈勿尼師今 18 年條"百濟禿山城主,率人三百來投,王納之,分居六部,百濟王移書曰"之後的内容。
③ 譯者注:指高句麗、百濟、新羅。

(1)《溫祚王即位記》中的《都邑記事》(公元前 18 年)

(2)溫祚王時期的疆域記事(公元前 6 年,公元 20 年)

(3)溫祚王時期的《宮室初築記事》(公元前 4 年)

(4)近仇首王爲太子時期莫古解《諫言》(公元 369 年①)

(5)蓋鹵王時期的《朝魏上表文》(公元 472 年)

(6)武寧王陵支石中的結句(公元 525 年,526 年)

(7)刻有"宿世結業"木簡中的墨書(六世紀中期,公元 540—570 年)

(8)武王時期的《大王浦記事》(公元 636 年)

(9)《彌勒寺舍利記》銘文(公元 639 年)

(10)《砂宅智積碑文》(公元 654 年)

(11)《成忠上書文》(公元 656 年)

(12)義慈王時期的異變記事(公元 660 年)

這是百濟的文獻資料與金石文資料中可以確定的駢文,從使用時期上來看,資料上存在一些時間上的間隔,我們按照時間順序重新做如下排列。(括弧內爲前後兩篇駢文資料的間隔時間)

公元前 18 年—(12)—公元前 6 年—(2)—公元前 4 年—(24)—公元 20 年—(349)—公元 369 年—(103)—公元 472 年—(53)—公元 525 年—(30)—公元 555 年—(81)—公元 636 年—(3)—639 年—(15)—公元 654 年—(2)—公元 656 年—(4)—公元 660 年

爲方便考察這些時期內駢文使用的頻率,我們將這些資料所處的時期放在時間軸上來看的話,結果如下:

```
[公元前 1 世紀]
---------------------------------------- * ----- * * -
[公元 1 世紀]
--------- * -------------------------------------
[2 世紀]
-------------------------------------------------
[3 世紀]
----------------------------------------------
[4 世紀]
-------------------------------- * --------------
```

① 可知爲《三國史記·百濟本紀》近肖古王時期的記錄中近肖古王 24 年時發生的事情。

```
[5世紀]
---------------------------------- * -------------
[6世紀]
------------ * -------------- * -----------------------
[7世紀]
----------------- * - * ------ * - * -- * -------------------
```

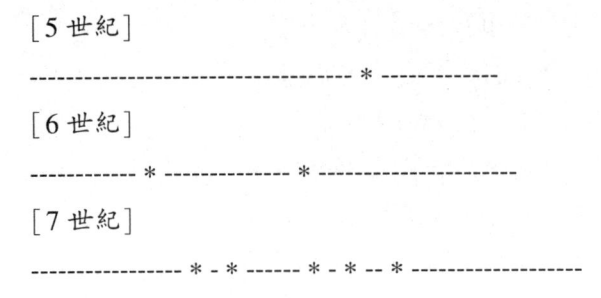

  從時間軸來看,百濟駢文資料出現頻率最高的是 6 世紀與 7 世紀。從公元 20 年至公元 369 年這 349 年期間,駢文資料是一片空白。從駢文的文體與文章結構的類型來看,從溫祚大王時期的早期資料,直至近仇首王所處的公元 4 世紀的駢文資料來看,使用了包括方位名詞在內的四字一句的四句體形式的短文。但溫祚大王時期宮室營造相關文書,以及近仇首王時期依莫古解之口傳下來的文章從表現力及其文章規模來看都已經相當成熟。造成這種情況的原因是:建國初期,由于百濟與漢郡縣①毗鄰的關係,中國先秦時期的文化流傳到百濟,百濟因而形成了漢文化的文化環境。

  然而包括被認定爲溫祚大王時期作品的駢文在內,對《百濟本紀》的初期記錄中的紀年的使用問題,學界尚存爭議。即使有人主張記載溫祚大王即位內容的駢文出自百濟人之手,但是從寫作的角度來看,也有可能出自後人之手。也有這樣一種觀點,認爲從文章中記載較爲具體的始祖即位以及建國相關的紀事來看,有可能是後世的編纂(包括百濟王朝本紀的編纂),極有可能是在編纂中綜合相關記錄而成。② 當然,包括《百濟本紀》中溫祚王即位之事的記錄在內的駢儷文章,可能形成於後代的史書編纂過程之中。而且這種所謂後代的史書編纂有可能在《三國史記》中統稱爲"古記"。這些"古記"有可能是近肖古王時期的博士古興所寫作的《書記》,也有可能是學者李丙燾所推測的《三韓古記》或《海東古記》之類的歷史著作。然而即使説這些記錄記載於後代的歷史編纂過程之中,但也不能排除這種可能性,那就是,從其最早被文字化的角度來看,有可能與《三國史記·百濟本記》紀年的流傳時期相同,皆爲百濟建國初期。

  問題在於,按照《三國史記·百濟本紀》溫祚王即位時期的記載,在公元前 1 世紀後半期,文字記錄與口頭流傳是否按照歷史的實際情況得以進行的? 雖然這一問題與百濟在哪個歷史時期才形成完備的國家體制有密切關係,但對此需另外加以討論。在此,對這一時期文字使用與記錄實際存在的可能性相關的資料進行考察。

  對於公元前 1 世紀後期韓半島中南地區是否使用過文字的問題,雖然有不少學者對

---

 ① 譯者注:這裏作者所謂"漢郡縣"指的是 108 年漢朝在朝鮮半島設的樂浪、臨屯、眞蕃、玄菟四郡的并稱。
 ② 李成市:《朴仲焕〈彌勒寺舍利記與百濟駢儷文的發展〉一文的討論文》,公州大學百濟文化研究所 2009 年百濟文化研究所學術研討會《百濟佛教與王權》論文集,2009 年,第 70—71 集。

此持否定的觀點,但對此問題也不是没有學者持肯定的態度。在前文中我們對研究史進行回顧時已經指出過,首先可以討論的是衛滿朝鮮相關的記録。① 據《史記·朝鮮傳》,眞番的鄰國(有可能是多個國家,也有可能是辰國)上書,期望拜謁天子,右渠②對此進行阻撓,使之未能成功。③ 如果這一資料可信的話,那麼可以説,在公元2世紀末期韓半島中南地區使用過漢字,甚至還可以説與中國有過文字上的往來。與這一時期文字生活相關的資料是位於昌原茶户里的1號墳中發現的五支毛筆。這些毛筆有人認爲并非用作書寫,而是用作塗漆或繪畫。儘管如此,筆者以爲其用作書寫的可能性也是很大的。我們可依據兩個例子來説明。首先是一起出土的削刀的特徵,第二個是其作爲隨葬品的角色。這些毛筆與在木簡上刻字的削刀與鐵製刀子一并出土。④ 削刀用作刮去木簡上的墨蹟以使木簡得以繼續使用。毛筆作爲墓中的隨葬品,告訴我們墓主人生前優越的生活,以及對這種生活在其死後得以延續的期望。表現對來世的願望的隨葬品中出現漆用工具以及繪畫用工具有些讓人難以理解。削刀的存在以及墓中隨葬品,這兩個因素表明墓主人是一個具有一定知識水平的有識之士。茶户里遺蹟的年代,根據出土的五銖錢與星云鏡,可判斷其年代爲公元前1世紀前期左右。

從公元前2世紀到公元前1世紀後半期,如果説這一時期韓半島中南地區使用過文字的話,那麼不能説與漢郡縣毗鄰的百濟的建國集團在《百濟本紀》中記載的時期從未使用過文字。

另外,《百濟本紀》中初期記録中的駢儷文屬於當時的記載的可能性很大,這一點由温祚大王宫室營造紀事之類文章所表現出來的文章表現手法的特殊性及文章結構的特殊性上可以得到證明。這是因爲我們可以根據文章的表現手法來判斷其爲温祚王時期當時的記録。温祚王時期的《宫室初築記事》(公元前4年)中的"作新宫室,儉而不陋,華而不侈",并非是在口頭流傳或者文字傳抄的過程中重新寫作的。由文章表現技法上表現出來的特徵來看,采用的是同時考慮兩方面問題的讓補表現手法。如果説是後代人所創作的話,就没有堅持采用類似這種雙重的、結構上受到限制的表現手法的必要了。如果從這一表現所具有的結構上的特徵的角度來看,在現場目睹宫室的實際造型的同時記載下來的内容,也可以被認爲是後來傳承過程中流傳下來的。從前文中提到的幾種情况來看,在《百濟本紀》流傳下來的建國初期階段的政治社會中,儘管是短篇,文字記録的傳承的可能性也是很大的。不管這些記録的形態與體制如何,還是被采入後代的歷史叙

---

① 宋基豪:《古代的文化生活——比較與時期區分》,《韓國古代史講座》第5卷(《文化生活與歷史書的編纂》),財團法人駕洛國史跡開發研究院,2002年,第5頁。
② 衛滿朝鮮的最後一位國王。
③《史記》卷一一五《朝鮮傳》:"傳子至孫右渠,所誘漢亡人滋多,又未嘗入見;眞番旁衆國欲上書見天子,又擁閼不通。"
④ 李健茂:《關於茶户里遺蹟出土的毛筆》,《考古學志》,1992年第4期。

述中,即進入《三國史記》中以"古記"指稱的歷史敘述并得以傳承的過程之中。

另一方面,較長時間內駢文資料上呈現出空白狀態的近肖古王時期的資料中反映出的道教思想,這一點也引起了筆者的關注。因爲這一時期的道教書寫,從百濟思想史的角度來看的話,是值得大書特書的與外來宗教相關的資料。這一時期也是日本向百濟贈與七支刀與博士高興編纂《書記》的時期。如果考慮到當時的這種文化風氣的話,與其說這一資料是打破三百年駢文創作沉寂歷史,倒不如說反映了百濟文藝的勃興。

擺脫初期水準、具有真正意義上的駢文形態的最早的文章是蓋鹵王向北魏發送的《上表文》。該文出現的時期是5世紀後半期的472年。但在《蓋鹵王朝魏上表文》中,4+4字句,5+5字句,6+6字句,8+8字句等駢句十分混亂地出現在這篇文章中,我們找不到一句嚴格意義上的四六文。這一現象也表明該文還處在未能熟練掌握駢儷文寫作要領的階段。

到了6世紀的金石文資料——《武寧王寧支石墓志》中的駢句,以及扶餘陵山里出土的寫有"宿世結業"字樣的木簡中的墨書文句中,也可以找到保留駢儷文遺風的對仗句。《百濟本紀》中記載的7世紀的資料——武王時期的《大王浦記事》中也殘存了一些駢文的痕跡。然而流傳下來的這些資料,或短句或短篇,我們很難正確把握百濟駢儷文的整體面貌。這一時期的資料中包括扶餘陵山里出土的"宿世結業"木簡中所記載的駢文,通過這一資料我們可以擴大駢儷文資料的範圍,從這一點上來看,具有十分重要的意義。繼《蓋鹵王朝魏上表文》之後出現的百濟駢文資料就是上文中我們指出過的《彌勒寺舍利奉安記》。這篇舍利記的寫作時間被認定爲639年,該資料是證明百濟駢儷文定型時期的資料,展示了較高的文章寫作水準。這篇《舍利記》文,由百濟駢儷文史上最早以最爲完備的結構寫成的四六文組成。雖然具備四六文結構的對仗句只有一句,但該文在百濟文學史上具有的意義卻不容小覷。四六文是駢儷文結構中最爲完善的形態,這篇銘文資料證明,百濟人受到中國六朝漢文學的影響,并將這種影響體現在文章之中,最後完成了這篇四六文的創作。另外,《蓋鹵王朝魏上表文》中4+4字句,5+5字句,6+6字句,8+8字句等偶數句式與奇數句式混用。如果將《舍利記》與之進行比較的話,可以看出《彌勒寺舍利記》是以嚴整的4+4字句與6+6字句出現的。擺脫四六的韻律,在句首添加的"竊以""是以""又願"等兩個字的虛詞也是以定型化的形態出現的。這是我們在理解百濟時期的駢儷文的發展過程中,可稱之爲"發展階段上的資料"的一個重要資料。

迄今爲止可以確定的資料中,百濟駢文最早的資料是《砂宅智積堂塔碑》上的碑文。在最早發掘這件碑刻時,人們還并未認識到此碑文自身作爲駢儷文的價值。這是因爲當時爲人所知的駢文資料還并不多。直到今天,在將該碑與前面提到的《彌勒寺舍利記》等其他百濟駢文資料進行比較時,《砂宅智積堂塔碑》作爲駢文具有的完美的結構及遣詞造句上的卓越性才顯現出來。這篇碑文中除去表現時間、場所、寫作者等固有名詞的第一行以外,從第二行開始,就以完美的對仗結構出現,是一篇十分流暢的駢文。不僅在節與節之間、行與行之間的文意上對稱,而且在字句上對仗也很工穩,既是意駢,也是字駢。

三、結論

　　本文對2009年1月出土的《彌勒寺舍利奉安記》在百濟時期文學史上的意義進行了闡釋。爲達到這一目的,首先對《舍利記》的文本進行了重新解讀。在解讀的過程中指出,該文的重點在於對王妃的功德進行稱頌、對王妃的發願進行記載。比起國王,《舍利記》的重心在於王妃。另外,文中國王的發願多側重於長壽以及政治權力的穩固等現實內容;而王妃的發願則側重於追求女性成佛等內容,以及佛教理想世界的實現。從這一點上來看,在佛教思想中有較高的價值。這一資料表明,在創建彌勒寺的時期,王妃族人——沙宅家族在佛教中的地位以及影響力要凌駕於國王權力之上。

　　關於《舍利記》的構成文體,雖然有人對此持"以經書體爲基調、并包括四六駢儷文在內"的觀點,本文中將《舍利記》的文字視作駢儷體,并指出這篇文章在百濟駢儷文的發展過程中發揮的承上啓下的作用。過去人們提到百濟的駢文首先想到的是《砂宅智積碑》的碑文以及《蓋鹵王朝魏上表文》。然而本文中,爲了從整體上理解百濟駢文的發展過程,對《百濟本紀》中的駢文資料的痕跡也進行了發掘。《三國史記》的編纂者金富軾等爲首的高麗時期的古文主義者以古文寫作的《百濟本紀》這一資料中,發掘出百濟當時的文體。這就是作者所做的工作。在這一工作過程中,通過一些以對仗爲特徵寫作的文章的結構,發現了具有一定意義的資料。

　　根據可確定的資料,百濟駢儷文的初期階段的文章最早出現在《百濟本紀》溫祚王時代。流傳到現在的這一時期的百濟駢文的文章規模爲:四字一句且共計四句,較爲短小。然而,這些文章的傳情達意的水準卻超出句子的規模,顯得極爲成熟。公元前2世紀眞番的鄰國向天子上書祈求謁見,此事記在《史記·朝鮮傳》中;公元前1世紀後半期,位於昌原茶戶里的1號古墳中發掘出的書寫用毛筆與方便木簡重複使用的削刀的出土,表明韓半島中南部地區的政治集團很可能在公元前1世紀後半期就使用過文字。能夠證明這一時期使用過文字的另外一條證據是,溫祚王時期的《宮室初築記事》(公元前4年)中的"作新宮室,儉而不陋,華而不侈"的句子。這一句話的意思與結構采取的是"兩端"問題同時考慮的讓補型表達方式,以及與之相關的重複附帶條件。類似這樣,采取二重的、結構受到限制的文章表現方式,屬於在直接目睹宮室的造型并馬上記錄下來的漢文體的可能性是很大的。

　　百濟駢儷文的第二個發展階段是《蓋鹵王朝魏上表文》。《蓋鹵王朝魏上表文》由4+4字句,5+5字句,6+6字句,8+8字句等多種對仗句式組成,看不到任何四六文(即駢儷文體)。在此後出現的武王時期的《彌勒寺舍利記》這篇駢文,從目前的材料來看,是百濟文學史上最早的四六文。《舍利記》處在從《蓋鹵王朝魏上表文》向《砂宅智積碑》發展的百濟駢文的發展過程的中間階段。最後,駢文完成度最好、且具備文章均齊美的百濟最早的駢文是《砂宅智積碑》的碑文。

通過以上資料可知,與 6 世紀、7 世紀可大量發現駢文資料不同的是,從公元 20 年至公元 369 年這 349 年間,駢文資料一片空白。這與三國時期元典資料的特殊條件密切相關。通過上述考察,我們可以對百濟駢文的發展情況作如下整理:

第 1 階段:初期短文階段(溫祚大王時期—近仇首王時期)[紀元前後—4 世紀後半期]

第 2 階段:韻律混用階段(蓋鹵王時期的《朝魏上表文》)[472 年]

第 3 階段:四六律定著階段(《彌勒寺舍利奉安記》)[639 年]

第 4 階段:最盛期定型化階段(《砂宅智積碑》)[654 年]

至於新羅的情況是,能够與《砂宅智積碑》相媲美的駢文是高句麗時期入唐留學生歸國以後寫成的駢文。換句話說,這一事實表明百濟的駢文與新羅相比,其水準要高於新羅,處於先進的行列。

作者簡介:

朴仲焕,現爲韓國國立中央博物館教育科長。主要承擔工作爲:總括國立中央博物館高麗館展示工作,館藏歷史資料的調查及與國外機關的交流等。在《百濟文化》《歷史學研究》《龍鳳人文論叢》等刊物上發表過《關於百濟圈域動物犧牲相關考古資料的性格》《通過金石文看百濟人的來世觀》《通過金石文看百濟的文字記錄與對外關係》等論文多篇。另有專著《百濟金石文研究》。

《樊南四六集》五卷叙録

肖悦

内容摘要：李商隱生前編《樊南四六甲集》《樊南四六乙集》各二十卷共八百三十二篇，今已不存。李商隱因"弘農楊本勝始來軍中，本勝賢而文，尤樂收聚箋刺，因懇索其素所有"，而李商隱之文"火爇墨汙，半有墜落"，故編《樊南四六集》。《樊南四六甲集》《樊南四六乙集》各二十卷，内容皆爲四六體制，多爲李商隱章啓表狀之文書，《樊南四六甲集》四百三十三篇，《樊南四六乙集》篇數不詳。《樊南四六集》問世以來，贊譽之聲不絶，亦有貶斥之辭及論文法之聲。至清初，李商隱《文集》皆佚，朱鶴齡廣覽群書，編有《李義山文集五卷》，馮浩爲之注，改其題爲《樊南文集詳注》；錢振倫、錢振常續有《樊南文集補編十二卷》；徐炯、徐樹穀編有《李義山文集箋注》十卷。今存李璋煜題簽之清江都秦氏抄本《樊南四六集五卷》，蓋爲徐炯、徐樹穀《李義山文集箋注》之易名删節抄本。

關鍵字：李商隱；《樊南四六集》；叙録

  李商隱(約813—約858)，字義山，號玉溪生，又號樊南生，懷州河内人。晚唐文學家，以駢文與詩名於當世，與杜牧合稱"小李杜"，李商隱又與李賀、李白合稱"三李"，與温庭筠合稱爲"温李"。李商隱幼年喪父，家境清貧，曾"傭書販舂"①。大和三年(829)，移家洛陽，爲令狐楚所賞識。楚以其少俊，深禮之，令與諸子游，親授李商隱駢儷章奏之學。開成二年(837)中進士，釋褐秘書省校書郎，調補弘農尉。會昌二年(842)，又以書判拔萃。李商隱一生陷於牛李黨争，多爲幕僚，坎壈一身。生前編《樊南四六甲集》《樊南四六乙集》各二十卷共八百三十二篇，今不存。還著有《玉谿生詩》三卷，《文》《賦》各一卷。其中《文》《賦》皆佚，惟《玉谿生詩》三卷傳。卒後有遺集《李義山詩集》。

《樊南四六集》的編撰過程以及動機

  李商隱《樊南甲集序》②云："樊南生十六，能著《才論聖論》，以古文出諸公間。後聯爲鄆相國華太守所憐，居門下時，敕定奏記，始通今體……大中元年，被奏入嶺當表記，所

---

① [清]馮誥編：《樊南文集》，上海：上海古籍出版社，2015年。
② [清]董皓編：《全唐文》，上海：上海古籍出版社，1995年。

爲亦多。冬如南郡，舟中忽復括其所藏，火爇墨汙，半有墜落。因削筆衡山，洗硯湘江，以類相等色，得四百三十三件，作二十卷，喚曰《樊南四六》。"可知《樊南四六集》乃李商隱爲桂州觀察判官時始編。又《樊南乙集序》①云："余爲桂林從事日，嘗使南郡，舟中序所爲四六，作二十編。……自桂林至是，所爲已五六百篇，其間可取者四百而已。三年以來，喪失家道，平居忽忽不樂，始刻意事佛，方願打鐘掃地，爲清涼山行者，于文墨意緒闊略。爲置大牛篋，途邅破裂，不復條貫。十月，弘農楊本勝始來軍中，本勝賢而文，尤樂收聚箋刺，因懇索其素所有，會前四六置京師不可取者，乃强聯桂林至是所可取者，以時以類，亦爲二十編，名之曰《四六乙》。"李商隱因"弘農楊本勝始來軍中，本勝賢而文，尤樂收聚箋刺，因懇索其素所有"，而李商隱之文"火爇墨汙，半有墜落"，故編《樊南四六集》，其意爲："此事非平生所尊尚，應求備，卒不足以爲名，直欲以塞本勝多愛我之意，遂書其首。"

《樊南四六集》的體例

《樊南四六甲集》《樊南四六乙集》各二十卷，內容皆爲四六體制，多爲李商隱章、啓、表、狀之文書，《樊南四六甲集》四百三十三篇，《樊南四六乙集》篇數不詳。從今存李商隱文可推知：《樊南四六甲集》《樊南四六乙集》收錄之文應以表、狀、啓、牒等文書爲多，多爲李商隱爲他人代筆之文。由於《樊南四六甲集》《樊南四六乙集》二書亡佚已久，故其編排規律已不可考。今存李璋煜簽之清江都秦氏鈔本《樊南四六集》五卷，集中文共一百三十一篇，依次爲表、狀、啓、祝文、祭文五類，開卷爲《樊南四六甲集序》及《樊南四六乙集序》，較徐炯、徐樹穀《李義山文集箋注》，無注釋、無檄、箴、序、書、傳、碑銘、賦、雜著十八篇，而其餘皆同。《樊南四六甲集》之文乃李商隱居桂州前及爲桂州觀察判官時文，《樊南四六乙集》則收李商隱任桂州觀察判官、徐州觀察判官、太學博士及居西川時之文。《樊南四六甲集》《樊南四六乙集》皆由李商隱自序以明其旨，述其始學四六之經過，編集之原由，及文集之來源。李商隱自述《樊南四六乙集》之來源有三："楊本勝素所收聚者""前四六置京師不可取者""桂林至是所可取者"，其中僅有"桂林至是所可取者"明言其數四百篇，而"楊本勝素所收聚者""前四六置京師不可取者"則未言其數。今李商隱存文 352 篇，其中 249 篇乃代筆之作，約占其文集十分之七，以表、狀、啓、牒等文書爲多。

歷代對《樊南四六集》的評價

《樊南四六集》問世以來，贊譽之聲不絶。宋晁公武《郡齋讀書志·別集類》云："李商隱樊南甲集二十卷、乙集二十卷。又文集八卷。右唐李商隱義山也。隴西人，開成二年進士。令狐楚奏爲集賢校理，楚出汴、滑、興元，皆表幕府。補太學博士。初，爲文瑰邁

---

① [清]董皓編：《全唐文》，上海：上海古籍出版社，1995 年。

奇古,及從楚學,儷偶長短,而繁縟過之。旨能感人,人謂其橫絶前後無儔者。今《樊南甲乙集》皆四、六爲序,即所謂繁縟者。又有古賦及文共三卷,詞旨怪詭。宋景文序傳中云:'譎怪則李商隱。'蓋以此。詩五卷,清新纖豔,故舊史稱其與溫庭筠、段成式齊名,時號三十六體云。"清朱鶴齡《愚庵小集·新編李義山文集序》①云:"義山四六,其源出於子山,故章摛造次之華,句挾驚人之豔,以磔裂爲工,以纖妍爲態。迄于宋初,楊、劉刀筆,猶沿習其制,誠厥體中之稱栒蒼葡也已。若夫《雪皇太子書》《諭劉稹檄》,則侃論正辭,有'風情張日,霜氣横秋'之慨。及讀《辭張懿仙》一啓,又見其悟通禪悦,所得于知玄本師之教深矣。此豈區區妃青儷白、鏤月裁雲者所能及?而唐史稱其文,第以繁縟恢譎目之,豈得爲知言哉!"清徐炯《李義山文集箋注·李義山文序》②:"義山初亦學古文,不喜對偶。及佐令狐楚幕,楚能章奏,以其道授義山。自是始爲今體。香豔不如徐、庾,而體要讀存;宏壯不逮四傑,而風標獨秀。至於誄奠之辭,直與潘岳爲伯仲。同時溫庭筠、段成式皆能四六,實不及也。使義山專攻古文,度不能遠過乎孫樵、劉蜕。今集中略存數首,已見一斑。而《樊南甲乙》之制,獨能軼倫超群,如此其美。乃知才人之技,雖無適不可,亦當棄短以就長。廉頗喜用趙人,樂毅常思燕路,意之所向,殆不可强而違矣。"清章學誠《文史通義·外編·李義山文集書後》③云:"四六之文,如《宣公奏議》《會昌一品》,俱是經緯古今,敷張治道,豈可以六博小技輕相訾詞者哉!義山佐幕,只是應求備猝,辭命之才,其中初無獨立不撓、自具經綸之識,則其進于古人不爲四六之時,亦是陳琳、阮瑀儔耳。欲如徐幹成一家言,不亦難乎!辭命之學,本於縱横;六朝書記文士,猶有得其遺者。至四六工而羔雁先資,專爲美錦,古人誦詩專對,言婉多風,行人之義微矣。然自蘇、張以還,長辭命者,類鮮特立之操,則詩人立之教不明,而興起善善惡惡之心,學者未嘗以身體也,徒取其長於風諭以便口給,孔子所由惡夫佞矣。義山古文,今不多見。集中所存,如《元次山集序》《李長吉小傳》《白傅墓志銘》,其文在孫樵、杜牧間。紀事五首、析微二首,頗近元、柳雜喻,小有理致。大約不能持論,故無卓然經緯之作,亦其佐幕業工,勢有以奪之也。"清馮浩《樊南文集詳注·發凡》云:"自來注家每曰'所釋故事,必求其祖',究之孰副所言哉?況事有古人已用而後人用其所用者,豈數典必出於開山,成章盡由於鑿空歟?余所改注,蘄不違乎作者之意焉耳。乃知其援引精切,揮灑縱横,思若有神,文不加點,徐、庾而下,趙宋以來,誰復與之抗衡藝苑哉?"清孫梅《四六叢話·作家五·唐四六諸家·李商隱》云:"魏晉哀章,尤尊潘令;晚唐奠酹,最重樊南。潘情深,而文之綺密尤工;李文麗,而情之惻愴自見。"清孫梅《四六叢話卷二五·叙祭誄》云:"徐庾以來,聲偶未備。王楊之作,才力太肆。沿及五代,不免靡弱。宋代作者,不無疏拙。惟《樊南甲乙》,則今

---

① [清]朱鶴齡:《愚菴小集》,上海:華東師範大學出版社,2010年。
② [清]徐炯編《李義山文集箋注》,文淵閣四庫全書版。
③ [清]章學誠《文史通義校注》,北京:中華書局,2014年。

體之金繩,章奏之玉律也。循諷終篇,其聲切無一字之聲屈,其抽對無一語之偏枯,才斂而不肆,體超而不空。學者舍是何從入乎。直齋顧謂當時稱其工,今不見其工,此華篋十重,而觀者胡盧掩口于燕石者也。蓋南宋文體,習爲長聯,崇尚侈博,而意趣都盡,浪填事實,以爲著題,而神韻浸失,所由以不工爲工,而四六至此爲不可復振也,噫!"

贊譽之外亦有貶斥之辭及論文法之聲。宋陳振孫《直齋書錄解題·別集類上》①:"《甲》《乙》集者,皆表章啓牒四六之文,既不得志于時,歷佐藩府,自茂元、亞之外,又依盧弘正、柳仲郢,故其所作應用若此之多。商隱本爲古文,令狐楚長於章奏,遂以授商隱。然以近世四六觀之,當時以爲工,今未見其工也。"近代錢鍾書、周振甫《李商隱選集·前言》②:"樊南四六與玉谿詩消息相通,猶昌黎文與韓詩也。楊文公之昆體與其駢文,此物此志。末派撏撦晦昧,義山不任其咎,亦如乾隆'之乎者也'作詩,昌黎不任其咎。所謂'學我者病',未可效東坡之論荀卿、李斯也。"

《樊南四六集》的版本和流傳

《樊南四六集》始編于大中元年,于大中七年完成編纂,當時分《樊南四六甲集》《樊南四六乙集》二本各二十卷,共八百三十二篇。《樊南四六集》于《崇文總目》《新唐書》《通志》《郡齋讀書志》《直齋書錄解題》《文獻通考》,乃至於《宋史·藝文志》等書目皆有所載。宋亡後,《樊南四六甲集》《樊南四六乙集》逐漸亡於公私圖書目錄③。《文瀾閣書目》《菉竹堂書目》等書目皆爲《李商隱文集》,再無《樊南四六甲集》《樊南四六乙集》之記錄。《文苑英華》提要云:"李商隱《樊南甲乙集》,久已散佚,今所存本,乃全自是書錄出。"《李義山文集箋注》提要亦云:"《新唐書·藝文志》稱有李商隱《樊南甲集》二十卷《乙集》二十卷,《玉谿生詩》三卷,《文》《賦》一卷。《宋史·藝文志》稱李商隱《文集》八卷,《甲》《乙》集》四十卷,《別集》二十卷,《詩集》三卷,《文集》皆佚。"可知至清初,李商隱《文集》皆佚,惟《詩集》三卷傳。清朱鶴齡爲箋注玉谿生詩之濫觴,因箋注玉谿生詩之故,始裒輯諸書,遍覽《文苑英華》《唐文粹》中所載之李商隱文,閱《雪皇太子書》《諭劉稹檄》《辭張懿仙啓》諸文,而發"風情張日、霜氣橫秋","豈區區妃青儷白、鏤月裁雲者所能及"之嘆。廣搜《文苑英華》《唐文粹》《御覽》《玉海》諸書,又補入《重陽亭銘》一篇,編爲《李義山文集五卷》,而闕其狀之一體。鶴齡原本雖略爲詮釋,而多所疏漏,蓋猶未竟之稿。其後馮浩爲之注,因其四六居十分之八,乃改其題爲《樊南文集詳注》,其後錢振倫、錢振常續有《樊南文集補編十二卷》。康熙庚午年間,徐炯得朱鶴齡所輯之《李義山文集》,於是采摭《文苑英華》所載之諸狀補之。因鶴齡之集仍爲未竟之稿,炯兄樹穀乃廣

---

① [宋]陳振孫:《直齋書錄解題》,上海:上海古籍出版社,2015年。
② 周振甫編:《李商隱選集》,上海:上海古籍出版社,2012年。
③ 鄧文南:《樊南四六研究》,東吳大學碩士論文,1992年。

覽典籍、查驗時事,而爲之箋。炯亦復徵其典故訓詁,以爲之注,得《李義山文集箋注》十卷。《李義山文集五卷》有清抄本及景常熟瞿氏鐵琴銅劍樓藏舊鈔本。《樊南文集補編十二卷》有清同治五年吳氏望三益齋刻本。《李義山文集十卷》有清康熙四十七年昆山徐氏花溪草堂刻本,清乾隆刻本,《四庫全書》本及《四庫全書薈要》本。此外,尚存《樊南四六集三卷》清初抄本,存于山西省文史研究館。《李義山文集八卷》清石印本,存于揚州大學圖書館。皆不見於《中國古籍善本書目》。

今存李璋煜題簽之清江都秦氏抄本,正題名曰《樊南四六集》,應爲清道光十七年李璋煜任江蘇常州府知府,兼署揚州府後成。存於臺灣圖書館,不見於《中國古籍善本書目》,或爲孤本。集中文共一百三十一篇,分爲表、狀、啓、祭文、祭神文五卷。較徐炯、徐樹轂《李義山文集箋注》,無注釋,無檄、箴、序、書、傳、碑銘、賦、雜著十八篇,而其餘皆同。可知李璋煜題簽之清江都秦氏抄本《樊南四六集》五卷蓋爲徐炯、徐樹轂《李義山文集箋注》之易名刪節抄本。

附錄

李商隱《樊南甲集序》云:"樊南生十六,能著《才論》《聖論》,以古文出諸公間。後聯爲鄆相國華太守所憐,居門下時,敕定奏記,始通今體。後又兩爲秘省房中官,恣展古集,往往咽噱于任范徐庾之間。有請作文,或時得好對切事,聲勢物景,哀上浮壯,能感動人。十年京師,寒且饑,人或目曰:韓文、杜詩、彭陽章檄,樊南窮凍。人或知之。仲弟聖樸,特善古文,居會昌中進士,爲第一二,常表以今體規我,而未爲能休。大中元年,被奏入嶺當表記,所爲亦多。冬如南郡,舟中忽復括其所藏,火爇墨汙,半有墜落。因削筆衡山,洗硯湘江,以類相等色,得四百三十三件,作二十卷,喚曰《樊南四六》。四六之名,六博格五、四數、六甲之取也,未足矜。十月十二日夜月明序。"

李商隱《樊南乙集序》云:"余爲桂林從事日,嘗使南郡,舟中序所爲四六,作二十編。明年正月,自南郡歸,二月府貶,選爲盩厔尉,與班縣令、武公劉官人同見尹。尹即留假參軍事,專章奏。屬天子事邊,康季榮首得七關,數月,李玭得秦州,月餘,朱叔明又得長樂州,而益丞相亦尋取維州,聯爲章賀。時同寮有京兆韋觀文、河南房魯、樂安孫樸、京兆韋嶠、天水趙璜、長樂馮顥、彭城劉允章,是數輩者,皆能文字,每著一篇,則取本去。是歲,葬牛太尉,天下設祭者百數。他日尹言,吾太尉之薨,有杜司勳之志,與子之奠文,二事爲不朽。十月,尚書范陽公以徐戎兇悍,節度闕判官,奏入幕。故事,軍中移檄版牒,皆不關決記室,判官專掌之。其關記室者,記室假,故余亦參雜應用。明年府薨,選爲博士,在國子監太學。始主事講經,申誦古道,教太學生爲文章。七月,尚書河東公守蜀東川,奏爲記室。十月,得見吳郡張黯見代,改判上軍。時公始陳兵新作教場,閱數軍實。判官務檢舉條理,不暇筆硯。明年,記室請如京師,復攝其事。自桂林至是,所爲已五六百篇,其間可取者,四百而已。三年以來,喪失家道,平居忽忽不樂。始克意事佛,方願打鐘掃地,爲清凉山行者。于文墨意緒闊略,爲置大牛篋,塗這破裂,不復條貫。十月,弘農楊本勝始來軍中。本勝賢而文,尤樂收聚賤剌,因懇索其素所有。會前四六置京師不可取者,乃强聯桂林至是所可取者,以時以類,亦爲二十編,名之曰《四六乙》。此事非平生所尊尚,應求備卒,不足以爲名,直欲以塞本勝多愛我之意,遂書其首。是夕大中七年十一月十日夜,火盡燈暗,前無鬼鳥,一如大中元年十月十二日夜時。書罷,永明不成寐。"

作者簡介:

肖悦(1995—),瑶族,廣西桂林人,廣西師範大學文學院古代文學專業碩士研究生,研究方向爲唐代文學。

《唐駢體文鈔》叙録

張作棟

内容摘要：究陳均編撰《唐駢體文鈔》之旨，大約有三：一爲推尊駢體，二則示習駢之津梁，三乃明唐駢文之正變。《唐駢體文鈔》體例依《全唐文》，"以人爲次"，凡十七卷、三百四十三篇。《唐駢體文鈔》於嘉慶二十五年（1820）由海甯陳氏松籟閣刊行，後有同治十二年南海譚宗浚讐校本、光緒二十一年湖南翻刻本。

關鍵詞：陳均；《唐駢體文鈔》；正變

清陳均編。陳均（1779—1828），一作陳筠，初名大均，字受笙，號敬安，浙江海寧人。弱冠即客京師，與名流相往還。時太常馬履泰視學秦中，邀與偕行，徧歷雍、凉之勝。嘉慶十五年舉人，以教習授職縣令。道光初曾作粤游，寓阮文達公節署中最久。陳均嗜金石文字，所至搜訪，手自椎拓，考核精審。間作畫，尤精山水，旁及花卉，有《行腳看山圖》，題者甚多。祭酒法式善品十六畫人，均在其列。工詩，有《松籟閣詩集》，蒼雅而有骨法。最善駢儷，取法徐庾，得其神似。采唐人文集、類書、碑志，輯其駢儷之文，都爲一編，凡十七卷，名曰《唐駢體文鈔》。生平事蹟散見於《墨林今話》、徐世昌《晚晴簃詩匯·詩話》等。

《唐駢體文鈔》之編撰，頗賴《全唐文》。嘉慶十九年（1814）《全唐文》告成，"總晉陽三百年之才，逾《文苑》一千卷之富。持論遠該乎魏典，選華上掩乎蕭樓。……遂使珠英學士，百琲貢輝；花萼詞人，千條鋪馥"（陳均《唐駢體文鈔叙》）。然是書"摽襫既多，藏弆非易"，且有些文章"練采失鮮，負聲乏力"，"恒辭複犯，冗調再謳"，故"爰增舊綴之篇，謹附詩録之例"而成是書。

究陳均編撰《唐駢體文鈔》之旨，大約有三。一爲推尊駢體。針對"論者遂欲排齊、梁于既衰，等陳、隋于自檜"的情況，云："駢儷之製，若日星之有珠璧，卉木之有鄂不，所謂物雜而後成文，音壹勿能爲聽也。"（陳均《唐駢體文鈔叙》）以自然爲比附，指出對偶的合理性。又云："自楚澤佩其香荃，漢京珍其聲帨，於是賈、枚竦節，揚、馬連鑣。班密張妍，沿波入細；崔雄蔡逸，選穎得奇。文藻之途遂開，偶麗之軌益闢。"（陳均《唐駢體文鈔叙》）以列舉駢文名家，爲駢文張目。二則示習駢之津梁。陳均認爲六朝徐庾溫邢乃駢儷之極則，而唐駢體則能"嗣緒六朝，式靡五季，雕盤十采，奉徐、庾於勿祧；華輪九塗，接溫、邢而方駕"(陳均《唐駢體文鈔叙》),若學六朝駢體,非由唐文入不可;"學者而欲由唐人以進窺沈任徐庾閫奥,則此(案:《唐駢體文鈔》)爲嚆矢矣"(譚宗浚《唐駢體文鈔跋》)。而唐駢文,或"練采失鮮,負聲乏力。恒辭複犯,冗調再謳",或"理以諷議爲長"(陳均《唐駢體文鈔叙》),故需擇取。如中唐駢文名家陸贄長於制誥、奏議,然其駢文屬"内相奏書,文昌論事,史臺陳戒之文,公車時務之策",故"不與詞華并録"(陳均《唐駢體文鈔叙》)。歸其要,使"孤芳留賞,遺世見妍"(陳均《唐駢體文鈔叙》)。三乃明唐駢文之初終正變。其《唐駢體文鈔叙》云:"唐初真氣鬱雲,仙根聳蔭。……常楊製其繡段。公等可壓,四友締歡。哲人不遥,四傑踵武。讀遐叔賦者,老成比之景靈;聞穎士風者,童子羞稱曹陸。王勮則五吏寫文,郁渾則百篇應舉。或粲花在齒,或懷墨盈衿。或丹地珥毫,制綜九載;或粉司隸事,判號五花。才子百五十人,作者三十六體。莫不鼓鉤淬鍔,鑢輔在胸。截貝編瑫,鋒針應手。雖復孫孔襲華,吳富尚質。伯玉出而王楊調息,昌黎起而燕許軌更。原其初終,厥其正變,然江流不廢,未聞目以狂瀾;光焰長存,曷嘗訾其先烈。此燕公集賢之論,皇甫諭業之篇。繪聲如聞,喻形彌肖者也。"簡要闡述崔融、李嶠、常衮、楊炎、四友、四傑、李華、蕭穎士、王勮、郁渾、陳子昂、張説、蘇頲、皇甫湜、富嘉謨等人駢文特點,指出"伯玉出而王、楊調息,昌黎起而燕、許軌更"的變化。此論亦可于其選文徵之。

　　《唐駢體文鈔》體例依《全唐文》,"以人爲次,先帝王,次士大夫,次布衣韋帶之士,次釋道閨秀,而失名者殿之"(《續修四庫全書總目提要·唐駢體文鈔提要》)。作者"計一百三十有八人"(《續修四庫全書總目提要·唐駢體文鈔提要》),另有闕名五篇,凡十七卷、三百四十三篇。其中選李商隱駢文最多,爲三十九篇;唐太宗十一篇,王勃十篇,張説十篇,温庭筠九篇。前有自序,後有譚宗浚跋。所惜者,"書首未列例言,無以考知編旨;文前不列小傳,無以論世知人"(《續修四庫全書總目提要·唐駢體文鈔提要》)。

　　譚獻于《唐駢體文鈔》選文評家比較中允,《復堂日記》云:"所録意趣峻整,頗避甜熟;而開合動盪之篇較少,如燕公之《姚相碑》、鄭亞之《一品集叙》以及《滕閣序别》《敬業檄武》均不著録,恐未足以饜衆目。"郭象升《文學研究法》則云:"巨篇鴻筆,多所刊除;隽句雅辭,亦遭黜落。"苛責稍過。《唐駢體文鈔》於嘉慶二十五年(1820)由海甯陳氏松籟閣刊行。後有同治十二年南海譚宗浚讐校本、光緒二十一年湖南翻刻本。譚宗浚讐校本據《全唐文》《文苑英華》《唐文粹》諸書及原集、原碑補正,較爲精良。

附録:

　　陳均《唐駢體文鈔叙》:駢儷之製,若日星之有珠璧,卉木之有鄂不,所謂物雜而後成文,音壹勿能爲聽也。然導耦少遒,吹雙易促。徽纆約守,既自窘於奥隅;馳驟爲雄,亦取詆于雅步。好奇者俶詭不倫,務新者側媚附俗。求其劀心元域,調手鴻初,標情采繪之中,送逸雲霞之表,悉數古賢,非云恒觏。自楚澤佩其香荃,漢京珍其聲悦,於是賈、枚竦節,揚、馬連鑣。班密張妍,沿波入細;崔雄蔡逸,選穎得奇。文藻之途遂開,偶麗之軌益闢。洎乎當塗運啓,江左才多。繡虎分絲,濯應、劉之繒絳;雕龍劚刃,屑顏、謝之瑛琚。選聲則要眇縈心,比韻則鏘洋溢耳。論者遂欲排齊、梁于既衰,等陳、隋于自檜。詎知高齋接士,尚懷鄴苑之音;韓陵著碑,亦學江表之步。風以時變,才不代孤。其能嗣緒六朝,式靡五季,雕盤十采,奉徐、庾於勿祧;華輪九塗,接溫、邢而方駕者,李唐一代,大有人焉。時惟真氣鬱雲,仙根聳蔭。宏崇闥館,無殊樂賢之堂;文學侍儲,有甚博望之苑。遂以丹青秘府,斧藻芳林。崔、李鬥其詞鋒,常、楊製其繡段。公等可壓,四友締歡。哲人不遙,四傑踵武。讀遐叔賦者,老成比之景靈;聞穎士風者,童子羞稱曹陸。王勳則五吏寫文,郁渾則百篇應舉。或粲花在齒,或懷墨盈衿。或丹地珥豪,制綜九載;或粉司隸事,判號五花。才子百五十人,作者三十六體。莫不鼓鈞淬鍔,爐鞴在胸。截貝編璠,鋒針應手。雖復孫孔襲華,吳富尚質,伯玉出而王、楊調息,昌黎起而燕、許軌更。原其初終,厥有正變。然江流不廢,未聞目以狂瀾;光焰常存,曷嘗訾其先烈。此燕公集賢之論,皇甫諭業之篇。繪聲如聞,喻形彌肖者也。走以蕪才,少好涉獵。乏陸倕之慧照,目鈍群編;異桓譚之論文,心喜麗作。恒惜鸞臺寥落,桂苑叢殘。集部虛文府之籤,藻科佚詞林之策。《龍泉》《蠋谷》,但豔其名。堯韭舜英,復沿其誤。飲鼴腹而僅飽,集狐腋而未成。今際文思在上,睿哲懸明。高八代以衡鑒,開七閣而甄古。遺珊在網,墜琄復編。總晉陽三百年之才,逾《文苑》一千卷之富。持論遠該乎魏典,選華上掩乎蕭樓。彙纂慚蕪,類聚形陋。上綜貞觀,可無唐禀《新書》;中廣太和,不藉裴潾《通選》。遂使珠英學士,百琲貢輝;花萼詞人,千條鋪馥。惟是標襭既多,藏弆非易。咫聞下士,聆咸池而儳神;谷飲小儒,味天庖而翹想。爰增舊綴之篇,謹附詩錄之例。俾得家有朱絲,人懷碧字。窺鳳隻羽,可識九苞;得麟數豪,亦成五色。且夫元音異器,不必一縣皆同;奇錦分梭,豈貴衆機是合?蘭香桂辛,氣珍其逸;棗酸梅酢,味美於回。以是喻文,爰搜小品,間存鉅製,略備前橥。蓋洪河鼓浪,未若曲池明漪;層峰軋霄,不如片雲多態也。其或練采失鮮,負聲乏力。恒辭複犯,冗調再謳。執鑰秉翟而動容不靈,揚旌比戈而中權無律。若斯之倫,概從刪置。他如內相奏書,文昌論事,史臺陳戒之文,公車時務之策,理以諷議爲長,不與詞華并錄。至若山寺穹碑,石墨之華未泐;漆奩《翰稿》,縹緗之帙復增。則舍舊冊而采新,亦以恒見而捐愛。要使孤芳留賞,遺世見妍。邪溪之鋌,萬辟千灌;神洲之藥,九實五華。庶聚圖而如擷靈芬,亦躍冶而常有生氣。遂矯寶臣之偏汰,用補雍熙所未登。非敢持垤比嵩,竊欲分河潤澮。嘗牛鬻于函鼎,自謂饜心;拾寸璣于大瀛,願同剖腹。倘謂虛車僭飾,僞尺妄操,好其似龍,失乎真馬,則鄭人買櫝之惑,無待送詆;楚民怨刖之歌,不猶飲憾哉!嘉慶二十五年歲次庚辰二月朔日海昌陳均書於兩粵節署。(清同治十二年南海譚宗浚讐校本《唐駢體文鈔》卷首)

譚宗浚《唐駢體文鈔跋》:海昌陳受笙孝廉,道光初曾作粵游,寓阮文達公節署中最久。嘗自刻所輯《唐駢體文鈔》共十七卷，攜歸浙中。比年武林兵燹，其板不知尚存否也。竊謂駢儷之文，自以沈任徐庾爲極則，而善學沈任徐庾者莫若唐人。雖蹊徑稍殊，而波瀾莫二。即至尋常率意之作，其氣體淵雅，自非北宋以後人所能。我朝欽定《全唐文》，鴻篇鉅製，裒集大成。然卷帙浩繁，下里寒儒難於購覓。是編選擇精審，中如四傑溫李，采摭較多。要歸麗則，窺豹一斑，拾鷟片羽，學者而欲由唐人以進窺沈任徐庾閫奧，則此爲嚆矢矣。陳丈古樵重鎸是書，因囑浚譬校，魯魚亥豕，芟削遂繁。其中有原本缺誤者，據《全唐文》《英華》《文粹》諸書及原集、原碑補正，非敢肆意臆改。後有讀者諒無訾焉。同治癸酉四月既望南海譚宗浚譬識。（清同治十二年南海譚宗浚譬校本《唐駢體文鈔》卷尾）

　　《續修四庫全書總目提要・唐駢體文鈔提要》:《唐駢體文鈔》十七卷，嘉慶二十五年海甯陳氏刻本。海甯陳均輯。均字受笙，嘉慶十五年舉人。考取官學教習，叙知縣。弱冠即客京師，與名流相往還。時太常馬履泰視學秦中，邀與偕行，徧歷雍、凉之勝，詩益工。尤嗜金石文字，考核精審，與趙魏相伯仲。間作畫，亦與奚岡埒。祭酒法式善品十六畫人，均在其列。最善駢儷，取法徐庾，得其神似。嘗采唐人文集、類書、碑志，輯其駢儷之文，都爲一編，凡十七卷，名曰《唐駢體文鈔》。以人爲次，先帝王，次士大夫，次布衣韋帶之士，次釋道閨秀，而失名者殿之。計一百三十有八人，曰太宗、高宗、睿宗、元宗、肅宗、代宗、哀帝、武后、王績、陳叔達、李大亮、長孫無忌、房彦藻、杜之松、歐陽詢、褚亮、顔師古、岑文本、許敬宗、劉孝孫、上官儀、孫思邈、張昌齡、盧照鄰、朱敬則、張鷟、王勃、李善、長孫訥言、楊炯、駱賓王、陳子昂、崔融、張説、王隱客、姚崇、柳冲、盧藏用、武三思、宋之問、李嶠、路敬淳、李邕、李孝倫、張景源、張九齡、孫逖、李華、蕭穎士、王維、申屠液、張巡、達奚珣、劉長卿、李白、高適、杜甫、賈至、張謂、元結、王邕、獨孤及、宋儋、張景毓、竇公衡、常袞、于邵、杜倚、韓翃、權德輿、李約、梁肅、顧況、裴度、令狐楚、李遜、韓愈、劉禹錫、武少儀、段文昌、李季貞、吕温、李翺、元稹、白居易、皇甫湜、苻載、劉肅、李德裕、張鷟、元傑、舒元輿、裴通、樊宗師、沈亞之、杜牧、鄧袞、余知古、薛逢、李商隱、温庭筠、段成式、李爲、李群玉、孫樵、皮日休、陸龜蒙、陳庶、司空圖、顧雲、吳融、羅袞、韓偓、鄭准、王緘、李茂貞、黄滔、李琪、劉昫、楊凝式、張昭、殷觀、陳喬、徐鉉、韋莊、歐陽炯、羅隱、王德璉、法琳、元奘、宗密、山元卿、杜光庭、馮貞素、朱萃、周夔、周彦之、李令琛，而闕名者不與焉。受笙嘗論唐世駢文體有正變。唐初真氣鬱雲，仙根聳蔭。宏崇辟館，無殊樂賢之堂；文學侍儲，有甚博望之苑。遂以丹青秘府，斧藻芳林，崔李鬭其詞鋒，常楊製其繡段。公等可壓，四友締歡。哲人不遥，四傑踵武。讀邂叔賦者，老成比之景靈；聞穎士風者，童子羞稱曹陸。王勵則五吏寫文，郁渾則百篇應舉。或粲花在齒，或懷墨盈袷。或丹地珥毫，制綜九載；或粉司隸事，判號五花。才子百五十人，作者三十六體。莫不鼓鈞淬鍔，鑪韛在胸。截貝編璠，鋒針應手。雖復孫孔襲華，吳富尚質。伯玉出而王楊調息，昌黎起而燕許軌更。原其初終，厥其正變，然江流不廢，未聞目以狂瀾；光焰長存，曷嘗訾其先烈。此燕公集賢之論,皇甫諭業之篇。繪聲如聞,喻形彌肖者也。斯論也,不僅唐世儷文之正變與夫源流盛衰可以窺見,而斯集選擇之大概,亦可與此論徵之矣。所惜者,書首未列例言,無以考知編旨;文前不列小傳,無以論世知人。此皆爲美中不足者。要亦未足以爲病也。(《續修四庫全書總目提要(稿本)》28冊,齊魯書社1996年版,第764—765頁)

譚瑩《論駢體文絕句十六首》之三:人言祭酒學齊梁,彙集唐文待海昌(陳均)。作者如林門逕闢,津梁後學愛三唐(吳穀人)。(譚瑩《樂志堂詩集》,《續修四庫全書》1528冊,上海古籍出版社2002年版,第543頁)

譚獻《復堂日記》:讀《唐駢體文鈔》十七卷。海甯陳均受笙纂,南海譚宗浚伯裕校刻。所錄意趣峻整,頗避甜熟,而開合動盪之篇較少。如燕公之《姚相碑》、鄭亞之《一品集叙》以及《滕閣序別》《敬業檄武》均不著錄,恐未足以饜衆目。審定卒業。尚擬取《文粹》與《四六法海》補一二十篇,而删卷中之樸遨拘攣鄙猥諸文,以續《駢體文鈔》之後。唐文上選目:太宗《封禪詔》、王績《與杜之松書》、杜之松《答王績書》、王勃《乾元殿頌》、駱賓王《與博昌父老書》、崔融《嵩山啓母廟碑》、張説《西嶽大華山碑銘》、路敬淳《懷州河內縣魏夫人祠碑銘》、李華《言醫》、吕温《藥師如來繡像贊》、李德裕《貽太和公主敕書》、李商隱《爲濮陽公陳情表》《梓州興道觀碑銘》、司空圖《成均諷》、劉昫《文苑表》、韋莊《又玄集序》。(譚獻著,范旭侖、牟曉朋整理《復堂日記》,河北教育出版社2001年版,第143—144頁)

郭象升《文學研究法》:《唐駢體文鈔》爲陳均所輯,巨篇鴻筆,多所刊除;如魏徵《李密碑》之類。雋句雅辭,亦遭黜落。如王維《與(李)裴(十)秀才書》之類。論者多不滿之。(余祖坤《歷代文話續編》,鳳凰出版社2013年版,第2037頁)

作者簡介:

張作棟(1978—),山東臨沂人,文學博士,桂林師範高等專科學校中文系副教授。

《硯雲齋遺稿·駢文》叙録

李昇

内容摘要：嚴毓芬詩文集《硯雲齋遺稿》包括散文一卷、駢文一卷、詩一卷、聯語一卷，成書於1935年，其中駢文有十三篇，是中國現代舊體文學中駢文發展的一個縮影。嚴毓芬的駢文在當時被錢基博、楊壽柟、鄧以模等人推崇，評價頗高，認爲其遠宗南北朝時期的庾信，近法清代洪亮吉，具有"於綺藻豐縟之中，存簡質清剛之制"的駢文特點，更難得的是他駢散兼善，散體與麗辭兼美，佩實銜華，反映了現代駢文發展的特點。

關鍵詞：嚴毓芬；《硯雲齋遺稿》；現代駢文

嚴毓芬，字堯欽，號秋水、訥公、藕蕩漁人，江蘇金匱縣（今無錫）人。生於清同治十年（1871）辛未九月初九日，卒於民國二十四年（1935）。十六歲時就試澄江（今江蘇江陰），時督學王先謙見而異之，令其與縣府試列前十名者同坐扃門，待遇殊，然當年不中被黜；後從光緒戊子副舉人錢熙元（字頌眉）學文章，繼從其弟錢祖耆學；光緒十三年（1887），受業于陳墅姚起鳳（字吕笙）；十六年（1890），因姚起鳳入江陰南菁書院，故轉投光緒乙酉舉人、安徽碭山縣教諭錢承煦（字叔懋）學；十八年（1892），應縣試，列十一名，詩賦皆圈滿；二十年（1894）至二十四年（1898），在常熟周氏家授經教徒；二十五年（1899），自常熟歸，在祖宅"硯雲齋"教授生徒四年，期間三應省試不中；二十八年（1902），中第十名舉人，與同邑王蘊章（字蓴農）同年，翌年參加禮部試不中。民國四年（1915），去山東爲楊壽柟幕事，既而謝病歸隱，布衣蔬食，教書鄉里，春秋佳日，集二三知己攬勝湖山，談藝論文，樂而忘憊，遂以没。其生平事蹟，參見嚴毓芬《訥公自述詩》、錢基博《硯雲齋遺稿序》、楊壽柟《硯雲齋遺稿·駢文序》。

該集爲民國二十四年（1935）鉛印本，2册。版框高15.9cm，寬9.6cm，四周單邊，上下黑口，單魚尾，10行27字。《遺稿》按文體分爲散文、駢文、詩歌、聯語四部分，散文、駢文爲上册，詩歌、聯語爲下册，每册均爲藍色書皮，貼有書簽"硯雲齋遺稿"（楷體）。上册有内封面"研①雲齋遺稿/錢振鍠署"（行書），印有"名山"（篆體）長印一枚；後爲民國二十

---

① 書皮題簽、錢基博序及嚴堯欽《訥公自述詩》第34首（第六頁）均作"硯"，而内封面、書口及卷端首行書名却作"研"，"研 yàn"乃"硯"的通假字，應以"硯"爲是。

四年(1935)錢基博序;錢序後爲《硯雲齋散文目錄》,包括序十五篇、傳狀十八篇、碑志八篇、贊十七篇,共散文五十八篇。散文正文之後是楊壽枬《硯雲齋遺稿·駢文序》,序後是《硯雲齋駢文目錄》,包括序二篇、壽序三篇、書啓二篇、傳一篇、墓志一篇、誄二篇、祭文二篇,共駢文十三篇。下册首頁是鄧以模寫的《硯雲齋遺稿·詩序》,序後爲《硯雲齋詩目錄》,包括自述詩八十五首、題詩二十六首、賀詩二十六首、挽詩十首,共詩一百四十七首;詩作之後是《硯雲齋聯語目錄》,包括園林三聯、祠墓四聯、社團三聯、酒樓一聯、贈人五聯、慶賀十二聯、哀挽一百又二聯,共一百二十九聯。每册分别夾有一張勘誤表。由錢基博序撰寫時間,推知該集成書於 1935 年 11 月。(據復旦大學圖書館藏本 915508)

該集乃嚴毓芬卒後,其孤子嚴桐孫搜集整理而成的嚴氏遺稿,據嚴毓芬在《訥公自述詩》中所云:"余家廳事西有書室曰'硯雲齋',爲先祖朝議公讀書之所,藏書頗富,經清室洪、楊之亂,零落殆盡。"(《硯雲齋遺稿》第 6 頁)知是嚴氏後人以祖宅書齋之名命名遺稿的。

嚴毓芬深於詩而不以詩名,六十歲時仿俞樾《自述詩》,作《訥公自述詩》《六十自述詩》共八十五首(按:《訥公自述詩》第一首"俞氏曲園先例在,聊成六十述懷詩",知該組詩亦爲六十歲時所作),對於了解其生平事蹟有所幫助。其散文與駢文的成就最爲人稱道,鄧以模《硯雲齋遺稿·詩序》云:"散文規模廬陵,駢儷遠宗庾子山,近法洪北江。"對其駢文,錢基博序中贊曰:"堯欽之爲駢文,不矜瓌瑋,而拓體淵雅,往往遒變,抑揚抗墜,動與古會。"楊壽枬也稱其精詣尤在駢文,并引邵荀慈語"于綺藻豐縟之中,存簡質清剛之制"贊之,可見當時人對嚴毓芬駢文成就評價頗高。

然而,嚴毓芬在《訥公自述詩》第三十四首中卻自稱:"余素不喜時文,以其束縛太甚,及改試策論,乃能放筆爲之。"(《硯雲齋遺稿》第 6 頁)可知嚴毓芬更看重自己的散文,這與他長期的爲學、科考經歷有關,他十六歲時,其師錢熙元曾贊其"筆氣如長虹,可學作論文",清末科舉試士改策論後,嚴毓芬策論名列前列,當時人謂其錢師衡文有巨眼(《訥公自述詩》第十三首,見《硯雲齋遺稿》第 3 頁)。錢基博亦説:"吾獨嗜其散文,選言有序,不刻意爲奇字奥句,而清曠自怡,亦時有感激頓挫之辭,以陶寫胸中塊壘,逸趣横生,深入廬陵之室,斯足以極一時之能焉。"

不過,錢基博更看重嚴毓芬駢散兼善之才,他在序中説:"於戲!吾邑在讓清乾嘉之會,可謂儒雅繼踵。楊蓉裳宗尚六朝,斯藻密而慮周;秦小峴指歸八家,乃辭清而志顯。既其身文,且亦國華,然而各擅所能,莫與相尚,齊足并馳,咸以自騁,未有散體與麗辭兼美,綺文偕清裁駢能,佩實銜華,如我堯欽者也。"此并非過譽,而是錢基博文章學視野下之卓見。錢基博認爲"漢魏之偶儷,實唐宋散行之祖",乃"文本同而末異"而已,他推崇張惠言"少治辭賦,長爲韓歐,無不擅能。而蟄然兩手,不相雜襲",故亦認同嚴毓芬駢散兼善之能。只可惜《硯雲齋遺稿》不足以反映嚴毓芬駢文、散文之成就,其詩文有待進一步搜集整理。

附錄：

1. 錢基博《硯雲齋遺稿序》

昔堯欽常以文來質,定使余序之,余自以才不過若人,辭不爲也。尋而此君長逝,化爲異物,孤子桐孫以遺稿致父命屬爲論篡。於戲！音徽未沫,其人已亡,瞻對遺文,泫然涕從。古今一概,人情不遠,何獨孝標之於秣陵哉！獨念堯欽長余十七歲,其早歲嘗學爲文章于吾仲父、吾父,又與吾兄子蘭偕執贄受業吾宗人叔戀。教諭時,余未離縲襁也,迨余之壯,則忘年呼小友,語玄析理,披文摘句,未嘗不會意相得,連情發藻,且代琢磨,間以嘲謔。當此之日忽,然不自知樂也。謂百年爲道,可長共相保,何圖青簡尚新,宿草將列,展卷而視吾仲父、吾父、吾兄之姓字赫然在焉,誼遂烏可以已,謹爲寫次:《硯雲齋遺稿》,得四卷,都散文五十八篇、駢文十三篇、詩一百四十七章、楹語一百二十九聯,各以類從,而一類之中又以意爲部居別白焉。

堯欽之爲駢文,不矜瑰瑋,而拓體淵雅,往往遒變,抑揚抗墜,動與古會。同縣楊味雲先生嘗序而亟稱之,引邵荀慈語云:"于綺藻豐縟之中,存簡質清剛之制者也。"吾獨嗜其散文,選言有序,不刻意爲奇字奧句,而清曠自怡,亦時有感激頓挫之辭,以陶寫胸中塊壘,逸趣橫生,深入廬陵之室,斯足以極一時之能焉。於戲！吾邑在讓清乾嘉之會,可謂儒雅繼踵。楊蓉裳宗尚六朝,斯藻密而慮周;秦小峴指歸八家,乃辭清而志顯。既其身文,且亦國華,然而各擅所能,莫與相尚,齊足并馳,咸以自騁,未有散體與麗辭兼美,綺文偕清裁駢能,佩實銜華,如我堯欽者也。

獨陽湖士夫好爲儷語,人自以爲卿雲,迨李養一起,放言高論,盛倡漢魏之偶儷,實唐宋散行之祖,乃輯《駢體文鈔》以發其旨,然而觀自所爲文,識度曾不異人,而複詞單語,雜廁相間,不免枝蔓,未臻朗秀,斯不免通人之蔽,包安吳頗以爲譏。夫文本同而末異,"《易》稱'辨物正言,斷辭則備';《書》云'辭尚體要,弗惟好異'。故知正言所以立辨,體要所以成辭"(按引自《文心雕龍·徵聖》),獨張皋聞兼人之稟,少治辭賦,長爲韓歐,無不擅能,而鳌然兩手,不相雜襲。曾文正公序其文謂:"皋聞先生編次《七十家賦》,評量殿最,不失銖黍。自爲賦亦恢閎絕麗,至其他文,則空明澄澈,不復以博奧自高。"嘆爲絕出,乃今觀於堯欽之工駢體,而誦其散文,獨以澄然而清,秩然而有序,吐辭雅馴不蕪,固與皋聞同其能,而視養一異其蔽者也,豈非一時之能哉。

堯欽,無錫嚴氏,名毓芬,讓清光緒壬寅中式江南鄉試舉人,能以文章爲宗族交游光寵,而澹泊自將,嘗一出官山左,既而謝病歸,布衣蔬食,遂以没齒無憾云。

時在中華人民造國之二十四年十一月二十六日,世小弟錢基博謹序。

2. 楊壽枏《硯雲齋遺稿·駢文序》

乙卯丙辰間,余主計山左,嚴子堯欽來參幕事,觀其文采遒麗,詞翰精妍,判牘則趣博而事昭，筆記則慮周而藻密。時復明湖選勝，官閣聯吟，翠簾畫舫，撇笛藕花之鄉，銀燭清尊，題襟海棠之社（原注：署中有宋海棠二花，時觴詠其下），湖山助其文藻，仕宦擬諸神仙。既而余上計北行，君亦投簪南返。仲長樂志，惟在田園；幼輿清標，最宜邱壑。衡門嘯詠，述作斐然。沈休文之賦，寫以屏風，陸放翁之詩，圖之團扇，其所精詣尤在駢文。

夫尊秦漢者，卑齊梁爲綺靡；師韓柳者，薄徐庾爲淫哇。不知文章之道，文質相輔，奇偶相生。秦碑之古奧瑰奇，漢詔之淵懿醇厚，古文之矩矱，亦即駢體之權輿。東西京先導其流，南北朝盛行此體。爲之工者，必沉酣典籍，杼軸性靈，緯之以精思，澤之以古藻。格雖排偶，氣實單行。子山之沉鬱蒼涼，得龍門之神理；孝穆之華縟整練，具蘭台之體裁。昌黎《南海廟碑》，都京遜其瑰麗，子厚《永州游記》，騷辨媲其芳華，軌轍雖殊，淵源則一。乃今世作者，以堆垛爲富，以塗抹爲工。體則錯采鏤金，字則儷青妃白。萬花錦繡，織成雖費工夫，而七寶樓臺，拆下不成片段；又或襞績奇字，捫摸僻書，符號誃癉，簿稱點鬼，譬諸商彝、周鼎，奇珍皆稗販而來。晉帖唐書，贋本自鉤摹而出。讀者驚其博奧，識者病其艱深。

堯欽則力謝穠華，自成馨逸。姑射神人，具綽約之態；甄陀歌曲，發微妙之音。其氣格如白雲孤飛，奇花獨笑；其詞采如新翠欲滴，軟紅可挹。在詩家爲雅音，在畫苑爲逸品。邵荀慈所謂"於綺藻豐縟之中，存簡質清剛之制"，覽君所作，何媿斯言。僕技類雕蟲，見同測蠡，希深讀永叔之文，便得深意。元美題震川之贊，夫豈異趨，聊就管窺，藉資喤引，抱煙霞之逸趣，君疑藕蕩後身（原注：嚴秋水自號藕蕩漁人）；寫風月之清詞，我媿蓉裳嗣響。同縣世愚弟楊壽枬。

3. 鄧以模《硯雲齋遺稿·詩序》

余早歲游燕，強仕之遼東雞塞龍沙，足跡幾徧所交公卿、大夫、士君子夥矣，大都銜杯酒接，殷勤之餘歡，未嘗締金蘭同盟好也，獨於春明與同邑楊子少平、嚴子堯欽、薛子蕙亮、陸子松琴約爲異姓兄弟，忽忽垂三十年，楊陸二子先後歸道山，蕙亮殖田園，居家僦，不恒至城，惟堯欽時時過從相得也。

堯欽與余同歲生，長余四十五日，余以兄事之，其人蓄道德，能文章，散文規橅廬陵，駢儷遠宗庾子山，近法洪北江，均有韻度。尤工書，初學歐陽率更、褚河南，後學魯公，頗能脫俗，故求者踵至，嘗登賢書。仕於魯不久，即棄官歸隱，與余所居隔城鄉，輒往還通竿牘間，或買棹相訪。春秋佳日，集二三知己，攬勝湖山，譚藝論文，樂而亡憊。性溫柔敦厚，深於詩而不以詩名。年六十，仿春在堂例，作詩自述，索余一言爲序。余不文於聲偶，絕少研求，烏足以序之！顧往常，與之書以其樂道安貧，不慕榮利，謂有白樂天、陶靖節遺風，亦文苑，亦逸民，具徵子陵先生之流澤孔長，堯欽誠足以遠紹前徽矣，即以此數言序堯欽之詩，其亦許我爲知言乎。

譜弟鄧以模序。

4. 封面照片

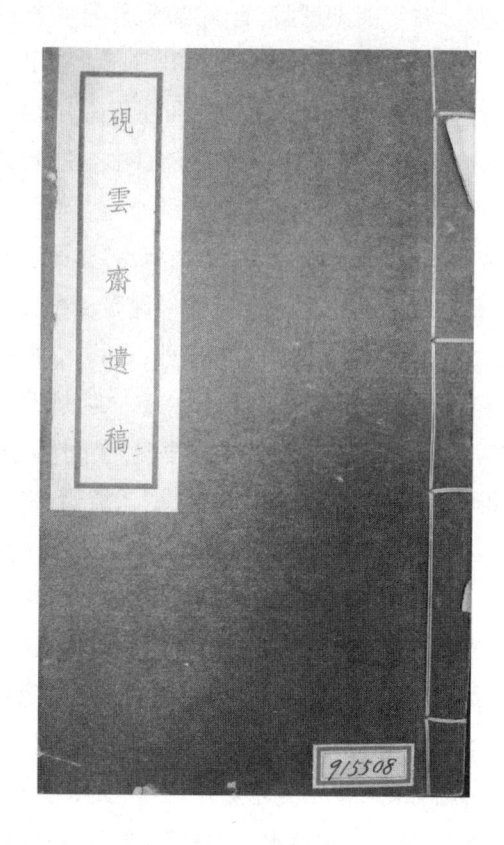

硯雲齋遺稿

915508

5. 目錄照片

硯雲齋駢文目錄

序二首
沈企唐茂才文選摘句弁言
孫頌陀簫心劍氣樓詩序
壽序三首
傳申甫先生七十雙壽序
錢租耆先生七十壽序
翁詒人六十壽序
書啟二首
募建驛指堂啟

祭泰母侯太夫人文代
以上駢文十三首

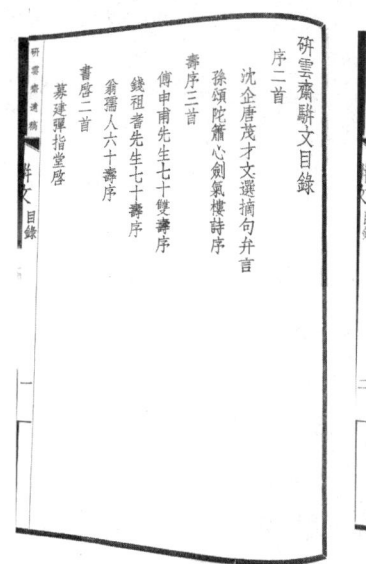

復孫縣長道始
傳一首
祝宜人傳
墓誌一首
華貞節婦墓誌銘
誄二首
任室史夫人誄有序
韋宜人誄
祭文二首
祭翁夫人文

6. 錢基博序照片

騈文十三篇詩一百四十七章極語一百二十九聯各以類從而之中又以意爲部居別白焉堯欽之爲駢文不秭瓌瑋而拓體淵雅往往道變抑揚抗墜動與古會同縣楊味雲先生嘗序而亟稱之引邵荀慈語云於綺藻豐縟之中存簡質清剛之制者也吾獨嗜其散文選言有序不刻意爲奇字奧句而清曠自怡亦時有感激頓挫之辭以陶寫胸中塊壘逸趣橫生深入廬陵之室斯足以極一時之能焉於戲吾邑在讓清乾嘉之會可謂儒雅繼踵楊蓉裳宗尚六朝斯藻密而盧周秦小峴指歸八家乃辭清而志顯旣其身文且亦國華然而各擅所能莫與相尙齋足並馳咸以自騁未有散體與麗辭兼美綺文偕清裁駢能佩寶銜華如我堯欽者也獨陽湖士夫好爲儷語人自以爲卿迨革

式江南郷試擧人能以文章爲宗族交遊光寵而澹泊自將嘗一出官山左旣而謝病歸布衣蔬食遂以沒齒無憾云時在
中華人民造國之二十四年十一月二十六日世小弟錢基博謹序

序
昔堯欽常以文來質定使余以才不過若人辭不爲也尋而此君長逝化爲異物孤子桐孫以遺稿致父命屬爲論篡於戲音徹未沫其人已亡矚對遺文泫然涕泗古今一概人情不遠何獨爲文標之於秣陵哉獨念堯欽長余十七歲嘗學爲文章於吾仲父吾父又壯則忘年呼小友語玄析理披文摘句未嘗不會意相得連情發漢且與吾兄子蘭偕執贄受業吾宗人叔懋敎諭時余未離稚褓也追余之代琢磨問以嘲謔當此之日忽然不自知樂也謂百年相保何圖靑簡尙新宿草列展卷而視吾仲父吾兄之姓字赫然在焉誼逕烏可以已謹爲寫次硏雲齋遺稿得四卷都散文五十八篇

養一起放言高論盛倡漢魏之偶儷實唐宋散行之祖乃輯駢體文鈔以發其旨然而觀自所爲文識度會不異人而複詞罩語雜廁相間不免枝蔓未臻朗秀斯不免通人之譏夫文本同而末異易稱辨物正言斷辭則備書云辭尙體要弗惟好異故知正言所以立辨體要所以成辭獨張皋聞兼人之稟少治辭賦長爲韓歐無不擅能而釐然兩手不相雜襲曾文正公序其文謂皋聞先生編次七十家賦以評量殿最不失銖黍自乃今觀於堯欽之工駢體而誦其散文獨以復以博奧自高歎爲絕出乃今觀於堯欽之工駢體而誦其散文獨以激然而清秩然而有序吐辭雅馴不蕪固與皋聞同其能而視養一異其藏者也豈非一時之能哉堯欽無錫嚴氏名毓芬讓清光緒壬寅中

7. 楊壽枏序照片

序

乙卯丙辰間余主計山左嚴子堯欽來參幕事觀其文采道麗詞翰精妍判牘則趣博而事昭箋記則慮周而藻密時復明湖選勝官閣聯吟翠簾畫舫撾笛藕花之鄉銀燭清尊題襟海棠之社（署中有宋海棠二湖花時觴詠其下）山助其文藻仕宦擬諸神仙既而余上計北行君亦投簪南返仲長樂志惟在田園幼輿清標最宜邱壑衡門嘯詠述作斐然休文之賦寫以屏風陸放翁之詩圖扇其所精詣尤在駢文夫尊秦漢者卑齊梁為綺靡師韓柳者涇渭不知文章之道文質相輔奇偶相生秦碑之古奧瑰奇漢詔之淵鬱醇厚古文亦即駢體之權輿東西京先導其流南北朝盛行此體為之工者必沈甜典籍枰軸性靈

緯之以精思澤之以古藻格雖排偶氣實單行子山之鬱蒼涼得龍門之神理孝穆之華縟整練具蘭臺之體裁昌黎南海廟碑都京遹其瓌麗子厚永州游記騷辨媿其芳華軌轍雖殊淵源則一乃今世作者以堆垛為富工體則錯采鏤金字則儷青妃白萬花錦繡織成雖費工夫而七寶樓臺拆下不成片段又或襲績奇字掊撫駢書符號詠叢簿稱點鬼譬諸商彝周鼎奇珍皆裨販而來晉帖唐書贗本自鈞辜而出讀者驚其博奧識者病其艱深堯欽則力謝穠華自成馨逸姑射神人具綽約之態甄陀歌曲發微妙之音其氣格如白雲孤飛奇花獨笑其詞采如新翠欲滴軟紅可按在詩家為雅音在畫苑為逸品邵荀慈所謂於綺藻豐縟之中存簡質清剛之制覽君所作何媿斯言

僕技類雕蟲見同測蠡希深讀永叔之文便得深意元美題震川之贊夫豈異趨聊就管窺藉賁喤引抱烟霞之逸趣君疑藕蕩後身（號藕蕩漁人）寫風月之清詞我媿蓉裳嗣響同縣世愚弟楊壽枏（嚴秋水自）

8. 鄧以模序照片

序

余早歲遊燕強仕之遼東難塞龍沙足跡幾徧所交公卿大夫士君子夥矣大都銜杯酒接殷勤之餘歡未嘗締金蘭同盟好也獨於春明與同邑楊子少平嚴子堯欽薛子堯陸子松琴約爲異姓兄弟忽忽垂三十年楊陸二子先後歸道山薨亮殖田園居家衍不恆至城惟堯欽時時過從相得也堯與余同歲生長余四十五日余以兄事之其人蓄道德能文章散文規撫盧陵駢儷遠宗庚子山近法洪北江均有韻度尤工書初學歐陽率更褚河南後學魯公頗能脫俗故求者蹱至嘗登賢書仕於魯不久即棄官歸隱與余所居陽城鄉輒往還通竿牘慰性或買棹相訪春秋佳日集二三知己攬勝湖山譚藝論文樂而忘懷

溫柔敦厚深於詩而不以詩名年六十仿春在堂例作詩自述索余一言爲序余不文於聲偶絕少研求烏足以序之顧往常與之書以其樂道安貧不慕榮利謂有白樂天陶靖節遺風亦文苑亦逸民具徵子陵先生之流澤孔長堯欽誠足以遠紹前徽矣即以此數言序堯欽之詩其亦許我爲知言乎譜弟鄧以模序

作者簡介：

李昇(1982—)，貴州民族大學文學院副教授，文學博士，主要研究方向爲中國現代舊體文學。

《新刻旁注四六類函》叙錄

于堃

内容摘要：《新刻旁注四六類函》作爲選本選本朝人的文章，只選啓體，在文章的分類方式上則按照官制分類，於明代"無一事不用啓，無一人不用啓"的士紳日常酬答和官場交際中都有着重要的實用性作用。作爲"酬答"的駢文總集，《新刻旁注四六類函》通過選本來達到"瀉發才情，寄吾繾綣"之目的，"啓必以四六"在文章形式方面的特色得以顯現。"於四六之内别有專門"，四六書啓作爲一種專門的文類形成了，凸顯出附著於四六啓體的文體學意義上的價值。《新刻旁注四六類函》偏重於供日用參考的選本，也爲後人提供學習借鑒的對象而具有了實用性教材學的意義，但作爲專門四六書啓的《新刻旁注四六類函》也不可避免的有流於趨於模式化的"類書之外編、公牘之副本"特性和寫作的套襲之風。

關鍵詞：朱錦；《新刻旁注四六類函》；四六書啓

《新刻旁注四六類函》，十二卷。書半頁七行，行二十四字，四周單邊，白口，單魚尾。卷二首題"浙姚朱錦、文弢父類選，中都徐榛、籩實父校閱，洪都閔師孔、矩卿父旁注，宛陵許以忠、君信父編正，繡谷王世茂、爾培父參訂，三衢國輔舒氏承溪梓行"①。

朱錦，字文弢，一字言如，浙江餘姚人，萬曆二十年（1592）進士，官南京禮部主事、福建布政使右參政，有名於時。輯《古今紆籌》十卷，見《四庫禁毁書》。校《皇明大政記》二十五卷，明萬曆三十年（1602）秣陵周時泰博古堂刻本，現藏國家圖書館。刊《明寶訓》四十卷（江蘇巡撫采進本），參見《四庫全書總目提要》。②

徐榛，字籩實，號四明，別號玉弩，滁州定遠人，萬曆三十八年（1610）貢生，除贛榆訓導，遷大理通判，"未蒞任，以疾卒"，著有《覆瓿集》③。

閔師孔，字矩卿，江西金溪人。

---

① ［明］朱錦類選，徐榛校閱，閔師孔旁注，許以忠編正，王世茂參訂：《新刻旁注四六類函》卷二，哈佛大學燕京圖書館藏萬曆間三衢舒承溪刊本。
② ［清］永瑢：《四庫全書總目》，北京：中華書局，1965年，第486頁下。
③ 王重民：《中國善本書提要》，上海：上海古籍出版社，1983年，第722頁；道光《定遠縣志》卷七《選舉》、卷八《仕績》；光緒《贛榆縣志》卷十《官師下》。

許以忠,字貫日,一字君信,南直南陵(今安徽南陵)人,由貢士升光祿寺監事,萬曆四十八年(1620)二月升光祿寺典簿,轉戶部山東清吏司主事,"以翰墨駢儷文爲世所稱……所選《故事》《四六書》北方學者爭相誦習",著有《愛日齋詩集》五卷。①

王世茂,字爾培,號養恬,江西金溪人,明末寓居金陵,"校書白下"②。以"車書樓"爲號校刻圖書多種,其在車書樓刊刻圖書題"金陵車書樓儒生養恬王世茂梓行"。明人陰化陽《四六鴛鴦譜》序云:"江右王先生以科第之世家校文於車書樓畔。"③明人朱之蕃《車書樓彙輯皇明四六叢珠》所作序云:"藝林養恬王君博雅嗜古,風流好士,締交多海内明賢。"④鄭文龍《車書樓選刻舉業必用四六津梁》所作序稱其:"道冠時英,望隆人譽。"⑤王世茂與許以忠有書信往來,王世茂給許以忠書信云:"承諭發來四六,不欲以大姓名流布人間。第只今海以内傾□□□,積有年所,安石碎金,人爭藏匿以爲帳中之秘,弟何敢不以答都人士而搶天下之珍爲竟己,以入梓行矣!"⑥

舒承溪,字石泉,浙江衢州人,以集賢書舍爲號刊刻圖書。刻有焦竑《皇明人物考》六卷,焦竑《新刻七十二朝四書人物考注釋》四十卷,朱錦《新刻旁注四六類函》十二卷,袁宏道《白蘇齋類集》二十二卷。

關於《新刻旁注四六類函》的作者,方大鎮《四六類函序》云:"得王生所編類函而寓目焉。往王生鐫有萬樹梅,探驪獲珠,在在紙貴。"可知方大鎮的序應是爲"王生"王世茂所作。另據王重民先生《中國善本書提要》考證:"是集實爲閔師孔所輯,多取材於許以忠、王世茂書,朱、徐則托名也。又《凡例》言不取唐宋人舊制,然卷中雜有唐宋元人書劄,則以因於舊本者多,師孔未察,遂致互相矛盾也。"⑦

《新刻旁注四六類函》作爲"酬答"的駢文總集,一是通過選本來達到"瀉發才情,寄吾繾綣"之目的,"啓必以四六"在文章形式方面的特色得以顯現。四六文具有用於酬答和利於瀉發才情的特性。四六不僅在官場的公文寫作和交際中是必需品,在士紳的日常應酬中也應用廣泛。朱之蕃《車書樓彙輯當代名公鴻筆四六叢珠序》云:"微但大者慶賀謝覆,聘享通訊各皆有式,當酌左准,今自運新裁,勿徒勦襲,以拾人毛甲,啜人唾津,即如日用居室,間或應酬答問,尺牘寸楮,亦有不容忽視者。今纖悉具備,彬彬質有其文,故稱

---

① 事見萬曆《順天府志》卷四《政事志》,明萬曆刻本;民國《南陵縣志》卷三十《人物·文苑》,民國十三年(1924);佟賦偉《二樓紀略》卷四《望公樓記》,清康熙刻本。
② [明]許以忠等輯:《精選當代各名公短劄字字珠》卷首,朱錦《序》,《四庫禁毁書叢刊補編》,第53冊,北京:北京出版社,2005年,第77頁。
③ 陰化陽、蘇紫盍輯:《四六鴛鴦譜·序》卷首,《四庫禁毁書叢刊補編》,第40冊,北京:北京出版社,2005年,第593頁。
④ [明]許以忠選:《車書樓彙輯皇明四六叢珠·序》卷首,萬曆四十八年金陵書坊傅少山刻本。
⑤ 《車書樓選刻舉業必用四六津梁·序》卷首,天啓刻本。
⑥ [明]許以忠等輯:《精選當代各名公短劄字字珠》卷五,《四庫禁毁書叢刊補編》,第53冊,北京:北京出版社2005年,第185頁。
⑦ 王重民撰:《中國善本書提要》,上海:上海古籍出版社,1983年,第449頁。

嘉也。……謂其分門別類,於以慶賀,於以謝覆,於以聘享、道訊及小而應酬答問,不膠往轍,不狃故常,咳唾成玉,圓融活潑,又譬□珠之走盤而不離於盤也。宇内鴻儒鉅匠、學士文人,臨池揮毫,核典實而參酌之,睹其序次精確,若編珠品藻絢爛,若貫珠而千古不世之至寶,直心悦目矣。"①四六啓凸顯禮儀性功能,明鍾惺云:"雙聲疊韻,聊展其恭敬之忱;合璧連珠,爰立其端嚴之體。又事君使臣朋友相遺,禮文之不可廢者也。"②《四六類函序》:"今縉紳士大夫,大都以四六為酬答,亦知格尚排偶;響叶宮商,以非此不足瀉發才情,寄吾繾綣。"駢文具有注重對仗、辭藻、聲律、用典等特點,能起到"瀉發才情,寄吾繾綣"的作用。四六在士紳日常應酬和官場交際中都以實用性為基礎。鄧渼《啓雋類函序》:"四六者,比物連類,借事喻意。拘而不破,抒寫極性靈之變;婉而成章,抑揚在文字之外。體俳而諧,故善戲不為謔;語莊以麗,故善誦不為諛。宜乎盛行於世,而施於箋奏啓牘尤為愜當。"③唐文燦《鑑江全集叙》云:"今賢科就試必以表,而良吏陳白所尊也,亦必以啓狀,彼非壯夫歟,然且為之,其必有當也。乃吾徒諸學子高者既易之莫肯為,卑則又難之莫能為,胥無尚矣。盡傳世以廣承學表啓,資令皆進於真易,皆不患苦於所難,而饒為其所當為,亦可乎?"④張一棟《鶯鳩小啓序》曰:"夫文也,孰謂古今不相及哉?絺膏棘軸而不能運方宰,洪鐘大呂而不能諧里耳,故所貴唯所用耳。吾曹啓事唯四六之用為急,亦唯四六之工為難,無寧兹其務學以滋益也,則各置此編於座右,未曰乎鵬搏九萬,且效夫為鳩數飛焉,請付剞劂氏,以廣其傳。"⑤余大成《四六燦花序》曰:"夫啓者,源本詞命,尺牘之嚆矢也,雖載函托緒,實謀野興端,然非庀材廣則不贍,非抽思眇則不精,非運軸超則不雅,非琢句整則不諧。"⑥

二是對駢文古風的追求,是對時代風氣的一種撥亂反正。王在晋《車書樓選注名公新語滿紙千金序》云:"自古語變而為四六,古聲變而為偶雋。而風會莫返其初已。"⑦《四六類函序》:"然而鼠璞混收,淄澠不辯,則續貂之濫也。風雲月露,黼黻青黃,則剪彩之花也。吹影鏤冰,木鳶楮葉,則坪塂之技也。白馬非馬,畫龍為龍,則黎丘之眛也。遺韶護而奏藕苓,捨白雪而歌下里,則綿蕞之陋也。總之不傷於雅,則漓於真;情不象心,以至於此。辭雖駢何益?……蓋常往往思古風之邈,悲時牘之繁,不得游骨庭昆吾,相與於無相與之境,則江河之下也久矣。"選者意識到四六選本"鼠璞混收,淄澠不辯,則續貂之濫也"的現狀,苦於"悲時牘之繁,不得游骨庭昆吾",則"常往往思古風之邈",努力追求"和

---

① [明]許以忠:《車書樓彙輯當代名公鴻筆四六叢珠》卷首,明萬曆四十八年(1620)刻本。
② [明]鍾惺輯注:《四六新函》卷首,《四庫禁毀書叢刊補編》,第44册,北京:北京出版社,2005年,第4—5頁。
③ 俞安期等編:《啓雋類函》卷首,《四庫全書存目叢書》,集部,第349册,濟南:齊魯書社,1997年,第4頁。
④ 唐文燦撰:《鑑江集四六彙輯》卷首,清康熙二十六年刻本。
⑤ 連繼芳撰,陳於京等注:《鶯鳩四六小啓》卷首,明萬曆己酉刊本。
⑥ 張師繹選評,毛應翔詮釋:《張夢澤評選四六燦花》卷首,明天啓癸亥毛氏金陵刊本。
⑦ [明]李自榮:《車書樓選注名公新語滿紙千金》卷首,明天啓七年(1627)刻本。

粹中律,紓迴中情,高華中色,澹雅中度,縱橫中事機,渢渢乎内足意而外足象"的四六古風。關於總集編纂,《四庫全書總目》《總集類·序》云:"文籍日興,散無統紀,於是總集作焉。一則網羅放佚,使零章殘什,并有所歸;一則删汰繁蕪,使莠稗咸除,菁華畢出。是固文章之衡鑒、著作之淵藪矣。"①總集編纂一是輯佚,總攬文章;二是選集,鑒賞式批評。四庫館臣評《四六法海》:"秦漢以來,自李斯《諫逐客書》,始點綴華詞;自鄒陽《獄中上梁王書》,始疊陳故事,是駢體之漸萌也。符命之作則封禪書典引,問對之文則答賓戲客難,駸駸乎偶句漸多。沿及晋宋,格律遂成;流迫齊梁,體裁大判:由質實而趨麗藻,莫知其然而然。然實皆源出古文,承流遞變。猶四言之詩至漢而爲五言,至六朝而有對句,至唐而遂爲近體。面目各别,神理不殊,其原本風雅則一也。厥後輾轉相沿,逐其末而忘其本,故周武帝病其浮靡,隋李諤論其佻巧,唐韓愈亦斷斷有古文、時文之辨,隆而愈壞,一濫於宋人之啓劄,再濫於明人之表判。剿襲皮毛,轉相販鬻,或塗飾而掩情,或堆砌而傷氣,或雕鏤纖巧而傷雅,四六遂爲作者所詬厲。"②王志堅所録能上溯於魏晋,四六之源流正變具於是編矣。

三是"啓必以四六"在文章形式方面的特色得以顯現,凸顯出附著於四六啓體的文體學意義上的價值。"於四六之内别有專門",四六書啓作爲一種專門的文類形成了,亦因時代風氣所致。明代中後期四六選本大部分只收啓體,王世貞論曰:"宋時諸公卿,往返俱作四六啓,余甚厭之。以爲無益於事,然其文辭尚有可觀。嘉靖之末,貴溪作相,四六盛行,華亭當國,此風小省,而近年以來,則三公九卿至臺諫無不投啓者矣,漸次投部寮亦啓矣,撫按監司日以役人,司訓諸生日以此見役,旨不能外諂諛,辭不能脱卑冗,不知何所抵,止余平生不作四六,然未嘗用此得罪。"③四六逐漸形成重視用典、講究對偶、追求工整、趨於模式化的特性,凸顯出附着於四六啓體的文體學意義上的價值。如《四六類函序》云:"和粹中律,紓迴中情,高華中色,澹雅中度,縱横中事機,渢渢乎内足意而外足象,張弛闔闢,互運錯見,譬中衢置尊,各隨其多斟酌而止。"主動追求達到藝術性和思想性的統一,即"伐山伐材,偶意共逸韻俱發;對言對事,辭藻與奇思兼流。學海驚濤,真可躍潛龍而翔鸞鳳;明堂擊石,誠堪動天地而泣鬼神"④。

四是選者追求名家作品,注釋旁證自有體系。從選文的時段性上看,《新刻旁注四六類函》作品出今名公手授,選本朝人的文章,即《四六類函凡例疑》云:"排偶語即六朝業有之,而沿於唐工於宋,八代全書俱在,第時世漸邈,體式稍殊,兹故不復刻云。……是函俱出今名公手授。"盡量避免出現東拼西凑、濫用名家、名公的名頭等製作粗糙等弊病,如

---

① [清]永瑢:《四庫全書總目》,北京:中華書局,1965年,第1685頁中。
② [清]永瑢:《四庫全書總目》,北京:中華書局,1965年,第1719頁中—下。
③ [明]王世貞:《弇州史料後集》,《四庫禁毁書叢刊》,史部,第50册,北京:北京出版社,2004年,第71頁。
④ 胡松輯:《四六菁華》卷首,明萬曆二年刻本。

《四六類函凡例疑》所言:"是函俱出今名公手授,即喧寂殊致,并不敢補綴魯魚,湮滅姓氏,負作者苦心。"朱錦《精選當代名公短劄字字珠序》云:"余友人王生世茂校書白下,往余從夏官,公餘爲之選校《四六類函》等啓,四方士争購之,珍之若靈蛇之珠矣。"①《車書樓彙輯當代名公鴻筆四六叢珠序》云:"先是有《四六類函》與夫《新函》《瑶函》等集刊行於世,膾炙人口,乃猶念朝華夕秀光景常新,兹復撮其要提其象,互演考巧,精粹以傳。"《四六類函》《新函》《瑶函》指《新刻旁注四六類函》《恕銘朱先生彙選當代名公四六新函》《車書樓彙卷旁注當代名公四六瑶函》。可知《新刻旁注四六類函》已"膾炙人口"并作爲其他四六選本編選的底本。游之光輯《今古四六彙編》凡例云:"《詞致録》終於南宋,《四六類函》始於我明,雖可并傳,不無偏廢。兹選諧於時者雖古必收,詭於法者雖今不録。"②此書的刊刻在朱錦《四六類函》問世四年後,其選文多轉録於李天麟《詞致録》和朱錦《四六類函》二選本。據王重民先生《中國善本書提要》考證,李日華輯《四六類編》:"是集蓋就朱錦《四六類函》、許以忠《四六争奇》等書而增益之,注解亦多截取二家原文。"③亦是朱錦《四六類函》流行於時的明證。《新刻旁注四六類函》收録文章限有明一代,基本上反映了明代四六文創作的較高水平。選本在文中附有注釋,注釋以雙行小字形式在文中呈現。即"啓内典故俱有旁注",對篇中所用之事典、語典做簡單的注釋,方便讀者理解、學習。

五是爲時人學習駢文寫作提供了良好的教材,滿足了學習作四六模仿、借鑒的需求,甚至科舉考試需要。洪邁《容齋三筆·四六名對》云:"四六駢儷,於文章家爲至淺,然上自朝廷命令、詔册,下而搢紳之間箋書、祝疏,無所不用。"④後四六"大抵爲應酬而做,其體則總集其實則類書也",《四六類函凡例疑》云:"叙秩而首,宗室重天潢也。其餘以次分門,鱗集諸品不遺,令脩辭者開卷豁然,信手優孟耳。是函俱出今名公手授……"明確道出了爲日常應酬提供範本的選文意圖。如《四六類函序》云:"今又分類别門,棄故取新。覓名碩新牘珠璣而錯落之,使觀者快於類之有所聚而品之有所分。"《四六宙函凡例》云:"制科陪場,率用表文,或賀或謝或進,務躋莊雅工致之美。博士家留情經義之暇,便應鑄字煉聲,拾芳吐藻。非惟備他日館閣之選,抑以修臣工嚴對之儀。是編首標程墨表式,示人知所用非細,而嫻習必先,其於明經,良有寔益。"⑤

《新刻旁注四六類函》也不免有流於趨於模式化的"類書之外編、公牘之副本"特性和寫作的套襲之風。四庫館臣評價《四六標准》云:"自六代以來,箋啓即多駢偶。然其時文體皆然,非以是别爲一格也。至宋而歲時通候、仕宦遷除、吉凶慶吊,無一事不用啓,

---

① [明]許以忠、王燁編,吴明校注:《精選當代名公短劄字字珠》卷首,明萬曆丁巳刊金陵書坊付春溟印本。
② 游之光輯:《今古四六彙編》卷首,明萬曆四十二年刻本。
③ 王重民撰:《中國善本書提要》,上海:上海古籍出版社,1983年,第450頁。
④ [宋]洪邁撰,孔凡禮點校:《容齋隨筆》,北京:中華書局,2005年,第517頁。
⑤ [明]李自榮輯,曹可明選,王世茂注:《岳石帆先生鑒定四六宙函》卷首,明天啓刻本。

無一人不用啓。其啓必以四六。遂於四六之內別有專門。南渡之始,古法猶存。孫覿、汪藻諸人,名篇不乏。迨劉晚出,惟以流麗穩貼爲宗,無復前人之典重。沿波不返,遂變爲類書之外編、公牘之副本,而冗濫極矣。"①明代駢文總體評價較低,駢文創作數量雖多,質量不高,也有形式化、官場應酬化、套襲化的趨勢和風氣。陳所學《新刻分類摘聯四六積玉序》云:"蓋自玄黃肇判,象數攸分。既奇偶之已陳,自對剖之必起。咸陽始創,唐宋相洽。詞語壯嚴,綸綍對章之是籍;體裁整肅,敷陳啓狀之共需。羅麟鳳者,見楮上之珠璣;托鱗鴻者,布毫端之肝膽。古爲極盛,今則尤隆。但陋俗之儒,不免楊文公之衲被;而拘攣之士,卒爲陶翰林之畫葫。或不浚發於巧心,竟同鬼簿之誚;或止剽竊於故套,難逃獺祭之譏。或瑣細而語不盡情,徒爲覆瓿;或浮蔓而文難達意,空費鏤冰。倘不采諸子之菁華,極其賅博,烏得漱群言之瀝液,出以精工。"②金秬香亦云:"有明駢文,疏疏落落,皆無關於取法,其文集存於今者,不下千餘種,所謂名篇巨制,毋論漢唐,且兩宋之不若。最陋者,屬對雖工,措辭近輕佻,甚至以卦名對卦名,以干支配干支,立定間架,幾同刻板,至官場尺牘,齋醮青詞,膚廓陳濫,千手一律,其佳者亦僅資誀頌已耳,復何奇哉?"③《四六類函凡例疑》:"排偶語即六朝業有之,而沿於唐工於宋,""書劄競用四六,非若宋人之工也,第取俳儷活套,相詒謾而已。餘既淺陋,不能倩人,有以偶語來者,第如舊式答之,以爲簡耶,以爲俚耶,所不敢知也。"④鍾惺《四六新函序》:"六朝駢儷、三唐雕琢,其源遠矣。第後之風雲月露,止習虛詞,藻繢紛華,全無旨趣。……行之久而套襲之病生,用之廣而假借之習起。"⑤清人孫梅云:"駢儷之文,其盛也,啓之爲用最多。其衰也,啓之爲弊差廣。何則?西秦東洛,不出寰宇之書;僕射司空,自有勳閥之簿。烏衣玉樹,按姓譜而如新;珪月梢雲,驗歲華而益麗。必也盡遺窠臼,別出機杼。始可揚古調以賞音,進文也而奏績也。"⑥

《新刻旁注四六類函》卷首有賜進士第文林郎江西道監察御史方大鎮《四六類函序》,後附《四六類函凡例疑》四則,再附有文職品級共九品十八級;武職品級共八品十六級;稱呼類;兩京十三省郡名別號。

方大鎮,字君靜,桐城人,萬曆己丑進士,曾任江西道監察御史,官至大理寺少卿。有《荷薪義》八卷(內府藏本):"始大鎮父學漸,講學桐川。大鎮追述父訓,及與同社諸人問答之語,詮次成帙,名曰《荷薪》。蓋亦不忘繼述之意。其大旨在闢良知之説,於儒釋分

---

① [清]永瑢:《四庫全書總目》,北京:中華書局,1965年,第1396頁中。
② 章斐然輯:《新刻分類摘聯四六積玉》卷首,明萬曆刻本。
③ 金秬香撰:《駢文概論》,萬有文庫,第一集,第76冊,上海:商務印書館,1933年,第129頁。
④ 方弘靜撰:《千一錄》卷二十《客談八》,《續修四庫全書》,子部,第1126冊,上海:上海古籍出版社,2002年,第397頁。
⑤ [明]鍾惺輯注:《四六新函》卷首,《四庫禁毀書叢刊補編》第44冊,北京:北京出版社,2005年,第4—5頁。
⑥ [清]孫梅:《四六叢話》,北京:人民文學出版社,2010年,第280頁。

別,辨論極詳。"①有《田居乙記》四卷(浙江巡撫采進本):"大鎮有《荷薪義》,已著録。是編乃其家居讀書時所作。自序謂遇有賞心,輒乙其處,命兒子録之,故名乙記。分四門:一曰潛見,分記學、記仕二子目;二曰筌宰,分記君、記臣二子目;三曰伐閲,分記操持、記作用二子目;四曰居息,分記家論、記性命二子目。所録雖皆前人格言善事,然條綴原文,無所闡發,其出處或注或否,體例亦不畫一。"②

方大鎮《四六類函序》云:"蓋聞朱曦普麗,稱物納照。大鹵噫氣,程形賦音。君子生昆吾之美,嬉嬉於於,弗爲靡也。游胥庭之間,琳琳琅琅,非諛合也。惡自而取乎四六之工,極才人之致,抒達士之懷。情溢乎詞,詞邕於交,離合非我,親澹在彼。若曦之照,如風之賦,拇不解而孚,缶懷盈而信,豈不貴是?安所貴乎浮湛其辭而覆真情爲?蓋情文遞生者也。情不借辭,則苞僯而喻;詞不根情,則鼙梲粉黛而弗克真。今縉紳士大夫,大都以四六爲酬答,亦知格尚排偶;響叶宫商,以非此不足瀉發才情,寄吾繾綣。然而鼠璞混收,淄澠不辯,則續貂之濫也。風雲月露,黼黻青黄,則剪彩之花也。吹影鏤冰,木鳶楮葉,則垤壒之技也。白馬非馬,畫龍爲龍,則黎丘之眯也。遺韶護而奏藕苓,捨白雪而歌下里,則綿蕞之陋也。總之不傷於雅,則漓於真;情不象心,以至於此。辭雖駢何益?然則德操括囊於譚議。孝綽廣志於絶交,仲連射書以征義。純仁虚心以進規,豈無見哉?蓋常往往思古風之邈,悲時牘之繁,不得游胥庭昆吾,相與於無相與之境,則江河之下也久矣。頃季第大欽觀光南省,館穀王生頗深結轄,倦游之暇,得王生所編類函而寓目焉。往王生鑴有萬樹梅,探驪獲珠,在在紙貴。今又分類别門,棄故取新。覓名碩新牘珠璣而錯落之,使觀者快於類之有所聚而品之有所分。王生亦可謂善於探珠者矣。今觀其所集,和粹中律,紓迴中情,高華中色,澹雅中度,縱横中事機,渢渢乎内足意而外足象,張弛闔辟,互運錯見,譬中衢置尊,各隨其多斟酌而止。試撫而咀之,以我鑄詞,不以詞鑄我,得其皮神,肖真而出,雖不敢言乎拇懷?缶之道乎?亦庶幾修詞之司南云。賜進士第文林郎江西道監察御史方大鎮君静父謹序。"③

《四六類函凡例疑》云:"排偶語即六朝業有之,而沿於唐工於宋,八代全書俱在,第時世漸邈,體式稍殊,兹故不復刻云。叙秩而首,宗室重天潢也。其餘以次分門,鱗集諸品不遺,令脩辭者開卷豁然,信手優孟耳。是函俱出今名公手授,即喧寂殊致,并不敢補綴魯魚,湮滅姓氏,負作者苦心。啓内典故俱有旁注,蓋秩品不同而造詣頗異,恐脩辭者諾冠倉卒,豈暇攢眉思索萬一?伐山數字,寧不貽大方者盧胡。"④

---

① [清]永瑢:《四庫全書總目》,北京:中華書局,1965年,第817頁上。
② [清]永瑢:《四庫全書總目》,北京:中華書局,1965年,第1123頁中—頁下。
③ 方大鎮:《四六類函序》,[明]朱錦類選、徐榛校閲、閔師孔旁注、許以忠編正、王世茂參訂:《新刻旁注四六類函》,卷首,哈佛大學燕京圖書館藏萬曆間三衢舒承溪刊本。
④ [明]朱錦類選、徐榛校閲、閔師孔旁注、許以忠編正、王世茂參訂:《新刻旁注四六類函》,卷首,哈佛大學燕京圖書館藏萬曆間三衢舒承溪刊本。

《新刻旁注四六類函》編選取明人四六書啓共561篇文章,主要按照官制分類,分宗藩、內閣、吏部、戶部、禮部、兵部、刑部、工部、翰院、武科、國學、都院、御史、學憲、通政、大理、給諫、卿寺、府兆、行人、藩臬、運司、郡守、州守、寵榮、令宰、貂貴、總戎等28類,最後附以雜啓(賀、謝、請、祝、冠、婚、喪、祭、辭送、問答)。

《新刻旁注四六類函》十二卷,書半頁七行,行二十四字,四周單邊,白口,單魚尾。題"浙姚朱錦、文弢父類選,中都徐榛、篤實父校閱,洪都閔師孔、矩卿父旁注,宛陵許以忠、君信父編正,繡谷王世茂、爾培父參訂,三衢國輔舒氏承溪梓行。"有明南都吳繼武刻本,現藏國家圖書館;有明萬曆三十六年(1608)王世茂刻本,現藏北京大學圖書館、中國人民大學圖書館、天津圖書館、蘇州市圖書館、徐州市圖書館等;有萬曆間三衢舒承溪刊本,現藏美國哈佛大學燕京圖書館,哈佛大學哈佛燕京圖書館藏中文善本古籍特藏。

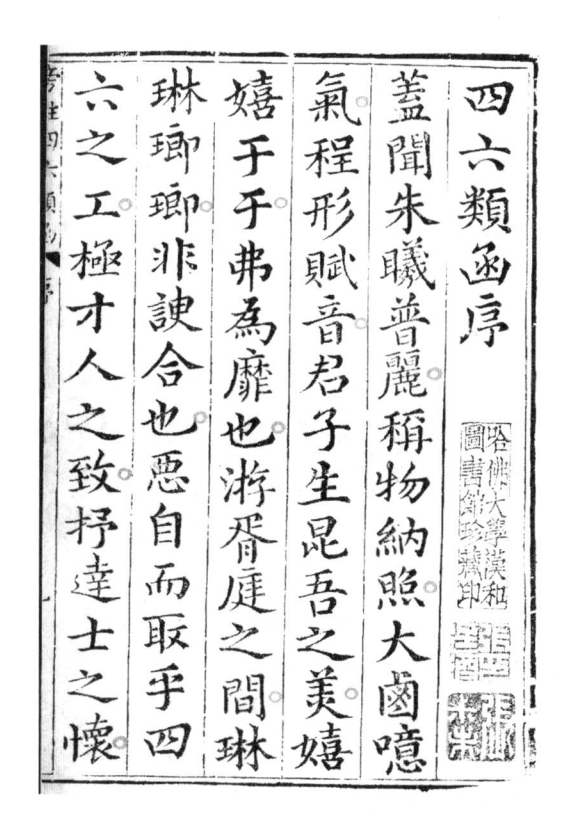

作者簡介:

于堃(1985—),安徽阜陽人,廣西師範大學文學院,博士研究生,講師。研究方向爲先秦漢魏六朝文學。

《有恒心齋駢體文》叙録

萬紫燕

内容摘要：程鴻詔著述豐富，現存各類詩文集共十四種。其中，《有恒心齋駢體文》依文體分爲六卷，雖所作多爲應酬性質的章奏書表，而皆文采斐然，情深文明。駢文之發展與古文之興衰密切相關，兼顧修辭與格調，是創作出寄托遥深、情理兼備之駢文的關鍵所在。

關鍵詞：程鴻詔；《有恒心齋駢體文》；情深文明

程鴻詔字伯勇，號勇家，安徽黟縣人。幼承庭訓于祖父程桂馥。九歲喪父，母教有則，勤苦好學。十二歲從馮志沂（字仲述，又字魯川）等人學詩。又受經學于著名學者俞正燮（字理初）、俞正禧（字鼎初）兄弟、汪文台（字南士）等人，見《有恒心齋文集》卷八《黟兩先生傳》。此外還游學于夏照（字龍輈）等人，可謂轉益多師。故鴻詔詩文兼攻，復淹貫經史。《碑傳集補》卷五十《黟三先生傳》曰："文臺、正燮湛深經學，兼綜子、史、百家，號稱博覽，然不重詞章。鴻詔爲文務宏麗，雖精博不逮其師，而文采過之。"①兩中順天府副榜，道光二十九年（1849）中舉人，任雞澤縣教官。咸豐壬子年（1852）登進士第。自咸豐癸丑（1853）以後的近十年間，黟縣多次被太平軍所圍，因抗敵有功，加運同知縣等，累遷至觀察使。《同治黟縣三志》卷五"科第"條下小傳曰："程鴻詔，字伯勇，桂林人，順天榜，雞澤縣教諭。軍功保選知縣，藍翎，運同銜，同知直隸州，花翎，道銜知府，賞給三品封典。奏准復黟縣籍，加按察使銜，山東候補道。"②鴻詔早年即倡團練，操練鄉兵，後入曾國藩幕府，得曾氏器重，專事文字。此外，程鴻詔還曾主修《黟縣三志》。據謝永泰所作序曰："適程觀察鴻詔自湘鄉侯相幕還江……於十二月《三志》甫成……程君之鄂。永泰既幸《志》成，而惜程君之行也。"③鴻詔所作《黟縣三志跋》作于同治九年（1870）。復又應邀纂修《安徽通志》，未完而卒，其子程壽保繼而成之。

鴻詔祖輩即頗有聲譽，而子孫復能承父業。高祖程建極，字道庸。有三子：程泗、程

---

① 閔爾昌纂録：《碑傳集補》，周駿富輯，臺北：明文書局，1923年，第161頁。
②《同治黟縣三志》，南京：江蘇古籍出版社（據同治十年刻本影印），1998年，第30頁。（以下徵引省略版本信息。）
③《同治黟縣三志》，第1頁。

淇、程洲。程洲即其曾祖程陟洲，字鳳泉，一字不村，封文林郎，累封奉政大夫。程陟洲有三子：程桂馥、程桂馨、程桂殿。其祖父程桂馥，字月岩，一字笈雲，封文林郎，贈通議大夫。父親程式金，字子堅，又字友石。少時曾從其父游京師，後中癸酉科舉人，庚辰進士，授四川鹽亭、遂寧等縣縣官，屢遷至叙永廳同知，爲官清廉有方，頗有政績。程式金有四子一女：兄鴻業、鴻詔、三妹（名不詳）、四弟鴻衫、五弟鴻謨。鴻詔又有四子：壽保、德保、昆保、定保，女二。壽保復有才名，能承家學。同治初，曾受命鎮撫豫章。周知銜，候選知縣。

關於程鴻詔之生卒年，諸書記載不詳，稍做考證。按《有恒心齋詩集》卷一"叙"曰："詩至今日豈勝存哉？僕自道光辛卯（1831）學詩，時年十二耳。今馬齒五十有五，中間四十年，所爲詩不下數千首，不似古人者不足存，酷似古人者尤不足存，惟不似卻似而適爲吾詩者，聊亦存之云爾。同治甲戌十月（1874）。"①據此推算，當生於1819年。《碑傳集補》卷五十又曰："同治三年……頃之，假歸。皖撫英翰，聘修《安徽通志》，充總纂。厘訂筆削，昕夕不輟。直督李鴻章屢函聘，謝，不往。十三年，稿將就，病卒。子壽保繼成之。"②則卒于同治十三年，即1874年，享年55歲。按《有恒心齋詩集》成於是年十月，則其生前可謂筆耕不輟，直至去世。

程鴻詔博古通今，著述豐富。據《清代詩文集彙編》的記載，程鴻詔的現存著作主要有《有恒心齋前集》一卷、《有恒心齋文集》十一卷、《有恒心齋詩集》七卷、《有恒心齋駢體文》六卷、《夏小正集説》四卷、《夏小正集存説》一卷、《夏小正集説補》一卷、《有恒心齋外集》二卷、《雞澤脞錄》一卷、《迎鑾筆記》二卷、《先德記》二卷、《先德附記》一卷、《有恒心齋詩餘》二卷、《續蘇和陶詩》一卷。從這些著述來看，鴻詔涉獵廣泛，除文學外，在醫學、律曆、軍事、音律等方面，亦頗有研究。《桐城派文集叙錄》稱"《有恒心齋全集》十一種：程鴻詔著作會刊，約成書于同治甲戌以後，無刊印年月"③。與此數量稍有出入，并言曾集結刊印，未知刊印時間。

《有恒心齋駢體文》由吴文楷編次、校刊，并作序，程錫書檢校，鴻詔自己作後記，於其生前即刊印發行。吴文楷，字端夫，是鴻詔族叔程芍庭的弟子、鴻詔友人吴養和都尉之子，與鴻詔亦是姻親關係。程松韻，字錫書，乃鴻詔族弟。在鴻詔現存詩文集中，與族人交往最爲密切的是其族叔芍庭與族弟松韻。在鴻詔入曾國藩幕府期間，松韻曾勸其還山讀書，而鴻詔亦從之。遂乞假還，并主修《黟縣三志》。其《復松韻弟書》有言："誠如大弟之言，還山讀書，稍償初願。與弟同修家譜，輯邑乘，續新安文獻……歸志未嘗一日忘，其

---

① [清]程鴻詔著：《有恒心齋集》，《清代詩文集彙編》第678册，上海：上海古籍出版社，2010年，第277頁。（以下徵引只著書名和頁碼。）
② 閔爾昌纂錄：《碑傳集補》，第162—163頁。
③ 徐成志、王思豪主編：《桐城派文集叙錄》，合肥：安徽大學出版社，2016年，第454頁。

遲遲吾行者,則有二事:一則空山十載,不求聞達響者,于師相無尺寸豪末之援……中間乞假暫還,復虛席以待,及前年(1863)再入幕府,至今禮貌未衰,未可恝然遽去……"①這封書信大致還原了鴻詔在幕府任職的心路歷程。現檢其駢文集,絕大部分作品作於入幕期間。端夫敬慕鴻詔學問淵博,曾欲將其所作總爲版行,不果。後多方訪求,總其駢文,爰錄而成此編。

《有恒心齋駢體文》共六卷,以文體分卷:卷一爲奏摺 31 篇;卷二爲箋 5 篇、書 9 篇、啓 13 篇;卷三爲賦 8 篇、連珠 1 篇、碑銘 6 篇、序 2 篇;卷四爲祭文 17 篇、哀辭 1 篇、誄 4 篇、題辭 1 篇、贊 5 篇;卷五壽文 8 篇;卷六壽文 6 篇。從整體來看,應俗文字居多,而論學之文較少,還有少量涉及時事之文,如卷二之《賀星使曾尚書克皖箋》《賀李少荃宮保克蘇州箋》等,皆是關於鎮壓太平軍之作。因站在統治階級的立場,導致其思想價值不高。但是,也有的作品富於真情,如道光乙巳年從京師回故鄉,留別親友之《慰情賦》,寫人事變遷之感,"過名園而易姓,問舊津而無梁。昨孩提之索抱,半及肩而負牆。"②皆是有的放矢,情深意切,故《清文海》亦選入此賦。《暑行賦》寫暑熱之狀,"飲水愈渴,握冰不寒。得微風之過我,乃暢悦乎心顔"③,有身臨其境之感;寫行路之難,"輪敲石而出火,地無星而忽光;惕前車之覆轍,懼傷足于迷陽"④,直令人感同身受。其《大雅宏達於兹爲群賦》一文,王薲堂侍郎曾評價曰:"汪洋浩瀚之勢,沉博絕麗之才,統校全屬,此最大雅。"⑤極爲中肯。王氏又評其《亥有二首六身賦》曰:"意司契而爲匠,文垂條而結繁。"⑥不惟肯定其文采,亦肯定其立意與構思。同治三年,曾國藩因鎮壓太平軍有功,被賜一等爵位,鴻詔作《賀湘鄉爵相書》,曾國藩答柬云:"連日所得各處寵賀之函,美不勝收,若夫驚才絕豔,情深文明,斷推此爲獨步。"⑦對鴻詔之文采評價極高。

鴻詔的駢文觀主要體現在《倪君少宗碧溪山房駢文序》一文中。鴻詔認爲駢文源起甚古,史家已有儷詞,孔聖之經亦多偶句,詩賦皆然。駢文盛行于漢魏,衍于齊梁。韓愈倡古文運動,卻不薄庾、徐之駢文。"蓋駢體興而古文尚存,駢體廢則古文幾熄。"⑧自明代以來,古文流弊,極於二端:爲秦漢則摹擬剽竊,以艱深文淺易;爲唐宋則掉弄機鋒,以格調便空疏。這種弊端與駢文的衰落密切相關。鴻詔將駢文的發展與古文的興衰聯繫起來,充分肯定了駢文的地位與價值。駢文雖然注重形式與修辭,但更應理義兼顧,情深

---

① [清]程鴻齋著:《有恒心齋集》,第 200 頁。
② [清]程鴻齋著:《有恒心齋集》,第 411 頁。
③ [清]程鴻齋著:《有恒心齋集》,第 411 頁。
④ [清]程鴻齋著:《有恒心齋集》,第 411 頁。
⑤ [清]程鴻齋著:《有恒心齋集》,第 413 頁。
⑥ [清]程鴻齋著:《有恒心齋集》,第 414 頁。
⑦ [清]程鴻齋著:《有恒心齋集》,第 401 頁。按《曾國藩全集》所載,回信抬頭共有四人:蔣嘉械(字尊卿)、錢應溥(字子密)、周學濬(字縵雲)、程鴻詔(字伯敷)。
⑧ [清]程鴻齋著:《有恒心齋集》,第 417 頁。

文明。鴻詔認爲若文章空談格調,則未免空疏;故作艱深之辭,則難掩淺陋之弊;大量摭拾故實,無非是希望彰顯其學識之博通,這些都是不可取的。因此,駢文應學習清新之調,運用麗密之辭,才能寄興深托,情深文明。

《有恒心齋駢體文》曾單獨印行,有同治癸酉年(1873年)刊本。扉頁有"同治癸酉春,吳文楷校刊,程錫書署檢"字樣。此本前有吳文楷序,後有程鴻詔記。現存于蘇州大學圖書館古籍庫。

附録:

駢引:《有恒心齋駢體文》六卷,吾師芍庭程子之族侄伯翆觀察作也。師嘗言,君少孤奉節,母教,能讀父書。又從明師益友游,足跡半天下。三登鄉榜,一任校官。奉諱家居,承學之士,多從其游。初,練鄉兵,參戎幕,道途軍旅間,未嘗廢學。撰述繁富。余聞而敬慕之,曩因應試,獲與令子壽保、魯眉締交,申之以婚姻。君于余爲長親,誼兼師友,所著各種,請爲版行,嗛然未可。今歲,君襄纂《安徽通志》,余預分校,適何麗和諸君校刊《夏小正集説》,甫竣。余凡遇佳文,必多方購讀,兼貽同好,爰録此編,付刻,并識緣起。昔者曾文正公謂其驚才絶豔,情深文明,亮亦有目共賞,無俟繁云。同治十一年歲次壬申長至日休甯吳文楷端夫。

後記:僕感讀書太少,涉世太早,不能專力於文字。諸所綴輯,無意留稿。不謂吳君端夫搜録駢體,代爲編次,遽付手民,敦洽悔母,莫藏拙陋。雖感盛意,實增愧恧耳。同治壬申臘月程鴻詔記。

《駢引》

有恆心齋駢體文六卷吾師芍庭程子之族姪伯粵觀察作也師嘗言君少孤奉節母教能讀父書又從明師益友游足跡半天下三登鄉榜一任校官奉諱家居承學之士多從其游初練鄉兵繼參戎幕道途軍旅間未嘗廢學撰述繁富余閒之以婚姻而敬慕之甍因應試獲與令子壽保賢眉締交申之以婚姻君於余為長親誼兼師友所著各種為版行嚛然未可今歲君裏余凡徽通志余預分校適何麗和諸召校刊夏小正集說市箋余安過佳文必多方購讀兼貽同好爰錄此編付刻亞識緣起者曾文正公謂其驚才絕艷情深文明亮亦有目其賞無斁繁云同治十一年歲次壬申長至日休甯吳文楷端夫

《駢六》

新聞羅萬卷於娜嬭酒椀濃斟儲千樽之霽隊欣偕持門之佳婦將見負壯之諸孫太孺人顧而樂之舊可知已某忝握銅籤久泣珂鄉接令子之清輝欲壽母之慈範遠方錘郝近媳程朱足以光常璪士女之編邦媛玲式并以繡唐山壽人之曲天姥崇高值冬景之添長介春脾而彌永惟願承恩楓陛鷺封塡翟茀之華集慶芝楣絃笏煥萊衣之綠僕憾讀書太少涉世太早不能專力於文字諸所綴緝無意留稿不謂吳君端夫蒐錄駢體代為編次遠付手民敦洽鴻母莫藏拙隨雖感盛意實增愧悤耳同治壬申臘月程鴻詔記

有恆心齋集

作者簡介：

萬紫燕(1982—),江西新干人。廣西師範大學文學院中國古代文學專業在讀博士研究生,研究方向爲元明清文學。

《縵雅堂駢體文》叙録

李飛

内容摘要：《縵雅堂駢體文》是由清王詒壽著、清許增出資刊印的駢文别集。王詒壽的駢文無浮言雕飾之弊，無堆砌辭藻之病，無滯壅之感，富有駢散變化，句式精美，結構合理，以情而詠，以氣而歌，表達方式多樣，寫景抒情、叙事議論巧妙融合。《縵雅堂駢體文》的刊印，使人們更清楚地瞭解王詒壽其人其文。

關鍵詞：王詒壽；《縵雅堂駢體文》；駢文；許增

王詒壽，據《中國文學家大辭典·清代卷》，"其生卒不詳，字眉子，浙江山陰人，貢生，官武康訓導，少習法家言，性淡逸，好古文，工南宋人小詞，尤精駢文，與王麟書、譚獻、陳豪善。家境窮困，且常病，嘗入浙江書局，從事校勘，有《縵雅堂駢體文》八卷、《笙月詞》兩卷。"①據《中國文學大辭典》，"其生卒年爲1830—1881，字眉叔，一字眉子，浙江山陰人，官金華縣訓導，曾游皖南、杭州，與譚獻、陳豪、許增諸人交契，許增出資刊其駢文八卷，駢文以外，詩詞并工，譚獻稱其，'詩篇雅令，間爲南宋人小詞，輒工'，'尤精駢儷文字，芳潤縝密，如梁、陳人'"②。清末繆荃孫編的《續碑傳集》卷八六《王詒壽傳》也有記載，"王詒壽，字眉子，山陰貢生，候選訓導，少習法家言，游皖南三年，兵起歸里門，性澹逸，好古學，思心湛湛，詩篇雅令，閑爲南宋人小詞，輒工，有《笙月詞》二卷，尤精駢儷文字，芳潤縝密，如梁陳人一，署武康學官，杭州奏開書局，訪延學人校理，逾一二年，眉子至，諸人服其安雅，名大起，王麟書、譚獻、陳豪尤交契也，已而，諸人皆宦游，君窮悴且善病，許增邁孫博覽好賢，尤耆眉子文，一日，語君曰，'子今年五十矣，何不寫定文稿，增且任槧人，資以爲君壽'，君遽起再拜，縵雅堂文八卷刻垂成，而君已卒，詩十卷稿藏其家子某。"③比較而言，除關於王詒壽的生卒和字的差異問題，其餘所述大致相同。

關於王詒壽的生卒時間，《中國文學家大辭典·清代卷》說其生卒不詳，而《中國文學大辭典》認爲其生卒是1830—1881，根據許增在跋中言，"在光緒辛巳（1881）秋，書成，

---

① 錢仲聯主編：《中國文學家大辭典清代卷》，北京：中華書局，1996年，第37頁。
② 錢仲聯等編：《中國文學大辭典》，上海：上海辭書出版社，2000年，第1352頁。
③ 繆荃孫：《續碑傳集》，臺北：明文書局印行影印版，卷八一，第656頁。

眉叔已不及見"①,可見王詒壽卒於1881年秋天之前。又據孫德祖《王君眉叔小傳》的説法,王詒壽於光緒六年底(1880)以歲假歸,病不起,可以推斷王詒壽卒於1880年底至1881年秋天之前這段時間。又因《縵雅堂駢體文》序中有記載許增和王詒壽商討出刊之事,"蓋庚辰(1880)冬閑事也,臘垂盡,眉叔將以歲事歸,手其文來付余,且言別"②,又有"余謂春閑當成書報君,既度歲,以文授工,工未半而眉叔之訃至矣"③,"既度歲"説明已經是1881年了。因此,可得出王詒壽卒於1881年的春季或夏季。根據《續碑傳集》中許增和王詒壽商討出刊之事句"子今年五十矣,何不寫定文稿"④,可知1880年冬閑議事時,王詒壽50歲,那麼可得出其生年爲1830年。《中國文學大辭典》所就王詒壽生卒所記屬實。另外,王詒壽的字,一説字眉子,一説字眉叔。《中國文學家大辭典・清代卷》和《續碑傳集・王詒壽傳》均言其字眉子,但《王君眉叔小傳》和《縵雅堂駢體文》序跋皆説其字眉叔。《中國文學大辭典》説其字眉子,一字眉叔,較爲公允可信。

　　清末學者、藏書家許增是王詒壽在杭州書局的同僚,也是其摯友,許增爲《縵雅堂駢體文》寫了序和跋。序中有王詒壽言,"余何欲也,大功盛名,吾欲之不及,娖娖富若貴,吾不敢欲,欲亦未必能得,獨生平仰屋捫腹,噴心血,積紙盈尺,脱不覆瓿,後世知有誰某姓名,此不能無欲者。"⑤可見王詒壽不慕功名富貴,願能立言於世。許增爲之感慨非常,"余爲之懼然以悲,眉叔所爲詩古文詞甚夥,既自刊笙月詞,余乃取其駢儷文若干卷,屬自點定,謀同人集資刊之"⑥,許增願幫助王詒壽刊印其駢文爲書,爲此王詒壽"……感余意,退而泣下者數四"⑦,只可惜,書未成,王詒壽已逝。書成之後,許增也是按王詒壽生前所囑托,爲其寫了序。因此《縵雅堂駢體文》是王詒壽望立言於世的作品,它的刊印存世有許增的很大功勞。

　　《縵雅堂駢體文》分兩册,共八卷,前後分別有序和跋,序跋均爲許增所撰。具體卷數和篇數如下:

　　卷一共九篇,《恭擬皇上龍飛親政頌》《獨石軒遺集序》《秋言自序》《亦廬詩序》《文學酈君墓志銘》《擬駱右丞蕩子從軍賦》《趙壹論》《讀葛壯節公年譜書後》《仕女册題詞》。

　　卷二共十一篇,《鐙景賦》《甘肅武威縣知縣張公墓志銘》《與諸暨義軍統領包君書》《答南社諸子書》《留園詩序》《游仙華山記》《詒安堂詩三集序》《蘭谿留別陳學博序》《秋

---

① 王詒壽:《縵雅堂駢體文》,上海:商務印書館,1936年,跋第3頁。
② 王詒壽:《縵雅堂駢體文》,上海:商務印書館,1936年,序第1頁。
③ 王詒壽:《縵雅堂駢體文》,上海:商務印書館,1936年,序第1頁。
④ 繆荃孫:《續碑傳集》,臺北:明文書局印行影印版,卷八一,第656頁。
⑤ 王詒壽:《縵雅堂駢體文》,上海:商務印書館,1936年,序第1頁。
⑥ 王詒壽:《縵雅堂駢體文》,上海:商務印書館,1936年,序第1頁。
⑦ 王詒壽:《縵雅堂駢體文》,上海:商務印書館,1936年,序第1頁。

感賦》《王觀察誄》《感逝吟序》。

卷三共十一篇,《游鳳鳴山記》《重修仙華山昭靈宮碑》《暨陽道中與沈學博書》《仲泉遺詩序》《曼志堂餘集序》《退宜堂詩序》《與秦勉鉏書》《皋社聯吟集序》《上徐少宗伯書》《外祖沈香崑先生遺詩合鈔序》《明處士吳慎直先生畫象贊》。

卷四共九篇,《玲清仙館詞序》《越郡闡幽丁錄序》《仁圃張君畫象贊》《讀伏敔堂詩書後》《祭浦江令李君文》《乞巧文》《海運賦》《燐火賦》《李絳真宰相論》。

卷五共十一篇,《報孫彥清書》《寫觀世音經告文》《送譚仲義之皖序》《帶經堂記》《送何鏡山之官建州序》《與陳藍洲書》《與施均父書》《歷朝詩錄目序》《春游湖上小記》《秋舫填詞圖自序》《小螺盦病榻憶語序》。

卷六共九篇,《皋園修禊序》《復見心齋詩集序》《漚花小錄序》《藏書自記》《與友人書》《蘭谿訓導陳君誄》《皋雲集序》《報陶子珍書》《杭州重建揚清祠碑》。

卷七共十一篇,《桐屋遺詩序》《報李悉伯書》《書煙霞萬古樓文集後》《李黼堂中丞三山歸棹圖序》《報孫子九書》《陝甘總督相國左公七十壽頌》《送門人余遠帆歸新安序》《黃烈婦誄》《藕絲詞序》《許邁孫重刊靈芬館詞跋》《生春詩錄序》。

卷八共兩篇,《九招》《七嘆》。

《縵雅堂駢體文》沒有按照文章的數量去平均分卷,每一卷的數量不是一樣的,卷一、卷四、卷六都是九篇,卷二、卷三、卷五、卷七都是十一篇,卷八只有兩篇。編者應該是以文體去考慮分卷的,雖然不是以一種文體成一卷的模式去編纂,但是可以看出前七卷中各種文體,如序、書、跋、論等,分散各卷,篇章數量也相差不多,唯有第八卷文體獨特,名爲《九招》《七嘆》,故兩篇,卻單獨成卷。全書共六十三篇,其中序體二十八篇,以近半數的比例居第一,其次是書體,再者是記體、賦體、祭文等。可見王詒壽駢文涉及的文體較多,序體最多,大多是別序,詩序及集序。文章行文流暢,較有文采,許增在跋裏説到,"受而讀之,口香三日"。《清史稿》卷四八二《列傳》二六九記載:"若戴望、黃以周、朱一新、施補華、王詒壽、馮一梅、吳慶坻、吳承志、袁昶等,咸有聲于時。"也説明了王詒壽的文學創作在當時影響很大。因爲《縵雅堂駢體文》中以序體駢文爲主,那麼王詒壽的駢文風格和文學觀念也會在序體文章中透露出來,可窺一斑。

《獨石軒遺集序》文采斐然,駢句精妙,兼有散句,錯落有致,層次清晰,無斧鑿痕跡,全文以四六爲主,"則二酉集爲少作也……則北行集爲壯游也……則作令時有鳴琴集也……"又是總結式句子,如使粒粒珍珠串爲一體,結構嚴謹完整。可看出,王詒壽的駢文觀,不僅注重句式的精美,也看重謀篇布局的合理,因而他的作品很少出現有佳句無佳篇的弊端。

《秋言自序》雖説沒有逃離文人悲秋的藩籬,但是寫景、敘事、抒情、議論,很好地融爲了一體。先寫時間"壬子之秋",再交待寫作背景"假榻宜州署齋",緊接着描寫環境"老屋十笏,青山半牆,雙桐覆庭,苔痕緣城,金飈振厲,脫葉亂飛","老屋""青山"遠近結合,"梧桐""青苔"俯仰結合,既有"十""半""覆"帶來的空間感受,也有"脫葉"帶來的時間感受,用語精妙,自然動情,進而"渺兮予懷,悲哉秋氣"。前面是景物實寫,接着是工整的駢句虛寫景物:"清砧三更,明月千里;暗雨灑窗,冷枕阻夢;玉河無景,白雁有聲;……青鏡有流年之悲,碧雲結美人之思。"對偶使用工整、自然,後面緊接着是散句,在行雲流水中,自然而然流露出羈旅思鄉之情,"感動羈客,觸念鄉關",然後用叙事的表達方式,寫主客共飲暢談之事,進而酒後言愁,又自我寬慰,後又稍帶議論,總結全篇。可見,王詒壽的駢文,以情而詠,以氣而歌,富有駢散變化,而無滯壅之感,表達方式多樣,文章結構安排合理,駢體文創作駕輕就熟。

莫道才先生在《駢文研究與歷代四六話》中,也論及了王詒壽的兩篇序體駢文:王詒壽《感逝吟序》見《叢書集成》初編本《縵雅堂駢體文》卷二。這是一篇詠懷之作,借作詩序抒發了對人生歲月之感慨。直抒胸臆,縱橫議論,是此文最大特點。文章沉鬱頓挫,情溢於辭,以"嗚呼"一聲長嘆發端,將積鬱滿腔抑憤之情噴發出來,有先聲奪人之勢。繼而把對社會人生之内心矛盾、痛苦展示了出來。世態炎凉、歲月如水、浮生若夢、生離死別、懷才不遇,此等矛盾情狀交織雜糅,形成一種複雜之内心糾葛,披露在讀者面前,使人從中可以窺探到作者思想感情之起伏變化。文章篇制短小,一氣呵成。無浮言雕飾之病,卻有江河滔滔之勢。"王詒壽《皋園修禊序》見《叢書集成》初編本《縵雅堂駢體文》卷六。文章記叙上巳春禊時節作者與十余位朋友到紹興城皋園游賞之情景。作者在簡單交代雅聚内容後對皋園景色進行了生動描繪,着意狀寫園林明媚春光,曲徑通幽,古樹參天,池水假山,花卉茂盛。也寫了人文景觀,絲竹悠揚,歌聲柔美,主客相觸,懷古幽情。最後引發出對人生命運之感懷,吟詠出歲月如斯、浮生若夢之感慨。文章亦景亦情,情景相生,互爲映襯。文辭精煉簡潔,不以鋪排爲勝,更顯出游刃自如之筆力。"[1]于景祥先生在《中國駢文通史》中對王詒壽的評價也類似如此:"其駢文既善於刻畫描摹,又無雕琢堆砌之弊,手法相當圓熟,抒情寫景皆有自然輕鬆之致。"[2]

可見,王詒壽的駢文無浮言雕飾之弊,無堆砌辭藻之病,駢散自然結合,題材豐富多樣,寫景抒情、叙事議論能巧妙融合,并且注重文章結構的合理安排謀劃。這和清代駢文作家們注意在使事用典、雕飾辭藻、行文結構、文氣承轉、闡述事理等方面仔細斟酌、統籌安排、恰當處理的文學觀念是吻合的。

《縵雅堂駢體文》應編撰於光緒六年(1880),亦太原市圖書館藏有《縵雅堂駢體文》光緒六年(1880)許增刻本,也就是許增輯的榆園叢刻本,僅有此本。後商務印書館於

---

[1] 莫道才:《駢文研究與歷代四六話》,沈陽:遼海出版社,中華書局,2011年,第285頁。
[2] 于景祥:《中國駢文通史》,長春:吉林人民出版社,2002年,第956頁。

1936 年、中華書局於 1985 年皆據榆園叢刻本分別刊印出版,均爲兩册。

《縵雅堂駢體文》序:同治五年,馬端敏公撫浙,以舊籍散佚,創設書局,羅名雋士實其中,時余客端敏幕,與孫丈琴西、高丈伯平,實贊成之,山陰王廣文眉叔,最後來與校讎之事,久遂與余識,後局移戴園,居益近,過從益數,而局中諸君,或以科第去,或得官去,不則載筆劁游四方以去,獨眉叔貧老守局中,且善病,余閔其寂寂也,思有以慰之,恒招之至,至則爲余商榷文字,有疵累必言,言無不盡,己卯榜後,眉叔益不自聊,余謂眉叔曰,君老矣,復何欲,眉叔蹙然曰,余何欲也,大功盛名,吾欲之不及,娓娓富若貴,吾不敢欲,欲亦未必能得,獨生平仰屋押腹,噴心血,積紙盈尺,脱不覆瓿,後世知有誰某姓名,此不能無欲者,余爲之懼然以悲,眉叔所爲詩古文詞甚夥,既自刊《笙月詞》,余乃取其駢儷文若干卷,屬自點定,謀同人集資刊之,眉叔感余意,退而泣下者數四,蓋庚辰冬閑事也,臘垂盡,眉叔將以歲事歸,手其文來付余,且言别,余謂春閑當成書報君,既度歲,以文授工,工未半而眉叔之訃至矣,嗟乎,士窮困抑塞,束手不任天下事,至其老也,僅僅出其餘作爲文詞,欲自附于傳人之後,而卑賤無貴顯交,其所著述,率不過一人一家之言,於世無大關係,雖傳亦不能遠,而天或且靳之,如眉叔之文,幾幾可傳矣,顧仍不及見其書之成,又若或以此而促其年者,其亦可哀也,夫訃之至也,余既爲位哭之,因促梓人速其成,猶懼中止,而或尼其傳也,若夫余之不文,烏足以知眉叔之文也,顧齗齗焉爲之序者,仍眉叔之志,不敢負死友之屬也,光緒辛巳閏七月仁和許增。

《縵雅堂駢體文》跋:僕以下才,局跡緹素,聞聲輸心,比應辟校經,居會城之戴氏聽園,松格既瞻,松情斯暢。獲附裙屐之列,珠玉可親。亂點金銀之車,黄墨多暇。乃定傾蓋之分,高歌寶劍之篇,談深燭寒,吟涼雨墜。當是時也,邁孫先生將以先生駢體之文,謀付剞劂。於是玉箋親寫,瑶葩濯鮮,墨雨一揮,縹雲萬疊。吸華吐粕,瑰采錘霞,都爲一編,排比成卷,受而讀之。口香三日,挹華嶺之玉漿。咳唾九天,破葩苑之瓊響。遂付雕梨之手,用作饋貧之糧。會以風雪歲蘭,爰理歸楫。每用翹結,蒼江渺然。聽園梅開,積思成疢。既而稽山日落,渭北春深。每望王孫其未歸,乃結山鬼以爲伍。嗚呼,庾信有傷心之感,内史興陳跡之悲。天上樓成,山郵夢惡。巫咸忽下,幽顯永分,亦可悲矣。夫人生百年,流電一瞥。凡托命于枯管,多緘耀於窮山。通眉不凡,名葩永播。奇胄所發,雕章益工。然而脱葉亂飛,遺稿散佚。已感蠮蛄之易化,安冀天地之長留。難余死後之香,實亦意内之事。安得有如邁孫先生,發襲芸之藏,深援琴之泣,傷故人之永逝,訂敬禮之遺文者乎?爰以校字,聊綴小文。嗟嗟,靈鶴無言,隻雞未奠,芸帙在手,零璣僅存,心也慕之,誠儒林之宏詣。作者往矣,是芬途之導師,仁和張大昌集原文句,跋于戴氏聽園。

眉叔《笙月詞》四卷,《花影詞》一卷,同治壬申刻於聽園,亦既有井水處能歌矣。予爲刻《縵雅堂駢文》,在光緒辛巳秋。書成,眉叔已不及見。嗚呼!負吾友矣!今年秋,覘得未刻詞若干闋,與譚君仲修,一再校訂,仍付手民,次爲《笙月詞》第五卷,其亦春蠶未盡之絲也已。眉叔尚有詩集十二卷藏於家,擬爲續刻以傳於世。吾身健在,請志息壤,己丑十月邁孫記。

作者簡介:
李飛(1982—),安徽人,廣西師範大學文學院在读博士,研究方向爲駢文、唐宋文學。

《中國文學史》第十五篇《駢散古合今分之漸》、第十六篇《駢文又分漢魏、六朝、唐、宋四體之別》

林傳甲著　李勇整理

解題：林傳甲《中國文學史》一書由武林謀新室出版於宣統二年六月朔，此處選錄其中兩篇涉及駢文的相關論述。這兩篇完整地體現出林傳甲對駢文的看法。在這兩篇中，林傳甲按照時代先後順序對駢文進行了相關論述。第十五篇《駢散古合今分之漸》主要論述了駢文與散文二者之間的關係，先總論古時駢文與散文合爲一體，後來由於進化發展，二者分爲兩派。而後從上古時期講述到戰國末期，分舉不同時期之著作來論證駢散相合，并論述其對後世駢文發展之影響。第十六篇《駢文又分漢魏、六朝、唐、宋四體之別》主要論述駢文四個不同的發展時期，先總論這四個時期駢文，然後從漢代開始，分別對其不同發展時期的駢文及其代表作家逐一進行詳細論述，突破駢文與散文的門户之見，并突出強調陸贄駢文之實用性。最後介紹清朝駢文發展之盛況後，對駢文未來之發展，作者充滿信心。

第十五篇　駢散古合今分之漸

此篇專論駢散相合，采經傳諸子，斷至周秦，因下篇乃專論駢文，始於漢魏，與此銜接故也。

一　唐虞之文，駢散之祖

群經文體所言皆大體也，此下數章所言，惟辨論駢散而已。

《帝典》之文有法度，有法度者必整齊。"分命""申命"四節，文筆相似，章法之整者也。"九族既睦，平章百姓；百姓昭明，協和萬邦"，雖一氣銜接，句法則已對待矣。"慎徽五典，五典克從；納於百揆，百揆時叙"，凡數目之字，已無不對待整齊矣。"流共工於幽州，放驩兜於崇山"，竟居然以人名對人名、地名對地名焉，但不調平仄而已。帝庸作歌曰："股肱喜哉！元首起哉！""股肱""元首"對待，實爲律詩之遠祖也。古人詩文不分途，厥後文有駢文、散文，詩有古詩、律詩。一而二，二而四，皆歧中生歧也。唐虞之際，文史質實，大抵散文居多，駢文絡乎散文之間，猶偶數絡乎奇數之間也。文之初剏，駢散合用；數之初剏，奇偶間用。厥後文法日備，駢文與散文，乃自爲家數；數理日精，奇數與偶數，遂各立界說。見《幾何原本》。然則駢散古合今分者，亦文字進化之一端歟。雖典謨之文，謂其草創未備可也。

二　有夏氏駢散相合之文

《禹貢》所言"隨山刊木"，偶語也；"高山大川"，偶語也。余嘗觀蜀西邛崍九折坂之陰，有磨崖之擘窠書，則"蔡蒙旅平，和夷底績"八字也，雙碑屹立，儼如對聯。後人雖工撰著，必不能如是之渾成也。《禹貢》多四句，或駢或散，文無定法。若"九州攸同，四隩既宅"之類，對仗極整飭。其言"東漸於海，西被於流沙，朔南暨，聲教訖於四海"，爲記四至之始。若以後人行文之法爲之，東西南北四句，必盡改用四字句而排列整齊矣。蓋古人據事直書，無意爲文，或駢或散，未可一律論也。夏后啓嗣位作《甘誓》，其言"威侮五行，怠棄三正"之類，文亦整飭。讀《史記·夏本紀》，可見當時之體焉。

三　殷商氏駢散相合之文

商湯之興，四征弗庭，所謂"東征西夷怨，南征北狄怨"，詞意已成對待。其誓辭所謂"女無不信，朕不食言；女不從誓言，予則孥戮汝"，詞意亦對待。至於《仲虺之誥》所謂"佑賢輔德，顯忠遂良；兼弱攻昧，取亂侮亡"，意亦對待，詞尤工整，然不免於繁複，駢拇枝指，非古文對待之意。《盤庚》三篇，最爲佶屈聲牙，句法奇變，長短參差，亦間有整齊對待者，如"謂汝無侮老成人，無弱孤有幼"；又如"用罪伐厥死，用德彰厥善"，皆對待之善者也，但不若《古文尚書》對待句多用四字六字耳。《說命》三篇，上篇之"舟楫霖雨"，中篇之"甲胄衣裳"，下篇之"鹽梅麴糵"，每有引喻，必引排疊句法。所謂古文者，曷若今文《盤庚》之最古而可信也。今文《商書》《高宗肜日》《西伯戡黎》《微子之命》三篇，皆用散文。商人尚質，故文不能勝質也。散文尚質，駢文尚文，觀駢散之分合，亦可見文質之升降也。

四　周初駢散相合之文

武王牧野之誓，史臣記其"左杖黃鉞，右秉白旄"，駢語之中，已有藻繪之意。武王誓辭，所謂"俾暴虐於百姓，以姦宄於商邑"，後世檄文，多仿其體。《史記》述武王不寐告周公之言曰："麋鹿在牧，蜚鴻滿野"，置之晉宋人之文集中，幾不能辨。古文《武成》，所謂"歸馬於華山之陽，放牛於桃林之野"，與《史記》略同，必周史之舊文也。當時駢語，亦可略考見矣。《大誥》《康誥》《酒誥》《梓材》《召誥》《洛誥》《多士》《多方》八篇，大略因殷人不服而作，其文古奧，如《盤庚》三篇之體。蓋欲使殷頑咸喻茲意，不得不從殷之質，樸實開說，猶今官場告示之佳者，往往以白話訓愚蒙也。在昔爲俗體，後人不盡通古訓，各國亦不同殷之方言，故覺其鈎棘字句而難讀耳。蘇綽因江南之未平，韓愈因淮西之初服，所作文告，不能不屛去駢飾，直達其意所欲言，乃去文崇質之道，非有意言文也。遠人不服，而僅以文德徠之，雖至愚亦知其不可也。

五　《逸周書》駢散相合之文

傳記諸子文體，所言皆全書之大體，此下數章，所言不剖析字句，以辨駢散而已。

《逸周書》文從字順，多駢偶重疊語。《度訓》篇云："度小大以正，權輕重以極。"《命訓》篇云："以紼絻當天之福，以斧鉞當天之禍。"《武稱》篇云："大國不失其威，小國不失其卑，敵國不失其權。"《開武》篇云："在昔文考，順明三極，躬是四察，循用五行，戒視七順，順道九紀。"《武順》篇云："天道尚左，日月西移；地道尚右，水澤東流；人道尚中，耳目從心。"《大聚》篇云："立君子以修禮樂，立小人以教用兵。"《作雒》篇云："南繫於洛水，北困於郟山。"《周月》篇云："春三月中氣，雨水春分穀雨；夏三月中氣，小滿夏至大暑；秋三月中氣，處暑秋分霜降；冬三月中氣，小雪冬至大寒。"《王會》篇云："般吾白虎，屠州黑豹，禺氏騊駼，犬戎文馬。"皆字句整齊，與漢魏駢體爲近。《王會》篇言四方殊異，文字益夋旬爛矣。故著駢雅者，多援其奧詞奇字，備摭拾焉。

六　《周髀》駢散相合之文

《周髀算經·殷高》曰：通行本作"商高"，《太平御覽》所引爲"殷高"。"平矩以正繩，偃矩以望高，覆矩以測深，臥矩以知遠，環矩以爲圓，合矩以爲方。方屬地，圓屬天，天圓地方。"文法極整飭。陳子曰："春分之日夜分，以至秋分之日夜分，下極常有日光。秋分之日夜分，以至春分之日夜分，極下常無日光。"又云："春分以至秋分晝之象，秋分以至春分夜之象。"又云："日運行處極北，北方日中，南方夜半。日在極東，東方日中，西方夜半。日在極南，南方日中，北方夜半。日在極西，西方日中，東方夜半。"又云："冬至晝極短，日出辰而入申。夏至晝極長，日出寅而入戌。"又云："冬至從坎，日出巽而入坤，見日少，故曰寒。夏至從離，日出艮而入乾，見日多，故曰暑。"凡此皆文法工整。所言寒暑，雖百世亦不能易也。又言天象蓋笠，地法覆槃，乃借喻滂沱四隤之形，非其實也。後世作駢文律賦者，誤以"笠"以寫天，爲尋常典故，能讀《周髀》者益尟矣。

七　《左傳》駢散相合之文

《左傳》亦傳記體，時代在《周髀》之後，故次之。

《左傳》文法奇變，整散兼行，其最整者，如石碏諫寵州吁曰："且夫賤妨貴，少陵長，遠閒親，新閒舊，小加大，淫破義，所謂六逆也。君義、臣行、父慈、子孝、兄愛、弟敬，所謂六順也。"鄭伯使公孫獲處許西偏曰："天而既厭周德矣,吾其能與許爭乎?"七字聯語,虛實皆愜,則非左氏有意爲之也。魯臧哀伯諫納郜鼎之言,文極典贍,姿致蔚然,其言曰"是以清廟茅屋,大路越席,大羹不致,粢食不鑿,昭其儉也;袞冕黻珽,帶裳幅舄,衡紞紘綖,昭其度也;藻率鞸鞛,鞶厲游纓,昭其數也;火龍黼黻,昭其文也;五色比象,昭其物也;錫鸞和鈴,昭其聲也;三辰旂旗,昭其明也"云云,峭拔古腴,爲秦漢詞華之文所師法。昌黎薄左氏爲浮夸,或以此歟?然左氏所紀神祇巫卜之事,詞尤奧博,古色陸離,窮極幽渺,茲不備論焉。

八　《國語》駢散相合之文

　　《國語》文法,典則媲於《左傳》,文亦整散兼行。如祭公諫穆王之言曰:"夫先王之制,邦内甸服,邦外侯服,侯衛賓服,蠻夷要服,戎翟荒服。甸服者祭,侯服者祀,賓服者享,荒服者王。"以上皆四言之工整者也。又云:"有不祭則修意,有不祀則修言,有不享則修文,有不貢則修名,有不王則修德。"則六言之工整者也,但不若六朝人之專意駢四儷六耳。仲山甫諫宣王曰:"古者不料民而知其多少,司民協孤終,司商協名姓,司徒協旅,司寇協姦,牧協職,工協革,場協入,廩協出。"雖三五錯綜,未嘗不對待整齊。單襄公過陳而歸,告於定王曰:"夫辰角見而雨畢,天根見而水涸。"後世駢文引天象者,類如是造句。六字句第四字用而字,尤爲六朝句法之準繩。胥臣對晉文公曰:"官師之所材也,戚施直鎛,籧篨蒙璆,侏儒扶盧,矇瞍修聲,聾瞶司火。"凡此之類,皆字奇語重,駢文家炫博洽者所師也。然今日類典較多,識奇字者未必博洽也。

九　《戰國策》駢散相合之文

　　《戰國策》爲古文之雄勁者,然其中往往雜以駢語,而風格益高峻。黃敬説秦王曰:"智氏見伐趙之利,而不知榆次之禍也;吴氏見伐齊之便,而不知干隧之敗也。"此類格調,建安以後多摹之,讀李蕭遠《運命論》可見也。莊辛論幸臣曰:"臣聞鄙語曰:見兔而顧犬,未爲晚也;亡羊而補牢,未爲遲也。"魏晉以後,言事之文,每多引譬喻爲起筆,亦詩人比興之遺也。蘇秦説趙,謂趙地方二千里,帶甲數十萬,車千乘,騎萬匹,粟支十年;西有常山,南有河漳,東有清河,北有燕國,皆以數名對數名,地名對地名,極爲工整。謂秦"劫韓苞周,則趙自銷鑠;據衛取淇,則齊必入朝",雖對仗極工,然非尋常駢偶家所能學步矣。魯共公論亡國曰:"今主君之尊,儀狄之酒也;主君之味,易牙之調也;左白台而右閭須,南威之美也;前夾林而後蘭台,强臺之樂也。"其論最正,其辭甚研,後世相如之流,爲古艷體,其鋪張更甚於此矣!

十　孔、孟、荀諸子皆駢散相合之文

　　孔子之文,如《文言》之聲偶,《論語》之整肅,爲萬世所師法。已見《群經文體》及第五篇《修辭法》,茲不詳及。孟子之文,整散兼行,不如孔子之簡要。孔子言"入則孝,出則弟",孟子則言"入以事其父兄,出以事其長上";孔子言"老者安之,少者懷之",孟子則言"老吾老以及人之老,幼吾幼以及人之幼"。孟子文之駢者,亦不過層疊之句而已。荀子之辭,視孟子爲研,《勸學篇》言"木受繩則直,金就礪則利";《修身》篇言"蹞步不休,跛鼈千里;累土不輟,邱山崇成";《不苟篇》言"新浴者振其衣,新沐者彈其冠";《榮辱篇》言:"呥呥而噍,鄉鄉而飽";《非相篇》言"聽其言則詞辯而無統,用其身則多詐而無功"。凡此皆裁對整齊,《孟子》七篇所未有也。《荀子·賦篇》所言"螭龍爲蝘蜓,鴟梟爲鳳凰;比干見刳,孔子拘匡";又云"以盲爲明,以聾爲聰,以危爲安,以吉爲凶",皆駢偶用韻,而音節清涼,而義理之正,不媿繼起孔孟之後矣。

十一　老、莊、列諸子皆駢散相合之文

老子曰:"道可道,非常道;名可名,非常名。無名天地之始,有名萬物之母。故常無,欲以觀其妙;常有,欲以觀其徼。"老子之文高澹,其對待整齊者多類此。若莊子文之對待者,則多胼辭藻飾,如《逍遥游》曰:"朝菌不知晦朔,蟪蛄不知春秋。"《齊物論》曰:"蝍蛆甘帶,鴟鴉嗜鼠。"《人間世》曰:"山木自寇也,膏火自煎也,桂可食故伐之,漆可用故割之。人皆知有用之用,而莫知無用之用也。"《大宗師》曰:"狶韋氏得之以挈天地,伏羲氏得之以襲气母;維斗得之,終古不忒;日月得之,終古不息。"莊子之文,其奇闢類如此,其間僻字奧詞,雖不聯屬,後世駢文家亦擷以資潤飾焉。列子之文,不逮莊子,其駢語用韻者,如《天瑞篇》曰"能陰能陽,能柔能剛,能短能長,能圓能方,能生能死,能暑能涼"云云,皆似魏晉間語。又云"后稷生於巨跡,伊尹生於空桑"之類,裁對亦工整。莊列文之偶儷者,不可枚舉,茲特略舉其一二耳。

十二　管、晏諸子駢散相合之文

管子之言治,層出而不窮,故多層疊之文。《牧民》篇言"禮不踰節,義不自進;廉不蔽惡,恥不從枉",皆四言之整潔者也。《形勢》篇言"山高而不崩,則祈羊至矣;淵深而不涸,則沈玉極矣";又云"蛟龍得水而神可立也,虎豹得幽而威可載也",則於魏晉以後之儷體矣。晏子之文亦整潔,其近於儷體者,如《諫禱雨》云:"靈山以石爲身,以草木爲髮;河伯以水爲國,以魚鼈爲民。"引喻最妙。《諫熒惑守虛之異》曰:"列舍無次,變星有芒,熒惑回迹,孽星在旁。"則駢偶而用韻矣。《諫朝居嚴》曰:"合升鼓之微,以滿倉廩;合疏縷之綈,以成幃幕。"其叙古治之勇則曰"左操驂尾,右挈鼃頭",其叙退處之窮則曰"堂下生蓼藿,門外生荊棘",皆似魏晉人詞藻。或謂諸子多僞托,然詞藻之古腴者,周秦間恒有之,未可盡斥爲僞托也。

十三　孫、吳諸子駢散相合之文

孫子言"善用兵者,屈人之兵而非戰也,拔人之城而非攻也",皆一意而疊爲二三句。又言"善守者藏於九地之下,善攻者動於九天之上",則摹寫聲勢,已開漢魏告功之文體矣。又引軍政曰:"言不相聞,故爲之金鼓;視不相見,故爲之旌旗。"又曰:"無邀正正之旗,勿擊堂堂之陣。"其文皆對仗整齊焉。吳子言於魏文侯,其辭如"革車奄戶,縵輪籠轂",皆潤以古藻。又言"伏雞之搏狸,乳犬之犯虎",則文以妙喻,其旨則"內修文德,外治武備"二句而已。其料敵之言曰:"齊陳重而不堅,秦陳散而日鬬,楚陳整而不久,燕陳守而不走,三晉陳治而不用。"其文亦對仗整齊焉。又言"晝以旌旗旛麾爲節,夜以金鼓笳笛爲節",則與孫子所言,同意而異其詞矣。大抵文法如兵法,善用兵者或止齊步伐,或縱橫掃蕩;駢文者止齊步伐之文也,散文者縱橫掃蕩之文也,按吳孫兵法以行文,亦整齊有法度矣。

十四　《墨子》駢散相合之文

《墨子》首篇,《親士》第一,其文有駢偶用韻者,曰:"甘井近竭,招木近伐;竭、伐爲韻。靈龜近灼,神蛇近暴。"灼、暴爲韻。有數典之駢語,曰:"比干之殪其抗也,孟賁之殺其勇也,西施之沈其美也,吳起之裂其事也。"有引喻之駢語,曰:"江河之水,非一水之源也;千鎰之裘,非一狐之白也。"《修身》篇言:"君子戰雖有陳而勇爲本焉,喪雖有禮而哀爲本焉,士雖有學而行爲本焉。"則文雖排偶而意則質實矣。《所染》篇言:"舜染爲許由、伯陽,禹染於皋陶、伯益,湯染於伊尹、仲虺,武王染於太公、周公。"則文雖排偶而則古稱先,幾於儒者矣。《公輸般》篇,墨子見楚王曰:"今有人於此,舍其文軒,鄰有敝轝而欲竊之;舍其錦繡,鄰有裋褐而欲竊之;舍其粱肉,鄰有糟糠而欲竊之。"則文雖排偶,其善爲説辭,可謂辨矣。墨子之道,疇昔與儒術并重,唐以其書久束高閣,無復肄習其文者矣。

十五　《韓非子》啓連珠之體

《韓非子》文之工整而深中事理者,如《安危》篇曰:"安危在是非,不在強弱;存亡在虛實,不在衆寡。"《外儲》篇云:"利之所在民歸之,名之所彰士死之。"韓非子最惡文學之士,其言曰:"今脩文學,習言談,則無耕之勞而有富之實,無戰之危而有貴之尊。"數語亦對仗工整。其譬喻之精妙者,如"以肉去蟻而蟻愈多,以魚驅蠅而蠅愈至";其駢語之古奧者,如"椎鍛平夷,榜檠矯直"之類是也。又曰:"椎鍛者,所以平不夷也;榜檠者,所以矯不直也。"後世作駢文者,於四字句,刪除虛字,自覺簡古矣。韓非之文,如云"發囷倉而與貧窮者,是賞無功也;論囹圄而出薄罪者,是不誅過也",則深刻而不近情矣。《內外儲説》,實連珠體所昉,《淮南子·説山》即出於此。漢班固以後,遂遞相摹仿矣。《抱朴子》尤類連珠,則漢以後之文體,兹附及之。

十六　屈、宋騷賦皆駢散相合之文

《楚辭》爲詞章家所祖，其奇字奧旨，多爲作駢文者所摭拾。然其辭不盡駢偶，亦間有對待者。其中間以"兮"字，如云"名余曰正則兮，字余曰靈均"，"名"與"字"相對，"正則"與"靈均"相對也。亦有四句相對待者，如云"彼堯舜耿介兮，既遵道而得路；何桀紂之昌披兮，夫唯捷徑以窘步"，"堯舜"與"桀紂"相對，"遵道"與"捷徑"相對也。如云"余既滋蘭之九畹兮，又樹蕙之百畝"，則數目之相對也。又云"朝飲木蘭之墜露兮，夕餐秋菊之落英"，則"朝""夕"相對也。又云"製芰荷以爲衣兮，集芙蓉以爲裳"，則"衣""裳"相對也。宋玉《九辯》所云"葉菸邑而無色兮，枝煩挐而交橫；顏淫溢而將罷兮，柯仿佛而委黃"，其對待句亦間以"兮"字。《招魂》所言"赤蟻若象，元蜂若壺些；五穀不生，叢菅是食些"，則以四言句爲偶儷，而繫以"些"字也。又云"高堂邃宇，檻層軒些；層臺累榭，臨高山些"，則七字皆對待而繫以"些"字矣。"光風轉蕙，氾崇蘭些"，唐人且去其"些"字，入七言律詩之中矣。屈宋葩豔，擷之不盡，好學者當取《楚辭》騷賦誦習焉。

十七　《呂氏春秋》駢散相合之文

《呂氏春秋》，稽古擇言，取材鴻富，裒集衆長，詞旨精備。呂氏既勦襲前人之言，後人又勦襲呂氏之意，稗販習氣，實自呂氏開之。其《本生》篇曰："出則以車，入則以輦，務以自佚，命之曰招蹷之機；肥肉厚酒，務以相强，命之曰爛腸之藥；靡曼皓齒，鄭衞之音，務以自樂，命之曰伐性之斧。"枚乘《七發》，即襲其詞。《有始覽》曰："何謂九山？會稽、太山、王屋、首山、太華、岐山、太行、羊腸、孟門。何謂九塞？大汾、冥阨、荆阮、方城、殽函、井陘、令疵、句注、居庸。"《淮南子・地形訓》，即襲其詞。《呂氏春秋》，徵引多似類書。《本味》篇言"肉之美者，猩猩之脣，玃玃之炙，雋觾之翠，述蕩之掔，旄象之約。"凡言一事，必臚舉數條，整齊對待，後人駢文之炫博者，遂資以爲獺祭矣。

十八　李斯駢散相合之文

李斯之文，最綺麗者，上書諫逐客是也。其辭曰："今陛下致崑山之玉，有隨和之寶，垂明月之珠，服太阿之劍，乘纖離之馬，建翠鳳之旗，樹靈鼉之鼓。此數寶者，秦不生一焉，而陛下說之何也？必秦國之所生然後可，則是夜光之璧，不飾朝庭；犀象之器，不爲玩好；鄭衞之女，不充後宮；而駿馬駃騠，不實外廄；江南金錫不爲用，西蜀丹青不爲采。所以飾後宮、充下陳、娛心意、說耳目者，必出於秦然後可，則是宛珠之簪、傅璣之珥、阿縞之衣、錦繡之飾，不進於前；而隨俗雅化，佳冶窈窕，趙女不立於側也。"如此之類，其才思豔發，迥非先正清明之體矣。眞西山《文章正宗》，不錄李斯《諫逐客書》，惡其文勝質也。然宣聖於變風變雅，存而不删，論文章之流別，固不可因人而廢言矣。

第十六篇　駢文又分漢魏、六朝、唐、宋四體之別

仿第十四篇例,論次至今日爲止

一　總論四體之區別

　　文章難以斷代論也,雖風會所趨,一代有一代之體製,然日新月異,不能以數百年而統爲一體也。惟揣摹風氣者,動曰某某規摹漢魏、某某步趨六朝、某某誦習唐駢文、某某取法宋四六,然以文體細研之,則漢之兩京各異,至於魏而風格盡變矣;六朝之晉宋與齊梁各異,至於陳隋而音節又變矣;而唐四傑之體,至盛唐晚唐而大變,至後唐南唐而盡變矣;宋初揚劉之體,至歐蘇晁王而大變,至南宋陸游而盡變矣。吾謂漢魏六朝,駢散未嘗分途,故文成法立,無所拘牽。唐宋以來,駢文之聲偶愈嚴,用以記事則近於複,用以論事則近於衍。故李申耆《駢體文鈔》,起於秦而迄於隋,取其合不取其分也。至於陳均之《唐駢體文鈔》,曹振鏞之《宋四六選》,編帙輕便,坊肆通行。欲窺四體大略,讀三家所鈔,亦可見矣。必欲剖析各家文體而詳說之,非舉《四庫》集部之文盡讀之,不能辨也。

二　漢之駢體至司馬相如而大備

　　前篇漢魏文體,以大體爲重,故論相如最略;今論駢體,相如實西漢大宗,故首列之。

　　周衰文盛,辭藻始尚鋪張;楚漢之際,戰攻未已,文藝中輟;及賈誼、枚乘出,西漢彬彬乎風雅矣。蜀郡司馬相如集賈、枚之大成,合《戰國策》《楚辭》之奇變,游梁作《子虛賦》,武帝讀之曰:"朕獨不得與此人同時哉!"因狗監楊德意知相如名,召問之,相如曰:"此諸侯之事,未足觀,請爲天子游獵之賦。"故《上林賦》曰"左蒼梧,右西極,丹水更其南,紫淵徑其北;終始灞滻,出入涇渭,酆鎬潦潏,紆徐委蛇,經營乎其内"云云。又云"於是游戲懈怠,置酒乎顥天之臺,張樂乎膠葛之寓,撞千石之鐘,立萬石之虡,建翠華之旗,樹靈鼉之鼓。"其文則源於李斯《諫逐客書》矣。其《封禪文》極雲亂波涌之觀,語有歸宿;《難蜀父老》,藻思絕特,尤爲擷香拾豔之淵藪。吳江吳育論相如之駢體,有《書》之昭明、《詩》之諷諫、《禮》之博物、《左》之華腴,故其文典、其音和,盛世之文也。其推崇之意,豈溢美乎?

三　揚雄仿司馬相如之駢體而益博

　　揚雄蜀郡人也。蜀郡文章,自司馬相如開之,而揚雄爲之後勁。成帝時揚雄作《羽獵賦》《長楊賦》,即仿相如之《子虛》《上林》而作也。《羽獵賦》云"其餘荷垂天之畢,張竟野之罘,靡日月之朱竿,曳彗星之飛旗"云云,皆極力鋪張,數典繁博。李申耆曰:"子雲善

做，所做必肖，能以气合，不以形似也，細尋之乃得倣古之法。"傅甲謂揚雄《解嘲》，仿東方朔《答客難》，猶其餘事也。《十二州箴》《百官箴》，取式經訓，爲四言之極則，崔駰、班固所不能肖也。桓譚《新論》言雄作《甘泉賦》一首始成，夢腸出，收而内之，明日遂卒。今世所傳揚雄《劇秦美新》《元后誄》，皆作於王莽篡漢以後，大爲世人所詬病。前明蜀人有揚慎者，能博覽羣書，自擬於揚雄後人，爲揚雄極力申辨，且痛詆朱子以報之，亦揚氏之賢子孫矣。

四　後漢班固、張衡之駢體

少讀《文選》，開卷即得班孟堅之《兩都賦》、張平子之《兩京賦》，皆設問答之辭，極衆人之所眩曜。初讀時，竊謂今人仿古製，古人必有所仿，及讀《子虛》《上林》二賦，乃定相如爲兩漢駢文之宗主焉。班氏之文，雖出於相如、揚雄，所著《典引》，謂相如《封禪》，靡而不典；揚雄《美新》，典而亡實，殆欲凌駕前人而力未逮也。《典引》裁密思靡，遂爲駢體科律，然語無歸宿，閱之覺茫無畔岸，所以不逮卿雲。張平子《應間》，文體似班孟堅之《賓戲》，而詞尤博贍。《應間》篇"女魃北而應龍翔，洪鼎聲而軍容息；潦暑至而鶉火棲，寒冰冱而黿鼉蟄"，雖裁對精密，然非六朝文士所能學步也。張平子《四愁詩序》，謂屈原以美人爲君子，以珍寶爲仁義，以水深雪雰爲小人，故托辭淵永，得比興之遺。傅甲登高四望，欲師其意而不能製其體也。

五　後漢蔡邕之駢體

蔡伯喈《篆勢》云："頹若黍稷之垂穎，蘊若蟲蛇之棼縕。"又云："遠而望之，象鴻鵠羣游，絡繹遷延；迫而視之，端際不可得見，指揮不可勝原。"曹子建《洛神賦》，即摹此格調也。後漢文體，與魏人文體，不能剖析分界者此。《隸勢》曰："奐若星陳，鬱若雲布。"幾幾乎齊梁之先唱矣。蔡邕撰《太傅安樂鄉文恭侯胡公碑》曰："公應天淑靈，履性貞固，九德咸修，百行畢備。"又云："總天地之中和，覽生民之上操。"其諛胡廣也甚矣。《太尉揚公碑》，則言公"承家崇軌，受天醇素"；《陳太邱碑》，則言陳君"稟嶽瀆之精，苞靈曜之紀"，猶爲頌揚得體者也。《郭有道林宗碑》曰："若乃砥節勵行，直道正辭，貞固足以幹事，隱括足以矯時。"雖四六之文，實異於尋常之諛墓。《胡夫人神誥》曰："夫人躬聖善之姿，蹈慈母之仁。"《胡夫人靈表》曰："體季蘭之姿，蹈思齊之跡。"皆言之得體者也。後人諛墓，奉中郎之遺矩，昔之佳句，今日幾成濫調矣。

六　潘勖《册魏公九錫文》之體　宋陶穀附見

九錫禪詔，類相重襲，逾襲逾濫，不過亂世貳臣，獻媚新主之辭耳。故盛世文人，屏之而弗屑道。然此體文字，自魏晋以至唐宋皆用之，論文體之源流正變，不能不歸獄於潘勖之作俑也。曹操戰功頗多，潘勗臚列不遺，每一欵下，輒繫之曰："此又君之功也！此又君之功也！"重重疊疊，實類駢拇枝指之無所用已。且曰"雖伊尹之格皇天，周公光於四海，方之蔑如也"，潘勗之僭妄，罪不在曹操下矣。冀州十郡，河東、河內、魏郡、趙國、中山、鉅鹿、常山、安平、甘陵、平原，三面距河，既有茲土，漢雖有英主起，亦不能復制，而曹丕遂從容受禪矣。潘勗之辭，如云"錫君元土，苴以白茅，爰契爾龜，用建家社"，猶屬典重之語。晉、宋、齊、梁、陳、隋，文益冗而詞益費矣。趙宋之初，陶穀袖中禪詔，直是夙搆。自是以後，遼金元明，皆以征伐爲革除，不復用此虛文矣。其虛文之存於史乘者，亦可考當時之體焉。

七　魏曹植之駢體

曹子建之文，步武中郎，有雍雍矩度者，惟《命宗聖侯孔羨奉家祀碑》，體製典重，其辭曰："維黃初元年，大魏受命，肩軒轅之高蹤，紹虞氏之退統，應歷數以改物，揚仁風而作教。於是輯五瑞，班宗彝，鈞衡石，同度量，秩群祀於無文，順天時以布化。既乃緝熙聖緒，紹顯上世，追存三代之體，兼紹宣尼之後"云云，誠不媿制作之文，可以垂諸典章，播諸金石者也。《文心雕龍》云："陳思叨名，體實繁緩，文皇誄末，旨言自陳，其乖甚矣。"李申耆曰："文之繁緩，誠如所譏，使彦和見江謝之篇，更不知作何彈詆？至其旨言自陳，則思王以同氣之親，積讒譖之憤，述情切至，溢於自然，正可副言哀之本致，破庸冗之常態。誄必四言，羌無前典，固不得援此爲例，亦不必遽目爲乖也。"

八　六朝駢體之正變

駢體隸事之富，始於晉之陸士衡；織詞之縟，始於宋之顔延之。齊梁以下，詞事并繁，淒麗之文，如江文通、鮑明遠、俱臻絶調。丹青昭爛，元黄錯采，跌宕靡麗，浮華無實，而古意蕩然矣。蕭氏父子，其流斯極，簡文帝《大法頌》《馬寶頌》，題皆不經，而文之華腴，不下顔鮑；且裁章宅句，彌近彌平，斯固後來所取法也。其間文士，如任昉、沈約、邱遲、徐陵、庾信爲之，莫不淵淵乎文有其質焉。齊梁啓事短篇，其言小，其旨淺，其趣博，大都以雕飾爲工，而近於游戲。何仲言《爲衡山侯與婦書》，庾子山《爲上黃侯世子與婦書》，伏知道《爲王寬與婦義安主書》，以夫婦之親，贈寄之常，亦必倩文士爲之。其崇尚虛文，無所不至矣。吳叔庠之《餅説》，韋琳之《鮔表》，袁陽源之《雞九錫文并勸進》，則詼諧辨譎，有類史之《滑稽傳》者，以文理文法繩之，當屏之文苑之外矣。

九　徐、庾集駢體之大成

《昭明文選》以後，集駢體之大成者，有二人焉，徐孝穆、庾子山其健者乎！其駢體緝裁巧密，頗變舊法，多出新意。其佳者緯以經史，故麗而有則。徐孝穆奉使鄴都，《上梁元帝表》曰："伏惟陛下出震等於勛華，鳴謙同於旦奭，握圖執鉞，將在御天，玉勝珠衡，光彰元后，神祇所命，非惟太室之祥；圖牒攸歸，何至堯門之瑞。"則字字調，聲聲協矣。庾子山《賀平鄴都表》曰："臣聞泰山梁甫以來，即有七十二代；龍圖龜書之後，又已三千餘年。雖復制法樹司，禮殊樂異，至於文離武落，剡木弦弧，席卷天下之心，包函八荒之志，其揆一矣。"凡數目字亦皆工對，是王勃以前，已有"算博士"也。孝穆《上梁元帝表》，有聯語曰："青羌赤狄，同畀豺狼；胡服夷言，咸爲京觀。"《與王僧辨書》中，亦用此一聯。駢文多勦襲陳言，雖一人爲之，或不免錄舊也。徐庾以前之駢體，猶間以散文，徐庾興而散文幾不見於集中矣。故駢文之極則，徐庾其集大成者乎！世人右韓柳而左徐庾，所謂道不同不相爲謀也。

十　唐初四傑之駢體

初唐四傑，王、楊、盧、駱并著，今世傳本，有《王子安集》十六卷，《楊盈川集》十卷，《盧昇之集》七卷，《駱丞集》四卷。自裴行儉謂"士先器識而後文藝"，四傑遂爲人所輕矣。雖然，有裴行儉之器識，然後可議四傑之文藝，否則以不學無術之徒，妄詆才士，豈得其平？杜詩云："王楊盧駱當時體，輕薄爲文哂未休。爾曹身與名俱滅，不廢江河萬古流。"正責世之輕論古人者也。王勃爲四傑冠，其《益州夫子廟碑》云："帝車南指，遁七曜於中階；華蓋西臨，高五雲於太甲。"張燕公讀之悉不解，訪於僧一行，亦僅解其半也，其博洽亦豈易及？《舊唐書·楊炯本傳》中，《駁太常博士蘇知幾冕服議》，援引經術，最有根柢，蓋詞章瑰麗者，必能貫穿經籍也。盧照鄰遭遇坎坷，所傳篇什亦少，窮魚病梨，皆賦以自況也。駱賓王之文，《討武曌檄》最著，雖武曌亦惜其才也。嗚呼！彼三傑未可知，賓王草檄於僞周臨朝之際，聲罪致討，爲天下先，其舉動亦人傑哉！

十一　燕許大手筆之駢體

張説、蘇頲。雍容揚搚於盛唐開元之際，其文章典麗宏贍，朝廷大述作，多出其手，號曰燕許，而《張燕公集》爲尤著。讀張説之《大唐封禪頌》、蘇頲之《大唐封東嶽朝覲頌》，崇宏鉅製，雖不逮西漢封禪之文，然矩度秩然，異於六朝衰世之作。張説撰《姚崇神道碑》《宋公遺愛碑頌》，喬皇典雅，粲然成章。蘇頲撰《中宗謚册文》《睿宗哀册文》，雖無史魚之直，其文則工整矣。張説《爲留守奏瑞禾杏表》，以獻媚於天册金輪皇帝，謂"炎帝教洽於人心而嘉禾秀，周公理合於天道而嘉禾豐"。又云："聖道隆渥，靈祚宏多。朱萼素花，彰孝理於詩傳；一莖九穎，合德曜於祥經。"由此觀之，張説之文品亦卑矣。蘇頲父蘇瓌，於中宗時，力斥韋庶人，抗辯不屈。頲有父風，所作《夷齊四皓優劣論》曰："周德既廣，則夷齊讓國而歸焉；漢業既興，則四皓受命而出焉。"是可以見蘇頲之志矣。

十二　李杜二詩人之駢律

各國文學史皆録詩人名作,講義限於體裁,此篇惟舉其著述之,以見詩文分合之漸。

李白、杜甫,以蓋世詩名,鼓吹盛唐之中葉。其文遠不逮其詩,然當四傑之後,而不規規於四傑之窠臼,則李杜之駢文,亦足以各成一體矣。李白少有逸才,志氣宏放,飄然有超世之心。其文之著者,若《上韓荆州書》《春夜宴桃李園序》,皆爲宋明以來古文選本所批點,二篇固爲李白文之質實者也。李白集中《送蔡十序》,有"朗笑明月,時眠落花"一聯;《送張祖監丞序》,有"紫禁九重,碧山萬里"一聯,大抵涉筆成趣,不待規削而自圓。唐之駢文,間以散文者,猶漢之散文,間以駢文耳。杜甫之文,如《畫馬贊》之類,四言雅鍊,雖不足以比兩京,視六朝則有過之矣。然六朝徐庾詩歌,已多偶儷,亦如漢魏散文中之駢語耳。唐初五言七言之律體,猶未純一,至於杜甫,"上薄風騷,下賅沈宋,言奪蘇李,氣吐曹劉,掩顔謝之孤高,雜徐庾之流麗",而後律詩與古詩别行,亦猶駢文與散文别行也。有唐一代,文體歧詩體亦歧,大抵文明之國,科學程度愈高,則分科之子目亦愈多。詩文之用古體駢體,各視乎性之相近,及用之適宜耳,又何必相譏相詆乎?

十三　陸宣公奏議爲駢體最有用者

唐德宗因朱泚之變幸奉天,群臣猶請加尊號以應厄運。陸贄謂尊號之興,本非古制,行乎安泰之日,已累謙沖;襲乎喪亂之時,尤傷事體。帝納其言,但改年號,以中書所撰赦文示贄,贄曰:"動人以言,所感已淺,言又不切,人誰肯懷?"乃别爲詔,悔過引咎,其最切盡者曰"然以長於深宫之中,暗於經國之務;積習易溺,居安忘危;不知稼穡之艱難,不察征戍之勞苦;澤靡下究,情不上通,事既壅隔,人懷疑阻,猶昧省已,遂用興戎"云云,山東士卒,讀詔書無不感泣,故興元得以中興。其餘奏議,皆切中時弊,雖言必成儷偶,音必調馬蹄,然樸實陳説,毫無浮響。《論治亂之略疏》《論徵税疏》《論納諫疏》《論關中事宜狀》《論前所答奏未施行狀》《請罷瓊林大盈庫狀》《論兩税以布帛爲額狀》《請罷兵狀》,雖處亂世,事暗君,所言所行,皆足補劑末運,非駢體之最有用者乎!宣公因論裴延齡之姦邪,貶忠州別駕,終得竟其懷抱,是具皋夔之資,而不逢堯舜者也。

十四　元、白、温、李之駢體

唐代詩人,善言兒女情者,至元白而盛,至温李而極。元白皆能古文,元稹滔滔清絶,白居易灑灑敷詞,皆可傳誦。其駢體亦擅場,而文詞每多浮麗。求其典重者,如元稹《追封宋若華河南郡君制》曰:"司徒之妻有禮,齊加石窌;廷尉之母有德,漢置封邱。"《授牛元翼深冀等州節度制》曰:"鷹隼擊則妖鳥除,弧弓陳而天狼滅。"皆字字矜鍊矣。白居易《太湖石記》曰:"有盤物秀出如靈邱鮮雲者,有端嚴挺立如尊官神人者,有縝潤削成如珪瓚者,有廉稜鋭劌如劍戟者。"則駢語之近於古者矣。温庭筠能逐絃吹之音,爲側艷之詞,其詩不出綺羅香艷，其文雖規規駢偶之中，觀其《上蔣侍郎啓》《上令狐相公啓》，皆平正不入惡道。李商隱初爲古文，不喜偶對，從事令狐楚幕，乃學今體章奏，同時溫李齊名。然商隱詩多感時事，得風人之旨，非溫飛卿比也。商隱《上河東公啓》曰："至於南國妖姬，叢臺妙伎，雖有涉於篇什，實不接於風流。"又云："使國人盡保展禽，酒肆不疑阮籍。"則義山集中之錦瑟碧城，不過子虛烏有耳。

十五　宋初西崑駢體步趨晚唐及北宋諸家異同

吾論唐駢體，以李商隱爲殿，蓋以宋初楊億、劉筠、錢惟演輩，皆以李商隱爲宋法也。《宋史·楊億本傳》，所著有《括蒼武夷穎陰韓城退居汝陽蓬山冠鼇》各集，今所傳者惟《武夷新集》而已。楊億等時際昇平，其爲文舂容大雅，無唐末五代衰颯之氣。西崑酬唱，亦極一時之盛。呂祖謙《宋文鑑》，不尚儷偶之詞，楊億之表啓，亦采録焉。其《駕幸河北起居表》曰"毳幕稽誅，鑾輿順動，羽衛方離於象魏，天威已震於龍荒；慰邊甿徯后之心，增壯士平戎之氣；臣聞涿鹿之野，軒皇所以親征；單于之臺，漢帝因而耀武"云云，可謂有典有則矣。《賀刁秘閣啓》曰"群玉之府，圖籍攸歸，承明之廬，俊賢所聚；自非兼該文史，洞達天人，擅博物之稱，負多聞之益，則何以掌蘭臺之秘記，辨魯壁之古文，克分亥豕之非，榮對鬼神之問；允資鴻博，式副選掄"云云，詞意爽潔，猶存古意。厥後歐蘇四六，皆以氣行，晁無咎又以情勝，北宋之駢文，亦屢變其體裁矣。

十六　南宋駢體，汪藻、洪适、陸游、李劉諸家之異同

南宋駢體，《浮溪集》爲最盛。汪藻爲隆祐太后草詔，告天下以立康王之故，其警句曰："漢家之厄十世，宜光武之中興；獻公之子九人，惟重耳之尚在。"一時推爲雅切。故逮炎之詔書多出於汪藻。紹興間洪适知制誥，撰《親征詔》，其警句曰："歲星臨於吳分，冀成肥水之功；鬥士倍於晉師，當決韓原之勝。"文氣亦復勁健。陸游詩學老杜，爲南宋第一人，其《賀禮部鄭侍郎啓》之警句曰："文關國之盛衰，官以人而輕重。籲俊尊上帝，豈止在玉帛鐘鼓之間；斂福錫庶民，其必有典謨訓誥之盛。"其文可謂工雅得體者矣。李劉待制寶章閣，長於偶儷，著有《四六標準》，南宋駢體之專家也。其餘劉克莊之《後村集》，名言如屑；方岳之《秋崖集》，麗句爲隣；迄於文山，名作相望。考南宋文範，視北宋又何多讓焉！

十七　元明以來四六體之日卑

駢體之文，自宋四六後，元明皆等諸自鄶耳。元之駢體，猥猥瑣瑣；明之駢體，疏疏落落，無足徵引，無關取法。其文集存於今者，不下千餘種，名篇鉅製，不如漢魏六朝唐宋之中駟也。最陋者屬對雖工，其詞則以巧而愈佻，甚至以卦名對卦名，以干支配干支，立定

間架,幾如刻板。至於官場尺牘,齋醮青詞,膚廓陳濫,萬手一律,其佳者亦僅資諛頌耳。況時文既作,排偶斯極,類典串珠,花樣集錦,凡村塾傅習之兔園册子,大抵皆明季周延儒輩爲之。大江南北,父兄訓子弟者,無不以選聲撿韻,爲入學之門。聲調譜之作,固不僅詞曲一端也。竭天下英俊之才,使之流連於聲調中,鼓之吹之,舉國若狂,此元代所以重詞曲以箝漢族,明人所以作帖括以制處士也。

十八　國朝駢文之盛及駢文之終古不廢

　　國朝駢文,卓然號稱大家者,長洲尤西堂氏侗,宜興陳迦陵氏維崧,最爲卓出。自開寶後七百年,無此等作久矣。山陰胡稚威氏天游,爲文奧博,得燕許二公之遺;錢塘袁簡齋氏枚,能於駢體中獨抒所見,辨論是非;昭文邵荀慈氏齊燾《玉芝堂集》,尤能上下六朝。同時與荀慈爲駢文者,有武進劉圃三氏星煒,錢塘吳穀人氏錫麒,南城曾賓谷氏燠,全椒吳山尊氏鼒,皆不媿驂行四傑。蓋散文以達意爲主,空疏者猶可敷衍;駢文包羅宏富,儉腹者將無所措其手足也。今中國文學,日即窳陋,古文已少專家,駢體更成疣贅,湘綺樓一老,猶爲巋然魯靈光也。傅甲竊謂泰西文法,亦不能不用對偶,見赫德《辨學啓蒙》。中國駢文,亦必終古不能廢也。特他日駢文體之變體,非今日所能豫料耳。文者,國之粹也,國民教育造端於此。故古文駢文,雖不能如先正之專壹,其源流又何可忽耶?

作者簡介:
　　林傳甲(1877—1922),號奎騰,福建侯官縣(今福州市區)人,著名教育家、文學家、地理學家等。早年就讀於西湖書院,清光緒二十八年(1902)鄉試第一。兩年後,出任京師大學堂文學教授,主講中國文學史。光緒三十四年(1908)起,在黑龍江、湖南、湖北、北京、廣西、内蒙古等地興辦教育。民國六年(1917),憤於"外人謀我之急",在中國地理學會發起編纂《大中華地理志》,出任總纂。民國十年(1921),林傳甲復出關到吉林任職。翌年1月,病逝於吉林教育官署,年僅45歲。著有《中國文學史》《大中華京兆地理志》《籌筆軒讀書日記》《黑龍江教育日記》《察哈爾鄉土志》等。

整理者簡介: 李勇(1996—),陝西咸陽人,南寧師範大學文學院中國古典文獻學研究生,研究方向爲文學文獻學。

隋唐駢散文體變遷概觀

曾了若著　莫山洪整理

解題：本文原載於《國立中山大學研究院文科研究所歷史學部史學專刊》1935年第1卷第1期。作者細緻勾勒了隋唐駢散文演變的歷史，并歸納出綺靡、折衷、復古三派及十個發展階段，同時認爲唐代駢文得科舉考試制度的幫助，得以發展，長期存在。

一、緒言

《新唐書·文藝傳》之言曰：

> 唐有天下三百年，文章無慮三變：高祖太宗，大難始夷，沿江左餘風，綺句繪章，揣合低卬，故王楊爲之伯；玄宗好經術，群臣稍厭雕琢，索理致，崇雅黜浮，氣益雄渾，則燕許擅其宗；是時唐興已百年，諸儒爭自名家，大曆貞元間，美才輩出，擩嚌道真，涵泳聖涯，於是韓愈倡之，柳宗元李翱皇甫湜等和之，排逐百家，法度森嚴，抵軋晉魏，上軋漢周，唐之文，完然爲一王法，此其極也。（卷二〇一）

驟觀之，一若唐代文體之由駢而散，不外乎"三變"，其間變遷，固甚簡單；豈知事實上殊不如此，其中所論，有似是而非者，有不實不盡者；蓋綺靡之風，嘗屢起屢仆，"崇雅黜浮"，亦忽張忽馳，綜其始終，奚止"三變"？溯唐代開國之初，戎馬未休，即有以風雅爲意者，《新唐書·虞世南傳》載："……帝（指太宗）嘗作宮體詩使賡和。世南曰：'聖作誠工，然體非雅正，上之所好，下必有甚者，臣恐此詩一傳，天下風靡，不敢奉詔！'帝曰：'朕試卿耳！'賜帛五十匹。……"（卷一〇二）又《新唐書·文藝傳》云：

> 張昌齡，冀州南宮人，與兄昌宗，皆以文自名，州欲舉秀才，昌齡以科廢久固讓，更舉進士，與王公治齊名，皆爲考功員外郎王師旦所絀；太宗問其故，答曰："昌齡等華而少實，其文浮靡，非令器也，取之則後生勸慕，亂陛下風雅。"帝然之。（卷二〇一）

由此可以想見其時一種"更新"氣象,有絕不容頹靡之"江左餘風"立足之勢,以故號稱徐陵高足之虞世南,亦爲之改弦易轍(注1),文名狼藉之張昌齡,亦見黜於有司,蓬勃朝氣,至足矜崇,謂爲因襲浮艷,曷能有此?即以諫諍顯之魏徵、孫伏伽輩,其文章類嚮雅正,與斤斤儷偶章句者,不可同日而語。至令狐德棻等撰《北周書》,更明白指斥庾信,《王褒庾信列傳》贊云:

> 史臣曰:……然則子山之文,發源於宋末,盛行於梁季,其體以淫放爲本,其詞以輕險爲宗,故能誇目侈於紅紫,蕩心逾於鄭衛;昔揚子雲有言:"詩人之賦麗以則,辭人之賦麗以淫。"若以庾氏方之,斯又詞賦之罪人也。(《北周書》卷四一)

其態度之堅決,洵非信口雌黃,諒爲事勢所必至,有心人莫不存心矯正末俗,競爲拼擊除庾之論,此唱彼和,如響斯應。他如魏徵顏師古等撰《隋書》(注2),李延壽撰《北史》,均太息徐庾繁彩,謂爲"亡國之音"。是則"崇雅黜浮",實創於唐初,故《新唐書》所云,有不實不盡者在焉。

迨盛平日久,四海晏安,駢儷之製,足資諷詠,加以高宗治承太宗世民之暗示,稍致意浮華,故龍朔初載,復扇徐庾之風,時距開國之初,已四十餘年矣。然縟句繪章者,亦非王楊爲伯,而王楊諸人,且居相反立場,謬加以似是而非之罪,尤不得不令人爲四傑叫屈也;試觀楊炯《王勃集序》,可見一斑:

> 大矣哉!文之時義也;有天文焉,察時以觀其變;有人文焉,立言以垂其範;歷年滋久,遞爲文質,應運以發其明,因人以通其粹。仲尼既没,游夏光洙泗之風,屈平自沈,唐宋宏汨羅之跡,文儒於焉異術,詞賦所以殊源。逮秦氏燔書,斯文天喪,漢皇改運,此道不還,賈馬蔚興,已虧於雅頌,曹王傑起,更失於風騷,儷偶大獻,未悉前載。洎乎潘陸奮發,孫許相因,繼之以顏謝,申之以江鮑,梁魏群材,周隋衆制,或苟求虫篆,未盡力於邱墳,或獨徇波瀾,不尋源於禮樂,會時沿革,循古抑揚,多守律以自全,罕非常而制物。其有飛馳倏忽,倜儻紛綸,鼓動包四海之名,變化成一家之體,蹈前賢之未識,探先聖之不言;經籍爲心,得王何於逸契,風雲入思,叶張左於神交;故能使六合殊材,并推心於意匠,八方好事,咸受氣於文樞;出軌躅而驤首,馳光芒而動俗,非君之博物,孰能於此乎?君諱勃,字子安,太原祁人也。……在乎詞翰,倍所用心;嘗以龍朔初載,文場變體,爭構纖微,競爲雕刻,糅之金玉龍鳳,亂之朱紫青黃,影帶以狗其功,假對以稱其美,骨氣都盡,剛健不聞,思革其弊,用光志業。薛令公朝右文宗,托末契而推一變,盧照鄰人間才傑,覽清規而輟九攻,知音與之矣!知己從之矣!於是鼓舞其心,發洩其用,八紘馳驟於思緒,萬代出没於毫端,契將往而必融,防

未來而先制,動搖文律,宮商有奔命之勞,沃蕩詞源,河海無息肩之地,以兹偉鑒,取其雄伯,壯而不虛,剛而能潤,雕而不碎,按而彌堅,大則用之以時,小則施之有序,徒縱橫以取勢,非鼓怒以爲資。長風一振,衆萌自偃,遂使繁綜淺術,無藩籬之固,紛繪小材,失金湯之險,積年綺碎,一朝清廓,翰苑豁如,詞林增峻,反諸宏博,君之力焉,矯枉過正,文之權也。後進之士,翕然景慕,久倦樊籠,咸思自擇;近則面受而心服,遠則言發而響應,教之者逾於激電,傳之者速於置郵;得其片言,而忽焉高視,假其一氣,則逸矣孤騫,竊形骸者既昭發於樞機,吸精微者亦潛附於聲律,雖雅才之變例,誠壯思之雄宗也。妙異之徒,別爲縱誕,專求怪説,争發大言,乾坤日月張其文,山河鬼神走其思,長句以增其滯,客氣以廣其靈,已逾江南之風,漸成河朔之制,謬稱相述,罕識其源,扣純粹之精機,未投足而先逝,覽奔放之偏節,已滯心而忘返,乃相循於踞步,豈見習於通方,信謫不同,非墨翟之過,重增其放,豈莊周之失!以文罪我,其可得乎?(《楊盈川集》卷三)

是則龍朔初之"争構纖微",王勃不特未嘗同流合污,且"思革其弊",更而得有成效,"積年綺碎,一朝清廓",可知《新唐書》所論,誠有未當。

武后時,有陳子昂者,以風雅革浮華,尤與唐代文體有莫大影響,言其功績,正不在韓柳之下,獨孤及序李華文集云:

> 帝唐以文德夐祐於下,民被王風,俗稍丕變;至則天太后時,陳子昂以雅易鄭,學者浸而嚮方。(《全唐文》卷五一八)

又梁肅序李翰集云:

> 唐有天下幾二百載,而文章三變,初則廣漢陳子昂,以風雅革浮侈。(《全唐文》卷五一八)

而韓愈《薦士》詩亦云:

> 國朝盛文章,子昂始高蹈。(《韓昌黎集》卷二)

是其人嘗獨霸文壇,建功甚偉,言唐文者,不宜忽視。次則天寶以還,韓柳之前,尚有揭櫫復古,展開嶄新局面,直接間接予韓愈以助力者,則李華、蕭穎士、獨孤及、梁肅輩是也。韓愈且嘗游於梁肅之門,尤足見其關係之不淺;王定保《摭言》載:

貞元中,李元賓、韓愈、李絳、崔群,同年進士,先是四君子之定交久矣,共游梁補闕肅之門;居二歲,肅未之面,而四賢造肅多矣,靡不偕行;肅奇之,一旦延接觀等,俱以文學爲稱,復獎以交友之道。(《唐代叢書》第四集)

不爲表而出之,亦不能令人無憾。

上述諸端,胥爲尤關重要,不容忽略者,其他類此者猶未能殫舉,然即此足見《新唐書·文藝傳》所論之掛漏,有待考訂;著者不揣固陋,因茲有感乎中,遂群爲探索,上溯隋初,下迄唐末,窮源竟委,考兩代文體變遷之端,及其間盛衰消長之跡,依次纂述,以成此篇。

　　注1(按:《新唐書》卷一○二《虞世南傳》,謂世南與兄世基同受業于吳顧野王,餘十年,精思不懈,至累旬不盥櫛,文章婉縟,慕僕射徐陵,陵自以類己,由是有名。)

　　注2(按:《隋書》卷七六《文學傳》,謂徐庾文體,意淺而繁,文匿而彩,"格以延陵之聽,蓋亦亡國之音乎。"李延壽《北史》卷八三所論略同。)

二、隋文帝之禁止浮華

　　江左駢儷是尚,流蕩忘返,時至梁陳,其弊彌甚;及隋文帝楊堅代周,毅然遏止頽風,自是風氣頓改,咸趨樸素,開皇中,治書侍御史李諤(注1)上書云:

　　臣聞古先哲王之化民也,必變其視聽,防其嗜欲,塞其邪放之心,示以淳和之路,五教六行,爲訓民之本,詩書禮易,爲道義之門,故能家復孝慈,人知禮讓,正俗調風,莫大於此,其有上書獻賦,制誄鐫銘,皆以褒德序賢,明勳證理,苟非懲勸,義不徒然;降及後代,風教漸落,魏之三祖,更尚文詞,忽君人之大道,好雕蟲之小藝,下之從上,有同影響,競騁文華,遂成風俗,江左齊梁,其弊彌甚,貴賤賢愚,唯務吟詠,遂復遺理存異,尋虛逐微,競一韻之奇,爭一字之巧,連篇累牘,不出月露之形,積案盈箱,唯是風雲之狀,世俗以此相高,朝廷據茲擢士,祿利之路既開,愛尚之情愈篤;於是閭里童昏,貴游總卝,未窺六甲,先製五言,至如羲皇舜禹之典,伊傅周孔之說,不復關心,何嘗入耳?以傲誕爲清虛,以緣情爲勳績,指儒素爲古拙,用詞賦爲君子;故文筆日繁,其政日亂,良由棄大聖之軌模,構無用以爲用也;捐本逐末,流偏華壤,遞相師祖,久而愈扇。及大隋受命,聖道聿興,屏出輕浮,遏止華偽,自非懷經抱質,志道依仁,不得引預搢紳,參廁纓冕;開皇四年,普詔天下,公私文翰,并宜實錄,其年九月,泗州刺史司馬幼之,文表華豔,付所司治罪,自是公卿大臣,咸知正路,莫不鑽仰墳素,棄絕華綺,擇先王之命典,行大道於茲世。如聞外州遠縣,仍蹈弊風,選吏舉人,未遵典則,至有宗黨稱孝,鄉曲歸仁,學必典謨,交不苟合,則擯落私門,不加收齒;其學不稽古,逐俗隨時,作輕薄之篇章,結朋黨而求譽,則選充吏職,舉送天朝;蓋由縣令刺史,未行風教,猶挾私情,不存公道。臣既忝憲司,職當糾察,若聞風即劾,恐掛網者多,請勒諸司,普加搜訪,有如此者,具狀送臺。(《隋書》卷六六)

官居一州刺史,竟以"文表華艷,付所司可治罪",謂雷厲風行之至,弊風移易,宜矣。堅以諤所奏,頒示全國,靡然向風,深革其弊,外州遠縣,亦不能例外矣。《隋書·文學傳》云:

> 高祖初統萬機,每念斷彫為樸,發號施令,咸去浮華,然時俗詞藻,猶多淫麗,故憲臺執法,屢飛霜簡。(注2)(卷七六)

由此言之,有志洗革江左浮靡,能為徹底致力的,當以楊堅為第一人,後之繼此而起者,亦不能無受其影響,李諤一書,尤足珍異也。

注1(按:李諤字士恢,趙郡人,歷仕北齊北周,開皇初,歷比部考功二侍郎,賜爵南和伯;性公方,為時所推,遷治書侍御史;時禮教凋弊,公卿薨亡,其愛妾侍婢,每為子孫嫁賣取財;諤上書痛論其非,開皇十六年遂下詔九品以上妻,五品以上妾,夫亡不得改嫁。諤在職數年,出為通州刺史,甚有惠政,後三歲,卒於任。)

注2(按:即指李諤上書論改革文體一事。)

三、隋煬帝之提倡典雅

煬帝楊廣承其父堅殷富之業,縱慾亡國,後之論者,遂叢諸惡於一身,幾乎言其罪狀,則罄南山之竹,書罪無窮,強叙微功,則淘恒河之沙,不見一金;然平心論之,其可議者固多,其可紀者亦不能謂絕無,前人之論,每流於過甚其詞,故遺其功耳!即以其提倡典雅文體一事而言,功亦不尠;蓋廣初屬文為庾信體,及見柳䛒(注1)以後,文體遂變雅正。《隋書·柳䛒列傳》云:

> 轉晉王(即楊廣)諮議參軍,王好文雅,招引才學之士,諸葛穎、虞世南、王胄、朱瑒等百餘人,以充學士,而䛒為之冠,王以師友處之,每有文什,必令其潤色,然後示人;嘗朝京師還,作《歸藩賦》,命䛒為序,詞甚典麗;初王屬文為庾信體,及見䛒已後,文體遂變。(卷五八)

可見廣之崇尚典雅,原有所本,非一時矯偽之行,近人劉大白著《中國文學史》,詆其非出真意,寧不過苛?閑嘗思之,隋代二主,後先相踵,致意矯正頹風,殊爲難能可貴,即非空前絕後,亦當曠世難逢,以故唐初魏徵、顏師古等修撰《隋書》,雖極著煬帝之惡,然對其提倡典雅文體,亦不能否認。《隋書·文學傳》云:

> 煬帝初習藝文,有非輕側之論,暨乎即位,一變其風,其《與越公書》《見東都詔》《冬至受朝詩》及《擬飲馬長城窟》,并存雅體,歸於典制,雖意在驕淫,而詞無浮蕩,故當時綴文之士,遂得依而取正焉。所謂能言者未必能行,蓋亦君子不以人廢言也。(卷七六)

此語出反對者口中,顯見公道自在人心,爲良心上不能抹殺者。廣《與越公書》略云:

> 我有隋之御天下也,于今二十有四年,雖復外夷侵叛,而內難不作,修文偃武,四海晏然。朕以不天,銜恤在疚,號天叩地,無所逮及。朕本以藩王,謬膺儲兩,復以庸虛,纂承鴻業。天下者,先皇之天下也,所以戰戰兢兢,弗敢失墜,況復神器之重,生民之大哉!(下接敘楊素平漢王諒經過,并遣素弟約持詔慰勞。)(《隋書》卷四八)

又《建東都詔》略云:

> 然洛邑自古之都,王畿之內,天地之所合,陰陽之所和,控以二河,固以四塞,水陸通,貢賦等,故漢祖曰:吾行天下多矣,唯見洛陽自古皇王,何嘗不留意?所不都者,蓋有由焉,或以九州未一,或以困其府庫,作洛之制,所以未暇也。我有隋之始,便欲創茲懷洛,日復一日,越暨于今,念茲在茲,興言感哽;朕肅膺寶曆,纂臨萬邦,遵而不失,心奉先志;今者漢王諒悖逆,毒被山東,遂使州縣,或淪非所,此由關河懸遠,兵不赴急。加以并州移戶,復在河南,周遷殷人,意在於此,況復南服遐遠,東夏殷大,因機順動,今也其時;群司百辟,僉諧厥議,但成周墟堵,弗堪茸宇,今可於伊洛營建東京,便可設官分職,以爲民極也。(《隋書》卷三)

持此與唐初詔敕一較,便可見其典雅,無怪爲當時綴文之士,得依而取正,試一檢《隋書》所載諸文,如牛弘《請開獻書之路表》(注2),梁毗《劾楊素封事》(注3),柳彧《諫任武將和平子爲杞州刺史表》(注4),房彥謙《致張衡書》(注5),王孝籍《上吏部尚書牛弘書》(注6),莫不屏棄綺縟,歸嚮雅正,其他類此者尚多,難以悉舉,足證已獲覩成效,隋代二主之繼軌洗刮,爲不虛矣。

注1（柳䛒字顧言，本河東人，徙居襄陽，初仕梁，開皇初，遷內史侍郎，仁壽初，拜東宮學士，加通直散騎常侍，檢校洗馬，甚見親待，煬帝嗣位，拜秘書監，封漢南縣公，帝退朝之後，便命入閤，言宴諷讀，終日而罷，至與同榻共席，恩若友朋；帝猶恨不能夜召，於是命一匠刻木偶人像䛒，施機關，能坐起拜伏，每月下對酒，置之於座，相與酬酢。從幸揚州，遇疾卒，年六十九。）

注2（開皇三年，秘書監牛弘，上表請開獻書之路，歷述書之五厄，原文載於《隋書》卷四九本傳。）

注3（梁毗《劾楊素封事》，詞嚴義正，具載《隋書》卷六二本傳。）

注4（柳彧為治書侍御史，上表諫任和平子為杞州刺史，原文載於《隋書》卷六二本傳。）

注5（房彥謙《致張衡書》，載於《隋書》卷六六本傳。）

注6（王孝籍《上吏部尚書牛弘書》，載於《隋書》卷七五儒林傳。）

四、顏之推之折衷主張

北齊顏之推（注1）初仕蕭梁，入齊官至黃門侍郎，齊亡入周，為御史上士，隋開皇中，拜東宮學士，甚見禮重，尋以疾終；唐李百藥修《北齊書》，雖列之推於《文苑傳》中，然其人至隋尚存，言隋文學者，不宜獨遺。其所著《顏氏家訓》二十篇中，有《文章》一篇，主張折衷古今，保存音律之美，中有云：

> 齊世有辛毗者，清幹之士，官至行臺尚書，嗤鄙文學，嘲劉逖云：君輩辭藻，譬若榮華，須臾之翫，非宏才也；豈比吾徒，十丈松樹，常有風霜，不可凋悴矣。劉應之曰：既有寒木，又發春華，何如也？辛笑曰：可矣。凡為文章，猶人乘騏驥，雖有逸氣，當以銜勒制之，勿使流亂軌躅，放意填坑岸也。文章當以理致為心腎，氣調為筋骨，事義為皮膚，華麗為冠冕；今世相承，趨末棄本，率多浮豔，辭與理競，辭勝而理伏，事與才爭，事繁而才損，放逸者流宕而忘歸，穿鑿者補綴而不足，時俗如此，安能獨違，但務去泰去甚耳！必有盛才重譽，改革體裁者，實吾所希。古人之文，宏材逸氣，體度風格，去今實遠，但緝綴疏樸，未為密緻耳！今世音律諧靡，章句偶對，諱避精詳，賢於往昔多矣。宜以古之製裁為本，今之辭調為末，并須兩存，不可不偏棄也。（《顏氏家訓》卷上）

此種論調，與其後唐初折衷派之言，不謀而合，頗堪注意。今試將其所論古今文之優劣及其折衷主張，列成一表如次：

```
       ┌ 古人之文 ┌ 優點:宏材逸氣體度風格去今實遠
       │         └ 劣點:緝綴疎樸未爲密緻
文章 ─┤ 顔氏折衷主張:以理致爲心腎,氣調爲筋骨,事義爲皮膚,華麗爲冠冕,即以古
       │              之製裁爲本今之辭調爲末并須兩全不可偏廢。
       └ 今世之文 ┌ 優點:音律諧靡章句偶對諱避精詳
                 └ 劣點:趨末棄本率多浮艷流宕忘歸
```

當日隋文體,曾否對其主張,發生若何影响,尚無可考;惟唐代所產生之新文體,不駢不散,亦古亦今,與顔氏主張,當有間接關係也。

　　注1(顔之推事蹟,詳《北齊書》卷四五《文苑傳》。)

五、王通之復古論調

　　文中子王通(注1)爲初唐四傑王勃之祖,生當隋初,卒於隋末,授徒河汾,云千有餘人,惟《隋書》不爲立傳,僅附見新舊《唐書‧隱逸傳》通弟績條内耳。今世所傳《文中子‧中說》,蓋經宋阮逸輯綴注解而獲存者;唐季皮日休、司空圖,均嘗撰《文中子碑》(注2),其事始稍稍聞於世,故《新唐書‧隱逸傳》云:

　　　　王績字無功,絳州龍門人,性簡放,不喜拜揖,兄通,隋末大儒也,聚徒河汾間,倣古作六經,又爲《中說》,以擬《論語》,不爲諸儒稱道(注3),故書不顯,惟《中說》獨傳……(卷一九六)

其所著《中說》,致意文體之改革,示人以復古之道,至再至三,如云:

　　　　子曰:學者博誦云乎哉!必也貫乎道;文者苟作云乎哉!必也濟乎義。(《中說》卷二)

又云:

　　　　房玄齡問史,子曰:古之史也辯道,今之史也耀文。問文,子曰:古之文也約以達,今之文也繁以塞。(《中說》卷三)

在此兩段話中,指出"苟作"及"繁以塞"二者,爲時文之疵病,提出"濟乎義"及"約以達"二者爲復古標準,何等簡要?又云:

> 內史薛公(注4)謂子曰:吾文章可謂淫溺矣!文中子離席而拜曰:敢賀丈人之知過也。薛公因執子手,喟然而詠曰:老夫亦何冀,之子振頹綱。(《中説》卷七)

由其疾視淫溺之甚,故當權貴之前,亦不稍假以辭色,意志堅定如此,非思之熟籌之審者不能。書中又歷評謝靈運、沈休文、鮑昭、江淹輩文之不古,至徐庾則云:

> 徐陵庾信,古之夸人也,其文誕。(《中説》卷三)

所許可者,僅顏延之等耳!

> 子謂顏延之、王儉、任昉,有君子之心焉,其文約以則。(《中説》卷三)

蓋王通目擊江左淫溺之風,日扇月扇,有意改革,而不在其位,故宣之筆楮,言之殷殷,惜"不爲諸儒稱道",致不獲伸其志於當日,文中子之不幸歟?抑隋唐文壇之不幸也!

注1(王通事蹟,詳杜淹《文中子世家》。略謂王通字仲淹,開皇四年始生,弱冠,受書詩禮樂易五經於李育、夏琠、關子明、霍汲及族父仲華等,後授徒於河汾間,九年,而倣作六經成,門人千餘,淹及李靖、竇威、薛收、房玄齡、魏徵、溫大雅、陳叔達等咸北面受王佐之道;累徵不起,卒於大業十三年,門人會議共諡曰文中子。)

注2(皮日休《文中子碑》,載於《全唐文》卷七九九;司空圖《文中子碑》,載於《全唐文》卷八〇九。)

注3(阮逸《文中子·中説序》有云:"貞觀二年,御史大夫杜淹,始序《中説》及《文中子世家》,未及進用,爲長孫無忌所抑;而淹尋卒,故王氏經書,散在諸孤之家,代莫得聞焉。"了若按:其説大抵本於東皋子《答陳尚書書》。)

注4(阮注云:薛道衡自謂淫文,溺於所習。)

六、唐初徐庾體復振之原因

太宗世民嘗作宮體詩,前已述之,經虞世南進諫,始強辭掩飾,此已不無可疑;以文章浮筆被黜於王師旦之張昌齡,迨貞觀末翠微宮成,又以獻頌闕下,召試息兵詔,而見賞於世民（注1），可知其心始終不能忘情徐庾體之音律。又《舊唐書・上官儀列傳》載：

> 貞觀初，……舉進士，太宗聞其名，召授弘文館直學士，累遷秘書郎；時太宗雅好屬文，每遣儀視草；又多令繼和，凡有宴集，儀常預焉。（卷八十）

則世民之暗右駢儷，可見一斑。上之所好，下必趨之，故貞觀中所修《晉書》，即以綺艷見譏。《舊唐書・房玄齡列傳》云：

> 尋與中書侍郎褚遂良，受詔重撰《晉書》，於是奏取太子左庶子許敬宗，中書舍人來濟，著作郎陸元仕，劉子翼，前雍州刺史令狐德棻，太子舍人李義府，薛元超，起居郎上官儀等八人，分功撰錄，以臧榮緒《晉書》爲主，參考諸家，甚爲詳洽。然史官多是文詠之士，好采詭謬碎事，以廣異聞；又所評論，競爲綺艷，不求篤實，由是頗爲學者所譏。（卷六六）

當時譏議之學從爲誰，今無從考，以鄙意度之，同修之令狐德棻（注2），亦當抱不滿也。其後劉知幾著《史通》有云：

> 大唐修《晉書》，作者皆當代詞人，遠棄史班，近宗徐庾；夫以飾彼輕薄之句，而編爲史籍之文，無異加粉黛於壯夫，服綺紈於高士者矣。（卷四，《內篇：論贊》）

世民不能忘情於駢儷，又有上官儀之流迎合上意，徐庾復振之原因，已深種矣。幸在朝尚多持正之士，斤斤以風雅爲言，故遞至龍朔之初，始一吐氣餕。然此外尚有一事，足挑承徐庾，綿延不絕者，則考試程式是也。未言考試程式之先，當先述《文選》學之傳授，因能精熟《文選》者，考試方有把握。宋王應麟《困學紀聞》有云：

> 李善精於《文選》爲注解，因以講授，謂之《文選》學；少陵有詩云：續兒誦文選；又訓其子熟精《文選》理。蓋選學自成一家，……故曰：《文選》爛，秀才半。（卷一七）

《文選》與考試制度之關係，如何密切？於此可見。然唐之傳授《文選》者，實始於曹憲。《新唐書・儒學傳》云：

> 曹憲，揚州江都人，……於小學家尤邃；……貞觀中，揚州長史李襲譽薦之，以弘文館學士召，不至，即家拜朝散大夫，當世榮之；太宗嘗讀書，有奇難字，輒遣使者問

憲;憲具爲音注。援驗詳複,帝咨尚之;卒年百餘歲。憲始以梁昭明太子《文選》授諸生,而同郡魏模、公孫羅、江夏李善,相繼傳授,於是其學大興。句容許淹者,自浮屠還爲儒,多識廣聞,精故訓,與羅等并名家。……模……子景倩亦世其學。(卷一九八)

與李善齊名之魏模、公孫羅輩,當時雖不分軒輊,後則善獨以所注《文選》"敷析淵洽"而著,《新唐書・文藝傳》云:

　　李邕字泰和,揚州江都人,父善,有雅行,淹貫古今,不能屬辭,故人號書簏,顯慶中,累擢崇賢館直學士,兼沛王侍讀;爲《文選注》,敷析淵洽,表上之,賜賚頗渥;除潞王府記室參軍,爲涇城令,坐與賀蘭敏之善,流姚州,遇赦還;居汴、鄭間講授,諸生四遠至,傳其業,號《文選》學。……(卷二〇二)

嗣後文選學代有傳授,屢加注釋,今世所傳《六臣注文選》,即爲開元六年吕延祚所上者,晁公武《讀書志》云:

　　吕延祚嘗集吕延濟、劉良、張銑、吕向、李周翰爲《文選注》三十卷,開元六年上之,名五臣注(注三)。

蓋《文選》與考試,如輔車之相依,考試程式一日不變,則《文選》之見重一日不已。由是疵議考試程式之不善者,時有所聞;開元初,張九齡上疏有云:

　　今歲選乃萬計,京師米物爲耗,豈多士哉?蓋冒濫抵此爾!方以一詩一判定其是非,適使賢人遺逸,此明代之闕政也。(《新唐書》卷一二六)

又《新唐書・李栖筠列傳》云:

　　是時楊綰以進士不鄉舉,但試辭賦浮文,非取士之實,請置五經秀才科;詔群臣議,栖筠與賈至、李廙,以綰所言爲是。(卷一四六)

又李觀《與膳部陳員外書》云:

　　當今朝廷,洪雅尚文,以文化人,四方翕然,聽命於有司,有司於是乃以詞賦瑣能而軌度之,聲稱叢聞而搴擷之,謬矣哉!失在茲乎!(《全唐文》卷五三三)

以"辭賦浮文"爲標準"以一詩一判定其是非",考試程式之助長駢儷,可無待言。今試舉一策一判爲例,以見當日考試之真相;黃福瓊(注4)《對詞標文苑科策》云:

> 問:朕聞北辰端宸,位衆彥以經邦;南面居尊,俟群材而緯俗;是知九官分職,熏風之詠載敷;八元匡朝,就日之規方遠。歷選列辟,遐考前修,并建明揚之蹟,式廣旁求之義;故康衢扣角,授相越於齊班;海上牧羊,封侯超於漢秩。洎乎淳風陵替,雅道湮沈,仕必因基,官非材進;官雖備職,位匪得人。遂使七輔之材,銷聲於巖穴;六佐之彥,晦跡於邱園。寢寐以之,載勞虛位。今欲革因循之弊,躅稽古之蹤,此志雖勤,其途未遂;爲是雄貴爽於前代,英傑寡於今晨?佇爾昌言!朕將親覽。
> 對:珠衡上列,聖人居耀魄之尊;玉理旁融,元后握乾坤之柄;膺寶曆而推五勝,皇綱居混沌之先;懸玉鏡而運三千,帝系出氤氳之上。莫不闢天關以統業,橫地軸而開基,象列宿而環北辰,制諸侯而嚮南面,柱州巢氏之際,晦聲跡於龍圖,結繩鍊石之餘,摛景曜於龜象,未有巨川已濟,不資舟楫之功;大廈已成,不假棟梁之力。……伏惟聖母皇帝陛下,……憂在進賢,道叶采苓之化;恩無不逮,德合樛木之風;掩媧后以彌尊,邁姬旦而立政。吹竽釣璜之侶,接武於階墀;騎星弄電之夫,肩隨於廊廟。雖良駿充厩,逾懷買骨之謀;真龍在堂,久佇丹青之觀。……凡曰群生,孰不幸甚?臣中庸賤逸,下澤幽微,忝預明揚,謬承采擇;馳心日略,冀三捨以矜魂;累息天門,瞻九重而惕慮;謹對。(《全唐文》卷二〇七)

又康廷芝(注5)《對競渡賭錢判》云:

> 揚州申:江都縣人,以五月五日,於江津競渡,并設管弦,時有縣人王文,身居父服,來預管弦,并將錢物賭競渡,因爭先後,遂折舟人臂。
> 月觀遙臨,旁分震澤,雷陂回瞰,近屆邗溝;郊連五達之莊,地近一都之會,人多輕剽,俗尚驕奢,序屬良辰,臚係令節,江干可望,俱游白馬之濤;邑屋相趨,并載飛龍之舳;泛長波而急槳,有類乘毛;涌修浪而鳴舷,更同浮葉;簫吟柳吹,疑傳塞北之聲;棹引蓮歌,即唱江南之曲。王文閭閻賤品,蓬蓽庸流,名教非閑,喪儀多闕;三年巨痛,無聞毀瘠之哀;五月佳游,且預歌弦之樂!重以情存勝負志在雄豪,爭馳赤馬之津,競賭青蚨之貫;先後由其不等,忿爭於是遂興;無思李老之言,俄折羊公之臂。然則居喪聽樂,已紊科條;在服傷人,一何凶險?論情撫事,深穢皇猷,定罪明刑,理資丹筆。(《全唐文》卷二六〇)

枝對葉比,競爲浮艷,桎梏文士,可謂甚矣。顧此爲必經之路,欲求進身,捨此無由,故有

心知其非,猶不得不隨俗浮沈者;皇甫湜《答李生第一書》云:

> 來書所謂浮艷聲病之文,耻不為者;雖誠可耻,但應足下方今不爾,且不能自信其言也。何者?足下舉進士,進士者,有司高張科格,每歲聚者試之,其所取,乃足下所不為者也!工欲善其事,必先利其器,足下方伐柯,而捨其斧,可乎哉?耻之,不當求也;求而耻之,惑也;今吾子求之矣,是徒涉而耻濡足也;寧能自信其言哉?(《全唐文》卷六八五)

苟非超然自立,不以進士求進者,即須費若干精神時間,揣摩《文選》之學,從事駢儷之文。惟《新唐書・選舉志》載:

> 武宗即位,宰相李德裕,尤惡進士,……德裕嘗論公卿子弟艱於科舉;武宗曰:有司不識朕意,不放子弟即過矣,但取實藝可也。德裕曰:臣無名第,不當非進士,然臣祖(注六)天寶末,以仕進無他岐,勉強隨計,一舉登第,自後家不置《文選》,蓋惡其不根藝實。(卷四四)

能如是者,究有幾人?此所以徐庾之製,復振於龍朔初年也。

注1(太宗力贊昌齡之才,不減禰衡、潘岳,惟戒以矜己傲物。事詳《新唐書》卷二〇一。)

注2(令狐德棻撰《北周書》,嘗指斥庾信,已見前。)

注3(按:後,并李善原注,合為一書,名為《六臣注》,凡六十卷,說見陳振孫《書錄解題》。)

注4(按:瓊,永昌元年進士,時武后當國。)

注5(按:廷芝,武后朝,官河陰令,遷戶部員外郎。)

注6(按:即李栖筠。)

七、唐初最占優勢之折衷派

唐初新國初建,瀰漫蓬勃朝氣,濟濟群彥,競倡排擯頹靡文體之論,觀上緒言所述,已可見其勢之不可侮;今請更歸納其時諸人之主張,而求一致之目標,則似莫不同立於折衷旗幟之下,儼然自成派系。《隋書・文學傳》卷首云:

自漢魏以來,迄乎晉宋,其體屢變,前哲論之詳矣。暨永明天監之際,太和天保之間,洛陽江左,文雅尤盛;……然彼此好尚,互有異同:江左宮商發越,貴於清綺,河朔詞義貞剛,重乎氣質;氣質則理勝其詞,清綺則文過其意;理深者便於時用,文華者宜於詠歌,此南北詞人,得失之大較也。若能掇彼清音,簡茲累句,各去所短,合其兩長,則文質斌斌,盡善盡美矣。(卷七六)

以一面"便於時用",一面"宜於詠歌",爲折衷古今之新文體之鵠的,務求"合其兩長",而臻於"文質斌斌""盡善盡美";是爲折衷派一致之主張,與前述顏之推之見解相仿佛。又令狐德棻撰《北周書》亦云:

　　　原夫文章之作,本乎情性,覃思則變化無方,形言則條達遂廣,雖詩賦與奏議異軫,銘誄與書論殊塗;而攝其指要,舉其大抵,莫若以氣爲主,以文傳意,考其殿最,定其區域,摭六經百氏之英華,探屈宋卿雲之秘奧;其調也尚遠,其旨也在深,其理也貴當,其辭也欲巧;然後瑩金璧,播芝蘭,文質因其宜,繁約適其變,權衡輕重,斟酌古今;和而能壯,麗而能典,煥乎若五色之成章,紛乎猶八音之繁會;夫然,則魏文所謂通才,足以備體矣;士衡所謂難能,足以逮意矣。(卷四一《王褒庾信列傳》論贊)

此言也,可視爲建設的文體折衷論,比《隋書》所言,更進一步矣。然同屬折衷古今,合其兩長,固無以異也。同時李延壽撰《北史》,亦與《隋書》之言,如出一轍;《北史·文苑傳》卷首云:

　　　夫人有六情,稟五常之秀,情感六氣,順四時之序。蓋文之所起,情發於中,而自漢魏以來,迄乎晉宋,其體屢變,前哲論之詳矣;暨永明天監之際,太和天保之間,洛陽江左,文雅尤盛,彼此好尚,雅有異同:江左宮商發越,貴於清綺;河朔詞義貞剛,重乎氣質;氣質則理勝其詞,清綺則文過其意;理深者便於時用,文華者宜於詠歌,此南北詞人,得失之大較也。若能掇彼清音,簡茲累句,各去所短,合其兩長,則文質彬彬,盡美盡善矣。(卷八三)

上舉諸説,互相唱和,於是唐初文壇,遂爲折衷派所獨霸,偶有試效"華而少實"之徐庾體者,即斥爲擾亂風雅分子,"崇雅黜浮",已先睹於茲矣。

八、唐初繼王通之志爲古文者

　　唐初繼承文中子王通之志,而從事於古文者,想必不乏人,惜史籍闕書,無可考耳!

今觀通弟績所爲文,益可證非徒臆說也。績所撰《無心子》曰:

> 無心子居越,越王不知其大人也,拘之仕無喜色;越國法曰:"穢行者不齒";俄而無心子以穢行聞,王黜之無慍色。退而適茫蕩之野,過動之邑,而見機士;機士撫髀曰:嘻!子賢者,而以罪廢耶?無心子不應;機士曰:願見教!曰:子聞蜚廉氏馬乎?一者朱鬣白毳,龍骼鳳臆,駿馳如舞,終日不釋轡而以熱死;一者重頭昂尾,駝頸貉膝,跼齧善蹶,棄諸野,終年而肥;夫鳳不憎山栖,龍不羞泥蟠,君子不苟潔以罹患,不避穢而養精也。(《新唐書》卷一九六)

又績本傳云:

> 以《周易》《老子》《莊子》置床頭,他書罕讀也。

可知其文章之所本矣。又通子福畤撰《王氏家書雜錄》及《序東皋子答陳尚書書》(注1),文均質樸無華,足與文中子之教相表里,謂其他門弟子之不受感染,必無是理,故繼承王氏之志者必不乏人,可斷言也。

> 注1(按:兩文均附載《文中子·中說》之後。)

九、四傑及崔李等折衷派之繼起

高宗武后之際,王勃、楊炯、盧照鄰、駱賓王四人,以文詞齊名海內,時稱王楊盧駱,亦號爲四傑,雖炯有"恥居王後"之言(注1),崔融、張說亦各具優劣之評(注2),要之四人文體之相去,固非甚遠,吾人可以一系視之;蓋四傑均有志於改革文體,另創"剛而能潤,雕而不碎"之製,於楊炯《王勃集序》,已可概見。張鷟《朝野僉載》云:

> 時楊之爲文,好以古人姓名連用,如張平子之略談,陸士衡之所記,潘安仁宜其陋矣,仲長統何足知之?號爲點鬼簿;駱賓王好以數對,如秦地重關一百二,漢家離宮三十六,時人號爲算博士。(《唐代叢書》第一集)

此種譏笑之來,亦緣欲於枝對葉比,限制字數之駢文,解放而爲長句,未臻成熟,致貽人以口實;觀四傑集中諸文,不甘爲徐庾體所囿,而"思革其弊"之跡,隨處可見,其爲折衷派後起之秀,實無可疑。

自是以後,繼起者日多,衆中傑出,當推崔融、李嶠;《新書·崔融列傳》云:

> 融爲文華婉,當時未有輩者,朝廷大筆,多手敕委之,其《洛出寶圖頌》尤工,撰《武后哀册》(注3)最高麗,絶筆而死,時謂思苦神竭云。(卷一一四)

傳文所謂華婉,與徐庾體迥然不同,有其文可以爲證,在折衷派文中,蓋已進一步矣。《新唐書·李嶠傳》云:

> 嶠富才思,有所屬綴,人多傳諷,……然其仕前與王勃、楊盈川接,中與崔融、蘇味道齊名,晚諸人没,而爲文章宿老,一時學者取法焉。(卷一二三)

故張説評崔李之文(注4),亦謂"如良金美玉,無施不可"。統而言之,自四傑以迄崔李,其文類皆不駢不散,參酌古今,與唐初之折衷派,有同氣相連之關係者也。

注1(按:炯謂人曰:吾愧在盧前,耻居王后;載於《舊唐書》卷一九〇上。)

注2(按:崔融曰:王勃文章宏逸,有絶塵之跡,固非常流所及;炯與照鄰,可以企之,盈川之言,爲不信矣;張説謂人曰:楊盈川之文,如懸河注人,酌之不竭,既優於盧,亦不減王,耻居王后則然,愧在盧前爲誤矣。載於《册府元龜》卷八四〇。《舊唐書》卷一九〇誤作"盈川之言信矣",轉令人莫解。)

注3(見《全唐文》卷二二〇。)

注4(見《舊唐書》卷一九〇上。)

十、陳子昂之崛興及吳富體之創立

武后時,陳子昂崛興,著爲文章,言皆雅正,爲一時所取法,徐庾之風,由是遂替;《新唐書·陳子昂列傳》云:

> 唐興,文章承徐庾餘風,天下祖尚,子昂始變雅正,初爲《感遇詩》三十八章,王適曰"是必爲海內文宗",乃請交。子昂所論著,當世以爲法。(卷一〇七)

其起衰拯溺之勞,可謂得風氣之光。而子昂之爲此,亦非偶然,觀下述一節,可以覘之:

> 文章道弊,五百年矣,漢魏風骨,晋宋莫傳,然而文獻有可證者,常觀齊梁詩,彩

麗競繁,而興寄都絕,每以永嘆。昨見明公《孤桐篇》,骨氣端翔,音韻頓挫,光英明韻,有金石聲;遂用洗心收視,發揮幽鬱,不圖正始之音,復覩於兹。(陳子昂《寄東方左史(虬)修竹篇序》)

如此抱負不凡,高瞻遠矚,何讓韓愈獨擅其美?然而卒爲聲譽之累者,豈行檢之不修歟(注1)?盧藏用《右拾遺陳子昂文集序》云:

道喪五百歲而得陳君,君諱子昂,字伯玉,蜀人也;崛起江漢,虎視函夏,卓立千古,橫制頹波,天下翕然,質文一變,非夫岷峨之精,巫廬之靈,則何以生此?……觀其逸足駸駸,方將搏扶搖而陵太清,躡遺風而薄嵩岱,吾見其進,未見其止。惜乎!湮厄當世,道不偶時,委骨巴山,年志俱夭(注2),故其文未極也。(《全唐文》卷二三八)

又柳宗元《楊評事文集後序》云:

文有二道,辭令褒貶,本乎著述者也;導揚諷諭,本乎比興者也;……兹二者,考其旨義,乖離不合,故秉筆之士,恒偏勝獨得,而罕有兼者焉。厥有能而專美,命之曰藝成;雖古文雅之盛世,不能并肩而生,唐興以來,稱是選而不怍者,梓潼陳拾遺。……文之難兼,斯亦甚矣。(《柳河東集》二一)

今人之言古文者,莫不宗仰韓柳,而韓之推崇子昂(注3)既如彼,柳之推崇子昂又若此,其地位之高,何須贅言!至於獨孤及之許爲"以雅易鄭",梁肅之許爲"以風雅革浮侈",前已言之,更無容再述矣。

復有創爲富吳體者,殆亦與子昂犄角策應,而爲蒼頭之突起者也;《舊唐書‧文苑傳》云:

富嘉謨,雍州武功人也;舉進士,長安中,累轉晉陽尉,與新安吳少微,友善同官。先是,文士撰碑頌,皆以徐庾爲宗,氣調漸劣;嘉謨與少微,屬詞皆以經典爲本,時人欽慕之,文體一變,稱爲富吳體。嘉謨作《雙龍泉頌》《千蠋谷頌》,少微撰《崇福寺鐘銘》(注4),詞最高雅,作者推重。(卷九一〇中)

考二人之生卒時代,較子昂爲晚,史文雖不著其宗派,其爲師法陳氏者,亦可一想而知。同時有徐彥伯者,好爲強澀之體,《舊唐書‧徐彥伯列傳》云:

自晚年屬文,好爲強澀之體,頗爲後進所效焉。(卷九四)

則其時之有意斯文,矯正末俗者,固未可以遍舉也。

  注1(子昂嘗上《周受命頌》以媚武后,詳《新唐書》本傳。)
  注2(子昂爲縣令段簡所捕,死於獄中,年四十三。)
  注3(見前述韓愈《薦士詩》。)
  注4(載《全唐文》卷二三五。)

十一、折衷派健將張說蘇頲之文章及其影響

  時至開元之際,唐興已百年,文體之改革,漸臻成熟,折衷派之健將,乃乘時挺生,其人爲誰?則世稱"燕許大手筆"之張說、蘇頲是也。是二人者,并時而生,各擅專長,說以碑志(注1)稱,頲以誥命(注2)著,均爲一時之極選。《新唐書·蘇張列傳》云:

  頲……自景龍後,與張說以文章顯,稱望略等,故時號燕許大手筆;帝(玄宗)愛其文曰:卿所爲詔令,別錄副本,署臣某撰,朕當留中,後遂爲故事。(卷一二五)

說嘗評衡當代諸人文章,足徵其所持態度;《舊唐書·文苑傳》云:

  開元中,說爲集賢大學士十餘年,嘗與學士徐堅,論近代文士,悲其凋喪,堅曰:李趙公、崔文公之筆術,擅價一時,其間孰優?說曰:李嶠、崔融、薛稷、宋之問文,如良金美玉,無施不可;富嘉謨之文,如孤峰絕岸,壁立萬仞,濃雲鬱興,震雷俱發,誠可畏也,若施於廊廟,則駭矣。閻朝隱之文,如麗服靚妝,燕歌趙舞,觀者忘疲,若類之風雅,則罪人矣。問後進詞人之優劣,說曰:韓休之文,如太羹旨酒,雅有典則,而薄於滋味;許景先之文,如豐肌膩理,雖穠華可愛,而微少風骨;張九齡之文,如輕縑素練,實濟時用,而微窘邊幅;王翰之文,如瓊杯玉斝,雖爛然可珍,而多有玷缺;堅以爲然。(卷一九〇上)

大抵富嘉謨之文,以經典爲本,遵復古之轍,故說微加貶辭;閻朝隱之文,以徐庾爲宗,揚浮艷之波,故說大爲黜之;惟引李嶠、崔融等爲同調,故另眼相看;以折衷派自處,亦明甚矣。皇甫湜甚稱美燕許之文,其《論業》有云:

燕公之文,如梗木枏枝,締構大廈,上棟下宇,孕育氣象,可以爕陰陽而閱寒暑,坐天子而朝羣后;許公之文,如應鐘鼙鼓,笙簧錞磬,崇牙樹羽,考以宮縣,可以奉明神,享宗廟。(《全唐文》卷六八七)

良以燕許文章,完然成家,備一體之典型;其後秉筆之士,聞風興起,連鑣繼軌,更僕難數。杜確《岑嘉州集序》有云:

　　自古文體,變易多矣,……聖唐受命,斲雕爲樸,開元之際,王綱復舉,淺薄之風,玆焉漸革;其時作者,凡十數輩,頗能以雅參麗,以古雜今,彬彬然,燦燦然,近建安之遺範矣。(《全唐文》卷四五九)

凡此所言,不啻爲燕許諸人,一寫其真面目,尤以"以雅參麗,以古雜今"二語,爲得文章之真髓。同時有劉知幾,本以史才顯,嘗譏大唐修《晉書》,沿用徐庾輕薄之句(注3),於《周史》記言襲古(注4),復致不滿,考其所撰《史通》全書,亦不嫌偶對成章,其人殆亦同情於折衷派者。

自後繼起者日衆,折衷之主張,亦益以鮮明,駸駸不已,漸成爲文壇上之最有權威者;獨孤及《蕭立南文章集錄序》云:

　　嘗謂揚馬言大而迂,屈宋詞侈而怨,沿其流者,或文質交喪,雅鄭相奪,盍爲之中道乎!故夫子之文章,深其致,婉其旨,直而不野,麗而不艷。(《全唐文》卷三八八)

以"中道"相標榜,非鮮明之折衷主張而何?又裴度《寄李翱書》云:

　　觀弟近日製作,大旨常以時世之文,多偶對儷句,屬綴風雲,羈束聲韻,爲文之病甚矣,故以雄詞遠志,一以矯之,則是以文字爲意也;且文者,聖人假之以達其心,達則已,理窮則已,非故高之下之詳之略之也;愚欲去彼取此,則安步而不可及,平居而不可逾,又何必遠關經術,然後騁其材力哉? 昔人有見小人之違道者,恥與之同形貌共衣服,遂思倒置眉目,反易冠帶以異也,不知其倒之反之,非也;雖非於小人,亦異于君子矣。故文之異,在氣格之高下,思致之淺深,不在其碟裂章句,隳廢聲韻也;人之異,在風神之清濁,心志之通塞;不在於倒置眉目反易冠帶也。試用高明,少納庸妄,若以爲未,幸不以苦言,見革其惑,唯僕心慮荒散,百事罷息,然意之所在,敢隱於故人耶! 昌黎韓愈,僕識之舊矣,中心愛之,不覺驚賞;然其人,信美材也。近或聞諸儕類云:恃其絕足,往往奔放,不以文立制,而以文爲戲,可矣乎? 可矣乎? 今之作

者，不及則已，及之者，當大爲防焉耳！（《全唐文》卷五三八）

誠持復古之見者，不可徒以"隳廢聲韻"爲意，故異於時，懇切言之，反復申論，亦可見折衷派之深意。其後陸贄、權德輿等紛紛接種而起，其道益以光大，而于公異之爲李晟撰《收西京露布》（注5），陸贄之爲德宗撰《罪己詔》（注6），更傳誦一時，亦此派之健者也。

  注1（按：《新唐書》卷一二五《張說傳》，謂長於碑志，世所不逮。）
  注2（按：李德裕文章論，謂近世誥命，唯蘇頲叙事之外，自爲文章。）
  注3（按：見於《史通·論贊》，前已述之。）
  注4（按：見於《史通》卷六，《言語》一篇。）
  注5（按：載於《全唐文》卷五一三。）
  注6（按：載於《全唐文》卷四六〇。）

十二、復古運動局面之展開

  自陳子昂登高一呼，唐文爲之丕變，日就月將，再接再厲，復古局面，益以大展，箇中翹楚，厥爲李邕、賈至、李翰、齊幹、元結、李華、蕭穎士、獨孤及、梁肅數子。李舟《獨孤常州集序》云：

  天后朝，廣漢陳子昂，獨泝頹波，以趣清源，自玆作者，稍稍而出。先大夫（名岑）嘗因講文爲小子曰：吾友蘭陵蕭茂挺，趙郡李遐叔，長樂賈幼幾，洎所知河南獨孤至之，皆憲章六藝，能探古人述作之旨；賈爲玄宗巡蜀，分命之詔（注一），歷歷如西漢時文……（《全唐文》卷四四三）

上文雖不舉李邕之名，而邕生卒時代，且居賈蕭之前，文又傳誦一時，有不可没者；《舊唐書·文苑傳》有云：

  初，邕早擅才名，尤長碑頌，雖貶職在外，中朝衣冠，及天下寺觀，多齎持金帛，往求其文，前後所製，凡數百首，受納饋遺，亦至鉅萬；時議以爲自古鬻文獲財，未有如邕者。（卷一九〇中）

故當時之言文章者，咸以李北海（注2）爲宗師焉。齊澣事蹟，則詳於《舊唐書·文苑傳》（注3），至蕭穎士名動華夷，尤爲曠古所罕聞；《新唐書·文藝傳》云：

倭國(注4)遣使入朝,自陳國人願得蕭夫子爲師者,中書舍人張漸等諫不可而止。(卷二○二)

又劉太真序賈邕等送蕭夫子赴東府詩云:

蕭夫子赴東府,門人送者十二人,劉太真爲之序云:……頃東倭之人,踰海來賓,舉其國俗,願師於夫子,弗敢私情,表聞於天子;夫子辭以疾,而不之從也。(《全唐詩》第三函第九册)

然此猶未足見蕭穎士文章本色,惟李華《揚州功曹蕭穎士文集序》有云:

開元天寶間,詞人以德行著於時者,曰河南元君德秀,字紫芝,其行事,趙郡李華爲墓碣已書之矣;以文學著於時者,曰蘭陵蕭君穎士,字茂挺,……君以爲六經之後,有屈原宋玉,文甚雄壯,而不能經;厥後有賈誼,文詞最正,近於理體;枚乘司馬相如,亦瓌麗才士,然而不近風雅;揚雄用意頗深,班彪識理,張衡宏曠,曹植豐贍,王粲超逸,嵇康標舉,此外皆金相玉質,所尚或殊,不能備舉;左思詩賦,有雅頌遺風;于寶著論,近王化根源;此後夐絶無聞焉。近日陳拾遺子昂,文體最正。以此而言,見君之述作矣。君以制度文章爲已任,時人咸以此許之;不幸殁於旅次,有文十卷……後之爲文者,取以爲法焉。(《全唐文》卷三一五)

觀此,則穎士文章之與陳子昂通脈絡,可不言而喻。同時儔輩,足以頡頏者,首推李華,獨孤及《檢校尚書吏部員外郎趙郡李公中集序》云:

志非言不形,言非文不彰,是三者相爲用,亦猶涉川者,假舟楫而後濟;自典謨缺,雅頌寢,世道陵夷,文亦下衰,故作者往往先文字,後比興;其風流蕩而不返,乃至有飾其詞而遺其意者,則潤色愈工,其實愈喪;及其大壞也,儷偶章句,枝對葉比,以八病四聲爲梏拲,拳拳守之,如奉法令,聞皋縣史克之作,則呷然笑之;天下雷同,風驅雲趨,文不足言,言不足志,亦猶木蘭爲舟,翠羽爲檝,翫之于陸,而無涉川之用;痛乎!流俗之惑人也舊矣。帝唐以文德夐祐於下,民被王風,俗稍丕變;至則天太后時,陳子昂以雅易鄭,學者浸而嚮方;天寶中,公與蘭陵蕭茂挺,長樂賈幼幾,勃焉復起,振中古之風,以宏文德。公之作,本乎王道,大抵以五經爲泉源,攄情性以托諷,然後有歌詠;美教化,獻箴諫,然後有賦頌;懸權衡以辯天下公是非,然後有論議;至若記序編録銘鼎刻石之作，必采其行事，以正褒貶；非夫子之旨不書，故風雅之指歸，刑政之本根，忠孝之大倫，皆見於詞。於時文士馳騖，飆扇波委，二十年間，學者稍厭折楊皇荂，而窺咸池之音者什五六，識者謂之文章中興，公實啓之。公名華，字遐叔，趙郡人。（《全唐文》卷三八八）

委曲詳盡，無過此序，數子著述宏旨，亦在是矣。而數子之中，獨孤及尤負時譽，號爲一代文宗焉；梁肅所撰《常州刺史獨孤公行狀》云：

其茂學博文，不讀非聖之書，非法之言，不出諸口，非設教垂訓之事，不行於文字，而達言發辭，若山岳之峻極，江海之波瀾，故天下謂之文伯。有文集二十卷，行於代。若藝文之士，遭公發揚盛名，比肩於朝廷，則有故中書舍人吳郡朱巨川，中書舍人渤海高參，今尚左丞天水趙璟，職方員外郎知制誥博陵崔元翰，考功員外郎潁川陳京，禮部員外郎北海唐次，蘇州刺史高陽齊抗，其章章者也。（《全唐文》卷五二二）

崔元翰《與常州獨孤使君書》亦云：

閣下紹三代之文章，播六學之典訓，微言高論，正詞雅音，溫純深潤，溥博宏麗，道德仁義，粲然昭昭，可得而本；學者風馳雲委，日就月將，庶幾於正。（《全唐文》卷五二三）

其爲時人所仰慕，一至於此，得非復古運動中之領袖人物歟？梁肅又撰《常州刺史獨孤及集後序》，亦頗有發明：

大曆丁巳歲夏四月，有唐文宗常州刺史獨孤公，薨於位，秋九月既葬，門下士安定梁肅，諮謀先達，稽覽故志，以公茂德映乎當世，美化加乎百姓，若發揚秀氣，磅礡古訓，則在乎斯文，斯文之盛，不可以莫之紀也；於是綴其遺草三百篇，爲二十卷，以示後嗣，乃繫其辭曰：夫大者天道，其次人文，在昔聖王，以之經緯百度，臣下以之弼成以五教；德又下衰，則怨刺形於歌詠，諷議彰於史冊，故道德仁義，非文不明；禮樂刑政，非文不立；文之興廢，視世之治亂；文之高下，視才之厚薄。唐興，接前代澆漓之後，承文章顛墜之運，王風下扇，舊俗稍革，不及百年，文體反正。其後時寖和溢，而文亦隨之；天寶中，作者數人，頗節之以禮；洎公爲之，於是操道德爲根本，總禮樂爲冠帶，以《易》之精義，《詩》之雅興，《春秋》之褒貶，屬之於辭；故其文寬而簡，直而婉，辯而不華，博厚而高明，論人無虛美，比實爲實錄，天下凜然，復覩兩漢之遺風。

善乎中書舍人崔公祐甫之言也,曰:常州之文,以立憲誡世,褒賢過惡為用,故議論最長;其或列於碑頌,流於詠歌,峻如嵩華,浩如江河,如贊堯舜禹湯之命,為《誥》為《典》,為《謨》為《訓》,人皆許之,而不吾試,論道之位,宜而不陟;誠哉;公諱及,字至之,……其餘紀物敘事,一篇一詠,皆足以追蹤往烈,裁正狂簡。噫!天其以述作之柄,授夫子乎?不然,則吾黨安得遭遇乎斯文也?初,公視肅以友,肅仰公猶師,每申之話言,必先道德而後文學,且曰:後世雖有作者,六籍其不可及已!荀孟樸而少文,屈宋華而無根,有以取正,其史遷班孟堅云爾;唯子可與共學,當視斯文,庶乎成名。肅承其言,大發蒙惑,今則巳矣!知我者其誰哉?遂銜涕為敘,俾來者於是乎觀夫子之志。(《全唐文》卷五一八)

於此,既可以瞭然肅與獨孤及之關係,亦可見肅之造詣如何?

又梁肅《補闕李君前集序》有云:

唐有天下幾二百載,而文章三變:初則廣漢陳子昂,以風雅革浮侈;次則燕國公張說,以宏茂廣波瀾;天寶已還,則李員外(注5)蕭功曹(注6)賈常侍(注7)獨孤常州,比肩而出,故其道益熾。若乃其氣全,其辭辨,馳騖古今之際,高步天地之間,則有左補闕李君,君名翰,趙郡贊皇人也。(《全唐文》卷五一八)

則李翰亦當於此輩中占一席位也。元結,系出鮮卑,亦以能文稱,事詳《新唐書》本傳(注8),宋歐陽修嘗評其文筆力雄健,不減韓柳(注9)。皇甫湜《論業》,篇中有品評李邕等文者,雖非盡允,亦可備參考,節錄以附於本節之末:

李北海之文,如赤羽白甲,延亙平野,如雲如風,有貙有虎,闐然鼓之,吁可畏也;賈常侍之文,如高冠華簪,曳裾鳴玉,立於廊廟,非法不言,可以望為羽儀,資以道義;李員外之文,則如金輿玉輦,雕龍彩鳳,外雖丹青可掬,內亦體骨不饑;獨孤尚書(注10)之文,如危峰絕壁,寄倚霄漢,長松怪石,傾倒谿壑,然而略無和暢,雅德者避之。(《全唐文》卷六八七)

　　注1(按:又名《玄宗辛普安郡制》,見《全唐文》卷三六六。)
　　注2(按:李邕嘗為北海郡太守,故名。)
　　注3(按:《舊唐書·文苑中》,謂論駁書詔,皆以古義諟誥為準的。)
　　注4(按:《舊唐書》卷一九○下,則謂新羅,茲以劉太真序亦與新書同,故從新書。)
　　注5(按:李華嘗以尚書司封員外郎見徵。)

注6(按:蕭穎士嘗爲揚州功曹參軍。)

注7(按:賈至官至右散騎常侍。)

注8(按:見卷一四三。)

注9(按:見《集古錄跋尾》卷七,《唐元次山銘》。)

注10(按:當指獨孤及,其詳待查。)

十三、韓柳前之極端復古論者

復古運動局面大展,後進之士,耳濡目染,醖釀有素,機會成熟,由是而產生英豪,以集復古之大成,理有固然,亦勢所必至也。然未述此集大成者之先,請先述其時之持極端復古論者,庶幾使當時潮流之大勢,及文壇之空氣,益以了然。凡兹所舉,均爲與集大成之韓柳同時而稍前者。其中態度最極端者爲鄭餘慶,討論最多者爲柳冕,而顧況、李觀、樊宗師,周旋迴翔,亦同聲相應。柳冕論文之書札,據《全唐文》所收,已有《與滑州盧大夫》《與徐給事》《答荆南裴尚書》《答徐州張尚書》《答楊中丞》《答衢州鄭使君》(注1)等六篇,不厭頻頻討論,當時風氣,可以略覘;試觀其《與徐給事論文書》云:

> 昔武帝好神仙,而相如爲《大人賦》以諷,帝覽之,飄然有凌雲之氣,故揚雄病之曰:諷則諷矣,吾恐不免於勸也。蓋文有餘,而質不足,則流;才有餘,而雅不足,則蕩;流蕩不返,使人有淫麗之心,此文之病也。雄雖知之,不能行之,行之者惟荀、孟、賈生、董仲舒而已。僕自下車,爲外事所感,感而應之爲文,不覺成卷。意雖復古,而不逮古,則不足以議古人之文;噫!古人之文,不可及之矣,得見古人之心,在於文乎?苟無文,又不得見古人之心,故未能忘言,亦志之所之也。(《全唐文》卷五二七)

又《答荆南裴尚書論文書》云:

> 小子志雖復古,力不足也;言雖近道,辭則不文,雖欲拯其將墜,末由也已。(《全唐文》卷五二七)

莫不殷殷以復古自期,態度如此堅決,絶非初提倡時所能有。至顧況之主張,則見於其所撰《文論》,略云:

> 且夫日月麗乎天,草木麗乎地,風雅亦麗於人,是故不可廢。廢文則廢天,莫可

法也,廢天則廢地,莫可理也,廢地則廢人,莫可象也;郁郁乎文哉!法天、理也、象人者也。(《全唐文》卷五二九)

李觀之主張,則見於其《帖經日上侍郎書》,略云:

> 上不罔古,下不附今,直以意到爲辭,辭訖成章。(《全唐文》卷五三三)

又《新唐書·文藝傳》有云:

> 觀文不襲沿前人,時謂與韓愈相上下,及觀少夭(注2),而愈後文益工,議者以觀文未極,愈老不休,故卒擅名。陸希聲以爲觀尚辭,故辭勝理,愈尚質,故理勝辭,雖愈窮老終不能加觀之辭;觀後愈死亦不能逮愈之質云(注3)。(卷二〇三)

故觀之造詣,亦有獨到之處。樊宗師爲韓愈所知,既爲狀薦之(注4),復盛稱其文(注5);而宗師所爲文,故作奇古,解人難索,如《絳守居園池記》(注6)是也;故宋歐陽修《集古錄跋》尾云:

> 右《絳守居園池記》,唐樊宗師撰。或云此石,宗師自書。嗚呼!元和之際,文章之盛極矣,其怪奇至於如此?(卷九)

至鄭餘慶之極端復古,雖以不適時爲世人所譏,然矯枉過正,勢所必然;《新唐書·鄭餘慶列傳》云:

> 餘慶……奏議類用古語,如仰給縣官,馬萬蹄,有司不曉何等語;人訾其不適時。(卷一六五)

當日復古空氣之瀰漫,頗可想見,惟品類不齊,更足徵此中之大不乏人。

> 注1(按:均載于《全唐文》卷五二七。)
> 注2(按:觀卒年二十九而已。)
> 注3(按:見希聲所爲《李觀文集序》,載于《全唐文》卷八一三。)
> 注4(按:載于《韓昌黎集》卷三八。)
> 注5(按:見愈撰《南陽樊紹述墓志銘》,載《韓昌黎集》卷三四。)

注6(按:載于《全唐文》卷七三〇。)

十四、復古運動之集大成者韓愈柳宗元

復古運動至韓愈柳宗元出,始集大成,而韓之名尤著,故自宋迄清,言古文者,莫不宗愈,有若泰山北斗;語曰:"時勢造英雄,英雄亦造時勢。"予於此益信。蓋沉溺駢儷,至江左已臻於極點,故蕭梁裴子野首著《雕虫論》斥爲"亂代之徵"!繼此而興,時有所聞,復古之論,亦再接再厲,中間盛衰屢變,波瀾迭起;遞至韓愈,賴天賦之卓越,憑藉之廣厚,乘時順勢,遂一鳴驚人;然非有過人之材,固無以冀成就,非有環境之助,亦何以鼓其勇?兩善并具,相得益彰,由是聲名鵲起,獨擅其功,後之論者,祇知有韓文公而已。《册府元龜》有云:

> 韓愈,幼孤,刻苦學儒,不俟獎勵;大曆貞元之間,文士多尚古,效學楊雄、董仲舒之述作,而獨孤及、梁肅,最稱淵奧,儒林推重,愈從其徒游,銳意鑽仰,欲自振於一代。嘗以爲自魏晉已還,爲文者多拘偶對,而經誥之指歸,遷、雄之氣格,不復振起矣;故愈所爲文,務反近體;抒意立言,自成一家新語,後學之士,取爲師法。當時作者甚衆,無以過之,故世稱韓文焉。(卷八四一。按:《舊唐書》卷一六〇所載略同。)

讀此,則愈所得環境之助力,及同時作者之盛,均可瞭然;惟《新唐書》删此不載,未悉有何深意?韓愈自述學古文之勞,詳于《答李翊書》,書有云:

> 愈之所爲,不自知其至猶未也;雖然!學之二十餘年矣。始者,非三代兩漢之書不敢觀,非聖人之志不敢存,處若忘,行若遺,儼乎其若思,茫乎其若迷,當其取于心而注于手也,惟陳言之務去,戛戛乎其難哉!其觀于人,不知其非笑之爲非笑也;如是者亦有年,猶不改,然後識古書之正僞,與雖正而不至焉者,昭昭然白黑分矣,而務去之,乃徐有得也。當其取于心而注于手也,汩汩然來矣;其觀于人也,笑之則以爲喜,譽之則以爲憂,以其猶有人之説者存也;如是者亦有年,然後浩乎其沛然矣;吾又懼其雜也,迎而拒之,平心而察之,其皆醇也,然後肆焉。雖然,不可以不養也,行之乎仁義之途,游之乎詩書之源,無迷其途,無絕其源,終吾身而已矣。氣,水也,言,浮物也,水大,而物之浮者大小畢浮;氣之與言猶是也,氣盛,則言之短長與聲之高下者皆宜;雖如是,其敢自謂幾於成乎?雖幾於成,其用於人也奚取焉?(《韓昌黎集》卷一六)

其自述作文之法度，則詳於《答劉正夫書》，書有云：

> 或問爲文宜何師？必謹對曰：宜師古聖賢；人曰：古聖人所爲書具存，辭皆不同，宜何師？必謹對曰：師其意不師其辭；又問曰：文宜易，宜難？必謹對曰：無難易，惟其是爾；如是而已，非固開其爲此而禁其爲彼也。（《韓昌黎集》卷一八）

吾人欲一究韓愈所爲古文之態度如何？觀上述二書，已思過半矣。至其不滿意於時行之駢文，亦有足述者；愈《與馮宿論文書》云：

> 僕爲文久，每自測，意中以爲好，則人必以爲惡矣，小稱意，人亦小怪之，大稱意，即人必大怪之也；時時應事，作俗下文字，下筆令人慚，及示人，則人以爲好矣，小慚者亦蒙謂之小好，大慚者即必以爲大好矣；不知古文直何用於今世也？然以俟知者知耳！（《韓昌黎集》卷一七）

其《答崔立之書》亦有云：

> 見有舉進士者，人多貴之，僕誠樂之，就求其術，或出禮部所試賦詩策等以相示，僕以爲可無學而能，因詣州縣求舉，有司者好惡出于其心，四舉而後有成，亦未即得仕。聞吏部有以博學宏辭選者，人尤謂之才，且得美仕，就求其術，或出所試文章，亦禮部之類，私怪其故；然猶樂其名，因又詣州府求舉；……退自取所試讀之，乃類于俳優者之辭，顏恧怩而心不寧者數月。（《韓昌黎集》卷一六）

蓋斯時愈已受獨孤及、梁肅輩復古説之熏陶，反對時文，有若出乎素性，無待絲毫勉強，故愈所爲文，粹然如三代兩漢之制，不雜分鬐儷偶之氣，其所以獨著盛譽者，亦以此耳！《新唐書·韓愈列傳》云：

> 愈……每言文章自漢司馬相如、太史公、劉向、揚雄後，作者不世出；故愈深探本元，卓然樹立，成一家言。其《原道》《原性》《師説》等數十篇，皆奧衍閎深，與孟軻、揚雄相表里，而佐佑《六經》云。……贊曰：唐興，承五代剖分，王政不綱，文弊質窮，崿佪混并，天下已定，治荒剔蠹，討究儒術，以興典憲，薰釀涵浸，殆百餘年，其文章稍稍可述；至貞元元和間，愈遂以《六經》之文爲諸儒倡，障隄末流，反刓以樸，剗僞以真。然愈之才，自視司馬遷、揚雄，至班固以下不論也；當其所得，粹然一出於正，刊落陳言，横鶩別驅，汪洋大肆，要之無牴牾聖人者；其道蓋自比孟軻，以荀況、揚雄爲

未淳,寧不信然。(卷一七六)

其言其文,一以復古爲職志,爲絶無可疑者;故李翱《與陸傪書》有云:

> 既又思我友韓愈,非兹世之文,古之文也,非兹世之人,古之人也。(《全唐文》卷六三五)

近人胡雲翼著《中國文學史》,竟欲盡翻此案,豈不謬甚!胡著《中國文學史》有云:

> 他們口裏雖喊著復古的口號,可是他們的文章并不如蘇綽的死擬《尚書》,也不如王通的死擬《論語》;……(頁一一一)

不知此不過復古之進步,不能謂復古者之改絃也。胡著又云:

> 韓愈他們致力于文學運動,其目的無非想提倡一種有内容的實用文章;……(頁一一二)

以實用言,不知韓愈之高足弟子李翱,正以爲嫌,胡氏所言,寧不適得其反耶?李翱《答朱載言》云:

> 韓吏部之文,如長江秋注,千里一道,衝飇激浪,瀚流不滯;然而施諸灌溉,或爽於用。(《全唐文》卷六八七)

然而其所以較便實用者,不過從駢文中解放而得之效耳!胡氏之失類此者尚多,容當爲文辨之,兹無暇多贅。韓愈文章,古今傳誦,而《田弘正宗廟碑》(注1),尤爲宋人所樂道,董逌《廣川書跋》有云:

> 文章大弊於唐,至韓愈勒除叛亂,天下始變,而知所守。……余考《田弘正碑》,蓋其傑然自出,拔乎百千歲間,駸駸上薄告誓命,屢進而不息也;……(卷九)

是韓愈雖不"死擬《尚書》",亦可見其師承之一斑矣。

柳宗元之名與韓愈相伯仲,故言古文者,類多韓柳并稱,而宗元所爲山水游記,尤膾炙人口;韓愈亦異常推重其文;《新唐書·柳宗元列傳》云:

>柳宗元……少精敏絕倫,爲文章,卓偉精緻,一時輩行推仰,……既竄斥,地又荒癘,因自放山澤間,其堙厄感鬱一寓諸文……宗元久汨振,其爲文思益深,……南方爲進士者,走數千里從宗元游,經指授者,爲文辭皆有法,世號柳柳州;……韓愈評其文曰:"雄深雅健似司馬子長,崔蔡不足多也。(卷一六八)

又劉禹錫《禮部員外郎柳宗元文集序》亦云:

>子厚之喪,昌黎韓退之志其墓,且以書來弔:'哀哉!若人之不淑;吾嘗評其文,雄深雅健似司馬子長,崔蔡不足多也。'安定皇甫湜,於文章少所推讓,亦以退之之言爲然。(《全唐文》卷六〇五)

師法《史記》《漢書》,爲大曆、貞元間倡古文者之鵠的,今推宗元得其似,造詣之深,超越倫輩矣。宗元爲文態度,詳於其《答韋中立論師道書》,書有云:

>始吾幼且少,爲文章以辭爲工;及長,乃知文者以明道,是固不苟爲炳炳烺烺,務采色,誇聲音,而以爲能也。凡吾所陳,皆自謂近道,而不知道之果近乎遠乎?吾子好道而可吾文,或者其於道不遠矣。故吾每爲文章,未嘗敢以輕心掉之,懼其剽而不留也;未嘗敢以怠心易之,懼其弛而不嚴也;未嘗敢以昏氣出之,懼其昧沒而雜也;未嘗敢以矜氣作之,懼其偃蹇而驕也。抑之欲其奥,揚之欲其明,疎之欲其通,廉之欲其節,激而發之欲其清,固而存之欲其重,此吾所以羽翼夫道也。本之《書》以求其質,本之《詩》以求其恒,本之《禮》以求其宜,本之《春秋》以求其斷,本之《易》以求其動,此吾所之取道以原也。參之《穀梁》以屬其氣,參之《孟》《荀》以暢其支,參之《莊》《老》以肆其端,參之《國語》以博其趣,參之《離騷》以致其幽,參之太史公以著其潔,此吾所以旁推交通而以爲之文也。(《柳河東集》卷三四)

其鑽心研神,博觀約取如此,爲從來論文者所未有。韓既尊柳,柳亦重韓,試觀宗元《答韋珩示韓愈相推以文墨事書》,可見梗概;書云:

>退之所敬者,司馬遷、揚雄,遷於退之固相上下,若雄者如《太元》《法言》及《四愁賦》,退之獨未作耳!決作之,加恢奇;至他文過揚雄遠甚,雄之遣言措意,頗短局滯澀,不若退之倡狂恣睢,肆意有所作;若然者,使雄來尚不宜推避,而況僕耶?……足下幸勿信之。(《柳河東集》卷三四)

總之，韓柳各有專擅，勞績相埒，相爲羽翼，以集古文運動之大成，實曠代之盛事。明茅坤《柳柳州文鈔引》有云：

> 昌黎韓退之崛起八代之衰，又得柳柳州相爲羽翼，故此唱彼和，譬之噴嘯山谷，一呼一應，可謂盛已。（《唐宋八大家文鈔》第九冊）

其不容後人妄爲軒輊，亦明甚矣。

注1（按：載於《韓昌黎集》卷二六。）

十五、韓門弟子之繼承光大及白居易杜牧等之響應

韓愈既集古文之大成，其及門弟子又能繼承光大，故其聲譽震耀，無可比肩；李肇《國史補》有云：

> 韓愈引致後輩，爲科舉第，多有投書請益者，時人謂之韓門弟子；後官高不復爲也。（《唐代叢書》第三集）

愈亦嘗自謂"不幸獨有接後輩名"（注1），故李翱、李漢、張籍、皇甫湜等，皆爲及門高足，言其成就，雖"遽不及遠甚"（注2），而護衛之功亦有足多者。李翱《答朱載言書》云：

> 創意造言皆不相師，故其讀《春秋》也，如未嘗有《詩》也；其讀《詩》也，如未嘗有《易》也；其讀《易》也如未嘗有《書》也；其讀屈原莊周也，如未嘗有《六經》也；故義深則意遠，意遠則理辯，理辯則氣直，氣直則辭盛，辭盛則文工；如山有恒華嵩衡焉，其同者高也，其草木之榮不必均也；如瀆有淮濟河江焉，其同者出源到海也，其曲直淺深色黃白不必均也；如百品之雜焉，其同者飽於腹也，其味鹹酸苦辛不必均也；此因學而知者也，此創意之大歸也。天下之語文章有六說焉，其尚異者則曰：文章辭句奇險而已；其好理者則曰：文章叙意苟通而已；其溺於時者則曰：文章必當對；其病於時者則曰：文章不當對；其愛難者則曰：文章宜深不當易；其愛易者則曰：文章宜通不當難；此皆情有所偏，滯而不流，未識文章之所主也。義不深不至於理，言不信不在於教，勸而詞句怪麗者有之矣，劇秦美新、王褒《僮約》是也；其理往往有是者，而詞章不能工者有之矣，劉氏《人物表》、王氏《中說》、俗傳《太公家教》是也。古之人能極於工而已，不知其詞之對與否易與難也；《詩》曰：憂心悄悄，慍於群小，此非對也；又

曰：遘閔既多，受侮不少，此非不對也；《書》曰：朕聖讒說殄行，震驚朕師，《詩》曰：菀彼柔桑，其下侯旬，將采其劉，瘼此下人，此非易也；《書》曰：允恭克讓，光被四表，格於上下，《詩》曰：十畝之間兮，桑者閑閑兮，行與子旋兮，此非難也；學者不知其方，而稱說云云，如前所陳者，非吾之敢聞也。《六經》之後，百家之言興，老聃、列御寇、莊周、鶡冠、田穰苴、孫武、屈原、宋玉、孟子、吳起、商鞅、墨翟、鬼谷子、荀況、韓非、李斯、賈誼、枚乘、司馬遷、相如、劉向、揚雄，皆足以自成一家之文，學者之所師歸也。故義雖深，理雖當，詞不工者，不成文，宜不能傳也；文理義三者兼并，乃能獨立於一時，而不泯滅於後代，能必傳也。仲尼曰：言之無文，行之不遠；子貢曰：文猶質也，質猶文也，虎豹之鞟，猶犬羊之鞟，此之謂也。陸機曰：怵他人之我先，韓退之曰：唯陳言之務去，假令述笑哂之狀曰：莞爾，則《論語》言之矣；曰啞啞，則《易》言之矣；曰粲然，則穀梁子言之矣；曰攸爾，則班固言之矣；曰囅然，則左思言之矣。吾復言之，與前文何以異也？此造言之大歸也。（《全唐文》卷六三五）

詳徵博引以釋創意造言之旨，而祛世人之惑，其足輔翼復古運動，使永其流傳，同時諸人，莫不皆然，蓋當日駢儷之餘，經一再掃蕩，業已少戢，破壞之餘，異說紛競，不有嚴正之抉別，不足以底純正文體於光大也。故皇甫湜《答李生第二書》亦有云：

近風教偷薄，……詩未有劉長卿一句，已呼阮籍為老兵矣；筆語未有駱賓王一字，已罵宋玉為罪人矣；書字未識偏傍，高談羲契；讀書未知句度，下視服鄭。（《全唐文》卷六八五）

斯時風氣之大病，一至於此，非賴後起宣揚護衛之力，則韓愈所倡古文，亦將為魚目所混矣；湜又為《論業》（注3）一文，以總評燕許以次諸文人之優劣，其意殆亦與李翱所論，相為表里，其他類此者尚多，不遑悉舉。

此外與韓愈雖無直接關係，亦起而響應者，尤不乏人，今舉白杜二氏，以備一例；白居易《策林·中·議文章》一節有云：

問：國家化天下以文明，獎多士以文學，二百餘載，文章煥焉，然則述作之間，久而生弊，書事者罕聞於直筆，褒美者多觀其虛辭；今欲去偽抑淫，芟蕪划穢，黜華於枝葉，實反於根源，引而救之，其道安在？

臣謹案：《易》曰：觀乎人文以化成天下，《記》曰：文王以文理，則文之用，大矣哉！自三代以還，斯文不振，故天以將喪之弊，授我國家，國家以文德應天，以文教牧人，以文行選賢，以文學取士，二百餘年，煥乎文章，故士無賢不肖，率注意於文矣；然臣聞大成不能無小弊，大美不能無小疵，是以凡今秉筆之徒，率爾而言者有矣，裴然成章者有矣，故歌詠詩賦碑碣贊誄之制，往往有虛美者矣，有媿辭者矣，若行於時，則誣善惡而惑當代，若傳於後，則混真僞而疑將來，臣伏思之，大非先王文理化成之教也。且古之爲文者，上以紉王教繫國風，下以存炯戒通諷諭，故懲勸善惡之柄，執於文士褒貶之際焉，補察得失之端，操於詩人美刺之間焉；今褒貶之文無覈實，則懲勸之道缺矣，美刺之詩不稽政，則補察之義廢矣，雖彫章鏤句，將焉用之？臣又聞稂莠秕稗生於穀，反害穀者也，淫辭麗藻生於文，反傷文者也，故農者耘稂莠簸秕稗，所以養穀也，王者刪淫辭削麗藻，所以養文也；伏惟陛下詔主文之司，諭養文之旨，俾辭賦合炯戒諷諭者，雖質雖野，采而獎之；碑誄有虛美媿辭者，雖華雖麗，禁而絶之；若然，則爲文者必當尚質抑淫，著誠去僞，小疵小弊，蕩然無遺矣，則何慮皇家之文章，不與三代同風者歟！（《全唐文》卷六七一）

樂天此論，可謂出自心坎，與其製作，足爲印證。杜牧《答莊充書》有云：

某白，莊先輩足下；凡爲文以意爲主，以氣爲輔，以辭彩章句爲之兵衛；未有主強盛而輔不飄逸者，兵衛不華赫而莊整者，四者高下圓折步驟，隨主所指，如鳥隨鳳，魚隨龍，師衆隨湯武，騰天潛淵，橫裂天下，無不如意。苟意不先立，止以文彩辭句，繞前捧後，是言愈多，而理愈亂，如入闤闠，紛然莫知其誰？暮散而已。是以意全勝者，辭愈朴而文愈高；意不勝者，辭愈華而文愈鄙；是意能遣詞，詞不能成意，大抵爲文之旨如此。（《全唐文》卷七五一）

篇中大意，與韓門弟子持論，正相類似；由是風氣一易，文運克昌，先哲後賢，項背相望；宋姚鉉嘗編次《唐文粹》，盡收一代雅正文體，其自序一篇，足資借鏡，茲節錄其中心一段，以附本節之末：

有唐三百年，用文治天下，陳子昂起於庸蜀，始振風雅，繇是沈宋嗣興，李杜傑出，六義四始，一變至道；洎張燕公以輔相之才，專譔述之任，雄辭逸氣，聲動群聽，蘇許公繼以宏麗丕變習俗，而後蕭李以二雅之辭本述作，常楊以三盤之體演絲綸，郁郁之文，於是乎在。惟韓吏部超卓群流，獨高邈古，以二帝三王爲根本，以六經四教爲宗師，憑陵轥轢，首倡古文，遏橫流於昏墊，闢正道於夷坦；於是柳子厚李元賓李翶皇甫湜又從而和之，則我先聖孔子之道，炳然懸諸日月，故論者以退之之文，可繼揚孟，斯得之矣。至於賈常侍至、李補闕翰、元容州結、獨孤常州及、呂衡州溫、梁補闕肅、權文公德輿、劉賓客禹錫、白尚書居易、元江夏稹，皆文之雄傑者歟？世謂貞元元和之間,辭人咳唾,皆成珠玉,豈誣也哉?

  注1(按:出於《答劉正夫書》。)

  注2(按:爲《新唐書·韓愈傳》之語。)

  注3(按:載於《全唐文》卷六八七,前曾引用。)

十六、折衷派始終見重於時

  折衷一派文體,自始即占最大勢力,故貞元元和以降,復古潮流雖張,其爲時人所重,依然如故;蓋折衷古今,合其兩長之説,最得大多數人歡迎也。《新唐書·封敖列傳》云:

  敖屬辭瞻敏,不爲奇澀語,切而理勝,武宗使作詔書,慰邊將傷夷者曰:"傷居爾體,痛在朕躬"帝善其如意,出,賜以宮錦。劉稹平,德裕以定策功,進太尉,時敖草其制曰:"謀皆予同,言不他惑。"德裕以能明專任已以成功,謂敖曰:"陸生恨文不逮意,如君此等語,豈易得邪?"解所賜玉帶贈之。(卷一七七)

既能保音律之美,便於詠誦,又能明心臆之意,切於實用,其博人之好響者,殆不止封敖(注3)一人矣。李德裕惡《文選》不根藝實(注1),已示不滿駢文之意,又極贊蘇頲誥命(注2)之美,其亦服膺折衷之説者歟?兹録其所著《文章論》附載之《文箴》一段,以見其所持態度:

  文之爲物,自然靈氣,恍惚而來,不思而至;杼軸(注4)得之,淡而無味;琢刻藻繪,珍不足貴;如彼璞玉,磨礱成器;奢者爲之,錯以金翠;美質既雕,良寶所棄。(《全唐文》卷七〇九)

更試覽其時文人製作,駢偶之句,多不以爲嫌,世之風尚,從可知矣。

  注1(按:載於《新唐書》卷四四,前已引用。)

  注2(按:前已引用。)

  注3(按:封敖文章載於《全唐文》卷七二八。)

  注4(按:原文本柚字,疑誤。)

十七、綺靡派之重張旗鼓

　　雕琢章句,雖以淫蕩見斥,吟詠低昂,猶以聲韻見賞,閑居歡宴,聊以舒懷,不能恝然盡捨,亦人之常情也;故斥者自斥,樂者自樂,無論如何雷厲風行,迄不能絕其根株。加以考試制度,依然以辭賦浮文為定式,雖矢志復古者,猶不得不昧心從事,況中人以下,能不為其潛易默化乎?惟其然也,故終唐一世,綺靡一派,未嘗絕跡;偶遇禁遏稍馳,即旗鼓重張;而唐代君主,亦間有暗助其燄者,尤以德宗之於令狐楚為著。《舊唐書·令狐楚列傳》云:

　　　　李說嚴綬鄭儋相繼鎮太原,高其行義,皆辟為從事,自掌書記至節度判官,歷殿中侍御史;楚才思俊麗,德宗好文,每太原奏至,能辨楚之所為,頗稱之。(卷一七二)

《新唐書·令狐楚列傳》亦云:

　　　　憲宗時,累擢職方員外郎知制誥,其為文於牋奏制令尤善,每一篇成,人皆傳諷。(卷一六六)

楚所為章奏,雖視徐庾為典,然枝對葉比,亦不出駢儷窠臼,觀其臨終遺表,可見一斑:

　　　　臣永惟際會,受國深恩,以祖以父,皆蒙褒贈,有弟有子,并列班行;全要領以從先人,委體魄而事先帝,此不自達,誠為甚愚。但以永去泉扃,長辭雲陛,更陳尸諫,猶進蓍言;雖號叫而不能,豈誠明之敢忘?今陛下(注1)春秋鼎盛,寰海鏡清,是修教化之初,當復理(注2)平之始;然自前年夏秋已來,貶譴者至多,誅戮者不少,望普加鴻造,稍霽皇威,歿者昭洗以雲雷,存者霑濡以雨露;使五穀嘉熟,兆人安康;納臣將盡之苦言,慰臣永蟄之幽魄。(《舊唐書》卷一七二)

由是駢儷之風,一時復煽,開成之初,體尤卑弱;《新唐書》列傳一〇二《高鍇附傳》云:

　　　　開成元年,權知貢舉,文宗自以題異有司,鍇以籍上,帝語侍臣曰:比年文章卑弱,今所上差勝於前;鄭覃曰:陛下矯革近制,以正頹俗,而鍇乃能為陛下得人。帝曰:諸鎮表奏太浮華,宜責掌書記,以誡流宕;李石曰:古人因事為文,今人以文害事,懲弊抑末誠如聖訓。(卷一七七)

蓋斯時昌黎河東凋謝已久，李翱皇甫湜又人微言輕，綺靡之徒，遂乘機復起；遞至大中以後，其勢更熾，爲之張目者，厥有李商隱、溫庭筠、段成式輩；而商隱初本工古文，後乃變節者，亦足覘文運之興替矣。《新唐書·文藝傳》云：

> 商隱初爲文，瑰邁奇古，及在令狐楚府，楚本工章奏，因授其學；商隱儷句短長，而繁縟過之；時溫庭筠、段成式，俱用是相夸，號三十六體（注3）。（卷二○三）

至溫庭筠段成式相與唱和，類侈尚浮艷，即尋常書札往還，亦對偶連篇，茲將段成式《與溫飛卿八書》，及溫廷筠《答段成式七書》中，各擇錄一首，以著其概。成式《與飛卿書》云：

> 近集仙舊史，獻墨二挺，謹分一挺送上；雖名殊九子，狀異二螺，如虎掌者非佳，似兔支者差勝；不思吳興道士忽遇，因取上章，越王神女得之，遂能注《易》。但所恨雞山松節，絶已多時，上谷檞頭，求之未獲也。成式述作中躓，草隸非工，惟茲白事，足以驅策；詎可供成家之硯，奪如椽之筆乎？（《全唐文》卷七八七）

廷筠《答成式書》云：

> 廷筠白：即日幹僮至，奉披榮誨，蒙貺易州墨一挺；竹山奇製，上蔡輕煙，色奪柴帷，香含漆簡；雖復三臺故物，貴重相傳，五兩新膠，乾輕入用；猶恐於潛曠遠，建業尪羸，韋曜名方，即求雞木，傅元佳致，別染龜銘；恩加於蘭省郎官，禮備於松櫨介婦，汲妻衡弟所未窺觀，《廣記》《漢儀》何嘗著列？矧又元洲……上苑，青瑣西垣，警字猶新，疑籤尚整，帳中女史，猶襲清香，架上仙人，常持縹帙，得於華近，辱在庸虛。豈知夜鶴頻驚，殊慚志業，秋蚗屢綰，不稱精研；惟憂痗物虛投，蠟盤空設，晉陵雖壞，正握銅兵，王詔徒深，誰磨石硯？捧奉榮荷，不任下情，庭筠再拜。（《全唐文》卷七八六）

此種"三十六體"既興，綺靡一派，遂捲土重來，支配文壇；此長彼消，復古一派，又因之頓挫矣。

注1（按：指文宗昂。）
注2（按：唐人諱治爲理。）
注3（按：三人行次，均爲十六，故名。）

十八、唐末概況

咸通天祐之間,唐祚日蹙,不絕如帶,時四郊多壘,人心惶惶,百事凋敝,文壇黯然;惟在野遯逸,崇尚質樸,以暢古文之流者,亦不鮮焉;如陸龜蒙、皮日休、司空圖、羅隱,即其儔也。是數子者,或不得志於時,或屢召不出,凡所製作,類皆雅正是尚,黜貶徐庾者;如陸龜蒙《答友生論文書》有云:

> 我自小讀六經孟軻揚雄之書,頗有熟者,求文之旨趣規矩,無出於此;……(《全唐文》卷八百)

又皮日休撰《文中子碑》(注1),備極推崇,中有句云:"設先生於孔聖之世,余恐不在游夏之亞也,況七十子歟?"其足以揭古文之波,皆此類也。日休尤尊重韓愈,至請配饗太學(注2),謂"文中之道,曠百世而得室授者,惟昌黎文公";次如羅隱《讒書序》(注3),司空圖《文中子碑》(注4),更古錯峭勁,凌兩漢而上之;於是復古之祧,賴以不墜,雅正之風,傳諸草野,差強人意者,唯此而已。

時則折衷一派,仍占相當地位,觀於李巨川之見重於鎮帥,可以推知一二也;《舊唐書·文藝傳》云:

> 巨川,乾符中,應進士,屬天下大亂,流離奔播,切於祿位,乃以刀筆從諸侯府;王重榮鎮河中,辟爲掌書記,時車駕在蜀,賊據京師,重榮匡合諸藩,叶力誅寇,軍書奏請,堆案盈几,巨川文思敏速,翰動如飛,傳文藩鄰,無不聳動;重榮收復功,巨川之助也。及重榮爲部下所害,……時楊守亮帥興元,素知之,聞巨川至,喜謂客曰:"天以李書記遺我也!"即命管記室,……守亮誅,即命爲掌書記;俄而李茂貞犯京師,天子駐蹕于華,韓建以一州之力,供億萬乘,慮其不濟,遣巨川傳檄天下,請助轉餉,同匡王室,完葺京城,四方書檄,酬報輻湊,巨川灑翰陳叙,文理俱愜,昭宗深重之(注5),即時巨川之名,聞于天下……(卷一九〇下)

殆亦站居中道,易邀雅俗之共賞,有以致之歟?惟綺靡文體,得政治力之保護,幾與考試制度共存亡,洵非二派所可并肩也。試一讀牛希濟文章論,便知有司程式,易代之後,尚沿用不改,遑論當唐之世耶?如云:

> 今有司程式之下,詩賦判章而已;唯聲病忌諱爲切,比事之中,過於諧謔,學古文

者,深以爲憋,晦其道者,揭袂而行,又屈宋之罪人也。"(《全唐文》卷八四五)

是程式始終不廢,可以斷言,獨占優勢,非全無故矣。

  注1(按:載於《全唐文》卷七九九。)
  注2(按:載於《全唐文》卷七九六。)
  注3(按:載於《全唐文》卷八九五。)
  注4(按:載於《全唐文》卷八〇九。)
  注5(按:《全唐文》卷九一,昭宗賜韓建詔等,想爲巨川手筆。)

十九、結論

  綜觀隋唐兩代文體之變遷,盛衰紛紜,榮枯迭代,擾擾攘攘,亙三百餘年,爲之樞紐關鍵者,不出綺靡、折衷、復古三派;簡括而言,堪稱雄伯,最擅權威者,首推折衷;恃寵耀威,時顯狐媚者,厥爲綺靡;落落寡合,卒能一鳴驚人者,是在復古。語其梗概,則隋代二主,均崇雅正,曠觀史乘,實所罕覯,運祚雖暫,亦足尚已;李唐一代,歷年三百,文運興替,殆將十變,以視《新書》所云,相去實甚;蓋唐初群議改革,則折衷首興,其變一也;龍朔變體,則綺靡耀威,其變二也;四傑馳驟,而復歸雅正,其變三也;子昂崛起,以雅易鄭,其變四也;燕許并時,中道是尚,其變五也;大歷貞元,再昌復古,其變六也;韓柳挺生,克集大成,其變七也;文武繼軌,折衷復振,其變八也;令狐弊風,溫李揚波,其變九也;季世兵興,文未盡喪,其變十也。然此不過挈其大者言之耳,其次焉者,猶未能悉舉也;其間變遷之頻繁,亦可謂甚矣。予嘗思之,有唐諸彦,矢志改革文體者,後先相望,或功業彪炳,樞機在握;或陳謀進言,動移宸聽,雖心存風雅,製作徒勤,而卒鮮有爲釜底抽薪之圖者,初若甚怪,縈迴再三,終乃恍然。無他,皆禍於中道之說,不思除惡務盡,有以致之也。何以言之?蓋唐代考試程式,無非辭賦浮文,實爲綺靡之源泉,不爲根本之計,祇事揚湯止沸之役,其事難勞,庸何益乎?今既自居中道,猶戀聲律,投鼠忌器,路岐亡羊,於是綺靡一派,遂倚以托足,與考試制度結輔車相依之形,成蔦蘿喬松之勢,及其結果,唯產生一種不駢不散,非驢非馬之文體而已。間有明者,又以手無斧柯,莫奈伊何,由是終唐之世,卒不能芟除浮華,大著風雅;抑故爲此以柱告聽明,使英雄長入吾彀中之道歟?不可知矣。

作者簡介:

  曾了若(1900—1948),廣東雲安縣高村鎮白梅北冲村人,原名國光。他在廣東雲浮縣立中學畢業後,到廣州國立廣東大學(中山大學前身)深造,對歷史頗有研究,曾以論文《兩晉史乘》獲碩士學位。1932年任香港《公論報》總編輯,1938年8月至1939年7月任廣東省立第八中學(羅定中學前身)校長,1942年至1945年任廣東雲浮中學校長,抗日戰爭勝利後在廣東省教育廳任職,1948年在廣州病逝。

當代香港駢文研究述略

何祥榮

内容摘要：所謂"當代"，蓋指 1949 年以後。香港當代學術界對駢文的研究大約始於 20 世紀 60 至 70 年代。在此後五十年間，駢文研究持續發展，在多個領域中，均取得一定研究成果。由最初的斷代駢文研究，繼而開拓至個別作家、作品研究；駢文理論與批評；駢文文體學等，均成爲研究者關注的領域。究竟當代香港駢文學研究的發展概況如何？已被發掘的研究領域如何？其對中國駢文研究的貢獻如何？均是本文側重探討的問題。

關鍵詞：斷代駢文史；駢文作家群體；駢文理論；駢文批評；四六文論

一、駢文史研究

（一）斷代駢文研究

當代香港的斷代駢文研究，主要成果在南北朝及清朝。早見於 20 世紀 70 年代，陳耀南教授的專著《清代駢文通義》①。及至 2005 年，有何祥榮教授出版的《南北朝駢文藝術探賾》②。單篇論文則有何祥榮的《論南朝紀游駢文的藝術追求》《北魏駢文藝術的流變》。

1.陳耀南—清代駢文研究

陳耀南著《清代駢文通義》包含作者的歷代駢文史觀及對清代駢文評論兩大部分。是書出版於 1977 年，是中國駢文研究史上較早的斷代駢文史論之一，在香港駢文研究史上，也是第一本駢文研究專書，地位顯著。

陳氏的駢文史觀，橫貫先秦至清代，并結合風格論，把各朝代的駢文藝術，作了風格上的歸納。他視先秦爲"萌芽期"，兩漢爲"成體期"，六朝爲"全盛期"，唐代爲"繼盛期"，宋代、元代、明代爲衰落期，清代則爲"迴照期"。他以四個審美名詞概括了歷代駢文的特徵，包括博麗、矜練、圓熟、清俊等。陳氏認爲，兩漢駢文以博麗爲總體藝術風格；漢魏爲矜練；唐宋爲清俊。六朝的徐陵、庾信；初唐的四傑、李義山等則爲圓熟的代表。

---

① 陳耀南：《清代駢文通義》，臺北：學生書局，1977 年初版。
② 何祥榮：《南北朝駢文藝術探賾》，香港：匯智出版社，2005 年初版。

陳氏又認爲，駢文的起源是源於漢字單音方塊的天然特徵，容易造成整齊凝練，更在文章傳意功能上，形成易於記誦的特色；在審美功能上，則可增進文藝之美。從自然論引伸，也可論證駢散文同出一源。先秦散文、《易經》中的例句，便可說明這點。及至《楚辭》出現，也成爲駢文的重要源流。清人胡天游、袁枚能寫出鉅麗的文章，是受漢賦影響。而清代多以駢體議論，頗受漢人如晁錯之影響。魏晋時期，議論風氣甚濃，但以駢體寫議論則甚少。陳氏對南朝駢文三大家之一鮑照特爲推崇，其對清代駢文影響也巨大。另一組對清代駢文產生影響的是韓愈、柳宗元。陳氏以爲韓柳雖提倡古文，但也推崇駢體，對晚清作家影響尤巨，并符合陳氏自然論的審美標準。

陳氏對清代駢文的評論，并非完全依傍劉麟生及張仁青的著作，而是有較多個人色彩。例如對清代駢文家的分派，劉著、張著均以地域來劃分；陳著則純粹按藝術風格來歸納，即清俊、矜練、博麗、圓熟等四大類，可見其個人特色。"清俊"符合陳氏一直强調的自然論，能追步上古自然之音，兼容六朝的遒麗、兩宋的靈巧，格調清新，用典易明，聲情并茂。諸如洪亮吉、吴兆騫、李慈銘的代表作。當中更有氣勢矯健，議論滔滔，使人拜倒的佳作，如毛奇齡的《平滇頌》；也有一些感憤憂鬱，悲凉慷慨，如袁枚《重修于忠肅廟碑》；或有富於哲理的，如王闓運的《秋醒詞序》；也有對偶自然，不着痕跡的，如邵齊燾的《送顧古湫同年之荊南序》等，均是清代駢文中的雋品。凡此均爲陳氏清代駢文藝術論的新見。

陳著不僅論析了清代駢文的縱向發展，更對清代駢文興盛、衰落，以至題材狹窄的原因，作了深入剖析，也是之前所無。清代駢文復興原因：1.他認爲清代初年駢文已呈復興之勢，主要導源於明末的文人，蓄積一定學養，又不滿元明的疏陋，奮而寫出文質兼備的佳作，促成康熙、雍正時期駢文的興盛。2.清代皇帝獎掖文學，固然以此固蔽士子，使士子埋首於文章經術，放棄復明反清之念，但也反倒促使清代文人集中精力於詞章之學，包括駢文。3.清代盛行以科舉取士，而科舉采用之文體爲八股文，此文與駢文有共通之處，就是俱以對句爲基本句式，故推崇科舉，促成士子學習駢文。4.清初經學針對明末疏陋的流弊，轉趨實證考據之學，與駢文用典講求資料廣博，不無關係。故清代不少著名駢文家，同時兼善考據學，皆因二者在本質上有近似之處。

陳氏又分析了駢文衰落的原因：1.士人心理之轉變。他認爲自清中葉以後，國勢日衰，科技落後於西方，當時士人覺醒科技更重於語文，提升科技水平，刻不容緩，遂使詞章之學，包括駢文地位日衰，促成没落。2.用駢文形式寫作的，大多是古代應用文體，發展至民國多已不再應用，例如詔、誥、表、疏、等，均不及散體便捷，遂使寫作駢體的人，日益稀少。3.清代駢文題材過於狹窄，中葉以前，公文章奏仍效法唐宋，多用駢體，中葉以後則日漸稀少。陳氏又不滿少有以駢體論事，及至末流更有不少依樣畫葫蘆，歌功頌聖之作。4.清代駢文末流之弊，在於過度追求形式美，拘限於聲律。5.科舉的廢棄，不再帶動寫作形式近似的駢體文,故晚清時逐漸衰落。6.清代中葉後,考據學逐漸式微,帶動駢文發展的動力失去。

陳著也是第一位對清代駢文發展作出分期的。此前劉麟生及張仁青之駢文史,均只對清代駢文發展作過概略的叙述,選取代表作家及作品簡析,初步揭示了清代駢文可分初、中、晚三期。張著則只在第一節綴語中標出代表作家,并未作明確分期。陳氏則作了清晰的分期,并把每一期的代表作家找出,略論其特徵。

陳著的駢文批評,乃在傳統文論發展起來,在駢文發生論及風格論方面,均特爲强調"自然"。因此,自然論成爲陳氏駢文理論批評中重要的審美觀。在駢文發生學上,他指出駢文的産生,原出於自然,與詩歌及散文一樣,從心出發,以語言表達心聲,進而産生駢文。他解釋近代駢文名家多上溯漢魏而法之,原因在於漢代駢文仍然流露自然美態。兩漢駢文雖逐漸走向形式化,廣用工整偶句,講究音韻、色彩,用典增多,但仍不失自然。陳氏的自然論大抵脱胎自傳統文藝思想,不論文論、畫論、樂論等,均有自然論的審美觀。《淮南子·齊俗訓》,以至《文心雕龍·原道》均可證之。

陳著對清代駢文研究資料,作了細緻歸納,成爲清代駢文研究中,甚有參考價值的文獻。前此之劉著《中國駢文史》及蔣伯潛《駢文與散文》,對清代駢文,均只作了概略的文字叙述,并未有任何統計數字或圖表。陳著在原書中的第三章"舉作者"中,網羅九十五位清代駢文作家的研究資料,先用文字詳爲介紹其生卒年、生平及對作品評論。然後又列表概括各作家的姓名、生卒年、籍貫、科名、字號、文集等資料,使人一目了然,在當時駢文研究成果中,爲一大突破,也爲清代駢文研究,作出重大貢獻。

2.何祥榮—南北朝駢文研究

繼《清代駢文通義》後,有何祥榮著的《南北朝駢文藝術探賾》,成書於2005年,爲另一斷代駢文研究之成果。是書細緻考察了南北朝當中的代表作家的駢文創作,并分析了南北朝駢文藝術演進歷程。書中從微觀與宏觀、縱向與橫向雙視角,結合傳統文學理論、南北朝歷史與文化發展大背景,探討了南北朝駢文藝術發展之流變,其采用的是文學、史學交互融通的研究方法。書中首先把南朝駢文發展分爲形成期、演進期及蛻變期。北朝駢文則分爲形成期、演進期及成熟期。書中另一特色,是未把南北朝斷然割裂,而是注意其融通的特性,故在第四章側重探究了南北文風的融合與駢文藝術的總結。

本著從宏觀上考察了南北朝駢文興盛的原因及南北朝的文化背景。南朝駢文的興盛,主要受到三方面因素的影響。一是帝王與宗室的推動;二是南朝的審美風尚;三是駢文自身發展。南朝自劉宋以後,各朝均有不少熱愛詞章的帝王,他們直接或間接地推動了文學創作。

另一方面,南朝與北朝各自有其文化傳統與背景。南北朝的文風也因此有異。北朝人爲求增加實力,只好不斷進行漢化,吸收漢文化的長處。這種向漢文化靠攏的心態,也就導致在駢文藝術上，北朝向南朝師法，遂使北朝文風爲之一變。同時，南朝文人長期羈旅北方，不免受到北朝文風的感染，遂在南朝駢文藝術形式的基礎上，滲透北朝駢文的貞剛氣息，創造出不少情感真摯動人、藝術形式優雅的佳作，達致文質兼備的審美理想，完成南北文風融合的大業。

本著從縱向的角度，考察了南北朝駢文藝術的流變。其中發前人未發之處，在於析論了劉宋元嘉三大家與梁陳駢文的傳承關係。劉宋與蕭齊是南朝駢文的形成期。劉宋元嘉年間，出現三位開拓南朝文風的駢文家。顏延之、謝靈運與鮑照各以獨特文風，開出南朝駢文三種主要創作路向。顏延之以雕繪藻飾，開出雕飾工麗一路；謝靈運以清新脫俗開出恬淡自然一路；鮑照則以慷慨蒼涼開出沉雄悲壯一路。凡此三條主綫與脈絡交織，使南朝駢文呈現多種藝術風格，并以優美的句式、音韻、文辭與典故，使駢文藝術大放異采。北朝方面，綜觀北朝駢文藝術的流變，可分爲北魏前期的形成期、北魏後期的演進期及東西魏與北齊北周的成熟期。形成期的主要駢文特點，是文辭質樸，駢化程度不高，這正是北朝文學的本色，説明北朝駢文萌芽時，未受南朝文風的感染。駢化程度不高，則説明文章結構仍爲駢散夾雜較多，散行氣息較重。演進期的駢文，仍有不少雄深雅健的本色，但駢化程度較前加深，對句較前工穩，句法較多變，故稱之爲演進期。成熟期隨着北朝三才子的出現，可見更多南北文風融合的痕跡，在保留剛健之氣的同時，亦見出南朝尚雕飾、重音韻的形式美。駢化程度較前大爲加深，更富駢麗氣息，藻飾亦較前瑰麗豐富，無論在藝術形式及內容方面，更臻成熟，故稱之爲成熟期。

從橫向角度，本文考察了個別作家的藝術特點，又把年代或風格相近的作家歸納起來，并列觀照。南齊年間，謝朓除有清峻自然的筆法外，也有近於顏延之的辭采雕飾，其駢賦的聲律運用，深化了駢文律化的面貌，創造了近乎後來合律的對句。王融則不僅自負通曉音律，其文章駢化的比率與謝朓相若，且已出現複句合律的句子，對駢文的律化有一定貢獻。他接續顏延之的雕飾，又善於運用駢體以説明事理，或抒發議論，從而增進駢文的氣魄。

至梁陳二代，江淹駢文有辭采繽紛與抒情纏綿的兩大特點，與其師法屈宋辭賦有莫大關係，正如劉勰指出屈宋辭賦既能綺靡傷情，亦能驚采絕艷，江淹承繼了驚采絕艷，除大量使用屈宋辭賦慣常使用的特有字句外，亦大量運用艷麗的辭藻與色彩，其詠物駢賦，具有隱喻寄托的性質，亦可謂得力於屈宋辭賦，使之不落入齊梁賦欠缺風骨與興寄的藝術系統，體現自漢賦以來，漸次淡泊的比興傳統，意義頗爲重大。任昉寫作大量公牘及應用駢文，他的風格頗受傅亮影響，而對駢文發展的貢獻，在於增加對句密度與句型，并注入更多藻采與典故，從而深化公牘及應用駢文的藝術美。任昉駢文的抒情特點較爲人忽略，其所抒之情，愁苦之辭較多，時而有感於生命的短促，時而有感於好友的辭世，使他在平緩的思緒中，忽起波瀾，頓成悲緒。沈約的駢賦，題材多樣，風格大多工巧雅麗，在句式運用方面,全用單句對而以四字及六字爲主。賦篇已有不少合律之句,然而仍較不合律爲少,反映其在駢賦的音律應用方面,仍在雛型階段。沈約賦體以外駢文,突出表現在題材多樣,如經濟理論、文論、棋藝、佛理、悼亡等,揭示駢文在應用範疇方面的廣泛。綜觀江淹、任昉、沈約三人的駢文,對於雕飾美均有所追求,然亦各有特色;江淹長於抒情,工於巧麗;任昉善於說理,長於隸事;沈約精於音律理論而以平易見勝。

《文心雕龍》的駢文藝術是學術界較少注意的範疇。學界歷來均只注意其理論而忽視其創作,更未有深入其理論與創作實踐的關係。因此,劉勰在寫作《文心雕龍》時,使用不少富於光感與雕刻的藝術形象。劉勰講求色彩美,善用兩組三原色的對比,以及使用彩度較低與較濃的兩色作對比與調和。光感與色彩相輔相成,發揮悅目的審美效應。《文心雕龍》的對偶句型尤爲突出,種類特爲繁多,遠超於其他梁陳作家。單句對句型有八種、雙句對二十二種、長偶對十六種。全書出現的句型共四十六種。對偶類型的開拓,以及善用虛字入對句,是《文心雕龍》的對偶運用特點。六朝駢文家較少用虛字成對偶,至唐始漸多,故劉勰可謂導唐人之先。而"引言對"及"修辭對"的運用,亦可見劉勰匠心獨運。此外,劉勰亦頗重視文章的音韻。綜觀《文心雕龍》全書,其聯語合於格律者共九十一聯,其中七對爲複句對,餘者皆爲單句對。其中又以四言單句對最多,共四十五對;其次爲六言,共廿一對,再其次爲五言,共十七對;七言共三對;三言共四對;九言只有一對。可見劉勰對駢文律化的功績,是確立了單句對的格律及初步開拓了複句對的格律。另一突破是聯語的黏接,體現出劉勰以平仄相間,韻律流動的審美觀。他亦注意字句的錘鍊,表現在三種方式:一是在三字句式中,錘鍊首字以爲領字格,猶如詞句的領字,以使全句生動警策。一是在相同的句型中,運用不同而帶有動力的字眼,使文句生動。此亦繼承《詩經》反覆詠嘆之法。一是運用鍊字法以總括作家的風格或成就,具有《春秋》一字以褒貶的遺意。另一方面,用典是《文心雕龍》較爲薄弱的一環。因其中的用典以正用爲主,甚少活用,故顯得平淡。此外,一些篇章散句過多,予人結構斷裂鬆散之感。

南朝山水駢文繼承了晉宋山水駢文特點,又有其特色。吳均、陶宏景的山水駢文,創造了清空、脫俗的意境,在壯美之外,注意山水的柔美,與晉宋偏重於壯美有別,并擺脫玄言對山水駢文的滲透,而以通篇寫景爲主。吳均善以疊字及句法長短變換,以加強狀聲的效果。又善於錘鍊字眼,以增加狀物的效應。導致這些現象的原因,與個人以至時代背景有密切關係。蕭綱文章并非全爲綺豔,然其駢文始終以綺豔之風最爲突出。其豔情駢文在形式與內容方面,均達致綺豔極則。蕭繹更注意人物相互襯托,又在駢賦中繪畫圖景,融合畫法於賦篇之中,可謂對駢賦發展的一大突破。徐陵《玉臺新詠序》是典型的宮廷式豔情駢文,運用典故的同時,能營造出飄動的句型,以四六複句對爲主,奠定了四六句型的重要地位。據統計,此文共用四十二對對句,四六複句對有十五對、六言單句對有八對、七言單句對有兩對、四四複句對有八對,四七複句對有一對、四七複句對有八對。

綜言之,四六複句對占最多數。四六句法在駢文當中使用日益廣泛,徐陵未嘗不是開風氣的人物之一。此外,合律的對句大幅增加,四十二句對句當中,有三十二對合乎格律,且能分布於不同類型的句式,具見徐陵對駢文格律模式形成的貢獻。江總在陳代駢文史上的地位不容忽視。其詠物駢賦與梁代一樣,有純粹詠物及豔情兩類,也都注重雕飾。顧野王的《箏賦》《舞影賦》與蕭綱、蕭繹的豔情賦風格相近。《玉篇序》雖爲議論駢文,卻仍呈現雕飾風範。伏知道《爲王寬與婦義安主書》富於藻采,達致情采與聲韻兼備。

　　北朝駢文形成期代表作家有高允、常爽、孝文帝及李彪。高允的駢文,是典型的駢文雛形,文辭質樸,駢化程度不高。常爽則有較多工整對句,句型多變。孝文帝是太和時期代表人物,其駢文仍以質樸之辭居多,辭藻運用則有較深的楚騷痕跡。李彪與孝文帝同時,文風亦與孝文帝相若,結構多爲駢散夾雜,甚至以散體爲主而雜以少量對句。演進期的代表人物有中山王拓跋熙、孝莊帝子攸、孝文帝、路思令、袁翻、李諧等。拓跋熙的文章雖仍未擺脱以散行爲主的形式,但其對句已見工穩,氣勢亦勝於其辭。孝莊帝的文章辭藻未見瑰麗,反以樸質之辭,流露大義凛然的雄健之氣,對句頗工穩,用典亦復貼切。孝文帝的駢文雖仍見駢散夾雜但也氣勝其辭,能用駢語一氣直下,簡樸剛健。路思令駢化程度大大提高,複句對句也工穩自然。袁翻的駢文出現了情景相生的作品,駢化度高,修辭巧妙,風格較近南朝的工筆雕縷。李諧的作品駢化度甚高,顯然爲有意識的駢文創作。成熟期的代表作家有温子昇、邢邵、魏收、樊遜、祖鴻勛、顔之推、王褒、庾信等。温子昇的文章既保留北朝駢文的貞剛之氣,亦體現南朝的工麗雕飾。邢邵之文,由於師法南朝文人,故喜用南朝駢文慣常用以雕飾文章的意象,音聲動聽,藻飾富麗,充分體現南朝駢文藝術對北朝文的深刻影響。至於魏收,同樣以華辭麗藻見稱於當時,習染了南人藻飾文辭的習尚,且通篇運用駢句,充滿駢儷氣息,對句運用工整匀稱。樊遜文章也能糅合北朝的貞剛而運以南朝的藝術形式。祖鴻勛之文,亦集南北文風的長處,體現北朝樸實率真的本色。其對南朝駢文的師承,則在句式多樣,屬對自然,且有深厚感人力量。

　　促使南北文風融合的另類人物有顔之推、王褒、徐陵、庾信。顔之推的貢獻主要在理論方面,強調文質兼備;王褒之文,頗能體現南朝駢文的語言形式特徵,并糅合北朝的貞剛之氣與文辭,兼且句式多變,用典富厚,聲多合律,具有感染力。真正體現南北文風融合後,駢文藝術巨大魅力的是徐陵、庾信。

(二)個別駢文作家及作品

　　個別駢文作家及作品的研究,數量占最多。單篇論文包括饒宗頤教授的《論庾信〈哀江南賦〉》、何祥榮的《任昉及其駢文研究》《從〈文心雕龍〉看劉勰的駢文藝術》《沈約的審美觀與駢文創作實踐》《楚望樓雜記駢文的藝術內涵與淵源》;香港中文大學碩士學位論文有吳尚智的《論庾信駢文》;香港樹仁大學學士學位論文有謝少玲的《論陶淵明的駢文特色及其影響》、伍嘉寶的《從庾信生平及其作品分析不同時期的心理狀態》、梁智珊的《袁枚的駢文理論及其創作實踐》、葉家媛的《曹丕駢文藝術研究》、歐蓁婷的《庾信駢文用典及其得失研究》、莊玉雅的《江淹駢賦的對偶和用典研究》、嚴穎衡的《論庾信駢賦所反映之時代風貌、心理變化及其成因》、李慧儀的《淺談庾信前期駢賦的藝術特色及文學成就》、曾凱敏的《李商隱駢文的創作背景與藝術特色》等。

1.饒宗頤—庾信研究

饒師在《論庾信〈哀江南賦〉》一文中,提出了獨到新穎的觀點,辯駁了舊說的偏頗:1.饒師不贊同令狐德棻《周書·庾信傳》中所云"體以淫放爲本,詞以輕險爲宗",責子山爲千古罪人。饒師以爲這只是時代觀點促成,并非文學之真相。唐代對庾信的評價,初唐有着貶庾的風氣,至盛唐以後入於晚唐已轉爲宗庾,從杜甫及李義山所論可見之。2.庾信《哀江南賦》的成就在文氣的充沛體現。南朝張纘《南征賦》、北魏陽固之《演賾賦》雖也是長篇,但因爲語乏鏗鏘,文氣不逮,故顯得遜色。庾賦"如大曲入破,一氣到底,而句法變化,議論鋒起。貌雖儷體,直是散行"①,指出庾賦以散行之氣運排偶之體,隱言已開宋代駢文之先聲。3.庾賦善運虛字,自然流暢,不見斧鑿痕。"而連續驅遣'之''而''於''曰''焉''不有''其何'等虛字,純任自然,不假斧鑿,與刻縷堆砌殊科"②。4.庾賦情采尤爲後人難及。庾賦不僅以文氣取勝,更是情文兼茂。令人蕩氣迴腸。將之與蕭愨《愍時賦》比較,蕭賦顯得辭藻匱乏,欠缺情采。5.饒師也提出對庾子山寫作《哀江南賦》動機的看法。他認爲陳寅恪雖有提出見解,然尚有不足。陳寅恪以爲庾信是受沈炯《歸魂賦》的啓發而作。饒氏則不同意,以爲沈炯獲遣東歸建康之後四年便去世,而《哀江南賦》的寫作,距離《歸魂賦》已有二十年,相隔久遠,故"謂爲促成子山作哀江南之直接動力,似尚難言,疑必另有近因"③。饒師認爲沈炯的影響只是遠因,不及顏之推《觀我生賦》的影響來得直接,是近因。饒師首先從《觀我生賦》的寫作年代考證,并結合顏之推與庾信的交游經歷,以至《觀我生賦》的內文,得出其結論。《觀我生賦》當作於北齊亡後,顏之推入周。適值庾信亦自洛陽還長安,歸北周。昔日二人同事梁元帝,曾校書於秘府,據《觀我生賦》自注可證一斑。如今幾經戰火,再於長安重聚,子山目睹顏之推《觀我生賦》,有所感觸,或因此促成庾信寫作《哀江南賦》。就二賦之文句而言,有相似之處,諸如二者皆有記史,《觀我生賦》有記臺城之陷、江陵之陷等。故饒師此文,可謂在陳寅恪的基礎上,進一步提出新見,豐富了庾信駢文研究的內涵。

2.曾凱敏—李商隱研究

曾凱敏的《李商隱駢文創作背景與修辭藝術》探討了李商隱由古文轉爲駢文創作的內緣外因,以及李商隱駢文的修辭藝術與成因。作者從《樊南文集》中選取九篇代表作,

---

① 饒宗頤:《文轍》,臺北:學生書局,1991年,第431頁。
② 饒宗頤:《文轍》,臺北:學生書局,1991年,第431頁。
③ 饒宗頤:《文轍》,臺北:學生書局,1991年,第432頁。

探究了李義山駢文的對偶與藻飾修辭特徵。作者歸納并統計了當中的對偶類型包括：1. 語言句法形式。如當句對、單句對、隔句對、長偶對等。2. 語言詞法形式。如正名對、異名對、疊字對、數字對等。3. 不同形式的描寫角度。如方位對、顏色對、人名對、典事對等。在這些對句類型中，盡見李義山把對偶法發揮得淋漓盡致，其成就不在於刻意展示高超技巧、刻意求對，或賣弄才學，而是按照文體或題目的實際情況所需而作適切的表達。出現最多的對偶法有八類，包括單句對共186次、異名對85次、正名對79次、當句對26次。而典故對、隔句對、數字對中，有八篇均能運用。典故對247次，在內的事典分別爲110次及137次。隔句對共30次、數字對25次。在人名對方面，有六篇駢文皆有運用，共34次，以上均是李義山駢文中出現最高頻率的對偶法，亦是他最常用的技巧。作者認爲出現這種現象的原因，在於配合公文的行文需要。官府應用文以傳遞訊息爲主，力求避免阻礙文意的表達，八類對偶法中，單句對是組成對偶的基本結構，用法至爲簡單直接，又不失勻稱典雅之美，正好滿足公牘文的需求。在藻飾方面，作者歸納爲兩大類：1. 藻飾修飾角度。如包括色彩、形態、數量。2. 藻飾修飾手段，包括比擬、摹狀、鋪排等。在數量藻飾中，共六篇巧用此法，共25次。在比擬、摹狀、鋪排方面，有四篇曾運用，其中比擬、摹狀各占5次，鋪排13次，色彩9次，形態10次。文章篇幅的長短，或會影響藻飾類型的運用。篇幅較長，爲作家提供足夠的空間鋪排藻飾修辭，如《道士胡君新井碣銘》，全文可分14段，篇幅宏大，使作者能悉數運用上述六種藻飾手法。相反《上華州書》只運用三類藻飾，關鍵在於文章篇幅短小，故藻飾類型也少。文章的主題不同，也會局限藻飾的運用。如《濮射濮陽公遺表》，是一篇替王茂元代作的遺辭，只用了兩次藻飾修辭，爲的是維持遺表應有的莊重氛圍，符合悼辭尚質樸的風格。《祭小姪女寄文》因爲是悼念年幼的女姪兒而作，故只用了三次藻飾，配合自然真誠的行文需要，具見李義山能按照不同的寫作情況，在繁富的辭采運用上，收放自如。

（三）駢文作家群體及作品比較研究

此類成果包括何祥榮的單篇論文《元嘉三大家與南朝文風的開拓》；香港樹仁大學學士學位論文有王美玉的《庾信蘇軾駢文風格比較》、盧碧的《從駢文看初唐四傑及其排名》、湯綺婷的《王勃與駱賓王駢文研究》、吳豔清的《謝靈運與鮑照駢文比較研究》、梁學宜的《〈離騷〉與〈哀江南賦〉比較研究》、鍾佩君的《江淹、庾信駢文比較研究》、霍詠儀的《庾信、徐陵駢文比較研究》等。

盧碧的初唐四傑駢文研究，探討了四傑駢文之特點、并就其家世、仕途、際遇、題材、形式美的追求、對後世的影響及四傑排名爭論問題等，作了比較研究。作者指出，王、駱駢文有着借眼前景物抒情，氣勢豪邁、典故運用自出機杼、長短句交錯，語調鏗鏘，起承轉合，自然流暢、不過分鋪張渲染等特徵；楊炯駢文有着咏物自況，寄托心情，以咏物探求人生哲理等特點；盧照鄰則有句式多變，表現靈活、常用兮字，模擬騷體、疊字對的靈活運用,有效渲染氣氛、典故運用、平實通俗、多愁和善感、語言悲情、推重儒家禮樂之道、思想感情表現真切、體現道家思想等特徵。駱賓王駢文則有重情感抒發、奔放豪邁、感情真摯、適切自然、結構嚴密、層層遞進、用典精確、了無痕跡等特點。比較"四傑"的家庭背景,王勃是最好的,因自幼生長於一個大儒家家庭,受傳統儒家思想薰染,在家庭的庇蔭下,能專心考究詩文創作。其次是駱賓王,雖然生父早死,但在幼時還有機會跟從父親學習。再者他出身於小官僚家庭,家世不像王勃顯赫,但幼年的家境亦不像楊炯、盧照鄰般窮困,與駱賓王相比尚算度過一個富足安穩的童年。楊炯、盧照鄰的家庭背景相若,都是家道中落,不同的是,楊炯自幼待侍弘文館,而盧照鄰則跟從大儒學士,使他們皆有機會於文壇發展。就"四傑"排名問題而言,作者梳理了問題的來歷,由最初的"王、楊、盧、駱"開始,及後楊炯稱"愧在盧尊,恥居王後",盧照鄰則"喜居王後,恥在駱前"等。作者則從駢文角度加以細緻剖析,包括形式美追求細分八項、駢文題材細分十三項、藝術特徵細分為十六項、文章風格細分為十一項,作客觀的評分,作者發現得分最高是王勃、駱賓王次之、盧照鄰又次之,最末是楊炯。如此,可說是從駢文學角度,嘗試解決"四傑"排名爭議的問題。

二、駢文理論與批評

(一)語言形式美學

專著有廖志強於 1991 年出版的《六朝駢文聲律探微》。單篇論文有何祥榮的《對偶文學與中庸思想的關係》《論〈周易〉與對偶文學的形成與發展》;香港樹仁大學學士學位論文有謝恬頤的《從王國維的美學思想看六朝駢文句式及聲律之藝術美》。

1.廖志強—南朝駢文聲律研究

廖志強(下簡稱廖氏)的著作,主要探討南朝駢文的聲律理論,分為三大部分:一是范曄的聲律論,二是沈約,三是劉勰。廖氏之作,多能發前人所未發,具見其特色和成就。第一,他所探索的聲律論,不僅限於理論,也從提出者自身的作品中,找出其實踐的情況與音韻上的特徵。前人較多著眼於聲律理論,較少兼及其作品實踐。例如范曄的聲律說,廖氏主要依據范曄的文獻《獄中與諸甥姪書》曰"性別宮商,識清濁,斯自然也",揭示范曄主張行文須注重聲律。廖氏加以詮釋,"宮商乃當時字音調值之代稱,一則范氏嘗自言於音樂有精到處,故有以其所認識之音樂名詞宮、商、角、徵、羽等,代替字音之調值名稱。"[①]原因是范氏之世,仍未有反切調值之平、上、去、入四聲之名,故用"宮、商"以代替。其次,魏晉之先,已有用宮、商等字於字音之上,范氏合用之矣。廖氏又注意到范曄提及

---

① 廖志強:《六朝駢文聲律探微》,臺北:天工書局,1991 年,第 12 頁。

"適輕重",他認爲應指同聲雙疊,以挽救當時謝靈運好用雙聲疊韻而致疏慢冗長之弊。①范曄又舉出謝莊作爲當時能於聲律理論成功實踐的例子,廖氏也以謝莊的《鸚鵡賦》及《月賦》爲例,引證了與范曄的理論是相呼應的。

廖氏又從范曄的《後漢書》中的紀、傳、序、論中,找出十例,説明其聲律運用的特徵。十個例句中,均見平仄對應關係,合乎後來的駢文格律。廖氏更把這十例句中每一個字,用聲韻學的理論作剖析,分辨出每字的"聲紐""清濁""韻部""平仄""四聲",均以表列形式分類,甚爲細緻明晰。例如"九"字屬見紐、清聲、有韻、上聲。及後得出結論,例六至例十皆無聲紐重複於一句之中,例二及例四各只有一次聲紐疊用於一句之中,十例中有八個例子皆屬注意聲紐之運用,而能免句舛之弊。例一至例五,例七至例十皆未有一句全清或全濁之情況,使輕重之音勢互映,清濁無蹇礙。用韻方面,除四聲外,均能韻順流暢而無音眹之弊。平仄方面,范曄本非吴楚之士,卻能廣用濁聲字與去聲字以成句,亦爲范曄文章音聲的一大特色。

此外,廖氏不滿足於駢句例子,又從《後漢書》中找出段落式的例證。如引用《左周黄列傳·論》《黨錮列傳·序》《循吏列傳·序》《酷吏列傳·序》《宦者列傳·論》《逸民列傳·序》《南蠻西南夷列傳·論》《西羌例傳·論》《西域列傳·論》《南匈奴列傳·論》等篇,均包含"符合句腳相平仄對之對聯,具見范曄行文時注意句式平仄聲律之調協"②。廖氏也總結出八點特徵:1.單句對時,出句與對句之句腳必注意平仄互對;2.在單句對句式中,未必一定將節奏點放於句腳末字,也有放於出句與對句末字之前一字處或放於語助虚詞前一字處;3.少用雙句對平仄互協之句式;4.雙句對中,出聯兩句句腳皆同調值,以與對聯兩句調值相同之句腳;5.先注意雙偶對中出聯及對聯末句句腳之平仄互協,進而注意出聯或對聯第一句句腳之平仄調協,最後形成出聯與對聯第一、二句句腳平仄之相間而又相對之特色;6.出聯與對聯末句句腳運用泛稱代詞"之"字,則調協平仄之節奏點,改放在此出聯與對聯末句句腳之前一字處;7.范氏也頗注意平仄互對調協之虚詞運用;8.每有兩聯或以上相連運作,聯與聯之間平仄協暢,有如後世倡説之馬蹄韻之相黏重複,以協暢駢文文氣聲律者。凡此均可證范曄行文重聲律之道。

此外,廖氏又在劉宋作家中,找出謝靈運、謝莊、顔延之、鮑照、傅亮等五位作家,考察他們的駢文聲律運用特點,得出結論是:1.謝靈運駢文頗多字數偏多的成聯作對,合雙句對之運用,與及在單句對中,喜用片語互對,謝靈運的句式節奏多樣化;2.顔延之駢文句式亦有不少鏗鏘之句;3.鮑照駢文於平仄對應未算嚴格,而且頗多出聯之節奏點全用以平調,而下聯的相應節奏點則全用仄調以相協,印證蕭子顯評鮑照"發唱驚挺,操調險急";4.首先提出晉宋聲律説,糾正了劉麟生在《中國駢文史》中指"南北朝以前文章無所

---

① 廖志强:《六朝駢文聲律探微》,臺北:天工書局,1991年,第13頁。
② 廖志强:《六朝駢文聲律探微》,臺北:天工書局,1991年,第33頁。

謂平仄之事。至梁沈約始告厥成"之說,他認爲李登的《聲類》、呂静的《韻集》已説明音韻之學,并非始於齊梁,故并不認同"文拘聲韻始於永明"之説。他揭示出陸機有所謂"自然聲律"而劉宋范曄則有"人爲聲韻"之説,均較南齊永明爲早。

2.謝恬頤—六朝駢文句式與聲律研究

謝恬頤的《六朝駢文句式與聲律的美學研究》,首先從六朝的大背景出發,考究了六朝駢文發展的先決條件,包括對韻律美追求的傳統、漢字對駢文形式之影響、追求平衡、對稱、和諧的傳統文化心理及追求對偶平衡之自然傾向等。繼而作者梳理了由魏晉至齊梁駢文句式與聲律發展的概況,包括曹魏時駢文之初步形成、兩晉時期四六隔對的初現、宋齊梁時期聲律句式之成熟等。更重要的是作者從王國維的"古雅"美學思想爲切入點,以考究六朝駢文的藝術形式,進而判斷六朝駢文的形式美是屬於自然之美抑或是造作。王國維認爲一切之美皆形式之美。既包括了自然的形態,也包括人工的創造。人們由於不滿足於天地化生的素樸之美,才產生人爲的形式之美。古雅之本質,是表現優美、宏壯之需要,是第一形式,古雅爲第二形式。優美宏壯既存在於自然,又存在於藝術,而古雅則只存在於藝術之中。當古雅的本質完全不顯時,看不出人工之雕飾痕跡,則藝術中的優美宏壯也達到物我化一極致境界。在六朝,很多文人雅士刻意追求一種超俗的品味,并將這品味注入駢文之中。他們運用直觀感愛、主觀聯想以增加駢文的感染力及對駢文的欣賞方式。在王國維的美學中,雅是與"古"緊密相聯,古包含着雅,而在雅中包含著古。駢文應恪守的,是自然之格律美,後人只着眼於形式的外殼,以爲是造作,卻忽略了形式之美也可以有自然之美的本質。古雅是一種美的表現,駢文就是運用句式、聲律,表現出"古雅"這種藝術美。

(二)綜論

專著有何祥榮的《四六叢話研究》①。單篇論文有《從四六叢話看孫梅的四六文體論》《從四六叢話看孫梅的創作論》《歷代駢文批評綜論》;香港中文大學碩士學位論文有王益均的《孫德謙駢文理論研究》;香港樹仁大學學士學位論文有葉文雯的《論駢文對現代語文之影響》、鍾敏捷的《論孫梅四六文論對文心雕龍的繼承與補充》、邵謙童的《探析清乾嘉駢文對傳統駢文理論的繼承與創作實踐——以邵齊燾、洪亮吉、胡天游、汪中的作品爲例》。

《四六叢話研究》一書出版於2009年,張少康教授作序,屬於駢文理論批評與古代文體論的研究。《四六叢話》是清代孫梅編著的駢文批評資料總集,并有二十篇孫梅所寫的序論。是書旨在探討其中二十篇孫梅親著的序論及案語,以考察孫梅個的駢文批評思想。是書的導論首先簡評《四六叢話》在內容及寫作動機方面的特徵。其次,對歷代駢文

---

① 何祥榮:《四六叢話研究》,北京:綫裝書局,2009年。

批評作宏觀考察,以勾畫歷代駢文批評發展的概貌,有助吾人瞭解《四六叢話》在駢文批評發展歷程中的作用,從而加深瞭解《四六叢話》的學術價值與地位。

是書梳理了孫梅編撰《四六叢話》的動機:1.纂輯資料,以防遺佚。《四六叢話》凡例雖無直接明言編撰叢話的動機,但從其議論可窺見,是書有纂輯資料,以防遺佚的用意,故云:"聊備遺忘。"而纂編資料,斷自宋元以前,蓋四六文論發展至南宋,已無甚可觀,元代出色駢文家更寥寥可數。2.提升駢文學術地位,與桐城古文抗衡。把孫梅《四六叢話》放在明末清初的大背景中,恐怕是爲駢文在駢散論爭的洪流中,確立其文章地位,提升其學術層次,以與古文抗衡。爲此孫梅有必要爲駢文系統地建立文藝理論,故在纂輯資料同時,附以二十篇序論,以表達個人對四六文的理論思考。從而構建系統的駢文理論。

是書發現,中國文學批評史上出現過三次顯著的復古思潮,均不免直接或間接牽涉駢文與古文的此消彼長。明代與唐、宋不同,在復古的同時,部分復古文論家也接受六朝文,甚至推崇六朝文的藝術價值,助長了駢文步入復興的道路。此外,一些并不隸屬復古行列的文人,重新審視了駢文的藝術價值,爲駢文進行纂輯工作,以致出現多種與駢文相關的總集及駢文批評著作。另一方面,伴隨《文選》學在明代的振興,直接或間接帶動駢文地位的提升。《四六叢話》原爲駢文理論批評的重要論著,然在過去駢文研究中,尚欠系統而深入之研究。綜觀其學術價值有二:一是對駢文理論的構建。《四六叢話》除有系統的理論闡發外,也不乏創新之見,如駢文與古文的融通、駢文與詩的融合等,均爲折衷駢散的論爭,開啓後來曾國藩"駢散互用"的論調,消弭駢散的論爭,大有貢獻。而在行文方面也有特色,是繼劉勰《文心雕龍》後,以駢文寫成的文論。《四六叢話》是繼承了宋元以後,出現的有意識的自覺的駢文批評。綜觀歷代,自宋以前,較多散見於個別篇章的論述而較少自覺而成的專著。四六文話興起於宋代。孫梅可説是繼承宋人四六文話的傳統,有意識地對駢文的理論加以闡發,并就歷朝的代表作家、作品,作出詳細的評價,其闡析的理論包括駢文的作家論、發生論、通變論、鑒賞論、創作論、四六文體論等,均是空前的。二是消弭駢散論爭,促進駢散融合。孫梅在駢散論爭中,表明了立場,強調了駢文與古文的相通之處,揭示了駢散實有融和的地方。繼孫梅之後,李兆洛、劉開、包世臣、曾國藩、朱一新等,均就駢散問題,闡述了看法。即使桐城中人,也改變了清初駢散對立的態度,轉而爲融通駢散以師駢體之長。不難發現,這種論調可追溯至孫梅的駢文與古文融通論。

從《四六叢話》也可見出孫梅對傳統文論的承繼及對四六文論的開拓。孫梅深刻意識到,要提升駢文的文學地位,確立駢文的藝術價值,必須爲駢文構建系統的文學理論。1.文質論。孫梅主張文質彬彬的理想境界,從其對陸贄、真德秀的評論可證之。孫梅對南宋駢文一向評價不高,但對真德秀卻推崇備至,以爲南宋一大家,原因在於其能"華而有骨,質而彌工"。孫梅於唐代最爲贊賞柳宗元,因他的作品既有質實的内容,也有形文的點綴。然而,文質未必能經常取得適度的平衡,而是會出現"文勝質,質勝文"的失衡情況。就"文與質"二者而言,孫梅仍有先後次序:先質而後文,重質過於重文。南宋李劉的四六文在孫梅眼中,就是"文"勝於"質"的例子。而在一些特定的文體,更應尚質多於尚文,如《制勅詔冊四》指出,表啓之文,多用於君臣之間,議朝政之事,行文不必過於華美。2.藝術形式論。孫梅文論中的藝術形式,包含四個主要修辭形態,包括屬對、文采、音聲、隸事。孫梅多次提及"壯采、鋪縟、藻飾、豔發"以形容駢文的特質。駢文富於藻采的修飾,猶如樹木的枝葉茂密生長。孫梅提到"鋪辱",這也是六朝人追求美文時常用的術語,是對六朝文論的承繼。因此,文采、鋪辱也成爲孫梅評論作家優劣的標準。孫梅重視文章的音韻,體現在其對"頌"這一文體,特爲注重其音韻的表現,其異於風雅的不同處,不獨在題材內容上,也在於音韻表現的不同。孫梅不僅提出"隸事"爲四六文應有的修辭技巧,更按經、史、子的重要程度與參考價值,指出其先後次序。其順序應爲先"經"、後"子"、再後爲"史"。原因是九經的題材內容,包羅萬象,最值得參考與引用。3.藝術內涵論。孫梅生當乾嘉年間,正值經學復盛之時,故其文論不免以經史作爲作品之思想內容。此外,由於孫梅本已承繼劉勰的文藝思想,而劉勰亦有《宗經》,崇尚經學作爲文藝的泉源。孫梅以爲"表"這種文體,可以諸葛亮《出師表》、劉琨《勸進表》爲極則。要做到卓爾不群,便須熟讀經書、子書及史書,從而使"表"的內容大雅得體,把潛藏內心的忠孝之道,發作於外。

　　孫梅力倡駢文與古文有相融之處,是很值得注意的。不論孫梅是直接或間接表達,這種想法均異常突出。孫梅的理據并非單純從藝術的特質上主張合一,更從藝術功用與風格分析兩者融通之處。此外,孫梅以爲駢文的理論與古文家的文論有相通的地方,而孫梅也高度評價了古文家的駢文創作成就。他指出令狐楚及陸宣公俱爲寫"表"能手,能動人以情,使人淚下,最終能安定人心。優秀的古文能動人以情,駢文同樣能聲情并茂,沾溉心靈。就"書"這種文體而言,即使以駢體爲之,依然能發揮古文不受拘束、行文流暢,氣勢充沛的藝術效果。孫梅舉出徐陵《與楊遵彥書》爲例,說明四六文與古文的融通處,即在於暢達其理,說理時,可縱可歛,收放自如,既能"破長風於天際",也能"縮九華於壺中"。從孫梅對個別唐宋古文家的評論,也可見其對古文兼融的態度。唐宋古文家雖力倡古文,但也并非徹底寫古文而摒棄駢文。孫梅也提出四六文與詩的融合。在本質上,駢文與詩本來就有相通之處,駢文具有詩的意蘊,至少在形式上,兩者皆注重對仗、聲律、押韻,事在聲色格律之外,也講求比興、氣韻、格調、意趣等美學觀念。此外,四六文句可轉化成詩句,詩句則可轉化成四六文句。《四六叢話》卷一一案語便指出宋人有以四六語入詩的例子。孫梅也認爲四六文不應局限於格律聲色的追求,而應與詩一樣,追求言外之意與象外之氣韻與格調。孫梅更認爲寫作駢體雜文,應如詩歌藝術一樣,可適當加入"比興"寄托。駢文若欠缺比興寄托,就像在黑夜中缺少燭光。從孫梅對宋代駢文及個別作家的評論可見,孫梅評價駢文的優劣,不專從形式,更着意於"意趣"與"神韻",這又與詩歌美學批評相通。《四六叢話》卷三二《李義山案語》即可證之。孫梅也指出南宋駢文的弊端,在於過度崇尚對聯的鋪排,重形式過於重本質,喪失意趣與神韻。氣韻原爲畫論術語,文章縱然有情,未必一定能動人,猶須借助氣韻,方能產生真正的感染力。

(三)駢文與其他文體

此類成果有饒宗頤的論文《連珠與邏輯》①、何祥榮的《四六叢話研究》中的四六文體論、香港樹仁大學白景倩的學士學位論文《論駢文與賦的文體異同及其合流過程》。

1.饒宗頤—連珠體

連珠體雖在《文心雕龍》列於"雜文",但它行文要求全用對仗,符合駢文廣用對偶的含義,可視爲駢文的一種,故駢文大家庾信亦有寫作《擬連珠》。饒氏一文,寫於1974年,并宣讀於1989年於捷克布拉格召開的"紀念五四七十周年國際學術會議"之中,可謂最早專論連珠體的研究文獻。饒氏在文中揭示了連珠體的體制特徵,就是辭句須對比,上下相對;風格則講求雋永含蓄,互相引伸,借比喻以表達意旨,而與論說事物的性質有異。連珠的中間必用"是以"一詞來銜接下面的偶句,含義則往往由一般推論到特殊,從虛理推出事例,屬於二段論法。饒氏更進一步論證連珠與邏輯的關係。這是饒氏發現問題,嚴復翻譯 John Stuart Mill 的 *A System of Logic* 的導論時,把 Syllogism 譯作連珠;而 Syllogism 便有邏輯之義。饒師解決此問題,是從字詞的源流、發展,結合其行文特質來辨證。饒氏指出 Syllogism 一字,在明末已由耶穌會士意譯爲"推論"。考中國古籍《墨子·小取》言"推",含義與三段論法很接近。故以"推理"翻譯 Syllogisme,較"連珠"爲合適,因連珠的性質謹及二段法而已。饒氏所論既發前人未發,對"連珠"體特質的闡釋甚爲明細,亦解決了"連珠"的英譯問題。

2.何祥榮—四六文體論

何祥榮亦從文體學角度,探究了駢文與其他古代文體的關係。《四六叢話研究》的另一成就是"四六文體論"的構建。是書對各種與四六文有關的古代文體作出分類與辨析,就各種文體的意義、價值、審美理想、歷代流變,均作出精闢論述,從中也可見出孫梅的卓識與獨創之處。孫梅首先在辨"體"上下了不少功夫。孫梅"文體論"中之"體",沿用明人的"體裁"説。其對文體的劃分則受《文選》及《文心雕龍》影響頗大。孫梅以爲陸機《文賦》區分了"十體",未夠深入,要能真正自覺地對文體作精密區分的,首推《文選》與《文心雕龍》。孫梅的分體,大致依據《文心雕龍》,但部分文體與之仍有出入,如章疏、奏議、碑銘等。比較孫梅以前的文體分類,《四六叢話》實較前人精練扼要。《四六叢話》區分十八類,較之《文心雕龍》《文章辨體》《文體明辨》等劃分爲少,故有化繁爲簡的特徵。

---

① 饒宗頤:《饒宗頤集》,廣州:花城出版社,2011年,第98頁。

孫梅距離明朝較近,而明朝的文體分類雖然詳備,但卻失諸瑣碎。《四六叢話》卻能撥亂反正,把相類的文體歸納爲一類,避免過於繁瑣。

孫梅就歷代以來的四六文體作出精細而不瑣碎的分目,并就每種文體的起源與演變,作出精闢的考究與評價,指陳每類四六文體應有的審美特徵與理想。其中尤以標榜"文選"與"騷體"爲四六文的兩大源流,爲駢文追本溯源。此外,孫梅對賦體、詔令、奏議、頌、書牘、碑志、判詞、序文、論文、記文、雜文等四六文體的演進,作出清晰的勾勒,加以其對個別作家的評價,更可見出其對四六文的審美原則,進一步豐富了駢文批評的內涵,使駢文學在理論與批評方面,邁進了一大步,具見孫梅在駢文批評史上的重大貢獻。

三、結論

當代香港的駢文學研究肇始於 1970 年代,以饒宗頤的《連珠與邏輯》爲開端。歷經四十餘年,香港駢文學的成果,在駢文史及駢文理論批評兩大領域均取得豐碩成果,其中的斷代駢文研究、個別作家及作品研究、駢文作家群體與作品比較研究、駢體語言形式美學、駢體與歷代文體論等範圍,尤其突出。

(一)駢文史研究

1. 斷代駢文研究

南北朝駢文史及清代駢文史均有頗爲深入的梳理。從宏觀、微觀、縱向、橫向等不同視角,均有清晰的審視。南北朝駢文研究發生於 1990 年代。就南北朝駢文興盛的原因、南朝與北朝駢文創作演進的歷程、均各有明確的分期,尤其着眼於南北文風融合的過程,均能發前人之未發。對個別的代表作家、作品也作了深入考究。清代駢文研究則發生於 1960—1970 年代。陳耀南教授解答了清代駢文興盛及衰落之原因,爲前此所無。陳氏也是香港第一位對清代駢文發展作出分期的,并把每一期的代表作家、作品作出簡析,揭示清代駢文可分成復興期、全盛期、衰落期。在駢文發生論與風格論方面,標舉了傳統文論中的"自然",也是別具特色。另有突出的貢獻,是對清代駢文的研究資料作了細緻歸納,列成細表,成爲清代駢文研究中,甚有參考價值的文獻,包括網羅清代九十五位駢文作家的研究資料,先述其生平,再表列其籍貫、科名、字號、文集等資料,頗爲豐富。

2. 個別作家、作品的專題研究

包括曹丕、任昉、江淹、沈約、徐陵、庾信、李商隱、袁枚、成惕軒等,故涵蓋漢魏六朝、唐朝、清朝,以至當代。個別作品則以庾信《哀江南賦》爲最多。饒宗頤教授在《哀江南賦》研究中,提出獨到的觀點,辯駁了舊說的偏頗,他不贊同令狐德棻責子山爲千古罪人;《哀江南賦》成就在於文氣的沛充體現等。何祥榮就南朝及當代的重要駢文家均作了不少深入論析,尤以劉勰的駢文寫作,爲前人所未發,蓋前此多只注意《文心雕龍》的理論,

視劉勰爲文學批評家,忽略了其駢體論文的作家身份。當代臺灣駢文大家成惕軒的研究,標志着個別作家的研究延伸至當代,也是對駢文史研究的延伸。

3. 作家群體及作品的比較研究

此類以南北朝、唐朝、宋朝作家及作品爲主。元嘉三大家對南朝駢文文風的開拓是過往較少人注意的。蓋以往較多着眼於元嘉三大家的作品的特徵,尚未深入至從宏觀上與整個南朝文風嬗變的關連。其成果指出,三大家主要開出自然、雕飾、蒼凉三種藝術元素,此後南朝駢文均較多圍繞這三種藝術風格。

(二)駢文理論

1. 語言形式美學

主要成就在駢文對仗、聲律、句式的美學探究,廖志強對六朝駢文聲律研究尤爲細緻獨到,就范曄、沈約、劉勰的聲律理論作了深入剖析,甚至兼及創作實踐,引證了范曄的聲律理論與六朝作家有互相呼應之處。廖氏從傳統聲韻學理論入手,分析出范曄在《後漢書》中的例句,均合乎後來的駢文格律,更分辨出每字的"聲紐、清濁、韻部、平仄、四聲"等。他又引用了竟陵八友的駢文作品,以印證沈約駢文的聲律論,發現八友作品雖多長篇鉅製,亦頗多調協聲律、句式運用多樣、聯語間平仄相黏,而王融更樹立了"馬蹄韻"的模式。他又從《文心雕龍·聲律》中援引三對聯語,印證了劉勰對飛、沉、雙、叠之實踐。從聲紐角度而言,大多無雙聲隔字而每舛之弊。

2. 綜論

在語言形式的修辭外,駢文尚有其他理論,如藝術内容、風格論、創作論等,主要成就體現在何祥榮的《四六叢話》研究中,梳理了歷代駢文理論與批評的演變、明代的文化背景對駢文理論的影響等。他把散見於《四六叢話》二十篇序論中的駢文思想,作了系統的歸納,尤其側重孫梅四六文論對傳統文論的承繼與開拓;從文質論、形式論、藝術内容論、創作原則與審美追求,均可見出不少傳統文論、詩論的色彩。其中駢文與古文及古詩的融通方面,也是較前少人注意的。因此,孫梅的駢文思想研究,彌補了歷代駢文思想史的不足,爲一大貢獻。

3. 駢文文體論

此類成果包括孫梅的四六文體論、連珠及賦體文學等。孫梅對古代文體的劃分,受《文選》《文心雕龍》的影響頗深,但部分仍與《文心雕龍》有出入,如章奏、奏議、碑銘等,其分類較前人精煉扼要,有化繁爲簡的特徵,改正明代分類繁瑣之弊。孫梅的文體論不停留於形式上的剖析,更結合藝術理論,對相關作家作出評價,使文體論與審美理論有高度融合。連珠體與邏輯學的結合,也是前人未有注意的。

附錄：

香港駢文研究文獻目錄

一、專書

編號	作者	書名	出版地：出版者	出版時間
1	陳耀南	清代駢文通義	臺北：學生書局	1977
2	廖志強	六朝駢文聲律探微	臺北：天工書局	1991
3	何祥榮	南北朝駢文藝術探賾	香港：匯智出版社	2005
4	何祥榮	四六叢話研究	北京：綫裝書局	2009
5	何祥榮	閬風樓辭賦駢文研究論集	北京：中國文化出版社	2010

二、單篇論文

編號	作者	篇名	出處	出版時間	頁碼
1	饒宗頤	連珠與邏輯	饒宗頤二十世紀學術文集卷一一及饒宗頤集	論文寫成於1974,發表於1989布拉格《紀念五四七十周年國際學術研討會論文集》	饒宗頤集第98—100頁
2	饒宗頤	論庾信《哀江南賦》	文轍	1991	第429頁
3	何祥榮	元嘉三大家與南朝文風的開拓	樹仁學報3	2005	第38—51頁
4	何祥榮	對偶文學與中庸思想的關係	新亞論叢7	2005	第265—273頁
5	何祥榮	任昉及其駢文研究	新亞論叢8	2006	第288—296頁
6	何祥榮	從《文心雕龍》看劉勰的駢文藝術	新亞論叢9	2007	第195—203頁
7	何祥榮	論南朝紀游駢文的藝術追求	中國學研究10	2007	第71—83頁
8	何祥榮	論《周易》與對偶文學的形成與發展	河洛文化與殷商文明	2007	第664—672頁
9	何祥榮	從《四六叢話》看孫梅的四六文體論	新亞論叢10	2009	第64—72頁

續表

編號	作者	篇名	出處	出版時間	頁碼
10	何祥榮	從《四六叢話》看孫梅的創作論	中國學研究 12	2009	第 113—121 頁
11	何祥榮	歷代駢文批評綜論	新亞論叢 11	2010	第 49—56 頁
12	何祥榮	北魏駢文藝術的流變	廣西師範大學學報（哲學社會科學版）3	2014	第 100—112 頁
13	何祥榮	楚望樓雜記駢文的藝術內涵與淵源	廣西師範大學學報（哲學社會科學版）3	2016	第 92—9 頁
14	何祥榮	沈約的審美觀與駢文創作實踐	駢文研究 1	2017	第 2—13 頁

三、學位論文

編號	學生	論文題目	就讀校系	時間/學位	指導教授
1	何祥榮	梁陳駢文藝術之演變	北京大學研究所	1997/博士	袁行霈
2	陳耀南	清代駢文通義	香港大學研究所	1969/碩士	
3	吳尚智	論庾信駢文	香港中文大學研究所	1971/碩士	
4	廖志強	宋齊駢文聲律研究	香港新亞研究所	1989/碩士	張仁青
5	王益均	孫德謙駢文理論研究	香港中文大學研究所	2006/碩士	
6	謝恬頤	論六朝駢文的藝術美	華中師範大學研究所	2007/碩士	戴建業
7	謝恬頤	從王國維的美學思想看六朝駢文句式及聲律之藝術美	香港樹仁大學中文系	2003/學士	何祥榮
8	王美玉	庾信蘇軾駢文風格的比較	香港樹仁大學中文系	2004/學士	何祥榮
9	謝少玲	論陶淵明的駢文特色及其影響	香港樹仁大學中文系	2004/學士	何祥榮
10	伍嘉寶	從庾信生平及其作品分析不同時期的心理狀態	香港樹仁大學中文系	2004/學士	何祥榮
11	葉文雯	論駢文對現代語文之影響	香港樹仁大學中文系	2007/學士	何祥榮
12	盧碧	從駢文看初唐四傑及其排名	香港樹仁大學中文系	2007/學士	何祥榮
13	林綺琪	論齊、梁宮體駢賦的審美意蘊及其藝術價值	香港樹仁大學中文系	2010/學士	何祥榮

续表

编号	学生	论文题目	就读校系	时间/学位	指导教授
14	梁智珊	袁枚的骈文理论及其创作实践	香港树仁大学中文系	2010/学士	何祥荣
15	汤绮婷	王勃与骆宾王骈文研究	香港树仁大学中文系	2010/学士	何祥荣
16	叶家媛	曹丕骈文艺术研究	香港树仁大学中文系	2011/学士	何祥荣
17	白景倩	论骈文与赋的文体异同及其合流过程	香港树仁大学中文系	2012/学士	何祥荣
18	欧蓁婷	庾信骈文用典及其得失研究	香港树仁大学中文系	2012/学士	何祥荣
19	庄玉雅	江淹骈赋的对偶和用典研究	香港树仁大学中文系	2014/学士	何祥荣
20	严颖衡	论庾信骈赋所反映之时代风貌、心理变化及其成因	香港树仁大学中文系	2014/学士	何祥荣
21	吴艳清	谢灵运与鲍照骈文比较研究	香港树仁大学中文系	2014/学士	何祥荣
22	李慧仪	浅谈庾信前期骈赋的艺术特色及文学成就	香港树仁大学中文系	2014/学士	何祥荣
23	钟敏捷	论孙梅四六文论对《文心雕龙》的继承与补充	香港树仁大学中文系	2014/学士	何祥荣
24	梁学宜	《离骚》与《哀江南赋》比较研究	香港树仁大学中文系	2015/学士	何祥荣
25	曾凯敏	李商隐骈文的创作背景与艺术特色	香港树仁大学中文系	2015/学士	何祥荣
26	蔡詠诗	曹植与庾信辞赋比较研究	香港树仁大学中文系	2016/学士	何祥荣
27	钟佩君	江淹、庾信骈文比较研究	香港树仁大学中文系	2016/学士	何祥荣
28	霍詠仪	庾信、徐陵骈文比较研究	香港树仁大学中文系	2018/学士	何祥荣
29	邵谳童	探析清乾嘉骈文对传统骈文理论的继承及创作实践——以邵齐焘、洗亮吉、胡天游、汪中的作品为例	香港树仁大学中文系	2018/学士	何祥荣

作者简介：

何祥荣（1965—），1997 年取得北京大学文学博士学位，曾师从国学者宿儒饶宗颐及袁行霈教授，现为香港树仁大学中文系教授。主要研究方向为骈文学、辞赋学、诗经学、楚辞学、文学批评等。代表著作有《南北朝骈文艺术探赜》《四六丛话研究》《汉魏六朝鄴都诗赋析论》《诗经邶鄘卫风考论》等。

2018年駢文研究索引

尹華君整理

一、著作之屬

1.譚家健著:《中華古今駢文通史》(上下冊),社會科學文獻出版社
2.于景祥著:《〈文心雕龍〉的駢文理論和實踐》,中華書局
3.吕雙偉著:《清代駢文研究》,上海古籍出版社
4.莫道才編:《駢文研究》第二輯,廣西師範大學出版社

二、論文之屬

1.郭英德:《"以經術、文章主持風會"——阮元"文章之學"新詮》,《文學評論》2018年第6期
2.吕雙偉:《陳維崧駢文經典地位的形成與消解》,《文學遺産》2018年第1期
3.汪春泓:《馮衍的駢文成就及其文學史意義》,《文學遺産》2018年第5期
4.侯體健:《中山大學藏明鈔殘本〈新編四六寶苑群公妙語〉考述》,《文獻》2018年第4期
5.吕雙偉:《鄭獻甫的古文、駢文批評及其文學史意義》,《民族文學研究》2018年第4期
6.郭英德:《〈四庫全書總目〉論散文的文體形態特徵》,《中山大學學報(社會科學版)》2018年第4期
7.于景祥:《〈文心雕龍〉用典的成就》,《社會科學輯刊》2018年第5期
8.劉寧:《以王言褒忠臣:柳宗元〈南霽雲睢陽廟碑〉的駢體寫作用心》,《中國社會科學院研究生院學報》2018年第5期
9.裔一:《〈華國編文選〉的編纂緣起與駢文理論》,《中國文學研究》2018第3期
10.金乾坤:《高麗前期駢體文與古文的對立》,《中國文學研究》2018年第4期
11.鍾濤:《作爲政治行爲的代擬與六朝駢文書寫》,《中國文學研究》2018年第4期
12.吕雙偉,丁瑩:《陳子龍的駢文成就及其對清初影響》,《中國文學研究》2018年第4期
13.侯體健:《四六類書的知識世界與晚宋駢文程式化》,《文藝研究》2018年第8期

14.劉濤:《鮑照江淹駢文思想析論》,《東吳學術》2018年第6期

15.楊玉鋒:《唐代刺史謝上表文體考論》,《理論月刊》2018年第6期

16.張明強:《明末清初文壇"六朝轉向"與駢文演進》,《蘇州大學學報(哲學社會科學版)》2018年第4期

17.路海洋:《李漁與〈四六初徵〉》,《古典文學知識》2018年第5期

18.莫道才、劉振乾:《論王先謙〈駢文類纂〉的刊刻傳播》,《船山學刊》2018第4期

19.丁楹:《文人入幕干謁之風與南宋四六文的繁盛》,《廣西師範大學學報(哲學社會科學版)》2018年第4期

20.賀玉潔:《論〈四六燦花〉的選文宗旨及其駢文批評》,《廣西師範大學學報(哲學社會科學版)》2018年第4期

21.于景祥、胡佩傑:《論明代中期文學批評中公正對待六朝駢文的傾向——以楊慎、王文禄爲中心》,《廣西師範大學學報(哲學社會科學版)》2018年第4期

22.孟飛:《從"鏈體"結構看陸贄駢文的功能突破》,《廣西師範大學學報(哲學社會科學版)》2018年第4期

23.孫麗娜:《論元稹處理駢散關係的方式》,《廣西師範大學學報(哲學社會科學版)》2018年第4期

24.王正剛:《駢文復興視域下的清代駢文文集序跋》,《廣西師範大學學報(哲學社會科學版)》2018年第4期

25.汪孔豐:《家族視域下桐城派駢文思想的遞嬗——以麻溪姚氏爲中心》,《河南師範大學學報(哲學社會科學版)》2018年第6期

26.陳偉:《以古茂之筆 抒新紀之思——論饒宗頤的辭賦駢文》,《韓山師範學院學報》2018年第4期

27.劉濤:《張仁青駢文學思想考論》,《韓山師範學院學報》2018年第5期

28.范高强:《論漢魏六朝文體視域下的賦與駢文》,《臨沂大學學報》2018年第4期

29.徐中原:《北周文學生態與北周皇室成員駢文創作》,《武陵學刊》2018年第6期

30.張作棟:《黃際清〈論國朝駢體諸家絕句〉考論》,《廣東第二師範學院學報》2018年第6期

31.李晨:《徐望之"公文尚散文"辨——兼談古代公文寫作對駢散之爭的消解作用及其啓示》,《秘書》2018年第4期

32.雷徽:《論秦觀的表、啓》,《揚州文化研究論叢》2018年第1期

33.鄒曉霞:《漢文氣味 最爲難學——劉師培的漢文鑒讀》,《名作欣賞》2018第15期

34.盧宇寧:《論曾鞏奏狀的藝術特徵》,《名作欣賞》2018年第18期

35.趙伯陶:《蒲松齡的駢文芻議》,《明清文學與文獻》2018年集刊

36.楊穎:《〈滕王閣序〉經典化的歷史嬗變》,《駢文研究》第2輯(2018年)

37.曹麗萍:《宋代四六批評的新發展——〈新編四六寶苑群公妙語〉》,《駢文研究》第2輯(2018年)

38.李法然:《沈維材與〈四六枝談〉考論》,《駢文研究》第2輯(2018年)

39.吕雙偉:《洪亮吉的駢文思想與駢文創作》,《駢文研究》第2輯(2018年)

40.何祥榮:《陳耀南駢文學探微》,《駢文研究》第2輯(2018年)

41.莫山洪:《論劉麟生"美學"視野下的駢文研究》,《駢文研究》第2輯(2018年)

42.[美]海陶瑋著,彭勁松譯:《論駢文的若干特質》,《駢文研究》第2輯(2018年)

43.[韓]朴用萬:《十七世紀朝鮮文人對駢文的認識與創作實踐——以南龍翼的〈麗評〉爲中心》,《駢文研究》第2輯(2018年)

44.[韓]魚江石:《高麗末期稼亭李穀的表箋文研究》,《駢文研究》第2輯(2018年)

45.[韓]諸海星:《由〈文體論纂要〉看蔣伯潛的文體分類觀念》,《駢文研究》第2輯(2018年)

46.孫福軒:《越南科舉與駢文創作論》,《駢文研究》第2輯(2018年)

47.劉城:《美國漢學界的駢文研究》,《駢文研究》第2輯(2018年)

48.鍾濤、岳贇贇:《〈忠雅堂評選四六法海〉叙録》,《駢文研究》第2輯(2018年)

49.孟偉:《〈八家四六文鈔〉叙録》,《駢文研究》第2輯(2018年)

50.孟偉:《〈國朝駢體正宗〉叙録》,《駢文研究》第2輯(2018年)

51.沈如泉,王瓊:《〈梅亭先生四六標準〉叙録》,《駢文研究》第2輯(2018年)

52.張作棟:《〈南北朝文鈔〉叙録》,《駢文研究》第2輯(2018年)

53.劉振乾:《〈駢文類纂〉叙録》,《駢文研究》第2輯(2018年)

54.蔡德龍:《清代駢文話叙録六篇》,《駢文研究》第2輯(2018年)

55.王瓊:《朝鮮刻〈麗文程選〉殘本叙録》,《駢文研究》第2輯(2018年)

56.金沛晨:《清談活動下六朝駢文的生成》,《荆楚學刊》2018年第2期

57.吕雙偉:《清代駢文研究的新突破——評路海洋教授的〈清代江南駢文發展研究〉》,《駢文研究》第2輯(2018年)

58.王正剛:《駢文國際學術研討會暨第五届駢文學會年會綜述》,《駢文研究》第2輯(2018年)

59.王正剛:《駢文學史的拓荒之作——讀莫山洪先生的〈駢文學史論稿〉》,《駢文研究》第2輯(2018年)

60.張作棟:《古今貫通 點面結合 駢散相參——評莫山洪先生〈駢文學史論稿〉》,《楚雄師範學院學報》2018年第4期

61.鄧夢園:《一部全面系統兼具探索方向的駢文學著作——評莫山洪的〈駢文學史論稿〉》,《廣西教育學院學報》2018年第2期

62.趙曉霞、崔慶蕾:《駢體書信文的"美文學"追求與教學思考——以〈與朱元思書〉〈答謝中書書〉爲例》,《語文教學通訊》2018年第5期

三、報紙之屬

1.莫道才:《駢文爲何能長期存在》,《光明日報》2018-02-26

2.莫山洪:《現代駢文史觀的形成》,《光明日報》2018-02-26

3.劉濤:《六朝駢文理論研究的新思考》,《光明日報》2018-02-26

4.顔建華:《清代的江南駢文》,《中華讀書報》2018-04-25

5.高建旺:《"文體"新釋》,《光明日報》2018-09-01

四、博碩學位論文之屬

1.王正剛著,莫道才指導:《清代駢文集序跋研究》,廣西師範大學(博士)

2.武超著,于景祥指導:《王文濡〈清代駢文評注讀本〉研究》,遼寧大學(碩士)

3.宋長建著,莫道才指導:《〈方輿勝覽〉中的"四六"研究》,廣西師範大學(碩士)

4.王婷鶴著,莫道才指導:《李商隱桂幕駢文研究》,廣西師範大學(碩士)

5.龍正華著,楊曉斌指導:《北朝駢文的演進軌跡及其特質》,陝西師範大學(碩士)

6.王慧著,郭慶財指導:《南宋初期駢文研究》,山西師範大學(碩士)

7.程文著,鄭虹霓指導:《李商隱尺牘研究》,阜陽師範學院(碩士)

8.陳斌著,史應勇指導:《劉嗣綰駢文研究》,江南大學(碩士)

9.陳潔著,莫山洪指導:《王績駢文研究》,廣西師範學院(碩士)

10.謝鳳娥著,莫山洪指導:《〈補學軒文集·駢體文〉注》,廣西師範學院(碩士)

11.侯琳琳著,和談指導:《蘇頲文研究》,新疆大學(碩士)

12.力遠思著,甘生統指導:《初唐駢文批評研究》,青海師範大學(碩士)

作者簡介:

尹華君(1975—),廣西師範大學文學院在讀博士,湖南科技學院人文學院講師,研究方向爲古代文學與文獻學。

編後語

莫道才

　　《駢文研究》第三輯與大家見面了。這一輯延續了前二輯的傳統,欄目基本保持不變,分爲駢文史研究、域外駢文研究、駢文叙録、民國駢文文獻、駢文新視野等欄目。本輯的駢文史研究收録4篇論文,涉及駢文的經典化、駢文形成發展個案考察、古文家的駢文、駢文在民族地區的傳播等問題。駢文在東亞的傳播是漢文化傳播的重要内容,以往的研究關注不多,所以本刊一直刊載譯介這方面的文章。域外駢文研究是本輯重點,共收録了8篇文章。其中2篇是新撰,介紹討論了駢文在日本的傳播。另有6篇譯介日本和韓國的駢文學研究成果。以往我們對韓國既往的駢文研究了解不多,本輯特別比較集中推介韓國的駢文研究。駢文叙録欄目收録了6篇叙録,根據不同的總集別集,叙述内容文字風格略有差異。駢文研究文獻是重要的文獻資料,近現代的駢文研究資料現在不容易看到,所以本刊一直在刊載整理稿,本輯整理刊發了2篇。駢文新視野欄目刊載了對香港駢文研究的學術評述。最後按照慣例,刊載前一年度的駢文研究索引。

　　駢文研究從20世紀80年代的冷門學科發展到現在成了熱門學科,成果豐碩,推動了中國文學史學科的發展。駢文研究仍有很多問題值得探討,未來發展潛力無限。《駢文研究》自出版以來,爲學界提供了學術交流的平臺,獲得了學術界的一致好評。我們將一如既往推動駢文學術的發展。本輯的出版得到了廣西師範大學文學院中國語言文學一流學科建設經費的資助,廣西師範大學出版社也一直對《駢文研究》提供出版支持,在此表示衷心感謝!也衷心感謝海内外各位作者、譯者長期以來的大力支持!